Alle Rechte, einschließlich das des vollständigen oder
auszugsweisen Nachdrucks in jeglicher Form, sind vorbehalten.

Der Preis dieses Bandes versteht sich einschließlich
der gesetzlichen Mehrwertsteuer.

Umwelthinweis:
Dieses Buch wurde auf chlor- und säurefreiem Papier gedruckt.

Die Handlung und Figuren dieses Romans sind frei erfunden.
Ähnlichkeiten mit lebenden oder verstorbenen Personen
sind nicht beabsichtigt und wären rein zufällig.

Pam Jenoff

Der Kommandant und das Mädchen

Roman

Aus dem Amerikanischen von
Ralph Sander

MIRA® TASCHENBUCH
Band 25376
1. Auflage: Mai 2009

MIRA® TASCHENBÜCHER
erscheinen in der Cora Verlag GmbH & Co. KG,
Valentinskamp 24, 20350 Hamburg
Deutsche Taschenbucherstausgabe

Titel der amerikanischen Originalausgabe:
The Kommandant's Girl
Copyright © 2007 by Pam Jenoff
erschienen bei: Mira Books, Toronto
Published by arrangement with
HARLEQUIN ENTERPRISES II B.V./S.àr.l.

Konzeption/Reihengestaltung: fredebold&partner gmbh, Köln
Umschlaggestaltung: pecher und soiron, Köln
Redaktion: Eva-Kristin Spundflasche
Titelabbildung: Harlequin Books S.A.
Autorenfoto: © by Dominic Episcopo / Harlequin Enterprise S.A., Schweiz
Satz: Buch-Werkstatt GmbH, Bad Aibling
Druck und Bindearbeiten: CPI – Ebner & Spiegel, Ulm
Printed in Germany
ISBN 978-3-89941-609-1

www.mira-taschenbuch.de

Meiner Familie gewidmet

DANKSAGUNG

Nach meiner Rückkehr in die Vereinigten Staaten 1998 trug ich mich jahrelang mit dem Wunsch, einen Roman zu schreiben, der meine Erfahrungen in Polen und vor allem mit der dortigen jüdischen Gemeinde widerspiegelte. Der Aufenthalt dort hatte bei mir einen nachhaltigen Eindruck hinterlassen. Eine ganze Zeit lang fesselte mich das Bild einer jungen, nervösen Frau, die während der deutschen Besatzung mit einem kleinen Kind an der Hand den Krakauer Marktplatz überquert. Aber erst Anfang 2002 ergab sich der Zufall, dass ich während einer Zugfahrt von Washington D.C. nach Philadelphia ein älteres Ehepaar kennenlernte, das den Holocaust überlebt hatte. Ich erfuhr die außergewöhnliche Geschichte der Krakauer Widerstandsbewegung, und damit war die Grundlage für die nun vorliegende Geschichte geschaffen.

Viele Menschen haben mich auf dem Weg von der ersten Idee bis zum fertigen Roman begleitet, und ich bin ihnen allen zutiefst dankbar. Dieser Dank geht an Familie, Freunde und Kollegen, die die ganze Zeit über mit Interesse, Geduld und Liebe an meiner Arbeit teilhatten: an meine Eltern, meinen Bruder Jay (ja, du darfst es jetzt lesen), Phillip, Joanne, Stephanie, Barb und vielen mehr, die ich an dieser Stelle gar nicht alle nennen kann. Mein Dank gilt auch Janet Burton, die mich im Schreiben unterwies, sowie vielen anderen Autoren, die mich in jeder Phase selbstlos unterstützten und mir halfen.

Dieses Buch wäre nicht möglich gewesen ohne die beharrlichen Anstrengungen meines wunderbaren Agenten Scott Hoffman von Folio Literary Management, der vor allen anderen das Potenzial dieses Buchs erkannte, der unermüdlich daran feilte und noch immer durchhielt, als jeder andere be-

reits das Handtuch geworfen hätte. Mein Dank geht ebenso an meine geniale Lektorin Susan Pezzack für ihren Scharfsinn, mit dem sie diese Arbeit zum Leben erweckte und meinen Traum Wirklichkeit werden ließ.

Abschließend möchte ich noch anmerken, dass mir beim Schreiben dieses Buchs bewusst wurde, wie widersinnig eigentlich der Begriff des „historischen Romans" ist. Auch wenn ich auf der einen Seite Figuren und Ereignisse schuf, die meiner eigenen Fantasie entsprangen, so war ich doch immer bemüht, dem Geist jener Menschen treu zu bleiben, die in der Zeit des Zweiten Weltkriegs und des Holocausts lebten und starben. Ich wollte die ganze Bandbreite menschlicher Stärken, Schwächen und Gefühle, die durch die tragischen Ereignisse jener Ära ausgelöst wurden, möglichst realistisch darstellen. Meine grenzenlose Bewunderung gilt den jüdischen Gemeinden in Polen sowie in ganz Mittel- und Osteuropa, deren mutiger Kampf für jeden von uns Inspiration ist.

1. KAPITEL

Als wir den weitläufigen Marktplatz überqueren, auf dem sich Tauben rund um die abgestandenen Pfützen scharen, betrachte ich argwöhnisch den Himmel. Ich greife Łukasz' Hand noch etwas fester, um den Jungen zur Eile anzutreiben. Ein erster Regentropfen verfängt sich in seinen blonden Locken. Gott sei Dank, dass es wenigstens *blonde* Locken sind. Ein schneidender Märzwind fegt über den Platz, und obwohl ich meinen abgetragenen Mantel enger um mich ziehen möchte, wage ich es nicht, den Jungen loszulassen.

Wir durchqueren den hohen zentralen Torbogen der ausladenden gelben Tuchhalle, die den Platz in zwei Hälften teilt. Bis zum Markt in Nowy Kleparz, am äußersten nördlichen Rand der Krakówer Innenstadt, sind es noch einige Häuserblocks weit, doch ich merke, wie Łukasz schon jetzt langsamer wird. In seinen kleinen Schuhen mit den dünnen Sohlen schlurft er bei jedem Schritt über das Kopfsteinpflaster. Ich überlege, ihn zu tragen, aber er ist jetzt drei Jahre alt, und jeden Tag wird er ein bisschen schwerer. Hätte ich gut gegessen, dann könnte ich ihn vielleicht auf den Arm nehmen, doch so weiß ich: Meine Kräften würden mich nach wenigen Metern verlassen. Wenn er doch bloß schneller gehen würde. *„Szybko, kochany!" Schnell, mein Liebster!* Ich flehe ihn im Flüsterton an. *„Chodź!"* Er scheint etwas leichtfüßiger zu gehen, als wir uns einen Weg zwischen den Blumenhändlern hindurchbahnen, die im Schatten der Türme der Marienkirche ihre Ware anpreisen.

Augenblicke später erreichen wir die gegenüberliegende Seite des Platzes, und ich spüre unter meinen Füßen ein vertrautes Dröhnen. Ich bleibe stehen. Seit rund einem Jahr habe ich keine Straßenbahn mehr genutzt, und ich stelle mir vor, wie ich Łukasz in die Bahn hebe und mich dann auf einen Sitz sinken lasse, wie ich die Häuser und die Fußgänger vorbeiziehen sehe. Innerhalb von Minuten wären wir am Markt. Innerlich schüttele ich den Kopf. Die Tinte auf unseren neuen Papieren ist kaum getrocknet, und das völlige Erstaunen, das sich bei Łukasz' allerersten Fahrt in einer Straßenbahn auf seinem Gesicht abzeichnen muss, würde bei den anderen Leuten nur Argwohn wecken. Ich kann unsere Sicherheit nicht dem Wunsch nach etwas Bequemlichkeit opfern, also gehen wir so schnell weiter, wie es möglich ist.

Zwar sage ich mir immer wieder, dass ich den Kopf gesenkt halten und jeglichen Blickkontakt mit den Menschen vermeiden sollte, die an diesem Morgen ihre Einkäufe erledigen. Doch ich kann nicht anders und muss alles in mich aufsaugen. Ein Jahr ist vergangen, seit ich zum letzten Mal die Innenstadt besucht habe. Ich atme tief durch. Die von den noch verbliebenen Schneeresten feuchte Luft ist erfüllt vom Aroma gerösteter Kastanien, die an einem Eckkiosk angeboten werden. Plötzlich beginnt der Trompeter im Kirchturm das Hejnalied zu spielen, eine kurze Melodie, die er zu jeder vollen Stunde über den Platz schickt, um an den Einfall der Tataren in Kraków vor vielen Jahrhunderten zu erinnern. Ich widersetze mich dem Wunsch, mich der Richtung zuzuwenden, aus der die Klänge kommen, die mich wie eine alte Freundin begrüßen.

Als wir uns dem Ende der ulica Floriańska nähern, bleibt Łukasz abrupt stehen und umklammert fester meine Hand. Sein Gesicht, das blass ist von den vielen Monaten, die er in verschiedenen Wohnungen versteckt gehalten wurde, wird noch eine Spur fahler. „Was ist los?", flüstere ich ihm zu, während ich mich neben ihn hocke, aber er reagiert nicht. Ich folge seinem Blick und erkenne, was er so gebannt betrachtet. Zehn Meter von uns entfernt, am Eingang zum mittelalterlichen Florianstor, stehen zwei deutsche Wachposten mit Maschinenpistolen. Łukasz zittert am ganzen Leib. „Ist schon gut, *kochany*. Es ist alles in Ordnung." Ich lege meine

12

Arme um seine Schultern, doch nichts kann ihn beruhigen. Seine Augen gehen hin und her, er bewegt den Mund, aber kein Ton kommt über seine Lippen. „Komm her." Ich hebe ihn hoch, und er vergräbt das Gesicht an meinem Hals. Mein Blick wandert umher, da ich nach einer Seitenstraße Ausschau halte – jedoch vergeblich. Umkehren kann ich nicht, das würde nur Misstrauen wecken. Also hole ich tief Luft und gehe zielstrebig an den Wachposten vorbei, die von uns keinerlei Notiz nehmen. Ein paar Minuten später merke ich, dass der Junge wieder ruhig atmet, und ich setze ihn ab.

Schon bald haben wir den Markt von Nowy Kleparz erreicht. Mir fällt es schwer, meine Begeisterung darüber im Zaum zu halten, dass ich das Haus verlassen habe und wie ein ganz normaler Mensch spazieren und einkaufen gehe. Während wir uns durch die schmalen Gänge an den Ständen vorbei bewegen, höre ich, wie sich die Leute beklagen. Der Kohl ist blass und verwelkt, das Brot hart und trocken. Das wenige angebotene Fleisch ist von unbekannter Herkunft und verströmt bereits einen sonderbaren Geruch. Für die Menschen in den Städten und Dörfern, die die reiche und gute polnische Ernte aus der Zeit vor dem Krieg kennen, sind diese Lebensmittel ein Skandal. Ich dagegen fühle mich so sehr wie im Paradies, dass sich mein Magen verkrampft.

„Zwei Laibe", sage ich zum Bäcker und halte den Kopf gesenkt, als ich ihm meine Lebensmittelmarken gebe. Ein merkwürdiger Ausdruck huscht über sein Gesicht, aber ich rede mir ein, dass ich mir das nur einbilde. Ich muss Ruhe bewahren. Ich weiß, für einen Fremden sehe ich aus wie eine beliebige Polin. Mein Haar hat einen hellen Farbton, ich spreche die Sprache akzentfrei, und ich trage ein bewusst unauffälliges Kleid. Krysia wählte absichtlich diesen Markt in einem Arbeiterviertel am nördlichen Stadtrand aus, wohl wissend, dass keiner meiner früheren Bekannten zum Einkaufen hierherkommen würde. Es ist von größter Wichtigkeit, dass niemand mich erkennt.

Ich schlendere von Stand zu Stand und gehe im Geiste durch, welche Besorgungen ich machen muss: Mehl, einige Eier, ein Hühnchen, falls es eines geben sollte. Noch nie habe ich Einkaufszettel geschrieben, was mir nun zugutekommt, da Papier so knapp geworden ist. Die Händler sind freundlich, jedoch zurückhaltend. Eineinhalb Jahre nach Kriegsausbruch sind die Lebensmittel knapp geworden, und für ein freundliches Lächeln gibt es kein Stück Käse extra. Auch die großen blauen Augen des Jungen können niemanden zu einer süßen Beigabe verleiten. Nach kurzer Zeit habe ich all unsere Lebensmittelmarken aufgebraucht, trotzdem ist mein Einkaufskorb noch halb leer. Wir machen uns auf den langen Heimweg.

Mir ist noch immer kalt von dem schneidenden Wind auf dem Marktplatz, als ich Łukasz durch Seitenstraßen zurück durch die Stadt führe. Wenige Minuten später biegen wir in die ulica Grodzka ein, eine breite, mit eleganten Geschäften und Häusern gesäumte Hauptstraße. Ich zögere, denn ich hatte gar nicht herkommen wollen. Mir ist, als würde eine zentnerschwere Last auf meine Brust drücken und mir die Luft zum Atmen nehmen. Ganz ruhig, sage ich zu mir. Du kannst das. Es ist eine Straße wie jede andere. Ein paar Meter weit gehe ich, dann bleibe ich wieder stehen. Ich befinde mich vor einem blassgelben Haus mit einer weißen Tür und mit Blumenkästen vor den Fenstern. Mein Blick wandert nach oben zum ersten Stockwerk. Ich fühle einen Kloß im Hals und kann nur mit Mühe schlucken. Denk nicht nach, ermahne ich mich, doch es ist zu spät. Dies hier war Jakubs Haus. Unser Haus.

Ich begegnete Jakub, als ich als Angestellte in der Universitätsbibliothek arbeitete. Es war an einem Freitagnachmittag. Ich erinnere mich noch so genau daran, weil ich mich beeilte, den Katalog auf den neuesten Stand zu bringen, um

zeitig zum Schabbes zu Hause zu sein. „Entschuldigen Sie",
hörte ich eine tiefe Stimme neben mir sagen. Verärgert über
diese Unterbrechung sah ich von meiner Arbeit auf. Der
Mann war von mittlerer Größe, hatte einen kurz geschnit-
tenen Bart und trug eine kleine Jarmulke. Sein braunes Haar
war mit rötlichen Sprenkeln durchsetzt. „Können Sie mir ein
gutes Buch empfehlen?"

„Ein gutes Buch?" Das unergründliche Dunkel seiner
Augen überraschte mich ebenso wie die beiläufige Art seiner
Frage.

„Ja, ich würde über das Wochenende gern etwas Leichtes
lesen, um mich von meinem Studium abzulenken. Vielleicht
die Ilias …"

Unwillkürlich musste ich lachen. „Homer ist für Sie leichte
Literatur?"

„Im Vergleich zu Texten über Physik ganz sicher." Kleine
Fältchen bildeten sich an seinen Augenwinkeln. Ich führte
ihn in die Literaturabteilung, wo er sich für einen Band mit
Shakespeare-Komödien entschied. Meine Hand berührte
leicht seine, als ich ihm das Buch gab, und ein Schauer lief
mir über den Rücken. Ich trug das Buch als ausgeliehen ein,
doch der Mann hielt sich weiter in der Bibliothek auf. Er verriet mir, er heiße Jakub und sei zwanzig Jahre alt, also zwei
Jahre älter als ich.

Von nun an besuchte er mich jeden Tag in der Bibliothek.
Schnell erfuhr ich, dass Naturwissenschaften sein Hauptfach
war, seine wahre Leidenschaft aber der Politik galt. Er war
in verschiedenen Aktivistengruppen tätig und schrieb Artikel
für studentische und lokale Zeitungen, die nicht nur der polnischen Regierung gegenüber kritisch waren, sondern auch
der – wie er es nannte – „geplanten Vorherrschaft des Deutschen Reichs über seine Nachbarn". Ich machte mir Sorgen,
es könnte gefährlich sein, so offen seine Meinung kundzutun.
Während die Juden in meinem Viertel auf den Stufen vor ih-

ren Häusern, vor den Synagogen und in den Geschäften hitzig über die politische Lage und die Welt im Allgemeinen diskutierten, war ich so erzogen worden, mich im Umgang mit anderen Menschen eher bedeckt zu halten. Doch Jakub, Sohn des bekannten Soziologen Maximilian Bau, kannte solche Bedenken nicht. Wenn ich ihm zuhörte, wie er redete, ihn beobachtete, wie seine Augen voller Eifer brannten und wie er gestikulierte, dann vergaß ich, mich zu fürchten.

Mich erstaunte, dass ein Student aus einer so wohlhabenden und aufgeklärten Familie sich für mich interessierte – die Tochter eines armen orthodoxen Bäckers. Doch selbst wenn ihm die Unterschiede unserer Herkunft bewusst gewesen sein sollten, so schien er sich daran nicht zu stören. Wir begannen, jeden Sonntagnachmittag gemeinsam zu verbringen, zu reden und am Ufer der Wisła entlangzuspazieren. „Ich sollte mich besser auf den Heimweg machen", sagte ich an einem Sonntag im April, als es bereits düster wurde. Jakub und ich waren dem Flusslauf dort gefolgt, wo er sich um die Wawelburg wand. Wir hatten uns so angeregt unterhalten, dass mir jegliches Zeitgefühl abhandengekommen war. „Meine Eltern werden sich fragen, wo ich bleibe."

„Ja, ich sollte sie auch bald kennenlernen", erwiderte er so beiläufig, dass ich mitten in der Bewegung innehielt. „So etwas macht man doch, wenn man die Eltern um Erlaubnis bitten will, mit ihrer Tochter auszugehen." Ich war zu verblüfft, um zu antworten. Obwohl Jakub und ich in den letzten Monaten viel Zeit miteinander verbracht hatten und ich wusste, dass ihm meine Gesellschaft angenehm war, hätte ich nie gedacht, dass er diesen Schritt in Erwägung zog. Er beugte sich vor und legte seine Finger unter mein Kinn, sodass ich das Leder seiner Handschuhe auf meiner Haut spürte. Behutsam presste er zum ersten Mal seine Lippen auf meinen Mund. Wir verharrten in dieser Haltung, bis ich das Gefühl hatte, der Boden würde unter meinen Füßen weggezogen und ich müsse ohnmächtig werden.

Wenn ich jetzt an Jakubs Kuss denke, fühle ich Wärme in mir aufsteigen. Hör auf damit, ermahne ich mich, doch vergebens. Knapp ein Jahr ist es her, dass ich zum letzten Mal meinen Ehemann gesehen und ihn berührt habe. Mein ganzer Körper schmerzt vor Sehnsucht nach ihm.

Ein dumpf klickendes Geräusch reißt mich aus meinen Gedanken, und ich kehre ins Hier und Jetzt zurück. Noch immer stehe ich vor dem gelben Haus und schaue nach oben, da wird die Haustür geöffnet, und eine ältere, gut gekleidete Frau tritt heraus. Als sie mich und Łukasz bemerkt, stutzt sie. Ich sehe ihr an, dass sie überlegt, wer wir wohl sein mögen und warum wir vor ihrem Haus stehen. Dann wendet sie sich abweisend um, verschließt die Tür und steigt die Stufen hinab. Das hier ist jetzt ihr Zuhause. Es reicht, ermahne ich mich. Ich kann es mir nicht erlauben, irgendetwas zu tun, das Aufmerksamkeit auf mich lenkt. Ich schüttele den Kopf und versuche, mich von Jakubs Bild vor meinem geistigen Auge zu befreien.

„Komm, Łukasz", sage ich laut und ziehe sanft am Arm des Jungen. Wir gehen weiter und durchqueren die Planty, jenen breiten Streifen Parklandschaft, der sich wie ein Ring um die Innenstadt zieht. An den Bäumen sind bereits die ersten Knospen zu sehen, doch sie werden sicherlich einem späten Frost zum Opfer fallen. Łukasz umklammert meine Hand fester, als er mit großen Augen die Eichhörnchen beobachtet, die durchs Gebüsch turnen, als sei der Frühling gekommen. Während wir weitergehen, kann ich förmlich fühlen, wie die Stadt hinter mir zurückfällt. Fünf Minuten später haben wir die Aleje Krasińskiego erreicht, den breiten Boulevard, den die Deutschen zusammen mit der Aleje Mickiewicza und der Aleje Słowackiego schlicht in den „Außenring" umbenannt haben. Zu meiner Linken verläuft die Straße nach Süden bis zum Fluss, wo sie in eine Brücke übergeht. Ich bleibe stehen und schaue dorthin. Auf der anderen Seite des Flusses, gut einen halben Kilometer weiter südlich, beginnt das Ghetto. Ich drehe mich in diese Richtung und denke an meine Eltern. Wenn wir bis zur Mauer gehen, kann ich sie womöglich sehen. Vielleicht kann ich ihnen sogar etwas von dem Essen zustecken, das ich soeben gekauft habe. Krysia würde das nichts ausmachen. Doch dann halte ich inne. Ich kann es nicht wagen – nicht am helllichten Tag und nicht mit einem Kind an der Hand. Ich schäme mich für meinen Magen, weil der nicht mehr vor Hunger knurrt, und für meine Freiheit, dafür, dass ich durch die Straßen meiner Stadt gehe, als gäbe es weder Besetzung noch Krieg.

Am späten Nachmittag kehren Łukasz und ich nach Chelm zurück, in jenes ländliche Viertel, das unser Zuhause geworden ist. Meine Arme tun mir weh, weil ich nicht nur die Einkäufe, sondern auf den letzten Metern auch den Jungen tragen muss. Als wir um jene Ecke biegen, an der sich die Hauptstraße gabelt, atme ich tief ein. Die Luft ist inzwischen noch kälter geworden, ihre Klarheit wird nur von einem stechenden Geruch gestört, weil ein Bauer in der Nähe abgestorbenes Gestrüpp verbrennt. Ich kann das Feuer sehen, das auf dem sanft ansteigenden Ackerland zu meiner Rechten schwelt. Dichter Rauch zieht über die Felder, die sich wie die Wellen einer sanften See bis zum Horizont erstrecken.

Wir biegen nach links ein in die Straße, die im unteren Teil von Bauernhöfen gesäumt wird und sich im weiteren Verlauf durch die bewaldeten Hügel von Las Wolski schlängelt. Nach gut fünfzig Metern erreichen wir Krysias Haus, ein zweigeschossiges Landhaus aus dunklem Holz, umgeben von Kiefern. Eine Rauchwolke steigt aus dem Kamin auf, als wolle sie uns begrüßen. Ich setze den Jungen ab, der vorausläuft. Krysia hört seine Schritte, kommt hinter dem Haus hervor und nähert sich dem Tor. Mit ihrem hochgesteckten silbergrauen Haar sieht sie aus wie jemand, der für einen

Opernbesuch bereit ist, doch ihre Hände stecken in Garten-
handschuhen aus sprödem Leder, nicht in Seiden- oder Spit-
zenhandschuhen. Schmutz bedeckt den Saum ihres Arbeits-
kleids, das schöner ist als alles, was ich wohl je mein Eigen
nennen werde. Als sie Łukasz sieht, zeichnet sich auf Krysias faltenlosem Gesicht ein Lächeln ab. Sie vergisst für einen
Moment ihre formvollendete Haltung, bückt sich und hebt
den Jungen hoch.

„Ist alles gut gegangen?", fragt sie, während ich näher
komme. Sie lässt Łukasz auf ihrer Hüfte wippen und betrachtet sein Gesicht. Mich sieht sie nicht an. Es macht mir
nichts aus, dass ihre ganze Aufmerksamkeit dem Kind gilt.
Seit der Zeit, da er bei uns ist, hat er noch nicht gelächelt und
keinen Ton gesprochen, was für uns beide beständiger Grund
zur Sorge ist.

„Mehr oder weniger."

„Wieso?" Sie dreht den Kopf zu mir. „Was ist passiert?"

Ich zögere, da ich in Gegenwart des Jungen nicht darüber
reden möchte. „Wir sahen ein paar … Deutsche." Ich sehe
zu Łukasz. „Es hat uns sehr mitgenommen, aber sie schienen
uns gar nicht zu bemerken."

„Gut. Hast du auf dem Markt alles bekommen?"

Ich schüttele den Kopf. „Nur ein paar Sachen", sage ich
und hebe den Korb leicht an. „Aber nicht so viel, wie ich gehofft habe."

„Das ist nicht schlimm, wir kommen schon über die Runden. Ich war gerade damit beschäftigt, den Garten umzugra-
ben, damit wir nächsten Monat aussäen können." Wortlos
folge ich Krysia ins Haus und wundere mich einmal mehr
über ihre Anmut und Kraft. In der Art, wie sie vor mir her-
geht, wie jede ihrer wohl kontrollierten Bewegungen von
Entschlossenheit zeugt, liegt eine Unbeirrbarkeit, die mich
an meinen Mann erinnert.

Krysia nimmt mir den Korb aus der Hand und packt

19

meine Einkäufe aus. Ich schlendere unterdessen in den Salon. Seit zwei Wochen lebe ich nun hier, und trotzdem erstarre ich immer wieder in Ehrfurcht, wenn ich die ausladenden Möbel und die wundervollen Kunstwerke sehe, die jede Wand schmücken. Am Flügel vorbei gehe ich zum Kamin. Auf dem Sims stehen drei gerahmte Fotos. Eines zeigt Marcin, Krysias verstorbenen Ehemann, wie er im Frack dasitzt, vor sich sein Cello. Auf einem anderen ist Jakub als Kind zu sehen, wie er an einem See spielt. Das dritte Foto nehme ich in die Hand, es zeigt Jakub und mich am Tag unserer Hochzeit. Wir stehen auf den Stufen vor dem Haus der Familie Bau in der ulica Grodzka, Jakub in einem dunklen Anzug, ich in dem bis zu den Knöcheln reichenden Hochzeitskleid aus weißem Leinen, in dem vor mir meine Mutter und meine Großmutter geheiratet haben. Obwohl wir in die Kamera blicken sollen, haben wir einander den Kopf zugewandt, mein Mund ist leicht geöffnet, da ich über einen Witz lachen muss, den mein Mann mir in dem Moment zuflüstert.

Ursprünglich wollten wir mit der Heirat noch ein Jahr warten, bis Jakub seinen Abschluss hatte. Doch 1938 marschierten deutsche Truppen ins Sudetenland ein, und kein Land in Westeuropa unternahm etwas dagegen. Hitler stand an der Grenze zu Polen, jederzeit zum Angriff bereit. Wir hatten davon gehört, wie grausam die Nazis im Deutschen Reich in Deutschland und in Österreich die Juden behandelten. Wer vermochte schon zu sagen, was aus unserem Leben würde, sollten die Deutschen in Polen einfallen? Darum entschieden wir, es sei besser, sofort zu heiraten und sich gemeinsam einer ungewissen Zukunft zu stellen.

Jakub machte mir an einem schwülwarmen Sonntagnachmittag einen Heiratsantrag, als wir wieder einmal am Fluss spazieren gingen. „Emma …" Er blieb stehen, drehte sich zu mir und kniete vor mir nieder. Sein Antrag kam für mich nicht völlig überraschend, denn am Morgen zuvor war Jakub mit meinem Vater in die Synagoge gegangen. An der nachdenklichen Art, mit der Vater mich nach seiner Rückkehr aus der Synagoge ansah, erkannte ich, dass sie nicht über Politik oder Religion, sondern über die gemeinsame Zukunft von Jakub und mir gesprochen hatten. Dennoch kamen mir die Tränen. „Wir leben in einer Zeit der Ungewissheit", begann Jakub, und ich musste mir ein Lachen verkneifen. Nur ein Mann wie er konnte aus einem Heiratsantrag eine politische Rede machen. „Aber ich weiß, egal was uns erwartet, ich möchte meinem Schicksal gemeinsam mit dir begegnen. Würdest du mir die Ehre erweisen und meine Frau werden?"

„Ja", hauchte ich, als er den silbernen Ring mit einem eingefassten winzigen Diamanten über meinen linken Ringfinger schob. Er stand auf und küsste mich, länger und leidenschaftlicher als je zuvor.

Wenige Wochen später heirateten wir unter einem Baldachin im eleganten Salon der Baus, nur unsere engsten Familienangehörigen waren anwesend. Nach der Zeremonie brachten wir meine wenigen Habseligkeiten in das freie Zimmer im Haus von Jakubs Eltern. Professor Bau und seine Frau brachen kurz darauf für ein Ferienjahr nach Genf auf, sodass Jakub und ich das Haus ganz für uns allein hatten. Ich war in einer winzigen Dreizimmerwohnung aufgewachsen, und es war für mich ungewohnt, in solchem Luxus zu leben. Die hohen Decken und die polierten Holzböden schienen eher zu einem Museum zu passen. Anfangs fühlte ich mich fehl am Platz, so wie ein Dauergast in einem riesigen Haus, doch ich lernte recht schnell, dieses großzügige Heim zu lieben, in dem es Musik, Kunst und Bücher gab. Nachts lagen Jakub und ich wach und erzählten uns von unseren Träumen. Wir konnten es kaum abwarten, im Jahr nach seinem Abschluss vielleicht in der Lage zu sein, uns ein eigenes Haus zu kaufen.

An einem Freitagnachmittag, drei Wochen nach unserer Hochzeit, beschloss ich, ins jüdische Viertel Kazimierz zu gehen und aus der Bäckerei meiner Eltern etwas Challah-Brot für das Abendessen zu holen. Als ich das Geschäft erreichte, drängten sich darin bereits die Kunden, die wegen des Schabbes in Eile waren. Ich stellte mich zu meinem Vater hinter die Theke, um ihm zu helfen. Eben hatte ich einer Kundin das Wechselgeld gegeben, da riss ein kleiner Junge die Ladentür auf. „Die Deutschen greifen an!", rief er aufgeregt.

Ich erstarrte mitten in meiner Bewegung. Im Laden herrschte sofort Totenstille. Mein Vater holte rasch das Radio aus dem Hinterzimmer und schaltete es ein, die Kunden drängten sich um den Apparat, um die Nachrichten zu hören. Die Deutschen hatten die Westerplatte nahe Gdańsk angegriffen. Polen und das Deutsche Reich befanden sich im Krieg. Einige Frauen im Geschäft fingen leise an zu weinen. Der Radiosprecher verstummte, stattdessen wurde die polnische Nationalhymne gespielt. Ein paar Leute um mich herum stimmten inbrünstig mit ein. „Die polnische Armee wird uns verteidigen", hörte ich Pan Klopowitz, einen Veteran aus dem Großen Krieg, sagen. Aber ich kannte die wahren Verhältnisse und wusste genau, wie es um uns bestellt war. Die polnische Armee bestand zum größten Teil aus Kavallerie und Fußsoldaten, die den Panzern und den Maschinengewehren der deutschen Wehrmacht nichts entgegenzusetzen hatten. Ich sah zu meinem Vater hinüber, unsere Blicke trafen sich. Mit einer Hand umfasste er seinen Gebetsschal, mit der anderen klammerte er sich so krampfhaft an der Theke fest, dass seine Knöchel weiß hervortraten. Offenbar rechnete auch er mit dem Schlimmsten.

„Geh jetzt", forderte er mich auf, nachdem auch der letzte Kunde mit einem Laib Brot das Geschäft verlassen hatte. Ich kehrte nicht in die Bibliothek zurück, sondern eilte nach

Hause. Jakub wartete bereits auf mich, als ich in die Wohnung kam. Sein Gesicht war totenbleich, als er mich in seine Arme schloss.

Nur zwei Wochen nach Beginn des Einmarsches hatten die Deutschen die polnische Armee überrannt. Von einem Tag auf den anderen fuhren Panzer durch Kraków, und Männer mit verbissenen Mienen marschierten in Uniform durch die Straßen. Die Menschen mussten nicht erst dazu aufgefordert werden, sondern machten ihnen auch so unverzüglich Platz.

Bald darauf kündigte man mir meine Stelle an der Universität, und wenige Wochen später erfuhr Jakub vom Leiter seiner Fakultät, dass Juden der Besuch von Hochschulen nicht länger gestattet war. Die Welt, wie wir sie kannten, löste sich in Nichts auf.

Ich hatte gehofft, Jakub würde nach seinem Verweis von der Universität mehr Zeit zu Hause verbringen, doch seine politischen Treffen fanden im Laufe des folgenden Jahres in immer kürzeren Abständen statt. Nun waren daraus Geheimtreffen geworden, die man in Wohnungen überall in der Stadt abhielt. Auch wenn er es nicht aussprach, wurde mir klar, dass diese Zusammenkünfte irgendetwas mit dem Widerstand gegen die Nazis zu tun hatten. Ich wollte ihn bitten und anflehen, damit aufzuhören, da ich entsetzliche Angst hatte, man könne ihn verhaften oder ihm Schlimmeres antun. Allerdings wusste ich, dass meine Sorgen nicht ausreichten, um ihn von seinem politischen Eifer abzubringen.

An einem Dienstagabend Ende März nickte ich ein, während ich auf Jakubs Heimkehr wartete. Irgendwann später wurde ich wieder wach, ein Blick zur Uhr auf dem Nachttisch ließ mich erkennen, dass es bereits nach Mitternacht war. Er hätte längst zu Hause sein sollen. Hastig verließ ich das Bett und lauschte, doch von meinen eigenen Schritten abgese-

23

hen war alles ruhig. Meine Gedanken überschlugen sich. Wie eine Verrückte lief ich immer wieder durchs Haus, im Abstand von wenigen Minuten eilte ich zum Fenster und suchte jedes Mal aufs Neue die Straße nach meinem Mann ab.

Irgendwann gegen halb zwei in der Nacht hörte ich plötzlich ein Geräusch aus der Küche. Jakub war über die Hintertreppe hereingekommen. Frisur und Bart waren auf eine für ihn ganz untypische Weise zerzaust. Ein dünner Film aus winzigen Schweißperlen bedeckte seine Oberlippe. Zitternd schlang ich meine Arme um ihn. Jakub nahm wortlos meine Hand und führte mich ins Schlafzimmer. Ich versuchte, nichts zu sagen, als er mich auf die Matratze drückte und sich mit einer nie gekannten Verzweiflung auf mich legte.

„Emma, ich muss fortgehen", erklärte er mir später in der Nacht, als wir wach im Bett lagen und dem Poltern der Straßenbahnwagen lauschten. Meine vom Liebesakt schweißnasse Haut war im kühlen Dunkel des Schlafzimmers fast getrocknet, und ich verspürte ein leichtes Frösteln.

Mein Magen verkrampfte sich. „Wegen deiner Arbeit?"

„Ja."

Ich wusste, er meinte damit nicht seine frühere Stelle an der Universität. „Wann?", fragte ich mit zittriger Stimme.

„Schon bald … ich glaube, in wenigen Tagen." Etwas in seinem Tonfall verriet mir, dass er mir nicht alles erzählte, was er wusste. Er drehte sich auf die Seite, sodass er mit seiner Brust an meinen Rücken gepresst dalag und seine Beine zwischen meine schmiegen konnte. „Ich werde Geld für den Fall hierlassen, dass du etwas benötigst."

In der Dunkelheit winkte ich ab. „Das möchte ich nicht." Tränen stiegen mir in die Augen. *Bitte bleib*, wollte ich zu ihm sagen. Ich wäre bereit gewesen, ihn anzubetteln, hätte ich mir sicher sein können, dass es etwas nützte.

„Emma …" Er hielt inne. „Du solltest besser zu deinen Eltern zurückgehen."

„Das werde ich machen." Wenn du fort bist, fügte ich in Gedanken hinzu.

„Da ist noch etwas …" Seine Wärme wich von mir, als er sich wegdrehte, um etwas aus dem Nachttisch zu holen. Das Papier mit dem erhabenen Wachssiegel, das er dann vor mich hinlegte, fühlte sich glatt und neu an. „Verbrenn es bitte." Es war unsere *Kittubah*, unser hebräischer Trauschein. Im Strudel der Ereignisse war keine Zeit geblieben, unsere Ehe offiziell bei den Behörden eintragen zu lassen.

Ich schob das Papier zu ihm zurück. „Niemals."

„Du musst deinen Ring ablegen und so tun, als hätten wir niemals geheiratet. Sag deiner Familie, sie soll mit niemandem darüber reden", fuhr er fort. „Du schwebst in Gefahr, wenn ich weg bin und jemand erfährt, dass du meine Frau bist."

„In Gefahr? Jakub, ich bin eine Jüdin in einem von den Nazis besetzten Land. Könnte ich in einer größeren Gefahr als dieser schweben?"

„Tu es einfach", beharrte er.

„Also gut", log ich, nahm ihm das Dokument aus der Hand und schob es unter die Matratze. Niemals würde ich die eine Sache verbrennen, die mich für alle Zeit mit ihm verband.

Ich lag noch immer wach, als Jakub längst eingeschlafen war, was ich an seinem ruhigen, gleichmäßigen Atmen erkannte. Vorsichtig strich ich an der Stelle über seine Haare, an der sie den Kragen berührten, vergrub meine Nase in der Mulde und atmete tief den vertrauten Geruch ein. Mit einem Finger zeichnete ich die Konturen seiner Hand nach und versuchte, mir die Form einzuprägen. Plötzlich bewegte er sich und gab leise Stöhnlaute von sich, als kämpfe er im Schlaf bereits gegen den Feind. Schließlich wurden meine Augenlider immer schwerer, und es kostete mich ungeheure Kraft, gegen die Müdigkeit anzukämpfen. Doch ich würde

25

noch genug Zeit zum Schlafen haben …

Irgendwann verlor ich den Kampf gegen meine Erschöpfung. Erst Stunden später wurde ich vom Geräusch der Straßenfeger geweckt, die die Fußwege kehrten. Vielleicht war es auch das rhythmische Hufgetrappel der Pferde, die die Wagen der Lieferanten über das Kopfsteinpflaster zogen. Draußen war es noch dunkel. Als ich mit einer Hand über die andere Hälfte des Bettes strich, war sie leer, aber das Laken fühlte sich noch warm an, und in der Luft lag der wundervolle Geruch meines Ehemanns. Ich musste nicht erst die Augen öffnen; ich wusste auch so, dass sein Rucksack und einige andere seiner Habseligkeiten nicht mehr da waren.

Jakub hatte mich verlassen.

„… hungrig?", durchdringt Krysias Stimme meine Erinnerungen. Mir wird bewusst, dass sie den Salon betreten hat und mit mir redet, doch ich habe kein Wort mitbekommen. Widerstrebend drehe ich mich zu ihr um, als wäre ich aus einem schönen Traum gerissen worden. Sie hält mir einen Teller mit Brot und Käse hin.

„Nein, danke." Ich schüttele den Kopf, mit meinen Gedanken noch halb in der Vergangenheit.

Krysia stellt den Teller auf dem Wohnzimmertisch ab und kommt zu mir. „Das ist ein schönes Motiv", sagt sie und zeigt dabei auf das Foto von meiner Hochzeit. Ich antworte nicht, worauf sie die Aufnahme in die Hand nimmt, die Jakub als Kind zeigt. „Wir sollten sie weglegen, damit niemand sie sehen kann."

„Wer sollte sie denn sehen?", frage ich. „Hier gibt es doch nur uns drei." Krysia hatte das Dienstmädchen und den Gärtner entlassen, bevor Łukasz und ich herkamen. Und in den drei Wochen, die wir nun bei ihr leben, hat niemand sonst das Haus betreten.

„Man kann nie wissen", erwidert sie. Ihre Stimme klingt

eigenartig. „Besser, wir gehen kein Risiko ein." Sie streckt ihre Hand aus und ich zögere, da ich nicht eines der letzten Dinge aufgeben möchte, das mich an meinen Mann erinnert. Aber mir wird klar, dass sie recht hat. Uns bleibt einfach keine andere Wahl. Seufzend reiche ich Krysia das Hochzeitsfoto und sehe ihr wie benommen nach, als sie es aus dem Zimmer bringt.

2. KAPITEL

An dem Morgen, an dem Jakub verschwand und nicht wagte, mir eine Nachricht zu hinterlassen, saß ich nach dem Aufwachen minutenlang im Bett und sah mich im Schlafzimmer um. „Er kommt nicht zurück", sagte ich zu mir selbst. Ich war so perplex, ich konnte nicht einmal weinen. Als wäre ich diesen Moment gedanklich schon tausendmal durchgegangen, stand ich auf und zog mich an. So schnell ich konnte, packte ich meinen kleinen Koffer. Es kostete mich Überwindung, den Verlobungs- und den Ehering abzustreifen, beide legte ich zusammen mit unserem Trauschein zuunterst in den Koffer.

An der Schlafzimmertür blieb ich kurz stehen. Im überladenen Regal gleich neben der Tür lag unter Jakubs Physikbüchern und politischen Abhandlungen begraben ein kleiner Stapel Romane – *Ivanhoe*, *Stolz und Vorurteil* und einige mehr, die meisten davon von ausländischen Autoren. Ich streckte die Hand aus, um über die Buchrücken zu streichen, und verlor mich für einen Augenblick in Erinnerungen. Jakub hatte mir die Romane geschenkt, kurz nachdem wir uns das erste Mal trafen. Jeden Tag besuchte er mich damals in der Bibliothek, und oft brachte er mir ein kleines Geschenk mit, mal einen Apfel oder eine Blume – oder eben ein Buch. Zunächst musste ich darüber lachen. „Du bringst Bücher in eine Bibliothek?", zog ich ihn auf, während ich den dünnen, in Leder gebundenen Band musterte. Es war eine übersetzte Ausgabe von Charles Dickens' *Große Erwartungen*.

„Ich bin mir sicher, dass du dieses noch nicht hast", überging er meine Neckerei und hielt mir das Buch hin. In seinen braunen Augen lag ein Lächeln. Es stimmte, was er sagte: Auch wenn ich etliche Bücher gelesen hatte, so besaß ich doch kein einziges davon. Meine Eltern hatten mich zum Lernen ermutigt und mich auf eine jüdische Mädchenschule geschickt, solange sie das Geld dafür aufbringen konnten. Aber Bücher zu *besitzen* war – abgesehen von der Familienbibel und dem Gebetsbuch – ein Luxus, den wir uns nicht leisten konnten. Jedes der Bücher, die Jakub mir brachte, behandelte ich wie eine kleine Kostbarkeit, und ich verriet ihm niemals, dass ich fast alle bereits in der Bibliothek gelesen hatte, einige sogar oft genug, um den Inhalt auswendig zu kennen. Ich las jedes einzelne noch einmal (jetzt, da es mein eigenes Buch war, erschien mir die Geschichte irgendwie anders als zuvor), und legte es dann in die Schublade meiner Kommode, wo es sicher verwahrt war. Diese Bücher gehörten zu den wenigen Habseligkeiten, die ich mitnahm, als ich vom Haus meiner Eltern in das meiner Schwiegereltern zog.

Beim Gedanken daran, wie Jakub mir das erste Buch schenkte, brannten meine Augen. Wo bist du?, fragte ich leise und starrte das Regal an. Und wann wirst du zurückkommen? Ich wischte die Tränen fort und betrachtete die Bücher. Ich kann sie nicht alle mitnehmen, dachte ich. Sie wiegen zu viel. Dennoch würde ich sie nicht alle hier zurücklassen. Schließlich zog ich zwei Bücher aus dem Stapel und packte sie in eine Tasche.

Mit Koffer und Taschen bepackt ging ich langsam Richtung Haustür. Mein Blick wanderte über die roséfarbenen Seidenvorhänge, die mit bronzefarbener Kordel elegant von den hohen Fenstern zurückgehalten wurden, weiter zum Porzellan mit Goldrand in der Vitrine neben dem Salon. Wenn das Haus leer stand, wer würde dann die Landstreicher oder sogar die Deutschen davon abhalten, es zu plündern? Einen Moment lang spielte ich mit dem Gedanken, doch zu bleiben. Aber Jakub hatte recht damit, dass ich hier nicht in Sicherheit war. Durchsuchungen durch die Gestapo waren an der Tagesordnung, und die jüdischen Besitzer vieler erstklassiger Wohnungen in der Innenstadt waren bereits enteignet worden. An ihrer Stelle hatten sich in den herrschaftlichen

29

Häusern hochrangige deutsche Offiziere niedergelassen. Mir ging der Gedanke durch den Kopf, etwas von den wertvollen Gegenständen der Baus mitzunehmen, um sie in Sicherheit zu bringen, vielleicht einige kleinere Gemälde oder die silbernen Kerzenhalter. Doch selbst wenn ich sie irgendwie bis in die winzige Wohnung meiner Eltern hätte schaffen können, wären sie dort nicht sicherer aufgehoben als hier. Im Foyer blieb ich noch einmal stehen und schaute mich ein letztes Mal um, dann zog ich die Tür hinter mir zu.

Ich ging die ulica Grodzka entlang, aus dem Stadtzentrum hinaus in Richtung jüdisches Viertel. Je weiter ich kam, umso schäbiger wurden die Häuser und umso enger die Straßen. Unwillkürlich musste ich daran denken, wie ich es Jakub zum ersten Mal erlaubte, mich von der Bibliothek nach Hause zu begleiten. Über Monate hinweg hatte er es mir angeboten, doch ich lehnte jedes Mal ab. Ich fürchtete, dass er im Angesicht der krassen Gegensätze unser beider Welten für immer aus meinem Leben verschwinden würde. Als wir das jüdische Viertel schließlich erreichten, beobachtete ich sein Mienenspiel genau. So wie er die Lippen aufeinanderpresste und seinen beschützenden Arm fester um mich legte, spürte ich, dass er zutiefst betroffen war vom Anblick der allgegenwärtigen Armut, den heruntergekommenen Häusern und den schäbig gekleideten Menschen. Nie ließ er jedoch ein Wort darüber verlauten, seine Zuneigung zu mir schien von diesem Tag an nur noch stärker zu sein. Irgendwie hatte ich das Gefühl, dass er entschlossen war, mich aus dieser Welt herauszuholen. Bis heute, bis zu diesem Augenblick, dachte ich und betrachtete die menschenleere Straße vor mir. Jetzt war er fort, und ich kehrte allein nach Kazimierz zurück. Ich merkte, wie mir erneut Tränen in die Augen stiegen.

Wenig später erreichte ich die ulica Szeroka und damit den großen Platz im Herzen des jüdischen Viertels. Ich blieb stehen und ließ meinen Blick über die Synagogen und die Geschäfte schweifen, die den Platz säumten. Etwas war anders als bei meinem letzten Besuch vor wenigen Wochen. Obwohl es ein Werktag war, hielt sich niemand auf den Straßen auf, zudem herrschte gespenstische Stille. Nirgends unterhielten sich Nachbarn von einem offenen Fenster zum anderen, vor keinem Geschäft standen hitzig debattierende Männer, und nirgendwo schleppten Frauen mit Kopftüchern Lebensmittel oder gebündeltes Brennholz. Es war so, als sei über Nacht die ganze Nachbarschaft verschwunden.

Ich beschloss, zur Bäckerei zu gehen und meinen Vater zu begrüßen, bevor ich mich in die Wohnung begab. Das winzige Geschäft mit der angeschlossenen Backstube war sein ganzer Stolz. Vor über dreißig Jahren hatte er es als junger Mann eröffnet, um sich und meine Mutter ernähren zu können, und seitdem stand er täglich hinter der Theke. Selbst nach dem Einmarsch der Deutschen war er nicht davon abzubringen, das Geschäft weiterzuführen, obwohl es an allen Zutaten mangelte und die zahlenden Kunden immer weniger wurden. Er wollte es sich einfach nicht nehmen lassen, Familie, Freunde und Nachbarn mit heimlich produzierten jüdischen Brotsorten zu versorgen – mit Challah-Laiben für den Sabbat und Matzen für das Passah-Fest, all diesen Dingen, die längst verboten waren.

Natürlich würde er wollen, dass ich meine Koffer in die Ecke stellte und eine der weiten Schürzen umlegte, damit ich ihm beim Backen helfen konnte. Ihm bei der Arbeit zur Hand zu gehen, fehlte mir am meisten, seit ich geheiratet und Kazimierz verlassen hatte. Stundenlang unterhielten wir uns, wenn wir die Teige einrührten und kneteten, und oft erzählte er mir Geschichten aus seiner Kindheit, Geschichten über meine Großeltern, die ich nie kennengelernt hatte, und über den großen Gemischtwarenladen, den sie einst nahe der Grenze zum Deutschen Reich besaßen. Manchmal hielt er mitten in seinen Erzählungen inne und summte leise etwas vor sich hin. Ich musste ihn nicht ansehen, um zu wissen, woran er dachte, während er dastand und lächelte, den dunklen Bart vom Mehl weiß gefärbt.

An der Ecke ulica Józefa bog ich nach links ab und blieb vor der Bäckerei stehen. Ich versuchte, die Tür zu öffnen, doch sie war verschlossen. Einen Moment lang überlegte ich, ob ich mich im Wochentag geirrt hatte und das Geschäft wegen des Schabbes geschlossen war. Das letzte Mal, dass mein Vater aus einem anderen Grund als diesem nicht geöffnet hatte, war der Tag meiner Geburt gewesen. Ich spähte durch das Schaufenster, drinnen war alles dunkel. Unbehagen kam in mir auf. Vielleicht stimmte etwas nicht, womöglich war er oder meine Mutter krank. Ein Schauder lief mir über den Rücken, während ich mich in Richtung ulica Miodowa auf den Weg machte.

Nur ein paar Minuten später betrat ich den schwach beleuchteten Flur jenes Hauses, in dem ich bis zur Heirat mein ganzes Leben verbracht hatte. Die Luft war beißend und schwer vom Geruch nach Kohl und Zwiebeln. Ich ging die Treppen hinauf und stellte schließlich schwer atmend mein Gepäck ab, dann öffnete ich die Wohnungstür. „Hallo?", rief ich und ging ins Wohnzimmer. Die Morgensonne schickte ihre Strahlen durch die zwei Fenster in den Raum. Als ich mich umsah, dachte ich daran, wie wenig es mir ausgemacht hatte, in solch beengten Verhältnissen aufzuwachsen. Seit ich aber mit Jakub verheiratet war und bei seiner Familie wohnte, kam mir das Zuhause meiner Kindheit irgendwie verändert vor. Bei meinem ersten Besuch nach unseren Flitterwochen waren mir die vergilbten Gardinen und die ausgefransten Sofakissen zuwider gewesen, so als würde mir zum ersten Mal wirklich bewusst, wie klein und unordentlich unsere Wohnung war. Ich empfand Schuldgefühle, dass ich meine Eltern hier zurückließ, während ich mit Jakub im Komfort lebte. Doch sie schien es nicht zu stören, schließlich war dies hier das einzige Zuhause, das sie kannten. Und jetzt muss ich wieder hier leben, dachte ich und wünschte, es müsste nicht so sein. Sofort schämte ich mich für meine Überheblichkeit.

„Hallo?" Diesmal hatte ich meine Stimme etwas angehoben. Keine Antwort. Ich sah zur Uhr über dem Kamin. Es war halb neun. Mein Vater sollte schon vor Stunden in die Backstube gegangen sein, wohingegen meine Mutter nie so früh aufstand wie er, also hätte sie zu Hause sein müssen. Irgendetwas stimmte nicht. Ich atmete tief durch und stellte fest, dass es nicht nach dem üblichen Frühstück meiner Mutter roch, das aus Eiern und Zwiebeln bestand. Beunruhigt lief ich ins Schlafzimmer. Einige Schubladen der Kommode standen offen, Kleidungsstücke hingen heraus. Meine Mutter hätte niemals die Wohnung verlassen, ohne zuvor Ordnung zu schaffen. Dann sah ich, dass die graue Wolldecke verschwunden war, die üblicherweise am Fußende auf dem Bett meiner Eltern lag.

„Mama?" Wieder keine Antwort. Ich spürte, wie Panik in mir aufstieg. Ich eilte durch das Wohnzimmer zurück in den Hausflur und sah die Treppe hinunter. Bis auf den Nachhall meiner Schritte war im Gebäude alles still. Ich hörte keines der sonst üblichen Geräusche, die durch die hauchdünnen Wände drangen – Menschen, die sich unterhielten, das Scheppern von Kochtöpfen, laufende Wasserhähne. Mein Puls schlug ohrenbetäubend laut. Offenbar waren alle verschwunden! Ratlos blieb ich stehen.

Plötzlich kam ein leises Knarren aus dem oberen Teil des Treppenhauses. „Hallo?", rief ich und ging einige Stufen hinauf. Durch das Geländer konnte ich ein Stück blauen Stoffs erkennen. „Ich bin Emma Gerschmann", sagte ich und benutzte meinen Mädchennamen. „Wer ist da?" Ich kam gar nicht erst auf den Gedanken, Angst zu empfinden. Ich hörte einen Schritt, dann noch einen. Ein Junge, nicht viel älter als zwölf, kam zögernd die Treppe herunter. Ich erkannte ihn

33

als eines der vielen Kinder des Ehepaars Rosenkrantz aus dem dritten Stock. „Du bist Jonas, stimmt's?", fragte ich. Er nickte. „Wo sind alle?"

Fast eine Minute lang schwieg er, und als er endlich antwortete, war seine Stimme so leise, dass ich ihn kaum verstehen konnte. „Ich habe auf dem Hof gespielt, als sie kamen."

„Wer kam, Jonas?", fragte ich und fürchtete mich bereits jetzt vor der Antwort.

„Männer in Uniformen. Ganz viele."

„Deutsche?" Wieder nickte er. Meine Beine wollten mir wegsacken, und ich musste mich am Geländer festhalten. „Wann?"

„Vor zwei Tagen. Alle mussten gehen. Meine Familie auch, und Ihre."

Mir drehte sich der Magen um. „Wohin sind sie gegangen?"

Er zuckte mit den Schultern. „Nach Süden zum Fluss. Alle trugen Koffer und Taschen."

Nach Süden? Ins Ghetto, dachte ich und ließ mich auf den Treppenabsatz sinken. Die Nazis hatten begonnen, eine Mauer um ein ganzes Viertel im südlichen Stadtteil Podgorze zu errichten. Alle Juden aus den umliegenden Dörfern mussten dorthin umziehen. Mir war aber nie der Gedanke gekommen, dass man meine Familie ebenfalls umsiedeln könnte, schließlich lebten wir bereits in einem jüdischen Viertel. „Ich habe mich versteckt, bis sie weg waren", fügte Jonas leise hinzu. Ich sprang auf und lief zurück zu unserer Wohnung. An der Tür blieb ich stehen. Die Mezuzah war nicht mehr da, jemand hatte sie aus dem Türrahmen gerissen. Ich berührte die Stelle, wo der kleine metallene Behälter über Jahrzehnte hinweg gehangen hatte. Mein Vater musste ihn entfernt haben, bevor sie gingen. Er hatte gewusst, sie würden nicht mehr wieder herkommen.

Ich musste sie finden. Nachdem ich die Wohnungstür zugezogen und mein Gepäck an mich genommen hatte, wandte ich mich an Jonas, der mir nach unten gefolgt war. „Jonas, du kannst nicht hierbleiben. Du bist hier nicht in Sicherheit", sagte ich zu ihm. „Hast du irgendjemanden, zu dem du gehen kannst?" Er schüttelte den Kopf. Ich konnte ihn unmöglich mitnehmen. „Hier." Ich kramte ein paar von den Münzen hervor, die Jakub für mich zurückgelassen hatte, und drückte sie dem Jungen in die Hand. „Kauf dir davon etwas zu essen."

Er steckte das Geld in seine Hosentasche. „Wohin gehen Sie?"

Ich zögerte. „Ich versuche, meine Eltern zu finden."

„Gehen Sie ins Ghetto?"

Überrascht schaute ich ihn an. Mir war nicht klar gewesen, dass er wusste, wohin man die Leute gebracht hatte. „Ja."

„Die werden Sie nicht wieder weggehen lassen!", rief Jonas ängstlich. Wieder zögerte ich. In meiner Eile war mir gar nicht eingefallen, dass man mich im Ghetto ebenfalls festhalten könnte.

„Ich muss jetzt gehen. Pass du gut auf dich auf und halt dich versteckt." Ich legte eine Hand auf die Schulter des Jungen. „Wenn ich deine Mutter sehe, werde ich ihr ausrichten, dass du wohlauf bist." Ohne auf eine Antwort zu warten, machte ich kehrt und rannte die Treppen hinunter, so schnell ich konnte.

Draußen blieb ich stehen und sah in beide Richtungen die verlassene Straße entlang. Ich begriff, dass die Deutschen das ganze Viertel geräumt haben mussten. Reglos stand ich da und überlegte, was ich tun sollte. Natürlich hatte Jonas recht. Wenn ich erst einmal im Ghetto war, würde man mich von dort nicht wieder weglassen. Doch welche andere Wahl blieb mir? In unserer Wohnung konnte ich nicht bleiben. Vermutlich war es sogar gefährlich, hier auf der Straße zu stehen.

Verzweifelt wünschte ich mir, Jakub wäre hier. Er wüsste, was zu tun war. Aber wenn er hier gewesen wäre, hätte ich gar nicht erst das Haus seiner Familie verlassen müssen, und alles wäre noch in Ordnung. So jedoch stand ich allein auf der Straße, ohne zu wissen, an wen ich mich wenden sollte. Ich fragte mich, wie weit Jakub inzwischen gekommen war. Ob er mich allein gelassen hätte, wenn ihm klar gewesen wäre, was mir so kurz nach seiner Flucht zustoßen würde?

Ich werde ins Ghetto gehen, beschloss ich. Ich musste einfach wissen, ob meine Eltern dort waren und wie es ihnen ging. Wieder nahm ich Koffer und Taschen auf, dann machte ich mich zügig auf den Weg in Richtung Süden. Meine Schritte und das gelegentliche Schleifen des Koffers auf dem Pflaster waren die einzigen Geräusche, die die frühmorgendliche Stille störten. Ich begann zu schwitzen, und meine Arme taten mir weh, während ich mich an diesem trüben Herbstmorgen mit dem viel zu schweren Gepäck abmühte.

Wenig später erreichte ich das Ufer der Wisła, die unsere alte Welt von unserer neuen trennte. Am Fuß der Eisenbahnbrücke blieb ich stehen und sah zum gegenüberliegenden Ufer hinüber. Podgorze war für mich ein fremder Stadtteil, der vom Handel lebte und überlaufen war. Als mein Blick über die schmutzigen, heruntergekommenen Gebäude wanderte, konnte ich eben die Oberkante der Ghettomauer ausmachen. Ein eisiger Schauer lief mir über den Rücken. Du wirst nur in einem anderen Teil der Stadt wohnen, sagte ich mir, doch dieser Gedanke konnte mich nicht trösten. Das Ghetto war nicht Kazimierz, es war nicht unser Zuhause. Ebenso gut hätte ich auf einem anderen Planeten leben können.

Einen Moment lang überlegte ich, ob ich kehrtmachen und davonlaufen sollte. Aber wohin? Ich atmete tief durch und machte mich daran, die Brücke zu überqueren. Meine Beine waren schwer wie Blei. Während ich mühsam einen Fuß vor den anderen setzte, schlug mir der Gestank von schmutzigem Wasser zwischen den Latten der Brücke hindurch entgegen. Dreh dich nicht um, ermahnte ich mich. Doch kaum hatte ich das gegenüberliegende Ufer erreicht, wandte ich mich fast gegen meinen Willen doch noch einmal um. Ich sah die Wawelburg, wie sie sich am Ufer mit ihren Dächern und Türmen majestätisch zum Himmel emporreckte und von der Sonne in ein goldenes Licht getaucht wurde. Ihre Erhabenheit erschien mir wie ein Verrat. Mein ganzes Leben lang hatte ich in ihrem Schatten gespielt und gearbeitet, war in ihm aufgewachsen. Diese Festung, über Jahrhunderte hinweg Sitz der polnischen Monarchie, hatte mir ein Gefühl von Sicherheit gegeben. Und jetzt kam es mir vor, als würde ich ausgestoßen. Ich war auf dem Weg ins Gefängnis, doch die Burg schien von meiner Misere nichts wahrzunehmen. Kraków, die Stadt der Könige, war nicht länger meine Stadt. An einem Ort, den ich immer als mein Zuhause betrachtet hatte, war ich zu einer Fremden geworden.

3. KAPITEL

Vom Fuß der Brücke aus ging ich ein paar hundert Meter an der Umgrenzungsmauer des Ghettos entlang. Die Oberkante dieser Mauer hatte die Form großer Bögen, jeweils fast einen Meter breit. Ihr Aussehen erinnerte mich an Grabsteine, und beim Gedanken daran bekam ich Magenschmerzen. Als ich das eiserne Tor erreichte, das den Eingang zum Ghetto darstellte, blieb ich kurz stehen und musste tief durchatmen, ehe ich auf den deutschen Wachmann zutrat. „Name?", fragte er bereits, noch bevor ich etwas sagen konnte.

„Ich ... ich ...", stammelte ich hilflos.

Der Wachmann sah von seinem Klemmbrett auf. „Name?", bellte er.

„Gerschmann, Emma", brachte ich heraus.

Er sah auf seine Liste. „Die gibt's hier nicht."

„Nein, aber ich glaube, meine Eltern sind hier. Chaim und Reisa Gerschmann."

Wieder durchsuchte er die Namensliste und blätterte weiter. „Ja, hier. Ulica Limanowa 21, Wohnung sechs."

„Dann möchte ich bei ihnen sein." Ein überraschter Ausdruck huschte über sein Gesicht, langsam öffnete er den Mund. *Er wird mir sagen, ich darf nicht hinein,* dachte ich und verspürte einen Moment lang Erleichterung. Doch dann überlegte er es sich anders, schrieb meinen Namen zu denen meiner Eltern auf die Liste und ging zur Seite, um mich durchzulassen. Ich zögerte und blickte in beiden Richtungen die Straße entlang, ehe ich das Ghetto betrat. Hinter mir fiel laut das Tor ins Schloss.

Drinnen schlug mir der Gestank menschlicher Ausscheidungen wie eine massive Wand entgegen, und ich musste mich zwingen, nicht zu würgen. Während ich bemüht war, nur flach und nicht durch die Nase zu atmen, fragte ich einen Mann nach der ulica Limanowa. Auf meinem Weg durch das

Ghetto bemühte ich mich, nicht die ausgemergelten Passanten in ihrer schmutzigen Kleidung anzusehen, die mich – die Neue – mit unverhohlener Neugier anstarrten. Ich bog in die ulica Limanowa ein und ging bis zu der Hausnummer, die der Wachmann mir gesagt hatte. Das Gebäude machte auf mich den Eindruck, als sei es bereits zum Abriss vorgesehen. Ich öffnete die Haustür und stieg die Treppe hinauf. Im oberen Stockwerk angekommen, zögerte ich kurz und wischte die verschwitzten Handflächen an meinem Rock ab. Durch das verrottende Holz einer der Wohnungstüren hindurch hörte ich die Stimme meiner Mutter. Tränen stiegen mir in die Augen. Bis zu diesem Moment hatte ich nicht glauben wollen, dass meine Eltern tatsächlich hergebracht worden waren. Ich holte tief Luft, dann klopfte ich an.

„*Nu?*", hörte ich meinen Vater rufen. Seine Schritte wurden lauter, dann öffnete er die Tür. Bei meinem Anblick bekam er große Augen. „Emmala!", rief er, schlang seine Arme um mich und drückte mich so fest an sich, dass ich dachte, er würde mich zu Boden reißen.

Hinter ihm stand meine Mutter und hielt verkrampft ihre Schürze fest. Ein Schatten lag über ihren Augen. „Was machst du hier?", wollte sie wissen. Als mein Vater mich endlich losließ, zog sie mich in die Wohnung.

Ich sah mich um und konnte ein Schaudern nicht unterdrücken. Hier sollten sie wohnen? Das Zimmer war klein und düster, modrig feuchter Schimmelgeruch lag in der Luft, die trübe Scheibe im einzigen Fenster wies einen Sprung auf. Dagegen wirkte unsere bescheidene Wohnung in Kazimierz fast luxuriös. Es war nicht zu übersehen, dass meine Mutter ihr Bestes gab, um es hier wohnlich zu machen. Vor dem Fenster hingen blassgelbe Vorhänge, und ein großes Laken teilte den Raum in zwei Bereiche – einen zum Schlafen und einen mit gerade eben Platz für zwei Stühle und einen kleinen Tisch. Trotz dieser Bemühungen bot die behelfsmäßige

Unterkunft einen entsetzlichen Anblick.

„Ich kam nach Kazimierz, um bei euch zu bleiben, aber ihr wart nicht mehr da." Mir entging nicht der vorwurfsvolle Unterton in meiner Stimme: Warum habt ihr mir nicht gesagt, wohin ihr geht? Warum habt ihr mir nicht wenigstens eine Notiz hinterlassen?

„Wir hatten nur eine halbe Stunde, dann mussten wir aus der Wohnung sein", erklärte mein Vater und zog einen Stuhl zurück, damit ich mich setzen konnte. „Uns blieb keine Zeit, dir Bescheid zu geben. Wo ist Jakub?"

„Seine Arbeit", antwortete ich nur. Meine Eltern nickten stumm. Meine Worte überraschten sie nicht, sie waren sich über Jakubs politische Aktivitäten durchaus im Klaren. Neben der Tatsache, dass er kein orthodoxer Jude war, hatten sie sich bei ihm auch an dieser Sache gestört.

„Du solltest nicht hier sein", sagte mein Vater besorgt und ging in dem kleinen Zimmer auf und ab. „Wir sind älter, an uns wird sich vermutlich niemand stören. Es sind die Jüngeren, die sie …" Er musste den Satz nicht zu Ende führen. Wer im Ghetto den Deportationsbefehl erhielt, der saß in der Falle, ohne jede Möglichkeit zur Flucht.

„Ich wusste nicht, wohin ich gehen sollte", erwiderte ich den Tränen nahe.

„Na ja", meinte Mutter und nahm meine Hand. „Wenigstens sind wir jetzt wieder vereint."

Am nächsten Morgen meldete ich mich im jüdischen Verwaltungsgebäude, um mich vom Judenrat erfassen zu lassen. Der Rat bestand aus einer Gruppe von Leuten, die von den Deutschen den Auftrag erhalten hatten, die inneren Angelegenheiten im Ghetto zu regeln. Ich bekam eine Arbeit im Waisenhaus zugewiesen. Man konnte von Glück reden, dass auch meine Eltern für akzeptable Arbeiten eingeteilt worden waren. Mein Vater war in der Küche der Kommune tätig, während meine Mutter als Schwester im Krankenhaus half. Uns allen war die gefürchtete Zwangsarbeit erspart geblieben, bei der Juden unter der Aufsicht von brutalen Deutschen schwerste körperliche Anstrengungen erdulden mussten.

Bereits am Nachmittag ging ich das erste Mal ins Waisenhaus. Es war vom Judenrat in der ulica Józefińska eingerichtet worden, in einem winzigen Gebäude, das aus Parterre und erstem Stock bestand. Im überbelegten Inneren war es recht dunkel, aber ein kleines Rasenstück hinter dem Haus bot den rund dreißig Kindern einen Platz zum Spielen. Die meisten von ihnen waren noch Kleinkinder, und fast ausnahmslos hatten sie ihre Eltern in der Zeit seit Kriegsbeginn verloren. Es machte mir Spaß, den Kleinen beim Spielen zuzusehen. Durch die spärlichen Essensrationen im Ghetto erschreckend mager geworden, waren sie doch noch Kinder und nahmen kaum Notiz von den Dingen um sich herum – von der abscheulichen Umgebung, von der alltäglichen Gewalt und der düsteren Tatsache, dass sie keine Eltern mehr hatten, die sich in dieser kalten, erbarmungslosen Welt um ihr Wohl sorgten.

Obwohl mich die Arbeit von meinen eigenen Problemen ablenkte, musste ich doch immer wieder an Jakub denken. Durch die Anwesenheit der Kinder wurde ich mehr als einmal daran erinnert, dass wir längst selbst eine Familie hätten haben können, wäre der Krieg nicht gekommen. Nachts durchlebte ich in Gedanken noch einmal unsere gemeinsamen Momente, sein Werben um mich, unsere Hochzeit und die Zeit danach. Während ich im Bett lag und an die niedrige Decke starrte, dachte ich an die Male, die wir miteinander geschlafen hatten, an die stillen, unerwarteten Freuden, die Jakub mir wie beiläufig beigebracht hatte. Wo war er jetzt? Jede Nacht war ich voller Sorge um ihn. Und ich fragte mich, wer wohl bei ihm war. Es musste auch Frauen im Widerstand geben, obwohl Jakub mich bislang nicht gefragt hatte, ob ich mich ihm anschließen wollte. Von Scham erfüllt rätselte ich nicht, ob Jakub verwundet oder ob ihm warm genug war, sondern ob eine mutigere, forschere Frau als ich ihm sein Herz gestohlen hatte.

Mir fehlte aber nicht nur Jakub, sondern jegliche Form von Gesellschaft. Meine Eltern waren nach ihren zwölfstündigen Schichten am Abend so abgekämpft, dass sie gerade noch Kraft genug besaßen, um ihre Rationen zu essen und sich dann schlafen zu legen. Das Ghetto forderte von beiden einen gewaltigen Tribut, obwohl sie erst seit Kurzem hier waren. Mir kam es vor, als seien sie über Nacht um Jahre gealtert. Für meinen einst so gesunden und starken Vater schien jeder Schritt eine enorme Anstrengung zu bedeuten. Auch meine Mutter bewegte sich deutlich langsamer und mühsamer. Ihr volles kastanienfarbenes Haar wirkte nun spröde und war von grauen Strähnen durchzogen. Ich weiß, sie beide fanden nachts nur wenig Schlaf. Manchmal, wenn ich im Bett lag, konnte ich das erstickte Schluchzen meiner Mutter durch den Vorhang hören, der unsere Schlafquartiere voneinander trennte. „Reisa, Reisa", sagte mein Vater dann immer wieder, um sie zu beruhigen. Ihr Weinen versetzte mich jedes Mal in Unruhe. Meine Mutter war in dem kleinen Dorf Przemysl in einer östlichen Region aufgewachsen, die bis zum Großen Krieg unter russischer Kontrolle stand und Schauplatz plötzlicher, heftiger Gewaltausbrüche gegen die jüdische Bevölkerung wurde. Mutter war Zeuge gewesen, wie man Häuser in Brand setzte, wie man den Bauern ihr Vieh wegnahm und jeden ermordete, der an Widerstand auch nur dachte. Es war die Brutalität der Pogrome gewesen, die sie veranlasst hatte, Richtung Westen nach Kraków zu fliehen, nachdem ihre Eltern durch die erbarmungslosen Lebensbedingungen erkrankten und schließlich gestorben waren. Ihr selbst war es gelungen zu überleben, doch sie wusste, wir hatten allen Grund, uns vor dem zu fürchten, was uns erwartete.

Mit den anderen Frauen, die im Waisenhaus arbeiteten, verband mich nicht viel. Sie waren fünfzig und älter, die meisten kamen aus den Dörfern. Nicht dass sie unfreundlich gewesen wären, doch so viele Kinder zu baden, zu füttern und zu beaufsichtigen, ließ nur wenig Zeit für private Gespräche. Hadassa Nederman war diejenige, die noch am ehesten wie eine Freundin für mich war. Die beleibte Witwe aus dem nahe gelegenen Dorf Bochnia fand immer Zeit für ein freundliches Wort oder einen kleinen Scherz. Sie hatte ein rundliches Gesicht und schien immer nur zu lächeln. Wenn die Kinder ihren Mittagsschlaf hielten, blieben uns bei einer Tasse wässrigem Tee einige Minuten, um ein paar Worte zu wechseln. Zwar konnte ich Hadassa nicht von Jakub erzählen, doch sie schien meine Einsamkeit zu spüren.

Eines Tages – ich arbeitete seit rund zwei Monaten im Waisenhaus – kam Hadassa zu mir und stellte mich einem dunkelhaarigen Mädchen vor, das die gleiche Leibesfülle aufwies wie sie selbst. „Emma, das ist meine Tochter Marta."

„Hallo!", rief Marta überschwänglich und warf sich mir an den Hals, als wären wir alte Bekannte. Ich fand sie auf Anhieb sympathisch. Sie war ein paar Jahre jünger als ich, ihre leuchtenden Augen blickten durch eine unsäglich große Brille in die Welt, und die wilden dunklen Locken standen in alle Richtungen ab. Sie lächelte, dabei redete sie unentwegt. Martas Aufgabe war es, für den Judenrat Nachrichten und Päckchen zu übermitteln – innerhalb des Ghettos und manchmal sogar auch nach draußen.

„Du musst zu unserem Schabbes-Abendessen kommen", erklärte sie, nachdem wir uns einige Minuten lang unterhalten hatten.

„Bei deiner Familie?", fragte ich verwirrt. Die wenigsten Menschen im Ghetto gaben zu, den Sabbat zu begehen, ganz zu schweigen davon, dass jemand dazu Gäste einlud.

Sie schüttelte den Kopf. „Meine Freunde und ich treffen

uns jeden Freitagabend. Gleich da drüben." Bei diesen Worten zeigte sie auf ein Gebäude gegenüber dem Waisenhaus. „Ich habe dort schon angefragt, nachdem mir meine Mutter von dir erzählt hatte. Sie sagten, du kannst ruhig hinkommen."

Ich zögerte und dachte an meine Eltern. Schabbes im Ghetto umfasste nur uns drei, aber wir feierten ihn jede Woche. Mein Vater schmuggelte stets einen winzigen Challah-Brotlaib aus der Küche, in der er arbeitete, und meine Mutter zündete ein paar Kerzen aus unserem wertvollen Restbestand an. Sie stellte sie auf einen Teller, da sie die Kerzenhalter in Kazimierz zurückgelassen hatte. So anstrengend und zermürbend die Arbeit unter der Woche auch war, am Freitagabend schienen meine Eltern neue Kraft zu schöpfen. Sie drückten den Rücken durch, der sonst von der Belastung gebeugt war, und ihre Wangen nahmen wieder ein wenig Farbe an, wenn sie mit leiser, aber dennoch fester Stimme die Sabbatgebete sprachen. Stundenlang saßen wir dann zusammen und erzählten uns gegenseitig die Anekdoten, für die wir an den übrigen Tagen einfach zu müde waren. Mir widerstrebte die Vorstellung, meine Eltern allein zu lassen, auch wenn es nur für einen einzigen Freitag war.

„Ich werde es versuchen", versprach ich Marta, hielt es aber für unwahrscheinlich, tatsächlich hinzugehen. Um ehrlich zu sein, es war nicht nur Sorge um meine Eltern, die mich abhielt. Ich war auch schüchtern, und die Vorstellung, einen Raum voller Fremder zu betreten, machte mich nervös. Doch je näher der Freitag rückte, umso mehr verspürte ich den Wunsch, Marta zu begleiten. Am Donnerstagabend sprach ich schließlich meine Eltern darauf an.

„Geh hin", erwiderten sie beide gleichzeitig und sichtlich erfreut. „Du brauchst Menschen in deinem Alter um dich."

Als am Nachmittag darauf meine Schicht im Waisenhaus vorüber war und wir allen Kindern etwas zu essen gegeben hatten, stand auf einmal Marta in der Tür. „Fertig?", fragte sie, als hätte meine Teilnahme an diesem Abendessen nie infrage gestanden. Gemeinsam überquerten wir die ulica Józefińska und gingen zum Haus Nummer 13.

Marta lief durch das schwach beleuchtete Treppenhaus voran und betrat eine Wohnung, deren Tür nicht verschlossen war. Wir gelangten in einen schmalen, lang gestreckten Raum, von dem es gleich rechts in eine kleine Küche und ein Stück weiter in ein anderes Zimmer abging. Die verschossenen und ausgefransten Vorhänge waren zugezogen, ein langer Holztisch nahm den Großteil des Raums ein. Um ihn verteilt standen mehrere, nicht zueinander passende Stühle. Marta stellte mich gut einem Dutzend junger Leute vor, von denen einige am Tisch saßen, während andere im Zimmer umhergingen. Ich konnte mir nur wenige Namen merken, doch das schien niemanden zu stören. Offenbar waren Neuzugänge hier nichts Ungewöhnliches, und durch die Art, wie die anderen miteinander scherzten, vergaß ich schnell meine Nervosität. Ein paar der Anwesenden hatte ich schon hier und da auf den Straßen des Ghettos gesehen, doch nun kamen sie mir wie verwandelt vor, da sie nicht die übliche düstere Miene zur Schau trugen. Stattdessen wirkten sie von Leben erfüllt, redeten und lachten mit ihren Freunden, als sei das Ghetto Welten entfernt.

Nach einigen Minuten läutete jemand eine kleine Glocke, und wie auf ein geheimes Zeichen hin verstummten alle und scharten sich um den Tisch, um sich einen Platz zu suchen. Ich sah mich um und zählte mindestens achtzehn Leute. Es kam mir eigentlich so vor, dass das Zimmer für so viele Menschen viel zu klein war, und doch fand jeder Platz. Schulter an Schulter stand ich mit den anderen da und wartete.

Plötzlich wurde die zweite Tür am anderen Ende des Raums geöffnet, zwei Männer traten ein. Der eine war stämmig und etwa Anfang zwanzig, der andere ein wenig größer und älter, außerdem trug er einen gepflegten Kinnbart. Die

45

Männer stellten sich hinter die beiden Stühle, die am Kopfende des Tischs frei geblieben waren. Eine junge Frau neben
ihnen zündete die Kerzen an. Alle sahen ihr dabei zu, wie sie
ihre Hände dreimal um die Flammen kreisen ließ und dabei
das Sabbatgebet sprach.

„Das ist Alek Landsberg", flüsterte Marta mir zu und
deutete auf den Älteren. „Er leitet sozusagen die Gruppe."

„*Schalom aleichem*", begann der Mann mit einer wohl-
klingenden Baritonstimme zu singen, die Gruppe stimmte in
seine traditionelle Begrüßung des Sabbats ein. Ich sah mich
am Tisch um. Noch vor einer Stunde war mir jeder der Anwesenden fremd gewesen, doch jetzt, im Schein des Kerzen-
lichts, erschienen mir die Gesichter so vertraut wie die meiner
Familie. Während die Leute sangen, hoben sie ihre Stimmen
an und schufen einen Klangteppich, der diesen Raum von der
schrecklichen, hoffnungslosen Welt da draußen abschottete.
Mir kamen die Tränen, und kaum bemerkte Marta meine Reaktion, drückte sie meine Hand.

Als wir zu Ende gesungen hatten, setzten wir uns. Alek
hob ein Weinglas und erteilte den *Kiddush*-Segen. Dann
sprach er das *Motze* über das Challah-Brot, ehe er Salz über
den Laib streute, ihn aufschnitt und herumreichte. Dieses
Brot stammte eindeutig nicht aus dem Ghetto, denn es hatte
eine dicke Kruste und war innen so locker, wie ich es von
früher aus der Bäckerei meines Vaters kannte. Kaum hatte
ich den Teller weitergereicht, bereute ich, dass ich nicht ein
zusätzliches Stück Brot für meine Eltern hatte einstecken
können.

Dann standen mehrere junge Frauen auf und brachten
aus der Küche dampfende Kochtöpfe herein, aus denen sie
Hühnchen, Karotten und Kartoffeln auf die bereitstehenden
Teller verteilten. Mein Magen begann bei diesem Anblick
zu knurren. Auch das war sicher kein Essen, das aus dem
Ghetto kam.

Während des Mahls unterhielten sich die anderen unablässig. Zwar waren sie freundlich, aber doch so vertieft in ihre Gespräche, dass sie oft Anspielungen machten, ohne mir zu erklären, von was sie da redeten. Ich hörte interessiert zu, wie Marta sich über meinen Kopf hinweg mit dem Mädchen rechts von mir über einige Jungs unterhielt, um dann mit zwei Männern zu ihrer Linken darüber zu diskutieren, ob die Vereinigten Staaten in den Krieg eintreten sollten oder nicht. Mich störte es nicht, dass sich niemand direkt an mich wandte oder mir eine Frage stellte. Plötzlich bemerkte ich, wie der Mann am Kopfende des Tischs, der das Gebet gesungen hatte, in meine Richtung schaute. Er flüsterte seinem Tischnachbarn etwas zu, während ich spürte, wie meine Wangen in dem viel zu vollen und viel zu warmen Zimmer rot wurden.

Nach dem Essen servierten die jungen Frauen heißen Tee. Die meisten Tassen wiesen Sprünge auf und passten nicht zu den jeweiligen Untertassen. Ein junger Mann begann auf seiner Gitarre zu spielen, während die anderen es sich auf ihren Stühlen bequem machten und dabei so glücklich und entspannt wirkten, als würden sie die Sommerferien im Kurbad von Krynice verbringen. Stundenlang sangen wir jiddische und hebräische Lieder, von denen ich einige seit Jahren nicht mehr gehört hatte. Erst als Marta und ich aus Angst vor der Ausgangssperre nicht noch länger zu bleiben wagten, bedankten wir uns bei den anderen und machten uns auf den Weg.

Von diesem Tag an verbrachte ich jeden Freitagabend in der ulica Józefińska, trotz der Schuldgefühle, die ich hatte, weil ich den Sabbat nicht gemeinsam mit meinen Eltern begrüßte. Doch in diesen wenigen Abendstunden konnte ich vergessen, wo ich war und was sich um mich herum ereignete. Das Schabbesessen entwickelte sich für mich zum Höhepunkt einer jeden Woche.

Gut einen Monat später kam Helga – die Frau, die jeden Freitag die Mahlzeiten zubereitete – auf Marta und mich zu, als wir gerade unsere Mäntel anzogen, um nach Hause zu gehen. „Alek würde dich gern sprechen", sagte sie zu mir.

Mein Magen verkrampfte sich. Marta warf mir einen fragenden Blick zu, worauf ich mit einem gespielt lässigen Schulterzucken reagierte. „Du musst nicht auf mich warten", ließ ich sie wissen. Helga zeigte auf die Tür am anderen Ende des Zimmers. Nervös ging ich dorthin und überlegte angestrengt, ob ich mir wohl Aleks Ärger zugezogen hatte. Aber als ich an der halb offen stehenden Tür anklopfte, winkte er mich freundlich zu sich herein.

Das Hinterzimmer war nicht halb so groß wie der andere Raum, ein kleiner, mit Papieren übersäter Tisch stand dort, außerdem ein paar Stühle und ein Feldbett. „Emma, ich bin Alek", begrüßte er mich lächelnd und hielt mir seine Hand hin. Ich schüttelte sie und wunderte mich, dass er meinen Namen kannte. Dann stellte er mich dem stämmigeren Mann vor, der beim Essen neben ihm gesessen hatte. „Das ist Marek." Der Mann nickte, legte einen Stoß Papiere zusammen und entschuldigte sich dann.

„Setz dich doch", bat mich Alek und deutete auf einen Stuhl, ich nahm auf der äußersten Kante Platz. Aus der Nähe fielen mir die dunklen Ringe unter Aleks Augen und die feinen Fältchen in seinen Augenwinkeln auf. „Entschuldige bitte, dass ich mich nicht schon früher vorgestellt habe, doch ich hatte dringende Angelegenheiten zu erledigen." Ich fragte mich, welche dringenden Angelegenheiten es im Ghetto wohl zu erledigen gab. „Emma, ich möchte es dir ohne Umschweife sagen", fuhr er fort und senkte die Stimme. „Wir haben einen gemeinsamen Freund. Einen sehr engen Freund. Aus der Zeit an der Universität."

Mir war sofort klar, er sprach von Jakub. Mein Herz machte einen Satz, und mein Gesichtsausdruck verriet nur zu gut, dass ich verstand, was er meinte. Dann bekam ich mich wieder in den Griff und begann zu protestieren. „Ich … ich weiß nicht, wovon du sprichst …"

„Keine Sorge", unterbrach er mich und hob die Hand. „Ich bin der Einzige, der es weiß. Vor einiger Zeit hat er mir von dir erzählt und mir dein Foto gezeigt." Ich errötete. Er meinte bestimmt unser Hochzeitsfoto. Ich wusste, Jakub besaß einen Abzug davon, doch ich hätte nicht gedacht, dass er es jemandem zeigen würde. Trug er es immer noch bei sich? Wie lange war es her, dass dieser Mann es zu sehen bekam?

„Er bat mich, dich im Auge zu behalten, falls du herkommen solltest", erklärte Alek. „Bevor du das erste Mal zu unserem Treffen kamst, war mir nicht klar, wer du bist. Du musst wissen, dein Freund und ich gehen der gleichen Arbeit nach." Also gehörte Alek auch zur Widerstandsbewegung.

„Hast du …?", setzte ich an, wagte aber nicht, die Frage auszusprechen.

„Gelegentlich hören wir von ihm, üblicherweise über einen Kurier, da er nicht hierher ins Ghetto kommen kann. Ich werde ihm ausrichten lassen, dass wir uns begegnet sind und es dir gut geht."

„O ja, bitte, das würde mir sehr viel bedeuten." Er nickte. Ich wollte noch etwas sagen, zögerte jedoch einen Moment lang, bis ich den Mut zum Weiterreden fand. „Kann ich auch mithelfen? Bei der Arbeit, meine ich."

Alek schüttelte entschieden den Kopf. „Unser Freund dachte sich bereits, dass du fragen würdest, und er hat sehr klar zu verstehen gegeben, dass das nicht in seinem Sinne wäre. Er ist um deine Sicherheit besorgt."

„Ich wünschte, er würde sich etwas weniger um meine und dafür mehr um seine eigene Sicherheit sorgen." Mich überraschte, wie bestimmt mir die Worte über die Lippen kamen.

Alek sah mich ernst an. „Dein Ehemann ist ein großartiger Kämpfer, Emma, und du solltest stolz auf ihn sein."

„Das bin ich auch", murmelte ich demütig.

„Gut. Für den Moment werde ich seinen Wunsch respektieren und dich nicht einbeziehen. Aber …", er machte eine lange Pause und strich sich über den Kinnbart, „… du allein entscheidest, was du tun willst und was nicht. Wenn du uns wirklich helfen willst, dann könnte der Zeitpunkt kommen, an dem deine Hilfe von Nutzen ist. Wie du siehst, arbeiten viele Frauen bei uns mit." Er deutete auf die Tür zum Nebenraum, und dabei wurde mir erst bewusst, dass all die anderen Gäste beim Schabbesessen in Wahrheit zum Widerstand gehörten – auch Marta. „Bis dahin bist du bei uns immer herzlich willkommen. Allerdings sollten die anderen nicht erfahren, wer du bist. Deine Ehe muss ein Geheimnis bleiben, es ist besser so. Ich wollte heute nur den Kontakt zu dir aufnehmen und dir von unserem gemeinsamen Bekannten erzählen."

„Danke." Ich fasste Alek am Arm, erfüllt von Erleichterung und Dankbarkeit. Er nickte und lächelte warm, dann wandte er sich auf eine Weise wieder seiner Arbeit zu, die zwar nicht unhöflich wirkte, mir aber zu verstehen gab, dass unser Gespräch beendet war. Es kam mir vor, als würde ich tanzen, während ich mich auf den Heimweg begab. Alek kannte Jakub und wusste von unserer Ehe. Zum ersten Mal seit dem Untertauchen meines Mannes fühlte ich mich nicht völlig allein auf der Welt.

4. *KAPITEL*

Am Montag nach meiner Unterredung mit Alek holte Marta mich nach Schichtende im Waisenhaus ab. Es überraschte mich nicht, sie zu sehen, da sie fast jeden Tag herkam, seit wir uns angefreundet hatten. „Ich muss noch den Topf in die Küche zurückbringen", sagte ich zu ihr. Jeden Morgen lieferte die Zentralküche des Ghettos für die Kinder im Waisenhaus einen großen Kessel Suppe. Es handelte sich stets um eine gräuliche, wässrige Brühe, in der nur vereinzelt ein paar kleine Stücke Kartoffel oder Kohl schwammen. Die winzige Portion, die jedes Kind als eine von zwei Mahlzeiten am Tag erhielt, reichte natürlich nicht, um irgendjemanden satt zu kriegen. Hadassa Nederman und ich verzichteten wie die anderen Helferinnen so oft wie möglich auf unsere Rationen, damit die Kinder ein bisschen mehr in den Magen bekamen.

„Ich komme mit", bot Marta an.

„Ja, gern." Ich nahm meinen Mantel vom Türhaken. Wir verabschiedeten uns von Martas Mutter und begaben uns nach draußen auf die schneebedeckte Straße. Die Winterluft war frostig, aber immerhin hatte der eisige Wind vom Morgen etwas nachgelassen.

„Über was hast du dich am Freitag eigentlich mit Alek unterhalten?", wollte Marta wissen, als wir in die ulica Lwowska einbogen und an der Ghettomauer entlangspazierten. Ich merkte ihr an, wie eifersüchtig sie war, weil Alek mich allein hatte sprechen wollen.

„Nur über einen gemeinsamen Bekannten", erwiderte ich ruhig, ohne sie anzusehen.

„Oh." Diese Antwort schien sie zu beruhigen, da sie minutenlang nichts weiter sagte. „Hattest du vor dem Krieg einen Freund?", fragte sie wie aus heiterem Himmel, als wir uns dem Ziegelsteingebäude näherten, das früher einmal eine Lagerhalle gewesen war und uns nun als Synagoge diente.

Ich zögerte, da ich nicht wusste, wie ich antworten sollte. Es gefiel mir nicht, Marta über meine Ehe im Unklaren zu lassen. Noch nie hatte ich eine Freundin gehabt, der ich mich anvertrauen konnte. So gern hätte ich ihr von Jakub erzählt, meine Erinnerungen mit ihr geteilt und sie dadurch wieder lebendig werden lassen. Vielleicht war Marta ihm in der Widerstandsbewegung sogar schon begegnet? Aber ich hatte Jakub versprochen, niemandem von unserer Ehe zu erzählen. Er und auch Alek waren der Meinung, es sei zu gefährlich, jemanden davon wissen zu lassen. „Es gab niemand Besonderes", entgegnete ich schließlich. Meinem Herzen versetzte es einen Stich, ihn und unsere Liebe verleugnen zu müssen.

„Dann gab es also mehrere!", meinte sie kichernd. Ich schüttelte den Kopf und musste ein Lachen unterdrücken, weil sie glaubte, ich hätte mehrere Liebhaber gehabt. Dabei hatte es vor Jakub nicht einen gegeben.

„Ich glaube, Alek hat was für dich übrig", flüsterte sie mir zu, nachdem ich den leeren Kessel an der Hintertür zur Küche abgegeben hatte.

„Marta! Er ist verheiratet!" Und das bin ich auch, ergänzte ich in Gedanken. Hätte sie doch nur die Wahrheit wissen dürfen! Ich konnte Alek gut leiden, vor allem, weil er meine einzige Verbindung zu Jakub war. Wir machten uns auf den Rückweg. „Und wie ist es bei dir?", fragte ich, um das Thema zu wechseln. „Bist du schon jemandem begegnet?" Sie blickte zur Seite und antwortete zunächst nicht. Ich sah, wie sie am Halsansatz zu erröten begann.

„Ja, es gibt da jemanden", gestand sie leise.

„Aha!", rief ich aus. „Wusste ich's doch. Erzähl mir von ihm."

„Er ist einer von uns." Damit meinte sie offenbar den Widerstand. „Aber er nimmt von mir keine Notiz."

„Vielleicht wird er es eines Tages tun. Gib ihm etwas

Zeit." Es begann zu regnen. Große, schwere Tropfen kündigten ein heftiges Unwetter an. Wir liefen zurück zum Waisenhaus, um uns unterzustellen, und kamen nicht wieder auf das Thema zu sprechen.

Einige Wochen später war ich in unserer Wohnung damit beschäftigt, die Bettlaken zu waschen, als ich plötzlich an das Gespräch mit Marta denken musste. Es war ein Donnerstagnachmittag, und ich genoss einen der seltenen Momente, ganz allein für mich zu sein. Meine Schicht im Waisenhaus hatte ich mit einer jungen Kollegin getauscht, stattdessen würde ich am kommenden Sonntag arbeiten. Mir kam Martas Frage in den Sinn, ob ich einen Freund hätte, ob ich mit jemandem zusammengewesen war. Vielleicht wusste sie ja von Jakub und versuchte nur, mir ein Geständnis zu entlocken.

Plötzlich wurde die Stille jäh von einem lauten Geschrei auf der Straße durchbrochen. Ich zuckte so heftig zusammen, dass das dreckige Waschwasser überall hinspritzte. Ich wischte es von meinem Kleid und trat ans Fenster. Im selben Moment hörte ich eine helle, verzweifelte Frauenstimme und gleich darauf eine tiefe, wütende Männerstimme. Schnell trat ich vom Fenster weg und lehnte mich gegen die Wand, sodass ich hinausspähen konnte, ohne selbst gesehen zu werden. Von dieser Position aus war es mir gerade eben möglich, zwei Personen auf der Straße auszumachen. Mit Schrecken stellte ich fest, dass der Mann, der vor dem Wohnhaus gegenüber stand, eine deutsche Uniform trug. Aus Angst vor Krankheiten mieden die Deutschen für gewöhnlich das Ghetto und überließen es lieber dem Judenrat, die internen Angelegenheiten zu regeln. Der Mann stritt mit einer zierlichen jungen Frau, deren auffallend dicker Bauch keinen Zweifel an ihrer fortgeschrittenen Schwangerschaft ließ. *„Prosz̨ę!"*, hörte ich sie flehen. *Bitte!*

Der Streit wurde lauter. Obwohl ich kaum ein Wort deutlich verstehen konnte, vermutete ich, dass die Frau den

Soldaten davon abhalten wollte, das Haus zu betreten. Offenbar hatte sie etwas Wichtiges vor ihm zu verbergen.

Schließlich versetzte er ihr einen heftigen Stoß, worauf sie gegen den Türrahmen stieß, zu Boden sank und reglos liegen blieb. Der Deutsche stieg über sie hinweg und betrat das Haus. Polternder Lärm war von drinnen zu vernehmen, es hörte sich an, als würden Möbelstücke umgeworfen. Augenblicke später kehrte der deutsche Soldat auf die Straße zurück und zerrte, einen schmächtigen Mann am Kragen hinter sich her.

Die am Boden liegende Frau erwachte aus ihrer Reglosigkeit und schlang die Arme um die Beine des Deutschen. „Nein, nehmen Sie ihn nicht mit!", bettelte sie ihn an. Ungeduldig versuchte er, sich aus ihrem Griff zu befreien, doch sie wollte ihn nicht loslassen. Während die Frau immer verzweifelter schrie, zuckten die Blicke des schmächtigen Mannes hin und her – wie bei einem panischen Tier, das nach einem Fluchtweg sucht. Er sah nach oben, und ich wich sofort zurück, da ich fürchtete, er könnte mich entdecken.

Die Stimmen wurden lauter, dann fiel ein Schuss. Ich erstarrte. Es war das erste Mal in meinem Leben, dass ich dieses Geräusch hörte.

Jetzt begann der schmächtige Mann zu schreien, und es klang fast so schrill wie zuvor bei der Frau. Ich konnte einfach nicht anders und musste wieder hinaussehen, um zu wissen, was geschehen war. Die Frau lag reglos auf dem Boden, die Augen aufgerissen, um ihren Kopf herum war der Gehweg von Blut rot gefärbt. Einen Arm hatte sie schützend über ihren runden Bauch gelegt. Der Deutsche zerrte den schreienden Mann hinter sich her durch die Straße.

Ich beugte mich vor und übergab mich, direkt hier vor dem Fenster, da mein Magen den Hass und die Verzweiflung nicht länger aushielt. Als der Würgereiz endlich nachließ, wischte ich mir den Mund ab und schaute abermals hinaus.

Die Haustür stand noch immer halb offen, und plötzlich konnte ich eine kleine Gestalt dahinter ausmachen. Es war ein Kind, kaum älter als drei Jahre, mit den gleichen blonden Haaren wie die tote Frau. Das Kind stand reglos in der Tür und starrte auf den leblosen Körper.

Dann wurde es von hinten gepackt und zurück ins Haus gezogen, bevor die Tür mit einem Knall zufiel. Die Frau lag wie weggeworfener Abfall auf dem Gehweg.

Zitternd sank ich auf den Boden, noch immer den intensiven Geschmack von Erbrochenem im Mund. Mir wurde bewusst, wie leicht es bis zum heutigen Tag gewesen war, die Augen zu verschließen und so zu tun, als sei das Ghetto ein Stadtviertel wie jedes andere und als seien Gewalt und Tod Dinge, die sich weit weg von hier abspielten. Zwar kannten wir die Gerüchte von brutalen Hinrichtungen in den Wäldern und sogar auf offener Straße, doch wir hatten uns weisgemacht, diese Berichte seien übertrieben. Aber jetzt waren es nicht länger Gerüchte aus Tarnów oder Kielce. Jetzt hatte das Morden unsere Haustür erreicht.

Den Rest des Tages verbrachte ich damit, mich wieder in den Griff zu bekommen und die schrecklichen Bilder zu verdrängen. Meine Eltern hatten schon genug Sorgen, ich wollte sie nicht in Aufregung versetzen. Doch andere in der Nachbarschaft hatten das Geschehen ebenfalls beobachtet oder zumindest mitangehört, sodass sich die Nachricht in Windeseile herumsprach. Als meine Eltern am Abend heimkehrten, gab es für sie kein anderes Thema als die Erschießung auf offener Straße. Ich hörte sie schildern, was sie von Dritten über den Vorfall erfahren hatten. Irgendwann hielt ich es nicht länger aus. „Ich habe es mitangesehen", sagte ich und brach dann in Tränen aus. „Ich habe alles gesehen." Erstaunt sahen mich meine Eltern an, sprachen jedoch kein Wort. Schließlich stand mein Vater auf, hockte sich neben mich und nahm meine Hand. Ich zitterte, als ich zu erzählen begann, was ich von unserem Fenster aus beobachtet hatte. „Und die Frau erwartete ein Kind", fügte ich hinzu. Mein Vater wurde bleich – die Schwangerschaft war das eine Detail, das es nicht bis in die Gerüchteküche des Viertels geschafft hatte. „Was hat sie getan, um so sterben zu müssen?", fragte ich schniefend. „Ist es nur, weil sie Jüdin war?"

„Ihr Ehemann – der Mann, den man wegbrachte – war Anton Izakowicz, ein Rabbi aus Lublin", antwortete mein Vater. „Er stammt aus einer angesehenen Rabbinerfamilie, die man über Jahrhunderte hinweg zurückverfolgen kann. Pan Halkowski erzählte mir, der Rabbi sei vor ein paar Tagen mit Frau und Kind hergekommen. Ich wusste jedoch nicht, dass sie so nah bei uns wohnten. Die Nazis haben wohl geahnt, dass seine Anwesenheit hier im Ghetto unserer Moral deutlichen Auftrieb gegeben hätte. Vermutlich wurde er deshalb festgenommen." Er schüttelte den Kopf. „Was für ein Verlust", fügte er noch hinzu, als sei der Mann bereits tot.

„Bestimmt werden sie einen so angesehenen und bekannten Mann nicht umbringen." Noch während ich das sagte, wurde mir bewusst, dass ich selbst nicht daran glaubte.

„Sie haben seine Frau getötet." Meine Mutter sprach diese Worte in einem schroffen Tonfall, den ich bei ihr noch nie gehört hatte. Ja, seine Frau war getötet worden. Seine *schwangere* Frau, ergänzte ich im Geiste. Diese Worte hallten in meinem Kopf nach, als ich in der Nacht wach lag und immer wieder den kleinen blonden Jungen vor mir sah.

Am darauffolgenden Freitag holte mich Marta nicht vom Waisenhaus ab. „Sie ist erkältet", hatte mich ihre Mutter ein paar Stunden zuvor wissen lassen. Als wir am Nachmittag die Kinder badeten und fütterten, überlegte ich, ob ich ohne Marta zum Schabbesessen gehen sollte. Der Gedanke, allein bei der Versammlung aufzutauchen, machte mir Angst, obwohl ich inzwischen bereits seit Monaten hinging. Ich betrachtete mich noch immer mehr als Martas Gast denn als jemand, der dort dauerhaft hingehörte.

Um fünf Uhr zog ich meinen Mantel an und verließ das Waisenhaus. Ich drehte den Kopf nach rechts und konnte das schwache Licht hinter den Vorhängen der Hausnummer 13 sehen. Mein Herz schmerzte bei dem Gedanken, nicht dorthin zu gehen, sondern in unsere kalte, stille Wohnung zurückzukehren. Mit einem Mal fasste ich einen Entschluss. Ich wechselte die Straßenseite und betrat das Haus, ging die Treppe hinauf und klopfte zaghaft an die Tür, nachdem ich tief durchgeatmet hatte. Als keine Reaktion kam, trat ich einfach ein.

„*Dobry wieczór*, Emma", rief Helga aus der Küche.

„*Dobry wieczór*", erwiderte ich. „Brauchst du Hilfe?"

„Nein", gab sie kopfschüttelnd zurück. „Aber es wäre schön, wenn du nachher noch bleiben und mir beim Abwasch helfen könntest. Katya hat die Grippe."

„Ja, natürlich helfe ich dir. Marta ist übrigens auch krank", fügte ich hinzu und sah, dass sich bereits gut ein Dutzend Leute eingefunden hatte, deren Gesichter mir nach wenigen Wochen bestens vertraut waren.

„Emma, komm und setz dich zu uns!", rief mir Piotrek zu, und schon bald lauschte ich einer Geschichte über einen einbeinigen Schuhverkäufer, an deren Wahrheitsgehalt ich gewisse Zweifel hegte. Aber das störte mich nicht, denn ich war vor allem dankbar dafür, wie eine von ihnen behandelt zu werden. Als schließlich die Glocke geläutet wurde, kamen Alek und Marek aus dem Nebenzimmer und das wöchentliche Ritual begann. Ich genoss das Abendessen im Kreis der Menschen, die mir längst wie alte Bekannte vorkamen. Dennoch war es nicht so wie sonst, da mir Marta fehlte, die mir Dinge zuflüsterte und Vertrauliches mit mir teilte.

Nach dem Dessert verabschiedeten sich einige, bis nur

noch eine Handvoll Leute am Tisch saß. Alek, Marek und ein mir nicht bekannter dritter Mann, der mir beim Essen aufgefallen war, zogen sich ins Nebenzimmer zurück. Während ich die Teller zusammenstellte, fiel mir auf, dass die Tür einen Spaltbreit offen stand. Neugierig hielt ich mich in der Nähe auf, während ich das Geschirr einsammelte. Ich ging noch ein Stück näher an die Tür heran und hörte die drei Männer streiten.

„... die Eisenbahnlinie außerhalb von Plaszow", sagte Mark soeben.

„Das ist zu früh", erwiderte Alek. „Wir müssen erst die Vorräte zusammenbekommen."

„Wir haben zwei Dutzend Waffen, hundert Schuss Munition, ein paar Granaten ...", wandte Marek ein.

„Das genügt nicht."

Dann meldete sich der Fremde zu Wort. „In Warszawa organisieren sie alles innerhalb des Ghettos."

„Wir sind hier aber nicht in Warszawa! Da ist die Bewegung größer. Das Ghetto selbst und alles andere ist dort größer!", konterte Alek.

„Wenn es Minka bloß gelingt ..."

„Emma", rief Helga, die so plötzlich hinter mir aufgetaucht war, dass ich zusammenzuckte. „Brauchst du Hilfe mit den Tellern?"

„N-nein, d-danke", stammelte ich aus Angst, sie könnte mich beim Belauschen ertappt haben. Ich balancierte einen Stapel Teller auf dem Unterarm und ging in die Küche. Während ich begann, das Geschirr abzuwaschen, hörte ich, wie die Tür zum Hinterzimmer knarrend geöffnet wurde. Die Männer kamen heraus und gingen Richtung Wohnungstür, wobei sie sich weiter unterhielten. Alek blieb kurz stehen und flüsterte Helga etwas zu, bevor er mit den beiden anderen die Wohnung verließ.

Wenige Minuten später war ich damit beschäftigt, die ersten Teller abzutrocknen, als Helga zu mir kam. „Ich erledige den Rest", erklärte sie und nahm mir das Küchentuch ab. „Würdest du so nett sein, auf dem Weg nach unten den Abfall mitzunehmen?" Sie deutete auf zwei Beutel neben der Küchentür. Ich dankte ihr und wünschte den verbliebenen Gästen eine gute Nacht.

Am Fuß der Treppe angekommen, drehte ich mich um und entdeckte eine Hintertür, die hinaus in eine Seitengasse führte. Draußen war es stockfinster. Ich brauchte einen Moment, bis sich meine Augen an die Dunkelheit gewöhnten, erst dann tastete ich mich mit dem Fuß vor. Ich nahm eine Stufe, die jedoch tiefer war als erwartet und zudem mit Eis überzogen, sodass ich den Halt verlor und dabei um ein Haar den Müll hätte fallen lassen. „Oh, oh!", rief ich aus.

„Vorsicht", hörte ich jemanden aus dem Schatten flüstern.

Vor Schreck zuckte ich zusammen, aber dann erkannte ich die Stimme wieder. „Alek!", keuchte ich erschrocken. „Was machst du hier? Du hast mir Angst eingejagt."

„Schhhht", zischte er, nahm mir die Beutel aus der Hand und stellte sie an die Hauswand. „Komm her." Er fasste mich am Ärmel. Mir wurde klar, dass er Helga gebeten haben musste, mich unter einem Vorwand zu ihm nach unten zu schicken. Er führte mich in eine entlegene Ecke der Gasse. Was wollte er von mir? Hatte ich mir durch irgendetwas seinen Zorn zugezogen? Ich überlegte, ob ich von ihm beobachtet worden war, als ich ihn und seine Freunde belauschte. „Ich habe eine Nachricht für dich." Er klang nicht verärgert, als er das sagte und mir ein kleines zerknittertes Stück Papier in die Hand drückte.

Mein Herz machte einen Satz. „Von Jakub?", fragte ich und hob einem Reflex folgend meine Stimme an.

„Schhht!", machte er ermahnend, während er ein Streichholz anzündete. „Lies das schnell."

Ich faltete den Zettel auseinander.

Meine Liebste,
es geht mir gut. Du fehlst mir mehr, als du dir vorstel-
len kannst. Pass gut auf dich auf, und gib die Hoff-
nung nicht auf. Hilfe ist unterwegs.
Emmeth

Die Nachricht war nicht unterzeichnet, aber *Emmeth* war das Codewort, das Jakub und ich vor seinem Untertauchen gewählt hatten. Es kommt aus dem Hebräischen und bedeutet *Wahrheit*. Wieder und wieder las ich die Zeilen, bis das Streichholz so weit heruntergebrannt war, dass Alek sich an der Flamme fast die Finger verbrannte und er sie auspusten musste.

„Ich verstehe nicht. Ist er in der Nähe?"

„Nein, ganz im Gegenteil. Diese Nachricht hat viele hundert Kilometer zurückgelegt, um zu dir zu gelangen."

„Wo ist er?"

„Frag mich das nicht!", fuhr Alek mich an. „Er ist in Sicherheit, mehr musst du nicht wissen."

„Aber ..." Tausende Fragen schossen mir durch den Kopf.

„Er ist auf einer ... einer Mission", sagte er. „Er besorgt Dinge, die für uns sehr wichtig sind."

Dann war mein Ehemann also derjenige, über den sie im Hinterzimmer gesprochen hatten? „Minka?", fragte ich und vergaß dabei völlig, dass ich das gar nicht hätte wissen dürfen.

„Ja. Außerhalb des Ghettos verwenden wir untereinander Decknamen. Aber du hättest unsere Unterhaltung nicht belauschen sollen. Glaub mir, wenn ich dir sage, es ist umso besser für dich, je weniger du weißt."

„Ich verstehe", entgegnete ich, obwohl das Gegenteil der Fall war. Meine Gedanken überschlugen sich. Wo war Jakub? Ging es ihm wirklich gut? Was hatte seine Nachricht zu bedeuten? Und wann würde ich ihn wiedersehen?

„Dein Ehemann besitzt die Gabe, Dinge zu beschaffen, das zu finden, was wir benötigen, und andere Leute dazu zu überreden, uns zu helfen." Ich musste unwillkürlich lächeln, als ich mir Jakubs flehende Miene und seinen einnehmenden Tonfall vorstellte. Wenn er mich so ansah, konnte ich ihm nie etwas abschlagen oder lange böse sein.

„Er kennt sich auch sehr gut mit Waffen und Munition aus", fuhr Alek fort. Ich begriff, wie wenig ich eigentlich über den Mann wusste, den ich geheiratet hatte. „Also gut." Er nahm mir den Zettel aus der Hand. „Tut mir leid, aber den kannst du nicht behalten." Enttäuscht sah ich mit an, wie er ein weiteres Streichholz anzündete und an das Papier hielt.

„Aber …", begann ich zu protestieren, hielt jedoch gleich wieder inne, da ich wusste, wie recht er hatte. Wenn jemand den Zettel fand und ihn zu Jakub zurückverfolgen konnte, dann wäre das sehr gefährlich für ihn. Ich musste an unsere Heiratsurkunde und die Ringe denken, die ich in unserer Wohnung unter meiner Matratze versteckte. Niemand wusste, dass ich diese Dinge immer noch besaß.

„Emma, ich weiß, das ist schwierig für dich", sagte Alek, als der Zettel zu Asche zerfallen war. Wieder herrschte um uns herum Kälte und Dunkelheit. „Du musst Vertrauen haben. Jakub geht es gut, und du bist nicht allein. Wenigstens hast du noch deine Familie." Bei den letzten Worten nahm seine Stimme einen seltsamen Unterton an.

„Und was ist mit dir, Alek?", fragte ich, weil ich nicht anders konnte. Ich wusste über ihn nur, was Marta mir erzählt hatte: dass er verheiratet war, dass sich seine Frau aber nicht im Ghetto befand.

„Meine Familie lebte vor dem Krieg in Tarnów", erwiderte er ausdruckslos. „Meine Eltern waren keine Kämpfer. Sie hatten schreckliche Angst. Am Abend, bevor die Deutschen kamen, um uns zu holen, da legten sie sich ins Bett und nahmen etwas ein. Am nächsten Morgen waren sie tot."

„Das tut mir leid", erwiderte ich hilflos.

„Und meine Frau ist nicht hier im Ghetto", fügte er schnell hinzu. Ob das aus seiner Sicht gut war oder nicht, konnte ich seinem Tonfall nicht entnehmen.

„Dann bist du ganz allein?"

„Ja, bis auf meine Cousine Helga." Überrascht dachte ich an die Frau mit dem rundlichen Gesicht. Dass er mit ihr verwandt war, wusste ich nicht. „Darum kann ich verstehen, wie du dich fühlst, weil du von Jakub getrennt bist. Wir müssen geduldig sein." Ich nickte. „Gut, dann geh jetzt nach Hause. Ich verspreche dir, falls ich wieder irgendetwas von ihm oder über ihn höre, werde ich es dich wissen lassen."

Falls, wiederholte ich in Gedanken. „Danke, Alek." Ich hob den Kopf und gab ihm einen verlegenen Kuss auf die Wange, dann wandte ich mich ab und verließ zügig die Gasse. Auf dem Heimweg dachte ich über all das nach, was ich erfahren hatte. Jakub war irgendwo allein unterwegs und organisierte Waffen für den Widerstand. Mir schauderte bei dieser Vorstellung, da es sich ziemlich gefährlich anhörte. Aber wenigstens lebte er noch, oder zumindest hatte er das, als er die Nachricht an mich schrieb. Meine Gedanken kehrten zu Alek zurück. Auch er war von den Menschen getrennt, die er liebte. Er leitete den Widerstand, doch seine eigenen Eltern hatten sich aufgegeben, hatten sich geweigert, Widerstand zu leisten. Ich dachte an meine Eltern, die Tag um Tag ihr Leben lebten. Mit einem Mal erschien mir ihr simpler Akt, jeden Morgen aufzustehen und einen Fuß vor den anderen zu setzen, wie eine außergewöhnlich tapfere Tat. Ich wusste, sie taten es für mich. Als ich in die Sicherheit unserer Wohnung zurückkehrte, empfand ich eine überwältigende Dankbarkeit, und ich musste mich zwingen, nicht auf der Stelle zu ihnen zu gehen und sie zu umarmen.

Ich zog mich um und legte mich ins Bett, konnte aber

noch lange nicht einschlafen, da ich an Jakub und seine Nachricht denken musste. Alek wollte mir nicht sagen, wo er war, doch ich hatte den Teil des Umschlags genauer betrachten können, auf dem die Worte an mich gekritzelt waren. Der Poststempel kam aus Warszawa. Es bedeutete nicht, dass er sich dort aufhielt, aber vielleicht … mir lief ein Schauder über den ganzen Körper. Warszawa war der eine Ort, an dem es noch gefährlicher war als in Kraków. Und dann die Botschaft: *Hilfe ist unterwegs.* Die Worte hallten in meinem Kopf nach, bis meine Augenlider schwer wurden und ich in einen tiefen Schlaf sank.

In dieser Nacht träumte ich, dass ich mit Jakub in den Bergen war. Es war bitterkalt und wir wurden von Wölfen durch den tiefen Schnee gejagt. Meine Füße konnte ich nicht mehr fühlen. Je schneller ich rannte, umso langsamer kam ich voran, bis ich mindestens hundert Meter hinter Jakub war, ohne dass er es bemerkte. „Jakub!", schrie ich, doch der Abstand war zu groß, und er konnte mich nicht hören. Einer der Wölfe sprang mich an, ich fiel schreiend zu Boden.

Im nächsten Augenblick saß ich aufrecht und hellwach im Bett. Eine Diele knarrte. Es ist nur ein Traum gewesen, sagte ich mir, und zog das Laken um mich. Ich legte mich hin, um wieder einzuschlafen, doch das wollte mir nicht gelingen. Auf der anderen Seite des Vorhangs schnarchte meine Mutter. Wieder knarrte eine Diele, diesmal etwas lauter. Plötzlich tauchte gleich neben meinem Bett ein Schatten auf. Ich schoss hoch, aber bevor ich einen Ton herausbekam, legte jemand seine Hand auf meinen Mund.

„Ruhig!", flüsterte der Fremde mir zu. „Ich bin nicht hier, um dir wehzutun." In Panik versuchte ich mich aus seinem Griff zu befreien, doch der Mann war zu kräftig für mich. „Hör auf! Alek schickt mich." In der Dunkelheit konnte ich das Gesicht des Fremden schwach erkennen. Er war der Mann, mit dem Alek und Marek nach dem Essen gestritten hatten. „*Emmeth*", hauchte er so leise, dass ich ihn kaum hören konnte. „*Emmeth.*" Als ich Jakubs Codewort hörte, wurde ich etwas ruhiger.

„Wer …?", wollte ich fragen, als er seine Hand wegnahm.

„Schhht. Wir haben keine Zeit. Zieh dich an." Ich stand auf. Vielleicht hatte Alek ja einen Weg gefunden, mir zu helfen, überlegte ich, während ich meine Arbeitskleidung in aller Eile über mein Nachthemd zog. Womöglich brauchte Jakub mich. Ich schlüpfte in die Stiefel und streifte den Mantel über. Am Vorhang, der mein Bett von dem meiner Eltern trennte, hielt ich kurz inne und schob den Stoff zur Seite. Vater hatte einen Arm schützend um meine Mutter gelegt, beide schliefen tief und fest.

„Komm", flüsterte der Mann eindringlich und zog mich am Arm. Ich ließ den Vorhang los und verließ die Wohnung. Das Treppenhaus war dunkel, und jede Stufe knarrte, sobald wir darauftraten. Endlich hatten wir das Erdgeschoss erreicht und schlichen uns durch die Hintertür nach draußen.

Der Fremde nahm meine Hand und führte mich durch die Gassen. Die vom Frost glatten Straßen waren menschenleer, nur einige große Ratten eilten zwischen den Rinnsteinen hin und her. Ein paar Minuten später gelangten wir in eine Ecke des Ghettos, die ich noch nie gesehen hatte. Mir fiel ein Riss in der Grenzmauer auf, nicht viel breiter als dreißig Zentimeter. Der Fremde sah verstohlen nach links und rechts, dann schob er mich vor sich her, bis mir klar wurde, dass ich mich durch den Spalt zwängen sollte. Ich atmete aus, bevor ich mich daran machte, durch das Loch nach draußen zu entkommen. Auf halbem Weg steckte ich auf einmal fest, und es ging nicht mehr weiter. „Ich hänge fest", flüsterte ich in Panik. Es würde nicht lange dauern, und die Deutschen würden mich in dieser Falle steckend finden …

Der Mann legte seine Hände an meinen Körper und drückte mich Zentimeter für Zentimeter weiter. Die schroffen Kanten der Mauersteine kratzten über meine Haut, und ich fürchtete, sie könnten meine Kleidung in Fetzen reißen. Dann aber kam ich frei und fand mich auf der anderen Seite der Mauer wieder. Schnaufend zwängte sich nun auch der Fremde durch den Spalt.

Als er schließlich neben mir stand, packte er meinen Arm, zog mich hinter sich her um eine Hausecke und beobachtete dann wachsam die Straße. „Komm", flüsterte er fast lautlos und deutete mit dem Kopf nach rechts. Mit kurzen, schnellen Schritten ging er los, dicht an den Gebäuden entlang und darauf bedacht, in ihrem Schatten zu bleiben. Ich folgte ihm so schnell und leise, wie ich nur konnte. Ich war so schockiert und verwirrt, dass ich meine Flucht aus dem Ghetto gar nicht bewusst wahrnahm.

5. KAPITEL

Wortlos führte mich der Mann durch die menschenleeren Straßen von Podgorze. Ich hatte Mühe, mit ihm Schritt zu halten und mich genauso lautlos fortzubewegen. Meine Empfindungen wechselten immer wieder zwischen Bestürzung, Verwunderung darüber, mich außerhalb des Ghettos zu befinden, und der Angst, jeden Moment entdeckt zu werden. Allein schon unsere sichtbaren Atemwolken in der eiskalten Luft drohten uns zu verraten. Nach einer Weile säumten immer weniger Wohnhäuser die Straße und wichen schließlich den Fabrikhallen und Lagerhäusern. Aus der gepflasterten Straße wurde ein Feldweg, dann ein schneebedeckter, schmaler gewundener Pfad, der in den Wald führte.

Erst als wir den Schutz der Bäume erreichten, sprach mich der Fremde wieder an. „Ich bin ein Freund von Alek", sagte er und fügte nach einer Pause hinzu: „Und ein Freund von Jakub. Sie haben mich geschickt, um dich fortzubringen."

„Zu Jakub?" Vor Begeisterung wurde ich lauter.

„Schht!", machte der Fremde, blieb stehen und sah sich um. „Nicht zu ihm. Es tut mir leid." Offenbar sah er mir meine Enttäuschung an. „Er wollte selbst herkommen, aber das wäre zu riskant gewesen."

Zu riskant. Alles war doch eigentlich zu riskant. „Wohin dann?"

„Keine weiteren Fragen. Vertrau mir. Emmeth", wiederholte er, als könnte seine Kenntnis unseres geheimen Codeworts einen Zauber bewirken, der mich gehorsam machte. „Es tut mir leid, dass wir so lange gehen müssen, aber alles andere würde zu viel Aufmerksamkeit erzeugen."

„Es tut gut, zu Fuß unterwegs zu sein", erwiderte ich, obwohl sich meine Zehen bereits ein wenig taub anfühlten. Plötzlich jedoch blieb ich stehen. „Ich kehre nicht hierher zurück, oder?"

„Nein."

Bestürzt flüsterte ich: „Aber meine Eltern ..."

„Sie werden eine Nachricht erhalten, dass du in Sicherheit bist. Aber es ist besser für sie, wenn sie so wenig wie möglich wissen."

Ich stellte mir meine Eltern vor, wie ich sie zum letzten Mal gesehen hatte: friedlich schlafend in ihrem Bett. Dann malte ich mir aus, wie sie aufwachten und feststellten, dass ich verschwunden war. Ich hatte keine Gelegenheit gehabt, mich von ihnen zu verabschieden. Eben machte ich den Mund auf, um zu erklären, ich würde meine Eltern nicht im Stich lassen, da ging der Fremde bereits weiter. Ich hatte keine andere Wahl, als ihm zu folgen, wenn ich nicht auf mich allein gestellt hier zurückbleiben wollte.

Während ich tapfer einen Fuß vor den anderen setzte, erkannte ich, dass die Morgendämmerung allmählich einsetzte. Im Osten überzogen bereits feine Lichtstreifen den Nachthimmel. Ich sah mich in der mir fremden Umgebung um, bis ich auf einmal eine kleine hölzerne Kirche auf einer Lichtung entdeckte. Wir befanden uns in Las Wolski, dem Wald im Westen der Stadt. Damit war mir auch klar, wohin wir unterwegs waren. „Tante Krysia ...?" Ich erinnerte mich daran, dass Jakubs Tante auf der anderen Seite von Las Wolski lebte. Der Mann nickte. „Aber werde ich sie nicht in Gefahr bringen?"

„Es gibt Papiere für dich. Du wirst nicht mehr die gleiche Person sein."

Meine Gedanken überschlugen sich, ich war überwältigt von der Flut an Ereignissen. Aber mir blieb kaum Zeit, all die neuen Informationen zu verarbeiten. Der Fremde ging zügig weiter, und ich hatte Mühe, dicht hinter ihm zu bleiben, ohne dabei über Steine und Wurzeln zu stolpern.

Während wir weiter durch den Wald liefen, versuchte ich mir das Gesicht von Krysia Smok vorzustellen. Ich war ihr das erste Mal bei einem Abendessen in der Wohnung der Baus begegnet, wenige Wochen vor meiner Heirat. Ich konnte mich noch gut erinnern, dass ich mich für den Anlass kleidete, als sei ich in ein Königshaus eingeladen. Krysia genoss in Kraków einen legendären Ruf, sowohl als Ehefrau des Cellisten Marcin Smok als auch als eine Dame der besseren Gesellschaft. Als ich ihr vorgestellt wurde, reagierte sie jedoch völlig anders, als ich es erwartet hatte. Sie verzichtete auf die üblichen in die Luft geworfenen drei Küsse und drückte mich stattdessen fest an sich. „Mir ist klar, wieso du sie so sehr liebst", sagte sie zu dem errötenden Jakub.

Krysias warmherzige Begrüßung erschien mir damals ausgesprochen ironisch, da sie nicht mal Jüdin, sondern eine strenggläubige Katholikin war. Ihre Heirat mit Frau Baus Bruder Marcin war ein unerschöpflicher Quell der Kontroversen und Skandale gewesen. Eine Ehe zwischen Angehörigen verschiedener Glaubensrichtungen war schlicht unerhört, das galt selbst für eine so aufgeklärte Familie wie die von Jakub. Marcin und Krysia waren nach Paris durchgebrannt, und für Jahre hatten die Baus das Paar geschnitten. Erst als Jakub zur Welt kam, änderte Frau Bau – die als Kind beide Elternteile durch Krankheit verloren und nur wenige Verwandte hatte – ihre Meinung und entschied, Marcin zu vergeben.

Mir wurde schnell klar, wieso Jakub seine Tante so bewunderte. Ihre Mischung aus Eleganz und unberechenbarem Temperament war einfach unwiderstehlich. Als Kind eines Diplomatenehepaars, das sich geweigert hatte, die eigene Tochter von Fremden aufziehen zu lassen, war Krysia an Orten aufgewachsen, von denen ich nur gelesen hatte: Rom, London, Paris. Nach ihrer Heirat mit Marcin ließ sie sich in Kraków nieder, und als er weiter auf Konzertreisen ging, richtete sie ihr Zuhause in der Stadt ein. Ihre Wohnung in der ulica Basztowa entwickelte sich schnell zu einem

Dreh- und Angelpunkt der kulturellen Elite der Stadt. Krysia stellte Polens vielversprechendste Künstler und Musiker den Menschen vor, die sich ein Leben lang als deren Gönner und Förderer hervortun sollten. Trotz ihrer herausragenden gesellschaftlichen Rolle lehnte sie es jedoch ab, sich an Konventionen zu halten. So traf man sie durchaus in einer der vielen Kellerschänken der Stadt an, wo sie vorzugsweise eiskalten Kartoffelwodka trank und bis spät in die Nacht über Politik diskutierte. Ebenso selbstverständlich besuchte sie am nächsten Tag die Oper oder einen eleganten Ball.

Krysia und Marcin blieben kinderlos. Jakub erzählte mir einmal, er wisse nicht, ob dies aus freien Stücken so war oder ob die beiden keine Kinder kriegen konnten. Marcin starb 1932 nach einem zwei Jahre währenden Kampf gegen den Krebs. Nach seinem Tod verkaufte Krysia die Wohnung im Stadtzentrum und zog sich in ihr Wochenendhaus in Chelm zurück. Dort verstand sie es, Einsamkeit und Geselligkeit miteinander zu verbinden, indem sie unter der Woche in ihrem Garten die Ruhe genoss, an den Wochenenden aber oft Gesellschaften gab. Zu diesem Haus sollte ich nun also gebracht werden.

Nach einiger Zeit wurde der Weg abschüssiger, und die Bäume standen nicht mehr ganz so dicht. Minuten später hatten wir den Wald hinter uns gelassen und erkannten ein Stück unterhalb von uns die ersten Bauernhöfe von Chelm. Als wir die Straße entlanggingen, krähte irgendwo ein Hahn, dann begann ein Hund zu bellen, der unsere Anwesenheit zu verraten drohte. Der Fremde legte seine schwere Hand auf meine Schulter. Wie erstarrt blieben wir hinter einem Busch stehen, bis wieder Ruhe eingekehrt war. Nachdem er sorgfältig geprüft hatte, dass niemand uns beobachtete, führte mich der Mann über die Straße und um eines der größeren Häuser herum. An einer Hintertür klopfte er leise an, worauf fast sofort geöffnet wurde. Im fahlen Licht erkannte ich Krysia

Smok. Angesichts ihrer stattlichen Erscheinung schämte ich mich für meine abgetragene Kleidung und mein zerzaustes Haar, doch sie nahm meine Hand, zog mich zu sich ins Haus und schloss mich in ihre Arme. Sie duftete nach einer Mischung aus Zimt und Äpfeln, was mich an Jakub erinnerte.

„Meine Liebe", sagte sie und strich mir zärtlich übers Haar. Einige Augenblicke lang stand ich einfach da und ließ mich von ihr umarmen, erst dann fiel mir der Mann ein, der mich hergebracht hatte. Ich drehte mich um, da ich mich bei ihm bedanken wollte, doch er war bereits verschwunden.

„Bist du müde?" Krysia schloss die Tür und zog mich hinter sich her in den Salon im ersten Stock, wo ich mich auf einen der Stühle setzte. Ich schüttelte den Kopf. „Ich bin gleich zurück", erklärte sie und ließ mich allein. Ich erkannte an ihren Schritten, dass sie nach oben in die zweite Etage ging, kurz darauf war fließendes Wasser zu hören.

Erschöpft sah ich mich im Zimmer um und entdeckte auf dem Kaminsims mehrere gerahmte Fotografien. Ich stand auf und stellte mich vor den Kamin, um sie besser betrachten zu können. Die Bilder zeigten Jakub als Kind, Jakub und mich an unserem Hochzeitstag, Jakub im Porträt. Es war so eigenartig, ohne ihn in diesem Haus zu sein.

Nach wenigen Minuten kehrte Krysia zurück. „Du musst ein Bad nehmen", erklärte sie und stellte einen Becher mit Tee vor mich auf den Kaminsims. „Es tut mir leid, dass wir so vorgehen mussten, aber es ging einfach nicht anders."

Ich vergrub das Gesicht in meinen Händen. „Meine Eltern …"

„Ich weiß." Sie stellte sich zu mir, einmal mehr umgab mich der Geruch von Zimt und Äpfeln. „Es war nicht möglich, euch alle aus dem Ghetto zu holen. Aber deine Eltern werden sich freuen zu erfahren, dass du in Sicherheit bist. Und wir werden tun, was wir nur können, um auch ihnen zu helfen."

Unwillkürlich begann ich zu schluchzen, da mich die monatelange Verzweiflung nun doch einholte. „Tut mir leid", flüsterte ich verschämt. Krysia erwiderte nichts, sondern legte nur den Arm um meine Schultern und brachte mich nach oben ins Badezimmer, wo neben der dampfenden Wanne frisches Nachtzeug bereitlag. Nachdem Krysia gegangen war, zog ich mich aus und nahm mein erstes richtiges Bad seit Monaten. Ich schrubbte mich von Kopf bis Fuß, wusch mir zweimal die Haare und blieb so lange in der Wanne, bis das mittlerweile schmutzige Wasser kalt wurde.

Als ich entspannt und fast zu erschöpft, um mich noch länger auf den Beinen zu halten, das Bad verließ, brachte mich Krysia in mein Schlafzimmer. Verwundert betrachtete ich die Vase mit frischen Blumen auf dem Nachttisch. Existierten solche Dinge tatsächlich noch in dieser Welt? „Leg dich jetzt schlafen", sagte Krysia und schlug die Bettdecke zur Seite, unter der ein blütenweißes Laken zum Vorschein kam. „Ich verspreche dir, morgen früh werde ich dir alles erklären."

Nach Monaten im Ghetto erschienen mir die weiche Matratze und die sauberen Bezüge wie ein Traum. Trotz allem, was ich in dieser Nacht erlebt hatte, fiel ich in einen tiefen Schlaf.

Als ich am Morgen erwachte, war ich zunächst völlig verwirrt. Beim Anblick meiner komfortablen Umgebung fragte ich mich für Sekunden, ob ich zurück in dem Zimmer war, in dem ich mit Jakub das Bett geteilt hatte. Im nächsten Moment jedoch kehrte die Erinnerung zurück. Ich war in Krysias Haus. Durch das Fenster konnte ich den Wald sehen, die Sonne stand bereits hoch am Himmel, und ich wunderte mich, wie lange ich wohl geschlafen hatte. Ich ging nach unten in die Küche, wo Krysia am Herd stand. „Es tut mir leid, dass ich jetzt erst aufgestanden bin", entschuldigte ich mich bei ihr.

„Du hast den Schlaf gebraucht, und jetzt fehlt nur noch eine kräftigende Mahlzeit." Sie deutete auf einen Teller mit

Eierkuchen und zwei blank polierten Äpfeln. „Setz dich doch." Ich nahm Platz und hoffte, dass sie nicht hörte, wie laut mein Magen knurrte. Sie stellte ein Glas Tee vor mich hin. „Ich habe erfahren, dass deinen Eltern dein Verschwinden bereits erklärt wurde. Außerdem hat eine andere junge Frau deinen Platz im Waisenhaus übernommen, sodass niemand dein Fehlen bemerken wird." Ich war erleichtert und zugleich sehr neugierig, weil ich mich wunderte, woher Krysia diese Dinge wusste.

Ich zögerte, da mir eine Frage auf der Zunge lag, die Jakub betraf. Stattdessen fragte ich: „Was ist mit den Baus?"

Kopfschüttelnd brachte sie mir noch einen Teller mit Brot und ein wenig Käse und setzte sich dann zu mir. „Von ihnen hörte ich das letzte Mal vor zwei Monaten, seitdem nichts mehr. Es geht ihnen gut, aber sie leben nicht so, wie Fania es gewohnt ist." Mir entging nicht der ironische Unterton in ihrer Stimme. Ich nickte verstehend. Mit polnischem Geld konnte man in der Schweiz nicht weit kommen, selbst wenn man recht viel davon besaß. Durch die Kriegswirren wurde den Baus zudem der Zugriff auf ihr Vermögen erschwert. „Sie wollten persönlich mit dir Kontakt aufnehmen, aber sie hatten Angst, darauf aufmerksam zu machen, dass ihr miteinander verwandt seid."

„Und ihr Zuhause?" Mein Magen drehte sich um, als ich an die prachtvolle Villa dachte.

„Es wurde im Sommer von einem hochrangigen Nazioffizier beschlagnahmt." Sie legte ihre Hand auf meine. „Du hättest nichts tun können, um es zu verhindern. Und nun iss erst einmal."

Ich kam ihrer Aufforderung nach und vergaß völlig meine Manieren, da ich mir Eierkuchen, Apfel und Brot beinahe gleichzeitig in den Mund stopfte und alles mit Tee herunterspülte. Doch so sehr ich das Essen auch genoss, war ich mit den Gedanken bei meinen Eltern, die weiter mit ihren

Rationen im Ghetto auskommen mussten.

„Dein Name", begann Krysia, nachdem ich aufgegessen hatte, „ist Anna Lipowski. Du bist in Gdańsk aufgewachsen, aber deine Eltern starben in den ersten Kriegstagen. Seitdem lebst du bei mir, deiner Tante Krysia."

Erstaunt sah ich sie an. „Ich verstehe nicht …"

„Du musst dich nach außen hin wie eine Christin geben", gab sie wie selbstverständlich zurück. „Anders geht es nicht, es ist fast unmöglich geworden, Juden über einen längeren Zeitraum zu verstecken. Du gehst ohne Weiteres für eine Polin durch. Und von deinen früheren Kollegen an der Universität abgesehen, um die du einen großen Bogen machen wirst, gibt es in der Stadt niemanden mehr, der weiß, wer du wirklich bist." Ihre Worte hallten in meinen Ohren nach. Wie sehr sich Kraków doch verändert hatte, dass ich als Fremde durchging, obwohl diese Stadt mein ganzes Leben lang meine Heimat gewesen war!

„Hier sind deine Papiere." Krysia schob mir eine braune Mappe zu, in der sich ein Ausweis und zwei Geburtsurkunden befanden.

„Łukasz Lipowski", las ich laut vor. „Ein Dreijähriger?"

„Ja. Wie ich hörte, möchtest du Jakub gern bei seiner Arbeit helfen?" Sie hielt kurz inne. „Nun, jetzt bekommst du die Gelegenheit dazu. Es gibt da einen Jungen, der seit Monaten im Ghetto versteckt gehalten wird. Er hat keine Eltern mehr. Man wird ihn herbringen, damit er bei uns leben kann. Nach außen hin wird er dein kleiner Bruder sein. Heute Abend kommt er zu uns."

Ich nickte bedächtig, während sich meine Gedanken regelrecht überschlugen. Vor nur vierundzwanzig Stunden hatte ich noch mit meinen Eltern im Ghetto gewohnt, und jetzt war ich frei, lebte als Christin bei Krysia und sollte mich um ein Kind kümmern.

„Da wäre noch etwas." Sie schob mir einen schmalen Umschlag zu. Ich öffnete ihn, und eine Goldkette mit einem kleinen goldenen Kreuz rutschte heraus. Meine Hand zuckte zurück. „Ich verstehe dich", sagte Krysia sanft. „Aber es ist eine notwendige Maßnahme, auf die wir nicht verzichten können." Sie nahm die Halskette, stellte sich hinter mich und legte sie mir um. Damit begann mein Leben als Nicht-Jüdin.

Nach dem Frühstück nahm mich Krysia mit nach oben in ihr Schlafzimmer. Sie öffnete den Schrank und schob die Kleider auf der Stange zur Seite, sodass eine Treppe zum Vorschein kam, die auf den Speicher führte. Krysia stieg hinauf und reichte mir mehrere metallene Gegenstände sowie eine Matratze für ein Kinderbett an. Wir trugen alles ins Gästezimmer, wo der Junge untergebracht werden sollte.

„Das gehörte früher Jakub", erklärte sie, während wir das Kinderbett zusammenbauten. „Später bewahrte ich es für seine Eltern auf, da ich dachte, ich könnte es vielleicht für ein eigenes Kind gebrauchen." Ihre Augen nahmen einen verlorenen Ausdruck an, und mit einem Mal wusste ich, dass sie nicht aus freien Stücken kinderlos geblieben war. Als das Bettchen fertig war, strich ich über das geschnitzte Holzgitter und stellte mir meinen Mann vor, wie er als kleines Kind darin gelegen hatte.

Um die Mittagszeit stellte Krysia eine Schüssel Rote-Beete-Suppe und eine Platte mit Wurst, Brot und Käse auf den Tisch. Einen Moment lang zögerte ich, denn das Fleisch war bestimmt nicht koscher. Zudem war es verboten, Fleisch und Käse zusammen zu essen.

„Oh", machte sie, als sie den Grund für meine Reaktion erkannte. „Es tut mir sehr leid. Ich hätte versucht, koscheres Fleisch zu bekommen, aber …"

„Aber es gibt keine koscheren Metzger mehr", beendete ich den Satz für sie, und sie nickte zustimmend. „Es ist nicht schlimm." Als ich bei den Baus lebte, war das Essen auch nicht immer vollständig koscher gewesen, und im Ghetto aßen wir, was wir beschaffen konnten. Ich wusste, meine Eltern würden es verstehen und sich freuen, dass ich gutes Essen bekam. Wie auf ein Kommando hin begann mein Magen zu knurren. Krysia sah mich erleichtert an, als ich mich großzügig bei Wurst und Käse bediente.

„Weißt du, ich habe mich nie um ein Kind kümmern müssen", gestand Krysia mir später an diesem Nachmittag. Wir standen auf dem Balkon, der vom Salon abging, und hängten frisch gewaschene Kinderkleidung zum Trocknen auf, die Krysia ihren Worten zufolge von einer Freundin erhalten hatte.

„Ich auch nicht, bis ich im Ghetto meine Arbeit im Waisenhaus aufnahm." Ich schaute zu Krysia hinüber, die mit einem Ausdruck der Hilflosigkeit ein noch klammes Kinderhemd in den Händen hielt. Ihr war anzusehen, wie viel Sorgen sie sich machte. „Aber wieso, Krysia? Du hast dich doch um Jakub gekümmert. Er erzählte mir, er sei als Kind oft bei dir gewesen."

Sie schüttelte den Kopf. „Als Tante einen kleinen Jungen ein paar Stunden in der Woche zu versorgen, kann man nicht *damit* vergleichen."

Ich nahm ihr das Hemd ab und hängte es auf die Leine. „Das bekommen wir schon hin, ich verspreche es dir."

Von Krysia erfuhr ich, dass der Junge so spät wie ich in der Nacht hier eintreffen würde. Am frühen Abend machte sie einen erschöpften Eindruck. „Warum ruhst du dich nicht eine Weile aus?", schlug ich ihr vor, doch sie schüttelte den Kopf.

Als die Zeiger der Standuhr im Flur schon lange nach Mitternacht anzeigten, lief Krysia noch immer rastlos im Haus auf und ab, machte hier etwas sauber, sortierte da irgendwelche Kleinigkeiten. Das Licht hatte sie so weit heruntergedreht, dass die Küche nur noch von einem schwachen Schein erleuchtet wurde und unsere Schatten weit in den Korridor hineinreichten. Alle paar Minuten hob sie die schweren Vorhänge am rückwärtigen Salonfenster ein winziges Stück an

75

und hielt nach dem Neuankömmling Ausschau.

Gegen zwei Uhr am Morgen setzten wir uns jeder mit einer Tasse Tee in die Küche. Mehrmals versuchte ich, zum Sprechen anzusetzen, aber da ich Krysia so vieles fragen wollte, wusste ich nicht, wo ich anfangen sollte. „Wie bist du …?", begann ich schließlich, geriet aber gleich wieder ins Stocken.

„… mit der Widerstandsbewegung in Kontakt gekommen, meinst du?" Sie rührte ihren Tee, dann legte sie den Löffel beiseite. „Ich wusste von Anfang an von der Sache, für die sich Jakub einsetzt. Er sprach mit mir darüber, weil sich seine Mutter nicht sonderlich dafür interessierte, während sein Vater zu sehr um seine Sicherheit besorgt war. Natürlich machte ich mir auch Sorgen um sein Wohl", fügte sie hinzu und trank einen Schluck. „Aber ich wusste, er würde sich nicht davon abbringen lassen." Mir erging es nicht anders, ergänzte ich im Stillen. „Irgendwann im Frühjahr kam er eines Nachts zu mir", fuhr sie fort. Offenbar sprach sie von dem Abend vor seinem Untertauchen, als er viele Stunden lang nicht nach Hause zurückgekehrt war. „Er sagte mir nicht im Detail, worum es ging, aber er bat mich, ein Auge auf dich zu haben, falls ihm etwas zustoßen sollte. Ich fragte, ob ich sonst noch etwas für ihn tun könnte, und da wurde uns beiden klar, dass meine gesellschaftliche Stellung vielleicht von Nutzen wäre. Näheres erfuhr ich erst, als er bereits gegangen war."

„Aber das ist doch schrecklich gefährlich! Hast du denn gar keine Angst?"

„Natürlich habe ich Angst, meine Liebe." Sie verzog die Mundwinkel zu einem leichten Lächeln. „Sogar eine alte, kinderlose Witwe wie ich hängt am Leben. Doch dieser Krieg …" Sie wurde wieder ernst. „Dieser Krieg ist eine Schande für mein Volk. Dich und den Jungen bei mir unterzubringen ist das Mindeste, was ich tun kann."

„Die Polen haben den Krieg nicht angefangen", wandte ich ein.

„Nein, aber …" Sie wurde von einem leisen Kratzen an der Hintertür unterbrochen. „Warte hier."

Auf Zehenspitzen schlich Krysia die Treppe nach unten. Ich hörte Geflüster, Bewegungen, dann ein leises Klicken, als die Tür geschlossen wurde. Krysia kam die Stufen wieder hinauf, diesmal waren ihre Schritte schwerer und langsamer. Als sie den Kopf der Treppe erreicht hatte, sah ich, dass sie ein großes Stoffbündel in den Armen hielt. Ich stand auf, um ihr zu helfen, dann trugen wir den schlafenden Jungen gemeinsam in den zweiten Stock.

Wir legten ihn ins Kinderbett, Krysia wickelte ihn aus der Decke. Als ich das Gesicht des Jungen sah, stockte mir der Atem. Es war der kleine blonde Junge, dessen Mutter man auf offener Straße erschossen hatte.

„Was ist?", fragte sie.

Bevor ich antworten konnte, begann das Kind zu wimmern, da meine erschrockene Reaktion und Krysias Stimme ihn aufgeweckt hatten. „Schhht", besänftigte sie den Kleinen und streichelte ihm über den Rücken, bis er wieder einschlief.

Leise verließen wir das Zimmer. „Dieser Junge", flüsterte ich. „Er ist …"

„Der Sohn von Rabbi Izakowicz, dem bekannten Rabbi aus Lublin. Seine Mutter wurde umgebracht …"

„Ich weiß! Ich habe es von unserer Wohnung aus mitangesehen."

„Oh, du Arme", sagte Krysia und tätschelte mitfühlend meine Schulter.

„Du sagtest, er hat keine Eltern mehr. Was ist mit seinem Vater?"

„Das wissen wir nicht. Entweder wurde er in den Wäldern bei Czernichów erschossen oder in ein Lager gebracht. So oder so sieht es nicht gut für ihn aus."

Ich kniff die Augen zusammen und sah die Szene vor mir,

die sich vor unserer Haustür abgespielt hatte. Bestimmt werden sie den Rabbi nicht umbringen, hatte ich an dem Abend zu meinen Eltern gesagt. „Sie war schwanger, als sie sie töteten", murmelte ich. Meine Augen begannen zu brennen, während ich hinzufügte: „Die Mutter des Jungen, meine ich."

Krysia nickte. „Davon habe ich gehört. Das macht unsere Arbeit umso wichtiger. Der Junge ist der Letzte einer wichtigen Rabbiner-Dynastie. Er muss am Leben bleiben."

In der Nacht wechselten wir uns mit dem Schlafen ab, damit immer eine von uns zur Stelle war, falls der Junge aufwachte und die fremde Umgebung ihm Angst machte. Doch zu unserer Erleichterung schlief er bis zum Morgen durch. Als ich ihn aus dem Kinderbett hob, trug er noch seine Straßenkleidung und war so nassgeschwitzt, dass die blonden Locken an seiner Stirn klebten. Ich setzte ihn auf meinen Schoß, worauf er kurz blinzelte, aber keinen Laut von sich gab. Stattdessen legte er die Arme um meinen Hals und ließ den Kopf auf meine Schulter sinken, so als hätte er das schon immer so gemacht. Gemeinsam begaben wir uns nach unten in die Küche, wo Krysia das Frühstück vorbereitete. Bei unserem Anblick leuchteten ihre Augen auf und sie begann zu lächeln.

Eine Woche später würde Łukasz mich in die Stadt begleiten, damit wir unseren ersten Auftritt als Christen absolvierten. Er würde beim Anblick der vielen Menschen große Augen machen, und ich würde nicht widerstehen können und etwas von unserem Essensgeld abzweigen, um ihm eine Leckerei zu kaufen. Und so kam es, dass Łukasz – der Sohn des großen Rabbis aus Lublin – und Emma – Tochter eines armen Bäckers aus Kazimierz – im Wochenendhaus der eleganten Krysia Smok lebten, das ihnen so prachtvoll wie ein Palast erschien.

6. KAPITEL

„Am Samstag gebe ich eine Abendgesellschaft", gibt Krysia
so beiläufig bekannt, als würde sie über das Wetter reden.
Das feuchte weiße Betttuch entgleitet meinen Händen und
fällt auf die Erde.

Wir arbeiten im Garten. Krysia rupft das Unkraut rund
um die grünen Pflanzen aus, die eben zu blühen beginnen,
während ich die Bettlaken aufhänge, die wir eine Stunde zuvor in einem großen Bottich gewaschen haben. Ein paar Meter entfernt wühlt Łukasz mit einem Stöckchen die Erde auf.
Seit über einem Monat wohnen der Junge und ich nun schon
bei Krysia. Ich merke ihr an, dass es manchmal zu viel für sie
wird. Seit meiner Ankunft versuche ich, ihr so viel Hausarbeit wie möglich abzunehmen, aber das, was sie selbst erledigt, geht ihr dennoch an die Substanz. Ihre zierlichen Hände
scheinen mit jedem Tag mehr Schwielen aufzuweisen, und
ihre Arbeitskleidung ist von Flecken übersät. Doch trotz aller Opfer scheint es Krysia zu gefallen, dass sie uns um sich
hat. Wir sind seit Marcins Tod ihre ersten echten Mitbewoh-
ner. Sie und ich, wir sind uns gegenseitig angenehme Gesellschaft. Mal unterhalten wir uns angeregt bei der Hausarbeit,
dann wieder versinken wir in tiefes Schweigen. Immerhin
gibt es für jeden von uns einiges, über das wir nachdenken
können. Ich weiß, sie ist um Jakub genauso besorgt wie ich,
zudem gilt ihre Sorge dem Kind und mir. Auf keinen Fall
dürfen wir entdeckt werden, nicht auszudenken, was dann
geschehen würde.

Die Anwesenheit des Jungen hält uns davon ab, zu tief
in Wehklagen zu versinken. Łukasz ist ein hübscher Junge,
ruhig und genügsam. In den Wochen, die er inzwischen bei
uns ist, hat er allerdings noch kein Wort gesprochen. Auch
haben wir bislang vergeblich alles versucht, um ihn zum Lachen zu bringen. Manchmal erfinde ich irgendwelche kindi-

schen Spiele, und Krysia spielt am Abend auf dem Flügel beschwingte Melodien, während ich den Kleinen auf dem Arm halte und mich mit ihm im Takt der Musik drehe. Nichts davon hat bislang etwas bewirkt. Łukasz sieht uns geduldig dabei zu, als würde diese Ausgelassenheit unserer, aber nicht seiner Unterhaltung dienen, und als würde er uns mit seiner Beteiligung einen Gefallen tun. Wenn die Musik verstummt und die Spiele beendet sind, dann nimmt er seine zerlumpte blaue Decke, in der er hergebracht wurde, und zieht sich in eine Ecke zurück.

„Eine Abendgesellschaft?", wiederhole ich und hebe das Bettlaken von der Erde auf.

„Ja, vor dem Krieg habe ich ziemlich oft solche Gesellschaften gegeben, und von Zeit zu Zeit mache ich das jetzt immer noch. Auch wenn ich nicht mehr so viel Spaß daran habe. Die Gästeliste" – sie verzieht den Mund – „sieht heutzutage etwas anders aus. Aber es ist wichtig, den Schein zu wahren." Ich nicke verstehend. Vor dem Krieg standen auf dieser Gästeliste Künstler, Intellektuelle und andere wichtige Mitglieder der Gesellschaft. Die meisten Intellektuellen sind inzwischen fort, haben entweder das Land verlassen oder sind wegen ihrer Religion oder politischen Ansichten verhaftet worden. An ihre Stelle sind zweifellos Gäste von einem ganz anderen Schlag gerückt.

Sie wischt sich die Hände an ihrer Schürze ab und zählt die Gäste an ihren Fingern ab. „Der Stellvertretende Bürgermeister Baran." Das Wort *Bürgermeister* spricht sie mit unverhohlener Ironie aus. Wladislaw Baran ist ein bekannter Kollaborateur, der so wie fast die gesamte derzeitige Stadtverwaltung von den Deutschen ins Amt berufen worden ist, um als deren Marionette zu fungieren. „Der neue Stellvertretende Stadtdirektor und seine Frau ..."

„Nazis", sage ich verächtlich und wende mich ab. Ich muss mich dem Wunsch widersetzen, auf der Stelle auszuspucken.

„Die Machthaber", gibt sie mit ruhiger Stimme zurück. „Wir müssen mit ihnen gut stehen."

„Vermutlich ja." Mein Magen verkrampft sich bei der Vorstellung, mit diesen Leuten im gleichen Haus zu sein.

„Du bist vor einigen Wochen hergekommen. Es geht nicht, dass meine Nichte bei mir lebt und ich sie den wichtigsten Leuten der Stadt nicht vorstelle."

„A-aber", stammele ich. Mir war nicht klar, dass Krysia meine Anwesenheit bei dieser Gesellschaft erwartet. Ich dachte, ich würde mich für die Dauer des Abends im Obergeschoss versteckt halten oder bestenfalls in der Küche helfen.

„Deine Anwesenheit ist unverzichtbar." An ihrem Tonfall erkenne ich, dass über dieses Thema nicht weiter diskutiert wird.

Kaum hat sie die Abendgesellschaft angesprochen, beginnen auch schon die Vorbereitungen, die den Rest der Woche vollständig für sich beanspruchen. Krysia holt Elżbieta zurück, die Haushälterin mit den roten Wangen, die sie vor meiner Ankunft entlassen hatte. Elżbieta kommt zu uns, ohne einen Groll zu hegen. Vielmehr ist sie energiegeladen und bester Laune, und sofort macht sie sich daran, das Haus von oben bis unten auf Hochglanz zu bringen. Krysia und ich können uns nur schämen, wenn wir sehen, welche Hausarbeit wir mit Mühe und Not zustande gebracht haben.

Es ist offensichtlich, dass Krysia sich freut, Elżbieta wieder im Haus zu haben, und das betrifft nicht nur ihre Fähigkeiten als Köchin und Putzfrau. Elżbietas Freund Miroslaw hat ein besonderes Händchen dafür, Dinge zu organisieren, die es in keinem Geschäft mehr zu kaufen gibt – Delikatessen, die wir für den großen Abend benötigen. Innerhalb von nur zwei Tagen liefert er uns Räucherlachs, feinsten Käse und sogar eine Flasche besonders guten Wodka. „So etwas habe ich vor dem Krieg das letzte Mal gesehen!", ruft Krysia erfreut aus, als sie die Ausbeute entgegennimmt. Ich hingegen bin einfach nur sprachlos. Um das Mahl abzurunden, plündern wir den Gemüsegarten, ziehen die Salatköpfe heraus, die bereits zu sprießen begonnen haben, und holen aus dem Keller die noch verbliebenen Winterkartoffeln und den Kohl. Zusätzlich kaufen wir unseren Nachbarn das Gemüse ab, das uns noch fehlt.

Am Morgen vor der Gesellschaft hilft Krysia Elżbieta, die Tischdecken zu bügeln und das Silber zu polieren, während ich mich um Brot und Gebäck kümmere. Beim Teigkneten muss ich daran denken, wie ich immer meinem Vater beim Backen geholfen habe. Als Kind empfand ich es jedes Mal als frustrierend, wie widerborstig der Teig war. So sehr ich auch versuchte, ihm eine Form zu geben – ob lang oder rund oder flach –, er widersetzte sich beharrlich all meinen Anstrengungen und kehrte in seine ursprüngliche nichtssagende Form zurück. Nur wenige von meinen missgestalteten Backwerken schafften es überhaupt ins Verkaufsregal, wo sie erst spät am Tag als Letztes einen Käufer fanden. Aber jetzt ist das Backen eine Herausforderung, die ich gern annehme. Ich stelle mir vor, wie ich neben meinem Vater stehe und arbeite, während er das Brot mit sanften, fast magischen Berührungen knetet und formt. Mit seinen dicken Fingern konnte er auch den widerspenstigsten Teig in kunstvollste Formen bringen: Challah-Zöpfe, Hamantaschen für das Purimfest oder Obwarzanki, die knusprigen Kringel, die jüdische und nicht-jüdische Polen gleichermaßen mögen.

„Hier", sagt Krysia später am Nachmittag und gibt mir ein in braunes Papier gewickeltes Päckchen. Wir befinden uns in der Küche, nachdem wir soeben einen letzten Rundgang durchs Haus gemacht haben, um zu überprüfen, ob auch alles in Ordnung ist. Ich sehe sie verständnislos an, dann lege ich das Päckchen auf den Tisch und öffne es. Zum Vorschein kommt ein neues Kleid, ein hellblaues Kleid mit einem zarten Blumenmuster.

„Das ist wunderschön", freue ich mich, als ich es hoch-halte. Bislang musste ich mich mit Krysias alten Kleidern begnügen, bei denen jedes Mal Ärmel und Saum umgenäht werden müssen, damit sie mir passen. Von klein auf habe ich anderer Leute Kleidung aufgetragen, oder aber sie war in Heimarbeit entstanden. Das hier ist mein allererstes Kleid, das in einem Geschäft für mich gekauft wurde. „Danke."

„Gern geschehen", erwidert sie und winkt ab, als sei das nicht der Rede wert. „Und jetzt mach dich fertig."

Einige Stunden später gehe ich die Treppe hinunter. Das Haus wirkt wie verwandelt. Überall stehen Kerzen, unter Elżbietas wachsamen Blicken köchelt das Essen in den Töp-fen auf dem Herd. Aus dem Grammofon ertönt leise klas-sische Musik. Ich glaube, in der Melodie eine von Marcins Aufnahmen zu erkennen.

Um viertel vor sieben kommt Krysia aus dem zweiten Stock nach unten. Sie trägt einen bis zu den Knöcheln rei-chenden burgunderroten Rock und eine weiße Seidenbluse, ihr Haar hat sie zu einem Knoten zusammengesteckt, was genau wie die schlichte Perlenkette ihren schlanken Hals be-tont. Sie sieht erholt aus, als würde ihr der Krieg gar nicht zu schaffen machen. Die Sorgen und die harte Arbeit der letz-ten Monate sind ihr nicht mehr anzusehen. „Du schaust rei-zend aus", sagt Krysia, ehe ich die Möglichkeit habe, ihr ein Kompliment zu machen. Sie zupft eine Fluse von meinem Kragen und tritt dann ein paar Schritte zurück, um mein Kleid zu bewundern.

„Danke", entgegne ich und werde wieder rot. Mit einem heißen Stab habe ich meine Haare zu Locken gedreht, die jetzt wie ein Wasserfall ausgebreitet auf meinen Schultern liegen. Das Kleid ist das wundervollste, das ich je getragen habe. „Ich wünschte ...", setze ich an, halte jedoch gleich wieder inne. Ich hatte sagen wollen, dass ich wünschte, Jakub könnte mich so sehen. Aber ich will Krysias gute Laune nicht trüben.

Verständnisvoll lächelt sie mich an. „Er würde sagen, dass es dich noch schöner macht, als du ohnehin schon bist."

Freudestrahlend schaue ich Krysia an, dann gehen wir gemeinsam ins Esszimmer.

„Solche Gesellschaften sind immer eine hektische Angelegenheit", erklärt sie, während sie über den Tisch greift, um den Orchideenschmuck zurechtzurücken. „Ganz gleich, wie sorgfältig ich plane und wie gut ich mich auf alles vorbereite, es gibt immer wieder Dinge, die man nicht im Voraus erledigen kann. Und das macht die letzten Stunden vor dem großen Abend so chaotisch."

Ich nicke, als hätte ich genügend Gesellschaften gegeben, um zu wissen, was sie meint. In Wahrheit habe ich nur ein paar in Jakubs Begleitung besucht, und die konnten mich in keiner Weise auf das vorbereiten, was nun vor mir liegt. Heute Abend gebe ich mein Debüt als Christin Anna Lipowski, die Waise aus Gdańsk. Seit meiner Flucht aus dem Ghetto habe ich kaum einmal mit jemandem gesprochen, der nicht zu diesem Haushalt gehört, und der Gedanke an meinen bevorstehenden Auftritt mit völlig neuer Identität bereitet mir Angst. Im Geiste bin ich meine angebliche Vergangenheit wieder und wieder durchgegangen. Krysia hat sich in den letzten Wochen viel Mühe mit mir gegeben, damit mein Verhalten zu meiner Rolle passt. Außerdem hat sie mir geholfen, an der Aussprache verschiedener Begriffe zu feilen, damit ich etwas von dem für das nordwestliche Polen typischen Akzent annehme. Daneben erhielt ich von ihr Nachhilfeunterricht in Katholizismus und weiß nun über Heilige und den Rosenkranz genauso viel wie jedes durchschnittliche polnische Mädchen. Dennoch bin ich nach wie vor besorgt, eine Geste, ein Blick oder irgendetwas anderes könnte mich als Jüdin entlarven.

Aber die Zeit reicht nicht, um mir noch länger Sorgen zu machen. Wenige Minuten nachdem wir das Esszimmer betre-

ten haben, klingelt es an der Tür. „Bereit?", fragt mich Krysia.
Ich schlucke, dann nicke ich knapp. Die Gäste treffen einer
nach dem anderen ein, alle mit typisch deutscher Pünktlich-
keit. Elżbieta empfängt jeden an der Tür und nimmt Capes
und Mäntel entgegen. Ich warte am Fuß der Treppe, neben
mir Krysia, die mich den Gästen vorstellt, die ich dann in den
Salon führe, wo ich ihnen etwas zu trinken anbiete. Łukasz
wird kurz präsentiert und für sein blondes Haar und gutes
Benehmen bewundert, dann wird er zu Bett gebracht.

Um zehn nach sieben sind fünf unserer sechs geladenen
Gäste anwesend. Im Salon sitzen der Stellvertretende Bürgermeister Baran und seine Ehefrau, außerdem drei Deutsche:
General Dietrich, ein ältlicher Witwer, dem im Großen Krieg
hohe Auszeichnungen zuteilwurden und dessen Rolle in der
Verwaltung nur mehr schmückenden Charakter hat, und Generalmajor Ludwig, ein fetter kahlköpfiger Kerl mit verknif-
fenen Augen, daneben seine Ehefrau Hilda.

Zehn Minuten verstreichen, schließlich sind es zwanzig,
aber noch immer fehlt ein Gast. Niemand lässt eine Bemerkung zu seiner Verspätung fallen, und ich weiß, wir werden so
lange mit dem Essen warten, bis er eingetroffen ist. Immerhin
hat mir Krysia früher am Tag erklärt, dass Kommandant Richwalder an diesem Abend der wichtigste Gast sein wird.

„Wie gefällt Ihnen Kraków, Anna?", will Frau Baran wissen, als wir dasitzen und warten.

„Ganz reizend, allerdings hatte ich noch nicht die Zeit,
mir so viel von der Stadt anzusehen, wie ich gerne möchte",
entgegne ich. Mich amüsiert der Gedanke, eine Touristin in
meiner Geburtsstadt zu sein.

„Sie und Łukasz müssen unbedingt in die Stadt kommen,
dann führe ich Sie herum. Mich wundert, dass wir uns noch
nicht in der Kirche begegnet sind", redet sie weiter. Ich zögere, da ich nicht weiß, was ich antworten soll.

Krysia stellt sich hinter mich und greift gerade noch rechtzeitig ein. „Das liegt daran, dass wir noch gar nicht in der Kirche waren. Seit der Ankunft der beiden hier bei mir herrschte ein solcher Trubel, da bin nicht einmal ich selbst zum Kirchgang gekommen. Außerdem war Łukasz letzte Woche erkältet." Ich blicke auf und versuche, mein Erstaunen zu überspielen. Seit der Junge hier ist, hat er noch nicht mal geniest. Es ist die erste glatte Lüge, die ich aus Krysias Mund höre.

„Vielleicht können wir uns ja an einem der nächsten Sonntage nach der Messe zum Tee treffen", schlägt Frau Baran vor.

Ich lächle höflich und stelle fest, wie leicht es mir fällt, bei so belanglosen Themen den Schein zu wahren, einfach jemand anders zu sein. „Das wäre mir eine Freu…", beginne ich, breche aber mitten im Satz ab und starre wie gebannt zur Tür.

„Kommandant Richwalder", flüstert Frau Baran mir zu. Ich nicke nur, bringe jedoch kein Wort heraus. Es will mir nicht gelingen, den Blick von diesem beeindruckenden Mann abzuwenden, der soeben ins Zimmer gekommen ist. Er ist deutlich über eins achtzig groß, er steht kerzengerade da, und seine muskulöse Brust und die breiten Schultern scheinen jeden Moment seine Galauniform sprengen zu wollen. Sein ausgeprägter, kantiger Kiefer und die gerade Nase lassen sein Gesicht wie aus Granit gemeißelt aussehen. Er könnte der Held aus einem Kinofilm oder einem Roman sein. Nein, das ist kein Held, schelte ich mich sofort. Dieser Mann ist ein Nazi.

Krysia durchquert den Raum, um ihren Gast zu begrüßen. „Kommandant", sagt sie und akzeptiert seine Wangenküsse ebenso wie den Strauß Blumen, den er ihr hinhält. „Es ist mir eine Ehre, Sie zu sehen", Ihre Worte klingen so ehrlich, als würde sie es mit einem guten Freund zu tun haben.

„Es tut mir leid, dass ich Sie warten ließ, Krysia." Seine Stimme ist tief und wohlklingend. Er dreht den Kopf zur Seite und sieht mir mit einem Mal direkt in die Augen. „Sie haben ein sehr schönes Zuhause." Ich wende mich ab und merke, wie meine Wangen zu glühen beginnen.

„Danke", erwidert Krysia. „Sie sind nicht zu spät, das Essen ist gerade erst fertig geworden." Sie nimmt den Kommandanten am Arm, macht einen geschickten Bogen um die anderen Gäste, die aufgestanden sind, um ihn zu begrüßen, und führt ihn direkt zu mir. „Kommandant, darf ich Ihnen meine Nichte vorstellen? Anna Lipowski."

Ich springe nervös von meinem Platz auf. Aus der Nähe betrachtet wirkt Kommandant Richwalder noch viel größer, mein Kopf reicht kaum bis an seine Schultern. Als seine große Hand meine umschließt, die ich ihm entgegengestreckt halte, scheint ein Stromschlag durch meinen Körper zu zucken, der mich schaudern lässt. Ich hoffe, er hat es nicht bemerkt. Mit einer fließenden Bewegung führt er meine Hand an seine vollen Lippen und berührt sie nur hauchzart. Zwar hält er den Kopf gesenkt, doch er lässt mich nicht aus den Augen. „*Milo mi poznac.*" Sein Polnisch ist etwas hölzern und von einem breiten deutschen Akzent geprägt, aber gar nicht mal so schlecht.

Meine Wangen beginnen wieder zu glühen. „Das Vergnügen ist ganz meinerseits", erwidere ich auf Deutsch und kann den Blick nicht von ihm lösen.

Überrascht zieht der Kommandant die Brauen hoch. „Sie sprechen …?" Er führt seine Frage nicht zu Ende.

„Ja." Mein Vater war in einem kleinen Dorf nahe der deutschen Grenze aufgewachsen und hatte mir, als ich ein kleines Mädchen war, die Sprache beigebracht. Angesichts der engen Verwandtschaft zum Jiddischen fiel es mir leicht, sie zu lernen. Als ich zu Krysia kam, schlug sie mir vor, meine Kenntnisse wieder aufzufrischen. Immerhin war es nur logisch, dass ein Mädchen aus Gdańsk wenigstens etwas Deutsch sprach.

„Herr Kommandant", unterbricht uns Krysia. Allem Anschein nach widerstrebend nimmt dieser Mann den Blick von mir, um die anderen Gäste zu begrüßen. Dankbar dafür, dass ich nun allen vorgestellt wurde, verlasse ich das Zimmer und gehe in die Küche, um meine Fassung wiederzuerlangen. Was ist nur los mit mir? Ich schenke mir ein Glas Wasser ein und trinke einen kleinen Schluck. Dabei merke ich, wie meine Hände zittern. Es ist die ganze Situation, die dich nervös macht, sage ich mir, obwohl ich weiß, dass es mehr ist als das – schließlich hat keiner der anderen Gäste eine solche Reaktion bei mir ausgelöst. Aber keiner der anderen Gäste sieht auch nur annähernd so gut aus wie Kommandant Richwalder. Beim Gedanken an seinen Blick aus den stahlgrauen Augen zucke ich unwillkürlich zusammen und verschütte etwas von dem Wasser.

„Vorsicht", sagt Elżbieta und versucht, mit einem trockenen Küchentuch die Wasserspritzer von meinem Kleid zu tupfen. *Es reicht,* ermahne ich mich. *Reiß dich zusammen. Er ist ein Nazi! Außerdem bist du eine verheiratete Frau. Es gehört sich nicht, so auf andere Männer zu reagieren.* Ich streiche mein Haar glatt und kehre zurück in den Salon.

Einen Moment darauf läutet Elżbieta eine kleine Glocke, und die Gäste erheben sich. Auf dem Weg ins Esszimmer versuche ich krampfhaft, mich an die Sitzordnung zu erinnern. *Lass mich neben dem alten Generalmajor sitzen,* bete ich inständig. *Oder neben der ständig nörgelnden Frau Ludwig. Bloß nicht neben dem Kommandanten!* Wenn ich den ganzen Abend neben ihm verbringen muss, dann werde ich kaum die Fassung wahren können.

Aber kaum habe ich mein Stoßgebet zum Himmel geschickt, muss ich feststellen, dass ich zwischen Generalmajor Ludwig zu meiner Linken und dem Kommandanten zu meiner Rechten sitze. Ich versuche, Krysias Blick auf mich zu lenken, die am Kopfende des Tischs sitzt, und hoffe, dass sie mich aus dieser Zwickmühle befreit. Doch sie unterhält sich angeregt mit Bürgermeister Baran und nimmt von mir keinerlei Notiz. „Erlauben Sie", sagt der Kommandant und zieht meinen Stuhl zurück. Sein Geruch nach Kiefernnadeln hüllt mich ein, als er sich über mich beugt.

Elżbieta serviert den ersten Gang, eine Pilzsuppe mit viel Einlage. Meine Hand zittert, als ich den silbernen Löffel hebe, sodass er gegen den Suppenteller schlägt. Verstohlen wirft Krysia einen Blick in meine Richtung, während ich hoffe, dass niemand sonst etwas bemerkt hat.

„Und?", fragt Generalmajor Ludwig über mich hinweg den Kommandanten. „Was gibt es Neues aus Berlin?" Ich bin dankbar, dass er mich nicht in diese Unterhaltung einbezieht. So kann ich wenigstens eine Weile schweigen.

„Wir sind an allen Fronten erfolgreich", erklärt der Kommandant ruhig. Innerlich verkrampfe ich mich angesichts der Nachricht, dass die Deutschen offenbar Fortschritte machen.

„Ja, das Gleiche hörte ich auch von General Hochberg", kommentiert Ludwig. An der Art, wie er den Namen betont, erkenne ich, dass er den Kommandanten beeindrucken will. „Ich hörte von einem offiziellen Besuch aus Berlin?" Er lässt seinen Satz als Frage enden und sieht den Kommandanten erwartungsvoll an, ob der das Gerücht bestätigt oder dementiert.

Der Kommandant zögert und rührt in seiner Suppe. „Vielleicht", antwortet er schließlich, ohne eine Miene zu verziehen. Als ich ihn mir genauer ansehe, fallen mir zwei Narben in seinem ansonsten makellosen Gesicht auf. Eine – eine tiefe, fahle Linie – verläuft rechts am Kopf vom Haaransatz bis zur Schläfe, die andere – länger, aber dafür etwas oberflächlicher – folgt dem Verlauf seines linken Kieferknochens. Ich überlege, wie er sich wohl diese Narben zugezogen hat. Vielleicht durch einen Unfall? Oder bei einer Schlägerei? Keine von beiden Erklärungen erscheint mir plausibel.

„Nun, Fräulein Anna", sagt er plötzlich und dreht sich zu mir.

Mir wird bewusst, dass ich ihn angestarrt habe „J-ja, Herr

Kommandant?", stammele ich und spüre, wie meine Wangen wieder heiß werden.

„Erzählen Sie mir etwas über Ihre Zeit in Gdańsk." Während Elżbieta die leeren Suppenteller in die Küche bringt, berichte ich ihm, was ich auswendig gelernt habe: Ich war Lehrerin an einer Schule und musste meine Stellung aufgeben und mit meinem kleinen Bruder hierher umziehen, als unsere Eltern bei einem Feuer umkamen. Ich schildere diese Dinge mit so viel Gefühl, dass sie sich sogar in meinen Ohren fast wie die Wahrheit anhören. Der Kommandant hört mir aufmerksam zu, er scheint wie gebannt jedes Wort in sich aufzusaugen. Vielleicht ist er nur ein guter Zuhörer, überlege ich, muss allerdings zugeben, dass er sich bislang keinem der Gäste so intensiv gewidmet hat wie mir. „Wie tragisch", kommentiert er, nachdem ich zu Ende erzählt habe. Er nimmt seinen Blick nicht von mir, während ich nur nicken kann, da meine Stimme versagt. Einen Moment lang kommt es mir so vor, als wären alle anderen Gäste verschwunden und als gäbe es nur noch uns zwei. Schließlich halte ich es nicht länger aus und schaue zur Seite.

„Und Sie, Kommandant? Woher kommen Sie?", frage ich rasch, um von mir abzulenken.

„Aus Norddeutschland, aus der Nähe von Hamburg. Meine Familie hat mit der Schifffahrt zu tun", antwortet er beiläufig, sieht mich aber weiter unentwegt an. Das Rauschen in meinen Ohren ist so laut, dass ich ihn kaum verstehen kann. „Auch ich wurde in jungen Jahren zur Vollwaise", fügt er hinzu, als würde unser scheinbar gleiches Schicksal uns zu Leidensgenossen machen. „Allerdings starben meine Eltern eines natürlichen Todes."

„Und was genau machen Sie hier?", frage ich und staune über meine eigene Kühnheit. Der Kommandant ist sichtlich irritiert und zögert. Offenbar ist er es nicht gewohnt, so direkt auf seine Funktion angesprochen zu werden. Schon gar nicht von jemandem wie mir.

„Der Kommandant untersteht direkt dem Generalgouverneur Frank", wirft Ludwig ein. „Bei jedem Erlass des Gouverneurs sorgt Kommandant Richwalder dafür, dass wir alle ihn umsetzen."

Der Kommandant scheint das nicht gern zu hören. „Nein, wirklich, Generalmajor, Sie übertreiben ein wenig. Ich bin nur jemand, der seine Pflicht erfüllt." Er schaut weg, und ich bemerke, dass sein Haar an den Schläfen leicht grau meliert ist.

„Aber keineswegs", beharrt Ludwig, dessen fettes Gesicht von zu viel Wodka gerötet ist. „Sie sind zu bescheiden, mein Herr." Er sieht mich an. „Kommandant Richwalder wurde im Großen Krieg für seine Tapferkeit zur See ausgezeichnet." Ich nicke und beginne zu rechnen. Wenn er bereits im Großen Krieg gedient hat, muss er über vierzig Jahre alt sein, stelle ich überrascht fest. Ich hatte ihn für jünger gehalten. „Er wurde schwer verwundet, aber er diente dem Reich auf herausragende Weise."

Als ich den Kommandanten abermals ansehe, wird mir bewusst, dass seine Narben wahrscheinlich daher stammen. Mit den Fingerspitzen berührt er seine Schläfe und sieht mir in die Augen, so als könnte er meine Gedanken lesen. „Würden Sie mir bitte die Kartoffeln reichen?", sage ich plötzlich und zwinge ihn so, seinen Blick von mir zu nehmen.

Doch Ludwig hat den Kommandanten noch nicht genug gelobt. „In jüngster Zeit hat er sich einen Namen gemacht, indem er maßgeblich am Aufbau von Sachsenhausen beteiligt war", fährt er fort. Sachsenhausen sagt mir nichts, doch Ludwig lässt den Namen so fallen, als sei seine Bedeutung offenkundig. Daher wage ich nicht, ihn näher danach zu fragen.

Während wir essen, versuche ich meine Konzentration zu wahren, doch mein Kopf wird vom Alkohol immer schwerer. Es scheint, dass der Kommandant sofort nachschenkt, sobald ich einen kleinen Schluck getrunken habe. „Ihr Deutsch ist fast

91

fehlerfrei", bemerkt er, als wir das Hauptgericht beenden.

Ich zögere mit einer Erwiderung. Deutsch zu sprechen fällt mir mittlerweile fast so leicht wie Jiddisch, sodass ich beinahe vergessen habe, in welcher Sprache wir uns unterhalten. „Nun ja, in Gdańsk gibt es ja viele Deutsche", bringe ich schließlich heraus.

„Sie meinen in *Danzig*!", mischt sich Ludwig lautstark ein. Seine Bemerkung lässt die anderen Gäste mitten in ihren Unterhaltungen verstummen, alle sehen zu uns.

„Es tut mir leid", entschuldige ich mich rasch. Mein Gesicht läuft rot an. „Es ist nur so … Gdańsk ist der Name, mit dem ich großgeworden bin."

Für Ludwig ist das offenbar keine zufriedenstellende Antwort. „Nun, Fräulein", redet er herablassend weiter. „Dann wird es dringend Zeit, dass Sie sich umgewöhnen."

„Wissen Sie, Generalmajor, im Rahmen eines solch angenehmen Abends wollen wir besser nicht über Politik sprechen." Der Kommandant sagt das leise, aber mit Nachdruck. So zurechtgewiesen wendet Ludwig seine aufdringliche Aufmerksamkeit Frau Baran zu, die links von ihm sitzt. Ich werfe dem Kommandanten ein dankbares Lächeln zu. „Es ist eine schöne Stadt, ganz egal welchen Namen man ihr gibt", meint er in einem sanfteren Tonfall, als ich ihn bislang an ihm gehört habe.

„Da kann ich Ihnen nur zustimmen." Erleichtert bewege ich die rechte Hand über meinen Teller, um nach dem Wasserglas zu greifen. Der Kommandant greift im gleichen Moment nach seinem Glas, und unsere Handrücken berühren sich kurz. Rasch weiche ich zurück, mein Gesicht läuft rot an, während er ebenfalls innehält. Sekundenlang spricht keiner von uns ein Wort, doch mir kommt es vor, als würde sich der Augenblick über viele Minuten ausdehnen.

„Ich liebe deutsche Schriftsteller", weiche ich schließlich auf ein Thema aus, zu dem ich immer etwas beizutragen weiß.

Er stellt sein Wasserglas wieder auf den Tisch. „Tatsächlich?"

Elżbieta kommt zu uns und stellt sich links von mir hin, um meinen leeren Teller abzuräumen. Dadurch muss ich mich etwas nach rechts beugen und bin nur noch wenige Zentimeter vom Kommandanten entfernt. Abermals steigt mir sein Geruch in die Nase. „Ja", antworte ich, nachdem Elżbieta gegangen ist und ich mich wieder gerade hinsetzen kann. „Schiller muss man einfach in seiner Muttersprache lesen." Ich tupfe mit der Serviette meinen Mund ab. „Man wird ihm nicht gerecht, wenn man ihn in der Übersetzung liest."

Der Kommandant nickt bedächtig, und zum ersten Mal an diesem Abend lächelt er. „Da muss ich Ihnen zustimmen." Er schenkt uns beiden Wodka ein und hebt sein Glas, ich tue es ihm nach. „Auf die deutsche Literatur", erklärt er und stößt mit mir an. Ich zögere, noch mehr zu trinken, da mein Verstand bereits ein wenig benebelt ist. Er jedoch leert sein Glas in einem Zug, und unter seinem wachsamen Blick bleibt mir keine andere Wahl, als einen großen Schluck zu nehmen.

„Sollen wir in den Salon gehen?", schlägt Krysia vor, nachdem Elżbieta die Dessertteller abgeräumt hat. Im Salon serviert sie uns allen eine Tasse Tee. Ich lehne mich gegen den Türrahmen und halte die warme Tasse mit beiden Händen umschlossen. Da der Wodka und das sättigende Essen mich zu müde gemacht haben, um mich mit einem der Gäste zu unterhalten, entkomme ich in die Küche. „Kann ich behilflich sein?", frage ich Elżbieta, die die Teller abwäscht, doch sie schüttelt nur den Kopf.

Als ich benommen in die Seifenlauge starre, wird mir klar, ich bin betrunken. So habe ich mich noch nie gefühlt. Der einzige Alkohol, den ich bislang zu mir nahm, war der koschere Wein am Schabbes und an den Feiertagen, der so süß ist, dass man nicht mehr als ein paar Schlucke hinunterkriegen kann. Ein-, zweimal habe ich etwas Wodka probiert, wenn ich mit Jakub zu Abend gegessen habe. Das hatte mir ein wohliges, warmes Gefühl bereitet, aber das hier ist anders. Meine Zunge fühlt sich dick und trocken an, kalter Schweiß steht mir auf der Stirn, und der Boden scheint sich unter mir zu drehen. „Elżbieta", sage ich unsicher.

Sie dreht sich zu mir um und sieht mein blasses Gesicht. „Hier." Jetzt bringt sie mir ein Glas Wasser, das ich dankbar austrinke und ihr zurückgebe. Ich lasse mich auf einen Stuhl sinken und atme tief durch. Ausgerechnet den heutigen Abend muss ich mir aussuchen, um zu viel zu trinken!

Elżbieta stößt mich an der Schulter an. Als ich den Kopf hebe, deutet sie mit einem Nicken auf die Tür zum Salon. „Anna", höre ich Krysia rufen. An ihrem Tonfall erkenne ich, dass sie mich gerade eben nicht zum ersten Mal gerufen hat. Ich stehe auf und kehre in den Salon zurück.

„Ja?" Dank des Wassers und der kurzen Erholungspause fühlt sich mein Kopf schon etwas leichter an.

„Komm mit." Krysia winkt mich zu dem großen Sofa, auf dem sie und der Kommandant sitzen, und bedeutet mir, zwischen ihnen Platz zu nehmen. „Setz dich." Voller Unbehagen setze ich mich nieder, nur wenige Zentimeter vom Kommandanten entfernt. Ich vermeide es, ihn anzusehen. „Anna", wiederholt Krysia mühelos meinen Decknamen. „Der Kommandant möchte dir etwas vorschlagen." Im Salon macht sich gebannte Stille breit, während sie erwartungsvoll in seine Richtung schaut. Mir stockt unwillkürlich der Atem. Obwohl ich mir nicht vorstellen kann, worüber sie sich unterhalten haben, bin ich mir jetzt schon sicher, es wird mir nicht gefallen.

„Anna, ich bin auf der Suche nach einer Sekretärin, oder besser gesagt: einer Assistentin. Ich brauche jemanden, der einen Teil der täglich anfallenden Verwaltungsarbeit erledigt", sagt der Kommandant. „Ihre Tante meint, es könnte Sie interessieren."

Sofort verkrampft sich mein Magen.

„Das ist ein schmeichelhaftes Angebot", höre ich Krysia sagen. Hinter ihren Worten verbirgt sich eine Botschaft, die ich aber nicht entziffern kann.

„Ich soll das machen?", frage ich, um etwas Zeit zu schinden, in der ich mir meine Antwort überlegen kann.

„Ja", bestätigt er. Ich spüre, dass alle im Salon mich ansehen.

„Aber das kann ich nicht!", wende ich ein und werde lauter. Als ich die überraschten Blicke der anderen Gäste bemerke, senke ich meine Stimme. „Ich meine, ich bin doch Lehrerin. Für einen solchen Posten bin ich ganz sicher nicht geeignet." Ich bin mir im Unklaren darüber, was unvorstellbarer ist: im Quartier der Nazis zu arbeiten oder jeden Tag in der Nähe dieses beängstigenden Mannes zu sein.

Der Kommandant lässt sich von meiner Antwort nicht abschrecken. „Ihr Deutsch ist ausgezeichnet. Und von Krysia weiß ich, Sie beherrschen Schreibmaschine. Davon abgesehen erfordert diese Stelle nur gutes Urteilsvermögen und freundliche Umgangsformen."

„Aber das geht nicht. Ich muss mich um Łukasz kümmern, und Krysia benötigt meine Hilfe …", protestiere ich und sehe zu ihr, damit sie mir Rückhalt gibt.

„Wir schaffen das schon", widerspricht sie eilig und lächelt mir aufmunternd zu.

„Nun …" Ich zögere eine Antwort hinaus, da ich nach anderen Argumenten suche.

„Das ist ja lächerlich!", poltert Ludwig plötzlich ungefragt los. „Eine solche Ehre lehnt man nicht ab!"

Der Kommandant wirft dem fetten Mann einen wütenden Blick zu. „Ich werde niemanden zu etwas zwingen." Dann wendet er sich mit sanfter Stimme wieder an mich: „Es liegt ganz bei Ihnen. Sie können es mich später wissen lassen."

Ich schlucke bestürzt. Offenbar will Krysia, dass ich dieses unmögliche Angebot annehme, auch wenn ich nicht weiß, wieso. „Nein, das ist nicht nötig." Ich zwinge mich zu einem Lächeln und erkläre: „Es wäre mir eine Ehre, für Sie zu arbeiten."

Krysia steht auf. „Dann wäre das ja geklärt. Ich glaube, ich hatte Frau Baran versprochen, noch etwas zu spielen, bevor der Abend vorüber ist." Sie geht hinüber zum Flügel und nimmt Platz. Ganz diplomatisch spielt sie zuerst Wagner, dann Chopin. Ihr Talent versetzt mich in Erstaunen, wenn ich sehe, mit welcher Fingerfertigkeit und Anmut sie klassische Stücke vollständig aus dem Gedächtnis spielt.

„Ich dachte mir schon, dass so etwas geschehen könnte", sagt Krysia wenige Stunden später, nachdem die Gäste gegangen sind. Wir stehen in der Küche und trocknen die Teetassen ab. Schürzen schützen unsere Partykleider vor Spritzwasser. Sie redet so leise, dass Elżbieta im Zimmer nebenan nichts davon mitbekommt. „Mir ist zu Ohren gekommen, dass der Kommandant eine Assistentin sucht, und als er den Salon betrat, war mir vom ersten Moment an klar, wie sympathisch du ihm bist."

Ich halte inne, um eine Locke zurückzustreichen, die mir ins Gesicht gefallen ist. „Krysia, wenn du so etwas schon geahnt hast, warum hast du mich dann neben ihn gesetzt?"

Krysia sieht erstaunt auf. „Aber das habe ich gar nicht. Ich weiß ganz genau, dass ich Elżbieta ausdrücklich angewiesen habe, den Kommandanten neben mich zu setzen. Meine Hoffnung war, er könnte nach einigen Gläsern Wodka etwas Nützliches ausplaudern." Sie stellt die Suppenschüssel in den Schrank und geht zur Tür. „Elżbieta?", ruft sie. Die junge Frau kommt aus dem Esszimmer herein, in der Hand hält sie einen Besen.

„Elżbieta, was habe ich über die Sitzordnung gesagt?"

Sie schüttelt den Kopf. „Nun, Sie sagten, Sie wollten zwischen dem Kommandanten und Generalmajor Ludwig sit-

zen. Ich war überrascht, dass Sie Ihre Meinung offenbar geändert haben."

„Danke, Elżbieta." Die Frau geht verwirrt ins Esszimmer
zurück, Krysia dreht sich zu mir um und hat die Stirn in Falten gelegt. „Ich weiß wirklich nicht, was da passiert ist."

„Vielleicht war es ein Versehen", überlege ich und schrubbe
weiter den Kochtopf sauber. Bestimmt hat der Kommandant
es darauf angelegt, neben mir zu sitzen. Mir dreht sich der
Magen um.

„Vielleicht, ja … Jedenfalls kann ich nicht behaupten, dass
es zwangsläufig eine schlechte Sache ist, wenn du für den
Kommandanten arbeitest."

„Wie kannst du so etwas sagen?", flüstere ich erschrocken. „Das wird alles in Gefahr bringen: meine Identität, unsere Situation …"

„Anna", unterbricht sie mich. Wir haben uns darauf geeinigt, dass sie mich auch dann mit diesem Namen anspricht,
wenn wir allein sind. Auf diese Weise soll er uns in Fleisch
und Blut übergehen. „Das ist die perfekte Tarnung. Niemand
wird vermuten, dass sich eine Jüdin ausgerechnet im Hauptquartier der Nazis aufhält. Außerdem ist der Kommandant
momentan einer der wichtigsten Männer in Kraków." Sie
macht eine kurze Pause. „Nach einer Weile könntest du so
vertraut mit ihm sein, dass es uns bei unserer Arbeit hilft."

„Aber du kannst doch nicht wirklich wollen, dass ich für
die Nazis arbeite!" Unwillkürlich werde ich lauter, woraufhin sie rasch einen Finger auf ihre Lippen legt und mit einer
Kopfbewegung in Richtung Esszimmer deutet. „Entschuldige", sage ich tonlos und schäme mich für meine lautstarke
Entrüstung. In diesem Augenblick wird mir die Gefährlich-
keit unserer Situation bewusst. Wie schlimm kann diese Maskerade noch werden, wenn man jetzt schon von mir erwartet,
mich Tag für Tag den wachsamen Blicken von Kommandant
Richwalder auszusetzen? Übelkeit überkommt mich.

Später in dieser Nacht liege ich wach in meinem Bett und starre die Deckenbalken an. In der Ferne bellen Hunde. Schon wieder hat sich mein Leben von Grund auf geändert, und am Ende des Tages wird abermals nichts mehr so sein wie noch bei Sonnenaufgang. Eines Morgens wachte ich in Jakubs Haus auf, und als ich abends zu Bett ging, war ich eine Gefangene im Ghetto. Dann wechselte ich meine Identität von der verfolgten Jüdin zu einer Christin in Krysias Haus, und nun werde ich für die Nazis arbeiten. Mir läuft ein Schauder über den Rücken, und ich ziehe die Decke enger um mich, obwohl wir bereits Frühling haben und es nun wirklich nicht mehr kalt ist.

Im Geiste kehre ich zu dem Moment zurück, da der Abend offiziell vorüber war. Kommandant Richwalder war als Letzter gegangen. Ich sehe ihn wieder in seinem langen Militärmantel im Türrahmen stehen. Er trägt Handschuhe und hält meine Hand fest, dann hebt er sie noch einmal an seine Lippen. „Ich werde mich in den nächsten Tagen bei Ihnen melden, sobald der Papierkram erledigt ist."

Meine Hand zittert, als ich sie zurückziehe. „Vi-vielen Dank, Herr Kommandant."

„Nein, Fräulein Anna, ich habe zu danken." Mit diesen Worten wendet er sich ab und geht fort. Jetzt schaudert mir erneut, wenn ich nur an diesen Augenblick denke. Wie er mich angeschaut hat, das erinnert mich an eine Spinne, die eine in ihrem Netz gefangene Fliege begutachtet. In der Ferne bellen noch immer die Hunde.

7. KAPITEL

Mehrere Tage lang hören wir nichts mehr von Kommandant Richwalder. „Vermutlich braucht die Überprüfung deiner Personalien einige Zeit", erklärt Krysia, als ich sie darauf aufmerksam mache.

„Die Überprüfung meiner Personalien?" Ich gerate in Panik, weil ich überzeugt davon bin, dass meine wahre Identität ans Licht kommen wird. Aber Krysia sagt, ich müsse mir keine Sorgen machen, und ein paar Tage später stellt sich heraus, dass sie recht hat. Der Widerstand scheint in ganz Polen Kontakte zu haben, und so gibt es Leute in Gdańsk, die bezeugen, dass sie eine Anna Lipowski kennen, dass sie ihre Nachbarin, ihre Kollegin, ihre Mitschülerin war. Und jeder von ihnen betont, wie schrecklich doch der Tod ihrer Eltern gewesen ist. Am Freitagmorgen – also fast eine Woche nach der Gesellschaft bei Krysia – wird mir durch einen Boten mitgeteilt, dass meiner Einstellung nichts mehr im Wege steht und ich mich am kommenden Montag im Büro des Kommandanten melden soll.

„Wir müssen morgen in die Stadt gehen", sagt Krysia am Samstagabend, nachdem wir Łukasz zu Bett gebracht haben.

„Morgen?" Im Flur drehe ich mich verwirrt zu ihr um. Die Geschäfte sind am Sonntag geschlossen.

„Wir müssen in die Kirche gehen." Als sie meinen fassungslosen Gesichtsausdruck bemerkt, fährt sie fort: „Die Frau des Bürgermeisters machte uns doch darauf aufmerksam, dass ich mit dir und Łukasz noch nie in der Kirche war."

„Ach, ja", bringe ich schließlich heraus. Gegen diese Logik kann ich nichts einwenden. Krysia ist eine strenggläubige Katholikin, und es ist nur folgerichtig, davon auszugehen, dass das auch auf Łukasz und mich zutrifft. Dennoch kann ich mich nicht mit dem Gedanken anfreunden, einen katholischen Gottesdienst zu besuchen.

„Es tut mir leid", sagt sie. „Uns bleibt keine andere Wahl, wenn wir den Schein wahren wollen."

Ich erwidere darauf nichts, sondern gehe in mein Schlafzimmer und öffne den Kleiderschrank. Lange Zeit betrachte ich meine Kleider und überlege, welches davon eine junge katholische Frau in meinem Alter beim Kirchgang trägt.

„Das Helle", meint Krysia, als sie sich hinter mich stellt.

„Das hier?" Ich halte ein beigeweißes Baumwollkleid mit halblangen Ärmeln und vorderer Knopfleiste hoch.

„Ja. Ich werde mir einen Tee kochen. Möchtest du auch einen?", fragt sie.

Ich nicke und folge ihr nach unten in die Küche. Wenig später bringen wir unsere Teetassen in den Salon. Mir fällt Krysias Strickzeug und ein Knäuel hellblaue Wolle auf dem niedrigen Tisch auf. „Ich stricke einen Pullover für Łukasz", lässt sie mich wissen. „Ich glaube, im nächsten Winter kann er den gut gebrauchen."

Im nächsten Winter. Krysia geht also davon aus, dass wir dann immer noch bei ihr sind. Ich weiß nicht, warum mich das überrascht. Die Deutschen halten Polen nach wie vor besetzt, und wir können nirgendwo anders hin. Trotzdem sind es noch mindestens sechs Monate bis zum nächsten Winter. Mein Herz wird schwer, als ich an Jakub denke und mir vorstelle, noch für so lange Zeit von ihm getrennt zu sein.

Ich versuche, meine Traurigkeit zu überspielen, und halte die Stricknadeln hoch, um Krysias Arbeit zu begutachten. Bislang hat sie erst ein paar Reihen gestrickt, aber an den kleinen, gleichmäßigen Maschen kann ich erkennen, dass sie mit großer Sorgfalt arbeitet. Es wird ein sehr schöner Pullover werden. Mir fällt auf, wie gekräuselt die Wolle ist, und dann wird mir klar, dass sie einen von ihren Pullovern aufgeribbelt haben muss, um das Knäuel zusammenzubekommen. „Die Farbe passt genau zu seinen Augen", bemerke ich und bin einmal mehr gerührt, was Krysia alles für uns tut.

„Das dachte ich mir auch. Kannst du stricken?", fragt sie, aber ich muss verneinen. „Komm, ich zeige es dir." Bevor ich sie davon abhalten kann, rückt sie auf dem Sofa zu mir, legt die Arme um mich und ihre größeren Hände auf meine. „Es geht so." Sie beginnt, meine Finger in den Schritten zu bewegen, die für eine Masche notwendig sind. Die Berührung durch ihre zarten Hände lässt mich an Jakub denken, was eine ganze Flut von Erinnerungen auslöst, sodass ich kaum die Stricknadeln fühlen kann. „So einfach ist das Ganze", sagt sie Minuten später und lehnt sich zurück. Erwartungsvoll sieht sie auf die Nadeln, als könnte ich jetzt ohne sie weiterstricken. Stattdessen lasse ich die Arme hilflos sinken.

„Es tut mir leid", erkläre ich und lege Nadeln und Wolle zurück auf den Tisch. „Ich bin in solchen Dingen nicht sehr gut." Das entspricht der Wahrheit. Als ich zwölf war, gab meine Mutter es auf, mir das Nähen beizubringen, und erklärte meine weiten, ungleichmäßigen Stiche zu einer Abscheulichkeit. Ich muss jetzt nur die Stricknadeln ansehen und weiß, Krysia wird meine unbeholfenen Maschen aufribbeln und von vorn anfangen müssen.

„Unsinn, dir fehlt nur die Übung." Sie nimmt Nadeln und Wolle an sich. „Wenn du es lernst, kannst du etwas für Jakub stricken."

„Jakub", wiederhole ich und stelle mir sein Gesicht vor. Ich könnte ihm einen Pullover stricken, vielleicht einen braunen, der die Farbe seiner Augen betont. Ich male mir aus, wie er den Pullover über die schmalen Schultern und den mageren Oberkörper zieht. In meiner Erinnerung kommt er mir zerbrechlich vor, fast so wie ein Kind. Es fällt mir schwer, in ihm einen Widerstandskämpfer zu sehen. Plötzlich frage ich mich, ob er genug warme Kleidung mitgenommen hat, als er wegging.

„Er fehlt dir, nicht wahr?", fragt Krysia mit sanfter Stimme.

„Ja, sehr sogar", erwidere ich und zwinge mich, das Bild

von ihm aus meinen Gedanken zu verdrängen. Ich kann es mir jetzt nicht leisten, mich in Erinnerungen zu verlieren. Ich muss mich darauf konzentrieren, dass ich am Montag meine Arbeit beginne, und dass ich Anna bin. „Krysia …“ Ich halte kurz inne, bevor ich die Frage ausspreche, die mich seit der Abendgesellschaft beschäftigt. „Was ist Sachsenhausen?“

Sie stutzt einen Moment lang. „Warum fragst du das?“

„Ludwig sagte, der Kommandant habe Sachsenhausen mit aufgebaut.“

Krysia runzelt die Stirn, schließlich antwortet sie: „Sachsenhausen ist ein Gefängnis der Nazis, mein Schatz. Ein Arbeitslager in der Nähe von Berlin.“

„Für Juden?“, frage ich ängstlich.

Doch sie schüttelt den Kopf. „Nein, nein! Für politische Gefangene und Kriminelle.“

Ich würde gern Erleichterung verspüren, aber ihre so nachdrückliche Beteuerung verrät mir, dass sie nicht völlig ehrlich zu mir ist. Sie legt ihr Strickzeug weg und tätschelt meine Hand.

„Mach dir keine Sorgen. Richwalder mag dich. Er wird dich gut behandeln.“

„Na gut.“ Wenn ich ehrlich sein soll, können mich ihre Worte eigentlich nicht beruhigen.

„Meine Güte!“ Ihr Blick ist auf die Standuhr gerichtet, die fast halb elf anzeigt. „Ich habe gar nicht gemerkt, wie spät es ist. Du solltest zusehen, dass du genug Schlaf bekommst. Morgen müssen wir früh aufstehen, und du wirst deine Kräfte brauchen.“

Für den morgigen Tag und für alles, was danach folgt, füge ich im Geiste hinzu. Ich trinke einen Schluck von meinem noch immer zu heißen Tee und stehe auf. In der Türöffnung bleibe ich stehen. Krysia hat das Strickzeug wieder an sich genommen und strickt in einem gleichmäßig hohen Tempo Masche um Masche. „Gute Nacht“, sagt sie zu mir, ohne von ihrer Arbeit aufzusehen. Ich frage sie gar nicht erst, ob sie auch zu Bett gehen wird, weil ich weiß, dass sie meist bis spät in die Nacht aufbleibt und nur wenig schläft. Auch darin erinnert sie mich an Jakub, der manchmal die ganze Nacht nicht ins Bett ging. Morgens fand ich ihn dann schlafend über einem Buch oder einem Artikel vor, an dem er gearbeitet hatte. Aber wenigstens schlief er dann bis spät in den Vormittag hinein. Bei Krysia weiß ich, dass sie in aller Frühe schon wieder aufstehen wird, um die Hausarbeit zu erledigen und um uns auf den Tag vorzubereiten. Ich mache mir Sorgen, es könnte für sie auf Dauer zu anstrengend sein, sich um Łukasz und mich zu kümmern. Und durch den Kirchgang am nächsten Morgen und die Stelle bei Richwalder, die ich am Montag antreten werde, hat sie nur noch mehr um die Ohren.

In dieser Nacht schlafe ich sehr unruhig und träume, wie ich mich in der Dunkelheit auf einer mir fremden Straße aufhalte. Aus der Ferne höre ich Stimmen und Gelächter. Ich reibe mir die Augen und versuche, die Quelle dieser Geräusche auszumachen. Nach gut fünfzehn Metern treffe ich auf eine Gruppe junger Leute, die alle eine Art Uniform tragen. Im Gehen machen sie Scherze und erzählen sich etwas. Eine Stimme, ein vertrauter Bariton, hebt sich von den anderen ab. „Jakub!", rufe ich und beginne zu rennen. Ich versuche ihn einzuholen, doch auf dem glatten, nassen Weg rutschen meine Füße weg. Schnell stehe ich auf und laufe weiter, dann endlich habe ich die Gruppe eingeholt. „Jakub", wiederhole ich keuchend, aber er hört mich nicht, sondern unterhält sich weiter mit einer Frau, die ich nicht kenne. Ich kann ihn nicht verstehen. Verzweifelt strecke ich meine Hände nach ihm aus und versuche ihn zu berühren, doch ich werde von der vorrückenden Menge aus dem Weg geschoben und falle abermals zu Boden. Als ich den Kopf hebe, sind sie alle weg, und ich knie ganz allein auf dem kalten, harten Pflaster.

103

Vor Schreck wache ich auf. „Jakub?", rufe ich. Ein paar Mal muss ich blinzeln, dann erkenne ich, dass ich nach wie vor in meinem Bett liege. Natürlich – es war ja auch nur ein Traum. Dennoch starre ich sekundenlang in die Dunkelheit, als wäre Jakub vielleicht doch bei mir gewesen. Er fehlt mir so sehr. Immer wieder jage ich ihm nach, aber nie hole ich ihn ein. Was, wenn er sich wirklich so sehr in seine Arbeit vertieft, dass ich längst in Vergessenheit geraten bin? Oder wenn er einer anderen Frau begegnet ist? Oder wenn … nein, ich kann nicht den schlimmsten aller Gedanken fortführen, ihm könnte etwas geschehen sein, sodass ich ihn nie wiedersehen werde. Ich drücke mein Gesicht ins Kissen, damit es meine Tränen aufnimmt.

Am nächsten Morgen klopft Krysia um sieben Uhr an meine Tür. Ich stehe auf und ziehe mich an. Als ich nach unten komme, sehe ich, dass sie Łukasz bereits gewaschen und gefüttert hat. Beim Anblick des Jungen zögere ich kurz. Ich hatte gehofft, ihm könnte der Kirchgang irgendwie erspart werden. Aber außer uns gibt es ja niemanden, der in dieser Zeit auf ihn aufpassen könnte. Ohne ein Wort zu sprechen, begeben wir uns zur Haltestelle für den Omnibus. Der Bus ist fast vollständig mit Bauern besetzt. Auch sie sind auf dem Weg zur Kirche, was ich an der Art, wie sie ihre Kleidung zu bügeln versucht haben, erkenne.

Während der holprigen Fahrt auf der kurvenreichen Straße starre ich aus dem Fenster und versuche so zu tun, als wären wir nur unterwegs, um ein paar Besorgungen zu machen. Doch ein Gedanke geht mir immer wieder durch den Kopf: Ich bin auf dem Weg zu einem christlichen Gottesdienst, gleich werde ich zum ersten Mal in meinem Leben eine Kirche betreten. Als ich noch jünger war, kam ich oft an den Kirchen der Stadt vorbei, wenn die Menschen sich dort zur Messe versammelten. Ich schaute verstohlen durch die halb geöffneten Türen und sah immer nur Dunkelheit. Ich konnte mir nicht vorstellen, welche Geheimnisse sich hinter den imposanten Holztüren verbargen, sobald sie sich schlossen und nur noch leise Gesänge zu mir herausdrangen. Heute werde ich es erfahren. Im Geiste sehe ich meinen Vater, wie er mich enttäuscht anschaut, während meine Mutter ungläubig den Kopf schüttelt.

Am Rande der Planty verlassen wir den Bus. Łukasz geht zwischen uns, Krysia und ich halten ihn an der Hand. Wir überqueren den Platz, vor uns ragen die Türme der Marienkirche in den Himmel. Obwohl es in Kraków unzählige Kirchen gibt, wundert es mich nicht, dass Krysia die größte und beeindruckendste besucht. An der Tür zögere ich kurz. „Komm", sagt Krysia, stellt sich zwischen mich und Łukasz und nimmt jeden von uns an die Hand. In der Kirche benötige ich einen Moment, bis ich mich an das dämmrige Licht gewöhnt habe. Die Luft ist hier anders, von den Steinmauern geht eine kühle Feuchtigkeit aus. Krysia bleibt stehen und lässt meine Hand los, um sich zu bekreuzigen. Mir entgeht nicht, wie sie mich aus dem Augenwinkel beobachtet und die Lippen schürzt. Hat sie etwa erwartet, ich würde ihrem Beispiel folgen? Innerlich schüttele ich den Kopf. Dazu bin ich nicht bereit.

Ich lasse mich von ihr durch den Mittelgang führen, dabei versuche ich, nicht das meterhohe goldene Kreuz anzusehen, das eine Kirchenwand schmückt. Die Leute, die zu beiden Seiten des Gangs auf Holzbänken sitzen, sehen zu uns herüber und tuscheln etwas. Ob sie mir etwa ansehen, dass ich keine von ihnen bin? Aber eigentlich weiß ich, dass sie nur neugierig sind. Klatsch und Tratsch machen in Kraków schnell die Runde, und viele werden längst gehört haben, dass Krysia Smoks verwaiste Nichte und deren kleiner Bruder bei ihr eingezogen sind. Krysia lässt nicht erkennen, ob sie die Blicke ebenfalls bemerkt hat. Immer wieder nickt sie Frauen und Männern zu beiden Seiten des Gangs zu und gibt manchen von ihnen die Hand. Dann führt sie uns auf halber Höhe zu einer leeren Bank, wo wir auf dem harten Holz Platz nehmen. Orgelmusik beginnt zu spielen. Ich sehe mich um und wundere mich, wie viele Menschen gekommen sind. Auch wenn mittlerweile zahlreiche Priester inhaftiert sind, so haben die Nazis es doch nicht geschafft, die Gläubigen vom Gottesdienst fernzuhalten.

Ein Priester tritt an den Altar und beginnt etwas auf Latein zu singen. Nach einigen Minuten knien sich alle Kirchgänger wie auf ein geheimes Zeichen hin zu Boden. Ich bleibe sitzen, da Juden das Hinknien verboten ist. Aber Krysia zieht mich am Ellbogen nach vorn, sodass mir nichts anderes übrig bleibt. Ich lege meinen Arm um Łukasz, damit auch er sich hinkniet. Als ich ihn ansehe, bemerke ich, wie er mit aufgerissenen Augen nach oben schaut.

Eine halbe Ewigkeit lang müssen wir in dieser Haltung verharren, doch schon nach kurzer Zeit schmerzen meine Knie, da sie eine solche Belastung nicht gewöhnt sind. Mir fällt auf, dass Krysia den Kopf gesenkt hält, was ich rasch übernehme. Der Priester trägt seinen Text in einem monotonen Singsang vor, von Zeit zu Zeit wiederholen die Gläubigen einige seiner Worte. Es ist nur eines von vielen geheimnisvollen Ritualen, mit denen ich nicht vertraut bin. Auf einmal bekreuzigen sich Krysia und die anderen. Widerstrebend bewege ich eine Hand auf eine nichtssagende Weise vor meinem Gesicht und hoffe, es fällt niemandem auf. Eine Bewegung am Rand meines Blickfelds erregt meine Aufmerksamkeit. Łukasz, der Sohn des Rabbiners, versucht allen Ernstes, die Gesten der anderen zu imitieren! Meine Nackenhaare sträuben sich bei diesem Anblick.

Wieder werfe ich einen Seitenblick in Krysias Richtung. Sie bewegt die Lippen lautlos, so als würde sie etwas auswendig lernen. Mir wird klar, dass sie betet … dass sie richtiggehend betet. Ich schaue mich verstohlen um und frage mich, ob meine Gebete hier wohl auch erhört werden. Es ist so lange her, seit ich das letzte Mal gebetet habe, dass ich gar nicht weiß, wo ich anfangen soll. Ich erwäge, die Shema zu sprechen, das einfachste jüdische Gebet. *Höre Israel, der Herr ist unser Gott, der Herr allein.* Nach dieser Zeile höre ich bereits wieder auf, da es sich nicht richtig anfühlt, dieses Gebet hier zu sprechen. Ich versuche es noch einmal. *Bitte,* bete ich, weiß aber nicht weiter. *Bitte, Gott.* Und dann auf einmal sprudelt es förmlich aus mir heraus. Ich bete, dass meinen Eltern und Jakub nichts geschieht. Ich bete für Krysia, Łukasz und mich selbst. Ich bete, dass wir die Kraft haben, unsere Tarnung aufrechtzuerhalten, wenn ich für den Kommandanten arbeite. Und ich bitte um Vergebung, dass ich mich an diesem Ort hier befinde und niederknie.

Endlich dürfen wir uns wieder setzen. Ich nehme Łukasz auf meinen Schoß und drücke seine kalte Wange an meine, während der Priester in seinem monotonen Singsang fortfährt. Dann kommt er um den Altar herum, in den Händen hält er einen silbernen Kelch. Die Leute in der ersten Reihe stehen auf und gehen nach vorn. „Kommunion", flüstert mir Krysia ganz leise zu. Ich nicke bestätigend. Davon habe ich schon mal gehört. Wenig später steht auch Krysia auf und fasst mich an der Schulter, damit ich ihr folge. Ich erhebe mich, doch meine Beine sind schwer wie Blei, so groß ist mein Widerwille, zum Altar zu gehen. Wir treten in den Mittelgang und stellen uns in die Reihe der Wartenden, die langsam nach vorn rückt. Łukasz ist bei uns, auch wenn er vermutlich für die Kommunion noch zu jung ist.

Als wir an der Reihe sind, geht Krysia vor. Ich beobachte, wie sie sich hinkniet und den Mund öffnet, damit der Priester ihr eine dünne Waffel auf die Zunge legt. Dann steht sie auf, dreht sich zu mir um und nimmt Łukasz an die Hand. Nun trete ich vor und knie mich hin. „Der Leib Christi", sagt der Priester, während er die Waffel auf meine Zunge legt.

Ich schließe den Mund, weil sie so schrecklich trocken ist, gleichzeitig warte ich darauf, dass mich der Blitz trifft und ich tot umfalle.

Schließlich ist der Gottesdienst zu Ende, und wir verlassen die Kirche. Ich kämpfe gegen den Wunsch an, nach draußen zu stürmen, doch Krysia will mich an der Tür den anderen Besuchern vorstellen und tauscht höfliche Belanglosigkeiten aus. Dann endlich kehren wir ans Tageslicht zurück.

„Das war doch gar nicht so schlimm, nicht wahr?", fragt mich Krysia, als die Kirche weit hinter uns liegt. Ich schüttele den Kopf, erwidere aber nichts. Es gibt Dinge, die sie allen noch so guten Absichten zum Trotz nicht verstehen wird. Ich fühle mich durch diese Erfahrung verletzt, und mir wird übel bei dem Gedanken, dass wir wieder hingehen müssen.

Als wir zurück in Krysias Haus sind, muss ich an den nächsten Tag denken. In weniger als vierundzwanzig Stunden werde ich meine Arbeit für den Kommandanten aufgenommen haben. Ich widme mich ganz bewusst den verschiedensten Tätigkeiten im Haushalt, koche eine Rote-Beete-Suppe für Łukasz' Mittagessen und lege die Kleidung heraus, die er morgen tragen soll. „Das kann ich doch auch erledigen", wendet Krysia ein.

Ich schüttele den Kopf. „Ich kann jetzt keine Pause machen", erwidere ich, während ich eines der frisch gewaschenen Hemden des Jungen mittlerweile zum vierten Mal neu falte. „Ich bekomme heute Nacht sowieso kein Auge zu."

Erst um kurz vor Mitternacht gehe ich ins Bett, wälze mich aber dennoch immer wieder von einer Seite auf die andere. Die Gedanken, gegen die ich sonst so hartnäckig ankämpfe, damit sie mir nicht den Schlaf rauben – Überlegungen etwa, wie es meinen Eltern im Ghetto geht –, stellen jetzt eine willkommene Abwechslung dar. Sie helfen mir, nicht an das zu denken, was mich am Morgen erwartet. Wie konnte sich mein Leben innerhalb eines Jahres nur so radikal ändern? Jakub würde mich sicher nicht mehr wiedererkennen. Ich stelle mir vor, wie ich ihm einen Brief schreibe. Wo sollte ich anfangen? O ja, mein Geliebter, schreibe ich im Geist. Deine Frau ist jetzt eine Christin. Und habe ich eigentlich schon erwähnt, dass ich einen Bruder habe? Und dass ich ab morgen für die Nazis arbeiten werde? In der Dunkelheit muss ich laut auflachen.

Aber ich weiß auch, dass die Situation in Wahrheit todernst ist. Indem ich tagaus, tagein ins Nazi-Quartier gehe, begebe ich mich vorsätzlich in die Höhle des Löwen. Nicht nur meine eigene Sicherheit steht auf dem Spiel, wenn man hinter meine wahre Identität kommt, sondern auch alle anderen sind dann in Gefahr: meine Eltern, Łukasz und sogar Krysia. Krysia. Ich sehe wieder ihren Gesichtsausdruck vor mir, wie sie mich drängt, das Angebot des Kommandanten anzunehmen. Ich weiß, wie besorgt sie mich seitdem ansieht. Ihr sind die Risiken ebenfalls bewusst, und sie muss sehr zwingende Gründe haben, mich trotzdem diese Stelle antreten zu lassen. Irgendwann werden meine Lider schwer und ich döse ein.

Ich meine, ich hätte nur für Minuten geschlafen, als mich der Hahnenschrei vom Nachbargrundstück weckt. Daran, wie das Licht zwischen den Ahornbäumen hindurchscheint, kann ich erkennen, dass es ungefähr fünf Uhr sein muss. Einen Moment lang liege ich nur da und lausche dem Hufgetrappel auf der staubigen Straße. Die Pferde ziehen die Wagen der Bauern hügelabwärts, damit Obst und Gemüse zu den Märkten gelangen. Mein Blick ist starr zur Decke gerichtet, während ich unschlüssig daliege. Wenn ich erst einmal einen Fuß auf den Boden vor meinem Bett gestellt habe, setze ich damit etwas in Gang, das ich nicht wieder stoppen kann. Vielleicht bleibt die Zeit ja stehen, wenn ich einfach liegen bleibe. Es ist ein altvertrautes Spiel aus meiner Kindheit, das immer dann zum Einsatz kam, wenn ich irgendetwas nicht machen wollte. Es hat damals nicht funktioniert, und jetzt wird es nicht anders sein. Außerdem tue ich mir keinen Gefallen, wenn ich gleich am ersten Tag zu spät zur Arbeit erscheine. Also atme ich einmal tief durch und stehe auf.

Leise wasche ich mich und ziehe mich an. In der Hoffnung, weder Krysia noch Łukasz aufzuwecken, schleiche ich auf Zehenspitzen nach unten, damit meine Schuhsohlen auf der Treppe nicht quietschen. Doch Krysia sitzt bereits am Küchentisch und liest bei einem Glas Tee die Zeitung. Ich frage mich, ob sie die letzte Nacht überhaupt geschlafen hat. „Guten Morgen, Anna", begrüßt sie mich mit einem aufmunternden Lächeln. Sie steht auf und sieht mich von oben bis unten an. Ich habe aus ihren abgelegten Kleidungsstücken eine weiße Bluse und einen grauen Rock ausgewählt. Die viel zu weite Bluse wird an der Taille von einem Gürtel zusammengehalten, der Rock – der knielang sein sollte – reicht mir bis fast zu den Knöcheln. „Du siehst sehr professionell aus", kommentiert sie und bedeutet mir, mich zu setzen. Sie schiebt mir einen Teller mit noch dampfenden Eierkuchen zu. „Und nun iss."

Ich schüttele den Kopf, da der Geruch mir Übelkeit bereitet. „Ich bin zu nervös." Noch während ich das sage, dreht sich mir der Magen um, mir wird unwohl. „Außerdem sollte ich mich besser auf den Weg machen. Ich möchte nicht zu spät kommen."

Krysia gibt mir ein kleines Essenspaket und einen leichten Wollumhang. „Versuch dich zu beruhigen. Wenn du nervös bist, wirst du nur umso mehr Fehler machen. Bewahre die Ruhe, beobachte, was du beobachten kannst … und vertraue niemandem." Sie klopft mir auf die Schulter. „Du schaffst das schon. Łukasz und ich werden hier auf dich warten, wenn du nachher zurückkommst."

Es ist noch nicht ganz sieben Uhr, als ich das Haus verlasse und die Straße entlanggehe. Die Menschen in Chelm sind Frühaufsteher, an praktisch jedem Wohnhaus und Bauernhof ist jemand zu sehen. Einige kümmern sich um den Garten, andere um das Vieh, wieder andere fegen die Straße vor ihrem Grundstück. Als ich vorübergehe, blicken die Leute hoch, da meine Anwesenheit in Krysias Haus nach wie vor die Neugier der Nachbarn weckt. Ich nicke und versuche, mit einem Lächeln zu grüßen, als sei es völlig normal, dass ich um diese Uhrzeit auf den Beinen bin. Am Ende der Straße bleibe ich kurz stehen und atmete tief durch. Seit ich zu Krysia gekommen bin, liebe ich die frühen Morgenstunden. Über den Feldern liegt eine dünne Nebelschicht, die sich wie ein Vogelschwarm erheben wird, wenn die Sonne höher steigt. In der Luft hängt der Geruch von nassem Gras. Während ich den Anblick genieße, merke ich, wie es mir leichter ums Herz wird. Für Sekunden kann ich meine Nervosität fast vergessen.

An der Haltestelle für den Omnibus warte ich, ohne mit der älteren Frau neben mir zu reden, die eine Auswahl an Gartenkräutern in ihrem ramponierten Korb mit sich führt. Der Bus kommt, ich steige nach der Frau ein und gebe dem Fahrer eine der Marken, die ich von Krysia bekommen habe. Der Bus holpert über die uneben geteerte Straße und hält etwa alle fünf Minuten an, um weitere Fahrgäste einsteigen zu lassen. Die Bäume reichen so weit in die Straße hinein, dass Äste und Zweige über das Fahrzeugdach krachen. Als alle Sitzplätze besetzt sind und immer noch Menschen zusteigen, überlasse ich meinen Platz einem alten Mann, der mich zahnlos anlächelt.

Endlich steige ich aus, und nach einem kurzen Marsch bin ich am Fuß der Wawelburg angekommen. Beim Anblick der gewaltigen Festung muss ich nach Luft schnappen. Ich habe die Burg nicht mehr gesehen, seit ich ins Ghetto zu meinen Eltern ging. Nun wirken die Kuppeln und Türme prachtvoller, als ich sie in Erinnerung hatte. Über die Jahrhunderte hinweg, in denen Kraków die Hauptstadt Polens gewesen ist, hatten die Könige hier ihren Sitz. Viele Mitglieder des Königshauses sind in der Kathedrale der Burg beigesetzt worden. Den Status der Hauptstadt hat inzwischen Warszawa inne, und die Wawelburg war nur noch ein Museum, das an vergangene Zeiten erinnerte – bis die Deutschen sie zum Sitz des Generalgouvernements erklärten. Reiß dich zusammen, ermahne ich mich, doch meine Beine zittern und drohen mir wegzuknicken, während ich den langen Weg zum Eingang der Burg zurücklege.

„Anna Lipowski", bringe ich heraus, als ich vor einem Wachposten stehen bleibe. Der Mann sieht mich nicht an, sondern sucht meinen Namen auf einer Liste, dann holt er einen zweiten Wachmann her, der mich durch einen großen Torbogen ins Innere der Bug führt. Wir bewegen uns durch ein schwindelerregendes Labyrinth aus Gängen und Marmortreppen. Der modrige Geruch erinnert mich an jene Zeit, als ich noch Kind war und die Burg auf einem Schulausflug besuchte. Die Gänge wirken nun steril, da man die Porträts der polnischen Könige entfernt und stattdessen eine schier endlose Reihe roter Hakenkreuzfahnen aufgehängt hat. Fast jeder, dem wir begegnen, trägt eine Uniform und grüßt mit einem knappen, kernigen „Heil Hitler". Ich nicke, sehe mich aber außerstande, diesen Gruß zu erwidern. Mein Begleiter, der mein Schweigen womöglich als Nervosität auslegt, antwortet jedes Mal laut genug, sodass es für uns beide reicht.

Als ich das Gefühl habe, dass wir jeden Korridor und jede Treppe in der Burg bewältigt haben und es nicht mehr weitergehen kann, bleibt der Wachmann vor einer immens großen Eichentür stehen, an der ein Schild mit Kommandant Richwalders Namen darauf montiert ist. Der Mann klopft zweimal kräftig an, dann öffnet er die Tür, ohne auf eine Aufforderung zu warten, und gibt mir ein Zeichen, damit ich eintrete. Hinter der Tür befindet sich eine Art Empfangszimmer, ein fensterloser und viel zu warmer Raum. Eine korpulente Frau mit breiter Nase und öliger Haut sitzt an einem Schreibtisch in der Mitte des Zimmers. Sie ist über ihren Tisch gebeugt, ihr Lockenkopf wippt hin und her, da sie eifrig Kästchen auf einem Blatt Papier ausfüllt. Wenn sie hier ist, was soll ich dann noch tun? Hoffnung keimt in mir auf. Vielleicht kann ich gleich wieder nach Hause gehen. Aber noch während ich das denke, weiß ich, das ist völlig unmöglich. Kommandant Richwalder ist nicht der Typ, dem ein solcher Fehler unterläuft.

Verlegen stehe ich minutenlang an der Tür, aber die Frau sieht nicht auf. Hilflos drehe ich mich um, doch der Wachmann ist längst gegangen und hat mich hier allein zurückgelassen.

„Entschuldigung ...", sage ich schließlich auf Deutsch, um auf mich aufmerksam zu machen.

„Ja?" Die Frau hebt den Kopf und sieht mich an. Die Art, wie sie allein dieses eine Wort ausspricht, lässt mich erkennen, dass sie keine Deutsche ist.

„Ich bin Anna Lipowski", rede ich auf Polnisch weiter, doch die Frau macht nicht den Eindruck, mit meinem Namen etwas anfangen zu können. „Kommandant Richwalder hat mich angewiesen, mich heute Morgen hier zu melden und ..."

„Oh, ja." Nun steht sie doch noch auf und mustert mich von Kopf bis Fuß. „Sie sind die neue Assistentin des Kommandanten." Dabei betont sie meine Berufsbezeichnung mit einem unergründlichen Anflug von Spott, der mir Unbehagen bereitet. Sie gibt mir ein Zeichen, ich solle ihr durch die andere Tür in den nächsten Raum folgen. „Das ist das Vorzimmer", erklärt sie.

Ich sehe mich um und stelle fest, dass der Raum zwar kleiner als das Empfangszimmer, dafür schöner eingerichtet ist. Durch zwei Fenster weht eine angenehm kühle Brise he rein. „Hier werden Sie arbeiten. Das Büro des Kommandanten befindet sich hinter der Tür dort." Mit einer Kopfbewegung deutet sie auf eine Tür an der gegenüberliegenden Wand. „Der Kommandant musste heute Morgen zu einem Treffen, er entschuldigt sich, dass er Sie nicht persönlich willkommen heißen kann." Nur schwer kann ich mir vorstellen, dass sich der Kommandant jemals für irgendetwas entschuldigt.

Die Frau redet weiter, als würde sie eine Ansprache halten. „Wir genießen das Privileg, in der Kanzlei des Generalgouverneurs zu arbeiten. Nur die ranghöchsten Vertreter und ihre Mitarbeiter sind in der Burg untergebracht. Der Rest des Generalgouvernements befindet sich in den Verwaltungsgebäuden am Außenring, am anderen Ende der Stadt."

Ich nicke, während ich mich mit der Idee anzufreunden versuche, es sei ein Privileg, für die Deutschen zu arbeiten.

„Der Kommandant untersteht direkt dem Gouverneur. Ihre Aufgaben wird er Ihnen genauer erklären, wenn er zurückkehrt. Für den Anfang können Sie sich um seinen Terminkalender kümmern und seine Korrespondenz bearbeiten." Das Wort Korrespondenz betont sie dabei, als ginge es um die nationale Sicherheit. „Ich bin Malgorzata Turnau", erklärt sie abschließend. „Wenn ich Ihnen irgendwie behilflich sein kann, lassen Sie es mich bitte wissen."

„Danke." Mir wird klar, dass der Posten dieser Frau meinem untergeordnet ist. Ihren leisen Spott, als sie meine Berufsbezeichnung aussprach, kann ich jetzt auch deuten: Eifersucht. Vermutlich hatte sie gehofft, auf diesen Posten aufrücken zu können. Aber jedes Mitleid, das diese Überlegung in mir weckt, erhält sofort einen Dämpfer, wenn ich an die Ehrfurcht in ihren Worten und an den inbrünstigen Ausdruck in ihren Augen denke. Ganz offensichtlich gehört sie zu jenen Polen, die sich schnell auf die Seite der Deutschen gestellt haben. Es gibt keinen Zweifel, dass sie alles tun würde, um die Gunst des Kommandanten für sich zu gewinnen. Als Krysia sagte, ich solle niemandem trauen, da dachte sie wohl auch an Menschen wie Malgorzata. Ich weiß, diese Frau wird jeden meiner Schritte beobachten.

Malgorzata geht zum Schreibtisch hinüber, der auf der linken Seite des Zimmers gleich unter einem der Fenster steht. „Das ist die Eingangspost des Kommandanten." Sie nimmt ein Klemmbrett und reicht es mir. „Sie öffnen jeden Umschlag und erfassen den Eingang nach Absender, Datum und Betreff." Dann zeigt sie mir, nach welchen Kriterien die Briefe gestapelt werden sollen: ein Stapel für die Post, die der Kommandant zu sehen bekommen muss; ein Stapel, der mit einem Formschreiben beantwortet werden kann; ein dritter und letzter Stapel für die Briefe, die an andere Offiziere weiterzuleiten sind. „Und öffnen Sie nichts, das den Vermerk *Vertraulich* trägt", sagt sie abschließend, dann verlässt sie das Zimmer und wirft die Tür hinter sich zu.

Als ich allein bin, wage ich es auszuatmen. Ich setze mich an den Schreibtisch, auf dem ich neben den Briefen auch eine Auswahl an Büromaterial entdecke, das ich auf dem Tisch und in den Schubladen verstaue. Nachdem das erledigt ist, sehe ich mich an meinem neuen Arbeitsplatz um. Das Vorzimmer ist ungefähr drei mal fünf Meter groß, dem Schreibtisch gegenüber stehen ein Sofa und ein niedriges Tischchen. Die Fenster sind so hoch, dass man fast nicht hinausschauen kann. Aber wenn ich mich lang mache und auf die Zehenspitzen stelle, kann ich ein kleines Stück vom Fluss sehen.

Ich lege den Stapel Eingangspost vor mich auf den Tisch und beginne, die Umschläge zu öffnen. Mit Blick auf das, was Krysia mir gesagt hat, versuche ich so viel wie möglich von dem zu lesen, was man dem Kommandanten schreibt. Allerdings ist die Post für ihn auffallend banal und besteht in erster Linie aus Einladungen zu den verschiedensten Anlässen und sehr sachlichen, offiziellen Berichten voller militärischer Begriffe, mit denen ich nichts anfangen kann. Nachdem ich etwa ein Drittel des Stapels durchgesehen habe, stoße ich auf einen versiegelten Umschlag, auf dem mit roter Tinte das Wort *Vertraulich* geschrieben steht. Ich halte den Brief gegen das Licht, es erweist sich jedoch als unmöglich, durch das dicke Papier hindurchzusehen. Ich betrachte das Siegel genauer und überlege, ob es sich wohl wieder verschließen lässt, wenn es erst einmal geöffnet wurde. Mit dem Fingernagel versuche ich, es zu lösen.

In diesem Augenblick geht die Tür auf, und der Kommandant betritt das Vorzimmer. Den Umhang trägt er über die Schultern gelegt. Mir stockt der Atem. Dieser Mann ist noch beeindruckender, als ich ihn in Erinnerung hatte. Ein kleinerer Mann, ebenfalls in Uniform, folgt ihm. Er trägt zwei schwarze Lederaktentaschen. Sofort stehe ich auf. „Anna", sagt der Kommandant lächelnd und stellt sich an den Schreibtisch. Er nimmt meine rechte Hand, und fast rechne ich damit, dass er mir so wie bei Krysia einen Handkuss gibt, doch dann schüttelt er sie nur. „Willkommen." Er deutet auf den Uniformierten neben sich. „Das ist Oberst Diedrichsen, mein Adjutant."

Diedrichsen stellt die Aktentaschen ab und sieht mich ernst an. „Was machen Sie denn damit?", will er wissen.

Ich erstarre vor Schreck. Mir ist entfallen, dass ich den Briefumschlag mit dem halb geöffneten Siegel immer noch in der Hand halte. „M-Malgorzata sagte mir, ich solle die Post öffnen", bringe ich heraus.

„Hat sie Ihnen nicht gesagt, dass vertrauliche Briefe nicht geöffnet werden?", fährt er mich an. Ich zucke mit den Schultern und schüttele leicht den Kopf, dabei bete ich, dass er sie nicht fragen wird.

„Ich bin mir sicher, dass es nur ein Missverständnis war", wirft der Kommandant ein.

„Dies" – Oberst Diedrichsen reißt mir den Umschlag aus

der Hand – „ist der Grund, warum ich lieber Personal aus Berlin herholen wollte."

„Danke, Oberst, das wäre dann alles", geht der Kommandant über die Bemerkung hinweg.

Diedrichsen hebt den rechten Arm. „Heil Hitler", sagt er, nimmt seine Aktentasche und macht auf dem Absatz kehrt. Nachdem er gegangen ist, wendet sich der Kommandant wieder mir zu, geht zur nächsten Tür und gibt mir mit einer Geste zu verstehen, dass ich eintreten soll. Mit zitternden Händen nehme ich meinen Notizblock und folge ihm.

Sein Büro ist mit nichts zu vergleichen, was ich je gesehen habe. Es ist unglaublich groß, größer noch als eine ganze Etage in Krysias Haus. Ich habe das Gefühl, drei Zimmer in einem zu sehen. Gleich hinter der Tür stehen ein Sofa und gut ein halbes Dutzend Sessel wie in einem Wohnzimmer um einen flachen Tisch herum. Am anderen Ende des Raums beansprucht ein Konferenztisch einigen Platz für sich, an ihm zähle ich mindestens vierzehn Stühle. Zwischen diesen Bereichen steht ein gigantisch großer Mahagonischreibtisch, auf einer Ecke ist ein einzelner Bilderrahmen aufgestellt. Diesem Schreibtisch gegenüber entdecke ich eine hoch aufragende Standuhr. Die dicken roten Samtvorhänge an der Wand hinter dem Schreibtisch sind aufgezogen, sie werden mit goldfarbenen Kordeln zurückgehalten, sodass die Fensterfront einen atemberaubenden Blick auf den Fluss gewährt.

Der Kommandant deutet auf das Sofa. „Setzen Sie sich doch bitte", fordert er mich auf und geht selbst zum Schreibtisch. Ich nehme Platz und warte ab, während er einen Stoß Papiere durchsucht. Im nächsten Moment sieht er auf. „Ich nehme an, Malgorzata hat Ihnen Ihre grundlegenden Aufgaben erklärt, nämlich Korrespondenz und Terminplanung." Ich nicke. „Wenn mehr nicht nötig wäre, könnte das jeder andere erledigen, sogar Malgorzata. Anna", fügt er dann meinen Namen an und kommt auf mich zu. Während er sich nähert, läuft mir ein Schauer über den Rücken.

„Ist Ihnen kalt?", fragt er, da er offenbar mein Frösteln bemerkt hat.

„N-nein, Herr Kommandant", stammele ich und verfluche meine Nervosität. Ich muss mir mehr Mühe geben, sie mir nicht anmerken zu lassen.

„Ah, gut." Er setzt sich in den Sessel mir gegenüber. Als er sich zu mir vorbeugt, bemerke ich plötzlich an seinem Revers einen Anstecker mit Hakenkreuz. Trug er den beim letzten Mal auch schon? Es war mir nicht aufgefallen. Allerdings habe ich zu dem Zeitpunkt auch noch nicht gewusst, was Sachsenhausen ist. „Anna", fährt er fort. „Ich bin direkt dem Generalgouverneur unterstellt. Ludwig hatte gar nicht so unrecht mit dem, was er auf der Abendgesellschaft sagte: Es ist tatsächlich meine Aufgabe, dafür zu sorgen, dass jeder Befehl des Gouverneurs ausgeführt wird. Absolut jeder Befehl." Er hebt dabei die Augenbrauen an, als wolle er so seine Worte unterstreichen. „Viele Männer würden diesen Posten nur allzu gern innehaben." Er steht auf und geht vor mir unruhig auf und ab. „Das Generalgouvernement ist voller falscher Schlangen, die zwar beteuern, nur dem Reich zu dienen, mir aber am liebsten ein Messer in den Rücken jagen würden, während sie mir noch die Hand schütteln." Er senkt seine Stimme ein wenig. „Daher benötige ich eine Assistentin, die verschwiegen, intelligent und vor allem loyal ist. Sie sind nicht nur meine Assistentin, sondern Sie halten für mich auch Augen und Ohren offen." Er hält inne und bleibt abermals vor mir stehen, um mir tief in die Augen zu sehen. „Verstehen Sie das?"

„J-ja, Herr Kommandant", bringe ich über die Lippen, gleichzeitig wundere ich mich darüber, dass er mich für loyal hält.

„Gut. Ich habe Sie nicht nur ausgewählt, weil Sie außergewöhnlich klug sind und Deutsch sprechen, sondern weil ich fühle, daß ich Ihnen vertrauen kann."

„Danke, Herr Kommandant." Er vertraut mir. Fast wird mir übel.

Wieder geht er vor mir auf und ab. „Jeden Morgen werden wir uns zusammensetzen und meinen Terminplan durchsehen. Sie bekommen dann die Aufgaben übertragen, die Sie bitte noch am gleichen Tag erledigen. Für den Augenblick genügt es, wenn Sie sich einen Überblick über die bisherige Korrespondenz verschaffen. Ich hatte seit über einem Monat keine Assistentin mehr, und ich wollte nicht, dass jemand anders diese Arbeiten erledigt." Mir kommt die Frage in den Sinn, was wohl mit meiner Vorgängerin geschehen sein mag. „Wie Sie von Oberst Diedrichsen gehört haben, werden Sie keine Post öffnen, die als vertraulich gekennzeichnet ist. Klar?" Wieder nicke ich. „Gut. Sie haben die höchste Stufe der Zugangsberechtigung, die eine Polin bekommen kann. Trotzdem gibt es ein paar Dinge, die auch für Sie tabu sind." Innerlich bin ich entmutigt. Gerade vertrauliche Briefe enthalten doch die für uns so wichtigen Informationen.

„Ich werde Oberst Diedrichsen bitten, heute Vormittag noch einmal herzukommen. Von ihm bekommen Sie alles, was Sie brauchen, und er kann Ihnen während meiner Abwesenheit auch alles Notwendige erklären." Der Kommandant geht zurück zum Schreibtisch, und nach ein paar Sekunden wird mir klar, dass das Gespräch beendet ist. Ich stehe auf und will gehen, da ruft er mir „Anna" nach. An der Tür stehend sehe ich zu ihm. Er blickt mich eindringlich und völlig ernst an. „Meine Tür steht Ihnen immer offen."

„Vielen Dank, Herr Kommandant." Ich ziehe mich ins Vorzimmer zurück und sinke zitternd auf meinen Stuhl.

Nach dem Gespräch mit dem Kommandanten geht mein erster Arbeitstag schnell vorüber. Die Zeit bis Mittag verbringe ich damit, die Eingangspost zu öffnen, dann kommt Oberst Diedrichsen und macht mit mir einen Rundgang durch die anderen Büros, um mich dem Personal vorzustellen. An der Art, wie die Mitarbeiter mich mustern, erkenne ich, dass meine Einstellung als Assistentin des Kommandanten großes Interesse geweckt hat. Schließlich bringt mich der Oberst noch in die Sicherheitsabteilung, wo ich meinen Dienstausweis erhalte. Auf dem Rückweg zum Büro des Kommandanten gehen wir an einer anderen massiven Eichentür vorbei, auf der ein Messingsiegel prangt.

„Das Büro des Gouverneurs", sagt Diedrichsen mit ernster Miene und geht weiter. Seine Stimme klingt fast ehrfürchtig.

Den Nachmittag verbringe ich damit, die Aktenschränke neu zu sortieren. Die Akten sind völlig durcheinander abgelegt worden, was es fast unmöglich erscheinen lässt, dass meine Vorgängerin erst vor einem Monat gegangen ist. Die Bibliothekarin in mir bekommt die Oberhand, und ich beginne zu ordnen: erst geografisch, sodass es einen Stapel für Kraków und je einen Stapel für die umliegenden Regionen gibt. Zwei Stunden später habe ich Ordnung geschaffen, bislang aber kein Dokument entdecken können, das wirklich wichtige Informationen enthält. Mir drängt sich die Frage auf, ob der Kommandant noch über andere Kanäle Mitteilungen erhält.

Für den Rest des Tages bekomme ich den Kommandanten nicht mehr zu sehen. Um fünf Uhr packe ich meine Sachen zusammen und gehe. Als ich im Bus sitze, lehne ich meinen pochenden Kopf gegen die Fensterscheibe. Ich fühle mich erschöpft, was weniger auf die Arbeit an sich als vielmehr auf meine Nerven zurückzuführen ist. Aber ich habe meinen ersten Tag im Hauptquartier der Nazis lebend überstanden.

Kaum habe ich Krysias Haus betreten und meine Sachen abgelegt, da kommt Łukasz auf mich zugestürmt und klammert sich an meinem Bein fest. „Er hat dich den ganzen Tag über vermisst", lässt mich Krysia wissen, nachdem ich den Jungen auf den Arm genommen habe. „Wir waren im Park, und ich habe versucht, mit ihm zu spielen, aber er hielt immer nur Ausschau nach dir."

Wir gehen in den Salon, ich setze mich hin und halte Łukasz ein Stück weit weg von mir, um ihm die blonden Locken aus dem Gesicht zu streichen. Seine Augen bewegen sich hektisch hin und her, und sein Griff um meinen Arm wird fester, als fürchte er, ich könnte ihn wieder verlassen. Der arme Kleine hat in seinem jungen Leben schon zu oft erfahren müssen, dass jemand aus dem Haus ging und nicht wiederkam. „Schhht", mache ich besänftigend, drücke ihn wieder an mich und wiege ihn sanft hin und her. „Manchmal muss ich den Tag über weggehen, *kochany*, aber am Abend werde ich immer zu dir zurückkommen. Immer." Er lockert seinen Griff nicht, sondern vergräbt den Kopf an meiner Schulter, gibt jedoch nach wie vor keinen Ton von sich.

„Wie war es?", fragt Krysia einige Stunden später, als wir gegessen haben und mit unseren Teegläsern ins Arbeitszimmer umziehen. Beim Abendessen hatte sich Łukasz unverändert an meinem Hals festgeklammert, und erst als er in meinen Armen fest eingeschlafen war, konnte ich ihn ins Bett legen.

„Nicht allzu schlecht", antworte ich zurückhaltend. Wie sollte ich ihr die Wahrheit sagen, dass es entsetzlich und auf eine sonderbare Art gleichzeitig aufregend war? Ich hasse es, von Nazis umgeben zu sein, trotzdem hat es mich begeistert, in einem so großen Büro in der Wawelburg zu arbeiten. Und dann ist da auch noch Kommandant Richwalder. Die Luft kommt mir wie elektrisiert vor, wenn er sich in meiner Nähe aufhält. Aber auch er ist ein Nazi, und etwas anderes als Hass und Abscheu für einen solchen Mann zu empfinden … beim bloßen Gedanken daran möchte ich mich in Grund und Boden schämen. Nach einer verlegenen Pause greife ich nach meiner Tasche und zeige Krysia den Dienstausweis, den mir Oberst Diedrichsen ausstellen ließ.

„Ja." Sie hält den Ausweis ins Licht und betrachtet ihn mit Kennerblick. „Das ist tatsächlich die höchste Zugangsberechtigung, die ein Pole bei den Deutschen bekommen kann. Unsere Freunde in Gdańsk haben ganze Arbeit geleistet, um deine dortige Vergangenheit zu belegen. Mit diesem Pass kommst du überallhin."

„Es gibt trotzdem Dinge, die ich nicht zu sehen bekomme", erwidere ich. „Vertrauliche Dokumente sind tabu. Und das meiste andere, was ich zu Gesicht kriege, ist routinemäßige Korrespondenz."

„Keine Eile, meine Liebe. Du musst Geduld haben. Wenn der Kommandant dich erst einmal besser kennt, wirst du sein Vertrauen gewinnen. Dann wird er dich in Dinge einweihen, die er dir sonst nicht sagen würde." Sie gibt mir den Ausweis zurück. „Ich werde das sofort Alek wissen lassen."

„Alek?" Ich stecke den Ausweis zurück in meine Tasche und sehe Krysia verwundert an. Ist er denn noch im Ghetto? Wie kann Krysia mit ihm Kontakt aufnehmen? Und steht sie vielleicht auch mit Jakub in Verbindung? Ich zögere, weil ich nicht zu viele Fragen stellen möchte. Wenn sie Neuigkeiten von Jakub hätte, würde sie es mich ganz bestimmt wissen lassen.

„Ja, ich habe ihm schon die Nachricht von deiner höchst erfreulichen Anstellung in der Wawelburg zukommen lassen. Er glaubt, du könntest uns dort sehr von Nutzen sein." Sie trinkt einen Schluck Tee und sieht aus dem Fenster, durch das man die Sonne beobachten kann, wie sie hinter Las Wolski versinkt. Nach einer kurzen Pause fährt sie fort: „Natürlich nicht sofort. In den ersten Wochen werden die Deutschen ein wachsames Auge auf dich haben. Genauso wie ihre polnischen Spitzel." Bei diesen Worten verzieht sie verächtlich den Mund.

„Ich weiß. Ich glaube, eine von denen habe ich bereits kennengelernt." Als ich von Malgorzata berichte, sehe ich im Geiste wieder die Frau mit den gehässigen Gesichtszügen vor mir.

Krysia tätschelt meine Hand. „Keine Sorge. Mach du erst einmal deine Arbeit, damit der Kommandant dich ins Vertrauen nimmt", betont sie abermals. „In der Zwischenzeit werde ich bei Alek erfragen, was genau ihm eigentlich vorschwebt."

8. KAPITEL

Als die Standuhr im Büro des Kommandanten fünfmal schlägt, nehme ich meine Sachen und gehe aus dem Vorzimmer in den Empfangsbereich. „Ich mache dann Feierabend", sage ich zu Malgorzata, die mit einer weiteren ihrer Tabellen beschäftigt ist.

„Auf Wiedersehen." Sie sieht nicht von ihrer Arbeit auf, woraufhin ich kopfschüttelnd hinausgehe und mich frage, wie jemand so viel Energie in ein Projekt stecken kann, das niemanden sonst interessiert.

Die Sonne steht noch hoch über den Türmen der Wawelkathedrale, während ich das Gelände verlasse. Anstatt so wie üblich direkt zum Abfahrtspunkt des Omnibusses zu gehen, biege ich in die ulica Grodzka ein, die zur Stadtmitte führt. Heute wurde mir mein Lohn ausgezahlt, sodass ich zum ersten Mal seit langer Zeit wieder selbst verdientes Geld in der Hand halte. Ich möchte etwas Schönes für Łukasz kaufen, vielleicht auch etwas für Krysia.

Es ist Montag, und heute arbeite ich bereits die dritte Woche für den Kommandanten. Ich kann es kaum fassen, wie schnell die Zeit vergangen ist. Die ersten Tage waren entsetzlich gewesen, meine Nerven machten mir so sehr zu schaffen, dass ich jedes Mal zusammenzuckte, wenn die Tür zu meinem Büro aufging. Meine Hände zitterten so sehr, dass ich auf der Schreibmaschine kaum eine Taste traf. Am Abend kehrte ich aschfahl und völlig erschlagen nach Chelm zurück. „Du musst lernen, Ruhe zu bewahren", hatte mich Krysia freundlich ermahnt. „Sonst wirst du davon noch krank." Ganz abgesehen davon, dass ich mich verraten werde, ergänzte ich im Geist. Malgorzata hatte mich in der ersten Woche wiederholt darauf angesprochen, wie blass ich aussähe.

Schließlich hatte ich mich gezwungen, ruhiger zu werden, tief durchgeatmet und an die schönen Zeiten mit Jakub und meiner Familie gedacht. Inzwischen spielen mir meine Nerven nicht mehr ganz so übel mit, und ich beginne nicht zu zittern, wenn ich am Morgen zur Burg hinaufgehe. Aber es gibt einige Dinge, an die ich mich niemals gewöhnen werde. Immer noch meide ich den Blick auf die endlose Parade aus Hakenkreuzfahnen, die die Gänge der Burg säumen. Ich verlasse mein Büro nach Möglichkeit nur ein- oder zweimal am Tag, wenn ich zur Toilette oder in die Pause gehe. Ich fürchte mich vor der Begegnung mit anderen Angestellten, weil ich von ihnen unausweichlich mit einem begeisterten „Heil Hitler!" begrüßt werde. Und wenn es doch jemand zu mir sagt, muss ich ebenfalls die rechte Hand ausstrecken. Dann murmele ich etwas, das in den Ohren meines Gegenübers nach dem Hitlergruß klingt, aber in Wahrheit beliebiges Zeug ist. Mir fallen immer neue Variationen ein, manchmal sogar Schimpfworte, die mir noch vor einem Jahr niemals über die Lippen gekommen wären.

Jeden Tag um die Mittagszeit nehme ich mein Essenspaket und setze mich auf eine Bank am Ufer. Die einstündige Pause verbringe ich damit, eine Zeitung zu lesen, die ich mir im Büro ausgeborgt habe, oder einfach nur aufs Wasser zu schauen, wie es unter der Eisenbahnbrücke hindurchfließt. Lange ist es her, dass ich unbeschwert an der Wisła sitzen konnte. Dieses einfache Vergnügen hatte ich für selbstverständlich gehalten – als ich in meiner Kindheit noch am Ufer spielte ebenso wie zu der Zeit, als ich mit Jakub hier spazieren ging. Nun sitze ich wieder hier, doch diesmal ist mir sehr deutlich bewusst, dass es mir eigentlich nicht zusteht. Mein Platz ist im Ghetto, denke ich und schaue zum gegenüberliegenden Flussufer, wo meine Familie und meine Nachbarn gefangen gehalten werden. Während sie dort festsitzen, kann ich jeden Mittag hier am Wasser verbringen und frisches Brot und einen Apfel genießen. Oft sehe ich übers Wasser in Richtung Podgorze und träume davon, wie ich mich davonstehle und meinen Eltern Essen ins Ghetto bringe.

Obwohl ich in der Pause lieber alleine wäre, gesellen sich oft einige Sekretärinnen aus den anderen Büros zu mir – junge Polinnen, denen es offenbar egal ist, dass sie für die Nazis arbeiten. Sie sind nur froh, eine relativ sichere und angesehene Stellung zu bekleiden, die ihnen in diesen schlechten Zeiten ein festes Einkommen garantiert. „Gib nicht ihnen die Schuld", höre ich meinen Vater das sagen, was er schon über die Juden geäußert hat, die im Ghetto für Ordnung sorgen. „Dies ist eine Zeit der Verzweiflung, und die Menschen tun alles, um zu überleben." Trotzdem empfinde ich Verachtung für diese jungen Frauen, die sich wie Schulmädchen nur über Kleidung, Filme und Männer unterhalten. Sie sind völlig begeistert von den deutschen Offizieren, vor allem von meinem Vorgesetzten Kommandant Richwalder. Unablässig stellen sie mir Fragen, um mir etwas über ihn zu entlocken. Sie wollen wissen, ob er verheiratet ist, ob er eine Freundin hat, woher seine Narben stammen. „Ich weiß es nicht", erwidere ich jedes Mal und versuche, es in einem bedauernden, nicht in einem wütenden Tonfall zu sagen. „Er ist ein sehr verschwiegener Mann."

Ich weiß, sie glauben mir nicht, und sie mögen mich auch nicht. Sie halten mich für eine Zugezogene, ich bin keine von ihnen. So wie Malgorzata beneiden sie mich um meinen Status, und sie lehnen die Art ab, wie ich aus dem Nichts aufgetaucht bin, um für einen der ranghöchsten deutschen Offiziere in Polen zu arbeiten. Sie fühlen sich übergangen, und einige von ihnen glauben sogar an eine Affäre zwischen dem Kommandanten und mir als Grund für meine Anstellung. „Die Freundin des Kommandanten", hörte ich eine der Frauen in meiner ersten Arbeitswoche einer anderen zuflüstern. Oft frage ich mich, ob vielleicht Malgorzata diejenige ist, die solchen Tratsch über mich verbreitet. Aber ich hätte nichts davon, mir Feinde zu machen, also unterhalte ich mich

weiter jeden Tag in der Pause und tue so, als würde ich nichts
bemerken.

Manchmal, wenn ich mit den anderen dasitze und ihren
geistlosen Gesprächen lausche, möchte ich aufspringen und
sie anschreien: „Wisst ihr denn nicht, dass es da drüben ein
schreckliches Ghetto gibt? Ein Ghetto, in dem Menschen
leiden und sterben, die ein Leben lang eure Nachbarn waren?" Natürlich verkneife ich mir solche Bemerkungen und
komme auf nichts zu sprechen, was einen Hinweis auf meine
Identität geben könnte. In Gesellschaft muss ich immer wieder an die Möglichkeit denken, jederzeit enttarnt zu werden.
Mein Verstand sagt mir, dass das eher unwahrscheinlich ist.
Meine Papiere sind in Ordnung, und niemand hier weiß etwas über mein früheres Leben. Solange mir nicht versehent-
lich ein jiddisches Wort rausrutscht oder ich jemandem begegne, den ich von früher kenne, ist meine Tarnung perfekt.

Am Ende der ulica Grodzka in der Nähe des Marktplatzes bleibe ich vor einem kleinen Spielwarengeschäft stehen.
Etwas für Łukasz, denke ich, während ich mir die Eisenbah-
nen und Puppen im Schaufenster ansehe. Als ich das Geschäft
betrete, wird mir bewusst, dass ich gar nicht genau weiß, was
ihm gefällt. Er ist immer so still und nimmt alles dankbar an.
Wenn eine von uns ihm einen Kochtopf gibt, dann betrachtet er ihn wie ein wunderschönes Geschenk und spielt stundenlang damit. Ich sehe mich um, aber die Auswahl ist recht
klein, und ich will ihm keine Spielzeugsoldaten kaufen. Da
ich nicht zu spät nach Hause möchte, entscheide ich mich
schließlich für Bauklötze und ein Holzpferd.

Als ich mit meinen Einkäufen das Geschäft verlasse und
die Straße überqueren will, spüre ich ein Kribbeln im Nacken und weiß sofort, ich werde beobachtet. Zwar werfe ich
einen verstohlenen Blick über die Schulter, doch ich kann in
der Menge, die jetzt nach Feierabend unterwegs ist, niemanden entdecken, der sich auffällig oder verdächtig verhält. Ich

gehe weiter und mache mich auf den Weg zur Omnibushaltestelle.

An der Ecke ist ein Obststand aufgebaut. Meine Hand spielt mit den letzten Münzen in meiner Tasche. Ich sollte etwas von dem Geld sparen, doch ich möchte Krysia auch etwas mitbringen, um ihr meine Dankbarkeit für all das zu zeigen, was sie für mich getan hat. Während ich noch die Auslage prüfe, stellt sich eine kleine Frau so dicht hinter mich, dass ich ihren warmen Atem im Genick spüre. „Die dunklen sind am saftigsten", sagt sie laut genug, damit der Verkäufer sie hört.

Einen Moment lang stutze ich. Die Stimme ist mir vertraut, doch ich kann sie nicht zuordnen. Mir ist klar, dass ich auf die Bemerkung eingehen soll. „Ja, aber die hellen sind dafür süßer."

„Mitkommen", flüstert die Fremde mir leise zu. Erst als wir uns ein Stück weit von dem Stand entfernt haben, sehe ich sie mir genauer an. Marta! Dabei erkenne ich sie nur an ihrer dicken Brille und ihren strahlenden Augen. Ihr dunkles Haar ist geglättet und aufgehellt worden, und die blaue Bluse und das Kopftuch lassen sie wie eine polnische Bäuerin erscheinen. Außerdem wirkt sie viel reifer, da ihre pummelige mädchenhafte Figur den schlanken Kurven einer jungen Frau gewichen ist. Seit unserer letzten Begegnung vor einigen Monaten hat sie sich sehr verändert.

„Marta, was machst du …?"

„Schhht!" Anstatt zu antworten, fasst sie spielerisch meine Hand, als wären wir zwei kleine Mädchen, die einen Spaziergang unternehmen. „Komm mit", flüstert sie.

Während ich ihr folge, überschlagen sich meine Gedanken. Seit meiner Flucht aus dem Ghetto habe ich Marta nicht mehr gesehen, und es gibt unzählige Fragen, die ich ihr stellen möchte. Wie ist sie aus dem Ghetto gekommen? Wie hat sie mich gefunden? Ich beiße mir auf die Zunge, da ich weiß, wie gefährlich es ist, sich auf offener Straße zu unterhalten. „Wie bist du ...?", flüstere ich ihr schließlich zu, da ich es nicht länger aushalte.

„Halt den Kopf gerade", wispert sie mir lächelnd zu, woraufhin mir bewusst wird, dass ich den Kopf in ihre Richtung gesenkt halte, eine verschwörerisch wirkende Geste, die uns leicht verraten könnte. „Ich bin mit meinem Botenausweis rausgekommen, kurz bevor sie das Ghetto hermetisch abgeriegelt haben", erwidert sie mit einer etwas tieferen Stimme als üblich. „Viele von uns leben jetzt außerhalb von Kraków in den Wäldern und Dörfern."

Ich möchte sie so gern nach Jakub fragen. Vielleicht hat sie ihn gesehen oder durch die Widerstandsbewegung etwas über ihn erfahren können. Aber ich habe ihr nie erzählt, dass ich verheiratet bin. „Wohin gehen wir?", frage ich stattdessen.

„Alek will dich sehen." Alek. Mir stockt der Atem. Womöglich kann er mir etwas über Jakub berichten. Ich folge Marta und erwarte, dass wir uns in Richtung Ghetto bewegen, vielleicht zu einem scheinbar leer stehenden Haus oder einer verborgenen Gasse oder zu einem Treffpunkt außerhalb der Stadt. Doch sie geht zielstrebig auf den Marktplatz zu. Es ist ein milder Sommerabend, und in den Cafés rings um den Platz wimmelt es von Deutschen und Polen, die nach der Arbeit ausspannen wollen.

„Hier?", frage ich ungläubig, als sie mich zu einem überlaufenen Café führt.

„Gäbe es einen besseren Ort?", erwidert sie, und ich sehe ein, wie recht sie damit hat. Es ist so wie mit meiner Anstellung im Nazi-Hauptquartier – niemand würde vermuten, eine Gruppe Juden könnte die Kühnheit besitzen, sich am helllichten Tag auf der Terrasse eines Cafés zu treffen.

Zunächst zögere ich noch, doch dann stelle ich fest, dass niemand von mir Notiz nimmt, als ich Marta zwischen den Tischen hindurch folge. Im hinteren Teil des Cafés sitzen zwei Männer, die ich erst beim Näherkommen als Alek und Marek erkenne. Alek trägt seine Haare so kurz geschnitten, dass stellenweise die helle Kopfhaut durchschimmert. Marek hat sich den Bart abrasiert und sieht nun wie ein Schuljunge aus. Beide stehen sie auf, als wir näher kommen, dann küssen wir uns dreimal auf die Wangen, als sei dies ein ganz normales Treffen unter Freunden.

„Hallo, Anna", begrüßt mich Alek, als wir uns setzen. Mir entgeht nicht, dass er mein Pseudonym benutzt. Ich versuche, meine Aufregung zu bändigen, obwohl mir tausend Fragen auf der Zunge liegen. Wie hat er meine Flucht arrangiert? Hat er von Jakub gehört?

Eine Kellnerin kommt an den Tisch, Alek bestellt für uns alle Tee. „Was macht die Arbeit?", fragt er, nachdem die Frau gegangen ist.

„G-ganz gut", stammele ich, da mich die beiläufige Art seiner Frage überrumpelt.

„Letzten Dienstag bin ich übrigens deinem Onkel aus Lwów begegnet", sagt er. Verwundert will ich erwidern, dass ich keinen Onkel in Lwów habe, doch dann verstehe ich, dass er Jakub meint.

„Geht es ihm gut?", frage ich, während mein Herz einen Satz macht.

„Sehr gut", antwortet er, woraufhin ich mich ein wenig beruhige. „Seine Arbeit nimmt ihn sehr in Anspruch, und seine Nichte fehlt ihm ganz schrecklich." Ich lächle. Er meint mich.

Nachdem die Kellnerin uns den Tee gebracht hat, unterhalten sich Marta und Marek lautstark und amüsiert über irgendetwas Belangloses. Alek spricht mich währenddessen mit leiser Stimme an: „Von deinem Büro aus den Gang entlang kommst du zum Büro des Verwaltungsleiters Oberst Kirch. Er gibt die Passierscheine aus, mit denen man sich überall in der Stadt Zutritt verschaffen kann." Ich nicke. Kirch hat auch den Ausweis unterschrieben, den ich an meinem ersten

Tag erhielt. „An jedem Dienstagmorgen fahren Kirch und die anderen hochrangigen Offiziere für eine ausgiebige Besprechung zum Außenring. Seine Sekretärin nutzt diese Gelegenheit, um zum Friseur zu gehen oder Besorgungen zu machen. Wenn der Weg frei ist, kannst du bis in sein Büro gelangen. Der Schlüssel dazu ist mit Klebeband unter dem Schreibtisch seiner Sekretärin festgemacht." Alek greift unter dem Tisch nach meiner Hand und überreicht mir etwas. „Das ist die Kombination für seinen Tresor. Lern sie auswendig und vernichte den Zettel anschließend. Im Tresor liegen Blanko-Passierscheine, die fortlaufend nummeriert sind. Nimm nie mehr als fünf oder sechs Stück in der Woche heraus. Achte immer darauf, dass es Scheine aus der unteren Hälfte des Stapels sind, damit ihr Fehlen nicht auffällt. Jeden Dienstagnachmittag kommst du nach der Arbeit her. Marek, ich oder sonst jemand, der dich erkennt, wird herkommen, um mit dir Tee zu trinken. Du wirst deine Tasche neben deinen Stuhl stellen, und wenn du gehst, erhältst du eine neue Tasche. Wenn du in der Woche kein Glück hattest oder wenn du das Gefühl hast, dass dich jemand verfolgt, kommst du nicht her. Wenn die Übergabe zu gefährlich ist, wird sich niemand mit dir treffen. Hast du verstanden?"

Ich schlucke, dann nicke ich. Alek will, dass ich Passierscheine für den Widerstand stehle.

Marek unterbricht seine Unterhaltung mit Marta und zischt mir zu: „Es ist unbedingt erforderlich, dass du die Scheine noch in dieser Woche bekommst! Wir brauchen ..."

Alek hebt eine Hand und unterbricht ihn. „Nur wenn es sicher ist. Wir können keine Risiken eingehen." Marek beißt sich auf die Lippe und sieht nach dieser Zurechtweisung woanders hin, während Alek sich wieder mir zuwendet und seine Hand auf meine legt. „Anna, ich werde dich nicht anlügen. Das ist ein gefährlicher Auftrag, so riskant wie alles in der Bewegung. Aber du wolltest uns helfen, und durch einen

Glücksfall bist du in die einzigartige Position geraten, genau das zu tun."

„Ja, ich verstehe", entgegne ich rasch, obwohl mir noch gar nicht die Dimensionen dessen bewusst sind, was von mir erwartet wird.

„Es sollten immer nur zwei oder drei Passierscheine sein", fügt er hinzu, wieder nicke ich. „Also gut." Alek trinkt seinen Tee in einem Zug aus und steht auf, unmittelbar gefolgt von Marek. „Es war mir ein Vergnügen, die Damen wiederzusehen." Marek tippt an seinen Hut, dann überqueren die beiden scherzend und lachend den Marktplatz.

„Ist er verrückt?", flüstere ich Marta zu, als die beiden außer Hörweite sind. „Ich soll so etwas tun?"

Marta blinzelt mich überrascht an, und im gleichen Moment erkenne ich, dass es ein Fehler von mir war, Aleks Entscheidung infrage zu stellen. „Du hast ihn gehört. Du bist als Einzige in der Lage, so etwas zu erledigen."

„Aber wieso ich? Ich bin doch nur eine …" Ich halte inne und suche nach dem richtigen Wort, um zu beschreiben, wie wenig ich mich dafür geeignet fühle.

„Was denn?", gibt Marta zurück, wobei ihre Augen aufblitzen. „Nur ein kleines Mädchen?" Es ist das erste Mal, dass ich sie wütend erlebe. Ich will etwas erwidern, werde dann aber kleinlaut. Wie dumm muss ich mich anhören! Marta ist noch jünger als ich, und trotzdem begibt sie sich in Gefahr.

„Entschuldige", murmele ich zerknirscht und drehe den Silberlöffel zwischen Daumen und Zeigefinger. „Ich habe nur das Gefühl, dass mir die nötige Erfahrung fehlt."

„Keiner von uns ist dafür ausgebildet worden", gibt sie tonlos zurück, ohne mich anzusehen.

„Ja, du hast recht. Ich kann mich nur noch einmal entschuldigen."

Minutenlang sitzen wir schweigend da. Trotz der peinlichen Situation trinken wir weiter unseren Tee. Dieses Wiedersehen, das nur von so kurzer Dauer ist, erscheint mir so, als würde man dicht vor einem Feuer stehen und sich dann wieder in die Kälte hinausbegeben müssen. Keine von uns will diesen Moment enden lassen.

„Also …", sagt Marta schließlich.

„Also …", wiederhole ich. Es gibt so vieles, was ich sie fragen will, dass ich nicht weiß, wo ich anfangen soll.

„Du siehst gut aus", erklärt sie.

„Danke. Ich kann froh sein, dass ich bei Krysia untergekommen bin. Sie ist sehr nett zu mir." Plötzlich verspüre ich Schuldgefühle, weil ich so wohlgenährt aussehe,. Ich bemerke, wie blass und müde Marta gegen mich wirkt. Mir drängt sich die Frage auf, wovon sie sich bloß ernährt.

„So schlimm ist es nicht", meint sie trotzig. So wie Alek scheint sie meine Gedanken lesen zu können. Mir wird klar, dass ich meine Gefühle nicht so offen zur Schau tragen darf. Wenn ich so durchschaubar bin, kann mir das auf der Arbeit noch zum Verhängnis werden. „Wenigstens sind wir in Freiheit", fügt sie hinzu.

Als sie aufsteht, erhebe ich mich ebenfalls von meinem Platz. „Wie geht es deiner Mutter?", frage ich, nachdem wir das Café hinter uns gelassen haben. Vielleicht hat Marta ja über die Widerstandsbewegung noch Kontakte ins Ghetto. Sie sieht zu Boden und schüttelt den Kopf.

„O nein! Was ist passiert?"

„Typhus. Vor zwei Wochen." Sie presst die Lippen zusammen. Mit einem Mal wirkt ihr Gesicht viel härter und kantiger als noch vor wenigen Sekunden.

„O nein." Tränen steigen mir in die Augen, und ich muss dem Wunsch widerstehen, Marta in die Arme zu nehmen. Aber das würde nur unnötige Aufmerksamkeit auf uns lenken. „Aber wie …?"

„Im Ghetto wird es immer schlimmer." Marta hält inne, als sich auf meinem Gesicht die Angst um meine Eltern abzeichnet. Dann zuckt sie mit den Schultern, weil es nutzlos ist, die Wahrheit zu verschweigen. „Sie haben wenig Essen, kein sauberes Wasser. Es sind zu viele Menschen. Viel mehr als zu der Zeit, da wir noch im Ghetto waren. Krankheiten greifen rasend schnell um sich. Die Eltern kleiner Kinder sterben wie die Fliegen, im Waisenhaus ist längst kein Platz mehr, und doch kommen immer noch welche dazu. Man versucht, die kranken von den anderen abzuschotten, aber das hilft nichts. Dort hat sie sich mit Typhus angesteckt."

„Das tut mir wirklich sehr leid." Vor meinem geistigen Auge sehe ich Hadassas freundliches Gesicht. Ohne sie hätte ich Marta nie kennengelernt, wäre nicht mit Alek und den anderen zusammengekommen und hätte nie die Chance gehabt, aus dem Ghetto zu fliehen. Meine Gedanken wandern wieder zu meinen Eltern. Ihnen wird es kaum besser ergehen als den anderen.

Wir gehen weiter, vorbei an der Annakirche. Meine Namensvetterin, denke ich voller Ironie. Ich weiß noch, wie ich jeden Morgen auf dem Weg zur Bibliothek diese Straße überquerte. Der alte Mann, der mit einem Eimer Wasser die Treppen sauber wischte, grüßte mich immer. Ich rieche noch jetzt die Feuchtigkeit, die morgens vom nassen Straßenpflaster aufstieg.

„Marta, darf ich dich etwas fragen?" Sie nickt. „Der Widerstand … worum geht es dabei?"

„Du meinst, warum wir das machen?" Sie schaut mich verwirrt an, und ich kann nur hoffen, sie nicht schon wieder verärgert zu haben.

„Ja.

„Weil wir irgendetwas unternehmen müssen. Wir können nicht einfach dasitzen und zusehen, wie unser Volk ausgelöscht wird."

So etwas hat mir auch Jakub immer wieder erzählt. „Aber was ist das Ziel?"

Sie schweigt länger, als würde sie zum ersten Mal selbst darüber nachdenken. „Die verschiedenen Mitglieder des Widerstands streben unterschiedliche Ziele an." Ich erinnere mich an die Unterhaltung, die ich im Haus Nummer 13 in der ulica Józefińska belauscht habe, als Alek, Marek und der andere Mann unterschiedlicher Meinung waren. „Einige wollen einfach nur helfen. Andere wollen zurückschlagen und die Nazis angreifen."

„Oh." Ein solcher Schlag wäre ein Selbstmordkommando, glaube ich. Aber ich wage nicht, die Haltung des Widerstands ein weiteres Mal zu kritisieren. Ich frage mich, in welcher Gruppe Jakub ist und was er sich von der Bewegung erhofft. Wie kann es sein, dass ich nicht die Beweggründe meines Mannes kenne, sich für die eine Sache zu engagieren, durch die wir voneinander getrennt sind? „Aber Marta, das Zurückschlagen ... das ist doch sicher symbolisch gemeint, nicht wahr? Ich meine, sie glauben doch nicht wirklich daran, dass sie etwas bewirken können, oder?"

Abrupt bleibt sie stehen und sieht mich an. „Wir müssen daran glauben, weil es sonst keine Hoffnung gibt."

Schweigend spazieren wir weiter. An der Ecke, an der die ulica Anna auf die Planty triff, hält Marta erneut an. Hier sollen sich unsere Wege trennen. Ich beuge mich vor, um sie auf die Wange zu küssen, aber sie weicht zurück. „Anna, da ist noch etwas ..."

Ich halte inne, nur wenige Zentimeter von ihrem Gesicht entfernt. „Was?"

„Es geht um deinen Onkel aus Lwów ... ich will sagen, ich bin Jakub begegnet."

Mein Atem stockt, als ich ihre Worte höre. „Ich weiß nicht, wovon du sprichst." Trotz allem, was Marta und ich gemeinsam durchgemacht haben, warnt mich mein Instinkt und rät mir, auch jetzt nicht zuzugeben, dass ich verheiratet bin.

„Ich kenne die Wahrheit", erklärt sie. „Er ist dein Ehe-

mann. Er wollte es mir verschweigen, aber ich bin dahinter-
gekommen. Ich erkannte es daran, wie er dich beschrieb."

„Oh." Betreten schaue ich zu Boden und scharre mit der
Schuhspitze über das Pflaster. Ich weiß nicht so recht, was
ich sagen soll. „Es tut mir leid, dass ich es dir verschwiegen
habe. Wir mussten es geheim halten, zur Sicherheit für uns
alle."

„Das kann ich verstehen. Er ist ein wundervoller Mann,
Anna", erwidert sie leise. „Und er liebt dich sehr." Ihre
Stimme hat einen eigenartigen Unterton, den ich nicht deu-
ten kann.

„Du kannst ihm das Gleiche von mir ausrichten", erkläre
ich mit ruhiger Stimme. „Falls du ihn wiedersiehst."

„Das werde ich." Ihre Gewissheit, meinen Mann abermals
zu treffen, versetzt meinem Herzen einen Stich. Ich greife
nach Martas Hand, als könnte das eine magische Verbindung
zu Jakub herstellen, nur weil sie ihn berührt hat. Ihre Lippen
fühlen sich kühl an, als sie meine Wange küsst. „Viel Erfolg,
Anna", wünscht sie mir im Weggehen.

Marta kennt Jakub, überlege ich, während ich zügig zur
Haltestelle auf der anderen Seite der Planty gehe. Vermutlich
sollte mich das nicht wundern, denn so groß kann die Bewegung gar nicht sein. Und Marta weiß von unserer Ehe. Jakub
muss großes Vertrauen in sie haben, wenn er dieses Geheimnis mit ihr teilt. Es sei denn … nein, ich schüttele den Kopf,
weil ich darüber gar nicht erst nachdenken will. Etwas war
seltsam an Martas Stimme, als sie von Jakub erzählte. Ich erinnere mich an eines unserer Gespräche im Ghetto, als sie mir
anvertraute, es gebe da jemanden im Widerstand, für den sie
Gefühle hege. Jemanden, der von ihr keine Notiz zu nehmen
schien. Ob Jakub dieser Jemand war? Marta ist so direkt und
offenherzig, vielleicht hat sie ihm einfach ihre Gefühle gestanden. Vielleicht hat sie sogar versucht, ihn zu küssen, und
daraufhin hat er ihr von unserer Ehe erzählt, um sie von sich

fernzuhalten und ihr nicht wehzutun. Ich koche vor Wut, als ich mir diese Szene vorstelle. Halt, ermahne ich mich. Lass dich nicht von deiner blühenden Fantasie mitreißen. Doch das Bild will nicht aus meinem Kopf verschwinden. Und sie wird ihn wiedersehen, überlege ich voller Unbehagen, als ich in den Bus einsteige.

Obwohl ich Krysia an diesem Tag von meiner Begegnung mit Alek und den anderen gar nichts erzählen will, sieht sie mich auf eine Weise an, die mir sagt, dass sie es längst weiß. Während Łukasz im Wohnzimmer auf dem Boden sitzt und sich mit seinem Spielzeug befasst, schaut mich Krysia so lange eindringlich an, bis ich nicht länger schweigen kann. „Ich habe heute Alek gesehen."

„Ja?" Ihre Stimme lässt kein bisschen Erstaunen erkennen.

„Ja, er hat … einen Auftrag für mich." Ich berichte ihr von den Passierscheinen und davon, welche Rolle ich spielen soll.

„Emma …", beginnt sie und vergisst dabei mein Pseudonym. Ihre Augen verraten, welcher Konflikt in ihr tobt. Krysia weiß, dass Alek keine unnötigen Risiken eingeht. Wenn er mich um etwas bittet, dann muss es für die Bewegung von größter Notwendigkeit sein. Trotzdem ist sie besorgt. „Hast du Angst?", fragt sie.

„Ganz entsetzliche Angst", gestehe ich und lasse den Gefühlen freien Lauf, die ich zuvor in Martas Gegenwart nicht offenbaren konnte. „Nicht nur meinetwegen. Es betrifft auch dich, Łukasz, Jakub, meine Familie … einfach alle."

„Du hast Angst zu versagen", stellt sie fest. Ich nicke und fühle mich schutzlos und beschämt.

„Ja. Angst davor, erwischt zu werden, und Angst davor, was das für uns alle bedeuten würde." Ich warte darauf, dass sie mir so wie stets Mut zuspricht und mir versichert, dass alles gut wird. Aber stattdessen schweigt sie minutenlang, legt die Stirn in Falten und schürzt die Lippen. Schließlich bin ich diejenige, die als Erste etwas sagt. „Es wird schon gut gehen, Krysia."

„Es wird so ausgehen, wie es ausgeht, meine Liebe. Wir leben in unsicheren Zeiten, und es ist nicht nötig, einer alten Frau etwas vorzuspielen." Plötzlich entspannt sich ihre Miene. Sie umfasst meine Hand, und dann sehe ich, wie ihre Augen aufleuchten. „Der Mut junger Menschen ist die eine Sache, die mir immer noch Hoffnung gibt." Mit diesen Worten ist die Last, die auf meinen Schultern liegt, noch tausendmal schwerer geworden.

9. KAPITEL

Am nächsten Morgen wache ich früher auf als sonst und stelle fest, dass Krysia auf dem Sofa eingeschlafen ist, auf dem sie saß, als ich zu Bett ging. Ganz vorsichtig, um sie nicht zu wecken, nehme ich ihr die Stricknadeln aus der Hand und lege eine Decke über sie. Erst dann schleiche ich in die Küche, setze einen Tee auf und stelle zusammen, was ich für den Tag brauche. Dabei muss ich gegen den dringenden Wunsch ankämpfen, mich bereits in aller Frühe auf den Weg zur Arbeit zu machen. Ich darf wegen meiner Mission nicht übereifrig auftreten, ich darf nichts machen, das die Aufmerksamkeit auf mich lenkt.

Genau um acht Uhr treffe ich in der Burg ein. Der heutige Arbeitsablauf ist der gleiche wie an jedem Morgen. Ich setze mich an meinen Schreibtisch und ordne die Papiere, die über Nacht zugestellt wurden. Um genau viertel nach acht kommt der Kommandant ins Büro. Wenige Minuten darauf ruft er mich zu sich, gemeinsam gehen wir seinen Terminplan für den Tag durch und besprechen weitere Termine, die in Kürze anstehen. Ich lege ihm die Korrespondenz vor, um die er sich persönlich kümmern muss – Briefe von hochrangigen offiziellen Stellen oder Angelegenheiten, die mir nicht vertraut sind –, dann diktiert er mir die Antwortschreiben. Im Gegenzug überträgt er mir Aufgaben, die ich erledigen muss, teilt mir Termine mit, die ich im Kalender erfassen soll, und lässt mich wissen, welche Berichte er erwartet. Abhängig vom Umfang kann diese Besprechung zwischen fünfzehn Minuten und nahezu einer Stunde dauern. Inzwischen weiß ich, dass diese Routine für ihn höchste Priorität hat. Malgorzata darf in dieser Zeit weder Anrufe durchstellen noch Besucher zu ihm schicken, und eine Verlegung unserer Besprechung kommt für ihn nur infrage, wenn die Umstände es zwingend erfordern.

Heute fällt unsere Besprechung recht kurz aus. „Ich muss um neun Uhr drüben am Außenring sein", sagt er knapp, als ich eintrete. Ich nicke bestätigend und nehme meinen gewohnten Platz auf dem Sofa nahe der Tür ein, wobei ich meinen Stift schreibbereit in der Hand halte. Der Kommandant räuspert sich und steht auf. „Schreiben Sie bitte folgende Eingabe an den Gouverneur ..." Ich notiere die wenigen Sätze, die er mir diktiert. Während er redet, geht er im Zimmer auf und ab und fährt sich dabei immer wieder auf eine Weise durch sein kurz geschnittenes Haar, die auf mich wirkt, als hätte er es bis vor einer Weile noch länger getragen.

Mitten im Satz verstummt er abrupt und dreht sich um. Er sieht aus dem Fenster und wirkt abgelenkt, ja sogar verärgert. Sekundenlang frage ich mich, ob ich etwas verkehrt gemacht habe. Dabei muss ich an die Passierscheine denken. Es ist völlig unmöglich, dass er von meiner Absicht weiß, und trotzdem ... Schließlich ertrage ich es nicht länger. „Herr Kommandant, stimmt etwas nicht?"

Er dreht sich zu mir um und sieht mich so verwirrt an, als hätte er mich völlig vergessen. Er zögert kurz. „Entschuldigen Sie, aber ich musste an ein Telegramm denken, das ich heute Morgen aus Berlin erhalten habe."

Zumindest ist er nicht meinetwegen so aufgewühlt, was ich mit Erleichterung zur Kenntnis nehme. Aber das Telegramm aus Berlin ... es könnte für den Widerstand wichtige Informationen enthalten. „Schlechte Neuigkeiten?", frage ich, ohne zu interessiert zu klingen.

„Das weiß ich noch nicht. Man will, dass ich ..." Wieder verstummt er mitten im Satz. Vermutlich ist ihm noch rechtzeitig bewusst geworden, dass er über diese Angelegenheit nicht mit mir sprechen darf. „Es ist nichts, worüber Sie sich Gedanken machen müssten." Er kehrt zurück an seinen Schreibtisch und setzt sich. „Befassen wir uns wieder mit der Eingabe."

Wenig später ist das Diktat fertig, und ich sehe auf. „Wäre das alles?"

„Ja." Er hält einen Stoß Papiere hoch. „Wenn Sie die hier mitnehmen könnten …"

Ich gehe zu ihm, aus dem Augenwinkel fällt mir das gerahmte Foto auf seinem Schreibtisch auf. Es zeigt den Kommandanten und eine jüngere, dunkelhaarige Frau. Wer sie wohl ist? Als ich mich ihm nähere, fallen mir seine Augen auf, die jetzt mehr blau als grau zu sein scheinen. Meine Knie zittern. Ich greife nach den Papieren, unsere Hände berühren sich dabei kurz – so wie auf der Abendgesellschaft.

Als ich die Papiere habe, mache ich einen Satz nach hinten. Ich spüre, dass meine Ohren förmlich glühen. „D-danke, Herr Kommandant", bringe ich heraus und will zur Tür gehen.

„Anna, warten Sie …"

Ich drehe mich zu ihm um. „Ja?"

Ich kann ihm ansehen, dass er versucht, den roten Faden in seinem Gedankengang wieder aufzugreifen. „Haben Sie sich hier gut eingelebt?", will er von mir wissen. Seine Frage kommt so überraschend, dass mir zuerst gar keine Erwiderung einfallen will. „Ich meine, bekommen Sie von Malgorzata und den anderen alles, was Sie benötigen, um Ihre Arbeit zu erledigen?"

„O ja, Herr Kommandant. Jeder hier ist sehr hilfsbereit."

„Gut. Und die Anfahrt zum Büro?"

Ratlos lege ich den Kopf schräg.

„Ich will damit sagen: Ist der Weg nicht zu weit und mühselig für Sie? Ich möchte nicht, dass das der Fall ist. Ich könnte meinen Fahrer …" Er sieht mich hilflos an, seine Stimme wird leiser, der Satz bleibt unvollendet. Auf einmal wird mir bewusst, dass er in meiner Gegenwart nervös ist.

„An der Fahrt hierher habe ich nichts auszusetzen, Herr Kommandant", erwidere ich betont sachlich, während mein Herz wie wild schlägt.

141

„Gut", sagt er wieder. Unsere Blicke lösen sich noch immer nicht voneinander, obwohl das Gespräch beendet ist. Bis auf das Ticken der Standuhr ist kein Geräusch zu hören.

Plötzlich dringt von der Tür her ein leises Kratzen an mein Ohr, vor Schreck wirbele ich herum. Oberst Diedrichsen steht in der Türöffnung, eine Aktentasche in der Hand. „Herr Kommandant, die Besprechung …", beginnt er.

„Ja, natürlich." Der Kommandant räuspert sich, steht auf und geht wortlos an mir vorbei, um dem Oberst aus dem Büro zu folgen.

Als ich allein bin, begebe ich mich in mein Vorzimmer zurück. Noch immer zittern meine Hände leicht, so wie nach jeder Begegnung mit dem Kommandanten. Doch seine Reaktion … es ist das erste Mal, seit ich für ihn arbeite, dass er um Worte verlegen ist. Ich frage mich, ob … *Du hast keine Zeit für solche Gedanken,* ermahne ich mich. *Reiß dich zusammen!* Ich höre tiefe Stimmen und schwere Schritte im Korridor. Es handelt sich um weitere Offiziere, die auf dem Weg zur gleichen Besprechung sind wie der Kommandant. Als die Unruhe sich gelegt hat und mehrere Minuten verstrichen sind, verlasse ich mein Büro und gehe mit Notizblock und einem kleinen Stoß Papiere in der Hand in den Empfangsbereich.

„Malgorzata, ich muss ein paar Dinge im Haus erledigen." Ich versuche, meine Stimme so wie immer klingen zu lassen.

„Ich kann behilflich se…", bietet sie sich sofort an, doch ich hebe meine Hand, um sie zu stoppen.

„Danke, aber das ist nicht nötig." Dabei verfalle ich in den bestimmenden Tonfall, der bei ihr die beste Wirkung erzielt. Als ich ihre bestürzte Miene sehe, rede ich etwas sanfter weiter: „Es ist bloß so, dass ich den ganzen Tag in diesem Zimmer verbringe, da tut es mir gut, wenn ich mir zwischendurch auch mal die Beine vertreten kann." Sie zuckt beiläufig

142

mit den Schultern und widmet sich wieder ihrer Arbeit.

Oberst Kirchs Büro befindet sich auf der gleichen Etage wie meines, liegt aber im hinteren Teil der Burg. Ich gehe durch den langen Korridor und nicke den Leuten zu, die mir entgegenkommen. Als ich mich dem Büro nähere, bekomme ich einen Schreck: Seine Sekretärin sitzt noch an ihrem Platz. Aleks Information muss falsch sein. Oder die Frau hat sich entschlossen, diese Woche nicht zum Friseur zu gehen. Ich bemühe mich, nicht in Panik zu geraten, und gehe an dem Büro vorbei. Im Flur überlege ich, was ich nun machen soll, und entscheide mich für einen zweiten Anlauf. Als ich in entgegengesetzter Richtung abermals das Büro passiere, macht die Sekretärin noch immer keine Anstalten, ihren Platz zu verlassen. Länger will ich mich nicht in diesem Korridor aufhalten, da ich fürchte, jemand könnte auf mich aufmerksam werden. Also beschließe ich, erst meine eigentliche Besorgung zu erledigen – ich hielt es für das Beste, meine Mission mit einer tatsächlichen Erledigung zu verbinden, falls jemand auf die Idee kommen sollte, nach meinem Verbleib zu fragen. So begebe ich mich nun ein Stockwerk tiefer in die Materialverwaltung und bitte den Mann hinter dem Schreibtisch, dass der Papiervorrat im Büro des Kommandanten aufgefüllt wird. Falls er sich wundert, warum ich dafür persönlich vorbeikomme, lässt er sich das zumindest nicht anmerken. Vielmehr nimmt er den ausgefüllten Bestellbogen entgegen und sagt weiter nichts. Das ist das Eigenartige bei den Deutschen, überlege ich auf meinem Rückweg. Hitler könnte persönlich vorbeikommen, um sich einen Radiergummi zu holen, und niemand würde sich daran stören, solange er das richtige Formular vorlegt.

Ich gehe die Treppe wieder hinauf und biege nach links ab, um zu Kirchs Büro zu gelangen. Als ich näher komme, sehe ich mich unauffällig um, damit ich Gewissheit habe, dass mich niemand beobachtet.

Die Sekretärin ist weg, wie ich feststelle, als ich einen Blick durch die Glasscheibe in der Tür werfe. Jetzt kann ich nur hoffen, dass sie ihren Friseurtermin wahrnimmt und nicht schon nach kurzer Zeit zurückkehrt. Ich öffne die Tür und trete ein. Mit einer Hand taste ich die Unterseite des Schreibtischs ab, und wie von Alek beschrieben, ist dort mit Klebeband ein Schlüssel festgemacht worden. Da ich fürchte, jemand könnte mich durch die Glasscheibe sehen, nehme ich den Schlüssel schnell an mich, öffne die Tür zu Kirchs Büro und ziehe mich in den Raum zurück.

Dort sehe ich mich in aller Eile um. Kirch steht in der Rangordnung weit unter dem Kommandanten, und das zeigt sich auch an seinem Büro. Er verfügt nicht über ein zusätzliches Vorzimmer, und der Raum ist höchstens ein Drittel so groß wie der des Kommandanten. Die Fenster bieten keinen atemberaubenden Ausblick. Ein großer Metalltresor nimmt die ganze rechte Ecke des Büros für sich ein. Ich gehe hin und sage im Flüsterton die auswendig gelernte Zahlenfolge auf: 74-39-19. Vor dem Tresor knie ich mich hin, dann drehe ich mit zitternden Händen das Kombinationsschloss nach rechts, nach links und wieder nach rechts. Gebannt halte ich den Atem an und ziehe. Nichts geschieht. Kalter Schweiß tritt mir auf die Stirn. Die Kombination muss geändert worden sein, ich kann den Tresor nicht öffnen. Versuch es noch einmal, fordert mich eine ruhige Stimme auf, die nicht meine eigene sein kann. Langsam drehe ich das Schloss noch einmal und achte peinlich genau darauf, dass die richtige Zahl eingestellt ist. *Bitte*, schicke ich ein Stoßgebet zum Himmel, und ziehe. Diesmal geht die Tür auf.

Im Tresor liegen drei Stapel mit Blanko-Passierscheinen. Jeweils aus der Mitte des Stapels ein paar nehmen, hat Alek gesagt. Ich nehme den ersten Stapel an mich und ziehe zwei Scheine heraus. Gerade will ich den Stapel zurücklegen, da höre ich ein Geräusch aus dem Korridor. Ich zucke zusam-

144

men, stoße mit dem Arm gegen die Tresortür, und im nächsten Moment rutschen mir die Scheine aus der Hand. Mir stockt der Atem, als ich sehe, wie sie sich vor mir auf dem Boden verteilen. Hastig sammele ich sie auf und versuche mit zitternden Händen, sie in die Reihenfolge ihrer Nummerierung zu bringen. Aber das dauert zu lange, denn jeden Augenblick könnte die Sekretärin zurückkommen. Die letzten noch auf dem Boden liegenden Scheine packe ich kurzentschlossen unter den Stapel und kann nur hoffen, dass niemand etwas bemerken wird. Ich sehe zu den beiden anderen Stapeln, bei denen ich mich auch aus der Mitte bedienen sollte. Aber ich nehme jeweils nur den obersten Schein. Das muss genügen.

Leise schließe ich den Tresor und drehe das Kombinationsschloss zurück in die ursprüngliche Position. Ich stehe auf und will zur Tür gehen, doch auf halber Strecke halte ich inne. In meiner Eile hätte ich fast vergessen, meinen eigenen Dienstausweis wieder an mich zu nehmen, der auf dem Aktenschrank liegt. Ebenso gut könnte ich eine Visitenkarte hinterlassen, damit jeder weiß, dass ich hier war.

Ich laufe zurück, wobei ich fast noch ins Stolpern gerate, nehme meinen Ausweis an mich und sehe mich aufmerksam um, ob ich möglicherweise noch etwas vergessen habe, das mich verraten könnte. Aber mir fällt nichts auf, also begebe ich mich ins Nebenzimmer, wo ich den Schlüssel wieder unter den Schreibtisch klebe. Dann verlasse ich das Büro und atme tief durch.

Malgorzata sieht nur flüchtig auf, als ich ins Empfangszimmer des Kommandanten zurückkehre. „Haben Sie alles erledigt?"

„Ja, danke." Ich gehe an ihr vorbei und bemühe mich, mir meine Nervosität nicht anmerken zu lassen. Zurück in meinem Büro verstecke ich die Passierscheine in einer Zeitung, die in meiner Tasche liegt. Manchmal werden die Mitarbei-

145

ter der Wawelburg beim Verlassen des Gebäudes durchsucht. Mir ist das noch nicht widerfahren, was vermutlich mit meiner Position zu tun hat. Dennoch will ich kein unnötiges Risiko eingehen. Für den Rest des Tages ist es mir einfach nicht möglich, mich auf meine Arbeit zu konzentrieren. Die Zeiger der Uhr über meinem Schreibtisch scheinen stillzustehen. Als es dann endlich fünf Uhr ist, bin ich froh, gehen zu können. Auch nachdem ich die Wachen passiert habe, versuche ich mich ganz normal zu verhalten.

Meine Absicht war es, die Passierscheine so schnell wie möglich weiterzugeben, doch am nächsten Tag beginnt es zu regnen. Bis dahin war der Sommer so trocken gewesen, dass man fast von einer Dürre sprechen konnte. Das Gras auf der Blonia, dem weitläufigen Feld gleich vor der Stadt, ist so ausgetrocknet und zum Teil sogar verbrannt, dass die Bauern ihre Pferde dort nicht länger grasen lassen können. Der Pegelstand der Wisła ist so tief gesunken, dass Schiffe nicht mehr fahren dürfen, da sie auf Grund laufen könnten. Die Deutschen haben das Wasser rationiert, doch die Einwohner von Kraków, die wohl mehr Angst vor Hunger als vor Inhaftierung haben, bewässern ihre Gärten heimlich in der Nacht, damit das so dringend benötigte Gemüse nicht verdorrt.

An dem Tag, an dem ich die Scheine übergeben will, scheint es, dass der Himmel den Anblick des vom Krieg verwüsteten Polen nicht länger erträgt und seinen Tränen freien Lauf lässt. Der Regen prasselt nur so auf das Land herab. Es regnet auch am nächsten und am übernächsten Tag, bis sich in den Straßen der Morast zu türmen beginnt und die Kanalisation die Wassermengen nicht mehr fassen kann. Dreckiges Abwasser wird auf die Straßen gespült, meine Fahrt zur Arbeit und zurück entwickelt sich zu einer wahren Mühsal. Kein Schirm und kein Regenmantel können die Nässe fernhalten, und so komme ich sowohl im Büro als auch zu Hause jedes Mal bis auf die Haut durchnässt an. An meinen Schuhen klebt zentimeterdick Schlamm. Solche Verhältnisse machen natürlich ein Treffen mit Alek in einem Straßencafé unmöglich. Ich wage es nicht, die Passierscheine jeden Tag mitzunehmen, daher verstecke ich sie unter meiner Matratze. Jede Nacht liege ich wach und bin mir dieser Papiere nur allzu gut bewusst.

Als ich an einem Tag meine durchnässten Strümpfe in der Toilette nahe meinem Büro auswringe und das schlechte Wetter bestimmt schon zum hundertsten Mal verfluche, überkommt mich auf einmal ein erdrückendes Schamgefühl. Ich verbringe jeden Tag in einem bequemen Büro, nachts liege ich in einem warmen Bett. Und wo ist Jakub? Ich stelle mir vor, wie er in diesem Sturm irgendwo im Wald schläft, ohne ein Dach über dem Kopf.

Nach fast zwei Wochen lässt der Regen schließlich nach, und die Sonne kommt wieder durch. „Das Wetter ist umgeschlagen", sagt Krysia am Dienstagmorgen, ohne von der Schüssel aufzublicken, in der sie Kartoffeln stampft. „Heute Nachmittag wird gutes Wetter für das Café."

Ich schlucke den Bissen Brot herunter, auf dem ich herumgekaut habe. „Ja", gebe ich nur zurück. Seit meiner letzten Begegnung mit Alek habe ich mit Krysia nicht mehr über meine Mission gesprochen.

Sie stellt die Schüssel zur Seite und verlässt wortlos die Küche, trägt aber noch ihre Schürze. Minuten später kehrt sie zurück. „Kannst du nach der Arbeit etwas für mich erledigen?", fragt sie mich.

„Natürlich", antworte ich sofort, ohne nachzufragen, um was es denn geht. Krysia bittet mich so selten um einen Gefallen, da ist es eine Selbstverständlichkeit, etwas für sie zu erledigen.

„Gut. Hier." Sie greift in die Tasche ihrer Schürze und holt ein kleines, in Stoff gewickeltes Päckchen heraus. Ich nehme es entgegen und wundere mich, wie schwer es in meiner Hand liegt. Meine Finger ertasten Münzen, und dem Gewicht nach zu urteilen, dürften sie aus echtem Silber sein. „Gib das Alek", sagt sie. „Sag ihm, er soll davon etwas Nützliches kaufen." Verblüfft nicke ich. Ich wusste, dass Krysia mit der Widerstandsbewegung zu tun hat, mir war allerdings nicht klar, dass sie auch an deren Finanzierung beteiligt ist. Eigentlich sollte mich das gar nicht überraschen.

Der Tag im Büro scheint unendlich langsam zu vergehen, während ich dem Treffen mit Alek entgegenfiebere. Dann ist es schließlich fünf Uhr, und ich mache mich auf den Weg zum Marktplatz. Die Passierscheine und die Münzen sind in meiner Tasche versteckt. Ich versuche, ganz natürlich zu gehen, denn wenn man mich erwischt, bin ich so gut wie tot.

Als ich den Marktplatz überquere und mich dem Café nähere, warten nur Alek und Marek auf mich. Marta ist nicht bei ihnen, und ich überlege, ob sie mir wohl wegen unseres Gesprächs über Jakub aus dem Weg geht. Vielleicht, überlege ich mit einem Anflug von Eifersucht, ist sie ja auch mit ihm zusammen auf irgendeiner Mission. „Die hätten wir vor Tagen nötig gehabt", herrscht Marek mich an und reißt mir die Tasche aus der Hand, noch bevor ich mich hingesetzt habe. Ich sehe, wie Alek über meine Schulter schaut. Er ist besorgt, Mareks schroffe Reaktion könnte andere auf uns aufmerksam gemacht haben.

Ich reagiere verblüfft auf seine Grobheit. „Der Regen war ja wohl kaum meine Schuld", entgegne ich und nehme Platz.

„Natürlich nicht. Du hast das großartig gemacht." Aleks tiefe Stimme wirkt beruhigend. „Es ist nur so, dass es eine *akcja* gab, und wir hatten gehofft, zuvor noch einige Leute mit diesen Papieren herauszuholen."

„Eine *akcja*", wiederhole ich im Flüsterton. Eine Aktion. Als ich noch im Ghetto war, hörte ich Gerüchte aus anderen Städten. Die Deutschen würden das Ghetto stürmen und allen Bewohnern befehlen, ihre Wohnungen zu verlassen und sich auf den Straßen zu versammeln. Hunderte von Juden würden willkürlich ausgewählt, abgeführt und in ein Arbeitslager gebracht. Wer sich der Deportation widersetzt, den erschießt man auf der Stelle. „Ich habe davon im Büro des Kommandanten nichts mitbekommen."

„Das ist kein Wunder", erwidert Alek. „Solche Dinge werden über das Staatssekretariat am Außenring abgewickelt. Die wenigen Papiere, die an den Kommandanten geschickt wurden, waren höchstwahrscheinlich als vertraulich gekennzeichnet."

„Oh."

„Wenn du das nächste Mal in Kirchs Büro gehst …", beginnt Marek, aber Alek unterbricht ihn, da er meine nachdenkliche Miene bemerkt.

„Was macht dir Sorgen?", fragt er mich.

Ich zögere einen Moment lang. „Alek, bitte, meine Eltern sind noch im Ghetto." Mir kommt der Gedanke, dass das nach der Aktion vielleicht gar nicht mehr der Fall ist. „Könnt ihr nicht etwas für sie tun?"

Alek atmet tief durch, ehe er antwortet. „Du musst verstehen …"

„Wir alle hatten Eltern", wirft Marek mitleidlos ein. Ich erinnere mich, gehört zu haben, dass sein Vater zu Beginn des Krieges in Nowy Sacz erschossen wurde.

Alek nimmt meine Hand. „Emma", sagt er mit sanfter Stimme. *Emma*. Mein wahrer Name erscheint mir längst so fremd. „Die Situation im Ghetto hat sich sehr verändert, seit du dort gewesen bist. Alle Lücken in den Mauern sind geschlossen worden, und alles wird schwer bewacht. Heraus kommt man nur mit einem Transitschein, einer Arbeitskarte oder einem Botenausweis. Darum war es so wichtig, dass du uns diese Blanko-Passierscheine besorgst."

149

„Können meine Eltern nicht zwei von diesen Scheinen bekommen?", will ich wissen und staune über meine Kühnheit.

„Es ist so", erklärt Alek widerstrebend. „Nachdem du aus dem Ghetto gebracht wurdest, bat mich Jakub, von Zeit zu Zeit nach deinen Eltern zu sehen. Ich habe … nun, Emma, deine Mutter ist krank."

„Krank?" Vor Schreck werde ich lauter. „Was ist denn mit ihr?"

„Schhht", macht er. „Sie hat eine von diesen Krankheiten, die sich im Ghetto in Windeseile verbreiten. Ich weiß nicht, ob es Typhus ist." Ich muss an Martas Mutter denken. „Oder eine schwere Grippe. Aber sie hat hohes Fieber, das einfach nicht sinken will. Außerdem ist sie bettlägerig. Darum können wir ihr keine Arbeitskarte ausstellen. Selbst wenn sie gehen könnte, wirkt sie nicht kräftig genug, um als Arbeiterin eingesetzt zu werden. Die Nazis würden den Trick sofort durchschauen, und dann würde sie ein noch viel schlimmeres Schicksal erwarten."

Ich antworte nicht, da ich überlege, ob ich um Hilfe für meinen Vater bitten soll, doch ich weiß, er würde niemals ohne meine Mutter das Ghetto verlassen. „Dann sollte ich zu ihnen zurückkehren", sage ich laut.

„Zurück?", platzt Marek so laut heraus, dass das Paar am Tisch hinter uns zu uns herübersieht. Erst als sie sich wieder ihrem Gespräch widmen, redet er weiter, nun deutlich leiser, doch immer noch voller Wut. „Hast du irgendeine Vorstellung davon, wie schrecklich es da zugeht? Und wie schwierig es war, dich überhaupt erst rauszuholen?"

„Es ist unmöglich", stimmt Alek ihm zu. Niedergeschlagen sinke ich auf meinem Platz zusammen.

„Und wenn sich ihr Zustand bessert?", hake ich nach.

„Wenn es ihr wieder besser geht, werden wir tun, was wir können. Das ist das einzige Versprechen, das ich dir geben kann. Im Ghetto herrschen verheerende Verhältnisse, und es wird von Tag zu Tag schlimmer. Darum ist unsere Arbeit so extrem wichtig, und darum musst du weiterhin tun, worum wir dich bitten. Nur so kann all unseren Familien geholfen werden. Verstehst du das?" Ich ziehe meine Hand zurück und schweige. „Nächste Woche um die gleiche Zeit?"

Ich nicke nur und stehe auf. Er hat kein Wort über Jakub gesagt, und dabei würde ich so gern wissen, ob er in Sicherheit ist und ob es irgendeine Nachricht von ihm gibt. Doch ich sehe den beiden an, dass sie nichts weiter sagen werden. Das Gespräch ist beendet, ich kann gehen. „Ja", antworte ich schließlich.

„Gut." Alek erhebt sich und bleibt stehen, bis ich gegangen bin.

Als ich die gegenüberliegende Seite des Marktplatzes erreiche, kann ich meine Tränen nicht länger zurückhalten. Ich denke an Mama und sehe wieder vor mir, wie sie und mein Vater in der Nacht schlafend im Bett lagen, als ich aus dem Ghetto entkam. Ich hätte sie niemals verlassen dürfen. Jetzt ist meine Mutter krank, und meine Eltern könnten jede Minute deportiert werden. Ich kann nichts für sie tun, und der Widerstand will ihnen nicht helfen. Welchen Sinn haben diese Spionagespiele, wenn wir nicht einmal unseren eigenen Familien helfen können? Zum ersten Mal zweifle ich an denen, in die ich so großes Vertrauen gesetzt habe: Alek, Krysia und sogar Jakub.

Einen Moment lang denke ich an den Kommandanten, stelle mir seine Augen vor und die nette Art, wie er mich ansieht. Vielleicht kann er mir helfen … Das ist ja lächerlich, ermahne ich mich. Dieser Mann ist ein Nazi. Wenn er ahnt, dass ich auch nur einen Tropfen jüdisches Blut in meinen Adern habe, dann wird sich seine Zuneigung in Abscheu verwandeln. Im nächsten Augenblick werde ich tot sein, genauso wie meine ganze Familie und jeder, der mir geholfen hat. Alle Menschen, die ich liebe.

Mit dem Handrücken wische ich meine Tränen weg und schäme mich, dass ich auch nur eine Sekunde lang vergessen habe, wer der Kommandant ist.

Durch die Gartenpforte stürme ich auf Krysias Grundstück. Sie ist mit Łukasz dabei, Unkraut zu jäten. Beim Blick in meine geröteten Augen legt sie ihren kleinen Spaten zur Seite, nimmt den Jungen auf den Arm und führt mich ins Haus. „Was ist los?", fragt sie, als sie die Tür hinter mir schließt. Während wir nach oben gehen, erzähle ich ihr von meiner Unterhaltung mit Alek und von der Erkrankung meiner Mutter. „Oh, du Ärmste", sagt sie und schließt mich in ihre Arme, um mich sanft zu wiegen. Łukasz ist zwischen uns eingezwängt und schaut fragend hin und her.

„Alek sagt, sie können nichts tun", füge ich hinzu.

„Ich bin mir sicher, dass er helfen würde, wenn es nur möglich wäre", antwortet sie ruhig. So wie Marta vertraut auch Krysia bedingungslos den Mitgliedern des Widerstands und ihren Entscheidungen. Sie bringt mich zum Sofa. „Du musst es einmal von seiner Seite aus betrachten. Für den Widerstand gestalten sich die Dinge sehr schwierig, und Alek und die anderen müssen das Wohl von tausenden Menschen abwägen. Sie können nicht alles aufs Spiel setzen, um eine einzelne Person zu retten."

Ich denke an Martas Mutter. Marta ist schon viel länger für den Widerstand tätig, aber als ihre Mutter krank wurde, hat man ihr nicht geholfen. „Ich hätte sie nie verlassen sollen", schluchze ich.

„Ist das dein Ernst?" Krysia hebt mein Kinn an. „Emma, hör mir zu. Das ist nicht deine Schuld. Du konntest nicht verhindern, dass deine Mutter krank wird. Wärst du dort gewesen, hättest du dich vielleicht auch noch angesteckt." Ich erwidere nichts, und sie fügt hinzu: „Ich werde sehen, was ich tun kann." Überrascht sehe ich sie an. Was sie tun kann?

152

Wenn Alek mit seinen Kontakten, mit seinen Verbindungen ins Ghetto meinen Eltern nicht helfen kann, was will dann Krysia ausrichten?

Einige Tage später kommt sie abends zu mir, als ich Łukasz bade, und bleibt in der Tür zum Badezimmer stehen. „Pankiewicz ist ein alter Freund von mir", erklärt sie. Ich halte inne. Fast hätte ich den mutigen Apotheker vergessen, der kein Jude ist, aber trotzdem beschlossen hat, seine Apotheke in Podgorze weiter zu betreiben und den Menschen zu helfen. „Er hat heute Morgen nach deiner Mutter gesehen. Sie ist sehr krank, und seine Medikamentenvorräte sind nur noch spärlich. Aber er wird wieder nach ihr sehen und sich nach Kräften um sie kümmern."

„Oh, ich danke dir so sehr!" Ich schlinge meine Arme um ihren Hals. „Danke, danke!" Pankiewicz kann vielleicht nicht viel bewirken, aber wenigstens gibt es jemanden, der helfen will.

„*Dank!*", versucht Łukasz meine Worte nachzusprechen, gleichzeitig tobt er ausgelassen herum und genießt sichtlich die übermütige Stimmung. Krysia und ich lösen uns voneinander, drehen uns zu dem Jungen um und können es kaum fassen. Seit man Łukasz herbrachte, ist dies das erste Mal, dass er ein Wort gesagt hat.

Zwanzig Minuten später trockne ich den Jungen ab, der immer noch vor sich hin plappert. Es ist ein nicht enden wollender Schwall aus sinnlosen Worten und Silben, die sich über Monate hinweg in ihm angestaut haben müssen. Während ich ihm den Schlafanzug anziehe, muss ich wieder an meine Mutter denken. Meine Hoffnung beginnt zu schwinden, und ein unangenehmes Gefühl nagt hartnäckig an mir. Krysias Nachforschungen und Pankiewicz's Fürsorge sind wohlmeinend, aber sie sind nichts angesichts der Hungers, der Krankheiten und der Verzweiflung, denen meine Eltern ausgesetzt sind – ganz zu schweigen davon, dass jederzeit eine weitere Aktion

153

durchgeführt werden könnte. Ich verbanne diese Gedanken aus meinem Kopf. Wem das Wasser bis zum Hals steht, der greift nach jedem Strohhalm – und versucht zu ignorieren, dass dieser Strohhalm in Wahrheit viel zu dünn ist, um in der starken Strömung Halt zu bieten.

10. KAPITEL

Wenige Tage nachdem mir Krysia von Pankiewicz erzählt hat, stehe ich in einer Ecke des Vorzimmers und lege Unterlagen in den Aktenschrank. Mein selbst entwickeltes Ordnungssystem funktioniert gut, aber ich muss darauf achten, mindestens einmal pro Woche die Ablage zu erledigen, sonst gerate ich ins Hintertreffen. Ich mache eine kurze Pause, um mir den Schweiß von der Stirn zu wischen. Es ist Mitte Juli und ziemlich warm, und das, obwohl es noch nicht einmal zehn Uhr am Morgen ist und beide Fenster geöffnet sind.

Plötzlich kommt der Kommandant aus dem Empfangsbereich in mein Zimmer geeilt, dicht gefolgt von Malgorzata. „In mein Büro bitte", sagt er im Vorbeigehen, ohne mich anzusehen. Überrascht bleibe ich ein paar Sekunden lang stehen. Unsere tägliche Besprechung ist bereits zwei Stunden her, und bislang hat er mich noch nie so schnell wieder zu sich gebeten – ganz zu schweigen davon, dass er Malgorzata noch nie dazugeholt hat. Irgendetwas stimmt nicht. Prompt läuft mir ein eisiger Schauder über den Rücken, und plötzlich fallen mir die Passierscheine ein. Sicher hat jemand festgestellt, dass einige von ihnen fehlen. Vielleicht hat Malgorzata den Kommandanten wissen lassen, dass ich mich an dem Tag, an dem die Scheine verschwanden, eigenartig verhielt. Oder eine der Sekretärinnen hat beobachtet, wie ich mich vor Kirchs Büro aufhielt. Mir wird schwindlig, und ich muss mich am Aktenschrank festhalten.

„Anna ...?" Ich zucke erschrocken zusammen und drehe mich um. Oberst Diedrichsen ist ins Vorzimmer gekommen und sieht mich von der Tür zum Büro des Kommandanten aus abwartend an.

„Ja, ich komme", erwidere ich. Als ich nach meinem Notizblock greife, muss ich mich zwingen, meine Hände ruhig zu halten. Oberst Diedrichsen betritt hinter mir das Büro.

„Setzen Sie sich", sagt der Kommandant. Aus dem Augenwinkel betrachte ich sein Gesicht und suche nach einem Hinweis, nach einem wütenden oder anklagenden Ausdruck, doch er sieht nicht in meine Richtung und ich kann nichts erkennen. Diedrichsen setzt sich steif in einen Sessel, ich nehme neben Malgorzata auf dem Sofa Platz. Noch während ich mich setze, versuche ich mir krampfhaft eine Antwort für den Fall zurechtzulegen, dass ich auf die Passierscheine angesprochen werde. Welchen Grund könnte ich gehabt haben, mich an jenem Morgen vor Kirchs Büro aufzuhalten? Dann räuspert sich der Kommandant und verkündet: „Wir erwarten offiziellen Besuch aus Berlin."

Dann geht es gar nicht um die Scheine? Unendliche Erleichterung erfasst mich.

„Herr Kommandant?" Oberst Diedrichsen klingt erschrocken. Zum ersten Mal höre ich eine Gefühlsregung in seiner Stimme. „Eine Delegation?" Auch ich bin überrascht. Zwar erinnere ich mich, dass Ludwig auf der Abendgesellschaft bei Krysia von einer Delegation sprach, doch seit ich hier arbeite, ist davon nicht wieder die Rede gewesen.

„Ja, es wurde erst gestern entschieden. Drei sehr hochrangige Offiziere der SS werden am Donnerstag hier eintreffen." Der Kommandant nimmt einige Papiere von seinem Schreibtisch und verteilt sie an uns. „Das ist in drei Tagen, und bis dahin ist noch viel zu tun. Natürlich wird der Gouverneur mit der Delegation zusammentreffen, aber alle Arrangements müssen von diesem Büro aus getroffen werden. Oberst Diedrichsen wird sich um den offiziellen Terminablauf kümmern. Anna, Sie werden ihm assistieren und dafür sorgen, dass hier im Büro alles reibungslos läuft." Auch wenn ich mir nicht sicher bin, was genau er eigentlich von mir erwartet, nicke ich. „Malgorzata, Sie kümmern sich darum, dass das Büro in tadellosem Zustand ist."

„Ja, Herr Kommandant!", gibt sie zurück und hebt stolz

das Kinn, als müsse sie irgendwelche Staatsgeheimnisse hüten.

„Gut, das wäre für den Moment alles." Oberst Diedrichsen steht auf und geht zur Tür, Malgorzata und ich folgen ihm. „Anna, Sie bleiben bitte noch hier." Der Kommandant winkt mich zu seinem Schreibtisch, sagt jedoch kein Wort, bis die anderen den Raum verlassen haben.

„Ja, Herr Kommandant?" Da ich ihm nun näher bin, bemerke ich sein fahles Gesicht und die müden Augen.

„Ich muss Ihnen nicht erklären, wie wichtig dieser Besuch für mich und für uns alle ist." Ich nicke verstehend, frage mich allerdings, warum er mir das erzählt. „Alles muss absolut reibungslos verlaufen. Ich zähle auf Sie."

„Auf mich?" Meine Überraschung kann ich nicht verbergen.

„Ja. Sie sind sehr tüchtig, und Sie haben einen Blick für Details. Achten Sie darauf, dass Oberst Diedrichsen und die anderen nichts vergessen. Wenn Sie das Gefühl haben, etwas wurde übersehen oder falsch erledigt, lassen Sie es mich sofort wissen. Verstehen Sie?"

„Ja, Herr Kommandant."

„Gut." Er lässt den Kopf sinken und legt die Finger an die Schläfen.

„Fühlen Sie sich nicht wohl?"

„Es sind nur Kopfschmerzen", erwidert er, ohne mich anzusehen. „Damit hatte ich schon immer zu tun, aber in letzter Zeit sind sie schlimmer geworden."

„Soll ich Ihnen ein Mittel bringen?", schlage ich vor, doch er verneint.

„Für diese Kopfschmerzen benötige ich etwas Stärkeres. Mein Arzt hat mir ein Medikament verschrieben."

„Gut. Brauchen Sie irgendetwas anderes?"

„Nicht im Augenblick", antwortet er und hebt den Kopf ein wenig, um mich anzuschauen. „Danke, Anna. Ich fühle mich bereits besser, wenn ich weiß, dass Sie hier sind."

Ich entgegne darauf nichts und verlasse schnell sein Büro.

Die nächsten Tage sind ein einziger Wirbel aus hektischen Aktivitäten. Die Nachricht von dem bevorstehenden Besuch spricht sich in Windeseile herum. Die Putzfrauen in der Wawelburg arbeiten rund um die Uhr, damit die Marmortreppen glänzen und die unzähligen Fenster sauber blitzen. Die Hakenkreuzfahnen in den Gängen werden abgenommen, gebügelt und wieder aufgehängt. Malgorzata scheint dem Reinigungspersonal nicht zu vertrauen und kümmert sich lieber selbst darum, unsere Büros auf Hochglanz zu bringen. Eineinhalb Tage lang sehe ich ihr zu, wie sie auf Knien den Fußboden schrubbt.

Meine eigene Rolle bei alledem ist recht eingeschränkt. Am Tag nach unserer Besprechung helfe ich Oberst Diedrichsen, indem ich die letzte Fassung des Terminplans auf der Maschine abtippe, wobei er mich darauf hinweist, dass das Ganze streng vertraulich zu behandeln ist. Die aus den drei SS-Offizieren und ihren Adjutanten bestehende Delegation wird für eine Nacht hierbleiben und die Arbeitslager Plaszow und Auschwitz sowie das Ghetto besuchen. Als ich den letzten Teil lese, schaudert mir. Ich weiß, das Ghetto ist groß und die Chancen sind äußerst gering, dass diese Delegation meine Eltern sehen wird, dennoch ... ich verdränge den Gedanken mit aller Macht und konzentriere mich auf meine Arbeit. Am Freitag lädt der Kommandant mich ein, einer Besprechung mit ihm und dem Oberst beizuwohnen. Als jedes noch so kleine Detail durchgesprochen ist, erklärt der Kommandant, dass wir fertig sind.

Am Abend dreht sich mir der Magen um, sobald ich an den Besuch denke. „Ich wünschte, ich könnte mich morgen krankmelden", vertraue ich Krysia nach dem Abendessen an, während ich den Tisch abräume. „So nervös war ich seit meinem ersten Arbeitstag nicht mehr."

„Du schaffst das schon", versichert sie mir. Sie sitzt noch

am Tisch und versucht, Łukasz zu füttern. „Du hast jeden Tag mit diesen Leuten zu tun."

Ich schüttele den Kopf. „Die hier sind anders." Das sind SS-Leute aus Berlin, die mich bestimmt durchschauen werden.

Doch sie reicht mir unbeeindruckt einen Teller an und fährt fort: „Wenn sie so von sich eingenommen sind wie alle Männer, werden sie dich vermutlich nicht einmal bemerken." Als ich sie ansehe, stelle ich fest, dass sie mich angrinst.

„Krysia!", rufe ich überrascht aus. Unwillkürlich muss ich kichern. Ihre Feststellung ist amüsant und zutreffend zugleich. Vom Kommandanten abgesehen scheinen junge Frauen wie ich für mächtige Männer unsichtbar zu sein, egal ob sie Nazis oder Professoren sind. Plötzlich müssen wir beide von Herzen lachen. Ursache dafür ist nicht nur ihr Kommentar, sondern auch die Tatsache, dass die gesamte Situation so völlig lächerlich ist. Dazu kommt die über Monate hinweg angestaute Angst vor Entdeckung, die sich jetzt in einem lauten Gelächter entlädt. Łukasz sieht uns verwundert an, weil er uns noch nie so erlebt hat, und es dauert nicht lange, da stimmt er in das Lachen ein und schlägt begeistert mit seinem Löffel auf die Tischplatte. Das Essen fliegt umher, doch dieser Anblick lässt uns nur noch lauter lachen. Später liege ich im Bett und stelle fest, dass mein Hals vom Gelächter ganz rau geworden ist. Er ist es nicht mehr gewöhnt, solche Laute zu produzieren.

Am nächsten Tag mache ich mich eine halbe Stunde früher auf den Weg zur Arbeit. Der Kommandant, Oberst Diedrichsen und Malgorzata sind bereits im Büro, als ich dort eintreffe. Sie sind so in ihre Vorbereitungen vertieft, als würden sie die Delegation nicht erst am Nachmittag, sondern jeden Augenblick erwarten. An diesem Tag lassen wir die Mittagspause ausfallen. Selbst der sonst so ruhige und gefasste Kommandant begibt sich immer wieder von seinem Büro in den Empfangsbereich und zurück. Zum ersten Mal

159

scheint er mich nicht wahrzunehmen. Genau um viertel vor zwei klingelt Malgorzatas Telefon. Förmlich beugt sie sich über ihren Schreibtisch, um den Hörer aufzunehmen. „Herr Kommandant, sie sind hier!", ruft sie dann.

„So früh ...", höre ich ihn murmeln, als sei das ein böses Omen. „An Ihre Schreibtische, meine Damen." Er zieht seine Jacke gerade. „Herr Oberst, Sie kommen mit mir." Als die Männer das Büro verlassen, sehe ich zu Malgorzata hinüber. Sie sitzt absolut gerade auf ihrem Stuhl und streicht sich das Haar glatt. Ihr Gesicht ist vor Begeisterung gerötet. Nie habe ich sie mehr verabscheut als in diesem Moment.

Ich kehre in mein Vorzimmer zurück und schließe die Tür, dann setze ich mich an meinen Schreibtisch und nehme eine Haltung ein, die ich für angemessen professionell halte, indem ich zu Block und Stift greife. Einige Minuten darauf sind aus dem Korridor schwere Schritte und tiefe Stimmen zu hören, dann wird die Tür zum Empfangsbereich geöffnet. Die Stimmen werden lauter. Ich ermahne mich, ruhig durchzuatmen und mich ganz natürlich zu verhalten. Schließlich geht die Tür zum Vorzimmer auf, der Kommandant kommt herein, ihm folgen sieben Männer. Obwohl ich den Kopf gesenkt halte und mich auf meine Arbeit konzentriere, erkenne ich, dass die drei hochdekorierten Männer in den schwarzen Uniformen gleich hinter dem Kommandanten die SS-Leute sind. Bei den drei jüngeren Männern, die ihnen folgen, handelt es sich offensichtlich um ihre Adjutanten.

Keiner der Männer ist so hochgewachsen oder so beeindruckend wie der Kommandant. Krysia hatte recht. Die Delegation geht an meinem Schreibtisch vorbei, ohne mich eines Blickes zu würdigen. Wenn sich weiterhin niemand für mich interessiert, kann ich diesen Tag wohl doch noch überstehen.

Den Schluss der Gruppe bildet Oberst Diedrichsen. Als er an der Tür zum Büro des Kommandanten angelangt ist, dreht er sich zu mir um. „Anna, bringen Sie uns acht Tassen Kaffee. Schnell!"

Innerlich zucke ich zusammen. Ich hatte nicht damit gerechnet, Getränke servieren zu müssen. Ich überlege, ob ich diese Aufgabe Malgorzata übertragen soll, doch ich weiß, es wäre dem Kommandanten lieber, wenn ich mich selbst darum kümmere. „Ja, Herr Oberst", erwidere ich, stehe auf und begebe mich in die kleine Küche ein Stück weiter den Flur entlang. Wenige Minuten später komme ich zurück ins Empfangszimmer und balanciere ein Tablett mit einer Kaffeekanne und acht Tassen darauf. Malgorzata hält mir die Tür zum Vorzimmer auf, ohne dass ich sie erst darum bitten muss. An der Art, wie sie mir durch mein Büro folgt, erkenne ich, dass sie darauf hofft, auch in das Büro des Kommandanten mitkommen zu dürfen. „Danke, Malgorzata", flüstere ich mit Nachdruck, als sie mir auch die nächste Tür aufhält. Geschlagen macht sie kehrt.

Meine Hoffnung ist, das Tablett einfach auf dem flachen Tisch abstellen zu können und mich wieder zurückzuziehen, doch so wie sich die Delegation im Zimmer verteilt hat, bleibt mir nichts anderes übrig, als jeden der Männer einzeln zu bedienen. Zunächst gehe ich zum gegenüberliegenden Ende des Raums, wo der Kommandant und zwei SS-Offiziere am Konferenztisch zusammensitzen und eine große Landkarte studieren. Mit gesenktem Blick stelle ich das Tablett ab und gieße den Kaffee ein. Mit einem Mal beginnen meine Hände zu zittern. Heißer Kaffee läuft über den Rand der Tasse und verbrüht meine Finger. Ich mache einen Satz und stelle die Tasse mit einem lauten Scheppern auf den Unterteller. Einer der Offiziere wirft mir einen verärgerten Blick zu.

„Anna", sagt der Kommandant leise. Ich rechne damit, Zorn aus seiner Stimme herauszuhören, doch das ist nicht der Fall. Unsere Blicke begegnen sich, und ich bemerke in seinen Augen Sorge um mich, aber auch noch etwas anderes, das ich nicht zu deuten vermag. Mir stockt der Atem, dann höre ich: „Danke." Ich nicke, kann jedoch meinen Blick nicht von seinem lösen.

„Kommandant Richwalder …", vernehme ich eine Männerstimme und sehe nach rechts. Einen Moment lang hatte ich vergessen, wo wir uns befinden und dass wir nicht allein sind. Die Offiziere am Konferenztisch sehen uns an, und der Mann, der sich eben noch über mein Ungeschick geärgert hat, blickt verwundert drein. Ich merke, dass er es nicht gewohnt ist, einen Mann wie den Kommandanten einen so sanften Tonfall anschlagen zu hören. Noch mehr aber verwundert ihn die Art, wie mich der Kommandant ansieht.

„Danke, Anna", wiederholt er. „Das wäre dann alles." Er räuspert sich und ordnet die Papiere vor sich auf dem Tisch neu, ehe er sich wieder den Männern widmet. „Wenn Sie dann Seite drei aufschlagen wollen …"

Darauf bedacht, nicht noch einmal Kaffee zu verschütten, bringe ich das Tablett zum Schreibtisch, wo das dritte Mitglied der Delegation sitzt und telefoniert. Der Mann sieht mich nicht an, sondern ist in sein Gespräch vertieft. Mir fällt auf, dass der Bilderrahmen mit dem Foto verschwunden ist. Zügig bringe ich Diedrichsen und den anderen, die auf der Sitzgruppe Platz genommen haben, ihren Kaffee. Bei diesen jüngeren Männern spüre ich deutlich, wie sie mich eingehend mustern, während ich die Tassen auf den Tisch stelle. Mein Gesicht beginnt zu glühen, und nachdem ich mich aufgerichtet habe, entkomme ich ins Vorzimmer.

Zitternd kehre ich an meinen Schreibtisch zurück. Mein Herz klopft wie wild, aber ich sage mir, dass das Treffen bald vorüber sein wird. Die Delegation soll nur für kurze Zeit im Büro bleiben, und wenn sie gegangen ist, wird sie nicht hierher zurückkommen. Zwanzig Minuten später werden die Stimmen im Nebenraum lauter, dann geht die Tür auf. Der Kommandant selbst führt abermals die Gruppe an und geht wortlos an mir vorbei, ohne mich eines Blicks zu würdigen. Ich frage mich, ob er wütend auf mich ist, weil ich den Kaffee verschüttet habe. Doch an der nächsten Tür angekommen, dreht er sich zu mir um und sagt: „Ich werde Sie anrufen." Ich nicke bestätigend. Gestern hat er mich wissen lassen, dass ich heute nicht um die übliche Zeit Feierabend machen kann, sondern warten muss, falls die Delegation noch etwas benötigt. Er hat versprochen, mir Bescheid zu geben, wenn die SS-Leute sich zur Nachtruhe begeben, damit ich nach Hause gehen kann.

Nachdem auch die Tür des Empfangszimmers hinter der Delegation ins Schloss gefallen ist, atme ich befreit auf. Sie sind weg. Ein paar Minuten später nehme ich das Tablett und gehe nach nebenan, um die benutzten Kaffeetassen einzusammeln. Ich könnte das dem Reinigungspersonal oder sogar Malgorzata überlassen, doch ich will herausfinden, ob die Delegation womöglich Papiere zurückgelassen hat. Der Schreibtisch und der Tisch bei der Sitzgruppe sind bis auf die Tassen leergeräumt, nicht aber der Konferenztisch. Dort liegt nach wie vor die Karte ausgebreitet, über der der Kommandant und die anderen saßen, als ich den Kaffee servierte. Ich mäßige meine Begeisterung, während ich mich dem Tisch nähere. Es ist nur eine Landkarte. Wäre darauf etwas Wichtiges zu entdecken, hätten sie sie nicht liegen lassen.

Ich werfe einen Blick über die Schulter, um Gewissheit zu haben, dass Malgorzata mir nicht gefolgt ist. Dann gehe ich langsam weiter, halte das Tablett in der einen und eine leere Tasse in der anderen Hand. Für jeden, der unerwartet eintritt, sieht das so aus, als würde ich lediglich aufräumen. Ich schaue genauer hin und erkenne, dass es sich um eine auf Deutsch beschriftete Karte von Kraków handelt. Mehrere Gebäude sind rot eingekreist: die Wawelburg, die Verwaltung am Außenring, Kazimierz, das Ghetto. Rote Pfeile führen von Kazimierz zum Ghetto. Vermutlich die Orte, die sie

163

besucht haben, denke ich und will weiter aufräumen. Doch als ich nach der letzten Tasse greife, stutze ich. Die Pfeile zeigen gar nicht auf das Ghetto, sondern verlaufen hindurch und enden erst beim Arbeitslager Plaszow. Das Ghetto ist mit Bleistift durchgekreuzt. Vor Schreck erstarre ich, meine Nackenhaare sträuben sich. Warum ist das Ghetto durchgekreuzt? Was bedeutet das? Eine weitere *akcja*? Sollen alle Bewohner des Ghettos nach Plaszow deportiert werden? Hör auf damit, ermahne ich mich und spüre, wie sich mein Magen umzudrehen beginnt. Du weißt gar nichts, also beruhige dich. Ich nehme mir vor, Alek davon zu erzählen, wenn ich ihn am Dienstag treffe.

Nachdem ich das Tablett in die Küche gebracht habe, kehre ich in mein Büro zurück. Der Rest des Tages verläuft ereignislos. Einmal gehe ich zur Toilette, ansonsten entferne ich mich nicht von meinem Schreibtisch, da der Kommandant anrufen könnte. Als es fünf Uhr wird, schaut Malgorzata herein. „Ich kann auch noch bleiben, wenn Sie möchten", bietet sie mir an.

Aber ich schüttele den Kopf. Ich weiß nur zu gut, dass sie bleiben will, weil sie hofft, von mir etwas über die Delegation zu erfahren. Ehrlich gesagt freue ich mich nicht darauf, ganz allein im Büro zu bleiben, aber das ist mir immer noch lieber, als von Malgorzata ausgehorcht zu werden. „Nein, danke. Es gibt nichts, was erledigt werden müsste." Als sie geht, höre ich auf dem Korridor die anderen Sekretärinnen reden, die ebenfalls Feierabend machen. Zunächst bin ich damit beschäftigt, das Ablagesystem zu vervollständigen, mit dem ich zu Beginn der Woche angefangen habe, und das Adressregister des Kommandanten auf einen aktuellen Stand zu bringen. Das einzige Geräusch kommt vom Ticken der Standuhr. Als ich mit meiner Arbeit fertig bin, stehen die Zeiger gerade einmal auf viertel vor sieben. Die Delegation bekommt in diesem Augenblick bestenfalls den ersten Gang im Wierzynek serviert, dem vornehmen polnischen Restaurant, das ich Diedrichsen empfohlen habe. Es könnte durchaus sein, dass ich noch etliche Stunden hier ausharren muss. Schließlich hole ich mein Essen aus der Tasche: kalter Eintopf vom Vortag und ein großes Stück Brot. Mein Blick schweift durch das leere, stille Büro, und ich muss seufzen, als ich mir vorstelle, wie Krysia und Łukasz ohne mich zu Abend essen. Ich überlege, ob sich der Kleine anstellen wird, weil ich nicht zu Hause bin.

Eine weitere Stunde vergeht ereignislos, und noch immer hat der Kommandant nicht angerufen. Ich beginne mich zu fragen, ob er mich womöglich vergessen hat. Als ich es nicht länger aushalte, stürme ich aus dem Zimmer zur Toilette. Auf dem Rückweg höre ich beim Betreten des Empfangsbereichs, dass mein Telefon klingelt. Da es der Kommandant sein könnte, renne ich ins Vorzimmer und reiße den Hörer vom Apparat. „*Tak?*", melde ich mich außer Atem und vergesse dabei völlig, Deutsch zu sprechen.

Es ist nicht der Kommandant, sondern Oberst Diedrichsen. „Ist er da?", fragt er ungeduldig.

„Wer?"

„Natürlich der Kommandant." Er klingt aufgebracht. „Er sagte, er muss noch einmal zurück ins Büro, und hat mich gebeten, die Delegation zum Hotel zu bringen."

„Ich glaube nicht …", beginne ich, aber dann bemerke ich unter der Tür zum Nebenzimmer einen schwachen Lichtschein. „Oh, doch, er ist hier. Er muss hereingekommen sein, während ich kurz meinen Platz verlassen habe. Wollen Sie ihn sprechen?"

„Nein, ich wollte nur hören, ob er wohlbehalten angekommen ist." Diedrichsens Stimme klingt eigenartig. „Sein Wagen wird unten auf ihn warten, wenn er fertig ist."

„Ich werde es ihm ausrichten, sobald ich ihn sehe." Ich lege auf und sehe zur Tür. Soll ich anklopfen und fragen, ob er etwas braucht? Ich durchquere das Vorzimmer, bleibe dann jedoch stehen. Nein, sage ich mir und mache kehrt, ich werde erst noch eine Weile warten.

Als ich zu meinem Schreibtisch zurückgehe, bemerke ich mein Spiegelbild im Fenster und streiche mein leicht zerzaustes Haar glatt. Nachdem ich Platz genommen habe, sehe ich voller Unbehagen zur Tür. Es ist nicht die Art des Kommandanten, sich noch am Abend im Büro aufzuhalten. Wieso ist er zurückgekommen? Zehn Minuten verstreichen, dann zwanzig. Aus dem Nebenzimmer vernehme ich keinen Laut. Ist er vielleicht eingeschlafen?

Schließlich gehe ich zur Tür und klopfe zaghaft an. Er reagiert nicht. Vorsichtig öffne ich die Tür einen Spalt und entdecke den Kommandanten, wie er vor der Karte von Kraków steht. Er hat mir den Rücken zugewandt, der Kopf ist zur rechten Schulter geneigt, während er die Karte betrachtet.

„Herr Kommandant?" Er scheint mich nicht zu hören. „Brauchen Sie etwas?", frage ich nach einer längeren Pause. Ein wenig wacklig auf den Beinen dreht er sich zu mir um, und mir wird klar, dass er getrunken haben muss. Meine Vermutung bestätigt sich, als ich zu ihm gehe und mir eine nach Weinbrand und Schweiß riechende Wolke entgegenschlägt. Mich überrascht das, weil mir der Kommandant bislang immer als ein durch und durch disziplinierter Mann vorgekommen ist. Noch nie habe ich gesehen, dass er von dem Weinbrand aus der Glaskaraffe auf seinem Schreibtisch getrunken hat.

„Herr Kommandant", wiederhole ich behutsam, aber er reagiert weiterhin nicht. Ich zeige auf eine mir fremde Aktenmappe, die er krampfhaft festhält. „Ist das für mich?", frage ich.

Er schüttelt ungewöhnlich langsam den Kopf und legt die Mappe in die oberste Schreibtischschublade. Ich nehme mir vor, bei nächster Gelegenheit einen Blick in diese Unterlagen zu werfen. „Haben Sie Arbeit für mich, die ich morgen früh erledigen kann, während Sie mit der Delegation unterwegs sind?" Als ich näher komme, fallen mir die winzigen Bartstoppeln auf, die Wangen- und Kinnpartie überziehen. Er sieht merkwürdig zerzaust aus, und in seinen Augen bemerke ich einen fremdartigen Ausdruck, der mir noch nie an ihm aufgefallen ist.

Nun starrt er aus dem Fenster in den düsteren Himmel hinaus. „Ich war heute in Auschwitz", sagt er plötzlich. Auschwitz. Das Wort genügt, um mich frösteln zu lassen. Bereits vor der Zeit im Ghetto hatten wir Gerüchte über das Lager gehört. Ursprünglich war von einem Arbeitslager für politische Gefangene die Rede gewesen. Während meiner letzten Monate im Ghetto hatten diese Geschichten aber eine immer grausamere Wendung genommen. Angeblich war das Lager voller Juden, die dort jedoch nicht arbeiteten, sondern in Scharen starben. Seit ich bei Krysia bin, habe ich nichts weiter darüber gehört. In der Wawelburg spricht niemand davon. Auschwitz. Jetzt verstehe ich, warum der Kommandant getrunken hat.

Ich weiß nicht so recht, was ich entgegnen soll. „Ja?", erwidere ich schließlich und bemühe mich um einen interessierten Tonfall, der ihn vielleicht zum Weiterreden veranlasst. Vielleicht erfahre ich etwas, das ich an Alek weitergeben kann. Aber minutenlang schweigt er.

„Ja", antwortet er schließlich. „Ich hätte nicht gedacht …" Er muss diesen Satz nicht zu Ende führen, ich verstehe auch so, was er meint. Der Kommandant sieht sich als einen guten Menschen, als einen Mann der Kunst und Kultur. In seiner verqueren Denkweise ist der Dienst am Reich eine ehrbare, erhabene Angelegenheit, und etwaige Unannehmlichkeiten sind notwenige Begleiterscheinungen, die man tolerieren kann. Er hat sich in der Wawelburg einquartiert, hier herrscht er aus sicherer Distanz. Von seiner Warte aus ist das

Ghetto nichts weiter als ein Viertel, in dem die Juden leben. Und Plaszow ein Arbeitslager. Ich bin mir sicher, seine Zeit in Sachsenhausen rechtfertigt er damit, dass es ein Gefängnis für Kriminelle ist, die ein solches Leben verdient haben. Er hat den Hunger, die Krankheiten und das Elend nicht gesehen. Bis heute. Was er in Auschwitz erlebt hat, hat ihn ganz offenbar erschüttert.

„Es wird nicht schön gewesen sein, nehme ich an." Ich wünschte, ich könnte seine Gedanken lesen und herausfinden, was er gesehen hat. So gern ich es auch tun würde, ich kann nicht mehr wie im Ghetto die Augen verschließen. Diesmal muss ich so viel wie möglich mitbekommen, weil es um meine Familie und den Widerstand geht. Doch der Kommandant scheint nichts mehr sagen zu wollen.

„Herr Kommandant", spreche ich ihn wieder an, nachdem er minutenlang aus dem Fenster gestarrt hat. Fragend sieht er mich an, so als hätte er vergessen, warum ich hier bin. „Sie sehen müde aus", stelle ich fest, woraufhin er schwach nickt und sich mit einem Arm auf die Rückenlehne seines Bürostuhls aufstützt. „Kommen Sie, ich bringe Sie zu Ihrem Wagen." Ich gehe zum Sofa und hole seine Jacke. Er hält einfach nur die Arme ausgestreckt, damit ich ihm die Jacke anziehen kann, so wie ich es bei Łukasz tue. Durch den Stoff spüre ich die von ihm ausgehende Wärme. „Kommen Sie", wiederhole ich und führe ihn aus dem Büro. Im Flur angekommen, drückt er ein wenig die Schultern durch und schafft es, einigermaßen zielstrebig die Treppe hinunter und nach draußen zu gehen.

Unten wartet sein Fahrer Stanislaw bereits mit der Limousine auf ihn, an deren Kotflügel Standarten mit der Hakenkreuzfahne befestigt sind. *„Dobry wieczór"*, begrüßt er uns in seiner tiefen Baritonstimme, als wir uns der offen stehenden hinteren Tür nähern.

Der Kommandant beugt sich leicht schwankend vor, um

168

einzusteigen, und verfehlt mit seinem Kopf den Türrahmen nur um wenige Zentimeter. Ohne darüber nachzudenken, lege ich meine Hand sanft an seinen Rücken und helfe ihm in den Wagen. Er fällt auf seinen Sitz, wobei sein Gewicht an meinem ausgestreckten Arm zieht und ich die Balance verliere. Ich stolpere ins Wageninnere und lande auf dem Kommandanten. Sofort setze ich mich auf, während ich einen roten Kopf bekomme.

„Nun, ich mache mich dann besser auf den Weg", sage ich, aber da hat Stanislaw die Tür bereits zugeworfen. „Warten Sie …", protestiere ich, doch der Kommandant kann mir jetzt auch nicht helfen, er hat die Augen geschlossen, der Kopf ist nach hinten weggekippt. „Na gut, ich werde Ihnen wohl auch noch helfen, nach Hause zu kommen", erkläre ich daraufhin. Als Antwort kommt nur ein lautes Schnarchen.

Auf dem Weg von der Burg zu seiner Wohnung nahe der Planty sehe ich mich im Wagen um. In meinem ganzen Leben habe ich nur selten in einem Automobil gesessen, und noch nie in einem so luxuriösen. Meine Finger streichen über die Ledersitze, und ich schaue nach draußen. Auf der Straße sind immer noch Menschen unterwegs, die letzte Besorgungen erledigen oder auf dem Weg nach Hause sind. Sobald wir mit der großen dunklen Limousine mit ihren Hakenkreuzstandarten vorbeifahren, bleiben die Leute stehen und sehen zu uns. Ich kann die Angst in ihren Augen erkennen.

Kurz darauf hält der Wagen vor einem eleganten Backsteingebäude. Stanislaw und ich helfen dem unverändert benommenen Kommandanten auszusteigen. Der Pförtner schließt uns das Tor auf und geht zur Seite, damit wir passieren können. Wir führen den Kommandanten eine Marmortreppe hinauf, dann schließt Stanislaw die Wohnungstür auf. Nachdem wir eingetreten sind, schafft der Kommandant es aus eigener Kraft bis zum Sofa, setzt sich hin und lässt den Kopf nach vorn sinken.

Mit hastigen Schritten zieht sich Stanislaw zurück, macht die Tür zu und lässt mich mit dem Kommandanten allein.

Die Wohnung nimmt eine ganze Etage in Anspruch und lässt in jeder Hinsicht erkennen, dass hier ein Mann lebt: Sie ist groß und wirkt irgendwie unpersönlich, wenige schwere Eichenmöbel und ein einzelnes Sofa mit kastanienbraunem Samtbezug stellen die gesamte Einrichtung dar. In der Luft steht der abgestandene Geruch von Zigarrenrauch und Weinbrand, so als wäre hier seit Jahren nicht gelüftet worden. Schwere dunkle Vorhänge verhindern, dass ich die sicherlich atemberaubende Aussicht auf die Stadt zu sehen bekomme.

Ich verlagere mein Gewicht auf den anderen Fuß und warte vergebens darauf, dass der Kommandant etwas sagt. „Es ist bereits spät, Herr Kommandant", spreche ich ihn schließlich an. „Wenn sonst nichts mehr ist …"

„Anna, warten Sie", murmelt er und hebt den Kopf ein wenig. „Gehen Sie nicht." Er bedeutet mir, näher zu kommen.

Widerstrebend gehe ich zum Sofa. „Ja? Was brauchen Sie?"

Er zögert. „Nichts. Ich will sagen, ich will nicht …" Er gerät ins Stocken. „Könnten Sie … könnten Sie noch bleiben?"

Überrascht wird mir klar, dass er nicht allein sein möchte. Ich setze mich ans andere Ende des Sofas. „Ein paar Minuten Zeit habe ich noch", erwidere ich.

„Danke." Er streckt einen Arm nach mir aus, und bevor ich reagieren kann, hat er meine linke Hand gepackt. „Geht es Ihnen gut?", fragt er und starrt auf meine Hand. „Sie haben sich am Kaffee verbrannt, nicht wahr?"

Einen Moment lang macht mich seine Frage sprachlos. „Es ist die andere Hand", entgegne ich schließlich und ziehe meine Linke zurück.

„Lassen Sie mich sehen", beharrt er, seine Stimme klingt jetzt klarer. Langsam hebe ich meinen rechten Arm, er zieht ihn zu sich und hält ihn fest im Griff, um sich meine Hand genau anzuschauen. In der Hektik des Tages hatte ich die

Verbrennung schon so gut wie vergessen, doch der Bereich um meinen Daumen ist gerötet, und es haben sich ein paar Brandblasen gebildet. „Warten Sie hier", weist er mich an.

Ich will protestieren, aber er verschwindet in die Küche, sodass ich allein in diesem riesigen Raum bin. Ich muss hier raus, geht es mir durch den Kopf. Dabei kämpfe ich gegen den dringenden Wunsch an, aus der Wohnung zu stürmen, solange der Kommandant nicht da ist. Ich zwinge mich zur Ruhe und sehe mich stattdessen noch einmal um. Im Zimmer gibt es außer einem gerahmten Foto auf dem Kaminsims keine persönlichen Gegenstände zu entdecken.

Meine Neugier ist größer als mein Unbehagen, und so stehe ich auf und gehe zum Kamin, um mir das Foto genauer anzusehen. Es ist das Porträt jener Frau, die ich auch auf dem Foto auf seinem Schreibtisch gesehen habe. Ihr wallendes pechschwarzes Haar, die hohen, geschwungenen Augenbrauen und ihre makellose Haut machen sie zu einer hübschen Frau.

„Hier", sagt der Kommandant, als er aus der Küche kommt. Erschrocken drehe ich mich um und sehe, dass er ein feuchtes Tuch, ein Gläschen Wundsalbe und einen Verband mitgebracht hat. „Setzen Sie sich." Widerstrebend lasse ich mich von ihm zurück zum Sofa führen, wo er meine Hand verarztet und schließlich verbindet. „Schon fertig." Noch immer hält er meinen Arm fest, unsere Blicke treffen sich.

„Danke", bringe ich heraus und ziehe den Arm zurück.

„Keine Ursache." Er strafft seine Schultern, wendet den Blick aber nicht ab. „Meine Assistentin kann doch keine Verletzung an ihrer Hand haben, die nicht versorgt wurde, oder?"

„Vermutlich nicht." Ich zwinge mich, woanders hinzuschauen, dann stehe ich auf und schlendere zurück zum Kamin. „Ein schönes Foto." Vorsichtig hebe ich den Rahmen hoch und betrachte das Bild.

„Margot", erwidert er im Flüsterton.

„Ihre Frau?", hake ich nach.

„Ja. Sie war meine Frau." Plötzlich steht er neben mir, nimmt mir den Rahmen aus der Hand und betrachtet das Foto so eingehend, als wolle er es mit seinen Blicken beschwören. Was wohl aus seiner Frau geworden ist? Ich sehe den Kommandanten an und hoffe, dass er noch etwas sagt, aber er starrt nur stumm auf das Foto. Fast könnte man meinen, er hätte mich vergessen. Ich merke, dass das die Gelegenheit ist, um aufzubrechen. Schnell gehe ich zur Tür und öffne sie. „Es ist spät, ich sollte mich auf den Weg machen." Den Blick weiter auf das Bild seiner Frau gerichtet, steht er da, ohne etwas zu erwidern. „Gute Nacht", sage ich, verlasse die Wohnung und eile die Treppe nach unten.

Auf der Straße wartet Stanislaw mit dem Wagen auf mich. Ich steige ein, und ohne eine Bemerkung fallen zu lassen, fährt er los. Er folgt der langen, gewundenen Straße, die zu Krysias Haus führt. Vermutlich kennt er den Weg, weil er den Kommandanten auch zu unserer Abendgesellschaft gefahren hat. Ich lasse den Kopf gegen die kühle Fensterscheibe sinken und sehe im Geist das Gesicht des Kommandanten vor mir. Heute Abend war es von einer Verzweiflung gezeichnet, wie ich sie noch nie bei ihm gesehen habe. Er wollte nicht, dass ich ihn allein lasse. Vielleicht, weil er betrunken war.

Plötzlich erinnere ich mich an jenen letzten Morgen in der Wohnung der Baus, als ich aufwachte und Jakub fort war. Es war das einzige Mal in meinem Leben, dass ich mich völlig allein fühlte, und es machte mir schreckliche Angst. Manche Menschen haben keine Schwierigkeiten damit, allein zu sein. Krysia zum Beispiel, die vor Łukasz' und meiner Ankunft auch niemanden hatte. Doch für den Kommandanten muss es schlimm sein, jede Nacht in dieser riesigen, leeren Wohnung zu verbringen, geplagt von den Erinnerungen an seine

Frau. Ich habe in der Burg Gerüchte gehört, dass er verheiratet gewesen ist, aber er selbst war nie darauf zu sprechen gekommen. Heute Abend allerdings hatte ich das Gefühl, er habe einen Geist gesehen. Vielleicht lag es am Alkohol, vielleicht auch an den Eindrücken des Tages.

Auschwitz. Wieder läuft mir ein Schauder über den Rücken. Ich muss Alek bei unserer nächsten Begegnung vom Besuch des Kommandanten in Auschwitz erzählen, außerdem von der Karte auf dem Konferenztisch. Es könnte von Bedeutung sein, wenn ich bedenke, wie leer Richwalders Augen mich angesehen haben. Ich fröstele, als wir an den Häusern und Bäumen vorbeifahren und die letzten Spuren des Sonnenuntergangs hinter uns lassen.

Krysia und Łukasz schlafen bereits, als ich nach Hause komme, daher schleiche ich auf Zehenspitzen nach oben und ziehe mich leise um. Obwohl mich die Ereignisse der letzten Stunden in Verwirrung gestürzt haben, bin ich von diesem Tag so erschöpft, dass ich sofort nach dem Zubettgehen einschlafe. Ich träume, ich befinde mich in einem Zug, der in Richtung der Berge rast. Ganz sicher ist Jakub auch in diesem Zug – wenn ich ihn doch nur finden könnte. Ich zwänge mich durch die überfüllten Abteile und suche nach ihm. Dann endlich fällt mir ein Mann auf, der mit seiner schlanken Statur und der gleichen Haarfarbe von hinten wie Jakub aussieht. Er ist mir ein paar Meter voraus, doch ich gehe schneller und schneller, bis ich sogar renne, um ihn einzuholen. Dann endlich bin ich nah genug bei ihm, um ihn an der Schulter zu fassen. „Jakub!", rufe ich, während er sich umdreht, doch in dem Moment erstarre ich mitten in der Bewegung. Das ist nicht das Gesicht meines Mannes, sondern das … des Kommandanten.

„Oh!", rufe ich laut und sitze aufrecht und außer Atem im Bett. Meine Gedanken überschlagen sich. Monatelang bin ich in meinen Träumen Jakub nachgejagt, was einen Sinn ergab, weil er mein Mann ist. Aber das …? Ich verstehe das nicht. Doch ich ermahne mich, dass es nur ein Traum gewesen ist. Ich stehe im Büro unter großem Druck, und durch die sonderbare Unterhaltung mit dem Kommandanten bin ich aufgewühlt. Nur deshalb träume ich so etwas.

Ich lege mich wieder hin und ziehe die Decke bis zum Kinn, bin aber von meinen Erklärungen nicht so recht überzeugt. Ein beunruhigender Gedanke schleicht sich in meinen Kopf: Vielleicht bedeutet dieser Traum etwas ganz anderes. Nein. In der Dunkelheit liege ich da und schüttele den Kopf. Er bedeutet nichts anderes, so etwas wäre völlig unmöglich. Ich zwinge mich, an Jakub zu denken, bis ich irgendwann wieder einschlafe.

Als ich am nächsten Morgen ins Büro komme, ist der Kommandant nicht da. Laut Terminplan wird er sich mit der Delegation im Hotel treffen und sie dann zum Ghetto und nach Plaszow begleiten. Gegen Mittag machen sich die SS-Leute auf den Weg zurück nach Berlin. Da ich nicht wie am Vorabend wieder dadurch auffallen will, dass ich nicht an meinem Platz sitze, verbringe ich die Mittagspause an meinem Schreibtisch. Genau um viertel nach zwölf geht die Tür auf, der Kommandant kommt herein. „Anna, kommen Sie bitte mit", sagt er knapp, während er sein Büro betritt.

Ich folge ihm nach nebenan, wo er sich den Stapel Papiere vornimmt, den ich ihm hingelegt habe. Ich stehe nicht weit von ihm entfernt und mustere sein Gesicht. Ob er etwas über den gestrigen Abend verlauten lassen wird? Falls ihm seine Trunkenheit peinlich sein sollte, lässt er sich davon zumindest nichts anmerken. Vielleicht kann er sich nicht einmal daran erinnern. Von den dunklen Augenringen abgesehen, wirkt er so wie immer. Er blickt von den Papieren auf. „Ich reise morgen nach Berlin."

„Morgen? Nach Berlin?", wiederhole ich überrascht.

„Ja. Es gibt da einige Dinge, um die ich mich persönlich kümmern muss." Er gibt mir verschiedene Unterlagen. „Mein Reiseplan."

Er durchquert das Büro und gibt mir ein Zeichen, ihm zu folgen. Ich setze mich aufs Sofa und erwarte, dass er so wie üblich vor mir auf und ab geht, aber zu meinem großen Erstaunen setzt er sich neben mich. Sein Geruch steigt mir in die Nase. „Wie Sie sehen, hat Oberst Diedrichsen meine Reiseplanung schon erledigt", fährt er fort, doch ich kann ihn kaum hören, so laut ist das Rauschen in meinen Ohren. Die unerwartete Abreise des Kommandanten und seine körperliche Nähe sind eine Kombination, die mich schwindlig werden lässt.

„Ich werde für zehn Tage weg sein", erklärt er und sieht mir in die Augen. Ich blinzele. „Anna, geht es Ihnen nicht gut? Sie sehen etwas blass aus."

„Ist eine solche Reise nicht zu gefährlich?", frage ich und staune über mich selbst. Meine Worte klingen, als hätte eine andere Frau sie gesprochen.

„Es ist relativ ungefährlich", erwidert er. „Es ändert aber ohnehin nichts daran, dass ich nach Berlin fahre. Ich muss an einer wichtigen Besprechung teilnehmen, und es würde mir nicht gut zu Gesicht stehen, wenn ich nur um meine eigene Sicherheit besorgt wäre." Ich nicke, ohne den Blick von ihm zu nehmen. „Nun gut, ich glaube, für den Moment war das alles."

Ich verstehe die Aufforderung, das Büro zu verlassen. Als ich aufstehe, merke ich, dass mein rechtes Bein eingeschlafen ist, und ich stolpere. Der Kommandant bekommt meinen Arm zu fassen und stützt mich. „Vorsicht", höre ich ihn mit sanfter Stimme sprechen. Abermals begegnen sich unsere Blicke.

„Ich … es tut mir leid", erwidere ich und ziehe die Schultern zurück. „Es ist nur …" Ich zögere, da ich nicht weiß, wie ich den Satz fortführen soll. Durch den Stoff meines Kleides

175

hindurch fühlt sich seine Hand warm an.

„Sie haben in letzter Zeit sehr schwer gearbeitet", sagt er. „Sie haben viele Stunden lang alles für den Besuch der Delegation vorbereitet."

„Ja, das muss es wohl sein." Ich bin dankbar für die Ausrede, die er mir liefert.

„Heute brauche ich Sie noch, aber wenn ich weg bin, sollten Sie einen Tag freinehmen."

„Danke, Herr Kommandant." Ich begebe mich rasch zur Tür, spüre jedoch seine Blicke in meinem Rücken. Als ich wieder an meinem Schreibtisch sitze, gehe ich die Papiere durch, die er mir mitgegeben hat. Seit Wochen nagt die eine Sache an mir, die Krysia schon auf der Abendgesellschaft aufgefallen ist: Kommandant Richwalder fühlt sich zu mir hingezogen. Aber nicht nur sein Verhalten macht mir Sorgen. Warum habe ich gefragt, ob die Reise gefährlich ist? Es ist Anna, die ihm Besorgnis vorgaukelt, sage ich mir, dennoch weiß ich, dass die Frage mir keineswegs nur aus Berechnung über die Lippen kam. Mein Traum in der letzten Nacht war schließlich auch keine Berechnung. Bestürzt sinke ich auf meinem Stuhl zurück. Es ist vielleicht ganz gut, wenn der Kommandant für ein paar Tage auf Reisen geht.

Der Rest des Tages geht schnell vorüber. Es wird fünf Uhr, der Kommandant hat sein Büro noch nicht verlassen. Nach einer weiteren Dreiviertelstunde überkommt mich ein Gefühl der Erschöpfung. Ich habe wirklich zu viel gearbeitet. Mir kommt es vor, als hätte ich Łukasz und Krysia seit einem Monat nicht mehr gesehen. Minuten später verlässt der Kommandant mit zwei Aktentaschen in der Hand sein Büro. Ich erhebe mich von meinem Platz.

Er stellt die Taschen ab. „Ich werde mich dann nun verabschieden, Anna."

Erst jetzt wird mir wirklich bewusst, dass der Kommandant Kraków verlässt. „Gute Reise", wünsche ich ihm, nach-

176

dem es mir gelungen ist, den Kloß in meinem Hals hinunterzuschlucken.

„Danke. Zögern Sie nicht, mir ein Telegramm zu schicken, wenn es etwas Wichtiges gibt oder wenn Sie irgendetwas brauchen." Dann macht er einen Schritt nach vorn, bis er nicht mal mehr einen halben Meter von mir entfernt ist, sodass ich mich frage, ob er mich umarmen will. Wir stehen da und sehen uns an, aber keiner spricht ein Wort. Was ist hier los? Was spielt sich zwischen uns ab? Es muss an all den Ereignissen der letzten Tage liegen, rede ich mir ein. Die Belastung durch den Besuch der Delegation. Die Tatsache, dass der Kommandant abreist. „Also …", sagt er nach sekundenlanger Stille.

„Passen Sie gut auf sich auf", erwidere ich und meine es tatsächlich ernst. Im selben Moment schäme ich mich schrecklich, dass ich einem Nazi nicht stattdessen den Tod wünsche.

Der Kommandant nickt und nimmt seine Aktentaschen auf, dann räuspert er sich lautstark. „Auf Wiedersehen, Anna." Einen Moment lang bleibt er noch vor mir stehen, erst dann verlässt er das Büro.

11. KAPITEL

Fünf Tage nach der Abreise des Kommandanten stehe ich in seinem Büro und ordne die zahlreichen Dokumente und Briefe, die sich während seiner Abwesenheit angesammelt haben. In wenigen Tagen wird er zurückerwartet, auch wenn ich mich frage, ob das schlechte Wetter ihn vielleicht aufhalten wird. Aus den eingegangenen Telegrammen weiß ich, dass man im Westen noch immer mit schweren Regenfällen zu kämpfen hat. Die Schienen sind überspült, und der militärische Nachschub der Deutschen verzögert sich. Munition, Lebensmittel und Medikamente können nicht transportiert werden, was das Vorrücken der Wehrmacht erschwert. Als ich das lese, freue ich mich insgeheim über das schlechte Wetter, das ich vor wenigen Wochen noch verflucht habe.

Durch die Abwesenheit des Kommandanten war es mir möglich, ein weiteres Mal in Kirchs Büro einzudringen. Als ich diese Passierscheine jedoch letzten Dienstag im Café am Marktplatz übergab, erklärte mir Alek, ich solle keine Scheine mehr mitgehen lassen und stattdessen auf neue Anweisungen warten. Natürlich werde ich mich daran halten, und ich bin auch erleichtert, nicht noch einen dieser nervenaufreibenden Ausflüge in ein fremdes Büro machen zu müssen. Allerdings fühle ich mich jetzt auch ein wenig verloren, denn diese Mission gab meiner Arbeit einen Sinn und sorgte zudem für ein bisschen Nervenkitzel. Da nun meine Aufgabe hinfällig geworden ist und der Kommandant vorerst nicht zurückkehrt, erscheinen mir die Tage im Büro lustlos. Ich habe Mühe, meine professionelle Einstellung zu wahren, damit niemandem hier eine Veränderung auffällt.

Während ich den Stapel Papiere auf dem Schreibtisch des Kommandanten zurechtrücke, fällt mein Blick auf das Bild, der ihn mit seiner Frau zeigt. Es steht wieder da, seit die Delegation aus Berlin abgereist ist. Auf dem Foto tragen beide leichte Sommerkleidung, und es sieht aus, als würden sie irgendwo am Meer Urlaub machen. Der Kommandant präsentiert sich mit einem ausgelassenen Gesichtsausdruck. Seine Frau hat die Haare nach hinten gekämmt und ein Kopftuch umgelegt, während sie ihn verliebt anlächelt. Für eine Deutsche hat sie auffallend dunkle Augen und einen überraschend kräftigen Teint. Ich frage mich einmal mehr, was mit ihr geschehen ist. Ich nehme den Bilderrahmen in die Hand, um den Staub abzuwischen, dabei betrachte ich die Fotografie eindringlich und suche nach einem Hinweis, der mir mehr über diese Frau verrät.

„*Dzień dobry,* Anna", höre ich plötzlich eine vertraute Stimme hinter mir sagen. Ich schrecke hoch und drehe mich hastig um. Der Bilderrahmen fällt mir aus der Hand und landet auf dem Teppich.

„Gu-guten Tag, Herr Kommandant", stammele ich, hebe in aller Eile den Rahmen auf und stelle ihn zurück auf den Schreibtisch. „Ich habe nur diese Papiere sortiert, damit bei Ihrer Rückkehr alles ordentlich ist."

Er lässt nicht erkennen, ob ihm aufgefallen ist, wie nervös ich bin. „Sehr gut. Jetzt bin ich ja wieder da." Irgendwie sieht er anders aus, was mir auffällt, als ich ihm Platz mache, damit er sich an seinen Schreibtisch setzen kann. Sein Haar wirkt grauer, die Falten rund um seine Augen kommen mir ausgeprägter vor. Vielleicht kommt das nur durch die Strapazen der Reise, überlege ich und erkenne an seinen Bartstoppeln, dass er sich am Morgen nicht rasiert hat.

„Wir hatten Sie erst am Freitag zurückerwartet", sage ich, während er Platz nimmt.

„Ich habe mich entschlossen, früher abzureisen. Aufgrund der Besprechungen, an denen ich teilgenommen habe, fällt jetzt viel Arbeit an. Viele Zugverbindungen wurden wegen der Regenfälle gestrichen, da wollte ich sichergehen, früh genug zurück zu sein."

„Auf jeden Fall ist es gut, dass Sie wieder da sind." Kaum habe ich diese Worte ausgesprochen, wird mir klar, *was* ich da eigentlich rede.

Der Kommandant sieht mich an. „Es ist auch gut, wieder hier zu sein", gibt er bedächtig zurück. „Mir fehlte ... nun ja, Berlin ist eine sehr anstrengende Stadt. In Kraków geht es viel ruhiger zu."

„Ja, das stimmt." Sekundenlang sehen wir uns an, ohne dass wir ein Wort wechseln, bis ich der betretenen Stille endlich ein Ende setze. „Möchten Sie den Terminplan jetzt mit mir durchgehen?"

Er schaut zur Standuhr, die halb vier zeigt. „Ich möchte mich erst mit dem aktuellen Stand der Dinge vertraut machen." An der Art, wie er sich auf die Unterlippe beißt, kann ich erkennen, dass er mit seinen Gedanken woanders ist. „Würde es Ihnen etwas ausmachen, heute länger zu bleiben? Wir könnten um fünf Uhr die Papiere durchgehen."

„Selbstverständlich." Ich ziehe mich ins Vorzimmer zurück, wo ich mit zitternden Händen am Schreibtisch Platz nehme. Die verfrühte und nicht angekündigte Rückkehr des Kommandanten hat mich völlig überrascht. Ich höre mich im Geiste wieder sagen: *Auf jeden Fall ist es gut, dass Sie wieder da sind.*

Warum habe ich das gesagt? Weil Anna es sagen würde. Aber ich habe den Satz nicht für Anna gesprochen, sondern nur geäußert, was mir spontan durch den Kopf ging. Die nächsten eineinhalb Stunden verbringe ich damit, mich wieder in den Griff zu bekommen, doch so oft ich auch versuche, mich auf meine Arbeit zu konzentrieren, sehe ich immer nur die Augen des Kommandanten vor mir.

Als die Glocken der Wawelkathedrale fünf Uhr läuten und ich merke, wie Malgorzata ihr Büro verlässt, greife ich nach einem weiteren Stapel Post für den Kommandanten. Ich gehe auf seine Tür zu, während ich durch die offenen Fenster die anderen Sekretärinnen auf ihren hohen Absätzen das Gelände verlassen höre.

Die Tür zu seinem Büro steht einen Spalt offen. Ich klopfe leise an und öffne sie etwas mehr. Das Grammofon läuft, klassische Musik erfüllt den großen Raum. Ich hatte erwartet, dass der Kommandant die Dokumente durchsieht, die ich ihm hingelegt habe, aber er sitzt auf seinem Bürostuhl vom Schreibtisch abgewandt und sieht in Richtung Podgorze aus dem Fenster. Ich habe mich schon gefragt, was er empfindet, wenn er nach draußen sieht. Hört er die verzweifelten Schreie der Juden im gleich gegenüberliegenden Ghetto? Oder ist er in Gedanken woanders, vielleicht bei seiner Frau?

Nachdem ich eine Weile gewartet habe, ohne von ihm bemerkt zu werden, räuspere ich mich schließlich. Er dreht sich um und sieht mich an, als wüsste er nicht, wer ich bin und was ich hier will. „Sie wollten mit mir ihren Terminplan durchgehen", erkläre ich.

Sein ratloser Gesichtsausdruck verschwindet. „O ja, natürlich. Kommen Sie rein." Ich nehme auf dem Sofa Platz, er kommt zu mir und setzt sich in den Sessel neben mir. Zunächst fasse ich zusammen, welches die wichtigsten Schreiben sind, die in seiner Abwesenheit eingetroffen sind. Dazu gehören Einladungen, Zeitungsausschnitte und andere Berichte. „In den Notizen vom Treffen letzten Dienstag am Außenring steht …" Auf einmal unterbreche ich meine Ausführungen und sehe hoch. Der Kommandant betrachtet mich eindringlich. „Stimmt etwas nicht, Herr Kommandant?"

„Nein, nein", wehrt er mit einem Kopfschütteln ab. „Fahren Sie bitte fort."

Ich sehe auf das Blatt vor mir, habe aber den Faden verloren. Besorgt bemerke ich, wie mir heiß wird. Ich räuspere mich. „Es gibt eine Anfrage, ob Sie nächsten Freitagabend am Direktorenbankett teilnehmen möchten", sage ich und mache damit einen Sprung ans Ende meiner Liste. „Allerdings gibt es da eine Überschneidung mit einer bereits akzeptierten Einladung zum Abendessen bei Bürgermeister Baran und seiner Frau." Wieder sehe ich auf, weil ich erwarte, dass er mich wissen lässt, welchen Termin er nun wahrnehmen wird, doch nach wie vor starrt er mich an, als hätte er kein Wort mitbekommen. „Herr Kommandant ..."

Er blinzelt verdutzt. „Was ist?"

„Die Überschneidung zwischen dem Bankett und der Einladung bei Bürgermeister Baran. Ich muss wissen, welchen Termin Sie wahrnehmen möchten."

„Oh." Seiner Reaktion nach zu urteilen scheint dies eine schwierige Entscheidung zu sein. „Was meinen Sie, was ich machen sollte?"

Verdutzt nehme ich zur Kenntnis, dass er mich nach meiner Meinung fragt. „Nun", entgegne ich bedächtig. „Ich halte das Bankett für wichtiger, auch wenn die Einladung des Bürgermeisters zuerst gekommen ist. Ich würde ihm ein Entschuldigungsschreiben schicken und vielleicht einen Blumenstrauß für die Frau Gemahlin."

„Hervorragende Idee", erwidert er, als hätte ich etwas unglaublich Intelligentes von mir gegeben. „Das werde ich machen."

„Ich werde alles Notwendige veranlassen", sage ich und stelle fest, dass ich unverändert das Objekt seiner gesamten Aufmerksamkeit bin. Mit einem Mal kommt es mir vor, als wäre es im Zimmer unerträglich schwül. „Gibt es sonst noch etwas?" Ich brenne darauf, endlich gehen zu dürfen.

Er schüttelt den Kopf. „Nein, das ist alles für heute. Vielen Dank, Anna." Der Kommandant wendet sich wieder dem Fenster zu. Ich sammele alle Papiere ein, die ich auf dem Tisch ausgebreitet habe, und stehe auf. In diesem Moment ertönt aus dem Grammofon eine neue Melodie. Es ist ein langsames, trauriges Stück, in dem ich eines der Lieblingsstücke meines Vaters wiedererkenne. Er spielte es immer dann, wenn er ein wenig melancholisch war. Ein- oder zweimal hörte ich ihn im Ghetto diese Melodie summen. Als ich nun aufmerksam zuhöre, scheint das Cello meine Seele zu berühren. Ich spüre, wie sich in meiner Kehle ein Kloß bildet.

Der Kommandant sieht auf. „Sie mögen die Musik?" Er klingt so überrascht wie an jenem Abend bei Krysia, als ich Schiller im Original zitierte.

„Ja." Meine Wangen beginnen zu glühen.

Er steht auf und ist nur wenige Zentimeter von mir entfernt. „Warten Sie, Anna." Er legt seine Hand auf meinen Unterarm, woraufhin mir ein Schauer über den Rücken läuft. „Ich …" Er hält inne, mit der freien Hand rückt er seinen Kragen zurecht. „Würden Sie mich nächsten Freitag ins Konzert begleiten? Ich habe Karten."

Verdutzt sehe ich ihn an. Der Kommandant hat mich soeben zu einem Rendezvous eingeladen. „D-das ist sehr nett von Ihnen", bringe ich heraus und versuche Zeit zu schinden, um mir eine Antwort zu überlegen.

„Dann sagen Sie, dass Sie mitkommen", drängt er behutsam. Unschlüssig stehe ich da. Ich kann doch nicht mit ihm ausgehen, ich bin eine verheiratete Frau. Aber Anna ist keine verheiratete Frau. Verzweifelt suche ich nach einer Ausrede, nach einem Grund, weshalb ich verhindert bin. „Wenn es Ihnen am Freitag nicht passt, dann können wir auch an einem anderen Abend gehen."

Er ist mein Vorgesetzter, seine Einladung kann ich nicht ausschlagen. Ich muss schlucken. „Nein, Herr Kommandant. Freitag passt mir gut."

„Dann sind wir uns also einig. Freitagabend. Ich hole Sie um sieben Uhr bei Ihrer Tante ab." Ich nicke und verlasse in aller Eile das Büro, während mir sein Blick bis zur Tür folgt.

Es gelingt mir, auf der Heimfahrt ruhig zu bleiben, doch

183

kaum habe ich das Gartentor erreicht, verliere ich die Fassung. Keuchend und mit hochrotem Kopf schleppe ich mich in den ersten Stock, wo Krysia auf dem zum Garten hin gelegenen Balkon sitzt. „Die Situation mit dem Kommandanten gerät außer Kontrolle!", explodiere ich.

Sie legt ihr Buch beiseite. „Was ist denn los?"

Als mir einfällt, dass Łukasz bereits schläft, werde ich leiser. „Er hat mich zu einem Rendezvous eingeladen."

Krysia zeigt auf einen Stuhl. „Setz dich zu mir und erzähl mir, was vorgefallen ist." Wie üblich klingt sie nicht so, als würde es sie überraschen, was ich zu berichten habe.

Ich lasse mich auf den Stuhl sinken und beginne mit meiner Schilderung. „Und dann sagte er, dass er Karten für die Philharmonie hat."

„Was höchst unwahrscheinlich ist, da er die ganze Woche außer Landes gewesen ist", stellt Krysia fest.

„Eben! Und wenn die Karten über Berlin hergekommen wären, hätte ich sie gesehen." Sie nickt, da sie die Bedeutung dessen versteht, was hier vorgeht.

„Georg Richwalder ist ein mächtiger Mann, zudem ein gut aussehender", hält mir Krysia vor Augen. „Anna Lipowski sollte sich geschmeichelt fühlen."

Ich denke über ihre Bemerkung nach. Natürlich hat sie recht. Wäre ich tatsächlich eine alleinstehende junge Polin, würde ich die Aufmerksamkeit des Kommandanten sicher genießen. „Aber ich bin verheiratet!", kontere ich, während mir die Tränen kommen.

„Ich weiß." Sie tätschelt meine Hand. „Du befindest dich in einer schwierigen Lage."

„Und ich bin eine Jüdin!" Zum ersten Mal seit Monaten habe ich dieses Wort ausgesprochen, und ich muss feststellen, dass es sich fremdartig anfühlt, es über die Lippen zu bringen.

„Vielleicht kannst du so den Juden helfen", sagt Krysia.

184

Ich sehe sie verständnislos an. „Du musst versuchen, in größeren Zusammenhängen zu denken. Wenn du näher an den Kommandanten herankommst, könnte das für den Widerstand von Nutzen sein. Vielleicht kannst du noch viel mehr helfen, als du es bislang schon getan hast."

Ich atme tief durch. „Aber Jakub ..."

„Jakub würde es verstehen", erwidert sie überzeugt. Ich weiß, sie hat recht. Er liebt mich, aber er selbst hat sich ganz der Bewegung verschrieben. Wenn mein Rendezvous mit einer Nazigröße dem Widerstand helfen könnte, würde er es mir nachsehen. Dennoch frage ich mich, ob ich bei vertauschten Rollen auch so verständnisvoll wäre.

„Ich weiß. Es ist nur so, dass ..." Ich halte inne, da ich mich für meine egoistischen Gedanken schäme.

„Dir fehlt Jakub", spricht sie aus, was ich nicht sagen will. An ihrem Tonfall erkenne ich, dass sie versteht, was in mir vorgeht. Krysia fehlt Marcin genauso, wie mir Jakub fehlt. Der Unterschied ist, dass ich Jakub wiedersehen werde. Ich weiß, das wird geschehen. An eine andere Möglichkeit darf ich gar nicht denken. Vor uns liegt das Versprechen einer gemeinsamen Zukunft.

„Es tut mir leid", entgegne ich schließlich. „Ich weiß, dir fehlt Marcin auch."

„Das ist schon in Ordnung." Krysias Augen nehmen einen gedankenverlorenen Ausdruck an. „Es sind die kleinen Dinge, die ich vermisse. Die Art, wie er mir ein Glas Wasser brachte, wenn wir spät am Abend nach Hause kamen. Wie er mir am nächsten Morgen einen Tee brachte, ohne dass ich ihn darum bitten musste. Vor allem fehlt er mir, wenn ich mitten in der Nacht aufwache und niemanden habe, mit dem ich über meine Träume reden kann. Ihm hat es nie etwas ausgemacht. Manchmal öffne ich in der Dunkelheit meine Augen und denke, er ist noch da."

Ich weiß nicht so recht, was ich sagen soll. Krysia hat die

Augen weit aufgerissen, und ich überlege, ob sie wohl zu weinen beginnt. „Du hast ihn sehr geliebt", erkläre ich nach einer Weile.

Lächelnd schaut sie mich an. „Das tue ich immer noch. Es wird nie aufhören. Er ist mein bester Freund." Minutenlang schweigt sie, und ich merke, dass sie ihren Gedanken nachhängt. „Es war ein langer Tag", meint sie schließlich. „Du solltest auch zu Bett gehen."

„Ja", sage ich und steige müde die Treppe hinauf. Als ich das Bad betrete, fällt mein Blick in den Spiegel. Die Frau, die mir entgegenblickt, sieht erschöpft und fast ein wenig gramgebeugt aus. Sie hat graue Ringe unter den Augen, ihre Mundwinkel sind nach unten gezogen. „Wer bist du?", frage ich laut. Sicher nicht Emma Bau, geborene Gerschmann, Tochter eines orthodoxen Bäckers und dessen Ehefrau. Emma war jemand anders. Ich erinnere mich nur noch undeutlich an sie, so wie an eine gute Freundin aus Kindertagen, die man nahezu vergessen hat.

Warum mag mich der Kommandant überhaupt? Diese Frage stelle ich mir, als ich wenig später die Schlafzimmertür hinter mir schließe und mich auf die Bettkante sinken lasse. Ich bin in dem Glauben aufgewachsen, absolut gewöhnlich auszusehen, weder hässlich noch ausgesucht schön. Jakub und mein Vater sagten zwar immer, ich sei sehr hübsch, aber das tat ich stets als eine Nettigkeit von Männern ab, die einen lieben. Ich bin auch nicht annähernd so auffällig wie die jungen Sekretärinnen, die jeden Tag geschminkt und in engen Röcken in der Burg zur Arbeit erscheinen, und mit der Frau des Kommandanten könnte ich es erst recht nicht aufnehmen. Vielleicht fühlt er sich zu mir hingezogen, weil ich seine Sprache beherrsche und er Heimweh verspürt. Aber eine solche Erklärung ist doch eher unwahrscheinlich. Er sieht mich auf eine sonderbare Art an, und wenn er mir zuhört, geschieht dies mit einer gewissen Faszination, die mir verrät, dass da mehr sein muss.

Plötzlich muss ich an Krysia denken. Obwohl wir uns oft unterhalten, redet sie nur selten über sich – bis zum heutigen Abend. Es war, als würde das makellose Bild, das ich von ihr habe, für ein paar Minuten Risse bekommen, durch die ich die Liebe und den Schmerz in ihrem Inneren sehen konnte. Ich muss über das nachdenken, was sie über Marcin gesagt hat. Ihr bester Freund. Ob ich das wohl auch von Jakub behaupten kann? Ich liebe ihn zutiefst, und trotz all meiner Ängste weiß ich, er empfindet genauso für mich. Doch als er fortging, kannten wir uns noch nicht lange. Alles war noch ungewohnt und neu, und es gibt so vieles, was wir bis heute nicht übereinander wissen. Es muss ein Leben dauern, um so zu empfinden wie Krysia und Marcin, sage ich mir erleichtert, als ich das Licht lösche.

Bis zum Ende der Woche sehe ich den Kommandanten nur selten. Seit seiner Rückkehr aus Berlin muss er eine Besprechung nach der anderen abhalten, während ich mit einer Fülle von Aufgaben eingedeckt werde. Am Freitagnachmittag mache ich einige Stunden früher Feierabend als üblich und beeile mich, nach Hause zu kommen, um mich für den Abend herzurichten. Łukasz sieht uns zu, wie Krysia mein Haar zu einem lockeren Knoten frisiert und mir hilft, Gesichtspuder und Lippenstift aufzulegen. Ich ziehe das dunkelblaue Kleid mit den kurzen Ärmeln an, das mir Krysia herausgelegt hat. „Ganz reizend", urteilt sie, als ich im Ankleidezimmer vor dem bis zum Boden reichenden Spiegel stehe.

„Ich danke dir so sehr." Ich drehe mich ein wenig zur Seite und bin wie gebannt von der Verwandlung, die ich durchgemacht habe. Das letzte Mal, dass ich mich so fein angezogen habe, war anlässlich der Abendgesellschaft nur wenige Wochen nach meiner Flucht aus dem Ghetto. Damals war ich noch blass und mager gewesen, doch durch Krysias gutes Essen, das ich jetzt schon über Monate hinweg genießen darf, haben mein Busen und meine Hüften wieder zu ihrer ursprünglichen vollen Form zurückgefunden. Würde ich mir all die Mühe doch bloß für einen erfreulicheren Anlass machen. Mit Schrecken denke ich an den bevorstehenden Abend, den ich für ein paar Augenblicke tatsächlich verdrängt habe.

Im selben Moment, in dem die Uhr in der Diele siebenmal schlägt, klingelt es an der Tür. Krysia nimmt Łukasz auf den Arm und geht zur Treppe. „Du wartest hier", weist sie mich an, und ich betrachte mich noch eine Weile im Spiegel. Etwas Kurzärmeliges habe ich bis heute nur ein paar Mal getragen, daher bin ich nicht daran gewöhnt, meine blassen Arme und knochigen Ellbogen unbedeckt zu sehen. Ich werfe einen prüfenden Blick auf meine Hände. Erst vor einer Stunde hat Krysia mir gezeigt, wie man Fingernägel richtig feilt. Jetzt sind sie gleichmäßig rund und glatt und lassen meine Hände wirken, als würden sie einer anderen Frau gehören.

Ich höre, wie Krysia die Treppe hinuntergeht und die Haustür öffnet. Was sie und der Kommandant reden, kann ich nicht verstehen, ich nehme nur den Klang ihrer Stimmen wahr – sein Tonfall ist tief und höflich, sie klingt sanft und einladend. Ich nehme die kleine, kunstvoll geschliffene Glasflasche mit dem Rosenwasserparfüm, das Krysia mir geliehen hat, und drücke einmal auf den Zerstäuber. Ein kühler Nebel streicht über meinen Hals, dann steigt mir der zarte Blütenduft in die Nase. Ich stelle das Parfüm zurück, wappne mich mit einem abschließenden Blick in den Spiegel für das Unausweichliche, und gehe die Treppe hinunter.

„Guten Abend, Herr Kommandant." Er dreht sich zu mir um, und ich sehe, wie seine Augen zu leuchten beginnen, als er mein verändertes Äußeres bemerkt. Ich erwarte, dass er mir in sanftem Tonfall erklärt, wie reizend ich aussehe, doch er schweigt. Erst als ich seinen hilflosen Gesichtsausdruck erkenne, wird mir klar, dass ich ihn sprachlos gemacht habe.

„Nun, Sie sollten sich auf den Weg machen", beendet Krysia die betretene Stille. „Hier, nimm das noch mit." Sie gibt mir einen dünnen grauen Mantel, den ich bei ihr noch nicht gesehen habe. „Es könnte nachher kühl werden."

„Danke." Ich küsse sie leicht auf die Wange, dann folge ich dem Kommandanten zur Haustür. Draußen wartet bereits Stanislaw und hält uns die Wagentür auf. Er nickt mir höflich zu, als wir uns nähern, und bietet mir seine Hand an, um mir beim Einsteigen zu helfen. Das alles geschieht mit einer Selbstverständlichkeit, als würde der Kommandant jeden Freitagabend mit einer seiner Untergebenen ins Konzert gehen.

Der Kommandant steigt auf der anderen Seite ein und setzt sich zu mir auf die Rückbank. Wir sitzen verkrampft da und sehen nach vorn, während Stanislaw zurück zur Hauptstraße fährt. „Dann ist Ihre Reise nach Berlin gut verlaufen?", frage ich schließlich und bemühe mich um einen beiläufigen Tonfall.

„Ja, es ist sehr gut gelaufen." Nach einer kurzen Pause dreht er den Kopf zu mir. „Anna, ich möchte offen zu Ihnen sein. Es waren nicht nur dienstliche Gründe, die mich nach Berlin führten."

„Nicht?" Ich gebe mir Mühe, nicht zu neugierig oder zu überrascht zu klingen.

„Nein, es hatte auch mit meiner Frau Margot zu tun. Sie haben die Fotos gesehen", erklärt er. Ich hebe den Kopf und sehe ihm in die Augen. „Sie müssen wissen, letzten Monat war ihr zweiter Todestag." Ich merke, wie seine Stimme beinahe versagt.

Ich zögere mit einer Antwort, da ich nicht weiß, warum er mir das erzählt. Verzweifelt wünschte ich, er würde noch etwas sagen. „Das tut mir leid."

Sein Blick wandert nach unten, dann zupft er einen Fussel von seiner Uniform. „Ich musste ihre Angelegenheiten regeln."

„Das muss sehr schwierig gewesen sein", sage ich verständnisvoll.

„Das war es tatsächlich", räumt er ein. „Ich habe es eine Weile vor mir hergeschoben. Ich wollte nicht akzeptieren ..." Er hält inne und sieht aus dem Fenster auf die vorbeiziehende Landschaft. Plötzlich fährt der Wagen durch ein Schlagloch und schüttelt uns so heftig durch, dass ich gegen den Kommandanten falle und er mich festhalten muss. Sein Gesicht ist nur wenige Zentimeter von meinem entfernt, ich spüre seinen warmen Atem auf meiner Wange. Sekundenlang bewegt sich keiner von uns. „Alles in Ordnung?", fragt er besorgt.

„Ja, danke." Ich halte mich am Vordersitz fest, um mich wieder gerade hinzusetzen. Meine Wangen glühen. „Wo waren wir stehen geblieben?"

„Ich sprach davon, dass es Zeit war, den Nachlass meiner Frau zu regeln. Zeit, nach vorn zu schauen." Er räuspert sich. „Natürlich habe ich auch an den Besprechungen teilgenommen. Aus dienstlicher Sicht war die Reise ein voller Erfolg."

„Es freut mich, das zu hören", gebe ich zurück. Seinem Tonfall entnehme ich, dass er nicht weiter über seine Frau reden möchte.

Ich sehe wieder nach vorn, und einige Minuten lang schweigen wir beide. Als wir uns dem Stadtzentrum nähern, holt der Kommandant eine Taschenuhr hervor. „Wir sind etwas zu früh", bemerkt er. „Das Konzert beginnt erst um acht Uhr. Wir könnten uns am Marktplatz noch in ein Café setzen oder einen Spaziergang durch die Planty unternehmen."

Ich zögere. Würde das Konzert um halb acht anfangen, wie ich es erwartet habe, könnten wir uns ohne weitere Unterhaltung direkt zu unseren Plätzen begeben. „E-ein Spaziergang wäre angenehm", erwidere ich. Mir macht der Gedanke Angst, diesem Mann an einem Tisch gegenübersitzen und ihm in die Augen sehen zu müssen. Bei einem Spaziergang lässt sich das vermeiden. Außerdem muss ich dann nichts trinken, was es mir leichter macht, mein Verhalten zu kontrollieren.

„Einverstanden." Er beugt sich vor und sagt etwas zu Stanislaw, der daraufhin an der Planty hält. Der Kommandant steigt aus und kommt um den Wagen herum, um mir die Tür zu öffnen. Seine Hand an meinem Rücken fühlt sich groß und warm an, während er mich zum Bürgersteig führt. „Wo entlang?", will er wissen.

Mit dem Kopf deute ich nach links. Eigentlich ist der nach rechts verlaufende Weg viel schöner, da er an den alten Universitätsgebäuden entlangführt. Aber dort will ich nicht spazieren gehen, da ich zum einen fürchte, jemandem zu begegnen, der mich kennt, und der Weg zum anderen mit zu vielen Erinnerungen an Jakub verbunden ist.

Während wir nebeneinander hergehen, atme ich tief durch. Die warme Abendluft ist schwer vom süßen Duft des Geißblatts. Ich sehe nach oben, wo die Kronen der Ahornbäume zu beiden Seiten des Weges ein dichtes Laubdach bilden. Vereinzelt dringt noch ein sanfter Sonnenstrahl zwischen den Ästen hindurch. Aus dem Augenwinkel beobachte ich den Kommandanten, der so wie ich nach oben schaut und dabei leise summt. So entspannt wie in diesem Moment habe ich ihn in all den Monaten nicht erlebt.

Er wendet sich zu mir. „Es ist wunderschön hier, nicht wahr?"

„Ja", erwidere ich rasch. Ich schaue nach vorn und merke, wie ich einmal mehr erröte.

„Es fehlt mir sehr, mich in der freien Natur aufzuhalten", redet er weiter und streckt seine Arme in die Luft. „Als Margot und ich frisch verheiratet waren, unternahmen wir ausgedehnte Reisen in die Berge. Wir wanderten tagelang und übernachteten sogar unter freiem Himmel. Aber das war, bevor …" Seine Stimme wird leiser, und ich drehe mich zu ihm um. Der entspannte Ausdruck ist der vertraut verschlossenen Miene gewichen. In mir regt sich der Wunsch, irgendetwas zu sagen, das ihn wieder glücklich dreinschauen lässt.

„Ich wandere auch gern", erwidere ich.

„Tatsächlich?", fragt er überrascht.

„O ja." In Wahrheit habe ich während meiner Kindheit nur selten die Stadt verlassen. „Unsere Eltern fuhren mit uns im Urlaub zu den Seen, wo wir wundervolle Wanderungen unternahmen", kommt mir meine Lüge mühelos über die Lippen.

„Vielleicht …", setzt der Kommandant an, doch dann bemerkt er ein Paar mittleren Alters, das ein Stück vor uns auf einer Parkbank sitzt. Vor den beiden hat sich ein großer Hund auf den Weg gelegt. Ohne ein weiteres Wort eilt der Kommandant auf das Paar zu. Verwirrt folge ich ihm und sehe, wie der Mann schützend einen Arm um die Frau legt und ihr etwas zuflüstert. Ein entsetzter Ausdruck huscht über sein Gesicht. Beide müssen fast zu Tode erschrecken, wie dieser große Mann in Nazi-Uniform auf sie zugestürmt kommt.

„Was für ein schönes Tier!", ruft der Kommandant, als er das Paar erreicht. Er kniet nieder und beginnt den Hund zu streicheln. „Als ich klein war, hatte ich einen Hund, der ganz ähnlich aussah", erzählt er, ohne aufzublicken, so sehr ist er damit beschäftigt, das Tier zwischen den Ohren zu kraulen. Mit einer solchen Begeisterung habe ich den Kommandanten bislang noch nie reden hören. „Sein Name war Max. Ein prachtvolles Tier."

In dem Moment ertönt in der Ferne eine Glocke. „Herr Kommandant", bemerke ich leise. „Es ist viertel vor acht. Wir sollten uns auf den Weg machen."

„Ja, natürlich", stimmt er mir zu, streichelt den Hund noch einmal, steht dann auf und klopft den Schmutz von seiner Hose. Wir wünschen dem sprachlosen Paar einen schönen Abend und gehen zur Philharmonie. Dutzende Menschen stehen vor dem großen Konzertgebäude, rauchen eine Zigarette oder unterhalten sich. Viele Männer, die eine deutsche Uniform tragen, werden von einer jungen Polin begleitet. Die Besatzer und ihre einheimischen Liebschaften. Wie sehr ich es hasse, nun auch diesem Klischee zu entsprechen, selbst wenn es in meinem Fall nur gespielt ist. Beim Kommandanten untergehakt, lasse ich mich die Stufen hinaufführen. Mehrere Uniformierte salutieren, als wir an ihnen vorbeigehen.

Drinnen muss ich mich erst einmal an die Umgebung gewöhnen. Zwar bin ich schon oft an der Philharmonie vorbeigekommen, doch noch nie habe ich einen Fuß in das Gebäude gesetzt. Die verschwenderische Pracht trifft mich völlig unvorbereitet. Das Foyer besitzt gigantische Dimensionen, Fußboden und Säulen sind aus feinstem Marmor, und der kristallene Kronleuchter hat in etwa die Ausmaße eines Automobils. Diese Schönheit wird allerdings ganz erheblich dadurch verunstaltet, dass man zwei riesige Hakenkreuzfahnen aufgehängt hat.

Kaum haben wir das Foyer betreten, wird abermals die Glocke geläutet. Von Krysia weiß ich, dass das bedeutet, dass man sich zu seinem Platz begeben soll. Wir gehen zu einer Treppe an der rechten Seite des Foyers, ein Platzanweiser bringt uns zu einer Privatloge nahe der Bühne. Bevor der Anweiser sich zurückzieht, entschuldigt er sich noch, dass wegen der momentanen Papierknappheit keine gedruckten Programme verteilt werden können. Er lässt uns wissen, dass das Orchester Wagner und Mozart spielen wird. Ein anderer hochrangiger deutscher Offizier und eine mir unbekannte korpulente Frau sitzen bereits in der Loge und nicken uns zu, als wir uns zu ihnen setzen.

Das Orchester beginnt sich einzuspielen, wobei mir auffällt, dass es aus weniger Musikern besteht, als ich erwartet habe. Während der Dirigent die Bühne betritt und die Musik einsetzt, erinnere ich mich an Krysias Bemerkung, das Orchester sei durch den Verlust seiner jüdischen Musiker schwer getroffen worden. Sie sind entweder geflohen oder wurden inhaftiert. Mit Tränen in den Augen berichtete sie mir von Viktor Lisznoff, einem Cellisten, den sie schon seit Jahrzehnten kannte. Ihn hat man ins Arbeitslager Plaszow gleich vor den Toren der Stadt gebracht, wo er tagsüber schwere körperliche Arbeit leisten und am Abend vor den Leitern des Lagers aufspielen musste.

Während das Orchester spielt, merke ich, wie ich langsam in eine Art meditative Trance versinke. Ich denke an meinen Vater, der nie die Gelegenheit bekommen hat, die Philharmonie zu besuchen. Er hätte es geliebt, hier zu sein und zuzuhören, wie ein Orchester die Musik zum Leben erweckt. Nicht ich sollte heute Abend hier sein, sondern er. Einmal hatte Jakub davon gesprochen, mit Vater ein Konzert zu besuchen, aber an ihn will ich jetzt nicht denken, wenn ich mich in der Begleitung eines anderen Mannes befinde.

Mir wird bewusst, dass ich den Kommandanten aus dem Augenwinkel beobachte. Du solltest ihn eigentlich hassen, ermahne ich mich sicher zum tausendsten Mal. Er ist ein Nazi, er und seinesgleichen tragen die Schuld an dem Leid, das über uns gekommen ist. Aber ich hasse ihn nicht. Ich kann ihn nicht hassen. Doch wenn es kein Hass ist, den ich für ihn empfinde, was ist es dann? Dankbarkeit? Bewunderung? Anziehung? Keines der Wörter, die mir durch den Kopf gehen, erscheint mir passend. Schließlich sage ich mir, dass er mir gleichgültig ist. Ich erledige nur die Arbeit, die mir aufgetragen wurde. Aber diese Schlussfolgerung widerstrebt mir fast noch mehr.

In der Pause mischen wir uns unter die Menge im Foyer. Der Kommandant lässt mich für einen Moment allein und kehrt mit zwei Gläsern Champagner zurück. Während wir unter dem Kronleuchter stehen, an unseren Gläsern nippen und die schier endlose Parade an wunderschönen Abendkleidern bewundern, fällt es mir schwer zu glauben, dass wir uns mitten im Krieg befinden.

„Gefällt Ihnen das Konzert?", fragt der Kommandant.

„Ja", antworte ich ehrlich. Zwar bin ich mit Musik aufgewachsen, aber nie zuvor habe ich ein Konzert erlebt. Was mich vor allem fasziniert, ist die Komplexität der Stücke, die wir bislang zu hören bekamen.

„Es ist ein gutes Programm", meint der Kommandant und trinkt sein Glas aus. „Allerdings fand ich den zweiten Satz etwas zu langsam." Was er weiter sagt, bekomme ich nicht mit, weil ich auf eine junge Frau mit wundervoll langem, lockigem Haar aufmerksam werde. Sie sieht mich nachdenklich an, so als würde sie versuchen, sich an mich zu erinnern. Von Krysia und Jakubs Eltern abgesehen, kenne ich niemanden, der ein Konzert besucht. Aber die Frau sieht mich weiter an und scheint noch angestrengter zu grübeln. Dann auf einmal legt sie eine Hand an ihre Wange, und bei dieser Geste wird meine Erinnerung geweckt. Es ist Eliana Szef, eine wohlhabende, christliche Studentin, die ich noch von der Universität her kenne. Ich sehe, wie ihr Verstand arbeitet: Ist das tatsächlich Emma Gerschmann? Und wenn ja, was macht eine Jüdin in der Philharmonie? Ich weiß, ihrer Verwirrung wird bald die Erkenntnis folgen, dass ich wirklich diejenige bin, für die sie mich hält. Nur noch ein paar Sekunden, dann wird sie sich ganz sicher sein.

„Herr Kommandant, ich muss mich kurz frisch machen", sage ich rasch, als sich Eliana bereits in unsere Richtung bewegt.

„Ich werde hier auf Sie warten." Da ertönt die Glocke und ruft uns zurück zu unseren Plätzen.

„Nein, gehen Sie schon rein." Der Kommandant sieht mich verblüfft an. Vor Nervosität habe ich in einem überra-

195

schend scharfen Tonfall gesprochen. „Ich möchte nicht, dass Sie meinetwegen den ersten Satz verpassen." Ich tätschele beschwichtigend seinen Arm. „In ein paar Minuten bin ich wieder bei Ihnen."

Schon tauche ich in der Menge unter, wobei ich nur zwei oder drei Meter Vorsprung vor Eliana habe. So schnell es mir in dem langen Kleid möglich ist, haste ich die Marmortreppe hinab und stürme in den Toilettenraum. Vor dem Spiegel bleibe ich stehen und betrachte mich. Meine Gesichtszüge wirken reifer als damals, die Sommersonne hat mein Haar gebleicht, dennoch könnte Eliana mich wiedererkennen. Schnell verstecke ich mich in einer der Kabinen, als die Tür zu den Toiletten hinter mir aufgeht. Durch den Türspalt erspähe ich einen Lockenkopf. Eliana ist mir gefolgt, und jetzt wird sie warten, bis ich zum Vorschein komme.

Einige Minuten lang verharre ich in der Hoffnung, dass sie doch wieder geht, bis mir klar wird, dass ich keine andere Wahl habe, als ihr gegenüberzutreten. Wenn ich noch länger hier bleibe, wird sich der Kommandant fragen, wo ich bin. Ich atme tief durch, dann ziehe ich die Tür auf. Eliana dreht sich zu mir um und lächelt mich freundlich an. „Emma …" Als sie meine ausdruckslose Miene bemerkt, stutzt sie und hält inne. „Sind Sie nicht …? Oh, das tut mir leid", sagt sie. „Ich habe Sie mit jemandem verwechselt." Ich nicke nur, da ich mich nicht durch meine Stimme verraten will, gehe mit erhobenem Haupt an ihr vorbei und verlasse den Raum.

Draußen eile ich die Treppe hinauf, muss aber vor der Logentür eine kurze Pause einlegen und mich beruhigen. Als ich mich auf meinen Platz neben den Kommandanten setze, versuche ich, mein verräterisches Zittern zu unterdrücken.

Eliana Szef. Ausgerechnet sie! Seit Monaten bin ich jedem aus meiner Vergangenheit erfolgreich aus dem Weg gegangen. Dort unten im Waschraum musste ich mich zwingen, sie nicht zur Rede zu stellen. Wusste sie, dass man mir die Stelle in der Bibliothek gekündigt hat? Dass ich im Ghetto gelebt habe? Interessierte es sie überhaupt? Plötzlich erfasst mich eine unbändige Wut auf Eliana und auf alle anderen ihrer Art. Auf alle Menschen, die ganz normal ihr Leben leben und sogar ins Konzert gehen, während die Juden, die jahrelang ihre Kollegen und Nachbarn gewesen sind, wie Tiere behandelt werden. Ich hasse diese Leute. Eliana. Vor Wut bohre ich die Fingernägel in meine Handflächen. Ich hätte ihr jede Locke einzeln vom Kopf reißen sollen.

Ich zwinge mich zur Ruhe. Atme tief durch, ermahne ich mich und umklammere die Armlehnen meines Stuhls. Plötzlich spüre ich etwas Warmes auf meiner rechten Hand. Mein Herz rast, und mein ganzer Körper versteift sich. Der Kommandant hat meine Unruhe bemerkt und seine Hand auf meine gelegt, von wo er sie für die nächsten Minuten nicht wieder wegnimmt. Beide sehen wir weiter zum Orchester. Ich überlege, was hier gerade geschieht. Offensichtlich fühlt sich der Kommandant zu mir hingezogen, vielleicht ist es sogar mehr als nur Anziehung. Aber was immer er empfindet, seine Gefühle gelten nicht mir, sondern Anna. Und Anna gibt es nicht.

Eine Stunde später ist das Konzert vorüber, und wir durchqueren das Foyer in Richtung Ausgang. „Möchten Sie noch irgendwo eine Kleinigkeit essen?", fragt mich der Kommandant, als er mir in den dünnen Mantel hilft.

Ich zögere. Mir ist bewusst, dass ich das Angebot annehmen sollte, weil die Chance besteht, dass er nach ein paar Gläsern etwas Wichtiges ausplaudert. Doch dieser Abend hat mich etwas zu sehr angestrengt, und ich glaube nicht, dass ich noch die Kraft für eine Unterhaltung bei einem Abendessen habe. „Das ist sehr nett von Ihnen, Herr Kommandant, aber ich muss Ihr Angebot leider ausschlagen. Es ist bereits spät, und Łukasz wird mich bei Sonnenaufgang schon wieder wecken."

„Ich verstehe." Er ist sichtlich enttäuscht. Wir gehen nach draußen, wo Stanislaw bereits mit dem Wagen auf uns wartet. Auf der Heimfahrt reden wir nur wenig. Während ich schweigend neben ihm sitze, wird mir auf einmal bewusst, dass ein Teil von mir diesen Abend genossen hat und das frühe Ende bedauert.

Stanislaw hält vor Krysias Haus, im ersten Stock brennt ein einzelnes Licht. Sie scheint auf mich zu warten. „Nochmals vielen Dank", sage ich und wende mich in der Hoffnung auf einen schnellen Rückzug der Wagentür zu.

„Anna, warten Sie." Widerstrebend sehe ich zu ihm. „Das hätte ich fast vergessen …" Verwundert beobachte ich, wie der Kommandant in seine Jackentasche greift und eine kleine rechteckige Schachtel zum Vorschein kommt, die er zwischen uns auf den Sitz legt. „Das habe ich Ihnen aus Berlin mitgebracht."

„Herr Kommandant …", setze ich an, bin aber zu überrascht, um weiterzureden. Er schiebt mir die Schachtel zu. Langsam greife ich danach und öffne sie. Der Inhalt macht mich sprachlos: eine zarte silberne Halskette mit einem hellblauen Edelstein daran. Ich nehme die Kette behutsam heraus und betrachte ungläubig den schönsten Schmuck, den ich je in den Händen hielt.

„Ein kleines Dankeschön für Ihren unermüdlichen Einsatz." Er sieht mir nicht in die Augen, als er das sagt, und ich bin davon überzeugt, dass seine Erklärung eine Lüge ist. Für Malgorzata hat er ganz bestimmt kein solches Geschenk mitgebracht, und auch nichts Entsprechendes für Oberst Diedrichsen. „Kommen Sie, ich helfe Ihnen." Er nimmt mir die Halskette aus der Hand, und ich drehe mich ein wenig zur Seite, damit er sie mir umlegen kann. Während er sich mit dem Verschluss abmüht, spüre ich seinen warmen Atem auf meiner Haut und die leichte Berührung seiner Finger am Hals.

„Danke", murmele ich und drehe mich wieder zu ihm. Ich

198

berühre den Stein, der nun auf dem Kreuz liegt, das ich bereits trage. Zusammen fühlen sich beide Ketten an wie eine schwere Schlinge. „Sie ist wunderschön, aber viel zu kostbar."

„Unsinn, Sie sind diejenige, durch die diese Kette erst kostbar wird …" Er hält abrupt inne, offenbar aus Verlegenheit über seine eigenen Worten. Ich nicke nur. In meiner Kehle sitzt ein Kloß, der mich daran hindert, einen Ton herauszubringen. Wieder drehe ich mich vom Kommandanten weg, weil ich aussteigen will. „Nein, warten Sie", sagt er, steigt auf seiner Seite aus und kommt um den Wagen herum. Er öffnet die Tür und hält mir den Arm hin, den ich nur widerwillig ergreife, dann lasse ich mir von ihm beim Aussteigen helfen. Als ich mich aufrichte, bin ich dem Kommandanten so nah, dass meine Nase fast seinen Wollmantel berührt.

Verlegen trete ich einen Schritt zurück. „Nochmals vielen Dank."

„Es war mir ein Vergnügen", erwidert er sanft. Er beugt sich zu mir vor, und ich gerate in Panik. Was hat er vor? Will er mir einen Gutenachtkuss geben? Bevor ich reagieren kann, hebt er meinen linken Arm an und zeigt auf den Ärmel meines Mantels. Der Riemen rund ums Handgelenk hat sich gelöst und hängt herab. „Einen Augenblick."

Er schiebt den Riemen zurück durch die Schlaufe und knöpft ihn zu. Ich spüre seinen Atem auf meiner Stirn, keiner von uns spricht ein Wort.

„Gute Nacht", sage ich und ziehe den Arm zurück. „Bis Montag." Zügig gehe ich zur Tür, bevor er mir anbieten kann, mich dorthin zu begleiten.

Im Haus angekommen, lehne ich mich mit dem Rücken gegen die Tür und merke, wie mein Herz rast. Aus dem ersten Stock höre ich Musik von Chopin. Darum bemüht, einen gefassten Eindruck zu machen, gehe ich die Treppe hinauf. Krysia sitzt auf dem Sofa, das Grammofon läuft, sie liest ein

Buch, auf dem Tisch neben ihr steht ein Glas Tee. „Wie ist es gelaufen?"

„Großartig."

Mein sarkastischer Tonfall entgeht ihr nicht, und sie hebt den Kopf. „Geht es dir nicht gut? Du bist so rot im Gesicht ..." Ich erwidere nichts, während ihr Blick auf die Halskette fällt. „Was ist denn das?"

„Dreimal darfst du raten", gebe ich zurück.

„Er hat dir ein Geschenk gemacht?"

Ich nicke. „Aus Berlin mitgebracht."

Ihre Augen werden größer. „Nicht zu fassen."

„Und das ist nicht mal das Schlimmste." Ich lasse mich neben Krysia aufs Sofa fallen und berichte von meiner Begegnung mit Eliana Szef.

„Das muss ja völlig nervenaufreibend gewesen sein", sagt sie mitfühlend. „Aber das da macht mir weitaus mehr Sorgen." Sie deutet auf den Edelstein an meiner Halskette. „Das ist ein Topas. Der ist sehr teuer. Was hat er gesagt, als er ihn dir gab?"

„Dass es ein Zeichen seiner Dankbarkeit ist."

Sie nickt nachdenklich. „Hat er noch etwas Wichtiges gesagt?"

„Er sprach davon, dass seine Frau vor zwei Jahren starb und dass er sich in Berlin um ihren Nachlass gekümmert hat." Ein merkwürdiger Ausdruck zeichnet sich auf Krysias Gesicht ab. „Was ist?", frage ich.

„Nichts, gar nichts", erwidert sie, doch es überzeugt mich nicht. Ihre Miene verrät mir, dass sie mir etwas verschweigt, doch ich frage nicht weiter nach. „Und was ist mit dir?", will sie wissen.

Verständnislos lege ich den Kopf schräg. „Ich verstehe deine Frage nicht."

„Was empfindest du bei diesem Werben des Kommandanten um dich?"

„Natürlich hasse ich es", antworte ich viel zu schnell. „Ich meine, ich bin schließlich mit Jakub verheiratet." Sie entgegnet nichts, und ich rutsche unbehaglich auf meinem Platz hin und her. „Ich vermute, ein Teil von mir fühlt sich geschmeichelt …"

„Ja, selbstverständlich. Der Kommandant ist ein gut aussehender Mann, zudem ist er mächtig." Sie greift nach meiner Hand und hält sie fest. „Ich will nicht neugierig sein. Es ist nur eben so, dass du und der Kommandant … dass es zwischen euch eine gewisse gegenseitige Anziehung gibt."

„Aber …", will ich protestieren.

Krysia hebt ihre Hand. „Es ist schon in Ordnung, Anna. Ich weiß, du liebst meinen Neffen. Ich erwähne es auch nur, um dir zu sagen, dass es in Ordnung ist. Manchmal fühlen sich zwei Menschen ungewollt zueinander hingezogen. Und manchmal empfindet man für mehr als nur einen Menschen tiefe Gefühle. Aber es ist besser, sich diese Gefühle einzugestehen und Vorsicht walten zu lassen."

Ich kann nur nicken. Ihre Worte verschlagen mir die Sprache.

„Aber egal", fährt sie fort. „Ich erhielt heute eine Nachricht von Alek."

„So?" Mein Abend im Konzert und die beunruhigende Unterhaltung sind sofort vergessen. „Was gibt es Neues?"

„Er muss mit dir sprechen. Du sollst dich zur üblichen Zeit am üblichen Ort mit ihm treffen." Ich bin froh, wieder von Alek zu hören, aber es ist ungewöhnlich, dass er mich zu sich bestellt, zumal ich momentan für die Bewegung keinen Nutzen bringe. Was er wohl von mir will? Ich vermute, diesmal wird es etwas Schwierigeres sein als das Stehlen einiger Passierscheine. Ich spiele mit der Halskette und werfe Krysia einen Blick zu, der mein Unbehagen vermitteln soll, während ich mich frage, wie weit dieses Schauspiel noch gehen wird.

12. KAPITEL

Am Dienstag nach meinem Rendezvous mit dem Kommandanten begebe ich mich nach der Arbeit zum Marktplatz. Es ist August, und das Wetter ist so drückend und heiß, wie es in Kraków in jedem Sommer immer nur an ein paar Tagen der Fall ist. Das Kopfsteinpflaster scheint unter der brütenden Nachmittagssonne dahinzuschmelzen.

Nach einem Blick über die Schulter, um mögliche Verfolger auszumachen, überquere ich den Markt und gehe zu dem Café, in dem wir uns für gewöhnlich treffen. An einem der Tische sitzt Alek und erwartet mich bereits. Überrascht stelle ich fest, dass er allein ist. „Marek muss noch etwas erledigen", sagt er, als ich mich zu ihm setze. Seine Erklärung erscheint mir sonderbar, denn ich habe selten einen der beiden Männer ohne den anderen gesehen. Insgeheim frage ich mich, ob es für sie jetzt gefährlicher geworden ist, zur selben Zeit am selben Ort zu sein.

„Und wie geht es dir?", fragt er mich. Sein Gesicht wirkt dunkler, und um seine Nase herum schält sich die Haut, als habe er seit unserer letzten Begegnung sehr viel Zeit unter freiem Himmel verbracht.

Ich zögere. Zwar glaube ich, dass er nicht wirklich daran interessiert ist, wie es mir geht, aber die Antwort fällt mir dennoch schwer. Wie geht es mir als Emma, die sich um ihren Ehemann und ihre Eltern sorgt, von denen sie getrennt ist? Und wie geht es mir als Anna, die mit ihrer falschen Identität im Hauptquartier der Nazis für den Kommandanten arbeitet und versucht, die stetig stärker werdenden Gefühle für ihn zu ignorieren? Die Antwort dürfte so oder so „müde, traurig und unsicher" lauten. Aber als Jüdin geht es mir besser als den meisten anderen, und ich weiß, ich habe keinen Grund zur Klage. „Gut", antworte ich schließlich.

Alek lächelt sanft, er lässt sich von meiner Erwiderung

nicht täuschen. „Wie ich höre, geht es deiner Mutter besser."

Ich nicke. Krysia sagte mir erst vor wenigen Tagen, dass das Fieber nachgelassen habe und Mutter schon wieder aufstehen kann. *Was sie weder dir noch Marek zu verdanken hat,* möchte ich Alek am liebsten an den Kopf werfen.

„Vielleicht werden wir in einigen Wochen oder Monaten in der Lage sein, ihr und deinem Vater zu helfen", fährt er fort.

„Vielleicht", wiederhole ich ohne Gefühlsregung. Früher hätten mich seine Worte mit Freude erfüllt, aber ich habe längst zu viel Angst, mir falsche Hoffnungen zu machen. Innerhalb weniger Wochen kann sich die Situation im Ghetto grundlegend ändern, und wer will schon sagen, was dann noch möglich sein wird und was nicht?

„Wie ist die Arbeit in der Burg?"

„Ganz gut. Übrigens bin ich froh, dass du mich herbestellt hast." Ich berichte von der Reise des Kommandanten nach Berlin und von einigen seiner Besprechungen, die von Bedeutung sein könnten.

„Sonst noch etwas?", fragt Alek, als ich fertig bin, doch ich schüttele den Kopf. „Danke für diese Informationen. Das meiste davon wussten wir bereits, trotzdem ist es hilfreich."

„Gern geschehen." Ich bin froh, dass ich endlich einmal etwas bieten kann, das wenigstens ein bisschen von Nutzen ist.

„Emma, ich kann nicht lange bleiben, darum muss ich sofort zur Sache kommen. Ich habe dich aus einem bestimmten Grund herkommen lassen. Es gibt da noch etwas anderes, was du für uns tun kannst." Er hat es gewagt, in der Öffentlichkeit meinen wahren Namen zu benutzen. Dann muss es ein wirklich wichtiges Anliegen sein.

„Natürlich. Alles, was ihr wollt." Ich habe keine Ahnung, warum ich das sage.

Er hebt seine Hand. „Höre mich erst an. Emma, durch unsere Quellen haben wir Grund zu der Annahme, dass die Nazis eine große Sache planen, die die Juden im Ghetto betrifft. Wir haben versucht, mehr darüber in Erfahrung zu bringen, was genau passieren soll, aber wir kommen nicht weiter. Wenn wir wissen, was kommen wird, ist es uns vielleicht möglich, es zu verhindern oder zumindest um ein paar Tage hinauszuzögern. Wir benötigen dringend Informationen."

Ich muss erschrocken schlucken. Wenn ihre besten Quellen nichts zutage fördern, wie kann ich dann behilflich sein?

„Wenn da wirklich etwas vorbereitet wird", fährt er fort, „dann müssen bereits erste Schritte unternommen worden sein. Richwalder wird davon wissen."

„Aber er …" Ich will sagen, dass der Kommandant sich nicht an Maßnahmen gegen die Juden beteiligt, doch im selben Moment wird mir meine eigene Naivität bewusst, und ich verstumme.

„Ich weiß, der ehrbare Kommandant macht sich für gewöhnlich nicht selbst die Hände schmutzig", gibt Alek verbittert zurück. „Aber wenn etwas Großes bevorsteht, dann muss es auch über seinen Schreibtisch laufen. Du bist unsere einzige Hoffnung, herauszufinden, was da kommt."

„Was soll ich machen?"

„Ist dir in Richwalders Büro irgendetwas Ungewöhnliches aufgefallen?"

Ich schüttele den Kopf. „Gar nichts. Dabei habe ich auf fast alles Zugriff. Das Einzige, was ich nicht zu sehen bekomme, sind vertrauliche Mitteilungen, doch davon gab es in der letzten Zeit nicht allzu viele."

Alek streicht sich über seinen Kinnbart. „Dann ist es so, wie ich vermute. Er wird Unterlagen zu Hause aufbewahren."

„Er arbeitet von zu Hause aus", bestätige ich. Alek sieht mich an, als wundere er sich, woher ich das weiß. „Manchmal lässt er sich von mir eine Aktentasche mit Unterlagen zusammenstellen, die er dann mit nach Hause nimmt", füge ich rasch hinzu, um ihn nicht auf falsche Gedanken zu bringen.

Er schweigt einige Sekunden lang. „Emma, es gibt da etwas, das du für uns tun könntest."

Etwas anderes, möchte ich ihn korrigieren. Ich tue bereits etwas für sie. „Ja?"

„Ich kann mich kaum überwinden, es auszusprechen …"

„Ich werde tun, was ich kann, um zu helfen." Noch während ich diese mutigen Worte ausspreche, überkommt mich schreckliche Furcht.

„Ich weiß. Aber das ist anders als alles, was du bislang gemacht hast." Er sieht mir in die Augen. „Du musst einen Weg finden, in das Arbeitszimmer in seiner Wohnung zu gelangen."

Ein Schauder läuft mir über den Rücken.

„Hör mir genau zu." So ernst habe ich Alek noch nie erlebt. „Hier geht es nicht darum, mal eben in ein Büro zu gehen und ein paar Passierscheine zu stehlen."

Mal eben? Ich erinnere mich noch gut daran, wie ich das erste Mal in Kirchs Büro eingedrungen bin. Ich frage mich, ob Alek überhaupt eine Vorstellung davon hat, wie schwierig das war.

„Du musst in sein Arbeitszimmer gelangen", redet er weiter, „und dich dort umsehen. Wir wissen nicht genau, wonach du suchen musst. Korrespondenz, Eingaben, Anweisungen oder Ähnliches. Irgendetwas, das die Pläne für das Ghetto angeht. Das wird nicht einfach sein", warnt er. „Richwalder ist für seine Verschlossenheit bekannt, und das sind sicher keine Dokumente, die er auf dem Schreibtisch herumliegen lässt. Ich rede hier von Schubladen, Aktenschränken und so weiter. Du musst extrem vorsichtig sein."

Er weiß so gut wie ich, was mir und vielen anderen widerfahren wird, wenn man mich erwischt. „Ich … kann das machen", sage ich zögernd. „Er vertraut mir."

„Ja, das wissen wir", gibt Alek zurück. „Darum wenden wir uns an dich."

Mir wird bewusst, dass ich in der Wawelburg vielleicht nicht die einzige Spionin des Widerstands bin. Es könnte noch jemand dort sein, der seinerseits die Aufgabe hat, mich zu beobachten. Innerlich muss ich lachen.

Plötzlich wird mir das Ganze zu viel. „Ich muss jetzt gehen", erkläre ich und stehe auf.

Alek greift nach meiner Hand. „Ich weiß, das wird nicht leicht für dich."

Nicht leicht? *Nicht leicht* ist gar kein Ausdruck für das, was mich erwartet. „Ist schon gut", gebe ich zurück, obwohl meine Worte kaum weiter von der Wahrheit entfernt sein könnten. Ich sehe Alek an, wie er da vor mir sitzt. „Nur noch eine Frage. Weiß Jakub davon?"

Er schüttelt den Kopf. „Er weiß nur, dass du für den Kommandanten arbeitest. Das sorgt ihn schon genug."

„Gut. Dann versprich mir, dass du ihm gegenüber nichts von dieser Sache erwähnst."

„Das schwöre ich dir. Dein Mann wird das nie erfahren."

Beim Blick in Aleks ernst dreinblickenden Augen erkenne ich, dass ich ihm glauben kann.

„Danke." Ich ziehe meine Hand zurück und wende mich ab.

„Emma, noch eine letzte Sache." Ich drehe mich wieder zu ihm um. „Es kommt auf jede Sekunde an. Wenn du etwas findest, das von Bedeutung sein könnte, dann warte nicht bis zum darauffolgenden Dienstag. Sag Krysia, sie soll Kontakt mit uns aufnehmen, dann finden wir schon einen Weg, uns zu treffen."

„Ich verstehe." Wieder wende ich mich zum Gehen und spüre, wie Alek mir nachschaut.

Ich habe den Marktplatz noch nicht ganz überquert, da ruft auf einmal eine laute Frauenstimme hinter mir her:

„Anna!" Ich erstarre vor Schreck. Langsam drehe ich mich um und stelle fest, dass diese schrille, nasale Stimme zu Malgorzata gehört.

„Hallo", grüße ich sie und bemühe mich, sie anzulächeln. In der Hoffnung, irgendwelche Fragen im Keim zu ersticken, deute ich auf ihre Tasche. „Waren Sie noch einkaufen?"

Doch Malgorzata lässt sich nicht beirren. „Wer war denn das?", fragt sie. An der Richtung, in die sie mit dem Kopf deutet, wird klar, dass sie mich mit Alek gesehen hat.

„Ich weiß nicht, was Sie mein…", weiche ich aus.

„Mir müssen Sie nichts vormachen, Anna", fällt sie mir ins Wort. „Ich sah Sie mit dem gut aussehenden jungen Mann beim Tee."

„Ach, ihn meinen Sie." Ich winke beiläufig ab.

„Keine Angst." Sie zwinkert mir zu und redet in einem verschwörerischen Tonfall weiter. „Ich werde dem Kommandanten nichts verraten." Dabei weiß ich, sie wird genau das tun, sollte ich ihr dazu einen Anlass bieten.

„Das ist Stefan", antworte ich gelassen. „Er ist ein Freund meiner Tante Krysia."

„Oh." An der Art, wie ihre Stimme tonlos wird, kann ich erkennen, dass sie meine Erklärung für bare Münze nimmt und nun enttäuscht ist, weil es nicht mehr zu berichten gibt.

„Tja, ich habe noch einen weiten Weg bis nach Hause", sage ich. „Ich muss dann jetzt los. *Dobry wieczór*, Malgorzata."

„*Dobry wieczór*, Anna."

Da ich weiß, dass sie mir nachschauen wird, versuche ich den Platz in einem normalen Tempo zu überqueren. Ich biege um die Ecke in die ulica Anna ein, wo ich stehen bleibe, da ich das Gefühl habe, dass mir gleich schlecht wird. Malgorzata hat mich mit Alek gesehen. Ein Glück, dass sie dumm genug ist, meine Ausrede zu glauben. Aber es hätte auch jemand anders sein können, nicht Malgorzata. Zum Beispiel einer der Offiziere der Wawelburg, überlege ich, während ich gegen die Hauswand gelehnt dastehe. Oder sogar der Kommandant selbst. Wir sind mit diesen Treffen viel zu nachlässig geworden. Meine Identität und alle Pläne wären im Handumdrehen enttarnt, und das darf auf keinen Fall passieren. Nicht jetzt, wo so viel auf dem Spiel steht.

Nach dem Gespräch mit Alek will ich eigentlich sofort nach Hause fahren, doch mit einem Mal merke ich, dass ich vom Stadtzentrum in südliche Richtung zum Fluss laufe. Der Weg entlang des Ufers ist an diesem warmen Abend im August von Spaziergängern bevölkert, die das Wetter genießen wollen: junge Paare, die hier flanieren, so wie Jakub und ich es früher machten; Kinder, die vor ihren Müttern herlaufen und Vögel jagen. An all diesen Menschen gehe ich vorüber, nehme sie jedoch kaum wahr, da ich in Gedanken mit dem befasst bin, worum Alek mich gebeten hat. Ich soll in das private Arbeitszimmer des Kommandanten eindringen und herausfinden, welches Schicksal für die Juden geplant ist. Das ist nicht so leicht wie der Diebstahl von ein paar Passierscheinen aus einem Büro in der Burg. Ich muss mich in seiner Wohnung aufhalten und mich mit dem Arbeitszimmer und dem Schreibtisch vertraut machen – und herausfinden, welche Unterlagen er dort verwahrt. Hier kann Alek mir keinen Schlüssel oder eine Zahlenkombination geben, damit ich in die Wohnung gelange, wenn der Kommandant nicht zu Hause ist. Ein Einbruch kommt ebenfalls nicht infrage. Nein, er muss sogar wissen, dass ich mich dort aufhalte. Ich brauche einen Vorwand, um in seinem Zuhause Zeit zu verbringen. Dieser Punkt stellt noch das kleinste Problem dar, denn ich weiß, der Kommandant ist von meiner Gesellschaft angetan. Er würde mich auf der Stelle zu sich einladen, wenn ich einen Hinweis darauf geben würde, eine solche Einladung annehmen zu wollen. Vielleicht könnte ich bei ihm zu Abend essen. Wir würden etwas trinken, und wenn er dann eingeschlafen ist …

Abrupt bleibe ich stehen. In der Wohnung des Kommandanten übernachten, vielleicht sogar mit diesem Mann schlafen … ist das wirklich das, was Alek von mir erwartet? Kein
Wunder, dass er nervös war. Er will, dass ich mit einem anderen Mann intim werde und meinen Ehemann betrüge! Plötzlich bleibt mir die Luft weg. Ich kann Jakub nicht untreu
werden, das ist völlig undenkbar.

Jakub. Vor meinem geistigen Auge sehe ich sein liebevol-
les Gesicht. Er wird es nie erfahren, hat Alek mir versprochen. Da war mir noch nicht die Tragweite seines Anliegens
bewusst, aber jetzt hat mich die Erkenntnis wie ein Schlag in
den Magen getroffen. Ich soll meinen Mann betrügen, ihn belügen. Wenn es dazu kommen sollte, würde dieses Geheimnis
für immer zwischen uns stehen. Und wenn er es irgendwann
herausfindet … mir schaudert bei dem Gedanken.

„Nein!", sage ich laut. Einige Spaziergänger, die um mich
einen Bogen machen müssen, weil ich im Weg stehe, werfen
mir verwunderte Blicke zu. „Nein", wiederhole ich im Flüsterton. Ich gehe bis zu einer Bank am Flussufer und denke
angestrengt nach. Was würde Jakub tun, wäre er in meiner
Situation? Er glaubt an die Sache der Bewegung. Vielleicht
glaubt er sogar noch stärker an die Sache als an uns. Sonst
wäre er jetzt hier bei mir, nicht aber irgendwo untergetaucht,
um für den Widerstand zu arbeiten. Und ich wäre gar nicht
erst mit diesem Dilemma konfrontiert.

Es reicht, denke ich. Es führt zu nichts, dem nachzutrau-
ern, was hätte sein können. Dies hier ist nicht Jakubs Entscheidung. Er hatte mich ja überhaupt nicht in die Widerstandsbewegung hineinziehen wollen. Doch dafür ist es jetzt
zu spät. Es geht hier nicht um Jakub, auch nicht um ihn und
mich, sondern nur um mich. Ich bin auf mich allein gestellt,
und ich treffe die Entscheidung. Oder besser gesagt: Ich habe
sie längst getroffen. Plötzlich bedauere ich, so schnell einge-
willigt zu haben. Alek hatte mich vor die Wahl gestellt, und

209

ich hätte ablehnen können. Aber etwas an seiner Miene und an seinem Tonfall war anders als sonst gewesen. Eine Art stumme Verzweiflung. Offenbar habe ich als Einzige überhaupt eine Chance, nahe genug an den Mann heranzukommen, um zu tun, was getan werden muss.

Aber dieser Mann ist kein beliebiger Mann, sondern der Kommandant. Ein Nazi. Wieder sehe ich vor meinem geistigen Auge, wie diese Männer Łukasz' schwangere Mutter erschießen. Ich sehe Łukasz, wie er neben ihr steht, während sie auf dem Pflaster in ihrem eigenen Blut liegt und stirbt. Die Nazis haben sie umgebracht, und sie haben so viele andere umgebracht. Und der Kommandant ist einer von ihnen. Ausgerechnet ihm soll ich Zärtlichkeit vorgaukeln? Mir wird übel, wenn ich mir das nur vorstelle.

Noch während mir diese fürchterlichen Gedanken durch den Kopf gehen, überlege ich gleichzeitig, wie leicht es sein wird, dem Kommandanten näher zu kommen. Seit seiner Rückkehr aus Berlin lässt sich nicht mehr leugnen, wie sehr er sich zu mir hingezogen fühlt. Manchmal überlege ich, ob es mehr ist als rein körperliche Anziehung. Vielleicht empfindet er tatsächlich etwas für mich, auch wenn ich nichts weiter bin als eine – zumindest in seinen Augen – simple Polin.

Bislang habe ich ihn auf Abstand gehalten. Der Kommandant ist ein höflicher Mann, und ich weiß, er wird keine Annäherungsversuche unternehmen, wenn ich nicht damit einverstanden bin. Es wird natürlich seine Zeit dauern, um ihn glauben zu machen, seine Gefühle würden erwidert, aber mit der richtigen Strategie …

Halt!, ruft eine Stimme in meinem Kopf. Das ist doch Wahnsinn! Schlagartig wird mir klar, was ich da eigentlich vorhabe. Nein, das kann ich nicht machen! Ich beuge mich vor, bis ich im Wasser mein Spiegelbild sehe. *Wer bist du?*, frage ich, aber es kommt keine Antwort. Stattdessen reagiert das Spiegelbild mit einer Gegenfrage: *Was ist wichtiger?*

Meine Familie, denke ich sofort. Mein Ehemann und meine Familie. Die Antwort ist unverändert die gleiche.

Vom gegenüberliegenden Ufer ertönt plötzlich eine Sirene und reißt mich aus meinen Gedanken. Ich sehe auf und erkenne, dass sich ein Stück hinter den am Fluss gelegenen Häuserblocks das Ghetto befindet. *Meine Eltern.* Mit jedem weiteren Tag im Ghetto wird ihre Lage hoffnungsloser, die Chancen auf ein Entkommen schwinden zusehends. Mit jedem Tag werden sie ein wenig schwächer, und die Gefahr wächst, dass sie deportiert werden oder ihnen noch Schlimmeres widerfährt. Jeden Tag sterben Menschen wie meine Eltern, jeden Tag werden Menschen wie sie von den Deutschen erschossen. Darum hat mich Alek um diesen Gefallen gebeten. Er braucht die Informationen, damit die Bewegung versuchen kann, meine Eltern und alle anderen Juden aus dem Ghetto zu holen. Damit wir diese Mörder daran hindern, weiter zu töten. Ich kann das, ich kann helfen.

Auch wenn ich entschlossener bin als noch vor wenigen Minuten, bleiben doch die Zweifel. Wie soll ich den Kommandanten davon überzeugen, dass ich ihn mag? Werde ich in der Lage sein, mit einem Mann wie ihm intim zu werden? Vielleicht muss es ja gar nicht dazu kommen, sage ich mir. Vielleicht stoße ich ja schnell genug auf die gesuchten Informationen, um diesen letzten Schritt nicht gehen zu müssen. Es ist eine Lüge, an die ich unbedingt glauben möchte. Aber ob es so weit kommt oder nicht, ist jetzt nicht von Bedeutung. Mein Entschluss steht fest. Wenn es eine Chance gibt, dass ich durch mein Handeln meiner Familie helfen kann, dann muss ich es versuchen. Jakub wird es nie erfahren. Vielleicht, so überlege ich, entdecke ich sogar etwas, was uns beide schneller wieder zusammenbringt. Trotzig hebe ich mein Kinn an und mache mich auf den Heimweg.

13. KAPITEL

Als ich am nächsten Morgen zur Wawelburg hinaufgehe, fühle ich mich von meiner Mission gänzlich erfüllt. Es kommt auf jede Sekunde an, hat Alek gesagt. Also gibt es keinen Grund, den Kommandanten noch länger auf Abstand zu halten. Am besten lässt sich mein Vorhaben mit einem Pflaster vergleichen, das besonders fest auf der Haut klebt: Es ist besser, es mit einem einzigen Ruck abzureißen, anstatt es langsam und Stück für Stück zu versuchen. Die Frage ist nur, wie ich das anstellen soll.

An meinem Schreibtisch angekommen, sehe ich mir den Terminplan des Kommandanten an. Den ganzen Tag über sind Besprechungen am Außenring vorgesehen. Bei Außenterminen am Nachmittag kehrt der Kommandant anschließend meistens nicht mehr ins Büro zurück, sondern fährt direkt nach Hause und lässt sich die Arbeit in seine Wohnung schicken. Als ich später an diesem Vormittag durch den Empfangsbereich gehe, höre ich Oberst Diedrichsen zu Malgorzata sagen, dass ein Bote nach Feierabend verschiedene Akten zum Kommandanten bringen soll.

„Herr Oberst, ich kann die Akten auf dem Heimweg mitnehmen und bei ihm abgeben", mische ich mich ein. Diedrichsen sieht mich erstaunt an. „Es gibt einige Dinge, die der Kommandant heute Morgen mit mir durchsprechen wollte, aber wir hatten wegen seiner Termine keine Gelegenheit dazu", rede ich freundlich lächelnd weiter. „Dinge, um die er sich persönlich kümmern muss."

„Ich weiß nicht …", meint Diedrichsen zögerlich. Er ist ein typischer Deutscher, der sofort verwirrt reagiert, wenn etwas nicht genau nach Vorschrift läuft.

„Ich bin sowieso in seine Richtung unterwegs, weil ich noch Besorgungen machen muss", beharre ich, kann den Mann aber noch immer nicht recht überzeugen.

In diesem Moment klingelt Malgorzatas Telefon. „Jawohl?", meldet sie sich, dann sieht sie hoch. „Es ist für Sie, Herr Oberst."

Er nimmt den Hörer an, sieht zu mir und zuckt mit den Schultern. „Meinetwegen. Es ist ein schwerer Stapel Akten. Sorgen Sie dafür, dass Stanislaw Sie hinfährt."

Ich atme erleichtert auf, aber mein Magen verkrampft sich erneut. Immerhin habe ich mich soeben verpflichtet, den Kommandanten in seiner Wohnung aufzusuchen. Damit hat die schwierigste Aufgabe meines Lebens begonnen.

Um fünf Uhr am Nachmittag verlasse ich mein Büro mit den Akten für den Kommandanten. Stanislaw fährt mich zu seinem Wohnhaus und lässt mich vor der Haustür aussteigen. Vorsichtig gehe ich die Treppe hinauf, da ich vermeiden will, dass mir eine Akte hinunterfällt. Vor der Wohnungstür angekommen, zögere ich. Ich kann das nicht! Ich fühle, wie Panik in mir aufsteigt. Ich werde die Akten vor die Tür legen und gehen, überlege ich und platziere den Stapel auf der Fußmatte, dann wende ich mich ab. Bei meinem ersten Schritt knarrt ein Dielenbrett so laut, dass der Kommandant in seiner Wohnung darauf aufmerksam werden muss. „Hallo?", ruft es von drinnen. Fast bleibt mein Herz stehen, als ich höre, wie sich seine schweren Schritte der Tür nähern. Jetzt ist es zu spät, um noch wegzulaufen. Laut seufzend bücke ich mich und hebe die Akten auf. Als ich mich aufrichte, öffnet er die Tür. „Anna!", sagt der Kommandant erstaunt und sieht mich mit großen Augen an.

„Der Bote hatte schon Feierabend", behaupte ich, da ich weiß, dass er zu überrascht ist, um an meiner Geschichte zu zweifeln. „Oberst Diedrichsen erwähnte, Sie bräuchten die hier." Ich hebe die Akten leicht an, um ihn auf sie aufmerksam zu machen.

„Kommen Sie doch erst mal herein", fordert er mich auf und macht einen unsicheren Schritt zur Seite. Er hat seine

Jacke ausgezogen, die Ärmel sind hochgekrempelt, und das Hemd ist so weit aufgeknöpft, dass ich ein paar graue Haare auf seiner Brust erkennen kann. So zwanglos gekleidet habe ich ihn noch nie gesehen. Ich lege die Akten auf den Tisch, auf den er zeigt, und verharre dann ein wenig hilflos mitten in dem nur schwach beleuchteten Zimmer. Der Reisekoffer des Kommandanten steht in einer Ecke auf dem Fußboden, er ist geöffnet, aber seit der Rückkehr aus Berlin noch nicht ausgepackt worden. Im Zimmer ist es viel zu warm, die Luft ist schwer vom Geruch nach Weinbrand und Schweiß.

„Willkommen", erklärt er und macht eine ausholende Geste mit der Hand, in der er ein Glas hält. Die bräunliche Flüssigkeit schwappt bedenklich hin und her. Mir wird klar, dass er wieder getrunken hat. So habe ich ihn bislang nur kurz vor seiner Abreise nach Berlin erlebt, und besorgt frage ich mich, was ihn diesmal aus der Fassung gebracht hat. „Kommen Sie, setzen Sie sich." Gegen meinen Willen gehe ich zum Sofa und nehme auf der äußersten Kante Platz. „Möchten Sie etwas trinken?", fragt er.

Mein Magen dreht sich um, und ich muss mich zwingen, nicht aufzuspringen und aus der Wohnung zu rennen. „Ja, bitte." Vielleicht bekomme ich ihn so dazu, noch mehr zu trinken, bis er einschläft. Dann könnte ich mich in aller Ruhe umsehen, ohne ihm überhaupt näherkommen zu müssen. „Vielen Dank", sage ich, als er mir ein Glas hinhält. Ich nippe daran und muss fast husten, so sehr brennt der Alkohol in meinem Hals.

Der Kommandant trinkt sein Glas in einem Zug leer, geht zum Fenster und zieht die schweren Vorhänge auf. Auf der Scheibe liegt ein grauer Schmutzfilm. „Fehlt Ihnen das Meer, Anna?"

Ich stutze, da mich seine Frage völlig unvorbereitet trifft. „Ich habe noch nie …" Mitten im Satz halte ich inne. Fast hätte ich gesagt, dass ich noch nie das Meer gesehen habe.

Aber Anna kommt aus Gdańsk, und das ist eine Hafenstadt. Für einen Moment habe ich nicht daran gedacht, welche Rolle ich spiele.

„Noch nie was?", will er wissen.

„Noch nie einen so trockenen Spätsommer erlebt", improvisiere ich, während ich versuche, die Ruhe zu bewahren.

„Mmhm", murmelt der Kommandant und nickt zustimmend. Er ist zu betrunken, um zu merken, dass meine Erwiderung nicht zu seiner Frage passt. „An der Küste ist das Wetter viel milder", fügt er noch hinzu. Plötzlich habe ich das Gefühl, mich auf Messers Schneide zu bewegen. Ein einziger falscher Schritt und mein Leben ist verwirkt.

Ich nehme noch einen kleinen Schluck und genieße nun das wohlige Gefühl, das der Weinbrand in meinem Magen auslöst. Der Kommandant schaut wieder aus dem Fenster. Was soll ich jetzt tun? Wie soll ich mich diesem Mann nähern? Ich weiß nicht, wie man mit einem Mann schäkert, erst recht nicht, wie man ihn verführt. Als ich Jakub kennenlernte, war das anders. Wir waren beide jung, und er … *Halt!*, ermahne ich mich. Wenn ich jetzt zulasse, dass ich an meinen Ehemann denke, werde ich erst recht nicht in der Lage sein, mein Vorhaben in die Tat umzusetzen. Doch es ist bereits zu spät, im Geiste sehe ich Jakubs Gesicht.

„Nun, es ist schon spät", erkläre ich unsicher und stehe auf. „Ich sollte mich auf den Heimweg machen." Wieder zögere ich, denn auf der einen Seite möchte ich mich so schnell wie möglich in Krysias Haus flüchten, auf der anderen Seite hoffe ich, der Kommandant wird mich zurückhalten. „Nochmals danke für den Weinbrand", sage ich, während er mir zur Tür folgt.

„Anna." Plötzlich überholt er mich und versperrt mir den Weg. Als er seine Hand ausstreckt, muss ich mich zusammenreißen, um nicht vor ihm zurückzuschrecken. Er berührt meine Schläfe und streicht eine Haarsträhne zurück. Dabei berühren seine Finger leicht meine Wange. „Gute Nacht", flüstert er, ohne mir den Weg zur Tür freizugeben.

„Gute Nacht", erwidere ich und wende mich von ihm ab. Meine Wangen glühen. Ich greife um ihn herum und bekomme den kühlen Messingtürgriff zu fassen. Es gelingt mir, die Tür weit genug zu öffnen, um mich durch den Spalt nach draußen zu zwängen.

„Anna", ruft er, während er mir nach draußen folgt. Das Blut rauscht so sehr in meinen Ohren, dass ich ihn kaum hören kann. Ich zögere und tue dann etwas, worüber ich mich den Rest meines Lebens wundern werde: Ich drehe mich zu ihm um. Im nächsten Moment drückt der Kommandant seine Lippen auf meinen Mund und reißt mich an sich.

Mir fehlt die Erinnerung daran, wie ich zurück in seine Wohnung gelangte oder wann ich meinen Mantel auszog. Mein Gedächtnis scheint sich genauso abgeschaltet zu haben wie mein Verstand. Allein mein Geschmacks-, Geruchs- und Tastsinn arbeiten noch, ich schmecke das salzige Aroma seiner Haut auf meiner Zunge, ich spüre seine Bartstoppeln an meiner Wange. Mir fällt ein, dass ich die Rolle vergessen habe, die ich spiele. Anna sollte eine Jungfrau sein, ruft mir eine Stimme irgendwo tief aus meinem Inneren zu. Anna sollte schüchtern und zurückhaltend sein. Stattdessen stammen die Laute, die über meine Lippen kommen, von einer Frau, die das Verlangen kennt. Gleiches gilt für die Art, wie ich mich an ihn klammere. Aber diese Frau ist ganz sicher auch nicht Emma, denn als mich der Kommandant hochhebt und mich in sein Schlafzimmer trägt, da bin ich nur noch halb bekleidet, und ich erwidere seine Küsse auf eine Weise, die meinen Vorsatz Lügen straft, das alles lediglich zu spielen. Später werde ich mir einreden, meine Begierde sei nur Teil meiner Rolle, meiner Mission gewesen, um diesem Mann näherzukommen. Doch in dem Augenblick, da er mich auf sein Bett legt, meinen Rock hochschiebt und mich unter sich begräbt, da verliere ich mich in seinen Armen und gebe mich dem sehnsüchtigen, verzweifelten Liebesspiel hin.

Stunden später liege ich zitternd auf dem schweißnassen Bettlaken. Meine Arme und Beine schmerzen, und ich weiß, ich werde wohl einige blaue Flecken davontragen, so wie er auch. Der Kommandant liegt leise schnarchend neben mir, einen Arm über seinem Kopf, den anderen quer über meinem Bauch ausgestreckt. Zuvor, als sein Atem nicht mehr ganz so schwer ging und er wieder sprechen konnte, da hatte er sich bei mir entschuldigt. „Es tut mir leid", hatte er geflüstert und über mein Gesicht gestrichen. Ich wusste, er meinte seine raue Art. Da er es für mein erstes Mal hielt, hätte es sanft und romantisch sein sollen. Ich presste bei seinen Worten die Lippen aufeinander und hoffte, er würde es als ein Lächeln deuten. Ich konnte nur nicken, weil ich mich vor dem fürchtete, was mir womöglich herausrutschen würde, sollte ich den Mund aufmachen. Er lächelte leicht auf mich hinab und schlief wenig später ein.

Jetzt liege ich wach neben ihm, und allmählich beginne ich zu verstehen, was hier passiert ist. Ich habe mit einem anderen Mann geschlafen. Mit einem Nazi. Ich wollte ja gehen, sage ich mir, doch noch während ich das denke, erkenne ich, dass mein Handeln nur Teil des Spiels war, ihn zu verführen. Ich habe Jakub mit voller Absicht betrogen. *Nicht hier! Denk nicht hier darüber nach!* Doch die Warnung kommt zu spät. Panik regt sich in mir, und ich halte es nicht länger aus, neben diesem fremden Mann zu liegen. Darauf bedacht, den Kommandanten nicht zu wecken, entziehe ich mich seinem schweren Arm, kleide mich an und verlasse die Wohnung.

An der Haustür angelangt, zögere ich kurz, da ich fürchte, Stanislaw könnte noch immer mit dem Wagen auf mich warten. Ich würde es nicht ertragen, jetzt irgendjemandem gegenüberzutreten. Aber natürlich ist Stanislaw nicht mehr da. Stunden sind vergangen, seit er mich abgesetzt hat, und am

217

Stand des Mondes kann ich erkennen, dass es fast Mitternacht ist. Die Straßen sind menschenleer, da die Einwohner zu große Angst davor haben, während der Ausgangssperre erwischt zu werden. Normalerweise wäre das auch für mich ein Grund zur Sorge, doch ich bin zu sehr damit beschäftigt, diesen Ort hier hinter mir zu lassen. Ich gehe in Richtung der Straße, die mich nach Hause führen wird.

Meine Gedanken überschlagen sich. Ich hätte nie erwartet, dass es so schnell passieren würde. Ich hatte mit vielen Tagen oder gar Wochen Vorbereitung gerechnet, aber es dauerte nur ein paar Momente, und schon gab es kein Zurück mehr … *Hör auf!*, ermahne ich mich einmal mehr. *Denk nicht darüber nach.* Ich gehe etwas schneller und atme tief und gleichmäßig durch. *Du hast es getan. Das Schlimmste liegt hinter dir, und du hast es überlebt.* Plötzlich überkommen mich eine sonderbare Ruhe und Gelassenheit.

Ich sehe den Kommandanten vor mir, wie er mich auf die Matratze drückt. Als würde ich einen Film betrachten, nehme ich wahr, wie ich meine Arme um ihn lege und mich dem Rhythmus seiner Bewegungen anpasse. Ich bleibe stehen, da die Erinnerung mir Übelkeit bereitet. Hinter einem großen Busch am Straßenrand beuge ich mich vornüber und dämpfe die unvermeidlichen Würgegeräusche so weit wie möglich, während mein Magen den vorwiegend aus Weinbrand bestehenden Inhalt erbricht. Ich weiß nur zu gut, dass es nicht ratsam ist, Aufmerksamkeit zu erregen, auch nicht mitten in der Nacht auf einer einsamen Straße.

Als sich mein Magen beruhigt hat, richte ich mich auf, wische meinen Mund ab und atme tief durch. Nirgendwo ist ein Mensch zu sehen, nur eine Ratte steckt den Kopf aus einem Gully und scheint mich verächtlich anzusehen. Ich hatte es tun müssen, erkläre ich stumm. Ich musste es danach aussehen lassen, dass ich ihn wirklich mag und den Augenblick genieße. Die Ratte läuft davon. Ich seufze, streiche mein Haar glatt und mache mich auf den langen Weg nach Hause.

Nach vielleicht einem Kilometer bleibe ich erneut stehen. *Die Dokumente!*, geht es mir durch den Kopf. Ich habe die Wohnung des Kommandanten so hastig verlassen, dass mir entfallen ist, nach den Dokumenten zu suchen, die Alek benötigt. Keine Sorge, meldet sich abermals meine innere Stimme. Es wäre nicht ratsam gewesen, gleich beim ersten Mal seine Wohnung auf den Kopf zu stellen. Erst einmal muss ich seine Schlafgewohnheiten beobachten, damit ich mir sicher sein kann, dass er nicht plötzlich aufwacht. Beim ersten Mal … Mir schaudert. Es wird weitere Male geben. Schon wieder verkrampft sich mein Magen.

Ich benötige Stunden, bis ich Krysias Haus erreiche. Als ich dort ankomme, ist alles dunkel. Krysia und Łukasz schlafen tief und fest. Ob sie sich meinetwegen Sorgen gemacht haben, als ich nach Feierabend nicht nach Hause kam? Zwar habe ich am Morgen erwähnt, dass ich womöglich länger arbeiten würde, aber bis jetzt habe ich Krysia noch nichts von meiner „Mission" erzählt. Möglicherweise hat sie aber auf anderen Wegen davon erfahren. Sie scheint einiges mehr über die Bewegung zu wissen, als sie zugibt. Jedenfalls bin ich froh, dass sie schläft. Im Augenblick könnte ich mich ihren Fragen nicht stellen.

In meinem Zimmer angekommen, lasse ich mich erschöpft aufs Bett sinken. Alles tut mir weh, und ich möchte mir am liebsten den Schmutz und die Schmach vom Körper waschen. Stattdessen lege ich mich hin und ziehe die Decke über mich. Obwohl ich todmüde bin, kann ich nicht einschlafen, weil ich unablässig mit Schrecken an den Moment denken muss, da ich dem Kommandanten im Büro begegne. Ich werde ihm in die Augen sehen müssen, und beide werden wir wissen, was zwischen uns geschehen ist. Dabei muss ich den Eindruck erwecken, als wolle ich, dass es wieder geschieht. Vielleicht … ich versuche mir den Terminkalender auf meinem Schreibtisch vorzustellen. Morgen ist der 12. August. Mir fällt ein, dass der Kommandant den ganzen Tag am Außenring verbringt. Also werde ich ihn gar nicht zu Gesicht bekommen. Unendliche Erleichterung erfasst mich.

Doch dann halte ich mitten in meiner Freude inne. Der 12. August ist unser Hochzeitstag! Wie konnte ich das nur vergessen? Morgen ist es genau drei Jahre her, dass wir uns im Salon von Jakubs Eltern das Jawort gaben. Nach der Zeremonie und einem bescheidenen Mittagessen waren wir mit dem Zug nach Zakopane gereist, einer Kleinstadt sechzig Kilometer südlich von Kraków, eingebettet in die Berge der Hohen Tatra an der Grenze zwischen Polen und der Tschechoslowakei. Dort verbrachten wir unsere Flitterwochen, indem wir drei Tage in einem kleinen Gasthaus am Fuß der Berge blieben. Wir unternahmen lange Spaziergänge durch die Natur und durch die kleine, gemütliche Stadt. Ich hatte Jakub einen Pullover gekauft, den eine Bäuerin gestrickt hatte. Von ihm bekam ich eine Bernsteinkette.

Ich erinnere mich jetzt wieder, wie wir in diesen ersten gemeinsamen Nächten im Bett lagen. Ich wusste nur wenig über die Liebe, und Jakubs sanfte, wissende Berührungen ließen mich überlegen, ob er vor mir schon andere Frauen gehabt hatte. Er ging mit meiner Unerfahrenheit zärtlich und geduldig um, und er zeigte mir nie gekannte Freuden, die meine Wangen zum Glühen brachten.

Am letzten Tag unserer Flitterwochen fuhren wir mit der Seilbahn auf einen der Gipfel. Beim Blick über die Grenze in die Tschechoslowakei konnte ich nur staunen, da ich solch gewaltige Landschaftsbilder bis dahin nur von Gemälden kannte. Jakub drückte meine Hand und versprach mir: „Im Winter kommen wir wieder her, und dann bringe ich dir das Skifahren bei."

Mir kommt das alles vor, als wäre es in einem anderen Leben gewesen. Ich frage mich, was wir an unserem Hochzeitstag unternommen hätten, wäre Jakub noch bei mir. Vielleicht eine erneute Reise nach Zakopane? Oder nur ein Picknick unten am Fluss? Ich seufze laut. Ich bin jetzt schon fast so viele Tage von ihm getrennt, wie ich sie an seiner Seite verbracht habe. Immer noch liebe ich ihn so sehr wie bei unserer Hochzeit, aber manchmal fällt es mir schwer, sein Gesicht klar und deutlich vor mir zu sehen. Und nun habe ich auch noch unsere Ehe verraten und mit einem anderen Mann geschlafen. Tränen laufen mir über die Wangen, als ich darüber nachdenke. Ich versuche mir zu sagen, dass ich es für Jakub tat – für ihn und für die Sache, an die er glaubt. Aber dieser Gedanke kann mich nicht trösten. Ich drehe mich auf die Seite und weine mich in den Schlaf.

Am nächsten Morgen stehe ich früh auf und mache mich auf den Weg zur Arbeit. Für Krysia lege ich einen Zettel hin, damit sie sich keine Sorgen um mich macht. Noch kann ich ihr nach dem gestrigen Abend nicht gegenübertreten. Während ich zur Haltestelle gehe, muss ich an den Kommandanten denken. In der Nacht hätte ich mir nicht vorstellen können, ihm noch einmal unter die Augen zu treten. Doch im Licht des neuen Tages weiß ich, mir bleibt gar keine andere Wahl. Ich hoffe, vor Malgorzata im Büro zu sein, damit ich nicht an ihr vorbei muss. Ganz bestimmt würde sie mir ansehen, wie sehr ich mich schäme. Zum Glück funktioniert mein Plan, und das Büro ist noch leer. Ein Blick auf den Terminkalender bestätigt meine Erinnerung, dass der Kommandant den ganzen Tag über nicht im Haus sein wird. Zwar bin ich viel zu erschöpft, um meine Arbeit zu bewältigen, doch zumindest bleibe ich bis zum Feierabend in meinem Vorzimmer völlig unbehelligt.

Als ich am Abend zu Krysia heimkomme, ist es im Garten auffallend ruhig. Normalerweise spielt sie um diese Zeit dort mit Łukasz, während sie auf meine Rückkehr wartet. Einen Moment lang überlege ich, ob das wohl die Revanche dafür ist, dass ich gestern Abend so spät zurückkam und mich heute Morgen in aller Frühe aus dem Haus geschlichen habe.

Ich öffne die Haustür. „Hallo?" Keine Antwort. Irgendetwas muss passiert sein, überlege ich und stürme die Treppe nach oben. Dort stoße ich auf Krysia, die den in eine Decke gewickelten Łukasz in den Armen hält und aufgewühlt im Zimmer auf und ab geht. „Er ist krank", erklärt sie und sieht mich mit großen Augen an.

„Komm, ich nehme ihn." Doch Krysia weicht zurück, als ich mich ihr nähere.

„Wir können es uns nicht leisten, dass du auch noch krank wirst und nicht ins Büro gehen kannst", erwidert sie kühl.

„Krysia, bitte", beharre ich und nehme das Kind an mich. Łukasz' Gesicht ist blass, seine halb geschlossenen Augen haben einen glasigen Glanz. Die Stirn ist glühend heiß, schweißnasse Locken kleben auf seiner Haut. Doch was mich am meisten beunruhigt, ist sein Schluchzen. Normalerweise ist der Junge ruhig und genügsam, aber jetzt jammert er kläglich, und an seinen geröteten Augen erkenne ich, dass er den ganzen Tag lang geweint hat.

„Er hat sich mehrmals übergeben, und er kann kein Essen bei sich behalten", erklärt Krysia, während sie hinter mir steht und mir über die Schulter sieht. Mir macht Angst, dass sie so aufgelöst wirkt. Ihr sonst so perfekt frisiertes Haar ist wirr und zerzaust, das Kleid ist mit Flecken übersät. Und zum ersten Mal sehe ich in ihren Augen einen panischen Ausdruck.

„Wie wäre es mit einem kühlen Bad, um das Fieber zu senken?", schlage ich vor. Sie schüttelt nur ungeduldig den Kopf.

„Das habe ich schon versucht."

„Na, dann machen wir es eben noch mal." Ich wickle den Jungen aus der Decke und ziehe ihn aus, obwohl ich selbst nicht so recht weiß, was ich da tue. Krysia begibt sich wortlos ein Stockwerk höher und bereitet das Bad vor.

Als ich Łukasz zur Treppe tragen will, bemerke ich aus dem Augenwinkel etwas leuchtend Rotes. Ich bleibe stehen und sehe, dass es sich um einen Strauß Rosen handelt, der mitten auf dem Tisch steht. Auch ohne Krysia zu fragen, weiß ich, von wem die Blumen kommen.

„Ich habe es mit allen Hausmitteln versucht", erklärt sie Minuten später, nachdem ich den Jungen in die Wanne gesetzt habe und etwas Wasser auf seinen Kopf träufele. Er weint jetzt nicht mehr, aber er fühlt sich immer noch so an, als würde er glühen.

„Kinder werden krank, das ist ganz normal", erwidere ich, ohne von meinen Worten überzeugt zu sein. Seit Łukasz bei uns ist, war er noch nie krank. Unwillkürlich kommt es mir so vor, als sei seine Erkrankung so kurz nach meiner Nacht mit dem Kommandanten kein Zufall. Bestimmt soll ich für meine Sünden bestraft werden.

Das Problem besteht natürlich nicht nur darin, dass der Kleine krank ist – wir können ihn auch nicht zu einem Arzt bringen. Jüdische Jungen sind beschnitten, polnische Jungen dagegen nicht. Ein Doktor, der Łukasz untersucht, wird sofort seine wahre Identität erkennen. Es gibt keinen jüdischen Arzt mehr, an den wir uns wenden können, und wir kennen keinen polnischen Arzt, dem wir vertrauen können. Die Gefahr ist zu groß, dass er uns anschwärzt, weil wir den Jungen bei uns verstecken. Ich empfinde es als große Schande, dass Krysia all ihrer guten Kontakte und ihrer Verbindung zum Widerstand zum Trotz keinen vertrauenswürdigen Mediziner kennt.

Als die Fingerspitzen des Jungen bereits runzlig werden, nehme ich ihn aus der Wanne und wickle ihn in frische Handtücher. Während ich ihn abtrockne, scheint er in einen unruhigen Schlaf zu sinken, wobei die Augen hinter seinen Lidern hin und her tanzen. Ich frage mich, wovon ein Kind in seinem Alter wohl träumt. In einem anderen Leben würde er in seinen Träumen unbeschwerte Erlebnisse verarbeiten können. So aber wird er sicherlich von Albträumen verfolgt, in denen er sieht, wie seine Mutter erschossen und sein Vater verschleppt wird. Wie man ihn versteckt hält und in der Nacht zu fremden Menschen bringt. Ganz gleich, wie sehr Krysia und ich uns bemühen, ihm ein Gefühl von Geborgenheit zu vermitteln, er wird niemals den Schrecken vergessen, den er als Kind mitansehen musste.

Wir ziehen Łukasz einen frischen Schlafanzug an und bringen ihn zurück ins Bett. „Wir sollten abwechselnd aufbleiben und ihn beobachten", sagt Krysia, ich nicke zustimmend. Allerdings kann sich keiner von uns durchringen, sich schlafen zu legen, und so sitzen wir schließlich beide bei ihm – Krysia in dem kleinen Stuhl neben seinem Kinderbett, ich auf einem Kissen auf dem Boden. Wir beobachten ihn und fühlen alle paar Minuten seine Stirn.

„Die Blumen hat der Kommandant schicken lassen", flüstert Krysia, als Łukasz zur Ruhe gekommen ist und wieder gleichmäßig atmet.

„Ich weiß", erwidere ich tonlos.

„Geht es dir gut?", fragt sie.

Ich zucke nur mit den Schultern, da ich keinen Ton herausbekommen kann.

„Es wird alles gut werden, meine Liebe. Das verspreche ich dir."

Keiner von uns sagt noch etwas. Als ich ein paar Minuten später zu Krysia hinüberschaue, ist sie auf ihrem Stuhl eingedöst. Ihren Kopf hat sie gegen die Wand gelehnt, der Mund steht ein wenig offen. Sieh an, denke ich. Die Grande Dame von Kraków *schnarcht* also. Früher hätte mich das überrascht, heute weiß ich, nichts ist so, wie es scheint.

Ich sitze auf dem Kissen und sehe den beiden zu, wie sie schlafen – den beiden Menschen, die für mich zur Familie geworden sind. Erst an diesem Abend dürfte Krysia und mir bewusst geworden sein, was uns dieser Junge bedeutet. Anfangs war es unsere Aufgabe, uns um ihn zu kümmern, weil wir so der Bewegung helfen konnten. Jetzt ist er unser Kind: mein Sohn, den ich eines Tages hoffentlich mit Jakub haben werde, und Krysias Enkel, den sie nie haben wird.

Zum ersten Mal mache ich mir Gedanke darüber, was nach dem Krieg sein wird. Wird der Rabbi wie durch ein Wunder das Lager überleben und sein Kind zurückhaben wollen? Und wenn nicht, wird Łukasz dann bei mir oder bei Krysia bleiben? Eine Antwort darauf zu finden, bedeutet für mich, mir mein Leben nach dem Krieg vorzustellen. In meinen Träumen werde ich wieder mit Jakub und meiner Familie vereint sein. Ich ertrage es nicht, etwas anderes in Erwägung zu ziehen. Ich habe keine Ahnung, wo wir leben werden. Ich glaube kaum, dass wir in Kraków bleiben. Die jüdische Gemeinde wurde zerschlagen, und es könnte nie wieder so sein wie früher. Und wenn ich nach dem urteile, was ich gelegentlich auf der Straße aufschnappe, ist man in Kraków mehr als froh, uns Juden los zu sein. Jakub und ich werden sicher nicht in eine schöne Wohnung im Stadtzentrum ziehen können, und die Universität wird uns auch nicht wieder einstellen.

Würde es uns im Rest der Welt besser ergehen? Ich habe schon früher von den magischen Königreichen gehört: New York, London und sogar Jerusalem. Ich kann mir diese märchenhaften Orte nicht vorstellen, die ich noch nie gesehen habe. All diese Gedanken sind so überwältigend, dass ich selbst einzudösen beginne.

Im ersten Licht des neuen Tages wache ich auf, alle Knochen tun mir weh, weil ich die Nacht auf dem Fußboden verbracht habe. Krysia schläft noch immer auf ihrem Stuhl. Ich stehe auf und lege ihr eine kleine Decke um die Schultern. Als ich in das Kinderbett sehe, bemerke ich, dass Łukasz wach ist. Er weint nicht, sondern hält seine Füße umklammert und plappert leise vor sich hin.

„Łukaszku", sage ich leise und strecke eine Hand nach ihm aus, woraufhin er mir die Arme entgegenreckt, als wäre es ein Morgen wie jeder andere. Als ich ihn hochnehme, legt er die Arme um meinen Hals, während ich meine Lippen sanft auf seine Stirn drücke. Sie fühlt sich wieder kühl an.

„Danke", flüstere ich ihm zu. Tränen steigen mir in die Augen. Wie es scheint, will Gott mich zumindest nicht auf diese Weise bestrafen. „Danke."

Łukasz sieht mich an und lächelt. Ich bin mir nicht sicher, aber es könnte sein erstes richtiges Lächeln sein, seit er zu uns gekommen ist. „Na", ruft er. „Na."

„Anna?", frage ich und betone die zweite Silbe.

„Na", wiederholt er und greift nach meiner Nase. Nun muss ich lächeln. Er versucht meinen Namen auszusprechen. Dass es eigentlich nicht mein Name ist, soll mich nicht kümmern. Łukasz ist wieder gesund, und er wirkt glücklicher als je zuvor. Der Schrecken der letzten Nacht hat mir vor Augen geführt, wie leicht uns in dieser Welt auch das Wenige, was wir haben, von einem Moment zum nächsten weggenommen werden kann. Weil ich Krysia nicht aufwecken will, schleiche ich mit dem Jungen auf dem Arm nach unten, um das Frühstück vorzubereiten.

14. KAPITEL

An diesem Morgen möchte ich am liebsten nicht zur Arbeit
gehen. „Ich sollte besser zu Hause bleiben", sage ich zum
scheinbar hundertsten Mal. „Der Junge wird sich zu sehr
aufregen, wenn ich fortgehe."

Krysia schüttelt den Kopf. „Du musst zur Arbeit gehen."
Ihr Blick wandert zu den Rosen, die nun in einer weißen
Porzellanvase stehen. Offenbar ist sie besorgt, der Kommandant könnte argwöhnisch werden, wenn ich nicht im Büro
erscheine.

„Also gut", lenke ich schließlich ein. Trotzdem bleibe ich
mit dem Mantel über dem Arm und dem Korb in der Hand
weiter im Türrahmen stehen.

„Ihm geht es wieder gut", versichert sie mir und beugt
sich vor, um durch Łukasz' Haar zu fahren. Beim Anblick
seiner strahlenden Augen und der rosigen Wangen weiß ich,
sie hat recht. Es ist so, als wäre er nie krank gewesen. Trotzdem verfolgt mich die Erinnerung an die letzte Nacht und
an die Angst, ihn zu verlieren. Ich muss gegen den Wunsch
ankämpfen, ihn an mich zu drücken und zu küssen, was ihn
nur unnötig darauf aufmerksam machen würde, dass ich das
Haus verlasse.

Schließlich wende ich mich ab. „Ich werde zeitig zurück
sein", versichere ich.

„Keine Sorge", ruft Krysia mir nach. „Uns passiert schon
nichts."

Gerade noch erwische ich den Omnibus, der soeben vorfährt. Dennoch komme ich durch meine Trödelei zu spät ins
Büro. Malgorzata sitzt schon an ihrem Schreibtisch und wirft
mir einen verächtlichen Blick zu, als ich eintrete. Kaum habe
ich meine Sachen hinter meinem Schreibtisch verstaut, geht
die Tür zum Büro des Kommandanten auf, und Diedrichsen
kommt ins Vorzimmer. „Der Kommandant hat nach Ihnen

gerufen", sagt er. Sieht er mich tatsächlich etwas seltsam an, oder bilde ich mir das nur ein? Vielleicht weiß er etwas. Aber ich habe jetzt keine Zeit, darüber nachzudenken. Stattdessen nehme ich meinen Notizblock, streiche mein Haar glatt und wappne mich für die unausweichliche Konfrontation. Ich betrete das Büro des Kommandanten und sehe ihn seit unserer gemeinsamen Nacht zum ersten Mal wieder.

Er geht hinter seinem Schreibtisch auf und ab, dabei liest er einen Bericht. Ich wische mir die schweißnassen Handflächen am Rock ab und atme tief durch. „G-guten Morgen, Herr Kommandant", begrüße ich ihn, wobei ich vergeblich versuche, meine Stimme nicht zittern zu lassen.

Abrupt bleibt er stehen und hebt den Kopf. Ein sonderbarer Ausdruck huscht über sein Gesicht, der mir bei ihm fremd ist. Ist es Wut? Oder Erleichterung? „Sie sind spät." Seine Stimme hat keinen vorwurfsvollen Unterton.

Ich gehe auf ihn zu. „Es tut mir leid", erwidere ich. „Aber ich …"

Er hebt eine Hand. „Sie müssen sich nicht entschuldigen. Es ist nur nicht Ihre Art, deshalb war ich besorgt, dass Sie …" Mitten im Satz bricht er ab und sieht weg, dennoch verstehe ich, was er sagen will. Er hatte Angst, ich würde nach dem, was zwischen uns geschehen ist, nicht zur Arbeit kommen wollen. Mit Erstaunen begreife ich, dass auch er nervös ist.

„Damit hat es nichts zu tun, Herr Kommandant", erkläre ich rasch. Ich stehe jetzt neben seinem Schreibtisch, sein Gesicht ist nur wenige Zentimeter von meinem entfernt. Ich kann seinen Geruch wahrnehmen, und es kostet mich all meine Kraft, die Erinnerung an die vorletzte Nacht beiseite zu drängen. „Es ist nur so, dass Łukasz krank war." Sofort bedauere ich diese Worte, denn ich habe zu viel gesagt. Der Kommandant legt seinen Bericht zur Seite und nimmt meine Hand in seine.

„Wie geht es ihm? Ist es etwas Ernstes?" Er scheint wirklich in Sorge zu sein.

Ich muss schlucken. Mir fällt es schwer zu sprechen, solange seine warmen Hände meine Finger umschließen. „Danke der Nachfrage. Es geht ihm wieder gut. Es war ein Fieber, wie Kinder es schon mal bekommen."

„Sie hätten mich benachrichtigen sollen. Mein Leibarzt hätte nach ihm sehen können."

Genau deshalb habe ich Sie ja nicht benachrichtigt. „Das ist wirklich sehr nett", erwidere ich und bete, dass er nicht darauf besteht, den Jungen dennoch untersuchen zu lassen. „Aber es war nicht nötig. Heute Morgen geht es ihm wieder bestens." Ich ziehe meine Hand weg und deute auf den Tisch bei der Sitzgruppe. „Sollen wir den Terminplan für heute durchgehen?" Er nickt und folgt mir zum Sofa, wo er sich gleich neben mich setzt. Ich bespreche mit ihm die Termine sowie die Korrespondenz, die sich am Tag zuvor angesammelt hat. Als wir fertig sind, sehe ich auf und bemerke, wie eindringlich er mich betrachtet. „Wenn das dann alles wäre …?", frage ich und senke meinen Blick.

„Ja, danke."

Ich stehe auf und gehe zur Tür.

„Nein, Anna, warten Sie bitte noch einen Moment."

Als ich mich zu ihm umdrehe, schweigt er sekundenlang. Es ist offensichtlich, dass er nach den richtigen Worten sucht. In dem Moment weiß ich, er möchte mich fragen, ob ich wieder mit ihm ausgehe. „Da wäre noch eine Sache …" Wieder gerät er ins Stocken. „Ich würde gern wissen, ob Sie heute Abend schon etwas vorhaben. Ich hatte mir überlegt, dass wir vielleicht zusammen essen gehen könnten."

„Das würde ich liebend gern, Herr Kommandant, aber da sich Łukasz noch von der letzten Nacht erholt, möchte ich heute Abend lieber bei ihm sein." Das ist keine Lüge. Außerdem schlage ich das Angebot schon deshalb aus, weil

229

ich weiß, dass es nicht damenhaft ist, eine so kurzfristige Einladung allzu bereitwillig anzunehmen.

Er nickt. Sein Gesicht ist ausdruckslos und wirkt so, als überspiele er seine Enttäuschung. „Das kann ich verstehen. Dann vielleicht am Samstagabend?"

Ich stehe schweigend da. Ein Teil von mir will Nein sagen und gleichzeitig das, was vor zwei Nächten geschah, als einen einmaligen Ausrutscher abtun, als einen Fehler, der sich nicht wiederholen wird. Aber das bringt mich in meiner Mission keinen Schritt weiter. „Das wäre schön, Herr Kommandant", antworte ich. „Vorausgesetzt, Łukasz erleidet keinen Rückfall."

„Sehr gut. Ich werde am frühen Samstagnachmittag einen Boten zu Ihnen schicken, damit Sie ihm sagen können, ob Sie Zeit haben."

Schließlich verlasse ich das Büro und kehre ins Vorzimmer zurück. Ich fühle mich von meinen Gefühlen hin und her gerissen. Ein Teil von mir hatte gehofft, der Kommandant würde unsere Nacht ebenfalls als eine einmalige Sache betrachten und sich nicht weiter um mich bemühen. Mir war jedoch klar gewesen, dass das nicht sehr wahrscheinlich ist. Die Blumen und die Art, wie er mich ansieht, sprechen eine zu deutliche Sprache. Und obwohl ich es mir kaum eingestehen will, bin ich doch erleichtert, dass er mich wiederzusehen wünscht. *Es hat nichts damit zu tun, dass es dich kümmert, was er von dir hält,* versuche ich mir weiszumachen, als ich mich an meinen Schreibtisch setze. *Du willst schließlich nur zurück in seine Wohnung, um nach den Informationen zu suchen.*

Dass ich erneut mit dem Kommandanten ausgehe, bedeutet auch, mit Krysia über ihn reden zu müssen. Ich will das erledigen, sobald ich nach Hause komme. Doch als ich am Abend heimkehre, spielt sie mit Łukasz im Garten. Es ist ein wunderschöner Anblick, und ich kann mich nicht dazu durchringen, das Thema anzusprechen. Später, nach dem Abendessen und als der Junge im Bett liegt, folge ich ihr in den Salon. Sie setzt sich und nimmt den Pullover auf, den sie für Łukasz gestrickt hat. „Er sieht so gut wie fertig aus", sage ich.

Sie hält ihn hoch und betrachtet ihn. „Ich glaube, ich werde noch einen Kragen ansetzen."

Voller Unbehagen trete ich von einem Fuß auf den anderen. „Der Kommandant hat mich für morgen Abend wieder eingeladen."

Krysia sieht mich ruhig an. „Ich verstehe."

Ich blicke nach unten und betrachte interessiert meine Schuhspitzen. „Ich wollte es dich wissen lassen ... es dir erklären ..."

„Du bist mir keine Erklärungen schuldig", unterbricht sie mich.

„Danke", entgegne ich unbeholfen. „Aber mir ist es wichtig, dass du es weißt. Alek hat mich darum gebeten, er ... er glaubt, es sei für die Bewegung wichtig."

„Und was glaubst du?"

Ich zögere. „Ich glaube, ich habe keine andere Wahl", sage ich und lasse mich zu ihr aufs Sofa sinken.

„Man hat immer eine Wahl, Emma", widerspricht sie mir. „Wir müssen für unser Handeln Verantwortung übernehmen. Nur so können wir verhindern, dass wir zu Opfern werden, und nur so können wir unsere Würde bewahren."

Würde. Welche Ironie. Ich habe meine Würde vor zwei Nächten in der Wohnung des Kommandanten verwirkt. Aber Krysia hat recht, was die Verantwortung angeht. Ich beiße mir auf die Unterlippe. „Dann entscheide ich, dass ich mich wieder mit ihm treffe. Für meine Eltern und für den Widerstand."

Krysia legt eine Hand auf meine Schulter. „Ich weiß, diese Entscheidung fällt dir nicht leicht."

„Glaubst du, es ist die richtige Entscheidung?"

„Diese Frage kannst nur du beantworten, niemand sonst", erklärt sie, woraufhin ich seufze, mich zu ihr vorbeuge und ihr einen Kuss auf die Wange gebe. „Gute Nacht, meine Liebe", sagt sie.

Ich sehe kurz nach Łukasz, dann gehe ich ins Badezimmer. Während ich mir das Gesicht wasche, muss ich über Krysias Worte nachdenken. Es ist meine Entscheidung, mich mit dem Kommandanten zu treffen, um auf diese Weise dem Widerstand zu helfen. Trotzdem komme ich mir nicht mutig, sondern schäbig vor. Dabei ist es nicht nur so, als würde ich Abscheu vor mir selbst empfinden, weil ich meine Ehe verraten habe. Hinzu kommt die unbestreitbare Tatsache, dass es mir zum Teil sogar Spaß gemacht hat. Aber selbst das wäre noch vertretbar, hätte es sich um nichts weiter als eine körperliche Reaktion gehandelt. Die hätte ich der Einsamkeit und der Tatsache zuschreiben können, dass ich meinen Ehemann seit über einem Jahr nicht mehr gesehen habe. Das wirkliche Problem ist die gegenseitige Anziehung, von der Krysia einmal gesprochen hat. Ein Teil von mir mag den Kommandanten sehr gern und liebt es, mit ihm zu reden und in seiner Nähe zu sein. Genau das macht diese Situation so unerträglich.

Am nächsten Tag kommt der Bote des Kommandanten vorbei und überreicht mir eine handschriftliche Einladung, um sieben Uhr mit ihm im Wierzynek zu speisen. Am liebsten würde ich absagen und ihn um einen weiteren Tag vertrösten, doch ich habe keine Ausrede: Łukasz geht es gut, und ich muss versuchen, so bald wie möglich an die Informationen heranzukommen, die Alek braucht. Also lasse ich ausrichten, dass ich Zeit habe.

Um viertel vor sieben kommt mich Stanislaw mit dem Wagen abholen und erklärt mir, dass der Kommandant dienstlich aufgehalten wurde und sich mit mir im Restaurant treffen wird. Allein auf dem Rücksitz des riesigen Automobils schaue ich gedankenverloren aus dem Seitenfenster. Während wir uns der Stadt nähern, frage ich mich, wie dieser Abend wohl verlaufen wird. Seit unserer ersten gemeinsamen Nacht habe ich den Kommandanten nur einmal in seinem Büro gesehen. Ich bin besorgt, dass unsere Unterhaltung von Verlegenheit geprägt sein wird.

Wenig später hält der Wagen vor einem prachtvollen Gebäude gegenüber dem Marktplatz. Der Kommandant wartet bereits an der Eingangstür zum Lokal auf mich. „Es tut mir leid, dass ich Sie nicht selbst abholen konnte", entschuldigt er sich und führt mich hinein. Der Oberkellner nimmt meinen Mantel entgegen und bringt uns nach oben zu einem separaten Tisch auf einem Balkon, von dem aus man das ganze Restaurant überblicken kann. „Ich habe mir die Freiheit gestattet, für uns beide zu bestellen", erklärt der Kommandant, während wir Platz nehmen.

Ich nicke und bin froh, dass ich mir nicht auch noch über die Auswahl der Speise Gedanken machen muss.

„Łukasz geht es besser?", fragt er.

„Ja, danke." Der Kellner kommt an den Tisch und bringt uns einen Aperitif. Nachdem er gegangen ist, hebt der Kommandant sein Glas. „Auf die Gesundheit."

„Auf die Gesundheit", wiederhole ich, hebe ebenfalls mein Glas und trinke einen winzigen Schluck. „Der schmeckt köstlich."

Der Kommandant trinkt sein Glas in einem Zug leer. „Mir wäre mal wieder nach einem guten italienischen Rotwein. Waren Sie mal dort?"

„In Italien?" Ich schüttele den Kopf.

„Ein wunderbares Land." Zwei Ober servieren uns silberne Tabletts und nehmen die Abdeckhauben hoch, darunter kommen Teller mit Räucherlachs zum Vorschein. Als die Kellner sich zurückgezogen haben, berichtet mir der Kommandant von einem Skiurlaub, den er als junger Mann zusammen mit einigen Freunden in den italienischen Alpen verbrachte. Er redet sehr schnell und verstummt immer nur dann, wenn er ein Stück Lachs isst oder von seinem Wodka trinkt.

Minuten später kehren die Kellner zurück, nehmen die Teller weg und stellen erneut zwei Tabletts mit Abdeckhauben auf den Tisch. Das Hauptgericht entpuppt sich als irgendeine Art Geflügel, dessen Geschmack nach Wild mir gar nicht zusagt. Ich esse nur wenig davon und bin froh, dass ich Krysias Haus nicht mit leerem Magen verlassen habe. Ob der Kommandant etwas von meinem Missfallen bemerkt, weiß ich nicht, zumindest kommentiert er es nicht, während er seinen Teller mit großem Appetit leer isst.

„Waren Sie danach noch mal dort?", frage ich, nachdem der Kellner uns Wodka nachgeschenkt hat.

„Nicht in den italienischen Alpen", antwortet er. „Aber in anderen Regionen Italiens. Rom, Florenz, Venedig."

Mich erstaunen die Namen all dieser exotisch klingenden Orte, die ihm so leicht über die Lippen kommen. „Außerdem war ich in den französischen und den Schweizer Alpen", fährt er fort. „Aber seit meiner Studienzeit war ich nie wieder in Turin."

Ich lege den Kopf schräg. „Ich versuche gerade, Sie mir als jungen Studenten vorzustellen."

„Oh, das ist schon lange her", gesteht er lachend ein.

„Was haben Sie studiert?"

„Geschichte." Mit der Serviette tupft er seinen Mund ab. „Aber das war, bevor …" Er schaut weg und trinkt wieder einen Schluck.

„Bevor was? Was hielt Sie davon ab?"

„Bevor mir keine andere Wahl mehr blieb." Er macht eine kurze Pause. „Ich bin das mittlere von drei Kindern. Mein älterer Bruder Robert sollte das Familienunternehmen übernehmen. Als der Krieg ausbrach, gingen er und ich gemeinsam zur Marine." Mir wird klar, dass er vom Großen Krieg redet. „Er fiel in der Schlacht von Jütland."

„Das tut mir leid", sage ich und lege eine Hand auf seinen Unterarm.

Er räuspert sich. „Danke. Er war ein tapferer Mann, und ich habe immer zu ihm aufgeblickt. Als Robert gestorben ist, fiel es mir zu, mich in das Familienunternehmen einzuarbeiten, damit ich es an seiner Stelle fortführen konnte. Ich bekam nie die Gelegenheit, mein Studium abzuschließen."

Ich lehne mich zurück, ohne zu wissen, was ich entgegnen soll. Minutenlang essen wir schweigend weiter. „Wie hat Ihnen der Fasan geschmeckt?", will er wissen, als der Kellner den Tisch abzuräumen beginnt.

„Köstlich", lüge ich geradeheraus und hoffe, er sieht nicht, dass ich meinen Teller kaum angerührt habe.

Er wendet sich an den Kellner. „Bringen Sie uns zwei Tee. Einen mit etwas Weinbrand."

Mit dem Tee bringt der Kellner einen Servierwagen mit einer unglaublichen Auswahl an Kuchen und Gebäck. Mir läuft das Wasser im Mund zusammen. Ich entscheide mich für einen deutschen Schokoladenkuchen, der Kommandant nimmt ein Stück Apfelstrudel.

„Wie schmeckt der Apfelstrudel?", frage ich, nachdem er ein Stück probiert hat.

„Nicht schlecht", antwortet er kauend und schluckt. „Aber nicht so gut wie der meiner Schwester. Sie ist mit einem Österreicher verheiratet, die beiden leben in der Nähe von Salzburg."

„Stehen Sie beide sich nahe?"

Er nickt. „Ziemlich nahe, auch wenn ich sie das letzte Mal vor dem Krieg gesehen habe."

„Vielleicht ist ja bald …", beginne ich, breche aber ab, da ich mir nicht sicher bin, wie ich weitermachen soll. Ich wollte sagen, dass der Krieg bald zu Ende sein könnte, dann würde er seine Schwester wiedersehen. Doch irgendwie kommt es mir seltsam vor, von einem Kriegsende zu sprechen.

„Ich weiß, was Sie sagen wollen", greift der Kommandant meinen Gedanken auf, während er in seinem Tee rührt. Ein kleiner Krumen Strudel klebt an seinem Kinngrübchen, den ich ihm am liebsten wegwischen würde. „Sie denken an das Kriegsende. Das ist schon in Ordnung, Anna. Es ist kein Zeichen von mangelnder Loyalität, wenn man sich wünscht, dass die Kämpfe ein Ende nehmen." Er macht eine kurze Pause. „Sie müssen nicht darauf antworten, Anna. Ich bin kein Dummkopf. Ich weiß, wie die Polen über uns denken. Sie hassen uns. Beinahe kann ich das verstehen."

„Ich bin auch Polin", werfe ich ein. „Aber ich tue das nicht."

„Sie meinen, Sie hassen mich nicht?" Er lächelt ein wenig. „Ja, das weiß ich. Und das ist der Punkt, den ich nicht verstehe." Er hält inne und isst wieder ein Stück von seinem Apfelstrudel.

„Was ist mit den Juden?", platze ich plötzlich heraus. Die Frage kommt wie aus dem Nichts aus meinem Mund geschossen, als hätte ein anderer sie an meiner Stelle gestellt.

Der Kommandant starrt mich an, seine Hand mit der Gabel verharrt auf halbem Weg zu seinem Mund. „Ich verstehe nicht. Was meinen Sie damit?"

Am liebsten würde ich im Erdboden versinken. Hätte ich doch bloß diese Frage nicht gestellt! Aber es ist zu spät, um noch etwas ungeschehen zu machen. Ich sehe in meine Teetasse. „Ich … ich hatte nur an die Juden im Ghetto gedacht. Was wird mit ihnen geschehen, wenn der Krieg vorüber ist?"

„Kennen Sie viele Juden, Anna?", fragt der Kommandant in schneidendem Tonfall.

Ich schüttele hastig den Kopf. „Nur die, die ich vor dem

Krieg in der Stadt gesehen habe, aber niemanden persönlich."

Er räuspert sich. „Die Judenfrage wird gelöst werden, darüber müssen Sie sich keine Sorgen machen." Er sieht zur Seite und winkt den Kellner an den Tisch, damit der die Rechnung bringt.

Mein Herz rast. Warum bin ich nur so dumm? Ahnt er jetzt etwas? Während er bezahlt, mustere ich sein Gesicht. Ihm ist nicht anzusehen, dass ich sein Misstrauen geweckt habe. Augenblicke später kommt der Oberkellner mit meinem Mantel und hilft mir hinein. Wir gehen nach unten und kehren zurück zum Wagen. Nachdem wir eingestiegen sind, wendet sich der Kommandant an mich. „Ich nehme an, Sie müssen zurück zu Łukasz."

Ich antworte nicht sofort, und mir wird klar, dass er mich indirekt einlädt, mit zu ihm zu kommen. Ich muss es nicht machen, denn dafür hat er mir bereits die passende Ausrede mitgeliefert. Doch wenn ich jetzt einen Rückzieher mache, würde alles hinfällig sein, was ich bislang vorbereitet habe. „Nein, das ist nicht nötig", antworte ich und schüttele den Kopf. „Krysia ist bei Łukasz, ich habe es nicht eilig." Der Kommandant lächelt flüchtig und beugt sich vor, um Stanislaw etwas zu sagen.

Bis wir in seiner Wohnung angekommen sind, sprechen wir kein Wort. „Möchten Sie etwas trinken?", fragt er schließlich, als er mir den Mantel abnimmt und über einen Stuhl legt.

„Nein, danke." Wir stehen ein wenig verlegen mitten im Wohnzimmer und sehen uns an. Es geschieht nichts Unerwartetes, das uns zusammenbringen könnte, sodass ich schließlich tief durchatme und einen Schritt auf ihn zu mache.

„Anna", sagt er und breitet die Arme aus. Ich gehe noch einen Schritt weiter, bis er nach mir fasst. Wortlos gehen wir nach nebenan ins Schlafzimmer. Seine Umarmung ist zunächst noch zaghaft, doch dann berühren sich unsere Lippen, und es fühlt sich an, als wären wir schon tausendmal zusammen gewesen. Der Akt – wir *lieben* uns nicht, denn mit Liebe hat das für mich nichts zu tun – ist jetzt nicht mehr so fordernd wie beim ersten Mal, sondern von gemächlicher Leidenschaft geprägt. Irgendwann beginne ich, das Geschehen wie von außen wahrzunehmen. Plötzlich kommt es mir vor, als würde ich über uns an der Decke schweben und unsere Körper betrachten. Ich werde vom Kommandanten auf das Bett gedrückt, mein Gesicht ist verzerrt. *Kehr zurück in deinen Körper,* fordere ich mein Ich auf. Ich hasse mich für das, was ich zu sehen bekomme.

Dann ist es vorüber. Wenige Minuten später ist er eingeschlafen. Als ich ihn betrachte, wie er daliegt und gleichmäßig atmet, muss ich an Jakub denken. Wenn wir uns liebten, dann lagen wir anschließend noch stundenlang wach, schmiegten uns aneinander und unterhielten uns. Ich ermahne mich, froh zu sein, dass der Kommandant nicht so ist, sondern nach dem Akt einschläft. Es wird Zeit, die Gelegenheit zu nutzen, für die ich hergekommen bin.

Langsam und bedächtig steige ich aus dem Bett und schleiche auf Zehenspitzen durch die düstere Wohnung. Ich taste mich an der Wand entlang und finde den Eingang zu seinem Arbeitszimmer. Ich drücke die Türklinke hinunter und ziehe die Tür langsam auf, damit sie nicht knarrt. In dem dunklen Zimmer kann ich absolut nichts erkennen, aber ich wage auch nicht, Licht zu machen. Das ist doch sinnlos! Hier komme ich nur weiter, wenn ich bis zum Morgen bleibe und das erste Licht des Tages nutze. Aber ich kann mich einfach nicht dazu durchringen, bei ihm zu übernachten. Jedenfalls nicht heute Nacht. Ich muss zu Hause sein, wenn Łukasz am Morgen aufwacht. Ich schleiche zurück ins Schlafzimmer, ziehe mich leise an und verlasse die Wohnung. Unten vor dem Haus wartet Stanislaw noch immer mit dem Wagen. Ich ertrage es nicht, ihn anzusehen, als ich mich auf die

Rückbank setze. Ob er sich denkt, dass etwas Unschickliches geschehen ist, kann ich nicht einschätzen. Zumindest lässt er sich nichts anmerken, sondern schließt hinter mir die Wagentür, steigt selbst ein und fährt mich nach Hause.

Nach diesem Tag läuft meine Beziehung mit dem Kommandanten nach dem immer gleichen Muster ab. Mehrmals die Woche lädt er mich zum Essen ein, obwohl ich mir vorstellen kann, dass er mich jeden Tag fragen würde, wäre da nicht seine Arbeit, die ihn von Zeit zu Zeit daran hindert. Die meisten seiner Einladungen nehme ich an, üblicherweise zum Abendessen, gelegentlich auch ins Kino oder ins Theater. Jeder dieser Abende endet in der Wohnung des Kommandanten. Einige Male bleibe ich bis zur Morgendämmerung, dann schleiche ich in sein Arbeitszimmer und suche nach den Unterlagen. Ich wage es aber nie, mehr als ein paar Blätter von dem einen oder anderen Stapel zu nehmen, weil ich fürchte, ich könnte ihn aufwecken. Bislang bin ich auf nichts Bedeutendes gestoßen. So verhält es sich über einige Wochen. Hin und wieder fragt mich Krysia um drei Ecken, ob ich mich mit Alek treffen muss, jedes Mal verneine ich. Ich weiß, für ihn und die anderen Mitglieder des Widerstands ist es schwieriger geworden, und sie können es nicht wagen, sich mit mir zu treffen, solange ich nicht etwas wirklich Wichtiges zu berichten habe.

An einem Freitagmorgen Anfang November sitze ich an meinem Schreibtisch und öffne die Post. Zuunterst im Briefstapel liegt ein beigefarbener Umschlag, in dem eine Karte steckt. Die Handschrift erkenne ich nicht, aber es ist eindeutig die einer Frau. *Georg*, steht auf der Karte geschrieben. *Ich freue mich sehr auf die Gala am Samstag. Herzlichst, Agnieszka.* Wie vom Blitz gerührt werfe ich die Karte auf den Tisch. Wer ist Agnieszka? Und wohin geht der Kommandant mit ihr? Ich schlage den Terminkalender auf, doch für den

239

Samstag ist nichts eingetragen. Vielleicht liegt ein Irrtum vor. Andererseits hat er mich für diesen Abend nicht eingeladen, was er normalerweise tun würde …

In diesem Moment wird die Tür aufgerissen und Malgorzata kommt mit einem Aktenstapel hereingestürmt. „Die sind für …“, beginnt sie, während sie den Stapel auf meinen Schreibtisch legt, verstummt aber mitten im Satz, als sie meine Miene bemerkt. „Stimmt etwas nicht, Anna?“, fragt sie. „Sie sehen so blass aus.“

„N-nein, es ist alles bestens“, erwidere ich hastig und versuche, die Karte unter die andere Post zu schieben. Es fehlt mir noch, dass Malgorzata glaubt, ich sei um das Privatleben des Kommandanten besorgt.

Doch ich bin nicht schnell genug, und sie bekommt die Karte zu fassen. „Ah, die Baronin Kwiatkowska.“

„Agnieszka Kwiatkowska?“, frage ich. Die Kwiatkowskas sind eine bekannte Familie in Kraków, sie können auf eine adlige Abstammung zurückblicken.

„Ja, wie ich höre, hat die Baronin ein Auge auf unseren Kommandanten geworfen“, sagt Malgorzata, legt die Karte zurück und zwinkert mir zu. „Oh, seien Sie nicht traurig, Anna. Es ist doch selbstverständlich, dass der Kommandant mit einer wohlhabenden, kultivierten Frau wie Agnieszka Kwiatkowska ausgeht. Sie glauben doch sicher nicht, dass er sich mit dem einfachen Personal abgibt, oder etwa?“

„Nein, natürlich nicht“, erwidere ich noch, aber Malgorzata verlässt bereits lachend das Vorzimmer. Minutenlang starre ich die Karte an, dann stecke ich sie in den Umschlag zurück und lege ihn mit der anderen Post auf den Schreibtisch des Kommandanten. Den ganzen Morgen macht mir die Vorstellung zu schaffen, dass er sich mit einer anderen Frau trifft. Warum allerdings auch nicht?, überlege ich am Nachmittag zornig, während ich mich um die Ablage kümmere. Er ist ein sehr passabler Mann, alleinstehend, gut aus-

240

sehend und mächtig. Dass er mit einer seiner Untergebenen schläft, tut dabei nichts zur Sache. Ich komme mir so dumm vor, weil ich geglaubt habe, es könnte ihm etwas bedeuten.

Als ich im Bus nach Chelm sitze, kehren meine Gedanken zum Kommandanten zurück. Er verabredet sich also mit einer anderen Frau. Mich sollte das überhaupt nicht stören. Ich bin nur mit ihm zusammen, weil es sein muss. Ich erfülle eine Mission der Widerstandsbewegung. Und es ist ja nicht so, als würde mich mein Ehemann betrügen. Vielmehr bin ich diejenige, die ihn betrügt, denke ich und lasse den Kopf zerknirscht gegen die kühle Fensterscheibe sinken. Ich betrüge Jakub mit dem Kommandanten, und der wiederum betrügt mich. Es ist ein Trauerspiel. Als ich den Bus verlasse, beginnt es zu regnen – große, schwere und kalte Tropfen, die von meinem Mantel und meinen Strümpfen aufgesogen werden. Das trübe Wetter passt genau zu meiner Stimmung.

Ich öffne das Gartentor zu Krysias Grundstück und stutze. Etwas stimmt nicht. Überall im Haus brennt Licht, aber die Vorhänge im ersten Stock sind zugezogen, obwohl sie üblicherweise ganz geöffnet bleiben. Hastig lege ich den kurzen Weg bis zum Haus zurück, da ich fürchte, Łukasz könnte wieder krank geworden sein. „Hallo?", rufe ich, als ich die Haustür öffne. „Hallo?"

„Überraschung!", begrüßt mich ein Chor aus Stimmen, ich zucke vor Schreck zusammen. Krysia, Łukasz und der Kommandant kommen um die Ecke gestürmt, Elżbieta ist ein Stück hinter ihnen und hält einen mit Kerzen geschmückten Kuchen in der Hand. „Alles Gute zum Geburtstag!", rufen alle. Ich starre sie an und versuche zu verstehen, was hier geschieht. Mein Geburtstag ist morgen, fällt mir ein. Es ist mein echter Geburtstag und auch der von Anna. Die Bewegung gab ihr mein Geburtsdatum, damit ich mich nicht vertue. Fast hätte ich diesen Tag vergessen, aber ich weiß, Krysia würde so etwas nicht durchgehen. Und der Kommandant ist auch hier. Eine Geburtstagsfeier, bei der das jüdische Kind, das wir vor den Nazis verstecken, die Tante meines Ehemanns, die uns einen Unterschlupf gibt, und eben jener Nazi zugegen sind, vor dem wir hier versteckt werden und der zudem noch mein Liebhaber ist. Das ist wirklich zu viel Ironie auf einmal.

„Danke", bringe ich schließlich heraus. Plötzlich werden mir meine zerzauste Frisur und die mit Morast überzogenen Strümpfe bewusst.

Elżbieta kommt mit dem Kuchen nach vorn. „Haben wir Sie überrascht?", fragt sie.

„O ja", antworte ich und blase die Kerzen aus. Von einer Überraschung zu reden, grenzt an Untertreibung.

„Alles Gute zum Geburtstag, Anna", sagt der Kommandant und kommt einen halben Schritt auf mich zu. Weder antworte ich, noch blicke ich ihm in die Augen. Im ersten Moment, als ich ihn hier sah, regte sich in mir ein wohlig warmes Gefühl, doch jetzt denke ich an seine Verabredung mit der Baronin. Natürlich ist er heute hier, denn morgen, wenn mein eigentlicher Geburtstag ist, wird er den Abend mit einer anderen Frau verbringen.

Łukasz setzt dem betretenen Schweigen ein Ende. „Ku!", ruft er ausgelassen und streckt sich nach dem Kuchen.

„Nein, mein Schatz", ermahnt ihn Krysia sanft und fasst seine Hände. „Erst müssen wir zu Abend essen."

„Das Abendessen ist fertig", lässt Elżbieta uns wissen. „Nehmen Sie doch schon mal Platz."

„Komm, Łukasz." Der Kommandant hält seine Hand ausgestreckt. Der Junge zögert und sieht zu dem riesigen Mann in Uniform auf, dann ergreift er dessen Hand. Mir schaudert. Alles in mir verkrampft sich, wenn ich sehe, wie der Sohn eines Rabbis sich bei einem Nazi festhält.

„Es tut mir leid", flüstert mir Krysia zu, als wir ins Esszimmer gehen. „Er fand heraus, wann dein Geburtstag ist, und dann nahm er mit mir Kontakt auf. Mir blieb keine andere Wahl, als ihn einzuladen."

Ich nicke. Sie kann nicht wissen, was mich in Wahrheit so aufregt. Warum macht er sich die Mühe, mir vorzutäuschen, ich sei ihm wichtig genug, um sich für meinen Geburtstag zu interessieren? Morgen um diese Zeit trifft er sich mit der Baronin und schert sich überhaupt nicht darum.

„Alles Gute zum Geburtstag, Anna", sagt er abermals, nachdem wir Platz genommen haben. Ich antworte auch jetzt nicht, sondern wende mich ein wenig von ihm ab. Aus dem Augenwinkel sehe ich seinen verständnislosen Gesichtsausdruck. Er weiß nicht, dass mir sein Termin mit der Baronin bekannt ist. Während des Essens schweige ich und überlasse es Krysia, die Unterhaltung zu führen.

Nach dem Abendessen serviert Elżbieta den Tee und meinen Geburtstagskuchen, einen safrangelben Napfkuchen. „Er schmeckt köstlich", lobe ich ihre Arbeit, da ich weiß, wie teuer selbst für Krysias Verhältnisse Weizenmehl und Zucker sind. Krysia steht auf und kehrt gleich darauf mit zwei in Papier gewickelten Päckchen zurück. „Danke", entgegne ich gerührt. Ich hatte gar kein Geschenk erwartet. Eines ist ein blassrosa Schal, den Krysia heimlich für mich gestrickt hat. Das andere Geschenk ist ein Objekt, das Łukasz aus mehreren Stöckchen zusammengesetzt hat. „Das ist ja wunderschön!", rufe ich aus, gehe um den Tisch herum und drücke und küsse ihn. Er kichert und windet sich, um sich aus meinen Armen zu befreien.

„Es ist spät", erklärt Krysia. „Ich bringe den Jungen besser ins Bett." Sie steht auf und nimmt Łukasz auf den Arm. „Sag Gute Nacht, mein Schatz."

Łukasz hebt seine Hand. „*Slom*", kräht er.

„Was war das?", fragt der Kommandant.

„*Sabba slom*", wiederholt Łukasz. Ich werde vor Schreck

243

starr. Er versucht *Schabbat schalom* zu sagen, den hebräischen Gruß zum Sabbat.

Der Kommandant dreht sich zu mir um. „Was soll das heißen?"

„Gar nichts", erwidere ich rasch und werfe Krysia einen warnenden Blick zu. „Er plappert nur drauflos, weil er müde ist." Schnell bringt Krysia den Jungen aus dem Zimmer, sodass der Kommandant und ich allein zurückbleiben. Wo hat Łukasz das nur gelernt?, überlege ich angestrengt. Ich habe in seiner Gegenwart nie ein hebräisches Wort gesagt. Er muss es früher bei seinen Eltern aufgeschnappt haben, und jetzt hat er sich daran erinnert. Sicherlich hat der Kommandant diese Worte nicht erkannt. Zwar mustere ich ihn aufmerksam, doch er macht keinen argwöhnischen Eindruck.

„Ich muss an die frische Luft", erkläre ich und stehe auf, um auf den Balkon zu gehen. Der Kommandant folgt mir. Inzwischen hat der Regen aufgehört, die Wolken sind weitergezogen. Es ist eine wundervolle Nacht mit klarem Himmel, gesprenkelt von Tausenden von Sternen.

„Anna." Er stellt sich zu mir. „Das ist für Sie." Dabei zieht er aus seiner Tasche eine kleine verpackte Schachtel, die die gleiche Größe hat wie das Geschenk, das er mir am Abend des Besuchs in der Philharmonie überreichte.

„Das kann ich nicht annehmen", gebe ich kühl zurück. Wieder lässt sein Gesicht diesen verletzten Ausdruck erkennen. „Es ist nicht nötig, einer Ihrer Untergebenen ein Geschenk zu machen."

„Ich verstehe nicht", sagt er. „Sind Sie wütend, dass ich hergekommen bin?"

„Es ist nur so, dass Sie Ihre Zeit vielleicht besser mit einer anderen verbringen sollten, die Ihnen ebenbürtig ist."

„Einer anderen?", wiederholt er ratlos. „Was reden Sie denn da?"

Ich atme tief durch. „Sie sollten das besser der Baronin

Kwiatkowska schenken", mache ich ihm klar und zeige dabei auf die Schachtel. „Sie wird es sicher mögen." Verständnislos sieht er mich an. „Ich weiß von Ihrem Rendezvous morgen Abend."

„Die Baronin?", ruft er aus. „Ist es das, was Sie stört?"

Vergeblich warte ich darauf, dass er diesen Termin abstreitet.

„Anna, hören Sie. Die Baronin ist eine Cousine von Gouverneur Franks Ehefrau. Er hat mich um den persönlichen Gefallen gebeten, sie zu dieser Gala zu begleiten. Ich hätte Ihnen davon erzählt, aber ich hielt es nicht für wichtig. Ich wusste, ich würde Sie heute Abend sehen, und Sie sind ohnehin nicht dazu bereit, sich mit mir mehr als ein Mal an einem Wochenende zu treffen."

Ich antworte nicht darauf. Die Erklärung ist zwar nachvollziehbar, dennoch fühle ich mich verletzt. Ein Rendezvous ist nun mal ein Rendezvous.

„Danke, dass Sie hier waren", entgegne ich schließlich und mache ihm deutlich, dass es für ihn Zeit wird zu gehen.

Er gibt sich geschlagen und steckt die Schachtel wieder ein. „Gute Nacht, Anna. Und alles Gute zum Geburtstag."

Ich sehe ihm nicht nach. Aber ich höre seine Schritte und die Haustür, wie sie wenig später ins Schloss fällt. Als Stanislaw den Wagen startet, schaudert es mir, und ich frage mich, ob ich soeben meinem Stolz erlaubt habe, meine Mission scheitern zu lassen, indem ich meine Beziehung zum Kommandanten beendet habe.

15. KAPITEL

„Ich hörte den Kommandanten aufbrechen", sagt Krysia, die wenige Minuten später zu mir auf den Balkon tritt. „Was ist geschehen?"

„Ich habe ihn weggeschickt."

„Aber wieso denn?"

„Ich wollte sein Geschenk nicht annehmen, und er ist gegangen." Mit wenigen Worten berichte ich ihr von der Nachricht der Baronin und von der Erklärung des Kommandanten, als ich ihn damit konfrontierte. „Ich weiß, es sollte mir egal sein, wenn er sich mit anderen Frauen trifft." Dann füge ich leise hinzu: „Ich will sagen, zwischen ihm und mir existiert in Wirklichkeit gar nichts."

„Trotzdem ist es dir nicht egal, richtig?"

Ich wende mich ab und schaue in die Dunkelheit. „Nein, es ist mir nicht egal."

„Du hast das Gefühl, nicht mit Respekt behandelt zu werden", sagt sie.

„Ja, genau!", antworte ich prompt. Es ist leichter, ihrer Erklärung zuzustimmen, als der einzig anderen, die noch möglich wäre: dass ich verletzt bin, weil ich für den Kommandanten tatsächlich etwas empfinde. „Aber nun habe ich ihn so sehr verärgert, dass er mich niemals wird wiedersehen wollen. Und das heißt, ich komme nicht mehr in seine Wohnung, um für Alek nach den Unterlagen zu suchen."

Krysia schüttelt den Kopf und kommt ein Stück näher. „Das bezweifle ich." Sie zieht ihr Tuch fester um die Schultern. „Meine Liebe, ich glaube, Richwalders Gefühle für dich sind echt. Ich erkenne es an der Art, wie er dich ansieht. Ich glaube, so schnell wird er dich nicht aufgeben."

Unbehaglich trete ich von einem Fuß auf den anderen. „Ich nehme an, es ist für die Mission von Nutzen, wenn er echte Gefühle für mich hat."

„Vermutlich ja", erwidert sie ruhig. „Also, ich bin todmüde und werde mich jetzt schlafen legen. Ich hoffe, du hattest einen schönen Abend."

Ich denke an den Abend zurück. Krysia hat sich wirklich jede erdenkliche Mühe gegeben, mir trotz der widrigen
Umstände eine wunderschöne Geburtstagsfeier zu bereiten.
„Es war reizend", bestätige ich und umarme sie. „Danke für
alles."

Nachdem Krysia gegangen ist, sehe ich nach oben zum
sternenübersäten Himmel. Während unserer Flitterwochen hatte Jakub mir gezeigt, wie man einige der einfache-
ren Sternbilder finden kann. Ich denke an den Orion und
suche die Dunkelheit nach ihm ab. Jakub sagte immer, dass
er, wenn er sich verloren fühlt, nach den drei Sternen sucht,
die den Oriongürtel bilden. Doch ich kann keinen der drei
entdecken. Vielleicht ist es die falsche Jahreszeit. Ich gebe es
auf und erinnere mich daran, wie ich mir als Kind wünschte,
auf den Abendstern zu gelangen. Mit einem letzten Blick gen
Himmel bete ich, dass es Jakub gut geht und er jetzt auch an
mich denkt.

In dieser Nacht schlafe ich traumlos, am Morgen wache
ich bereits sehr früh auf. Die Erinnerung an den Abend zuvor kehrt zurück und stürzt auf mich ein. Was habe ich bloß
getan? Ich drehe mich auf die Seite und ziehe die Decke über
den Kopf. Zum Glück ist heute Samstag, und ich muss nicht
ins Büro. Ich beschließe, noch etwas länger zu schlafen. Aber
kaum habe ich die Augen wieder geschlossen, höre ich, wie
die Tür aufgeht und im Flur geflüstert wird. „Sag ‚Alles Gute
zum Geburtstag'."

„Butztag!", kräht Łukasz, kommt hereingestürmt und
versucht ohne Erfolg, in mein Bett zu klettern. Ich setze
mich auf und ziehe ihn zu mir auf den Schoß.

„Vielen Dank, mein Kleiner." Ich gebe ihm einen Kuss
auf die Wange und sehe zu Krysia.

„Tut mir leid, wenn wir dich so überfallen, aber er hat auf diesen Moment schon seit einer Stunde gewartet", lässt sie mich wissen.

„Ich wollte sowieso gleich aufstehen. Wir müssen waschen und …"

Krysia hebt ihre Hand, um mich zu unterbrechen. „Heute ist dein Geburtstag, und da wirst du nicht arbeiten."

Ich weiß, wenn sie diesen speziellen Tonfall gebraucht, muss ich gar nicht erst versuchen, mit ihr zu diskutieren. Nachdem wir uns gewaschen und angezogen haben, packen wir einen Picknickkorb und spazieren zu dritt in den Park. Der Boden ist übersät mit Laub, und nachdem wir gegessen haben, zeige ich Łukasz, wie man Laub aufhäuft und dann hineinspringt. Als wir uns auf den Heimweg machen, ist es später Nachmittag und fast schon wieder dunkel. Während ich Łukasz bettfertig mache, verschlechtert sich meine Laune immer mehr. Um sieben Uhr beginnt die Gala. Ich stelle mir die Baronin vor, wie sie sich für den Abend vorbereitet, wie sie vom Kommandanten abgeholt wird. Dabei sollte ich diejenige sein, die sich auf dieser Gala bei ihm unterhakt. Ich kann einfach nichts dagegen tun, ich verspüre Eifersucht.

„Kann ich dich zu einer Runde Karten überreden?", fragt Krysia, nachdem ich den Jungen zu Bett gebracht habe und nach unten komme. Auf dem Tisch stehen zwei Teller mit aufgewärmtem Essen vom Vorabend.

Mit einem Kopfschütteln erwidere ich: „Nein, tut mir leid. Und ich habe auch keinen Hunger. Ich werde nach oben gehen und lesen." Mir entgeht nicht Krysias besorgter Gesichtsausdruck.

„Meine Liebe, ich weiß, du bist außer dir. Es ist eine verwirrende Zeit, und manchmal ist es schwierig zu verstehen, was …"

„Ich möchte nicht darüber reden", unterbreche ich sie. „Versteh das bitte."

Sie lächelt mich sanft an. „Gute Nacht, und schlaf gut."

Ich ziehe mich nach oben in mein Zimmer zurück. Es ist noch zu früh, sich schlafen zu legen, also setze ich mich auf mein Bett, um ein Buch zu lesen. Es ist *Stolz und Vorurteil*, eines der ersten Bücher, die mir Jakub geschenkt hat. Natürlich ist es nicht diese Ausgabe, denn die befindet sich noch in der Wohnung der Baus. Ich halte das Buch ganz dicht unter die Nase und atme den leicht muffigen Geruch des alten Papiers ein, der mich an die Zeit in der Bibliothek und an Jakub erinnert. Es liegt alles nur daran, dass ich meinen Ehemann so sehr vermisse, sage ich mir. Weil ich schon so lange von ihm getrennt bin, reagiere ich so widersinnig gereizt auf das Verhalten des Kommandanten. Ich schlage das Buch auf und beginne zu lesen, aber nach nur wenigen Minuten fallen mir die Augen zu und ich döse ein.

Plötzlich lässt mich ein lautes Geräusch hochschrecken. Ich sitze sofort aufrecht im Bett und lege das Buch zur Seite. Wie lange habe ich geschlafen? Da ist das Geräusch wieder. Ein lauter, harter Knall, so als würde etwas die Glastür vom Balkon treffen. „Was soll denn das?", murmele ich und stehe auf. Ich öffne die Tür und gehe auf den Balkon, dann sehe ich nach unten in den stockfinsteren Garten.

„Anna!", höre ich jemanden im Flüsterton rufen. „Anna!" Es ist der Kommandant, wie ich ungläubig erkennen muss. „Ich bin es, Georg. Kommen Sie bitte nach unten."

„Einen Moment", antworte ich nach kurzem Zögern, gehe zurück in mein Zimmer und ziehe mir rasch etwas über. Dann begebe ich mich auf der im Dunkeln liegenden Treppe nach unten und öffne die Haustür. „Was machen Sie denn hier?"

„Ich habe der Baronin gesagt, dass mir nicht gut ist, und sie nach Hause gebracht."

„Oh …" Immer noch bin ich verwirrt. „Wie spät ist es?"

„Halb elf."

„Mir kommt es viel später vor", sage ich und reibe meine Augen. „Ich bin wohl eingeschlafen."

„Anna." Er ergreift meine Hand. „Es tut mir leid, wenn ich Sie verletzt habe. Ich wollte den Abend niemals mit einer anderen Frau verbringen." Ich bin zu perplex, um zu reagieren. „Anna, kommen Sie mit und bleiben Sie heute Nacht bei mir. Bitte."

Schweigend stehe ich da, während mir tausend Gedanken durch den Kopf gehen. Sich um diese Zeit noch umzuziehen und ihn nach Hause zu begleiten, erscheint mir nicht sehr damenhaft. Doch gleichzeitig möchte ein Teil von mir mit ihm gehen. Außerdem bekomme ich so wieder die Gelegenheit, nach wichtigen Dokumenten zu suchen. „Also gut", willige ich schließlich ein. „Ich hole nur noch meinen Mantel." Ich laufe nach oben, lege für Krysia eine hingekritzelte Nachricht auf den Küchentisch, nehme meinen Mantel und kehre zum Kommandanten zurück. Als ich in den Wagen steige, glaube ich zu sehen, dass sich auf Stanislaws sonst so ausdruckslosem Gesicht ein Lächeln abzeichnet.

Am Ziel angekommen, schaffen wir es kaum bis in die Wohnung des Kommandanten. Dort reißen wir uns gegenseitig die Kleider vom Leib. Die Leidenschaft erinnert an unsere erste gemeinsame Nacht, nur dass wir diesmal nicht das Schlafzimmer erreichen, sondern schon auf dem Sofa miteinander schlafen. Später, als der Atem des Kommandanten wieder ruhiger geht, hebt er mich hoch und trägt mich zum Bett. Diesmal bin ich diejenige, die ihn auf die Matratze drückt, indem ich rittlings auf ihm sitze. Es ist das erste Mal, dass ich mit einem Mann auf diese Weise Verkehr habe, und im ersten Moment kommt es mir fremdartig und schutzlos vor. Doch ich stelle mich schnell auf den Rhythmus ein, und schon bald verspüre ich das Gefühl, Macht über ihn auszuüben, da er mir ausgeliefert ist. Es gelingt mir, ein wenig vom Schmerz der letzten Tage freizusetzen und zum Teil

250

den Stolz zurückzugewinnen, den ich verloren hatte.

„Wirst du bleiben?", fragt er mich später schlaftrunken und versucht, sich von hinten an mich zu schmiegen, doch ich drehe mich auf den Rücken. Die Position erinnert mich viel zu sehr an die Art, wie mich Jakub hielt. „Bis zum Morgen, meine ich."

Ich zögere. Bislang habe ich den Kommandanten immer vor Sonnenaufgang verlassen, aber wenn ich bleibe, könnte sich eher eine Gelegenheit ergeben, seine Unterlagen zu durchsuchen. „Ja", antworte ich leise.

„Mmm", macht er und schläft ein.

Auch mir fallen allmählich die Augen zu. Zuerst versuche ich noch, dagegen anzukämpfen, weil ich fürchte, dass ich verschlafen und damit die Chance verpassen könnte, mich in seinem Arbeitszimmer umzusehen. Ich muss sehr bald etwas finden, das ist mir klar. Seit über zwei Monaten begleite ich den Kommandanten regelmäßig in seine Wohnung, und die Pläne der Nazis, was mit den Juden geschehen soll, schreiten unaufhaltsam voran. Noch immer kann ich keine Informationen über diese Pläne liefern, da weder Papiere offen herumliegen, noch irgendwo ein Tresor zu entdecken ist. Ich stelle mir das Arbeitszimmer vor und überlege, was ich übersehen haben könnte. Vielleicht, so geht es mir plötzlich durch den Kopf, gibt es in einer Schublade ein Geheimfach. Schließlich muss ich mich jedoch meiner Müdigkeit geschlagen geben und sinke in einen unruhigen Schlaf. Ich träume, dass ich mit Łukasz in einem Park unterwegs bin. Wir spielen Verstecken, und Łukasz läuft hinter einen Busch. Plötzlich steht ein schmächtiger Mann mit schwarzem Hut und Mantel neben mir. Es ist der Rabbi. „Wo ist mein Sohn?", will er wissen. „Er ist weg", lüge ich ihn an. „Weg, weg, weg ...", hallen meine Worte zwischen den Bäumen wider.

Ich schlage abrupt die Augen auf. Neben mir liegt der Kommandant, er hat sich auf die Seite gedreht und schnarcht.

Obwohl es wegen der zugezogenen schweren Vorhänge im Zimmer dunkel ist, kann ich die Uhr auf seinem Nachttisch erkennen. Viertel nach fünf. Der Kommandant ist Frühaufsteher, also bleibt mir nicht mehr viel Zeit. Ich stehe auf und schleiche durch das Wohnzimmer. Die Tür zum Arbeitszimmer knarrt laut, als ich sie öffne. Wie erstarrt bleibe ich stehen und lausche, ob Geräusche aus dem Schlafzimmer zu hören sind. Es ist aber alles unverändert ruhig in der Wohnung, also betrete ich das Arbeitszimmer und schließe die Tür hinter mir. Ich ziehe die Vorhänge einen Spalt auf, damit ein schmaler Streifen schwaches Morgenlicht in den Raum fallen kann.

Ich sehe mich auf dem Schreibtisch um, kann jedoch nichts Bedeutsames entdecken. Vorsichtig ziehe ich die oberste Schublade auf und taste die Bodenplatte unter den Papieren ab, doch da ist kein Hinweis auf ein Geheimfach. Ich schließe die Schublade, knie mich hin und ziehe die nächste auf. Diesmal kann ich einen Spalt im Holz fühlen, ich hebe die Papiere hoch und sehe, dass die Schublade einen doppelten Boden hat. Mit den Fingernägeln versuche ich, die Verkleidung anzuheben …

„Anna?", höre ich in diesem Moment den Kommandanten rufen. Ich mache unwillkürlich einen Satz und versuche, die Schublade zu schließen, doch sie klemmt. Aufgeregt versuche ich es noch einmal, nun mit mehr Druck. Endlich gibt sie nach, knallt aber lautstark zu. Ich verziehe entsetzt das Gesicht über so viel Lärm und gehe zur Tür. Ich versuche, mich an den Klang seiner Stimme zu erinnern, um in etwa einzuschätzen, wo er sich befindet. Hoffentlich liegt er noch im Bett! Ich öffne die Tür einen Spalt und spähe durch die Ritze, kann aber im dunklen Wohnzimmer nichts erkennen. Gerade will ich die Tür aufziehen, da sehe ich, dass der Kommandant sich genau davor befindet.

Er darf mich nicht in seinem Arbeitszimmer erwischen!

Mir fällt eine Tür auf der gegenüberliegenden Seite auf. Eilig laufe ich hin und öffne sie. Wie erhofft führt sie in die Küche. Dort nehme ich ein Glas aus dem Schrank.

„Anna", ruft er wieder, diesmal klingt er näher. Mein Puls rast wie wild. Ich komme ihm aus der Küche entgegen und halte das Glas in der Hand. „Ja, Georg?", bringe ich heraus, während ich mich bemühe, ruhig zu wirken.

„Oh, da bist du ja." Seine Stimme ist rau, sein Gesicht verrät, wie verschlafen er noch ist. „Ich dachte schon, du wärst doch nach Hause gegangen …"

Er wollte mir nicht nachspionieren, sondern sich nur davon überzeugen, dass ich noch da bin. Ein Teil von mir ist gerührt. „Nein, natürlich nicht", erwidere ich sanft. „Ich sagte doch, ich bleibe bis zum Morgen. Ich wollte mir nur ein Glas Wasser holen. Leg dich ruhig wieder hin, dann bringe ich dir auch eins." Als er zustimmend nickt, hat er durch seine Schläfrigkeit fast etwas Kindliches an sich.

Während er sich auf den Weg zurück ins Bett macht, sehe ich noch einmal zum Arbeitszimmer. Ich muss dorthin zurück, was natürlich im Moment gar nicht zur Debatte steht. Das wäre jetzt viel zu gefährlich. Außerdem kann es sein, dass in dem Geheimfach gar nichts versteckt ist. Oder es handelt sich um Papiere, die nicht das Schicksal der Juden betreffen. Dennoch … mein Herz beginnt zu rasen, als ich daran denke, wie ich das Fach ertastet habe. Mein Gefühl sagt mir, dass ich dort womöglich genau das finde, wonach Alek und die anderen suchen. Ich zwinge mich zur Ruhe und atme normal, als ich mit den Wassergläsern ins Schlafzimmer gehe.

Der Kommandant liegt auf dem Bauch, einen Arm hat er über mein Kissen gelegt. „Mmm", murmelt er, als ich mich zu ihm lege. Er dreht sich um und schließt mich in seine Arme. Von seiner Wärme umgeben, mustere ich sein Gesicht, das entspannt und friedlich wirkt, fast etwas Jungenhaftes ausstrahlt. Es ist nichts von der konzentrierten, angespannten

Miene zu sehen, die er tagsüber wie eine Maske trägt.

Abermals schlafe ich ein, und ich finde mich in dem Traum wieder, in dem ich mich mit dem Rabbi im Park aufhalte. Diesmal hält er einen Säugling in seinen Armen. Einen Moment lang überlege ich, ob es sich dabei um den jüngeren Łukasz handelt. „Wo ist mein Sohn?", will der Rabbi wieder wissen. Ich antworte ihm nicht. Der Säugling in seinen Armen ist nicht Łukasz, es ist das ungeborene Kind, das sterben musste, als seine Mutter erschossen wurde. „Wo ist er?"

In diesem Augenblick höre ich ein Rascheln aus einem Busch in der Nähe. Łukasz kommt kichernd hervorgestürmt. „*Tata!*", ruft er und rennt auf den Rabbi zu. Der nimmt den Jungen mit seinem freien Arm hoch und drückt beide Kinder erfreut an sich. Doch als er sich zu mir dreht, liegt ein anklagender Ausdruck auf seinem Gesicht. Ohne ein weiteres Wort geht er mit den Kindern davon. Tief in meinem Inneren formt sich ein lauter Aufschrei. „Nein, nein!", rufe ich ihm nach, als der Rabbi mit den Kindern im Nebel verschwindet.

„Nein, nein!", wiederhole ich und öffne die Augen. Ich liege nach wie vor im Bett des Kommandanten. Er ist wach und liegt auf der Seite, dabei sieht er mich besorgt an.

„Ist alles in Ordnung?", fragt er.

„Ja, nur ein Traum", erwidere ich und hoffe, ich habe nicht etwa im Traum gesprochen.

Er streicht eine Locke zur Seite, die mir in die Stirn gefallen ist. „Wovon hast du geträumt?"

„Von Łukasz", antworte ich wahrheitsgemäß. „Manchmal bin ich in großer Sorge. Er hat in seinem jungen Leben schon so viel durchmachen müssen. Der Verlust seiner Eltern, der Umzug hierher ..."

„Er bedeutet dir sehr viel."

Ich nicke. „Manchmal ist er für mich mehr wie ein eigenes Kind denn wie ein kleiner Bruder. Das macht wohl der Altersunterschied."

Der Kommandant dreht sich auf den Rücken und verschränkt die Arme hinter dem Kopf. Unwillkürlich betrachte ich seinen nackten Oberkörper. Obwohl er meiner Schätzung nach auf die fünfzig zugehen muss, wirkt er so kraftvoll und durchtrainiert, als wäre er erst halb so alt. Seine Brust ist muskulös, der Bauch ist straff. „Ich habe es immer bedauert, keine Kinder zu haben", sagt er.

„Vielleicht wirst du eines Tages Kinder haben", gebe ich zu bedenken. „Es ist noch nicht zu spät dafür."

„Vielleicht", stimmt er mir zu. „Möchtest du Kinder haben, Anna?"

„Aber natürlich", erkläre ich prompt und füge in Gedanken hinzu: *Aber mit meinem Ehemann.*

Wieder legt er einen Arm um mich und zieht mich zu sich heran, bis ich meinen Kopf an seine Schulter legen kann. „Danke, dass du in dieser Nacht hiergeblieben bist. Es ist schön, neben dir aufzuwachen."

„Na ja, bei dieser Konkurrenz. Sicherlich wäre die Baronin auch geblieben." Eigentlich sollte das ein Scherz sein, dennoch klingen meine Worte nach Eifersucht und Unsicherheit.

Der Kommandant dreht sich zu mir, sein Gesicht ist nur wenige Zentimeter von meinem entfernt. „Das tut mir wirklich leid", beteuert er. „Ich hatte dir nie wehtun wollen. Es gibt keine andere Frau in meinem Leben." Er sieht mich mit einem ehrlichen Ausdruck in seinen Augen an. „Als Margot starb, dachte ich, ich könnte nie wieder für eine Frau etwas empfinden. Bis ich dir begegnete. Zum ersten Mal seit zwei Jahren freue ich mich, wenn ich morgens aufwache, und das liegt nur an dir. Du bist der einzige Mensch, dem ich vertrauen kann. Ich liebe dich, Anna."

„Und ich dich", bringe ich nach einer vor Verblüffung endlos lang erscheinenden Pause heraus. Ich muss schwer schlucken, als mir diese Worte über die Lippen kommen.

„Oh, Anna", sagt er, zieht mich an sich und küsst mich. Minuten später lösen wir uns wieder voneinander. „Ich kann uns Tee machen", bietet er an und setzt sich im Bett auf. „Ich habe Brot und Käse für ein Frühstück, aber ich kann uns auch etwas kommen lassen."

Ich schüttele den Kopf. „Nein, es tut mir leid, doch ich muss jetzt gehen. Es ist schon spät, und ich muss einiges für Krysia erledigen. Außerdem wird Łukasz mich vermissen."

„Ja, das verstehe ich. Stanislaw wird dich nach Hause bringen."

Ich ziehe mich an und gebe ihm zum Abschied einen Kuss. Vor dem Haus steige ich dankbar in den Wagen. Ich hatte überlegt, dieses Angebot abzulehnen und den Bus zu nehmen, aber mir ist mein zerzaustes Haar genauso peinlich wie die Tatsache, dass ich noch die gleiche Kleidung wie gestern trage.

Wenig später betrete ich Krysias Haus. Sie sitzt in der Küche und versucht Łukasz zu füttern, der viel lieber spielen will. „Guten Morgen", sagt sie ohne vorwurfsvollen Unterton.

„Tut mir leid, dass ich dir nicht noch Bescheid geben konnte", erkläre ich. „Es kam ... überraschend."

„Schon gut, du hast mir schließlich eine Nachricht hinterlassen. Ich nehme an, du hast dich mit Richwalder ausgesöhnt."

„Ja."

„Gut." *Ich sagte doch gleich, er wird dir nicht lange böse sein*, scheint sie im Geist hinzuzufügen. „Möchtest du frühstücken?"

„Nein, danke. Ich sollte mich besser umziehen."

Wachsam betrachtet sie mein Gesicht. „Ist alles gut verlaufen?"

„Kann man so sagen." Krysia wirft mir einen fragenden

Blick zu, während ich überlege, wie viel ich ihr anvertrauen soll. „Nachdem er eingeschlafen war, konnte ich mich ein wenig umsehen. Ich stieß auf eine Schublade mit doppeltem Boden. Es muss nicht unbedingt etwas bedeuten", füge ich noch an, damit sie sich keine falschen Hoffnungen macht. „Der Kommandant ist aufgewacht, bevor ich einen Blick in das Geheimfach werfen konnte."

Ein besorgter Ausdruck huscht über ihr Gesicht. „Du kannst von Glück reden, dass er dich nicht ertappt hat. Wirst du es wieder versuchen?"

Ich setze mich auf einen Stuhl. „Ja, und zwar so bald wie möglich."

„Gut." Sie hört kurz damit auf, Łukasz zu füttern, und gießt Saft in ein zusätzliches Glas, das auf dem Tisch steht. „Ich weiß, Alek wird über alles froh sein, was du ihm liefern kannst", fährt sie fort und reicht mir das Glas.

„Hast du mit ihm gesprochen?"

„Nur über Mittelsmänner." Sie dreht sich zu mir um. „Emma, hör mir gut zu. Ich will dich nicht beunruhigen, aber zu deinem eigenen Schutz musst du wissen, dass es derzeit Unruhe innerhalb des Widerstands gibt."

Ich halte mitten in meiner Bewegung inne. „Was ist los? Geht es Jakub gut?"

„Ihm geht es gut, und ebenso Alek und den anderen, die du kennst", versichert sie mir. Erleichtert setze ich das Glas Saft ab. „Aber an einem Bahnhof im Süden von Kraków wurde letztens eine Gruppe Widerstandskämpfer von den Deutschen aufgegriffen. Alek und die anderen glauben nun, dass es eine Sicherheitslücke gibt."

„Du meinst einen Informanten?"

„Ja. Anders hätten die Deutschen nicht wissen können, wo sich die Gruppe aufhalten und um welche Zeit sie zusammenkommen würde. Derjenige, der diese streng vertrauliche Information weitergegeben hat, dürfte auch alles andere wissen, was sich in der Bewegung abspielt."

„Alles?", wiederhole ich entsetzt. Meine wahre Identität, meine Mission. Wir alle sind in Gefahr – nicht nur ich, sondern auch Krysia, Łukasz, Jakub, meine Eltern.

„Ich sage dir das, damit du besonders vorsichtig bist, noch vorsichtiger als bisher. Du musst ständig auf der Hut sein." Sie hebt Łukasz aus seinem Stuhl und setzt ihn auf dem Boden ab. Er kommt zu mir gelaufen, ich nehme ihn hoch und lasse ihn sich auf meinen Schoß setzen. Während er zu plappern beginnt, streiche ich durch seine zerzausten blonden Locken und denke über das nach, was Krysia mir gerade erzählt hat. Eine Sicherheitslücke. Ich gehe im Geist die Gesichter der Mitglieder der Bewegung durch, die ich kenne. Es erscheint mir völlig unvorstellbar, einer von ihnen könnte ein Verräter sein. Krysia steht auf und räumt die Teller zusammen. „Vielleicht solltest du für den Augenblick nicht weiter nach Informationen suchen, solange die Lage so gefährlich ist."

„Ja, vielleicht", gebe ich zurück, da ich sie nicht beunruhigen will. In Wahrheit stellt sich die Situation so dar, dass ich gar nicht warten kann. Wenn es wirklich einen Informanten gibt, dann ist es nur eine Frage der Zeit, bis der Kommandant meine wahre Identität erfährt. Und dann wird diese ganze Maskerade wie ein Ballon zerplatzen. Meine Mission treibt mich stärker als je zuvor zur Eile an. Ich muss die Informationen für den Widerstand finden, bevor alles zu spät ist.

16. *KAPITEL*

Krysias Warnung klingt immer noch in meinen Ohren, als ich mich am nächsten Morgen auf den Weg ins Büro mache. *Sei vorsichtig.* Aber es kommt auf jede Sekunde an. Der Widerstand braucht alle Informationen, über die der Kommandant verfügt. Und wenn meine Identität wegen eines Informanten in Gefahr ist, bleibt mir kaum noch Zeit zum Handeln. Wann werde ich die nächste Gelegenheit bekommen, mich im Arbeitszimmer des Kommandanten umzusehen? Unser Treffen am Samstagabend war spontan erfolgt, und wir haben uns bislang auf kein weiteres Rendezvous geeinigt. Während ich mich meiner Arbeit widme, überlege ich fieberhaft, wie ich wieder in seine Wohnung gelange.

Der Kommandant nimmt den ganzen Tag über an Besprechungen teil, und ich sehe ihn erst um kurz vor fünf, als er mich in sein Büro ruft. „Hier", sagt er in geschäftsmäßigem Ton und überreicht mir einen großen Stapel Akten und Papiere, ohne mich dabei anzusehen. Ihm ist nichts von den intimen Stunden anzumerken, die wir miteinander verbracht haben. Einen Moment lang fürchte ich, er könnte von meiner wahren Identität erfahren haben oder zumindest etwas ahnen. Aber dann denke ich an den liebevollen Ausdruck in seinen Augen, als ich in seinem Bett lag. Ich weiß, so schnell wird sich daran nichts ändern können. Vermutlich ist er nur zu sehr in seine Arbeit vertieft.

Während er sich weiter seinen Papieren widmet, warte ich neben dem Schreibtisch und hoffe, dass er gleich seine nächste Einladung ausspricht. „Das wäre dann alles", murmelt er nur, als hätte er vergessen, dass ich neben ihm stehe.

Er will mich nicht wieder einladen, erkenne ich mit Schrecken. Zwar gehe ich zur Tür, doch dann bleibe ich stehen. Mir bleibt kaum noch Zeit, also muss ich den ersten Schritt wagen. Ich drehe mich zum Schreibtisch um und setze zaghaft an: „Herr Kommandant ...“

Er sieht auf. „Ja, Anna, was gibt es?“ Seine Stimme klingt freundlich, aber ich nehme einen ungeduldigen Unterton wahr.

„Wegen vorletzter Nacht ...“ Ich komme näher und werde noch etwas leiser.

„Ja?“ Er macht einen überraschten Eindruck. Im Büro haben wir nur selten unsere Affäre zum Thema gemacht, und von mir aus habe ich sie bislang noch nie angesprochen. Ich frage mich, ob er misstrauisch wird, wenn ich zu viel sage.

Ich entschließe mich, weiterzureden. „Das war eine sehr schöne Nacht“, bringe ich heraus.

„Da kann ich nur zustimmen“, entgegnet er lächelnd. „Ich bin sehr froh, dass du dich endlich zum Bleiben durchringen konntest.“ Er berührt meinen Unterarm, was sich wie ein Stromschlag durch meinen Körper fortsetzt.

„Ich weiß, es ist vielleicht etwas kühn von mir“, rede ich weiter. „Aber das Orchester spielt heute Abend ein gutes Programm, und da hatte ich überlegt ...“ Ich lasse den Satz unvollendet und senke den Blick.

„Ich würde liebend gern mit dir ins Konzert gehen, Anna“, erklärt er mit ernster Miene. „Ich fühle mich geschmeichelt, dass du mich fragst. Aber heute muss ich zu einem offiziellen Abendessen, und morgen früh stehen den ganzen Tag Besprechungen in Warszawa an. Vielleicht am Wochenende?“

„Ja, natürlich.“ Ich bemühe mich, in ruhigem Tonfall zu sprechen. Wie dumm von mir, nicht erst einen Blick auf seine Termine zu werfen. „Das verstehe ich.“

„Aber ich werde die ganze Zeit an dich denken“, verspricht er mir und hebt meine Hand an seine Lippen. Mit einem Kopfnicken trage ich den Aktenstapel ins Vorzimmer.

Als ich mich am Abend auf den Heimweg mache, überschlagen sich meine Gedanken. Mein Versuch, in die Wohnung des Kommandanten zu gelangen, ist fehlgeschlagen. Bin ich zu forsch gewesen? Ahnte er etwas? Nein, er schien ehrlich erfreut, dass ich ihn gefragt habe. Etwas anderes macht mir indes zu schaffen: ein Gefühl der Zurückweisung. Es überrascht mich, wie sehr es mich verletzt, dass der Kommandant meine Einladung nicht angenommen hat. Sei doch nicht albern, ermahne ich mich. Ihn von mir aus anzusprechen, gehörte lediglich zu meiner Mission. Aber auch wenn ich mir das vor Augen halte, verwirren mich meine Gefühle. Es ist das Gleiche wie mit der Baronin, die mich eifersüchtig werden ließ. Warum reagiere ich nur so auf ihn? Ich muss meine Empfindungen aus dem Spiel lassen. Außerdem hatte er einen guten Grund für seine Weigerung: das Abendessen und die Reise nach Warszawa.

Plötzlich stutze ich. Der Kommandant ist morgen den ganzen Tag in Warszawa. Er ist den ganzen Tag über nicht in der Stadt! Vielleicht kann ich mir in dieser Zeit Zutritt zu seiner Wohnung verschaffen und mich in Ruhe umsehen. Das wäre die ideale Gelegenheit, auch wenn ich einen guten Vorwand benötige, warum ich die Wohnung betreten muss. Ich könnte wieder vorgeben, dass ich Papiere vorbeibringen will, so wie ich es beim ersten Mal getan habe. Doch dazu gibt es keine Notwendigkeit, wenn der Kommandant nicht zu Hause ist. Nein, ich muss einen Weg finden, in die Wohnung einzudringen, ohne dass jemand davon erfährt. Auf einmal fällt mir der Schlüssel ein. Irgendwo in seinem Büro befindet sich ein Ersatzschlüssel für die Wohnung. Ich habe einmal gesehen, wie Diedrichsen einem Boten den Schlüssel mitgab, damit der dem Kommandanten wichtige Dokumente auf den heimischen Schreibtisch legte. Ich muss diesen Schlüssel unbedingt finden.

Ich steige aus dem Bus aus und gehe die Dorfstraße entlang, während ich weiter an meinem Plan feile. Ich werde früh im Büro sein und den Schlüssel an mich nehmen, noch bevor Malgorzata eintrifft. In der Mittagspause werde ich

261

mich dann zu seiner Wohnung begeben. Diedrichsen begleitet den Kommandanten nach Warszawa, sodass er das Fehlen des Schlüssels nicht bemerken kann. Am Gartentor bleibe ich kurz stehen. Ich fühle mich wie erschlagen von der Tragweite dessen, was ich plane. Diesmal werde ich nicht bloß nachts durch die Wohnung des Kommandanten schleichen, sondern am helllichten Tag dort einbrechen. Wenn ich erwischt oder auch nur beobachtet werde … mir schaudert. Doch mir bleibt keine andere Wahl.

Am nächsten Morgen bin ich um viertel vor acht im Büro. Ich habe meine Ankunft so geplant, dass ich auf jeden Fall vor Malgorzata eintreffe, aber wiederum nicht so früh, dass die Wachen am Tor misstrauisch werden könnten. Die Flure sind noch so gut wie menschenleer, nur ein paar Offiziere sind unterwegs, die von mir jedoch keinerlei Notiz nehmen. Ich öffne die Tür zum Empfangsbereich unseres Büros, dann die zum Vorzimmer. Am Schreibtisch bleibe ich kurz stehen, um meine Tasche abzulegen und nach ein paar Unterlagen zu greifen, damit es so aussieht, als hätte ich einen Grund, mich im Büro des Kommandanten aufzuhalten. Ich eile in sein Zimmer und begebe mich direkt zum Schreibtisch, wo ich die oberste Schublade aufziehe und zwischen den Büroutensilien nach dem Schlüssel suche. Ich kann ihn aber nicht finden und gerate in Panik. Ich suche weiter hinten in der Schublade, und dann auf einmal umfassen meine Finger etwas Metallenes. Mit einem erleichterten Seufzer ziehe ich den Schlüssel hervor.

Plötzlich höre ich, wie die Tür zwischen dem Empfangsbereich und meinem Zimmer knarrt, und zucke reflexartig zusammen. Malgorzata ist eingetroffen, was ich an ihren schweren, schleppenden Schritten erkenne. Sofort schließe ich die Schublade und verstecke den Schlüssel in dem Papierstapel, im gleichen Moment geht die Tür zum Büro auf.

262

„Oh, Anna, Sie sind's", sagt Malgorzata unüberhörbar enttäuscht.

„Wen haben Sie denn erwartet?" Als sie darauf nichts erwidert, trage ich mein Alibi vor, das ich mir für diese Situation zurechtgelegt habe. „Ich dachte mir, ich fange heute etwas früher an, wo der Kommandant nicht in der Stadt ist. Es gibt einiges an Korrespondenz zu erledigen, und über Mittag will ich noch ein paar Besorgungen machen."

„Aha, gut", erwidert sie in sachlichem Tonfall. „Kommen Sie, ich helfe Ihnen dabei." Sie macht einen Schritt auf mich zu und zeigt auf den Stoß Papiere, die ich im Arm halte.

„N-nein, vielen Dank", stammele ich und drücke die Papiere fester an mich. Ich kann mir allzu lebhaft vorstellen, wie sie versucht, den Stoß an sich zu nehmen und wir beide zusehen, wie der Schlüssel zu Boden fällt. „Der Kommandant bat mich, diese Post persönlich zu erledigen." Ich sehe, wie sie auf meine Behauptung hin eine enttäuschte Miene macht. Augenblicklich regen sich bei mir Schuldgefühle. Malgorzata weiß auch so, dass sie in den Augen des Kommandanten nichts weiter ist als eine kleine Sekretärin, die er nicht ins Vertrauen zieht. „Es wäre allerdings schön, wenn Sie heute einen Teil der Ablage übernehmen könnten", biete ich sogleich an.

„Ja, gern." Sie lächelt und strafft die Schultern. Als sie das Büro verlässt, kommt mir nicht zum ersten Mal der Gedanke, dass sie nur das Gefühl haben will, gebraucht zu werden.

Um Mittag nehme ich meine Handtasche und verlasse das Büro. „Ich bin jetzt für einige Besorgungen weg", erkläre ich Malgorzata freundlich.

Sie nickt. „Ich halte die Stellung und gehe erst in die Pause, wenn Sie zurück sind. Es könnte ja sein, dass der Kommandant oder Oberst Diedrichsen aus Warszawa anrufen."

„Eine gute Idee." Ich wusste, sie würde das vorschlagen. Ich vermute, sie träumt davon, dass der Kommandant in ei-

263

ner wichtigen Angelegenheit anruft, während ich nicht da bin, damit sie ihren großen Auftritt bekommt und mich in der Folge vielleicht ersetzt. In diesem Fall ist ihr Eifer sogar hilfreich, weil ich weiß, dass sie nicht gleichzeitig Anrufe entgegennehmen und mir nachspionieren kann. „Ich bin bald wieder zurück."

So schnell wie eben möglich, ohne dabei zu viel Aufmerksamkeit zu erregen, begebe ich mich von der Burg zum Marktplatz und kaufe am Obststand ein paar Äpfel, damit ich bei meiner Rückkehr auch tatsächlich Besorgungen vorweisen kann. Nachdem ich mich davon überzeugt habe, dass mich niemand verfolgt, gehe ich auf einem Umweg zum Haus, in dem der Kommandant wohnt. Im Treppenhaus kommt mir niemand entgegen. Meine Hände zittern vor Aufregung so heftig, dass ich kaum den Schlüssel ins Schloss stecken kann. Ich halte kurz inne. In die Wohnung des Kommandanten einzudringen, ist das Gefährlichste, was ich bislang gemacht habe. Insgeheim hoffe ich, den falschen Schlüssel erwischt zu haben, damit ich mich unverrichteter Dinge zurückziehen kann. Aber der Schlüssel gleitet mühelos ins Schloss.

Ich schlüpfe in die Wohnung und drücke die Tür leise hinter mir zu. Drinnen sehe ich mich kurz um und gehe dann zielstrebig Richtung Arbeitszimmer. Fast erwarte ich, dass mir der Kommandant aus dem Zimmer entgegenkommt und eine Erklärung verlangt, was ich hier zu suchen habe. Doch es ist niemand da. Mein Blick fällt auf den niedrigen Wohnzimmertisch, auf dem sich alte Zeitungen und benutzte Gläser stapeln. Nicht zum ersten Mal denke ich, dass er eine gute Haushälterin gebrauchen könnte. Allerdings würde er wohl niemandem genug vertrauen, um ihn in seine Wohnung zu lassen. Vielleicht könnte ich ihm ja helfen, indem … ich schüttele energisch den Kopf. Ich habe keine Zeit für solch alberne Gedanken. Das müssen meine Nerven sein, eine andere Erklärung gibt es nicht. Ich hole tief Luft und betrete

das Arbeitszimmer. Am Schreibtisch angekommen, will ich
die Schublade aufziehen, doch … sie bewegt sich nicht. Sie ist
abgeschlossen! Mir wird übel. Warum sollte er ausgerechnet
jetzt seinen Schreibtisch abschließen? Vielleicht ist das eine
Falle, vielleicht stürmt gleich die Gestapo herein und nimmt
mich fest. *Raus hier!*, schreit mich eine Stimme in meinem
Kopf an. *Gib auf und verschwinde, ehe es zu spät ist!*

Doch dann denke ich an meine Eltern drüben im Ghetto.
Ich muss sie retten. Sie sind der Grund für mein Handeln,
dafür, dass ich mich entehrt und aus meiner Ehe eine Farce
gemacht habe. Plötzlich überkommt mich ein Gefühl großer
Erschöpfung.

Nein, ich muss diese Schublade öffnen – nur wie? Ich
könnte sie wohl aufbrechen, aber das steht natürlich nicht
zur Debatte. Selbst wenn mir das gelingen sollte, würde der
Kommandant wissen, dass jemand in seiner Wohnung war.
Ich suche auf dem Schreibtisch nach etwas, womit ich das
Schloss öffnen kann, und entdecke eine Büroklammer. Ich
biege sie auseinander und schiebe ein Ende ins Schloss, stoße
jedoch auf keinen Widerstand. Noch ein Versuch, aber wieder nichts.

Mein Atem geht schwerer, und ich merke, wie mir
Schweißtropfen in den Nacken laufen. Das ist unmöglich.
Ich sollte einfach wieder gehen, überlege ich. Dann jedoch
schüttele ich energisch den Kopf. Ich werde das schon hinbekommen. Beim nächsten Versuch findet die Büroklammer
einen Widerstand, den ich zur Seite wegdrücken kann. Gebannt ziehe ich am Griff, und tatsächlich geht die Schublade
auf. Ich fasse unter den Stapel Papiere und überlege für Sekunden, ob ich mir das Geheimfach vielleicht nur eingebildet
habe, weil ich etwas finden wollte. Doch da ist der Spalt im
Boden. Langsam hebe ich die Holzplatte hoch, und im Fach
darunter entdecke ich Papiere mit einem mir fremden Brief-
kopf, die vom 2. November datiert, also erst wenige Tage

265

alt sind. Ich ziehe die Dokumente aus dem Geheimfach und überfliege sie. Etliche militärische Begriffe sind in den Text eingestreut, die ich nicht verstehe. Dafür taucht immer wieder das Wort *Juden* auf. Mir stockt der Atem. Das sind die Papiere, die Alek braucht.

Ich lese weiter, obwohl ich die Wohnung schnellstens verlassen sollte. Das Ghetto soll aufgelöst werden, lese ich da, die Juden will man wegbringen. Mein Magen verkrampft sich bei diesen Zeilen. In dem Schreiben ist von einer veränderten Vorgehensweise die Rede: Im Gegensatz zu den Juden, die man bislang aus dem Ghetto verschleppt hat, soll künftig niemand mehr ins Arbeitslager Plaszow gebracht werden, sondern direkt nach Auschwitz und Belzec. Der Bericht besagt, dass bereits das Gelände vorbereitet worden ist, auf dem die neuen Baracken entstehen sollen.

Ich lese nicht weiter, sondern wende meinen Blick von den Papieren ab. Meine Hände zittern. Man will meine Eltern in eines der Lager schicken. Denk nicht darüber nach, sage ich mir, weil ich weiß, dass ich dann wie gelähmt sein werde. Ich lese den Text ein zweites Mal, um mir die wichtigsten Punkte zu merken, doch mir wird schnell klar, dass ich mir so viele Details gar nicht merken kann. Außerdem sind Daten und Namen aufgeführt, die mir nichts sagen, die aber von Bedeutung sein könnten. Unschlüssig stehe ich da. Eigentlich wollte ich die Dokumente nur durchlesen und den Inhalt mündlich an Alek weitergeben. Nur darum hatte er mich gebeten. Doch wenn ich diese Schreiben sehe, weiß ich, dass das nicht genügt. Ich werde sie mitnehmen müssen.

Oder zumindest eine Kopie. Als ich die Papiere hochhalte, sehe ich, dass sie mit Durchschlag geschrieben worden sind. Das zweite, dünnere Blatt löst sich vom Original. Kann ich es wagen, den Durchschlag mitzunehmen? Die Chance, dass dem Kommandanten das Fehlen des Durchschlags auffällt, ist gering, aber wenn ich mit diesem Dokument erwischt werde, wird mich das mein Leben kosten. Dennoch ist die Gelegenheit zu günstig, um sie ungenutzt zu lassen. Das Dokument selbst wird für Alek viel wertvoller sein als alles, was ich davon auswendig lernen kann. Vorsichtig löse ich von jedem der fünf Blätter den Durchschlag, dann lege ich die Originale zurück ins Geheimfach und schließe die Schublade. Als ich zur Uhr sehe, fällt mir auf, dass ich vor fast einer Stunde in die Pause gegangen bin. Malgorzata wird misstrauisch werden, wenn ich nicht bald zurückkehre. Ich falte die Durchschläge zweimal und schiebe sie in den Ausschnitt meiner Bluse. Nach einem letzten prüfenden Blick verlasse ich den Raum exakt so, wie ich ihn vorgefunden habe. Ich durchquere schnell das Wohnzimmer und sage mir erleichtert, dass ich es geschafft habe, während ich die Tür hinter mir zuziehe und abschließe.

„*Dzień dobry*, Fräulein Anna", höre ich auf einmal eine Männerstimme hinter mir. Vor Angst werde ich ganz starr. Man hat mich erwischt, ich habe versagt. Langsam drehe ich mich um und sehe … Stanislaw, den Fahrer des Kommandanten. In einer Hand hält er einen Beutel mit Lebensmitteln.

Ich versuche durchzuatmen. „*Dzień dobry*, Stanislaw", bringe ich heraus. „Sind Sie nicht nach Warszawa …"

Er schüttelt den Kopf. „Im Norden wird mit Schnee gerechnet. Der Herr Kommandant hielt es für besser, mit dem Zug nach Warszawa zu fahren. Dazu entschloss er sich erst heute Morgen."

„Oh." Ich weiß, dass Stanislaw manchmal in die Wohnung kommt, wenn der Kommandant länger arbeiten muss und es etwas für ihn zu erledigen gibt. Aber mir wäre nie in den Sinn gekommen, dass er auch heute hier auftauchen könnte. Betreten schweigen wir beide. „Ich … ich musste nur ein paar Unterlagen herbringen, die der Kommandant benötigt, wenn er heute Abend zurückkehrt", sage ich schließlich.

Er nickt und erwidert: „Natürlich." Seine ausdruckslose Miene lässt nicht erkennen, ob er mir glaubt. Plötzlich legt er den Kopf schräg und sieht auf meinen Oberkörper. Ich blicke nach unten und sehe, dass die Durchschläge aus meiner Bluse hervorlugen.

„Oh …" Ich hebe eine Hand an die Brust. Stanislaw hat die Papiere gesehen, die ich mitgenommen habe. Hektisch suche ich nach einer Erklärung. Würde es wenigstens regnen, könnte ich behaupten, ich hatte diese Unterlagen nur unter meine Bluse gesteckt, damit sie nicht nass werden. Mir will keine Ausrede einfallen, sodass ich mich letztlich geschlagen gebe. „Ich brauche diese Papiere", bringe ich hilflos heraus.

Stanislaw sieht mich lange schweigend an. Ich frage mich, ob er überlegt, was er tun soll, doch plötzlich lächelt er flüchtig. „Natürlich", wiederholt er und schiebt die Durchschläge so unter meine Bluse, dass sie nicht mehr zu sehen sind. Ohne ein weiteres Wort geht er mit den Lebensmitteln an mir vorbei in die Wohnung.

Verblüfft sehe ich ihm nach. Er lässt mich davonkommen? Mir war nie der Gedanke gekommen, dass der Fahrer des Kommandanten etwas gegen die Deutschen haben könnte. Er ist ein Pole, und doch … Ich will gar nicht länger darüber nachdenken, sondern überprüfe, ob die Papiere nun wirklich sicher versteckt sind, dann mache ich mich auf den Rückweg ins Büro.

17. KAPITEL

Am Abend beeile ich mich, Krysias Haus zu erreichen. Sie sitzt im Salon auf dem Sofa und strickt, Łukasz liegt auf ihrem Schoß und schläft fest. „Ich muss sofort zu Alek", erkläre ich leise. Weder zeige ich Krysia die Durchschläge, noch fragt sie mich, was ich entdeckt habe. Es ist besser, wenn sie so wenig wie möglich weiß.

Krysia nickt. „Ich werde sofort morgen früh versuchen, Kontakt aufzunehmen."

Am nächsten Morgen bittet sie mich nach dem Frühstück, auf Łukasz aufzupassen. Minuten später kehrt sie zurück und trägt eines ihrer Sonntagskleider.

„Du gehst in die Kirche?", frage ich erstaunt.

„Manchmal kann ich auf diese Weise Kontakt herstellen." Nachdem sie gegangen ist, lasse ich mir die Ironie durch den Kopf gehen, dass die jüdische Widerstandsbewegung eine katholische Kirche nutzt, um untereinander Kontakt zu halten. Aber vermutlich ist das nur sinnvoll, denn die Kirche ist einer der wenigen Orte, an dem sich die Deutschen nicht zeigen.

Viele Stunden später kommt Krysia nach Hause. „Sie sind weg", erklärt sie mit finsterer Miene und lässt sich in der Küche schwer atmend auf einen Stuhl sinken.

„Weg?" Aufgeregt knie ich mich vor sie hin. „Was soll das heißen?"

„Ich war in der Kirche, um meinen Kontaktmann zu treffen, doch er tauchte nicht zur üblichen Zeit dort auf. Ich wartete, solange ich konnte, aber ich sah weder ihn noch irgendjemand sonst. Also ging ich zur … zu einem anderen Treffpunkt, von dem ich weiß, dass sich dort üblicherweise ein Kontakt herstellen lässt." Mir fällt auf, dass Morast an Krysias edlen Lederstiefeln klebt, und ich frage mich, wo sich dieser andere Treffpunkt befindet. „Ich traf einen Freund,

269

von dem ich erfuhr, dass die Deutschen das Hauptquartier des Widerstands gestürmt haben. Zu der Zeit hielt sich dort aber niemand auf", fügt sie schnell hinzu, als sie meine besorgte Miene bemerkt. „Und es wurde niemand festgenommen. Die Gestapo konnte auch nichts Belastendes finden." Erleichtert nicke ich. Alek ist viel zu vorsichtig, als dass er Beweise herumliegen lassen würde. Ich erinnere mich, wie ich die Nachricht von Jakub verbrennen musste, die er mir einmal gegeben hatte. „Alek hat angewiesen, bis auf Weiteres Funkstille zu wahren", fährt Krysia fort. „Die Bewegung ist untergetaucht."

„Untergetaucht?"

„Ja", erwidert sie. „Kein Kontakt, bis wir Gewissheit haben, dass es wieder sicher ist." Sie beugt sich vor und zieht die Schnürsenkel ihrer Stiefel auf.

Ich versuche zu begreifen, was sie mir gerade erzählt hat. Kein Kontakt mehr zu Alek oder Marta, meinen einzigen Verbindungen zum Widerstand. Und zu Jakub. „Aber ich habe wichtige Informationen", beharre ich. „Es muss irgendeinen Weg geben."

„Ich habe jeden mir bekannten Weg versucht, aber ich fürchte, es ist unmöglich." Krysia steht auf und will die Küche verlassen, bleibt dann jedoch stehen und dreht sich zu mir um. Sie hat einen verlorenen Ausdruck in den Augen, und ich sehe, wie sie angestrengt nachdenkt.

„Was?"

Sie schüttelt den Kopf. „Nichts. Es ist zu gefährlich."

„Was ist zu gefährlich?" Ich richte mich auf und gehe zu ihr. „Krysia, wenn du eine Idee hast, dann lass sie mich wissen." Ich nehme ihre Hand und drücke sie. „Bitte."

„Vermutlich ist es zwecklos", sagt sie zögernd. „Aber vor der Besatzung und auch noch zu Beginn des Krieges haben Alek und die anderen oft eine Kellerbar in der ulica Mikolajska besucht."

Ich glaube, ich kenne das Lokal. Ein paar Mal bin ich dort vorbeigekommen, habe es aber nie betreten. Krysia fährt fort: „Der Wirt Franciszek Koch sympathisiert in einem gewissen Maß mit unserer Sache. Ich frage mich, ob er womöglich etwas weiß. Jedoch kann ich da nicht hingehen, das würde zu viel Aufmerksamkeit erregen."

„Das stimmt", pflichte ich ihr bei. Eine ältere Frau beim Kirchgang ist nichts Außergewöhnliches, doch in einer Bar, in der sich sonst nur jüngere Leute aufhalten, würde Krysia natürlich auffallen. Ich dagegen könnte hingehen. Gerade will ich ihr genau das vorschlagen, da mache ich den Mund wieder zu.

„Was ist?", fragt sie und mustert mein Gesicht.

„Nichts", erwidere ich. Es wäre sinnlos, ihr von meiner Idee zu erzählen, denn sie würde ohnehin nicht einverstanden sein. „Ich verstehe schon. Es ist zu gefährlich."

Krysia ist von meinen Worten nicht überzeugt. „Du hast doch nicht etwa vor, heute Abend dorthin zu gehen?"

„Natürlich nicht ...", setze ich an, aber sie hebt ihre Hand.

„Mach dir gar nicht erst die Mühe, es abzustreiten. Ich will nicht, dass du mich belügst, und vermutlich ist es besser, wenn ich es nicht weiß. Ich halte es für zu riskant, auch wenn es letztlich deine Entscheidung ist." Sie presst die Lippen zusammen und lächelt mir flüchtig zu. „Das Recht hast du dir verdient." Mit diesen Worten wendet sie sich ab, lässt die Schultern hängen und geht aus dem Zimmer.

Am Abend bringen wir Łukasz ins Bett. Dann gehe ich nach unten in den Flur, Krysia folgt mir und sieht wortlos zu, wie ich meinen Mantel anziehe. „Ich werde nicht allzu lange weg sein", verspreche ich und stecke die Papiere in meine Manteltasche.

„Hier." Krysia zieht mehrere Münzen und Scheine aus ihrer Tasche. „Nimm das hier. Der Wirt wird eher zum Reden aufgelegt sein, wenn du ihm ein großzügiges Trinkgeld gibst."

Widerstrebend nehme ich das Geld an. „Danke."

Draußen ist es für einen Abend im November bitterkalt, außerdem hat es zu schneien begonnen. Ich gehe die zum Stadtzentrum führende Straße entlang und sehe einen Bus nahen. Bei seinem Anblick beginne ich zu überlegen, ob ich ihn nehmen soll. Wenn mich einer unserer Nachbarn sieht, wird man sich fragen, warum ich um diese Zeit noch unterwegs bin. Andererseits habe ich nicht viel Zeit, und es würde mir einen langen Fußmarsch ersparen. Ich laufe zum Bus und steige ein. Zwar ist er fast völlig leer, dennoch setze ich mich in die letzte Reihe und schlage den Mantelkragen hoch.

Wenig später steige ich in der Nähe des Marktplatzes aus. Der Schneefall ist stärker geworden, und das Pflaster ist rutschig, als ich mich auf den Weg zur ulica Mikolajska mache. Die Bar, von der Krysia erzählt hat, ist eine von vielen Kellerbars in der Innenstadt von Kraków. Am Kopf der Treppe bleibe ich zunächst stehen und lausche der Musik und den Stimmen, die von unten an meine Ohren dringen. Ich bin noch nie in einer Bar gewesen, weder in dieser noch einer anderen. Das einzige Lokal, das ich hin und wieder betreten habe, war das kleine Café in Kazimierz, wo mein Vater sich manchmal mit Nachbarn auf einen Plausch traf. Ich atme tief durch, dann gehe ich die Treppe hinunter und öffne die Tür. Mir schlägt der Gestank von Zigarettenrauch entgegen, aber wenigstens ist die Bar nicht so voll, wie ich es aufgrund der Geräuschkulisse erwartet hätte. In der hinteren Ecke sitzen einige Männer an einem Tisch und betrachten mich neugierig, doch ich erwidere ihre Blicke nicht, sondern begebe mich zur Theke. „Einen Tee bitte", sage ich zu dem großen, bärtigen Mann, während ich mich auf einen der Hocker setze. Ich schätze ihn auf etwa dreißig und frage mich, ob er wohl alt genug ist, um der Wirt zu sein.

Er stellt mir ein Glas Tee hin. „Kann ich sonst noch was für Sie tun?"

„Ist Franciszek Koch hier?", frage ich, als ich genügend Mut gefasst habe.

Von einem misstrauischen Blick begleitet fragt er: „Wer will das wissen?"

Ich zögere kurz, dann antworte ich leise „Mein Name ist Anna Lipowski, ich bin die Nichte von Krysia Smok."

Sein Gesicht verrät mir, dass ihm der Name ein Begriff ist. Er kommt ein Stück näher. „Er steht vor Ihnen. Was wollen Sie?"

„Ich bin auf der Suche nach Alek und den anderen."

Sofort verhärtet sich seine Miene und er weicht einen Schritt zurück. „Tut mir leid, aber ich habe keine Ahnung, wovon Sie reden."

„Bitte! Es ist sehr wichtig, dass ich sie finde." Ich greife in meine Tasche. „Wenn es Ihnen ums Geld geht …"

„Nicht!", herrscht er mich an, dann fährt er mit gesenkter Stimme fort: „Hier ist es nicht sicher. Die Männer dort drüben sind Spitzel. Wenn die etwas sehen oder hören, landen wir beide im Gefängnis."

Ich bekomme eine Gänsehaut. „Krysia erwähnte nichts davon …"

„Sie wusste auch nichts davon." Sein Blick verfinstert sich. „Diese Leute kommen erst seit ein paar Wochen regelmäßig her."

„Dann kennen Sie also Alek?"

„Ich glaube zu wissen, wen Sie meinen. Groß, Kinnbart?" Ich nicke. „Er und ein paar andere kamen regelmäßig her und trafen sich hier. Aber ich habe sie schon lange nicht mehr gesehen. Ich dachte, nach der letzten Verhaftungswelle gaben sie es auf und flohen in die Wälder oder über die Grenze?"

Meine Hoffnungen sind am Boden zerstört. „Vielen Dank",

sage ich und will von meinem Hocker aufstehen.

„Warten Sie", erwidert er. „Trinken Sie erst Ihren Tee. Verhalten Sie sich wie ein ganz normaler Gast, sonst werden diese Männer dort misstrauisch."

Wieder reagiere ich mit einem Nicken und setze mich hin. Koch dreht sich weg und geht zum anderen Ende der Bar, wo er Gläser abtrocknet. Ich betrachte seinen Rücken und gehe in Gedanken durch, was ich von ihm erfahren habe. Er weiß nicht, wo Alek und die anderen sind. Vielleicht haben sie sich tatsächlich abgesetzt. Nein, das ist doch lächerlich! Jakub würde mich niemals verlassen. Doch dann regen sich Zweifel. Was, wenn diese Sache, für die er kämpft, ihn in ein anderes Land führt? Oder wenn eine andere Frau sein Herz erobert hat? Nein, ich darf so etwas nicht denken. Nicht jetzt und nicht hier! Ich muss mich darauf konzentrieren, unauffällig diese Bar zu verlassen und zurück zu Krysia zu gelangen.

Ich trinke den Tee aus und lege ein paar Münzen auf die Theke. Ich überlege, ob ich alles hierlassen soll, was mir Krysia an Münzen und Scheinen mitgegeben hat, entscheide mich aber dagegen. Der Wirt hat mir gesagt, was er weiß. Er sieht zu mir und nickt knapp, als ich aufstehe und zur Tür gehe. Am Kopf der Treppe angekommen, bleibe ich stehen, um den Schal enger um meinen Hals zu legen und den Mantel zuzuknöpfen. Dann betrete ich den Fußweg. Es schneit noch immer sehr stark, zudem ist der Wind kräftiger geworden. Ausgerechnet heute muss der erste Wintersturm über Kraków hinwegziehen.

Als ich den Marktplatz überquere, höre ich plötzlich leise, schlurfende Schritte hinter mir. Abrupt bleibe ich stehen. Einer der Männer aus der Bar muss mir gefolgt sein. Vielleicht haben sie mein Gespräch mit Koch doch belauscht? Ich komme zu dem Schluss, dass es sinnlos wäre, davonzulaufen, und drehe mich um. Vor mir steht ein älte-

274

rer, kahlköpfiger Mann. „Entschuldigen Sie", sagt er rasch und blinzelt mich an. Seine Stimme klingt rau. „Ich wollte Sie nicht erschrecken."

„Was wollen Sie von mir?", frage ich ihn geradeheraus.

„Ich habe gehört, worüber Sie mit dem Wirt sprachen." Sein Atem bildet in der kalten Luft kleine Wolken.

Ist das einer der Männer, die Koch als Spitzel bezeichnete? Ich kann mich nicht erinnern, ihn in der Bar gesehen zu haben. „Ich wollte ... ich wollte nur ...", beginne ich zu erklären, doch er hebt eine Hand, damit ich ruhig bin.

„Sparen Sie sich Ihre Worte. Wir haben keine Zeit. Koch kann Ihnen nicht geben, wonach Sie suchen, aber ich kann es. Folgen Sie mir. Schnell."

Er geht in die entgegengesetzte Richtung durch die ulica Mikolajska. Ich zögere. Es könnte eine Falle sein, ich könnte der Gestapo in die Arme laufen. Vertrau ihm, meldet sich eine innere Stimme. Mir bleibt auch keine andere Wahl, also folge ich ihm durch die Straße. Während wir den südwestlichen Teil der Stadt durchqueren, spricht keiner von uns ein Wort. Irgendwann wird mir klar, dass wir in Richtung des Flusslaufs gehen. Die Industriegebäude hier sind zum großen Teil verfallen, und aus der Straße wird ein unebener, schneebedeckter Pfad, der leicht zum Ufer hin abfällt. „Passen Sie auf, wohin Sie treten", warnt er mich. Am Ende des Pfads angekommen, stehen wir vor einem dicht am Ufer gelegenen Schuppen, den man vom Hauptweg aus nicht sehen kann. Der Mann führt mich zur Tür, sagt: „Warten Sie hier", und geht hinein. Ich stehe in der Dunkelheit und Kälte da und sehe zwischen Fluss und Straße hin und her.

Dann wird die Tür erneut geöffnet, und der Mann zieht mich nach drinnen. „Hier rein, schnell!" Die Tür fällt hinter mir ins Schloss, während ich versuche, meine Augen an das schummrige Licht zu gewöhnen. Wir befinden uns in einem winzigen Raum, es ist eiskalt und bis auf einen Stuhl und einen Tisch gibt es keine Möbel. Auf diesem Tisch liegt ein abgewetzter Lederhandschuh.

„Was machst du hier?", fragt mich eine vertraute Stimme.

Ich drehe mich hastig um. „Marek." In seinem dicken Mantel und mit der tief ins Gesicht gezogenen Mütze ist er kaum wiederzuerkennen.

Er schaut mich wütend an. „Du hättest nicht herkommen dürfen."

„Ich muss mit dir reden, es ist wichtig." Ich halte inne, da ich mir nicht sicher bin, wie viel ich in der Gegenwart des Fremden äußern kann.

„Danke, Avi", sagt Marek zu dem kahlköpfigen Mann.

„Danke", wiederhole ich.

Der Mann nickt und verlässt den Schuppen. Marek geht zum Fenster, hebt den zerlumpten Vorhang ein Stück an und sieht hinaus.

„Glaubst du, man ist uns gefolgt?", frage ich.

Marek schüttelt den Kopf. „Dafür ist Avi viel zu gut." Er lässt den Vorhang sinken. „Also, was gibt es?"

Vergeblich sehe ich mich in dem winzigen Raum nach einem Hinweis auf die anderen um. „Wo ist Alek?", frage ich. Wegen der Kälte klappern meine Zähne.

„Er ist nicht in der Stadt. Wieso musst du uns so dringend sprechen?"

Ich hatte mir vorgestellt, mit Alek zu reden, nicht mit Marek, auch wenn der sein bester Freund ist. Letzteres ist der Grund, weshalb ich ihm trauen kann. „Das hier", antworte ich und gebe ihm die Durchschläge.

Er nimmt die Papiere entgegen und überfliegt die erste Seite. „Mein Deutsch ist nicht sehr gut. Sag mir, was da steht."

„Da steht, dass die Deutschen das Ghetto auflösen und die Juden nicht nach Plaszow, sondern nach Auschwitz oder Belzec schicken werden."

Marek zeigt keine Regung. „Ja, das ist bekannt. Davon haben wir bereits gehört."

Überrascht sehe ich ihn an. Die Bewegung wusste längst von der bevorstehenden Auflösung des Ghettos? Einmal mehr wird mir klar, wie wenig ich eigentlich über diese Gruppe weiß, für die ich täglich mein Leben riskiere.

„Die Frage ist nur, wann das geschieht", fügt er hinzu.

„Im Frühjahr", entgegne ich.

Er zuckt sichtlich zusammen. „Was?"

„Sie werden die Juden fortbringen, sobald im Frühjahr die Baracken in Birkenau fertig sind."

„Frühjahr", sagt er ungläubig und reißt mir die Durchschläge aus der Hand.

„Ja, das steht alles da drin." Ich kann nicht anders, als Stolz auf meine Leistung zu verspüren. „Dieses Schreiben ist keine drei Wochen alt."

„Genau das mussten wir wissen. Aber das ist viel früher, als wir dachten." Er faltet die Blätter zusammen und steckt sie in seinen Mantel. „Ich muss das zu Alek bringen." Er öffnet die Tür, ich folge ihm nach draußen. Vielleicht wird er mich zu den anderen mitnehmen. Bestimmt habe ich es mir nach dieser Leistung verdient, ihn zu begleiten. Doch er zeigt in die Richtung, aus der Avi und ich gekommen sind. „Wenn du dort zurückgehst, kommst du auf die Straße, die nach Chelm führt."

Ich will etwas erwidern, ihn fragen, was mit den anderen ist und ob er etwas von Jakub gehört hat. Ich muss wissen, wie ich mit ihm Kontakt aufnehmen kann. „Du darfst nicht wieder herkommen", erklärt er, als hätte er meine Gedanken gelesen. Dann dreht er sich um und geht davon. Während ich ihm nachsehe, wird mir bewusst, dass er sich nicht einmal bedankt hat.

Mein Blick fällt auf den Schuppen, und ich überlege, ob er wohl der Bewegung eine Weile als Versteck gedient hat.

Plötzlich erinnere ich mich an den Handschuh auf dem Tisch. Hoffnung regt sich in mir, denn Jakub trug auch solche Handschuhe. Vielleicht hat er sich in jüngster Zeit noch hier aufgehalten … Mir schaudert, als ich mir vorstelle, er könnte in diesem kleinen, kalten Raum gewesen sein. Doch wenn er sich schon so dicht in meiner Nähe aufgehalten hat, wäre es ihm bestimmt möglich gewesen, zu mir zu kommen und mich zu sehen, oder nicht?

Es reicht, ermahne ich mich. Ich habe erledigt, was zu erledigen war, nämlich die Papiere an die Bewegung weitergeleitet. Jetzt muss ich zurück nach Hause. Es muss bereits gegen zehn Uhr sein, in wenigen Minuten tritt die Ausgangssperre in Kraft. Krysia wird sich Sorgen um mich machen. Ich gehe die Uferböschung hinauf und muss aufpassen, dass ich auf dem glatten Untergrund nicht wegrutsche. Ich denke wieder an Marek. Seine Miene war so eigenartig, als ich ihm die Information gab. Es war fast so, als würde er lächeln. Dann erinnere ich mich an die Unterhaltung, die ich bei meinem letzten Schabbes-Essen in der ulica Józefińska im Ghetto belauscht habe. Marek ist einer von den aggressiveren Mitgliedern des Widerstands, er will die Nazis aktiv angreifen. Diese Information über die Auflösung des Ghettos dürfte seine Position innerhalb der Gruppe stärken. Jetzt werden sie versuchen, etwas zu unternehmen. Mein Magen verkrampft sich bei dem Gedanken, mit einem Mal überkommt mich Unbehagen. Zugegeben, ich habe der Bewegung hilfreiche Informationen geliefert, doch gleichzeitig habe ich Angst, ich könnte Jakub in große Gefahr gebracht haben.

Nachdem ich die Böschung bezwungen habe, sehe ich mich auf der menschenleeren Straße um und gehe zügig durch die Stadt in Richtung Chelm. In weiter Ferne verkündet eine Sirene den Beginn der Ausgangssperre. Ich gehe schneller, komme aber auf dem nassen, glatten Pflaster ins Rutschen. Dennoch beeile ich mich, das Kinn gegen die Brust gedrückt,

278

um mich etwas gegen den eisigen Wind zu schützen. Als ich in die ulica Starowislna einbiege, laufe ich unerwartet gegen etwas und stolpere, meine Füße rutschen weg und ich lande mit meiner Kehrseite in einer schmutzigen Schneewehe.

Ich sehe hoch und stelle fest, dass ich mit einem Mann zusammengestoßen bin, der mir entgegengekommen ist. Vergeblich versuche ich aufzustehen, doch ehe ich mich versehe, packt mich der Mann an den Armen und zieht mich hoch. Ich bin zu verblüfft, um ihn abzuwehren. Während ich zwinkere, um die Schneeflocken von meinen Wimpern zu vertreiben, fühle ich, wie der Fremde seinen Handrücken auf meine Stirn drückt – so wie eine Mutter, die überprüfen will, ob ihr Kind Fieber hat. Von seinem Mantel geht ein würziger Geruch aus, der mir auf eine unerklärliche Weise vertraut vorkommt.

„Danke …" Doch als ich endlich wieder klar sehen kann, ist der Fremde bereits weitergegangen, und sein dunkler Mantel verschmilzt schnell mit der Dunkelheit.

Was für eine seltsame Begegnung, überlege ich und werfe einen Blick in die Richtung, aus der ich gekommen bin. Die Straße ist menschenleer. Doch ich habe keine Zeit, hier herumzustehen und zu grübeln. Ich wische den Schnee von meinem Mantel und gehe weiter.

Plötzlich wird die nächtliche Stille jäh von einer lauten Sirene zerrissen. Ein Stück vor mir hält ein Wagen der Gestapo auf einer Kreuzung. Sofort mache ich einen Satz um die nächste Ecke und presse mich gegen die Backsteinmauer, wobei ich mir wünsche, ich könnte mich unsichtbar machen. Ich höre Türenschlagen, dann das Poltern schwerer Stiefel auf dem Straßenpflaster. Über eine Wand gleich neben mir zuckt der Lichtkegel einer Taschenlampe. Mein Herz rast, ich fühle mich schweißgebadet.

Die Gestapo-Leute stehen schweigend da und achten auf jedes Geräusch. Eine Ewigkeit scheint zu vergehen, dann höre ich einen der Männer etwas sagen, und sie steigen wieder in den Wagen. Reglos bleibe ich stehen und warte, dass der Wagen vorbeigefahren kommt und im Scheinwerferlicht eine jämmerliche junge Frau auftaucht, die vergeblich versucht, mit einer Mauer zu verschmelzen. Gebannt halte ich den Atem an und zähle die Sekunden.

Mit quietschenden Reifen macht der Wagen kehrt und fährt in die andere Richtung davon.

Als das Motorengeräusch kaum noch zu hören ist, löse ich mich aus meiner Starre und sinke zu Boden. Hätte mich der Mann nicht umgerannt, dann wäre ich der Gestapo direkt in die Arme gelaufen. Ich atme tief durch und danke meinem Schutzengel, dass er mir diesen Fremden geschickt hat.

Während ich weitergehe, merke ich, dass die Feuchtigkeit des Schneetreibens von meiner Kleidung aufgesogen wurde. Ich ziehe die nassen Handschuhe aus und stecke die Hände in die Manteltaschen. In der rechten Tasche berühren meine Finger etwas Unvertrautes, etwas Hartes. Meine Hand umfasst das Objekt, und ich bleibe stehen. Aus der Tasche ziehe ich einen glatten braunen Stein, den ich vor einer Stunde noch nicht bei mir trug.

Ein leiser Schrei kommt mir über die Lippen. Es ist ein Stück Bernstein! Dieser Zusammenstoß war gar kein Unfall – und es war kein Fremder, der mich umgerannt hat. Es war Jakub! Er hat mir den Stein als ein Zeichen zugesteckt. Mein Herz macht einen Freudensprung. Jetzt weiß ich, dass mein Ehemann ganz in der Nähe ist und nicht mit einer anderen Frau weit weg von hier die Welt rettet. Er ist hier, und er passt auf mich auf. Er hat verhindert, dass ich der Patrouille in die Arme laufe. Er liebt mich und beschützt mich aus der Ferne, weil ihm etwas anderes nicht möglich ist.

Plötzlich wird mir ganz warm, die Luft um mich herum wirkt wie aufgeladen. In diesem Moment zählt nichts anderes mehr. Jakub lebt, und er liebt mich. Den Bernstein fest in der Hand, laufe ich so schnell ich kann nach Hause.

18. KAPITEL

Der Fleck angetrockneten Haferbreis in Łukasz' Schüssel will einfach nicht verschwinden. Ich tauche die Schüssel noch einmal in die Seifenlauge und reibe fester über die Stelle. Normalerweise würde ich sie über Nacht einweichen lassen, doch das ist Łukasz' Lieblingsschüssel, die einzige, die er leiden kann. Sie muss am Morgen sauber sein, sonst weigert er sich, etwas zu essen.

Ich stelle die Schüssel ab und lasse mich seufzend auf einen Küchenstuhl fallen. Es ist Freitagabend, kurz vor zehn. Łukasz schläft schon lange, und Krysia, die sonst im Haushalt mithilft, hat sich mit Kopfschmerzen zu Bett gelegt. Mir macht die Arbeit nichts aus, es fällt mir immer leichter, am Abend aufzubleiben, wenn ich weiß, dass ich am nächsten Morgen nicht in aller Frühe wieder aufstehen muss. In den Abendstunden herrscht hier eine himmlische Ruhe, die ich sonst nirgendwo finde. Dennoch macht es mir zunehmend zu schaffen, vorzugeben, jemand anderes zu sein. Ich fühle mich mit meinen Kräften schlichtweg am Ende.

Mehr als zwei Wochen ist es inzwischen her, dass ich Marek getroffen habe, aber bis jetzt habe ich von der Bewegung nichts weiter gehört. Ich fasse in meine Tasche, um den Bernstein zu fühlen, der mir an jenem Abend zugesteckt wurde. Seitdem ist es mir ein paar Mal so vorgekommen, als würde mich jemand beobachten, während ich die Straße entlanggehe. Bei jeder dieser Gelegenheiten drehe ich mich um und hoffe, irgendwo Jakub zu entdecken, doch ich sehe ihn nie. Allmählich beginne ich mich zu fragen, ob ich mir das alles nur eingebildet habe.

Unterdessen begleite ich den Kommandanten weiterhin in seine Wohnung, wenn er das wünscht, und suche nach anderen nützlichen Dokumenten, während er schläft. Gefunden habe ich aber nichts mehr. In den letzten Tagen haben sich ohnehin nur wenige Gelegenheiten für meine Suche ergeben, da ich den Kommandanten nicht sehr oft zu Gesicht bekomme. Der Krieg läuft nicht gut für die Deutschen. Das weiß ich nicht nur aus den Telegrammen, die über meinen Schreibtisch gehen, sondern das verraten mir auch die geflüsterten Gespräche und verdrießlichen Gesichter der deutschen Offiziere, denen ich in den Korridoren begegne. Der Kommandant muss länger arbeiten, es finden mehr Besprechungen statt, die manchmal bis spät in die Nacht hineingehen. In den wenigen Nächten, die wir gemeinsam verbringen, schläft er immer nur ein paar Stunden und steht meist vor Sonnenaufgang auf. Dann höre ich ihn durch die Wohnung gehen, oder er sitzt in seinem Arbeitszimmer und liest irgendwelche Dokumente, während ich wach im Bett liege.

Mit jedem Tag, an dem ich meine Suche nicht fortsetzen kann, wächst meine Unzufriedenheit. Vielleicht sollte ich mit Alek Kontakt aufnehmen und ihn bitten, mich von diesem Auftrag zu entbinden. Es ist sinnlos, dieses Spiel fortzusetzen, wenn nichts weiter dabei herauskommt. Trotzdem habe ich es noch nicht mal versucht, Alek diesen Vorschlag zu unterbreiten. Stattdessen rede ich mir ein, dass es notwendig ist, meine Mission weiter zu verfolgen. Wenn ich aber ganz ehrlich bin, dann muss ich gestehen, dass ich meinen Nächten mit dem Kommandanten auch gar kein Ende setzen *will*. Ich freue mich auf unsere Treffen, und die Wärme, die dieser Mann mir gibt, hat auf mich eine tröstende Wirkung. Ich rede mir längst nicht mehr ein, dass es nur rein körperliche Anziehung ist, die ich empfinde. Vielmehr genieße ich seine Nähe, was mir umso deutlicher geworden ist, seit unsere gemeinsamen Nächte seltener geworden sind.

Aber selbst wenn ich dem Ganzen ein Ende setzen wollte, wie sollte das ablaufen? Man trennt sich nicht einfach so von einem hochrangigen Nazi, vor allem nicht vom Kommandanten. An den liebevollen Blicken, die er mir zuwirft, kann ich deutlich erkennen, dass ein Ende unserer Beziehung für ihn kein Thema ist. Wir sind uns einig, dass unsere Affäre bis auf Weiteres geheim bleiben muss, da es ihm nicht gut zu Gesicht stehen würde, dass er sich mit seiner polnischen Assistentin eingelassen hat. Doch wenn wir allein sind, redet er oft von einer gemeinsamen Zukunft. „Nach dem Krieg werden wir heiraten", hat er mir bereits mehr als einmal versprochen, „und dann kommst du mit nach Deutschland. Du, Krysia und dein Bruder, ihr werdet mit mir in unserem Haus in Hamburg wohnen."

Ich erwidere nichts, wenn er vom Heiraten spricht, aber innerlich verkrampft sich mein ganzer Körper. Jede andere junge Frau, die eine Affäre mit ihrem Vorgesetzten hat, würde sich über ein Eheversprechen freuen. Doch ich bin bereits verheiratet und finde solche Überlegungen albern, wenn nicht gar beängstigend. Wie soll ich dem Kommandanten je entkommen und zu Jakub zurückkehren? Werden die Deutschen verlieren, dann ist das kein Problem. Aber wenn sie siegen … nein, eine solche Möglichkeit darf ich gar nicht erst in Betracht ziehen.

Die Fensterläden rappeln laut. Wir haben Anfang Dezember, und draußen ist es bitterkalt. Es ist uns gelungen, in Krysias Haus für Wärme zu sorgen, indem wir im Herbst einen genügend großen Vorrat an Feuerholz und Kohlen angelegt haben. Aber ich bin in ständiger Sorge um Jakub und meine Eltern, denen es auf keinen Fall so gut ergehen kann wie mir. Sie alle fehlen mir so sehr wie noch nie zuvor. Morgen Abend beginnt Chanukka, was ich schon von klein auf weiß, weil meine Eltern mir den jüdischen Kalender sozusagen eingeimpft haben. Könnten wir diesen Feiertag doch bloß gemeinsam begehen! Früher an diesem Abend habe ich Łukasz beobachtet, wie er auf dem Boden saß und mit seinen Bauklötzen spielte. Er weiß nicht mal, was Chanukka eigentlich ist. Wie gern würde ich ihn auf den Schoß nehmen und ihm die Ge-

283

schichte von den tapferen Männern erzählen, die den Tempel retteten, und vom Wunder des Lichts, das acht Nächte lang brannte. Sein Vater hätte das für ihn getan. Doch ich wage es nicht, auch wenn ich weiß, dass ich Łukasz etwas versage. Er ist jetzt nach unserer Schätzung dreieinhalb und wird jeden Tag ein bisschen geschwätziger. Wenn er die Geschichte von Chanukka einem Nachbarn weitererzählt, würden wir alle in große Gefahr geraten. Aus dem gleichen Grund bekommt er von uns auch kein Chanukka-Geld, jene Münzen oder kleinen Geschenke, die ich als Kind an diesem Feiertag überreicht bekam. Auch werde ich keinen Dreidl für ihn basteln, und zudem keine Chanukka-Spiele spielen. Stattdessen bekommt Łukasz seine Geschenke einige Wochen später an Weihnachten, was wir zu feiern vorgeben, um den Schein zu wahren. Heute Abend allerdings hat Krysia in einem unausgesprochenen Zugeständnis an unseren Glauben Latkes gebacken, Kartoffelpuffer mit süßer Apfelsoße und Schmand, die traditionell an jüdischen Feiertagen gegessen werden. Der Geschmack erinnerte mich an meine Mutter und ließ mich in Tränen ausbrechen.

In der Diele höre ich den Boden knarren. Krysia ist wohl noch einmal aufgestanden, überlege ich, während ich Łukasz' Schüssel abtrockne. Ich wische meine Hände an einem Handtuch ab. Auf einmal nehme ich Schritte wahr, die von der Tür zur Küche kommen und schwerer klingen als die einer Frau. Jemand ist ins Haus eingedrungen! Wie erstarrt stehe ich da und halte mit einer Hand den Griff einer Bratpfanne fest, die zum Abtrocknen auf dem Küchentisch liegt. Ich hebe meinen Arm, doch bevor ich mit der Pfanne ausholen kann, drückt sich der Eindringling an mich und hält meine Unterarme fest umschlossen.

„Schabbat schalom, Fräulein Emma.“

Mein Herz macht vor Freude einen Satz. „Jakub!“, rufe ich und lasse die Pfanne fallen. Sekundenlang glaube ich an einen Traum, und als ich die Arme um ihn schlinge, rechne ich insgeheim damit, ins Leere zu greifen. Aber er ist wirklich da, ich kann ihn berühren und festhalten. „O Jakub!", rufe ich wieder, als er mich in die Arme nimmt. Ich klammere mich an ihn, so fest ich nur kann, und küsse jede Stelle seines Gesichts.

Einen Augenblick später lehnt er sich ein kleines Stück zurück, und wir sehen uns lange an, ohne ein Wort zu sagen. Meine Gedanken überschlagen sich. Jakub ist hier. Er ist zu mir gekommen. So oft habe ich von diesem Moment geträumt, dass ich mir fast nicht sicher bin, ob das hier real ist oder doch nur ein Traum. „Emma", sagt er, legt seine Hände an mein Gesicht und küsst meine Lippen.

„Ich kann es nicht fassen, dass du hier bist", erwidere ich, als wir uns irgendwann voneinander lösen. Ich betrachte sein Gesicht, das voller und gebräunter ist. Es wirkt auf mich wie das Gesicht eines Jungen, der erst vor Kurzem vom Jugendlichen zum Mann geworden ist. Ich berühre seine Wangen, die sich vom Leben unter freiem Himmel rau und gegerbt anfühlen. „Es ist so lange her …"

„Ich weiß, es tut mir leid …", setzt er zum Reden an, aber ich lege einen Finger auf seine Lippen.

„Nicht", unterbreche ich kopfschüttelnd. „Es ist gut, solange ich weiß, dass mit dir alles in Ordnung ist."

„Das ist es, nachdem ich nun hier bei dir bin", erwidert er ernst. „Aber …"

„Schhht", flüstere ich und küsse ihn. Ohne ein weiteres Wort führe ich ihn die Treppe hinauf in mein Schlafzimmer. Ich schließe die Tür hinter uns und küsse ihn wieder. Unsere Lippen trennen sich auch dann nicht, als ich ihm den zerlumpten Mantel und das Hemd ausziehe und ihn zu mir aufs Bett ziehe. Unsere Körper ergänzen sich gegenseitig so vollkommen, als wäre das alles nur ein böser Traum gewesen – als hätte es die Trennung nie gegeben.

„Ich hätte dir etwas zu trinken anbieten sollen", sage ich eine Weile später, als wir erschöpft auf dem Bett liegen.

Jakub schüttelt den Kopf. „Ich habe keinen Durst", erwidert er und streckt seine Hand nach mir aus. In der Hitze der Leidenschaft hatte ich den Kommandanten und alles andere völlig vergessen, was geschehen war. Jetzt muss ich an meinen Verrat denken, und ich beginne mich für diese Dinge zu schämen. Als sich Jakub erneut über mich legt, betrachte ich seinen hageren Körper und sehe auf einmal den großen, muskulösen Kommandanten vor mir. *Nein*, denke ich und versuche das Bild zu verdrängen. Nicht jetzt, nicht in diesem Augenblick, den ich mit meinem Ehemann teile.

Ich schließe die Augen und versuche, mich auf Jakubs Berührungen zu konzentrieren. Doch als mein Verlangen erneut erwacht, sehe ich im Geiste abermals das Gesicht des Kommandanten vor mir. Plötzlich kommt mir ein schrecklicher Gedanke: Was, wenn Jakub das bemerkt? Mir ist inzwischen bewusst, dass ich mich anders gebe, wenn ich das Bett mit dem Kommandanten teile. Mein Rhythmus ist auf seinen eingestellt, und ich bewege mich selbstbewusster und kraftvoller. In Panik frage ich mich, ob ich mich bei Jakub so verhalte, wie ich es sollte. Ich versuche mich daran zu erinnern, wie ich mich gab, als wir damals beieinander waren.

Auf einmal stöhnt er laut auf und reißt mich aus meinen Überlegungen. Ich öffne die Augen, während er verloren in seiner eigenen Lust neben mir aufs Bett sinkt. Erleichtert erkenne ich, dass ihm nichts aufgefallen ist.

„Mmm", murmelt er, die Arme um mich gelegt, die Augen geschlossen. Sein Atem geht ruhig und gleichmäßig. Ich kann nicht einschlafen, sondern drehe mich auf die Seite, um ihn anzusehen und mich an seiner Anwesenheit zu erfreuen. Es gibt so vieles, das ich längst vergessen hatte: seine Wärme, sein Atem, die Art, wie unsere Körper sich gegenseitig ergänzen, als wäre jeder von uns nur Teil eines Ganzen. Beide haben wir seit unserer letzten Begegnung einen weiten Weg zurückgelegt – ich durch das Ghetto und meine Arbeit in der Burg, Jakub durch die Widerstandsbewegung. Gott allein weiß, was er dabei alles durchgemacht hat.

Eine Weile später ist er wieder aufgewacht, und den Rest der Nacht liegen wir im Bett und reden ohne Unterlass, so wie damals, als wir frisch verheiratet waren. Er erzählt mir, dass er sich im Wald aufgehalten hat und zwischen Warszawa, Lodz und Lublin sowie anderen polnischen Großstädten unterwegs war, um die Anstrengungen der verschiedenen Widerstandsgruppen zu koordinieren. „Es gibt auch nicht-jüdische Gruppierungen", erklärt er. „Der Versuch, die Arbeit der Polen und der Juden aufeinander abzustimmen, war leider größtenteils erfolglos. Aber wir haben jetzt genug über mich geredet." Er streicht mir übers Haar. „Sag mir, was geschehen ist, nachdem ich dich verlassen habe."

Ich zögere, da ich mir nicht sicher bin, wie viel ich ihm erzählen soll. „Nun, ich habe versucht, zu meinen Eltern zurückzugehen, so wie du es mir gesagt hast", beginne ich und lege meinen Kopf an seine Brust. Jakub etwas nicht vorbehaltlos anzuvertrauen ist für mich eine ungewohnte Erfahrung. „Aber sie waren nicht mehr zu Hause."

„Und dann kamst du ins Ghetto." An seinem Tonfall merke ich, dass er weiß, was wir dort durchmachten. Mein Leiden hat ihn geschmerzt.

„Als ich dort lebte, war es noch nicht so schlimm", versichere ich. „Alek und die anderen waren so gut zu mir."

„Dort hast du auch Marta kennengelernt, nicht wahr?" Ich höre ihm an, dass er in der Dunkelheit lächelt. Plötzlich aufkommende Eifersucht versetzt mir einen Stich.

„Ja." Mehr sage ich nicht dazu, denn obwohl sie meine Freundin war, möchte ich nicht über sie reden, während ich mit Jakub im Bett liege.

„Sie ist ein bemerkenswertes Mädchen."

Ich bin froh, dass er sie mehr als Kind denn als erwachsene Frau ansieht. „Im Ghetto hatte ich einige Freunde."

Er gibt mir einen Kuss auf die Stirn. „Trotzdem kann es für dich nicht leicht gewesen sein."

„Meine Eltern …"

„Ja, ich hörte, dass sie noch im Ghetto sind. Wir haben es versucht, aber es ist so schwierig, die Älteren herauszuholen."

Ich überlege, ihn zu fragen, wie man meinen Eltern helfen kann, doch er klingt plötzlich fast so wie Alek. Mir wird klar, wie sinnlos es ist, länger über dieses Thema zu reden. „Mir sind Gerüchte zu Ohren gekommen, dass einige Leute über die Grenze in die Tschechoslowakei geflohen sind", sage ich stattdessen.

„Das ist gefährlich. Der Weg durch die Berge ist mühselig, und wenn man erst mal dort ist, befindet man sich keineswegs in Sicherheit. Wie die Polen können auch die Slowaken sehr brutal zu den Juden sein."

„Die Polen sind doch nett zu uns", wende ich ein. „Denk nur an Krysia."

„Einige so wie Krysia sind nett, andere interessieren sich nicht für uns, und wieder andere sind so übel wie die Deutschen. Die meisten von ihnen tun nur das, was zum eigenen Überleben erforderlich ist."

„Ja, das mag wohl stimmen." Trotz allem, was ich bislang erlebt habe, kann ich noch immer nicht recht akzeptieren, dass sich Menschen, die ich mein Leben lang kannte, so bereitwillig von uns abgewandt haben.

Wir schlafen irgendwann ein, und als wir spät am Morgen erwachen, lieben wir uns noch einmal, bevor wir aufstehen. Krysia hat eine Notiz hinterlassen, sie und Łukasz seien in der Stadt. Für uns hat sie bereits etwas zu essen hingestellt. „Dann wusste Krysia, dass du herkommst?", frage ich, als ich Brot, Obst und Käse auf zwei Teller verteile.

Er sucht im Küchenschrank nach Gläsern und füllt sie mit

Wasser. „Sie wusste, dass die Chance besteht."

Gemeinsam bringen wir alles in den Salon und lassen uns auf dem Boden vor dem Kamin nieder. „Wie viel Zeit hast du?", frage ich, schneide eine Scheibe Apfel ab und füttere ihn damit.

„Sobald die Sonne untergeht, muss ich mich auf den Weg machen", erwidert er zwischen zwei Bissen. Stumm verfluche ich, dass die Tage so kurz sind und es bereits am späten Nachmittag wieder dunkel wird.

Schweigend frühstücken wir, während mir all die Fragen durch den Kopf gehen, die ich ihm stellen möchte. „Jakub", sage ich schließlich zaghaft und lege das Messer beiseite. „Wie kommt es, dass du hier bist?"

Er hört auf zu kauen und sieht mich an. „Wie meinst du das?"

Nachdem ich einen Schluck Wasser getrunken habe, entgegne ich: „Ich meine, über ein Jahr lang war es zu gefährlich, mich zu besuchen. Weder ins Ghetto noch hierher konntest du kommen. Wieso geht es jetzt?"

„Ich war die meiste Zeit unterwegs", erklärt er. „Erst seit Kurzem bin ich wieder in Kraków."

„Dann warst du das wirklich, nicht wahr? Ich meine den Abend vor ein paar Wochen, in der ulica Starowislna … der Bernstein … das warst tatsächlich du?"

Er nickt. „Ich war bis kurz vor deiner Ankunft zusammen mit Marek in diesem Schuppen. Da Avi dort war, wollte ich mich nicht zeigen. Aber als du weggingst, folgte ich dir, um Gewissheit zu haben, dass es dir gut geht."

„Und als du den Wagen der Gestapo sahst, da hast du mich zu Boden geworfen, damit ich nicht erwischt werde?" Wieder nickt er. „Dafür bin ich dir sehr dankbar. Doch selbst da hast du mir nur den Stein zugesteckt, anstatt dich mir zu zeigen."

„Es war zu gefährlich."

„Aber jetzt bist du hier", hake ich nach. „Darum frage ich dich, was sich geändert hat."

„Nichts. Es ist nach wie vor gefährlich. Aber ich bin hergekommen, weil …" Er weicht meinem Blick aus. „Es kann sich bald einiges ändern …"

„Wie meinst du das?", frage ich, liefere jedoch mit einem entsetzten „Nein!" selbst die Antwort. Seit ich Marek die Informationen gab, habe ich so ein Gefühl, dass Alek und die anderen einen großen Schlag gegen die Besatzer planen. Wann und wie sie zuschlagen werden, weiß ich nicht, doch mein Instinkt sagt mir, es wird passieren. Deshalb also ist Jakub hergekommen. Was auch geplant wird, er ist besorgt, dass er mich vielleicht nie mehr wiedersieht. „Nein!", rufe ich abermals, schiebe meinen Teller weg und klammere mich fest an meinen Mann.

„Schhht", beschwichtigt er, während er mich an sich drückt und mir übers Haar streicht. Erst nach einigen Minuten verstummt mein Schluchzen. „Emma …" Er setzt mich auf, dreht mich auf seinem Schoß um und wiegt mich wie ein kleines Kind. „Heute Abend beginnt Chanukka. Erinnerst du dich an die Geschichte der Makkabäer?" Ich nicke stumm. „Wofür stehen die vier Buchstaben auf dem Dreidl?"

„*Nes gadol haya sham*", zitiere ich auf Hebräisch.

„Richtig. Und was bedeutet das?"

„Ein großes Wunder ist hier geschehen."

„Ganz genau. Ein großes Wunder ereignete sich in Israel, als die Makkabäer den Tempel wiederherstellten und der winzige Tropfen Öl acht Nächte lang brannte. Ein großes Wunder. Es ist die Jahreszeit für Wunder, und hier wird auch eines geschehen. Es *muss* geschehen." Ich sehe ihn an. Seine Augen leuchten, als würde hinter ihnen ein Feuer lodern. Das ist der Ausdruck, in den ich mich verliebt habe, als wir uns das erste Mal begegneten, nur dass dieses Feuer jetzt tausendmal stärker brennt. Zum ersten Mal verstehe ich, wie fest Jakub, Alek und die anderen davon überzeugt sind, dass es der einzige Weg ist, unser Land von den Deutschen zu befreien. Der Widerstandskampf hat aus ihm einen Krieger gemacht.

„Du bist so mutig", sage ich und wische mir über die Augen.

„Wir sind Makkabäer, Emma. Du, ich, Alek, Marta und die anderen." Ich will protestieren, da es mir peinlich ist, mit den Übrigen in einem Atemzug genannt zu werden, doch er redet weiter. „Ja, du bist ebenfalls mutig. Ich weiß alles darüber, wie du der Bewegung durch deine Arbeit für Richwalder geholfen hast." Innerlich zucke ich zusammen. Ich kann nur hoffen, dass er eben nicht *alles* weiß. „Und wie du das Kind des Rabbis gerettet und versteckt hast. Du bist auch eine Kämpferin."

„Krysia ebenfalls", wende ich ein.

„Ganz besonders Krysia." Wie auf ein Stichwort hin wird die Haustür aufgeschlossen, und ich höre, wie Łukasz auf Krysia einredet. Seinen Worten entnehme ich, dass sie trotz der Kälte noch einen Ausflug zum Ententeich gemacht haben. Jakub lässt mich los, wir stehen beide auf.

Als Krysia das Zimmer betritt, bleibt sie wie angewurzelt stehen. Bei Jakubs Anblick kommen ihr die Tränen. Sie sieht zu Łukasz, zögert kurz und erklärt dann: „Łukasz, das ist mein Cousin Michal." Der Junge, dessen Wangen von der Kälte gerötet sind, sieht Jakub mit großen Augen an, als der zu Krysia geht und sie dreimal küsst. Sowohl Krysia als auch Jakub müssen sich zusammenreißen, um vor dem Kind nicht die Kontrolle über ihre Gefühle zu verlieren.

„Hallo, Łukasz." Jakub kniet sich hin und streicht dem Kleinen spielerisch übers Haar, doch in seinen Augen erkenne ich Ehrfurcht. Er weiß, wer der Junge ist und wie er zu uns gelangte.

„Du wusstest Bescheid?", frage ich Krysia.

Sie nickt. „Ich wollte nicht, dass du enttäuscht bist, falls es nicht klappt."

„Ich verstehe." Mein Blick wandert zu Jakub, der mit Łukasz redet – auf Hebräisch. Plötzlich erinnere ich mich daran, wie Łukasz in der Gegenwart des Kommandanten hebräisch zu sprechen versuchte. „Nicht!", rufe ich, woraufhin mich alle drei erstaunt ansehen. Ich selbst wundere mich auch über meinen scharfen Tonfall. „Es tut mir leid, Jak... Michal", stammele ich und kann mich noch eben berichtigen. „Es ist nur so, dass ..." Ich gerate ins Stocken, da ich Jakub nicht von meiner Sorge erzählen kann, ohne dabei zugeben zu müssen, dass der Kommandant hier war. Auf einmal fühle ich mich unendlich müde. Das alles ist zu viel für mich. Über Monate hinweg muss ich jetzt schon darauf achten, dass der Kommandant meine wahre Identität nicht erfährt, gleichzeitig habe ich so lange Zeit auf Jakub verzichtet. Mir war gar nicht bewusst gewesen, dass ich auch meinen Ehemann würde belügen müssen, sobald es zu einem Wiedersehen kommt.

Jakub richtet sich auf und kommt zu mir. „Ist schon gut", sagt er, legt eine Hand in meinen Nacken und zieht mich an sich. „Ich verstehe das." Vor dem Jungen sollten wir besser nicht so viel Zuneigung füreinander zeigen, doch in diesem Augenblick ist es mir egal. In Jakubs Armen liegend verspüre ich mit einem Mal den Wunsch, ihm alles über den Kommandanten zu erzählen. Er würde es verstehen. Krysia sagte einmal, Jakub würde mir verzeihen. Aus dem Augenwinkel bemerke ich ihren eindringlichen Blick, mit dem sie mich zu warnen versucht, es ihm nicht zu sagen. Sie weiß genau, was in meinem Kopf vor sich geht. Behalt es für dich, fleht sie mich stumm an. Erdrück ihn nicht mit dem Wissen deiner Untreue, nur um dich selbst von dieser Last zu befreien. Nicht jetzt, wenn er in die Dunkelheit und Kälte zurückkehren muss.

Natürlich hat sie recht. Irgendwann später wird vielleicht eine Zeit für Geständnisse und Vergebung kommen, aber heute ist das noch nicht der Fall. Ich straffe meine Schultern und löse mich von Jakub. „Łukasz, komm. Du bist ganz schmutzig vom Herumlaufen im Wald", sage ich. „Wir werden dich erst mal waschen." Widerstrebend lässt sich Łukasz von dem Fremden wegziehen. Ich hasse es, Jakub während seines kurzen Besuchs auch nur für ein paar Sekunden aus den Augen zu lassen, doch Krysia und er sind länger verwandt, als ich mit ihm verheiratet bin. Ich weiß, sie beide wollen sich ungestört unterhalten, und ich möchte Krysia die Gelegenheit dazu geben. Jakub zwinkert mir zu, während ich mit Łukasz hinausgehe.

Als wir die Treppe hinaufgehen, überschlagen sich meine Gedanken. Jakub ist hier, und so ganz kann ich das noch immer nicht fassen – genauso wenig wie die Tatsache, dass er bald schon wieder fort sein wird. Unten kann ich die beiden leise reden hören. Krysia hat eine gewisse Ahnung von dem, was die Bewegung plant, und ihrem angespannten Tonfall nach zu urteilen, ist sie dagegen. Ich versuche, ein paar Fetzen aufzuschnappen, da ich zu besorgt bin, als dass es mir etwas ausmachen würde, sie zu belauschen. Doch so sehr ich meine Ohren auch anstrenge, kann ich doch nicht viel verstehen.

Nachdem ich Łukasz ins Bett gelegt habe, damit er ein wenig schläft, kehre ich in den Salon zurück. Krysia und Jakub verstummen mitten im Satz, als ich hereinkomme. Ich frage mich, was wohl so schrecklich und streng geheim ist, dass ich es nicht hören darf. Auch ich bin große Risiken eingegangen, um der Bewegung zu helfen, dennoch fühle ich mich manchmal wie ein Außenseiter.

Meine Verärgerung nimmt ein jähes Ende, als ich aus dem Fenster schaue. Es ist erst halb vier, doch es beginnt bereits zu dämmern. Krysia folgt meinem Blick und versteht. „Ich glaube, ich werde mich auch ein wenig frisch machen", sagt sie abrupt. „Ich habe dir einen Korb gepackt, Jakub. Essen und warme Kleidung. Er steht auf dem Tisch in der Küche." Da Łukasz nicht mit im Zimmer ist, gibt es keinen Grund, bestimmte Themen zu meiden. Sie umarmt ihren Neffen. „Viel Glück, mein Schatz. Möge Gott dich begleiten." Während sie sich abwendet und das Zimmer verlässt, sehe ich, dass auf Jakubs Wangen ihre Tränen schimmern.

Wir beide stehen mitten im Salon und fühlen uns so unbeholfen wie bei unserer ersten Begegnung. „Dass du hier bist, ist wundervoll für sie", sagt er.

„Das höre ich gern. Ich war schon besorgt, wir könnten eine zu große Belastung sein."

„Überhaupt nicht." Wir stehen da und sehen uns schweigend an. Ein paar Mal muss ich zwinkern, weil ich nicht vor ihm in Tränen ausbrechen will. Er legt beide Arme um mich und drückt sein Kinn auf meinen Kopf. „Ich komme zu dir zurück, Emma. Ganz gleich, was auch geschieht, wir werden bald wieder zusammen sein."

„Ich bin immer bei dir", erwidere ich, woraufhin er nickt und mich innig küsst. Als sich unsere Lippen lösen, kneife ich weiter die Augen zu und versuche, diesen Moment für die Ewigkeit festzuhalten. Als ich meine Augen wieder öffne, starre ich ins Leere. Ich höre seine schweren Schritte, dann wird die Haustür geöffnet und leise zugezogen. Schnell laufe ich ans Fenster und suche die Straße nach ihm ab, doch er ist nirgends zu sehen.

Ich kehre an die Stelle zurück, an der wir uns zuletzt in den Armen lagen, und hoffe, noch etwas von seinem Duft wahrzunehmen, doch die Luft um mich herum ist kalt geworden. Ein paar Stunden lang war ich noch einmal Emma, aber nun ist Jakub gegangen, und ich bin nur wieder Anna, die Freundin des Kommandanten.

Minuten später kommt Krysia die Treppe herunter. „Ist

er weg?", fragt sie, als sie vor mir steht.

Ehe ich antworten kann, wird an die Tür geklopft. „Jakub!", rufe ich aus und laufe los. Vielleicht hat er etwas vergessen. Oder er hat sich überlegt, die Nacht doch hier zu verbringen.

„Emma, warte!", ruft Krysia mir nach. „Jakub würde nicht ..."

Doch es ist bereits zu spät. Ich reiße die Tür auf. „Ich dachte, du ..." Dann verstumme ich mitten im Satz. Vor mir stehen zwei Offiziere der Gestapo.

19. KAPITEL

Ich starre die Gestapo-Offiziere an, ohne einen Ton herauszubringen. Panik überkommt mich. Haben sie Jakub gesehen? Einen so großen Vorsprung kann er noch nicht haben. Vielleicht sind sie deswegen hier. „G-guten Abend", kann ich schließlich doch herausbringen, obwohl meine Kehle wie zugeschnürt ist.

„Erwarten Sie jemanden?", fragt der ältere der beiden Männer.

Fieberhaft suche ich nach einer Antwort. „Ja, unseren Gärtner Ryszard, der noch etwas herbringen sollte", antwortet Krysia hinter mir an meiner Stelle. Nun schiebt sie sich vor mich und streckt ihre Hand aus. „Ich bin Krysia Smok."

Der ältere Offizier, ein schmaler, großer Mann mit Brille, schüttelt ihre Hand. „Leutnant Hoffmann, das hier ist Feldwebel Braun." Er deutet auf den Jüngeren, der kleiner und von stämmiger Statur ist.

Krysia will auch Braun die Hand schütteln, doch der nickt nur knapp. „Möchten die Herren nicht eintreten?" Sie klingt so nett und höflich, als würde sie gute Freunde zum Tee einladen. Während ich die Tür hinter den beiden Männern schließe, werfe ich Krysia einen verständnislosen Blick zu. „Kommen Sie in den Salon", sagt sie. „Da ist es viel wärmer." Dann erst wird mir klar, dass sie die zwei Gestapo-Leute von der Straße haben will, damit sie Jakub nicht bemerken. *Sie* sollte eigentlich unter falschem Namen bei den Deutschen arbeiten, denn sie ist eine viel bessere Schauspielerin als ich.

Krysia führt uns alle in den Salon und wendet sich dann an mich: „Mach uns bitte einen Tee, meine Liebe." Ich möchte sie nur ungern mit den Männern allein lassen, aber ihr Tonfall ist ruhig und bestimmend. In der Küche fülle ich Wasser in den Kessel, während ich fieberhaft nachdenke. Warum kommt die Gestapo jetzt her? Was wollen die Männer hier? Einige Minuten später trage ich das Tablett mit dem Tee in den Salon, muss aber meine Finger dazu zwingen, nicht zu zittern. Ich stelle das Tablett auf den niedrigen Tisch. Als ich den Tee einschenke, werfe ich den beiden Männern verstohlene Blicke zu. Leutnant Hoffmann steht am Kamin und betrachtet Marcins Foto auf dem Sims. Dabei denke ich daran, wie traurig ich war, dass wir nach meiner Ankunft Jakubs Fotos versteckt haben. Jetzt bin ich Krysia für ihre Weitsicht dankbar.

Rasch sehe ich mich um, ob es noch irgendeinen Hinweis darauf gibt, dass sich erst vor ein paar Minuten mein Mann hier aufgehalten hat, doch ich kann nichts entdecken. Feldwebel Braun tritt ans Fenster und schaut in den Wald hinaus. Ich werfe Krysia einen nervösen Blick zu. Kann es sein, dass er Jakub in der Dunkelheit davonlaufen sieht? „Meine Herren, bitte, trinken Sie doch einen Tee", beharrt sie. Langsam und ein wenig widerstrebend kommen die Männer zu ihr und setzen sich uns gegenüber. „Sie müssen entschuldigen, dass wir das Alltagsgeschirr benutzen", sagt sie und reicht jedem von ihnen eine Tasse. „Und auch, dass ich nicht angemessen gekleidet bin. Sie müssen wissen, wir sind es nicht gewöhnt, solch hohen Besuch ohne vorherige Ankündigung zu empfangen." Sie betont ‚ohne Ankündigung', um den Männern auf subtile Weise zu verstehen zu geben, dass sie eigentlich nicht willkommen sind.

„Entschuldigen Sie, wenn wir ungelegen kommen", erklärt Hoffmann und hört sich wie ein Schuljunge an, den man soeben zurechtgewiesen hat. „Es ist nur so, dass wir …"

„Unsinn!", poltert Braun in einem Tonfall, der mich an Generalmajor Ludwig erinnert. „Die Gestapo macht nicht erst Termine, gute Frau."

„Ja, natürlich", erwidert Krysia ruhig. Sie spricht auffallend langsam, um Zeit zu gewinnen. „Unser Haus steht Ihnen immer offen. Was führt Sie her? Wie können wir Ihnen behilflich sein?"

„Wir haben Berichte erhalten, dass sich hier in der Gegend Flüchtlinge aufhalten sollen", antwortet Hoffmann. Mir ist klar, dass er die Widerstandskämpfer meint, aber natürlich werden die Deutschen sie nicht als solche bezeichnen. „Sie sollen im Wald bei den Hügeln ihren Treffpunkt haben."

„In Las Wolski?", fragt Krysia so überrascht, dass sie sogar mich fast überzeugen kann.

Er nickt. „Ist Ihnen irgendetwas aufgefallen?"

„Nein", erklärt sie nachdrücklich. „Allerdings gehen wir um diese Jahreszeit auch nicht im Wald spazieren."

„Natürlich", gibt Braun zurück, dessen Tonfall eine Spur Sarkasmus aufweist. Er sieht Krysia direkt in die Augen. „Haben Sie in letzter Zeit etwas von Ihrem Neffen gehört?"

Die Frage kommt so plötzlich, dass ich vor Schreck unwillkürlich nach Luft schnappen muss. Einen Moment lang herrscht Stille im Zimmer, und ich kann nur hoffen, dass die beiden meine Reaktion nicht bemerkt haben. „Ich habe mehrere Neffen, mein Herr", erwidert Krysia. Ihre Stimme zittert ein wenig. „Von welchem reden Sie?"

„Von dem Neffen Ihres Ehemanns, und da haben Sie nur einen: Jakub Bau." Mir gefriert das Blut in den Adern. Sie wissen von Jakub.

„Ach, Sie meinen Marcins Neffen Jakub." Sie betont den Namen meines Mannes, als hätte sie ihn seit Jahren nicht mehr gehört.

„Ja", bestätigt Braun mit zunehmender Ungeduld.

„Hat er etwas angestellt?", fragt sie.

Braun zögert. Ich glaube, Krysias forsche Frage hat ihn überrascht. Endlich sagt er: „Er war schon vor dem Krieg ein Unruhestifter und verbreitete Lügen über das Reich. Seit geraumer Zeit wurde er nicht mehr gesehen, aber wir würden uns gern mit ihm unterhalten."

„Solange ich denken kann, hat sich der Junge immer gern in die Nesseln gesetzt", meint sie und versucht, unbeschwert zu klingen.

„Wir reden hier nicht von ‚Nesseln'", erwidert Braun ungehalten. „Wir reden von Hochverrat."

„Ja, selbstverständlich." Nun setzt Krysia eine ernste Miene auf, als sei ihr soeben die Tragweite dieser Worte bewusst geworden. „Ich verstehe, was Sie meinen. Aber ich habe Jakub schon seit einer Ewigkeit nicht mehr gesehen. Selbst vor dem Krieg sind wir uns in der Stadt nur ein paar Mal über den Weg gelaufen." Ich bin erstaunt, mit welcher Gelassenheit sie diese Lügen auftischt. „Mit dieser Seite der Familie habe ich seit Marcins Tod nur noch wenig zu tun, müssen Sie wissen." Ihr Tonfall hat etwas Beiläufiges. „Und seitdem ich nach hier draußen gezogen bin, bekomme ich ohnehin nicht mehr viel Besuch." Diese letzte Bemerkung richtet sie an Hoffmann.

„Das überrascht mich, Verehrteste", erwidert der ältere Mann rasch. „Sie sind eine beispielhafte Gastgeberin. Und Sie haben ein schönes Haus."

Krysia legt den Kopf leicht schräg und streicht sich die Haare aus dem Gesicht. „Das ist sehr nett von Ihnen, Herr Leutnant." Jetzt wird mir klar, dass sie mit dem Mann schäkert, um Zeit zu gewinnen. Bei Hoffmann scheint dieser Trick zu wirken.

Den jüngeren Mann dagegen kümmert das nicht. „Mir ist eine kleine Gartenlaube hinter dem Haus aufgefallen", wirft er ein. „Was ist da drin?"

Krysia dreht sich zu ihm um. „Nichts", antwortet sie sofort. „Sie stand eigentlich schon immer leer."

Braun mustert aufmerksam ihr Gesicht. „Dann wird es Ihnen sicher nichts ausmachen, wenn wir einen Blick hineinwerfen, oder?"

Sie zögert. Aus dem Augenwinkel bemerke ich einen winzigen Anflug von Panik. Ich weiß, vor welchem Dilemma sie steht. Ist Jakub weggelaufen? Oder versteckt er sich womöglich dort? „Es ist ein ziemlich altes Schloss, und ich glaube nicht, dass ich einen Schlüssel habe."

„Wenn das Schloss wirklich so alt ist, wie Sie sagen, sollte man es leicht aufbrechen können", meint Braun. Es ist offensichtlich, dass er keine Ruhe geben wird.

Mir entgeht nicht der dünne Film aus Schweißperlen, der sich auf Krysias Oberlippe bildet. „Na gut", lenkt sie schließlich ein. „Ich möchte mich nur schnell umziehen, dann begleite ich Sie."

Krysia verlässt den Salon und geht langsam die Treppe hinauf, um noch mehr Zeit zu schinden. Ich sitze reglos da und verspüre panische Angst, wenn ich an die Fragen denke, die sie mir stellen könnten. Doch mit mir reden sie nicht, stattdessen gehen sie im Zimmer umher und sehen sich Fotos und andere Dinge an. Braun stellt sich an den Flügel und berührt die Tasten auf eine ungelenke Manier, die mir verrät, dass er dieses Instrument noch nie gespielt hat. Ich sitze hilflos da, während sie sich durch unser Leben wühlen.

Einen Moment lang überlege ich, ob ich ihnen sagen sollte, dass ich für den Kommandanten arbeite. Vielleicht würde die Erwähnung eines so hochrangigen Offiziers die zwei davon überzeugen, uns besser in Ruhe zu lassen. Doch wenn sie sich von ihm meine Geschichte bestätigen lassen wollen, werden sie ihm womöglich erklären, warum sie hergekommen sind. Das könnte auf meine Verbindung zu Jakub aufmerksam machen. Genau das kann ich aber nicht riskieren.

Ein paar Minuten später kehrt Krysia in Mantel und Schal gehüllt zurück. Als sie an mir vorbeigeht, nehme ich einen leichten Hauch von Jakubs Geruch wahr, der ihr immer noch anhaftet. Lauf so schnell du kannst, Jakub, flehe ich inständig. „Bereit?", fragt Krysia die beiden Offiziere so freundlich, als würden wir zu einem Picknick aufbrechen. Sie öffnet die Haustür. Bevor wir uns nach draußen begeben können, kommt uns ein dritter Uniformierter entgegen.

„Sie sollten doch im Wagen bleiben", herrscht Braun ihn an.

„Schon gut", mischt sich Hoffmann ein. „Was ist denn los, Klopp?"

„Funkmeldung vom Hauptquartier, Herr Leutnant. Eine dringende Angelegenheit erfordert unsere sofortige Anwesenheit."

Braun zögert und sieht in Richtung Gartenlaube. „Nur einen Moment noch …"

„Es tut mir leid, aber wir sollen sofort zurückkommen."

Hoffmann wendet sich an Krysia. „Wie es scheint, bleibt die Tür Ihrer Gartenlaube vorerst verschont. Trotzdem danke ich Ihnen für Ihre Kooperation." Die Männer gehen fort und verschwinden in der Nacht.

Krysia schließt hinter ihnen die Tür. Draußen wird der Automotor gestartet, schnell entfernt sich das Geräusch. „Das war knapp." Erleichtert atme ich aus.

Sie antwortet nicht, sondern sinkt auf die unterste Treppenstufe und hält sich die Brust. Ihr Gesicht ist ganz blass. „Krysia, was ist?", frage ich und knie mich neben sie. „Geht es dir nicht gut?"

„Doch, doch", bringt sie heraus, aber ihre Stimme ist kaum mehr ein Flüstern. Normalerweise strotzt sie nur so vor Kraft, doch der Besuch der Gestapo war offenbar zu viel.

„Komm, lass uns erst einmal beruhigen." Ich lege einen Arm um sie und helfe ihr auf. Gemeinsam begeben wir uns in die Küche, wo ich sie zu einem Stuhl begleite. Plötzlich höre ich Łukasz von oben weinen. „Warte hier", sage ich zu Krysia.

Łukasz steht in seinem Kinderbett, sein Gesicht ist rot und tränenüberströmt. Ich hebe ihn hoch und drücke ihn an mich. „Braver Junge", flüstere ich und bin dankbar dafür, dass er nicht schon früher geweint hat.

Ich nehme ihn mit zu Krysia, die sich nicht von der Stelle gerührt hat. „Hier." Ich setze ihr Łukasz auf den Schoß, sie drückt ihn fest an sich und wiegt ihn sanft hin und her. „Ich mache uns Tee."

Krysia schüttelt den Kopf. „Keinen Tee", lehnt sie ab. „Wodka." Ich erinnere mich an die Flasche, die mir ganz hinten im Küchenschrank aufgefallen war. Ich hole sie hervor und schenke zwei Gläser ein, danach gieße ich für Łukasz etwas Milch in eine Tasse und setze mich zu den beiden an den Tisch. Als Krysia nach ihrem Glas greift, windet sich Łukasz aus ihrem Arm und nimmt mir die Milch ab.

„Geht es wieder etwas besser?", frage ich Krysia und mustere ihr Gesicht. Ihre Wangen haben meiner Meinung nach ein wenig Farbe angenommen.

„Ja. Tut mir leid, was da passiert ist", erwidert sie. „Manchmal bekomme ich solche … solche Beklemmungen, wenn die Situation sehr angespannt ist."

Bei ihren Worten bekomme ich es mit der Angst zu tun. „Krysia, das könnte dein Herz sein. Du musst einen Arzt aufsuchen."

Sie schüttelt den Kopf. „Was sollte ein Arzt für mich tun können? Nein, das geht schon wieder."

Ich möchte widersprechen, doch ich weiß, das würde zu nichts führen. „Na, wenigstens sind wir die Gestapo los."

„Jedenfalls für den Moment", sagt sie angespannt. „Mein Gefühl verrät mir, dass sie wiederkommen werden."

Ich muss schlucken. Daran will ich jetzt nicht denken. „Warst du besorgt, Jakub könnte sich in der Laube versteckt halten?"

„Nein, überhaupt nicht. Ich wusste, Jakub hat längst das Weite gesucht. Aber da sind einige Dinge … na ja, sagen wir, da sind Dinge, die die Bewegung sofort an sich nehmen muss. In der Laube darf sich nichts mehr befinden, wenn die Gestapo zurückkehrt."

„Du scheinst davon überzeugt, dass das geschieht."

„Auf jeden Fall. Ich glaube, ich hatte diesen Hoffmann ganz gut abgelenkt …"

„O ja", unterbreche ich sie. „Du hast sehr überzeugend mit ihm geschäkert."

Lächelnd erwidert sie: „Ich dachte bereits, ich wäre ein wenig eingerostet, doch vermutlich gehört das zu den Dingen, die man nie verlernt. Jedenfalls habe ich Hoffmann ablenken können, aber Braun war nach wie vor misstrauisch. Er ist hartnäckig wie ein Hund, der sich in seine Beute verbissen hat." Ich nicke zustimmend, da ich diese Sorte kenne. „Wenigstens ist Łukasz lange genug ruhig geblieben." Als der Junge seinen Namen hört, sieht er zu uns und lacht. „Beim nächsten Mal läuft es vielleicht nicht so gut."

Ich lasse mich auf meinem Stuhl zurücksinken, als mir bewusst wird, wie knapp wir einer Katastrophe entkommen sind. Die Gestapo war auf der Suche nach Jakub. Ein paar Minuten früher, und wir würden jetzt alle im Gefängnis sitzen. *Ruhig bleiben*, sage ich mir. *Jetzt musst du für Krysia stark sein.* Ich nippe an meinem Wodka und versuche, nicht das Gesicht zu verziehen. „Ich hatte überlegt, ob ich ihnen gegenüber erwähnen soll, dass ich für den Kommandanten arbeite."

„Es ist gut, dass du das nicht getan hast", erklärt sie. „Wir sollten den Kommandanten nicht auch noch auf eine mögliche Verbindung zwischen dir und Jakub aufmerksam machen, selbst wenn es nur darum geht, dass ihr beide mit mir verwandt seid."

„Das dachte ich mir auch."

Sie schweigt und trinkt einen großen Schluck Wodka. „Ich bin mir nicht sicher, was wir mit dem Jungen machen sollen."

„Mit ihm machen?", wiederhole ich erschrocken. „Wie meinst du das?"

303

„Wenn die Gestapo zurückkehrt und Łukasz sieht, wird man uns Fragen stellen."

„Aber er ist heute Abend doch ruhig geblieben …"

„Anna, so einfach ist das nicht. Glaubst du, es war ein Zufall, dass die Gestapo herkommt und nach Jakub fragt, nachdem der nur Minuten zuvor das Haus verlassen hat? Nein", beantwortet sie ihre Frage selbst.

Ich halte den Atem an. „Ein Spitzel?"

„Ja. Vielleicht einer meiner Nachbarn, der ihn hier eintreffen sah. Vielleicht auch ein Verräter in der Bewegung. Ich mache mir darüber Sorgen, seit wir wissen, dass Informationen nach außen dringen. Da könnte irgendwo jemand sein, der weiß oder zumindest vermutet, dass ihr beide nicht diejenigen seid, für die ihr euch ausgebt. Womöglich ist es zu unsicher, wenn Łukasz noch länger bei uns bleibt."

„Nein!", rufe ich erschrocken und nehme den Jungen in meine Arme. „Er hat sich gerade erst an uns gewöhnt, wir können ihn jetzt nicht fortschicken!"

„Unter Umständen bleibt uns gar keine andere Wahl, Anna. Am wichtigsten ist, dass er in Sicherheit ist und überlebt."

Ich stehe auf und halte Łukasz weiter fest. „Aber …"

„Ich weiß, du hast ihn sehr lieb gewonnen. Mir geht es nicht anders. Aber er ist weder dein noch mein Kind. Er wird vielleicht nicht für immer bei uns bleiben. Das ist dir doch klar, oder?"

Ich antworte nicht, sondern vergrabe mein Gesicht in Łukasz' Locken.

„Wohin sollte er denn gehen?", frage ich schließlich.

Krysia hält kurz inne, dann räumt sie ein: „Das weiß ich nicht. Ich kann mir nicht vorstellen, dass es einen Platz gibt, an dem er momentan sicherer wäre als bei uns. Ich werde vorläufig gegenüber der Bewegung noch nichts sagen. Aber du musst akzeptieren, dass es dazu kommen kann."

„Vielleicht kann ich …" Ich wollte soeben vorschlagen, mit dem Kommandanten zu reden und ihn zu bitten, uns die Gestapo vom Hals zu halten, doch ich spreche es nicht aus.

„Komm." Sie stellt ihr Wodkaglas weg und steht ein wenig wacklig auf. Ich merke ihr an, dass sie sich vom Auftauchen der Gestapo noch nicht erholt hat. Sie streckt die Arme aus. „Ich bringe ihn ins Bett."

„Nein." Ich wende mich von ihr ab, weil ich Łukasz nicht hergeben will. In dem Moment tritt Krysia auf die Milchtasse, die der Junge auf dem Boden hat stehen lassen. Die Tasse zerbricht, und ich sehe mit an, wie Krysia nach hinten kippt und mit einem lauten Aufschrei auf dem harten Holzboden landet.

Sofort eile ich zu ihr, immer noch den Jungen auf dem Arm. „Krysia, ist alles in Ordnung?"

Sie antwortet nicht, und ich merke, wie aufgewühlt sie ist. „Mir geht es gut", sagt sie schließlich gereizt. Ich halte meine Hand hin, um ihr aufzuhelfen, aber sie ignoriert sie und steht bedächtig und ohne meine Hilfe auf.

„Es tut mir leid", entschuldige ich mich verlegen. Krysia ist unsere Beschützerin, und ich behandele sie wie einen Feind.

„Das macht dieser Krieg", sagt sie und nimmt mir Łukasz nun doch aus den Armen. „Niemand ist mehr er selbst."

Plötzlich erinnere ich mich an mein Gespräch mit Jakub und an mein Gefühl, dass er hergekommen ist, weil etwas Schreckliches geschehen wird. Etwas, das ihn daran hindern könnte, je wieder zu mir zurückzukommen. Mein Magen verkrampft sich. „Ich muss mich mit Alek treffen." Mich überrascht, wie kalt und energisch meine Stimme klingt.

Krysia sieht mich erstaunt an. „Möglicherweise wird das nicht machbar sein."

„Ich weiß, es gibt Mittel und Wege", gebe ich beharrlich

zurück. „Notfalls ziehe ich los und mache mich allein auf die Suche nach ihm."

„Also gut", lenkt sie daraufhin ein. „Ich werde versuchen, ihm eine Mitteilung zukommen zu lassen, dass er sich nächsten Dienstag mit dir treffen muss."

Ich will schon auf einem früheren Termin bestehen, doch ich weiß, dass es selbst für Krysia Grenzen des Machbaren gibt. „Danke", sage ich. „Aber nur Alek. Ich muss ihn persönlich sprechen."

„Anna, ich weiß, du bist besorgt", erwidert Krysia. „Aber du kannst die Bewegung nicht aufhalten. Sie wird das tun, was erforderlich ist."

Ich äußere mich nicht dazu. Krysia ist wie Marta, beide begegnen den Anführern des Widerstands mit sehr viel Ehrfurcht. Noch vor einem Jahr hätte ich es nicht anders gemacht, doch in den letzten Monaten habe ich zu viel gesehen. Ein Angriff auf die Deutschen wäre selbstmörderisch. Ich muss versuchen, sie davon abzuhalten.

An den folgenden Tagen vergeht die Zeit im Schneckentempo. Am Dienstagnachmittag nach Feierabend beeile ich mich, zum Marktplatz zu kommen und das Café zu erreichen, in dem ich mich auch früher mit Alek und den anderen getroffen hatte. Als ich eintrete, sehe ich, dass es so gut wie menschenleer ist. An einem Tisch in einer Ecke des Lokals sitzt ein Pärchen und raucht Zigaretten. Von Alek ist nichts zu sehen, und ich überlege, ob ich nur zu früh bin oder ob er mich versetzen wird. Ich versuche, Ruhe zu bewahren, und nehme an einem der vielen freien Tische Platz. Bei der Kellnerin bestelle ich ein Glas Tee.

Einige Minuten später trifft Alek doch noch ein. Seine Wangen fühlen sich wegen der Kälte eisig an, als er mich begrüßt. „Das letzte Mal ist lange her", sagt er und setzt sich zu mir.

„Ja. Hast du bekommen, was ich Marek gab?"

Er nickt. „Das war überaus hilfreich. Genau das, wonach wir gesucht haben." Er redet erst weiter, nachdem mein
Tee an den Tisch gebracht wurde. „Du hast noch etwas für
mich?", fragt er erwartungsvoll und sieht mich an.

Ich zögere. Ich wusste, dass meine dringende Nachricht
Alek glauben machen würde, dass es weitere Informationen
gibt. Es missfällt mir, ihn so in die Irre geführt zu haben.
„Nein, leider nicht."

Alek stutzt. „Und warum lässt du mich dann herkommen? Stimmt etwas nicht? Ist dir jemand auf die Schliche gekommen?"

Ich schüttele den Kopf. „Niemand weiß etwas. Aber
trotzdem … Alek, das ist doch völlig verrückt!"

Auf einmal beginnt er zu verstehen und schlägt mit der
Faust so fest auf den Tisch, dass die Tassen und Unterteller
darauf scheppern. Das Paar am anderen Tisch sieht zu uns.
„Ich wusste, ich hätte Jakub nie gestatten dürfen, zu dir zu
gehen", zischt er. Verblüfft stelle ich fest, dass ich ihn noch
nie so wütend erlebt habe.

„Er hat mir gar nichts gesagt. Ich bin von ganz allein darauf gekommen."

„Worauf?", will er wissen.

„D-dass ihr etwas Gefährliches vorhabt", stottere ich.

„Etwas Gefährliches? Emma, dieser ganze Krieg ist gefährlich. Dich zum Kommandanten zu schicken war gefährlich. Łukasz zu verstecken ist gefährlich. Unsere Mitglieder
in den Wald zu schicken ebenfalls. Und trotz aller Gefahren und Risiken muss unser Volk weiter leiden und sterben."
Wut lodert in seinen Augen. Keine Wut, die gegen mich gerichtet ist, sondern gegen das Böse, das der Widerstand zu
bekämpfen versucht. Vor drei Tagen habe ich den gleichen
Ausdruck bei Jakub gesehen. Sie alle eint die Entschlossenheit, das in die Tat umzusetzen, was sie geplant haben.

„Aber …", will ich protestieren.

Alek hebt abwehrend eine Hand. „Das geht dich nichts an."

„*Das geht mich nichts an?*" Nun werde ich laut, und prompt sieht die Frau am anderen Tisch neugierig zu uns herüber. „Das geht mich nichts an?", wiederhole ich leiser. „Alek, ich habe mein Leben für die Bewegung aufs Spiel gesetzt. Ich ließ meine Eltern im Stich, ich habe meinen Mann betrogen und Schande über meine Ehe gebracht. Es geht mich sehr wohl etwas an." Ich sehe ihm in die Augen. „Es ist mein gutes Recht."

Sekundenlang sehen wir uns zornig an, ohne ein Wort zu sprechen. „Du bist in den letzten Monaten viel entschlossener geworden", sagt er schließlich mit einem überraschten Unterton, sein Gesicht nimmt einen sanfteren Zug an. „Also gut, was willst du wissen?"

„Warum gerade jetzt?"

„Unserem Volk droht große Gefahr, Emma."

„Das Ghetto …"

„Ich rede nicht vom Ghetto, sondern von den Lagern." Als ich ihn verständnislos ansehe, fragt er: „Du hast schon mal von Auschwitz gehört?"

„Ja, das ist ein Arbeitslager." Bei meinen Worten muss ich an den Ausdruck in den Augen des Kommandanten denken, nachdem er von seinem Besuch in Auschwitz zurückgekehrt war.

„Das ist das, was die Nazis den Leuten erzählen und was die Leute glauben sollen. Aber es ist ein Todeslager, Emma. Die Nazis haben damit angefangen, Juden zu vergasen und ihre Leichen in Öfen zu verbrennen. Jeden Tag. Tausende Juden. Bald wird es keine Ghettos und keine Arbeitslager mehr geben. Nur noch Auschwitz, Belzec und andere Todeslager. Die Nazis werden erst dann aufhören, wenn sie auch den letzten Juden ermordet haben."

„Nein …" Entsetzt wende ich mich ab. Das kann nicht

wahr sein. Andererseits machen es mir Aleks eindringliche
Worte unmöglich, an ihnen zu zweifeln. Bis zu diesem Moment war mir nicht klar, dass die Nazis uns nicht bloß unter-
jochen, sondern gänzlich auslöschen wollen.

„Wir glauben, dass der entscheidende Zeitpunkt gekommen ist", fährt er fort. „Die Informationen, die wir von
dir erhalten haben, sind der Beleg, dass die Deutschen das
Ghetto hier in Kraków auflösen und alle Juden in Todeslager schicken werden. Darum ist es so wichtig, jetzt zu
handeln."

„Ja", erwidere ich leise. Alek hat recht. Trotz meiner
Liebe zu Jakub und trotz aller Sorge ist da nichts mehr, was
ich jetzt noch sagen könnte.

„Gut. Emma, da wäre noch etwas." Ich werfe ihm einen
fragenden Blick zu. „Es betrifft Richwalder. Ich weiß, du
willst etwas über seine Vergangenheit wissen, und über seine
Frau." Ich nicke. Das muss er von Krysia erfahren haben.
„Ich war lange Zeit der Meinung, je weniger du weißt, umso
leichter fällt es dir, für ihn zu arbeiten. Aber nun ..." Sekundenlang schweigt er. „Na ja, ich weiß nicht, ob und wie oft
wir uns noch hier treffen können. Deshalb ist es wichtig, dass
du alles erfährst. Richwalders Frau hieß Margot."

„Ich weiß", gebe ich zurück.

„Aber du weißt nicht, dass ihr Mädchenname Rosenthal
war. Sie war eine Halbjüdin, Emma." Ich sehe ihn sprachlos
an, während er fortfährt: „Als der Krieg ausbrach, war Richwalder der Meinung, er könne die Herkunft seiner Frau geheim halten. Aber kurz nachdem er auf einen hohen Verwal-
tungsposten berufen wurde, nahm man Margots Vater fest
und deportierte ihn in ein Lager. Margot flehte ihren Ehemann an, sich für ihren Vater einzusetzen, doch Richwalder
wusste, dass damit nur die Abstammung seiner Frau pub-
lik werden würde. Also lehnte er ihre Bitte ab. Rosenthal
wurde hingerichtet, und am nächsten Tag fand Richwalder

seine Frau zu Hause tot im Bett. Sie hat sich erschossen –
mit seinem Revolver."

„O nein", flüstere ich.

„Sie war im sechsten Monat schwanger, als sie sich das
Leben nahm", fügt er noch hinzu, doch ich kann ihn kaum
hören, so laut pulsiert das Blut in meinen Ohren. „Du verstehst jetzt, warum wir es für besser hielten, dir die Wahrheit
zu verschweigen. Aber es ist egal, was du jetzt denkst und
was geschehen wird, Emma. Du musst Richwalder weiterhin
etwas vorspielen, denn davon hängen sehr viele Menschenle-
ben ab."

Ich sitze wie erstarrt da und bekomme kein Wort heraus.

„Es tut mir leid, doch ich muss jetzt gehen", sagt er, steht
auf und legt ein paar Münzen auf den Tisch.

„Wie … ich meine, wann werde ich einen von euch wiedersehen?", frage ich.

Er legt eine Hand auf meine Schulter. „Hab Vertrauen,
Emma. Auch diese Zeit wird vorübergehen. Ich freue mich
schon auf den Tag, an dem ich mit dir und unseren Freunden
in einem Straßencafé sitzen und auf das zurückblicken kann,
was wir geleistet haben."

Seine Worte klingen zuversichtlich, doch der besorgte
Ausdruck in seinen Augen verrät mir, dass er nicht davon
ausgeht, einen solchen Tag jemals zu erleben. Zugleich sehe
ich ihm aber auch an, dass er keine Angst vor dem hat, was
kommen wird. Voll Ehrfurcht angesichts eines solchen Mu-
tes sehe ich zu ihm auf. „Möge Gott dich beschützen, Alek",
flüstere ich und drücke seine Hand. „Und vielen Dank."

Ohne ein weiteres Wort wendet er sich ab und verlässt
das Café.

20. KAPITEL

„Gute Nacht", sage ich zu Stanislaw, als ich vor dem Wohnhaus des Kommandanten aus dem Wagen steige. Während er davonfährt, stehe ich einen Moment lang da und sehe mich um. Es ist Ende Dezember, und es hat eben erst aufgehört zu schneien. Obwohl wir bereits sechs Uhr am Abend haben und die Sonne längst untergegangen ist, scheint der Himmel doch zu strahlen. Den Boden überzieht eine zentimeterhohe Schneeschicht, die alles bedeckt und es unmöglich macht, den Fußweg von der Fahrbahn zu unterscheiden. Ich bücke mich und nehme eine Handvoll Schnee auf, halte ihn gegen meine Wange und atme tief seinen Geruch ein. Die Stadt kommt mir leer und merkwürdig still vor.

Fast drei Wochen sind seit meiner Unterredung mit Alek vergangen. Zuerst hatte ich gedacht, ich könnte diese Maskerade nicht länger fortsetzen, da ich nun von der Vergangenheit des Kommandanten und den Plänen der Nazis ebenso weiß wie von der Tatsache, dass die Bewegung jeden Moment zu einem Gegenschlag ausholen wird.

Ich erinnere mich, dass ich in meiner Jugend einmal einen Roman las, in dem der Held in die Zukunft blicken konnte. Ich sagte zu meinem Vater, wie wundervoll es doch wäre, diese Gabe zu besitzen, doch er schüttelte den Kopf und hielt dagegen. „Die Unberechenbarkeit ist das Beste, was das Leben zu bieten hat. Die Überraschung, wer oder was hinter der nächsten Ecke auf dich wartet, hält uns am Leben. Es ist die Hoffnung. Die Zukunft zu kennen, ohne sie ändern zu können ..." Abermals schüttelte er den Kopf. „Was wäre das für ein Fluch."

Es ist tatsächlich ein Fluch, überlege ich jetzt, während ich den Schneeklumpen zu Boden fallen lasse und zur Haustür gehe. Trotz aller Enthüllungen ist es mir irgendwie gelungen, weiter für den Kommandanten zu arbeiten. Mir bleibt keine andere Wahl, nur dass ich ihn jetzt mit anderen Augen sehe. Ich stecke nicht länger den Kopf in den Sand, um zu ignorieren, wer er ist und was er macht. Es ist mir gelungen, im Büro meine widersprüchlichen Gefühle ihm gegenüber zu überspielen. Zum Glück musste ich mich auch nicht mehr privat mit ihm treffen, weil seine Arbeit ihm keine Zeit dafür ließ.

Bis jetzt. Im Lauf des heutigen Tages rief er mich zum Diktat, und mitten in einem Satz hielt er inne, beugte sich vor und nahm mir den Stenoblock aus der Hand.

Überrascht sah ich ihn an. „Herr Kommandant?"

„Anna, stimmt etwas nicht?", fragte er irritiert.

Ja, wollte ich antworten. Du bist ein Nazi. Deinetwegen sind meine Eltern im Ghetto. Du hast zugelassen, dass dein Schwiegervater ermordet wurde, und du würdest auch Jakub töten, wenn du die Gelegenheit dazu bekämst. Deine verdammte Gestapo drang in unser Haus ein, und jetzt muss Łukasz uns womöglich verlassen. Sind das genug Dinge, die nicht stimmen? „Nein, Herr Kommandant", erwiderte ich stattdessen mit ruhiger Stimme. „Es ist alles in Ordnung."

Besorgt legte er eine Hand auf meine. „Du scheinst in Gedanken zu sein, was sonst nicht deine Art ist." Während ich auf seine Hand sah, musste ich an all das Unheil denken, das dieser Mann angerichtet hat. Es kostete mich große Überwindung, nicht vor ihm zurückzuweichen.

„Es ist wirklich nichts. Alles ist in Ordnung", wiederholte ich schnell.

„Ganz sicher?", forschte er nach und musterte mich aufmerksam.

„Ja." Ich überlegte, welche Erklärung ich ihm geben könnte. „Vermutlich liegt es daran, dass wir bald Weihnachten haben."

„Das wird es sein", erwiderte er darauf, klang aber nicht völlig zufriedengestellt. Seine Hand ließ er noch ein paar Sekunden lang auf meiner liegen, dann erst zog er sie zurück. „Nun, das wäre dann für den Augenblick alles." Ich stand auf, froh darüber, seinen prüfenden Blicken entrinnen zu können. Doch als ich mich abwenden wollte, fasste er meinen Arm. „Sehen wir uns heute Abend?"

Seine Frage traf mich völlig unvorbereitet. Er hatte so viel zu tun, dass ich nie mit einer Einladung gerechnet hätte. Und mir stand auch nicht wirklich der Sinn danach, mit ihm die Nacht zu verbringen. Es fiel mir schon schwer genug, den ganzen Tag im Büro zu sitzen und meine Verachtung ihm gegenüber zu überspielen. Doch auch wenn ich kurz überlegte, was ich erwidern sollte, wusste ich längst, dass ich seiner Einladung folgen würde. „Ja, das wäre schön."

Kaum hatte ich das ausgesprochen, lächelte er mich glücklich an. „Gut. Wir könnten in Ruhe zu Abend essen. Nur wir beide." Damit zog er einen Schlüssel und etwas Geld aus seiner Tasche. „Ich muss heute Abend länger arbeiten, aber allzu spät wird es nicht. Warum machst du nicht früher Feierabend und kaufst auf dem Weg zu meiner Wohnung etwas zu essen? Du kannst es dir bequem machen und ein wenig schlafen, falls du müde bist. Ich mache hier Schluss, sobald ich kann." Die Zuneigung, die seine Augen dabei ausstrahlten, war so ehrlich, dass ich mich für einen Moment tatsächlich zu ihm hingezogen fühlte.

Mittlerweile schneit es nicht mehr. Als ich die von einer dicken weißen Schicht überzogene Straße entlangschaue, muss ich an Jakub denken. Er hat Schnee immer geliebt. Im Winter lockte er mich jedes Mal in die Wälder, wenn es geschneit hatte. Anfangs sah ich ihn dabei an, als habe er den Verstand verloren. Als Einzelkind, das ohne großen Freundeskreis in der Stadt aufgewachsen ist, hatte ich mit Schnee wenig anfangen können. Entsprechend unverständlich waren für mich Dinge wie eine Schneeballschlacht oder das Bauen eines Schneemanns. Genauso war ich mir zunächst im Zwei-

313

fel, ob es Jakubs Ernst war, als er mich aufforderte, mich rücklings in den Schnee zu legen und mit Armen und Beinen zu rudern, um die Konturen eines Engels entstehen zu lassen. Doch er konnte mich überreden, und als ich neben ihm lachend im Schnee lag und die eisige Nässe allmählich meine Kleidung durchdrang, da sah ich hinauf zum weißen Himmel, atmete die kalte, klare Luft ein und fühlte mich zum allerersten Mal richtig lebendig.

Jakub. Ich kann sein Gesicht so deutlich vor mir sehen, dass ich glaube, ich könnte es berühren. Hat er es dort warm genug, wo er sich momentan aufhält? Hat er überhaupt ein Dach über dem Kopf? Eines Tages werden wir wieder gemeinsam ausgelassen im Schnee herumtollen, das schwöre ich mir wortlos, als ich jetzt den Wohnungsschlüssel des Kommandanten aus meiner Tasche hole.

In der Wohnung angekommen, wird mir erst richtig bewusst, dass ich seit fast einem Monat nicht mehr hier gewesen bin. Es sieht unordentlicher aus als je zuvor. Zeitungen liegen herum, überall stehen benutzte Gläser. Wie kann der Kommandant nur in solchen Verhältnissen leben? Er ist doch sonst so ordentlich und genau. Vermutlich liegt es daran, dass er nur selten hier ist und die meiste Zeit im Büro oder auf auswärtigen Terminen verbringt. Ich stelle meinen Einkaufskorb auf den flachen Wohnzimmertisch und beginne aufzuräumen, damit wir später dort essen können.

Als ich die Gläser in die Küche trage, kommt es mir vor, als würde mir Margot von ihrem Foto auf dem Kaminsims aus nachschauen. Ich bleibe stehen und betrachte ihre dunklen Augen. Das Foto entstand vor der Ermordung ihres Vaters, doch ihr Blick hat bereits da etwas Trauriges, so als sei sie von einer düsteren Vorahnung erfüllt. Ich muss an das ältere Foto denken, das der Kommandant auf seinem Schreibtisch stehen hat. Auf diesem Bild sieht sie glücklich und verliebt aus. Eindringlich betrachte ich ihr Gesicht und wünschte, sie könnte mir etwas mehr darüber erzählen, wie der Kommandant früher einmal gewesen ist. Aber sie zeigt keine Regung, ihre Stimme bleibt stumm. Wir sind gar nicht so verschieden, überlege ich plötzlich. Wir sind beide von dem Mann getrennt, den wir lieben, weil der für eine höhere Sache kämpft. Ich will nur hoffen, dass meine Geschichte anders endet als ihre.

Mein Blick fällt auf die Tür zum Arbeitszimmer. Ich könnte mich jetzt dort umsehen, um festzustellen, ob ich in der letzten Zeit etwas nicht mitbekommen habe oder ob es wichtige neue Entwicklungen gibt. Doch im Moment ist mir das zu riskant, da ich nicht weiß, wann der Kommandant heimkommen wird. Nein, ich werde mich erst dann umsehen, wenn er eingeschlafen ist. Mir läuft ein Schauer über den Rücken. Es ist schon eine Weile her, seit ich das letzte Mal mit ihm intim war. Seit Jakubs Besuch und seit ich von der schrecklichen Vergangenheit des Kommandanten weiß, haben wir das Bett nicht mehr geteilt. Der Gedanke, nun wieder mit ihm zu schlafen, gibt mir das Gefühl, mein Ehegelübde erneut zu brechen. Aber zugleich ist da ein Teil von mir, der sich darauf freut, wieder in seinen Armen zu liegen. Ich wünschte, ich könnte diesen Teil ignorieren. Noch lieber wäre mir, ich wüsste gar nichts von seiner Existenz. Mir schaudert, und während ich versuche, all diese Gedanken zu verdrängen, räume ich die Wohnung auf.

Wenig später trifft der Kommandant ein, als ich gerade das Abendessen auf den Tisch stelle – leichte Kost bestehend aus Brot, Aufschnitt und Käse. „Hallo." Er beugt sich vor und gibt mir gedankenverloren einen Kuss. Sein Gesicht wirkt angespannt, und obwohl ich es zu gern wüsste, wage ich nicht, ihn zu fragen, was heute Nachmittag noch vorgefallen ist, dass sich seine Laune so verändert hat.

Ohne ein weiteres Wort stellt er seine schwere Aktentasche ab. Vielleicht wird er so beschäftigt sein, dass er heute

Nacht gar keine Zeit für mich hat, überlege ich, während ich ihm ein großes und mir ein deutlich kleineres Glas Weinbrand einschenke. Doch wenn das der Fall ist, bekomme ich keine Gelegenheit, mich in seinem Arbeitszimmer umzusehen.

Ich bringe die Gläser zum Tisch und setze mich. Wenige Minuten später kommt er aus dem Schlafzimmer zurück. Seine Jacke hat er abgelegt, die Hemdsärmel sind hochgekrempelt. „Komm, setz dich zu mir", fordere ich ihn auf und tippe leicht mit der Hand auf den Platz neben mir. Er nickt, kommt aber nicht herüber. Stattdessen stellt er sich vor den Kamin, woraufhin ich überlege, ob er in diesem Moment an Margot denkt. Doch er sieht nicht auf ihr Foto, sondern hat den Blick auf das Kaminfeuer gerichtet. Er scheint mit seinen Gedanken weit weg zu sein.

„Weihnachten steht vor der Tür", sagt er nach einer Weile. Es klingt, als wäre ihm das eben erst aufgefallen.

„Es sind nur noch ein paar Tage", stimme ich ihm zu. Vermutlich hätte ich selbst nicht an Weihnachten gedacht, wäre Krysia nicht auf die Idee gekommen, das ganze Haus mit Tannenzweigen zu schmücken, die sie mit roten Schleifen verziert hat. In der Stadt, in der sonst immer alle Schaufenster festlich dekoriert werden und das Aroma von Weihnachtsleckereien in der Luft hängt, geht es in diesem Jahr praktisch schmucklos zu.

„Weihnachten wurde bei uns zu Hause immer groß gefeiert", erzählt er. Noch während ich mich frage, ob er diese Worte an mich oder an Margot richtet, fährt er fort: „Unser Vater nahm uns jedes Jahr um Mitternacht mit auf eine Schlittenfahrt durch die Wälder, damit wir den Weihnachtsmann sehen konnten, wie er uns die Geschenke bringt." Er kommt zum Sofa und setzt sich zu mir. „Natürlich entdeckten wir ihn nie, aber wenn wir nach Hause kamen, dann hatte er sich während unserer Abwesenheit ins Wohnzimmer geschlichen und jedem von uns wunderbare Geschenke ge-

macht. Und am nächsten Morgen türmten sich auf dem Küchentisch die leckersten Plätzchen." Dabei sieht er mich mit
einem fast sentimentalen Lächeln an.

„Das hört sich wunderschön an", bemerke ich dazu und
lege mir in aller Eile eine Geschichte über mein Weihnachten
in der Kindheit zurecht, damit ich etwas erzählen kann, falls
er mich fragt.

„Wir sollten an Weihnachten etwas Besonderes machen",
erklärt er plötzlich. „Vielleicht für ein paar Tage verreisen,
nur wir beide."

Ungläubig sehe ich ihn an. Hat er den Krieg vergessen?
„Georg, ich glaube nicht, dass das eine gute Idee wäre …"

Er wird wieder ernst und erwidert rasch: „Nein, natürlich
nicht." Ich sehe, wie seine Augen abermals diesen schwermü-
tigen Ausdruck annehmen. „Es ist dieser verdammte Krieg",
fügt er hinzu und berührt meine Wange. „Es tut mir leid,
Anna. Du verdienst etwas viel Besseres."

Da hat er wohl recht, aber nicht in der Hinsicht, die er
meint. Ich verdiene es, mit meinem Ehemann zusammen zu
sein. „Keineswegs", widerspreche ich dennoch, auch wenn
sich mir dabei der Magen umdreht.

„Eines Tages werde ich das wieder gutmachen", beteuert
er. „Nach dem Krieg wird für uns alles anders sein, das verspreche ich dir."

Ich will etwas darauf erwidern, doch noch bevor ich zum
Sprechen ansetzen kann, legt er die Arme um mich, drückt
mich an sich und küsst mich auf eine besitzergreifende, for-
dernde Weise. Er hat mich so überrumpelt, dass ich für Sekunden wie erstarrt dasitze. Nach so vielen Wochen fühlt sich
seine Berührung fremd und doch vertraut an. Dann merke
ich, wie die Reaktion meines Körpers einsetzt und ich seinen
Kuss erwidere. Trotz allem, was geschehen ist und was ich
über ihn erfahren habe, kann ich mich dem Gefühl nicht ent-
ziehen, das er in mir auslöst, wenn er mich berührt.

Der Kommandant lässt seine Hände ein Stück weit herabsinken, er presst sich sanft gegen mich, sodass ich mich gegen die Lehne des Sofas zurücklege. Er lässt eine Begierde erkennen, die ich so bei ihm noch nicht erlebt habe. Es kommt mir vor, als wolle er in meinen Armen Schutz suchen. Ich löse mich von ihm und lege meine Hände an sein Gesicht. „Was ist los?", flüstere ich. „Stimmt etwas nicht?" Aber er schüttelt nur den Kopf und küsst mich wieder.

Plötzlich wird laut an die Tür geklopft. Der Kommandant zögert und sieht mich besorgt an. Ich weiß, er erwartet niemanden, und keiner würde es wagen, unangemeldet bei ihm aufzutauchen. Er wendet sich wieder mir zu und tut so, als habe er nichts gehört. Doch dann wird ein weiteres Mal geklopft, diesmal zu laut, um es noch länger zu ignorieren.

Er setzt sich auf. „Ja?", ruft er gereizt in Richtung Wohnungstür.

„Wichtige Nachricht, Herr Kommandant", antwortet eine leise Männerstimme. Der Kommandant steht auf, rückt den Hemdkragen gerade und geht zur Tür. Im Treppenhaus steht ein junger Soldat, dem der Schweiß übers Gesicht läuft und der außer Atem ist. „E-entschuldigen Sie die Störung", stammelt er, nachdem er salutiert hat.

„Was gibt es denn?", will der Kommandant wissen. Der Mann zögert und sieht über die Schulter seines Vorgesetzten zu mir. „Anna ist meine persönliche Assistentin. In ihrer Gegenwart können Sie frei reden."

Der junge Mann streckt einen Arm aus und hält mit zitternden Fingern ein Stück Papier hoch. „Das Warszawa Café", keucht er, während der Kommandant ihm den Zettel abnimmt und überfliegt. „Es gab eine Explosion."

Mir wird schlecht, als ich das höre. Das Warszawa Café war früher einmal ein teures polnisches Lokal direkt gegenüber dem Opernhaus. Seit die Deutschen in Kraków sind, ist es für sie zu einem beliebten Treffpunkt geworden. Schon in

318

den ersten Tagen des Krieges wussten wir, dass wir um dieses Lokal einen großen Bogen machen müssen, da es dort von deutschen Soldaten nur so wimmelt. Ich weiß, die Explosion war das Werk der Widerstandsbewegung. „Was für eine Explosion?", will der Kommandant wissen.

„Eine Explosion, die durch einen Sprengkörper ausgelöst wurde, Herr Kommandant."

„Sie meinen eine Bombe?"

Der Soldat nickt. „Es gab Opfer unter den Offizieren."

Der Zettel fällt dem Kommandanten aus der Hand. Er sieht völlig verblüfft drein. Die Vorstellung, dass jemand ein Bombenattentat auf deutsche Soldaten verübt, scheint über sein Fassungsvermögen hinauszugehen. Sowohl der Soldat als auch ich sehen ihn abwartend an, weil wir beide wissen wollen, wie er darauf reagieren wird. Zu unserer Verwunderung zieht er sich wortlos ins Schlafzimmer zurück. Ich werfe dem jungen Mann einen fragenden Blick zu, da ich hoffe, dass er etwas mehr ins Detail geht. Doch er sagt nichts und sieht mich auch nicht an, sondern tritt von einem Fuß auf den anderen. In der Ferne heulen Sirenen.

Der Kommandant kommt aus dem Schlafzimmer, er trägt wieder seine Jacke. „Ich muss los. Stanislaw wird dich nach Hause fahren", bemerkt er in meine Richtung, ehe er die Wohnung verlässt. Der Soldat nickt mir kurz zu und wirft die Tür hinter sich ins Schloss.

Ich laufe zum Fenster an der Nordseite der Wohnung und sehe auf der anderen Seite des Stadtzentrums Rauch und Flammen in den Himmel aufsteigen. *Jakub*, geht es mir durch den Kopf. *Alek*. Ich lege die Stirn gegen das kalte Glas, im Geist sehe ich ihre Gesichter vor mir. *Ach, ihr dummen Jungs, was habt ihr bloß angestellt?*

Als ich mich umdrehe, wird mir klar, dass ich allein in der Wohnung bin und der Kommandant angesichts eines solchen Vorfalls für viele Stunden nicht heimkommen wird. Ich kann in sein Arbeitszimmer gehen und alle seine Unterlagen nach wichtigen Informationen durchsuchen. Die ganzen Monate über lief meine gesamte Planung auf einen solchen ungestörten Moment hinaus – nun kommt er zu spät. Diese Ironie des Schicksals lässt mich laut auflachen, meine Stimme hallt von den hohen Wänden zurück.

Plötzlich aber verstumme ich. Die Welt ist soeben explodiert, und zweifellos sind diejenigen im Mittelpunkt des Infernos, die ich am meisten liebe. Ich muss etwas unternehmen! Ich greife nach meinem Mantel und laufe aus dem Haus in die Nacht.

Nach wenigen Metern bleibe ich auf der Straße stehen. Wohin soll ich gehen? Ich weiß, es ist gefährlich, und die Bewegung würde es nicht wollen – trotzdem renne ich in Richtung Stadtmitte. Die Leute auf der Straße werfen mir merkwürdige Blicke zu, doch als ich mich dem Marktplatz nähere, scheint mein fast hysterischer Zustand der Situation angemessen zu sein. Sirenen heulen, Gestapo-Leute brüllen Anweisungen, und die Polen, die in der Zeit der Besatzung gelernt haben, sich von allem fernzuhalten, was sie in Schwierigkeiten bringen könnte, rennen nun neugierig zum Schauplatz des Anschlags. Ich folge der Menge durch die ulica Stolarska.

„Eine Bombe", höre ich jemanden dicht neben mir sagen. „Nazis wurden getötet", weiß ein anderer zu berichten. Sie alle hören sich beinahe schadenfroh an, aber ich kann nur an meinen geliebten Jakub und an den tapferen, mutigen Alek denken. Bestimmt gehörten sie zu denjenigen, die die Bombe zündeten. Geht es ihnen gut? Leben sie überhaupt noch?

Kurz vor dem Platz hat die Polizei eine Straßensperre errichtet. „Hier geht es nicht weiter, Fräulein", spricht mich ein Wachmann an, als ich vorbeigehen will.

„Aber ich wohne dahinten ...", behaupte ich und zeige auf den Marktplatz.

Der Mann schüttelt den Kopf. „Tut mir leid, keine Ausnahmen. Nehmen Sie einen anderen Weg."

Ich gehe nach links zur ulica Tomasza, von da nach rechts in die ulica Floriańska, die parallel zu der Straße verläuft, die ich ursprünglich nehmen wollte. Zwar ist sie nur einen Block vom Schauplatz der Explosion entfernt, dennoch hat die Polizei vergessen, sie ebenfalls abzuriegeln. Sie ist so gut wie menschenleer, aber als ich hindurchgehe, bleibe ich dennoch dicht an den Gebäuden und im Schutz der Schatten. Als ich mich dem Lokal nähere, hängt dichter Rauch in der Luft, der in meiner Kehle brennt und mir die Sicht nimmt. Glassplitter knirschen unter meinen Schuhen. Ich erreiche das Ende der Straße, die Sackgasse am Florianstor. Hier an der mittelalterlichen Stadtmauer sahen Łukasz und ich bei seinem ersten Ausflug in die Stadt die deutschen Soldaten, vor denen er solche Angst hatte.

Plötzlich kommt eine Hand aus einem Hauseingang geschossen und hält mich brutal an der Schulter fest. „Heh!", rufe ich, während mich ein Fremder in eine dunkle Gasse zerrt. Meine Arme werden gepackt, und jemand hält mir den Mund zu. Ich überlege, ob es vielleicht die Gestapo ist, aber die würde sich nicht die Mühe machen, mich in eine Gasse zu schleppen. Ich versuche mich zu befreien. Als es mir nicht gelingen will, beiße ich kurzentschlossen in die Hand, die mir auf den Mund gedrückt wird. Plötzlich werde ich losgelassen.

„Autsch!", höre ich eine Frauenstimme.

„Was soll das?", bringe ich nach Luft ringend heraus. Ich drehe mich zu meiner Angreiferin um, die ihr Gesicht hinter einem dicken Wollschal versteckt.

„Schhht." Sie nimmt den Schal weg, zum Vorschein kommt ein vertrautes Gesicht.

„Marta!", rufe ich aus. Ihr Gesicht weist Schrammen auf und ist mit Ruß bedeckt. Offenbar ist sie in der Nähe der

321

Explosion gewesen. „Woher ..."

„Du hättest nicht herkommen dürfen", weist sie mich zurecht, als hätte sie ein kleines Kind vor sich. „Das ist zu gefährlich. Die Gestapo nimmt jeden mit, der nicht so aussieht, als würde er hierher gehören. Die hätten dich festnehmen können!"

„Tut mir leid, aber ich musste herkommen. Ich war krank vor Sorge. Was ist mit Jakub? Und Alek?"

„Sie leben beide", erwidert sie mit erstickter Stimme und sieht zur Seite.

Ich packe sie an den Schultern. „Was ist?", fahre ich sie an und erhebe meine Stimme dabei.

„Schhht", macht sie wieder und beobachtet wachsam die Straße.

Ich werde wieder leiser, lockere jedoch nicht meinen Griff. „Sag mir, was passiert ist."

An ihrem Zögern erkenne ich, dass sie nicht weiß, wie viel sie mir sagen soll. „Jakub wurde bei der Explosion verletzt ..."

Mir bleibt das Herz stehen. „Verletzt? Wie?"

„Bei der Explosion. Ich kenne nicht die Einzelheiten. Ich weiß nur, er wurde schwer verletzt, aber er hat überlebt." Ihre Augen spiegeln ihre Besorgnis wieder. Ich habe immer vermutet, dass sie Gefühle für meinen Mann hegt. Als ich jetzt in ihr Gesicht sehe, weiß ich es mit Gewissheit.

„Ich muss zu ihm", erkläre ich. „Sag mir, wo er ist."

Sie schüttelt den Kopf. „Nein, Emma, das geht nicht. Jakub wurde aus der Stadt gebracht. Alek hat den Befehl erteilt, dass keiner von uns ihm folgen darf. Es ist zu gefährlich, jedenfalls im Moment."

Ich koche vor Wut, als ich diese Worte höre. „Ich bin seine Frau, und ich habe jedes Recht, ihn zu sehen!"

Martas Miene verändert sich, sie presst die Lippen zusammen. „Seine *Frau*?", gibt sie sarkastisch zurück.

Ich gehe auf Abstand zu ihr. „Was soll denn das heißen?"

„Ich weiß, was du all die Monate über getan hast. Was zwischen dir und dem Kommandanten läuft."

„Aber ..." Meine Stimme versagt mir den Dienst. Wie kann sie davon wissen? Hat Alek es ihr gesagt? Hat sie Jakub davon erzählt, um sich zwischen uns zu drängen?

„Jakub weiß nichts davon", erwidert sie, als hätte sie meine Gedanken gelesen. „Glaub mir, ich habe überlegt, es ihn wissen zu lassen, aber Alek hat es mir untersagt. Er meinte, es würde Jakub zu sehr verletzen und es würde ihn nur von seinen Aufgaben ablenken. Ich wollte es ihm sagen. Er verdient zu wissen, was für eine Frau du bist."

Ihre Worte bohren sich wie eine Klinge in mein Herz. „Marta, du glaubst doch nicht ernsthaft ... Ich tat nur, worum man mich bat. Was getan werden musste!"

„Mag ja sein." Sie sieht mir direkt in die Augen, ihre Stimme ist kühl. „Aber ich frage mich, wer dir wirklich wichtig ist. Ob dich Jakub überhaupt interessiert."

„Wie kannst du so etwas sagen? Was ich getan habe, geschah für die Bewegung, weil es für mich der einzige Weg war, euch zu helfen. Ich liebe Jakub! Und zwar *nur* ihn!" Meine Stimme klingt etwas zu beharrlich, als wollte ich nicht nur Marta, sondern auch mich überzeugen. „Das weißt du."

Sie weicht meinem Blick aus. „Ich weiß überhaupt nichts mehr." Ich auch nicht, geht es mir durch den Kopf. Sekundenlang stehen wir da und schweigen, dann dreht Marta sich zu mir um, packt mich an den Schultern und schüttelt mich. „Jetzt hörst du mir zu! Du kannst nicht zu Jakub. Die Lage ist sehr ernst. Die Deutschen durchkämmen die Stadt auf der Suche nach den Attentätern. Sie wissen ziemlich genau, nach wem sie Ausschau halten müssen. Was heute Abend geschehen ist, wird nicht folgenlos bleiben. Du musst jetzt Ruhe bewahren und nach Hause gehen. Du darfst kein Wort über das hier verlieren, nicht einmal Krysia gegenüber. Morgen früh gehst

323

du zur Arbeit, als sei nichts geschehen. Hast du verstanden?" Ich nicke, und Martas Tonfall wird etwas sanfter. „Wir sind auch in Sorge um Jakub." Zwar hat sie „wir" gesagt, aber ich weiß, im Moment spricht sie nur für sich selbst. „Ich werde dich wissen lassen, wann es sicher ist. Vertrau mir." Sie umarmt mich flüchtig, dann zieht sie sich in die Gasse zurück.

Ich trete wieder auf die Straße, überzeuge mich davon, dass mich niemand bemerkt hat, und gehe die ulica Floriańska zurück. Aus allen Richtungen kommen mir Schaulustige entgegen. An der anderen Seite des Marktplatzes angekommen, halte ich kurz inne. Ich sollte zur Wohnung des Kommandanten zurückkehren. Mein Korb ist noch da, und ich habe das Essen nicht weggeräumt. Aber ich könnte dem Kommandanten jetzt nicht gegenübertreten – nicht nach allem, was ich soeben erfahren habe. Mit etwas Glück wird er zu sehr mit anderen Dingen beschäftigt sein, um davon Notiz zu nehmen, und falls er doch fragt, werde ich erwidern, dass die Meldung von der Explosion mich wie ein Schock getroffen hat. Ich bekam Kopfschmerzen, und mir wurde übel. Dabei ist diese Ausrede von der Wahrheit gar nicht mal so weit entfernt.

Während ich mich auf den Weg nach Hause mache, muss ich an Marta denken. Ihre Miene war so hart und zynisch. Ich erinnere mich an das lachende Mädchen, das mich unter seine Fittiche nahm und mich zum Schabbes in der ulica Józefińska mitnahm. Was ist aus diesem Mädchen geworden? Marta ist eifersüchtig, sage ich mir. Ihre Bemerkungen waren von ihren Gefühlen für Jakub geprägt, dennoch höre ich wieder und wieder diesen einen Satz: *Ich frage mich, wer dir wirklich wichtig ist.* Sosehr ich auch versucht habe, dieser Frage aus dem Weg zu gehen, sie verfolgt mich in den letzten Monaten fast täglich. Ich liebe Jakub, daran gibt es nicht den leisesten Zweifel. Er ist mein Ehemann. Aber bis vor Kurzem habe ich ihn eine Ewigkeit nicht gesehen. Der Kommandant … nun, ihn sehe ich fast jeden Tag. Und mit

ihm habe ich öfter geschlafen als mit meinem eigenen Mann.
Dennoch hasse ich den Kommandanten. Oder besser gesagt:
Ich sollte ihn hassen. Manchmal fällt es mir leicht, ihn zu ver-
abscheuen, so zum Beispiel, als ich die Wahrheit über Margot
erfuhr. Dann wieder, wenn wir in der Dunkelheit im Bett liegen und er seine Uniform nicht trägt, dann ist er einfach ein
Mann, der mir Lust und Trost schenkt. Dann kann ich fast
vergessen, wer er ist … wer wir beide sind. Aber nur fast. In
diesen Augenblicken frage ich mich, für welchen Mann ich
mich entschieden hätte, wäre ich beiden zur gleichen Zeit begegnet – und würde der Kommandant nicht unter dem Hakenkreuz dienen.

Es reicht, ermahne ich mich. Es ist müßig, darüber zu
spekulieren. Eine Wahl zwischen zwei Alternativen existiert
nicht. Jakub ist mein Ehemann, er ist verletzt. Zwar kann ich
jetzt nicht bei ihm sein, dennoch bin ich in Gedanken an seiner Seite. Der Kommandant ist mein Geliebter, der Mann,
mit dem ich zum Schein schlafen muss. Die Wahrheit ist so
banal wie lachhaft. Bitter lache ich auf, ziehe meinen Mantel
enger um mich und eile durch die Nacht nach Hause.

„Geht es dir gut? Was ist passiert?", ruft Krysia und kommt
mir entgegen, als ich Stunden später das Haus betrete.

„Mir geht es gut", antworte ich und ziehe Mantel und
Stiefel aus.

„Im Radio sprachen sie von einem Anschlag auf das Warszawa Café."

Ich erwidere nichts, während ich Krysia in die Küche
folge. Auch wenn Marta es mir verboten hat, werde ich ihr
sagen, was geschehen ist. Krysia gehört genauso wie die anderen zur Bewegung, und sie verdient zu erfahren, was geschehen ist. Dann aber muss ich daran denken, wie sie nach
dem Besuch der Gestapo beinahe zusammenbrach. Ich muss
es ihr schonend beibringen, daher warte ich, bis wir am Küchentisch sitzen und das Teewasser aufgesetzt ist. „Es gab ein

325

Bombenattentat", antworte ich schließlich. Meine Stimme versagt fast dabei.

„Der Widerstand?", fragt sie, und ich nicke. „Ich habe so etwas befürchtet, als Jakub zu Besuch war." Sie schüttelt den Kopf. „Diese dummen Jungs. Viele werden jetzt für diese Tat teuer bezahlen."

Ihre Reaktion erstaunt mich. Zum ersten Mal höre ich, dass sie die Methoden der Bewegung infrage stellt. „Du meinst, sie hätten es nicht machen sollen?"

„Mir ist klar, warum sie es getan haben. Ich halte es bloß nicht für die klügste Taktik."

„Ich halte es für unglaublich dumm!", platzt es aus mir heraus. Sie erwidert nichts. „Krysia, da ist noch etwas, was du wissen solltest. Jakub wurde bei der Explosion verletzt."

Ihr Gesicht wird kreidebleich, und sie muss sich am Herd festhalten. Aus Angst, sie könnte ohnmächtig werden, springe ich auf und bringe sie zum Stuhl. „Wie?", fragt sie.

„Marta hat nicht gesagt, wie es passiert ist."

„Wurde er schwer verletzt?"

„Ja", sage ich nach einer kurzen Pause. Ich kann Krysia nicht belügen. „Aber er lebt."

Sie schnappt erschrocken nach Luft, ihr Gesicht wird noch blasser. Sie ist keine junge Frau mehr, und Jakub ist für sie wie ein Sohn. Ich frage mich, ob es ein Fehler war, ihr alles zu erzählen. Vielleicht machen diese Neuigkeiten ihr zu sehr zu schaffen. „Jakub, Jakub", stöhnt sie leise, drückt die Finger auf ihre Augenlider und bewegt sich leicht vor und zurück. Es ist das erste Mal, dass ich sie weinen sehe.

„Ist schon gut", höre ich mich sagen, doch diese Worte klingen nicht so, als kämen sie aus meinem Mund. Tief in meinem Inneren schreit eine Stimme, dass Jakub schwer verletzt ist, dass ich an seiner Seite sein sollte. Wieder sehe ich Krysia an. Jakub würde wollen, dass ich ihr Kraft gebe. „Ist schon gut", wiederhole ich. Mehrere Minuten lang stehe ich neben ihr, eine Hand auf ihrer Schulter, ohne dass ich weiß, was ich tun soll.

Als das Schluchzen endlich nachlässt, sieht Krysia auf und zieht ein Taschentuch hervor. „Was hast du sonst noch erfahren?", fragt sie und tupft ihre Tränen ab.

Ich setze mich neben sie. „Sie haben ihn aus der Stadt gebracht. Mehr wollte mir Marta nicht verraten. Ich bestand darauf, dass sie mich zu ihm bringt, aber sie weigerte sich. Alek hat ihr das untersagt."

Krysia atmet jetzt wieder ruhiger. „Wenn Alek sagt, es ist zu gefährlich, dann wird das auch stimmen."

Nun ist es an mir, mich wieder aufzuregen. „Wir können doch nicht einfach hier herumsitzen und nichts tun, Krysia! Nicht, wenn Jakub verletzt ist."

„Ich weiß, du willst irgendetwas unternehmen, Emma. Das wollen wir beide. Doch es ist durchaus möglich, dass wir im Moment gar nichts tun können, als abzuwarten und für Jakub zu beten. Trotzdem müssen wir mehr in Erfahrung bringen als das, was Marta dir erzählt hat. Morgen früh werde ich sehen, was ich herausfinden kann."

Als ich am nächsten Morgen zur Arbeit fahre, finde ich die Stadt völlig verändert vor. Nach dem Bombenattentat haben die Deutschen den Ausnahmezustand über Kraków verhängt. Die Gestapo hat die Stadt fest im Griff. Panzer stehen an allen wichtigen Kreuzungen, an jeder Ecke patrouillieren Polizisten und Soldaten und beobachten jeden Passanten argwöhnisch. Die Einwohner, die sich längst an die deutschen Besatzer gewöhnt hatten, gehen nun mit gesenktem Kopf durch die Straßen und sprechen kein Wort. Bevor ich die Burg erreiche, werde ich insgesamt dreimal angehalten, muss mich ausweisen und erklären, wohin ich unterwegs bin.

Durch diese neuartigen Kontrollen ist es bereits zwanzig nach neun, als ich endlich ins Büro komme. In den Fluren

327

herrscht rege Betriebsamkeit, und von Malgorzata werde ich mit einem süffisanten Lächeln begrüßt. Sie lässt mich wissen, dass der Kommandant bereits zu dringenden Besprechungen unterwegs ist und erst spät zurückkehren wird.

Im Vorzimmer finde ich Berge von Unterlagen auf meinem Schreibtisch. Auf jedem Stapel liegt eine Notiz des Kommandanten mit Anweisungen, wie mit den jeweiligen Papieren zu verfahren ist. Zuunterst liegt ein Umschlag mit vertraulichem Inhalt.

Normalerweise würde ich ihn zur Seite legen, wie es mir an meinem ersten Arbeitstag erklärt wurde, doch heute kümmert mich das nicht. Bestimmt sind es Telegramme aus Berlin, und ich will wissen, was darin über das Attentat geschrieben steht. Ich öffne den Umschlag und lese. Ich erfahre, dass das Café Warszawa von Deutschen besucht wurde, die dort Weihnachten feiern wollten. Sieben Deutsche sind tot, es gibt etliche Verletzte. Die Telegramme aus Berlin enthalten den Befehl, unverzüglich Vergeltungsmaßnahmen in die Wege zu leiten – sowohl unter den Juden im Ghetto als auch unter den nicht-jüdischen Polen. Das Blut gefriert mir in den Adern, da ich in diesem Moment an meine Eltern denke.

Ich lese weiter, bis ich beim letzten Telegramm angelangt bin, das nur aus einem knappen Satz besteht:

Alek Landsberg um 2:00 Uhr erschossen, als er bei der Festnahme in seiner Wohnung Widerstand leistete.

Das Blatt rutscht mir aus der Hand. Dieses Telegramm wurde heute Morgen nach Berlin geschickt. Unterzeichnet hat es … der Kommandant.

21. KAPITEL

Zum Mittagessen gibt es *Chulent*, eine dicke Suppe aus Rindfleisch, Kartoffeln und Bohnen, die ich als Kind jeden Sabbat mittags und abends von meiner Mutter serviert bekam. Natürlich wagen wir nicht, dieses Gericht bei seinem eigentlichen Namen zu nennen. Ich habe gehört, wie Krysia Łukasz erklärte, dass es einen Fleischeintopf zu essen gibt. Innerlich musste ich dabei zusammenzucken. Ausgerechnet der Sohn eines Rabbi wächst auf, ohne etwas über dieses jüdische Sabbat-Gericht zu erfahren. Seit über einem Jahr habe ich es selbst nicht mehr zu essen bekommen, doch jetzt, mitten im tiefsten Winter, ist es die eine Mahlzeit, nach der ich mich sehne.

Es ist Mitte Februar, fast zwei Monate sind seit dem Bombenattentat auf das Warszawa Café vergangen. „Eine große Heldentat", habe ich einen Mann auf der Straße leise darüber sagen hören, eine Meinung, der ich auf das Schärfste widerspreche. Ein paar Nazis wurden getötet. Na und? Das war nur ein Tropfen auf den heißen Stein. Und welcher Preis wurde für diese „Heldentat" bezahlt? Alek, das Rückgrat der Bewegung, ist tot. Ihn hat man in der Nacht nach dem Anschlag in seiner Wohnung erschossen. Mir kommen die Tränen, wenn ich an unsere letzte Begegnung denke, bei der er sich so fest entschlossen zeigte und keine Angst vor den vor ihm liegenden Gefahren hatte. Die Zeitungen haben ihn als Kriminellen dargestellt, der auf der Flucht erschossen wurde. Ich kenne die Wahrheit, die mit dieser Lüge nichts gemein hat.

Was Jakub angeht, haben Krysias Nachforschungen nur wenig mehr ergeben als das, was wir bereits wussten: Er wurde bei dem Anschlag verletzt und aus der Stadt gebracht. Einer von Krysias Kontakten vermutet, dass er sich in den Bergen auskuriert. Offenbar wurde er nicht von einer Kugel getroffen, sondern von Splittern der Explosion. Über die

Schwere seiner Verletzungen weiß man noch immer nichts Genaues.

Nach dem Tod von Alek und der Festnahme einer Reihe weiterer Widerstandskämpfer – darunter auch Marek – ist die Bewegung mehr oder weniger führungslos, sodass es nahezu unmöglich ist, an Informationen zu kommen. Ich weiß nicht mal, was seit unserer Begegnung in der ulica Floriańska aus Marta geworden ist. Sicherlich würde sie sich melden oder mir Neuigkeiten über Jakubs Zustand zukommen lassen, wenn sie das könnte. Ich frage mich, ob sie ihn inzwischen wohl gesehen hat. Jakub. Sein Gesicht taucht vor meinem geistigen Auge auf. Ich denke inzwischen so gut wie immer an ihn. Manchmal kommen die schönen Erinnerungen hoch, Erinnerungen an unsere Wohnung in der ulica Grodzka, an unsere letzte gemeinsame Nacht, die wir dort verbrachten. Aber ich sehe auch andere Bilder: wie er in irgendeiner Hütte liegt, blutverschmiert, mit Schmerzen und ganz allein. So sehr ich mich auch anstrenge, ich kann diese Bilder nicht aus meinem Kopf verbannen. *Sei stark*, bete ich, *und komm zu mir zurück.*

Alles – das Ghetto, meine Anstellung bei den Deutschen und sogar die Affäre mit dem Kommandanten – alles habe ich ertragen können, weil ich wusste, dass Jakub irgendwo da draußen ist und wir wieder zusammenkommen werden. Ich weiß nicht, wie ich weitermachen soll, wenn er nicht überlebt.

Der Anschlag hat noch andere Konsequenzen nach sich gezogen. Der über Kraków verhängte Ausnahmezustand bleibt weiterhin bestehen. Die Gestapo wacht an jeder Ecke, und immer wieder werden unbescholtene Bürger angehalten und verhört. Außerdem herrscht zwischen Sonnenuntergang und Sonnenaufgang eine strikte Ausgangssperre. Es sind aber nicht die Polen, denen meine größte Sorge gilt. Unter dem Zorn der Nazis mussten zweifellos die Juden im Ghetto am stärksten leiden. Ich muss an meine Eltern denken, während ich das *Chulent* rühre. Fürchterliche Geschichten sind mir zu Ohren gekommen, die man sich auf der Straße ebenso erzählt wie hinter vorgehaltener Hand in den Fluren der Burg. So sollen Juden willkürlich zu Gruppen zusammengetrieben und an eine Mauer gestellt worden sein, um sie zu erschießen.

Von Malgorzata hörte ich dieses Gerücht ebenfalls. Ihr war nichts von ihrer sonst so typischen Arroganz und Gehässigkeit anzumerken, und zum ersten Mal kam mir der Gedanke, dass sie vielleicht auch jemanden im Ghetto kennt, dessen Existenz sie so wie ich verschweigt. Ich hätte sie zu gern gefragt, woher sie diese Dinge weiß. War es eines von diesen Gerüchten unter Sekretärinnen, die sich im Hauptquartier herumsprechen und dabei immer größere Dimensionen annehmen? Oder hat sie ein offizielles Telegramm zu sehen bekommen, das den Vorfall im Detail wiedergibt? Ersteres trifft meiner Meinung nach eher zu, denn so gewissenhaft die Deutschen auch sind, ihre Grausamkeiten halten sie nur selten schriftlich fest. Es kommt mir so vor, als sei ihnen längst klar, dass sie eines Tages für ihre Verbrechen zur Rechenschaft gezogen werden.

Ich hatte Krysia wegen des Gerüchts fragen wollen, ließ es letztendlich aber sein. Die jüngsten Ereignisse haben ihr schon genug zugesetzt, da will ich sie nicht mit noch mehr Sorgen behelligen. Außerdem kann ich ihre Reaktion ohnehin vorhersagen: Sie würde mir erklären, die Berichte seien maßlos übertrieben, und selbst wenn sie der Wahrheit entsprächen, würden bei so vielen Menschen im Ghetto ganz sicher nicht meine Eltern zu denjenigen gehören, die man erschossen hat. Solche Worte können mir nicht mehr viel Trost spenden.

Ist den Mitgliedern des Widerstands denn nicht der Gedanke gekommen, dass die Nazis einen solchen Anschlag nicht tatenlos hinnehmen werden? Wieder komme ich zu dem Schluss, dass es ihnen egal gewesen sein muss.

Ich schiebe den Topf von der Kochstelle, dann fülle ich den Inhalt in eine Terrine um. Zwar trauere ich um Alek und bin voller Sorge um meinen Ehemann, doch vor allem verspüre ich ungeheuren Zorn, wenn ich darüber nachdenke, wie dumm und kurzsichtig diese „Heldentat" gewesen ist.

Trotz allem sind wir gezwungen, wie gewohnt weiterzumachen. Nur weil ich das Gefühl habe, meine eigene Welt sei stehen geblieben, geht das Leben um mich herum dennoch weiter. Jeden Morgen stehe ich auf, fahre in die Stadt und begebe mich in mein Büro, als sei alles in bester Ordnung. Manchmal meint Malgorzata oder eine andere Sekretärin zwar, ich sei schweigsamer als früher. Aber davon abgesehen gelingt es mir recht gut, den Schein zu wahren.

Als ich die schwere Terrine hochhebe, verlassen mich für einen Moment meine Kräfte. Mir wird heiß, dann wieder eiskalt. Schweiß tritt mir auf die Stirn, mir wird übel. Die Terrine mit *Chulent* rutscht mir aus den Händen und fällt auf den Fußboden, wo das Porzellan in tausend Stücke zerbricht. Die dickflüssige Suppe verteilt sich auf dem Boden.

„O nein!" Entsetzt presse ich die Hände auf meinen Mund. Die Terrine war eines von Krysias Lieblingsstücken, ein Hochzeitsgeschenk, das all die Jahre überstanden hat.

Krysia, die mit Łukasz am Tisch sitzt und auf das Essen wartet, steht sofort auf und kommt zu mir, um sich um mich zu kümmern.

„Es tut mir so leid", sage ich und beginne zu weinen.

„Ist schon gut", erwidert sie sanft.

„Nein, das ist es nicht", schluchze ich kopfschüttelnd. Die zerbrochene Terrine scheint der Tropfen zu sein, der das Fass endgültig zum Überlaufen gebracht hat. Plötzlich muss ich an den Morgen denken, an dem ich von Aleks Tod erfuhr. Ich hatte mich zwingen müssen, das Telegramm zu den anderen zurückzulegen und weiterzuarbeiten, ohne auf diese Nachricht zu reagieren. Nicht einmal am Abend hatte ich geweint, als ich Krysia davon berichtete. Jetzt auf einmal stürzen Trauer, Sorge und Hilflosigkeit der letzten Wochen auf mich ein. Ich weine um Alek, der die Bewegung so tapfer angeführt und meine Verbindung zu Jakub wiederhergestellt hat. Ich weine um den verletzten Ehemann, bei dem ich nicht sein kann, um meine Eltern und auch um die namenlosen Fremden, die man im Ghetto erschossen hat. Ich weine um Margot und ihren Vater, um mich, Krysia und Łukasz – einfach um jeden von uns.

Krysia nimmt mich in die Arme. „Na, komm", murmelt sie und wiegt mich sanft, ganz so wie sie es sonst mit Łukasz macht, wenn er sich das Knie aufgeschrammt hat. Ich lege meinen Kopf an ihre Schulter und lasse mich in ihre Arme sinken.

„Es tut mir leid", wiederhole ich unter Tränen. Ich merke, wie der Stoff ihres Kleides meine Tränen aufsaugt, aber es ist mir gleichgültig. „Es ist einfach so, dass …"

„Ich weiß", sagt sie besänftigend. „Ich weiß, ich weiß …" Plötzlich stutzt sie und hört auf, mich zu wiegen.

Durch die Tränen hindurch sehe ich sie an. „Was ist los?"

Sie legt eine Hand auf meinen Bauch, die andere an meine Wange. „Emma, bist du … schwanger?"

Ich weiche zurück und straffe die Schultern, mit dem Ärmel wische ich mir über die Augen. „Schwanger?", wiederhole ich das Wort, als stamme es aus einer mir fremden Sprache. Plötzlich sehe ich Łukasz' Mutter vor mir, wie sie tot auf dem Boden liegt, einen leblosen Arm schützend über ihren Bauch gelegt. Schwangerschaft bedeutete Leben, aber in diese düstere Welt darf kein neues Leben gebracht werden. „Nein …"

„Ganz bestimmt nicht?", hakt sie nach, doch ich schüttele den Kopf. Schwanger werden verheiratete Frauen, die ein

333

normales Leben führen. Frauen, die das Glück haben, sich jeden Abend zu ihrem Ehemann ins Bett zu legen. Margot war schwanger gewesen. „Du bist nämlich in der letzten Zeit nicht so ganz du selbst. Du hast dunkle Ringe unter den Augen, außerdem habe ich gehört, dass du dich morgens übergibst …" Was Krysia dann weiter sagt, bekomme ich nicht mehr mit, da meine Ohren zu summen beginnen. Mir wird bewusst, dass ich über Wochen hinweg versucht habe, diese Sache zu ignorieren. Seit drei Monaten bekomme ich nicht mehr meine Tage. Ich habe mir einzureden versucht, meine Periode sei durch die Belastung völlig aus dem Rhythmus geraten. Aber es gibt noch andere Anzeichen – Übelkeit und Schwindel, dazu ein Bauch, der beständig runder wird, obwohl wir stets nur bescheidene Portionen zu essen haben.

Jetzt, da Krysia es ausspricht, weiß ich, es ist wahr. Ich nicke nur, da ich kein Wort herausbringen kann.

Meine Bestätigung scheint sie nicht zu überraschen. „Wie lange?"

„Vermutet habe ich es erst seit ein paar Tagen", behaupte ich prompt, da Krysia nicht glauben soll, ich hätte ihr etwas verschwiegen. „Bis jetzt war ich mir nicht einmal sicher."

„Nein, ich meine, wie lange du schon schwanger bist."

Ich zucke mit den Schultern. „Ich weiß nicht …"

„Ein Arzt könnte es uns sagen, wenn es noch einen vertrauenswürdigen in der Stadt gäbe", beklagt sich Krysia. „Wann war deine letzte Periode?"

Ich werde rot, weil ich es nicht gewöhnt bin, über solche Dinge zu reden. „Etwa vor drei Monaten." Ich sehe, wie sie zurückrechnet und festzustellen versucht, ob der Zeitpunkt mit dem einzigen Besuch meines Mannes zusammenfällt. Ich weiß, es ist nicht der Fall. „Ob es Jakubs Kind ist, weiß ich nicht", füge ich leise hinzu.

Sie wirft mir einen stechenden Blick zu. „Danach habe ich nicht gefragt."

„O Gott …" Erst allmählich wird mir bewusst, was das bedeutet. Ich bin schwanger, und der Kommandant ist der Vater des Kindes. Wieder wollen meine Knie nachgeben.

Als Krysia das bemerkt, hilft sie mir zu einem Stuhl. „Atme tief durch", weist sie mich an und stellt mir ein Glas Wasser hin. „Trink das."

Ich setze mich und trinke in kleinen Schlucken, da ich immer wieder schluchzen muss. „Es tut mir so leid."

„Das musst du nicht sagen, es ist nicht deine Schuld." Krysia geht zum Schrank und holt Besen und Kehrblech heraus. Nicht meine Schuld?, überlege ich, während ich ihr zusehe, wie sie die Bescherung aufräumt, die ich angerichtet habe. Ich komme mir so dumm vor. Ich hätte es besser wissen sollen. Aber woher? Ich weiß so wenig über das Kinderkriegen. Meine Mutter hat mit mir über solche Dinge nicht geredet, auch nicht unmittelbar vor meiner Heirat mit Jakub. Eine Frau versucht nicht, eine Schwangerschaft zu vermeiden – zumindest spricht sie nicht darüber. Es ist ihre Pflicht, so viele Kinder zur Welt zu bringen, wie Gott es von ihr erwartet. Ich habe die Mädchen in meiner Nachbarschaft tuscheln hören, dass es zu bestimmten Zeiten im Monat weniger wahrscheinlich ist, schwanger zu werden. Aber ich habe nicht so genau verstanden, was sie damit meinten, und ich wagte erst recht nicht, sie zu fragen. Ich hätte daran denken sollen, als diese Affäre mit dem Kommandanten ihren Anfang nahm. Vielleicht hätte mir Krysia helfen können, vorsichtiger zu sein, doch es ist ja alles so schnell gegangen. Außerdem bin ich die ganze Zeit nur darauf fixiert gewesen, für Alek Informationen zu beschaffen. Und nun ist es zu spät.

Krysia hat es geschafft, etwas von dem *Chulent* zu retten, und stellt drei Schälchen auf den Tisch. Einmal mehr wird mir bewusst, wie kostbar jeder Happen Essen ist. Selbst bei einer Katastrophe muss man praktisch denken. Sie nimmt ei-

335

nen Löffel voll *Chulent* und bläst, bis das Essen genügend abgekühlt ist, damit sie Łukasz damit füttern kann. Abwechselnd nimmt sie selbst einen Löffel, dann wieder gibt sie dem Jungen etwas, bis er satt ist. Ich sitze da und kaue das Fleisch, während ich versuche, nicht nachzudenken.

Als Krysia aufgegessen hat, wendet sie sich an mich. „Weißt du, Emma, ich war auch einmal schwanger. In Paris. Noch vor Marcin." Erstaunt sehe ich sie an, ihr Geständnis kommt völlig überraschend. Ich wusste nicht, dass sie jemals schwanger gewesen ist, und schon gar nicht wäre mir der Gedanke gekommen, sie könnte außer Marcin noch einen anderen Geliebten gehabt haben. Ich muss daran denken, wie sie mir in den letzten Monaten immer wieder Mut zusprach, wenn ich von meiner Affäre mit dem Kommandanten erzählte, wie sie meine Schuldgefühle zu lindern versuchte, wenn ich nicht wusste, was meine Empfindungen zu bedeuten hatten.

„Wer war es?", frage ich. Obwohl ich ihn nur von Fotos her kenne, kann ich mir Krysia nur schwer mit einem anderen Mann als Marcin vorstellen.

„Sein Name war Claude", antwortet sie lächelnd. „Er war Schriftsteller … na ja, zumindest wollte er einer sein. Er wohnte in einem winzigen Zimmer über einem Café. Sein Vermieter ließ ihn dort spülen und den Boden wischen, weil er die Miete nicht bezahlen konnte." Sie hält inne und betrachtet ihre Finger. Ich bemerke eine dünne Blutspur auf ihrem blassen Handrücken. Beim Aufräumen hat sie sich an einer Scherbe geschnitten. „Ich hätte nie gedacht, dass es dazu kommen würde. Ich war jung, sorglos und verliebt. Wir waren beide verliebt, jedenfalls dachte ich das. Ich war bereit, meine Familie zu verlassen, um mit Claude zusammenzuleben. Doch er sagte, das sei unmöglich, da er keine Familie ernähren könne. Außerdem würde ein Kind ihn einschränken." Ich sehe die Trauer in ihren Augen, als sie daran zurückdenkt. „Ich hätte das Kind behalten und allein aufgezogen, der Skandal wäre mir gleich gewesen. Doch meine Eltern wollten davon nichts wissen. Die neunzehnjährige, unverheiratete Tochter des Diplomaten bekommt kein Kind. Sie drohten mir, jegliche Zahlungen einzustellen. Ich hätte ohne einen Franc in der Tasche dagesessen."

„Oh, Krysia", sage ich.

Sie blickt starr vor sich hin. „Ich hätte mich entscheiden können, mein Kind zu bekommen und mich allein durchzuschlagen. Irgendwie wäre mir das schon gelungen. Aber ich war jung, und ich hatte Angst. Also tat ich, was man von mir verlangte. Ich fragte meine Eltern, ob ich nicht eine Weile verreisen und das Kind anderswo bekommen könne, um es dann zur Adoption freizugeben. Doch sie weigerten sich und sagten, der Skandal wäre zu groß." Sie steht auf und hält die verletzte Hand in eine Schüssel kaltes Wasser. „Ich ließ meine Eltern entscheiden, und dafür habe ich mein Leben lang bezahlt." Krysia trocknet ihre Hände an einem frischen Küchentuch ab. Schließlich wendet sie sich wieder mir zu. „Verstehst du, was ich dir sagen will?" Ich nicke. Was immer sie getan hat, hatte offenbar zur Folge, dass sie keine Kinder mehr bekommen konnte. „Gut, denn ein Kind ist ein Segen." Wie auf ein Stichwort hin kommt Łukasz zu ihr gekrabbelt und zieht an ihrem Rock.

„Aber was, wenn es das Kind des Kommandanten ist?", frage ich. „Ich meine, was würde Jakub …" Ich bringe es nicht fertig, die Frage auszusprechen.

Krysia, die das Küchentuch um ihre Hand gewickelt hat, bückt sich und hebt leise stöhnend Łukasz hoch, dann lässt sie sich auf einen Stuhl sinken. Der Junge ist längst zu schwer geworden, als dass sie ihn noch tragen kann. „Dein Kind hat eine jüdische Mutter. Es wird also ein jüdisches Kind sein. Und es wird Jakubs Kind sein." Sie zieht die Augenbrauen hoch, um ihren Worten Nachdruck zu verleihen. „Daran gibt es nichts zu rütteln." Damit weiß ich, dass das Geheimnis unter uns bleiben wird.

„Jakubs Kind", wiederhole ich zögerlich. Will Jakub überhaupt Kinder haben? Es gab Zeiten vor dem Krieg, da war ich mir dessen nicht sicher. Einmal vor unserer Heirat sprachen wir über Politik. Damals war er sich nicht sicher, ob er ein Kind in einer Welt aufwachsen lassen will, in der es so viele Probleme und so große politische Ungerechtigkeiten gibt. Seine Worte hatte ich wie eine Ohrfeige empfunden. Ich wollte immer eine eigene Familie haben. Allerdings reagierte ich nicht darauf und widersprach ihm auch nicht. Ich sagte mir, er wird seine Meinung schon ändern, wenn wir erst einmal verheiratet sind und er sein Studentenleben gegen eine ordentliche Arbeit eingetauscht hat. Doch dazu kam es nie, weil der Krieg ausbrach und er sich politisch mehr als je zuvor engagierte. Wir sprachen das Thema nie wieder an, und so frage ich mich, wie er wohl jetzt darüber denkt. Hat der Krieg ihn in seiner Einstellung bestärkt, in diesen Zeiten keine Kinder in die Welt zu setzen? Vielleicht wird er unglücklich über meine Schwangerschaft sein, selbst wenn er das Kind für sein leibliches hält. Dann erinnere ich mich an den Tag, als er mich besuchte. Ich sehe ihn vor mir, wie er sich hinkniet, um mit Łukasz zu reden. Vielleicht wird er ja erkennen, wie wichtig es ist, den jüdischen Glauben durch unsere Kinder an die Nachwelt weiterzugeben.

Diese Dinge spreche ich Krysia gegenüber nicht an. Bestimmt nimmt sie an, dass Jakub Kinder will und dass er ein guter Vater sein wird. „Du musst davon ausgehen, dass es sein Kind ist", fügt sie noch hinzu, da sie mein Schweigen offenbar meinen Zweifeln an der Vaterschaft zuschreibt. „Notfalls kannst du immer noch behaupten, das Kind sei zu früh zur Welt gekommen."

Ich sehe sie rätselnd an. „Wie meinst du das?"

„Auf diese Weise passen die Termine zusammen. Frauen,

die noch vor ihrer Hochzeit schwanger werden, haben seit jeher diese Ausrede benutzt."

„Oh", mache ich überrascht. Mir wird klar, von wie vielen Dingen ich gar keine Ahnung habe.

Sie verzieht den Mund zu einem flüchtigen Lächeln. „Welche Ironie, dass ausgerechnet ein Nazi dazu beigetragen haben könnte, einem weiteren jüdischen Kind zum Leben zu verhelfen."

„Wenn der Kommandant es herausfindet ...", beginne ich erschrocken, breche aber mitten im Satz ab.

Krysia wird schnell wieder ernst. „Richwalder darf nichts von dem Kind erfahren. Wir müssen dich irgendwie aus der Stadt bringen, bevor es offensichtlich wird. Ich werde versuchen, mich mit den verbliebenen Mitgliedern des Widerstands in Verbindung zu setzen." Innerlich zucke ich zusammen. Man wird sicherlich mir die Schuld an dieser misslichen Lage geben und sich darüber beklagen, dass der Widerstand sich in einer so schwierigen Zeit mit meinen Problemen befassen muss. Und wenn Marta davon erfährt ... ihr traue ich zu, dass sie vermutet, dass der Kommandant der Vater ist.

„Zum Glück sieht man es dir noch nicht an", redet Krysia weiter. „Aber das wird nicht mehr lange so bleiben. Wir müssen dir Kleidung besorgen, die lockerer sitzt, damit niemand etwas bemerkt. Selbst wenn ich einen Kontakt zur Bewegung herstellen kann, können Wochen vergehen, bis man einen Fluchtplan für dich ausgearbeitet hat. Kannst du bis dahin weiter so tun, als seist du an Richwalder interessiert?" Ich nicke. „Gut. Es wird nicht nur darum gehen, dich aus der Stadt zu bringen. Du musst irgendwohin, wo Richwalder dich nicht finden kann, wenn ihm erst einmal klar geworden ist, dass du geflohen bist." Mir schaudert, da ich mir vorstelle, wie ich mich im Wald verstecke, während die Deutschen ausschwärmen und mich wie ein Tier jagen.

„Was ist mit Jakub?", will ich wissen.

339

„Gute Frage. Wir müssen herausfinden, wo er sich aufhält und wann er wieder genügend bei Kräften ist, um aufzubrechen. Dann könnt ihr zwei euch gemeinsam auf den Weg machen. Am besten zu Frühlingsbeginn, wenn der Schnee taut. Ich bin mir sicher, ihr werdet den Weg durch die Berge nehmen müssen."

„Und Łukasz?" Als der Junge seinen Namen hört, sieht er zu mir hoch.

Krysia beißt sich auf die Lippe. Ich sehe ihr an, dass sie an unseren Streit denkt, indem es darum ging, Łukasz von hier wegzubringen. „Ich weiß es nicht. Lass mich erst einmal versuchen, an Informationen zu gelangen, dann sehen wir weiter."

„Meine Eltern …?"

Auch diesmal schweigt sie zunächst. Ich weiß, ich bombardiere sie mit Fragen, auf die sie keine Antworten weiß, aber ich kann einfach nicht anders. „Ich fürchte, jetzt ist es völlig unmöglich geworden, sie noch aus dem Ghetto zu holen", erwidert sie mit sanfter Stimme.

Mir wird klar, was ihre Worte zu bedeuten haben. „Ich verstehe", gebe ich zurück. „Aber bevor ich fortgehe, muss ich wissen, wie es ihnen geht."

Krysia legt die Stirn in Falten. Sie wird kein Versprechen geben, das sie nicht halten kann. In den Wochen nach dem Attentat ist es noch viel schwieriger geworden, an Informationen über das Ghetto zu kommen. „Ich werde versuchen, es für dich herauszufinden." Sie erhebt sich von ihrem Platz.

„Danke", sage ich und fasse ihre Hand. „Für alles."

„Ich räume hier auf", meint sie, während sie meine Schulter tätschelt. „Ruh du dich ein bisschen aus und mach dir nicht zu viele Sorgen."

Ich gehe bis zum Fuß der Treppe, wo ich stehen bleibe und mich zu Krysia umdrehe. Sie nimmt einen Teller in die Hand, aber ihr Blick ist starr auf die Wand gerichtet. Vermutlich ist sie in Gedanken wieder bei ihrem Kind. Es muss schmerzhaft gewesen sein, all die Jahre die Wahrheit vor Marcin zu verschweigen. Werde ich eines Tages so sein wie Krysia? Allein mit meinen Geheimnissen, während ich meine Entscheidungen bereue, die ich traf, weil ich überleben wollte? Der Gedanke ist fast unerträglich. Übelkeit überkommt mich in diesem Moment, und ich laufe schnell die Treppe hinauf.

22. KAPITEL

Nach diesem Abend kommen wir nicht wieder auf meine Schwangerschaft zu sprechen. Einige Wochen später liegen auf meinem Bett ein neuer Rock und zwei neue Pullover. Sie sehen meiner anderen Kleidung recht ähnlich, die ich sonst zur Arbeit trage, allerdings sind die Pullover etwas länger und weiter, und der Rock hat einen dehnbaren Bund. Beides wird mir helfen, meinen Bauch für eine Weile vor den Blicken der anderen zu verbergen. Mich wundert, woher Krysia diese Kleidung bekommen haben mag.

Wenigstens wird mich niemand fragen, warum ich so warme Sachen trage, überlege ich, als ich mich erstmals neu eingekleidet auf den Weg ins Büro mache. Zwar haben wir bereits Anfang März, aber es ist noch immer bitterkalt, und den Boden bedeckt nach wie vor eine dünne Schicht aus Eis und Schnee. Wie auf ein Stichwort hin setzt ein durchdringender, frostiger Wind ein, der von den Hügeln herunterweht. Ich ziehe meinen Wintermantel enger um mich und gehe los. An der Haltestelle muss ich nur wenige Minuten warten, bis der Omnibus vorfährt. Während wir einsteigen, beobachte ich verstohlen die anderen Fahrgäste. Merken diese Leute, mit denen ich fast jeden Tag diese Strecke fahre, dass etwas anders ist? Nein, es sieht nicht so aus. Jeder hat genug mit sich selbst und dem eigenen Überleben zu tun, daran hat sich nichts geändert.

Am Morgen nach meinem Gespräch mit Krysia bin ich von Łukasz geweckt worden, der neben dem Bett stand und mit seinen winzigen Händen mein Gesicht tätschelte. Als ich in die Küche kam, war Krysia nirgends zu sehen. Ich ahnte, dass sie aus dem Haus gegangen war, um Kontakt mit der Bewegung aufzunehmen. Łukasz gab ich eine Schale mit Haferbrei, mir selbst war zu übel und ich konnte keinen Bissen herunterbekommen. Gerade begann ich nach dem Frühstück damit, etwas aufzuräumen, da hörte ich die Haustür knarren. Ich stellte das Geschirr fort und trat auf den Flur, wo Krysia den Schnee von ihren Stiefeln klopfte. „Ich habe die Nachricht übermittelt", ließ sie mich wissen. „Jetzt können wir nur abwarten."

An diese Worte muss ich denken, während der Bus einen Satz nach vorn macht, da die Reifen auf der vereisten Straße nur mühsam Halt finden. Wie lange kann ich noch warten? Krysias Bemerkung über meine Schwangerschaft geht mir nicht aus dem Kopf: Der Kommandant darf davon nichts erfahren. Zum Glück muss ich meinen Zustand nur im Büro vor ihm verbergen. Seit Wochen nimmt seine Arbeit ihn so sehr in Anspruch, dass er kaum einmal den Versuch unternimmt, sich mit mir nach Feierabend zu treffen. Seine hastigen Entschuldigungen akzeptiere ich nur zu gern. Würde er jetzt versuchen, mich zu berühren, dann wäre ihm die Wahrheit sofort offenkundig.

Meine Gedanken wandern weiter zu Jakub. Krysia sprach von der Möglichkeit, dass ich wieder mit ihm zusammenkomme und wir gemeinsam die Stadt verlassen. Natürlich kann sie das nicht mit Gewissheit sagen, doch allein der Gedanke, der einem fast vergessenen Wunschtraum gleichkommt, erfüllt mich mit Hoffnung. Doch wohin sollen wir gehen? Wie sollen wir unseren Lebensunterhalt verdienen? Für Wissenschaftler und Bibliothekarinnen gibt es jetzt sicher keine Stellen. Allerdings habe ich mich in der Zeit, die ich nun für den Kommandanten arbeite, zu einer guten Sekretärin entwickelt. Ich muss flüchtig lächeln, wenn ich über diese Ironie nachdenke, dass mir der Feind auch noch eine Ausbildung spendiert hat. Doch meine Belustigung macht schnell einer wachsenden Nervosität Platz. Selbst wenn wir unbehelligt sollten fliehen können, wie wird sich dann unser gemeinsames Leben gestalten? Ich will es mir eigentlich nicht eingestehen, doch als Jakub mich für den einen Tag besuchte, da gingen wir zeitweise so befangen miteinander um, als wären wir Fremde. Ich sage mir zwar, das wird sich legen, wenn wir erst wieder genug Zeit zusammen verbringen, dennoch bin ich davon nicht restlos überzeugt. Der Krieg und all seine Begleiterscheinungen haben jeden von uns zu einem anderen Menschen gemacht. Wie können wir da erwarten, dass zwischen uns alles wieder so sein wird wie früher?

Aber es gibt auch andere Gründe, die mich zögern lassen: Krysia und Łukasz. So wie ich monatelang von einer Zukunft mit Jakub träumte, so bin ich auch immer davon ausgegangen, dass die beiden weiter bei uns bleiben werden. Krysia erwähnte, Łukasz werde mich womöglich nicht begleiten können, und über ihre eigene Zukunft oder eine eventuelle Flucht hat sie gar kein Wort verloren. Für mich ist es unvorstellbar, sie beide zurückzulassen und Krysia den Fragen ausgesetzt zu wissen, die sie zweifellos über sich ergehen lassen muss, wenn ich von einem Tag auf den anderen verschwinde. Nein, ich muss Krysia überreden, dass sie und der Junge mich begleiten. Wenn sie nicht will, werde ich mich weigern, sie zu verlassen. Wir sind jetzt eine Familie.

Eine Familie. Mir läuft ein Schauer über den Rücken, da ich an meine Eltern denken muss, die ich seit so langer Zeit nicht gesehen habe. Krysia versprach mir, sich nach ihnen zu erkundigen, aber an ihrem Blick konnte ich erkennen, dass sie es für ein aussichtsloses Unterfangen hielt. Doch wie kann ich aus der Stadt flüchten, wenn ich damit meine Eltern endgültig im Stich lasse?

Plötzlich bremst der Busfahrer scharf ab und reißt mich damit aus meinen Gedanken. Nervöses Getuschel macht sich unter den Fahrgästen breit. In jüngster Zeit hat die Gestapo neue Kontrollpunkte auf allen wichtigen Zufahrtsstraßen zur Stadt eingerichtet. Immer wieder werden Fahrzeuge willkürlich herausgewunken und durchsucht. Ich selbst habe mitbekommen, wie man Automobile und Pferdefuhrwerke anhält, wie die Leute am Straßenrand stehen und Fragen zu ihrer Person und ihrem Fahrtziel beantworten müssen. Aber das hier ist für mich das erste Mal, dass ein Omnibus gestoppt wird. Einen Moment lang kommt mir der Gedanke, sie könnten nach mir suchen. Vielleicht hat jemand aus der Bewegung nach seiner Verhaftung zu reden begonnen. Doch dann halte ich mir vor Augen, wie albern diese Überlegung ist. Wenn die Gestapo mich festnehmen wollte, könnte sie das jeden Tag in meinem Büro oder bei Krysia zu Hause tun. Es ist nur eine Routinekontrolle.

Zwei Gestapo-Leute steigen in den Bus ein und brüllen uns an, wir sollen aussteigen. Hastig greift jeder nach seiner Tasche und befolgt diese Anweisung. Ich vermeide jeden Blickkontakt mit den Männern, als ich an ihnen vorbeigehe. Draußen stehen zwei weitere Gestapo-Leute, jeder von ihnen hat einen großen Hund an der Leine. Ich stelle mich in die Gruppe der anderen Fahrgäste, die Deutschen durchsuchen unterdessen den Bus. Keiner von uns sagt ein Wort, während wir in der Kälte ausharren. Zehn Minuten verstreichen, dann fünfzehn. Ich werde zu spät zur Arbeit kommen und kann mir lebhaft vorstellen, wie der Kommandant zur Uhr schaut, ungeduldig im Büro auf und ab geht und sich wundert, wo ich bleibe. Einen Moment lang erwäge ich, die Gruppe zu verlassen und das letzte Stück bis zur Wawelburg zu Fuß zurückzulegen. Das ginge viel schneller, als darauf zu warten, dass man uns endlich weiterfahren lässt. Doch ich entscheide mich dagegen, da ich keine Aufmerksamkeit auf mich lenken möchte.

Zwanzig Minuten verstreichen, dann endlich verlassen die Männer den Bus und geben uns das Zeichen, wieder einzusteigen. Während wir ihre Anweisung befolgen, stehen die Gestapo-Leute an der Tür und verlangen von einigen, anscheinend willkürlich ausgewählten Fahrgästen, dass sie sich ausweisen sollen. Ich halte meine Papiere bereit, werde aber durchgewunken. Als alle wieder Platz genommen haben, stellt sich ein Gestapo-Offizier auf die unterste Stufe der Tür und brüllt: „Klopowicz, Henrik!" Im Bus herrscht Stille. Der Offizier wiederholt den Namen, sein Gesicht verfärbt sich vor Wut rot. Aus dem Augenwinkel bemerke ich, wie ein Mann zaghaft die Hand hebt. Sein Gesicht ist kreidebleich. Ich drehe mich nicht zu ihm um, sondern sehe weiter stur geradeaus. „Los, schnell!", brüllt der Deutsche den Mann an. Der steht auf und begibt sich nur widerstrebend zur Tür, wo der Offizier ihn am Arm packt und nach draußen zerrt. Dann gehen die Bustüren zu.

Seit ich meine Stelle angetreten habe, ist dieser Mann jeden Tag mit mir in die Stadt gefahren. Auf mich wirkte er immer unscheinbar, wie irgendein Arbeiter unter vielen. Ich frage mich, was er verbrochen hat oder was ihm unterstellt wird, dass man ihn gleich festnimmt. Etwas muss vorgefallen sein, denn es kommt mir nicht so vor, als hätte man ihn willkürlich aus dem Bus geholt. Mir schaudert, als der Bus sich erneut in Bewegung setzt.

Gut eine Viertelstunde später habe ich die Wawelburg erreicht und eile die Treppen hinauf. Malgorzata sitzt bereits an ihrem Schreibtisch, als ich den Empfangsbereich betrete. Die Uhr an der Wand zeigt halb neun. Der Kommandant wartet schon seit einer halben Stunde auf mich.

„Dzień dobry", sagt Malgorzata herablassend. Ihre Begrüßung kommt einem Tadel gleich: Sie sind zu spät, ich nicht.

Ich nicke ihr flüchtig zu und eile weiter. Sie will noch etwas anfügen, doch ich bin bereits in mein Vorzimmer verschwunden und schließe die Tür hinter mir. In meinem Büro ist es warm, im Ofen lodert ein Feuer. Offenbar hat Malgorzata das für mich gemacht. Manchmal gibt sie sich wirklich Mühe, überlege ich, während ich Hut und Handschuhe ablege. Ich sollte tatsächlich etwas netter zu ihr sein.

Als ich meinen Mantel ausziehen will, wird die Tür zum Empfangsbereich geöffnet. Es ist Malgorzata.

„Ja?", frage ich und sehe über die Schulter zu ihr.

„Der Kommandant ist bei einer Besprechung am Außenring", sagt sie.

Ich drehe mich zu ihr um. „Hat er erwähnt, wann er zurück sein wird?"

Sie schüttelt den Kopf. „Nein, ich soll Ihnen nur ausrichten …" Mitten im Satz hält sie inne und sieht mich mit großen Augen an.

„Was ist los? Stimmt etwas nicht?"

Malgorzata antwortet nicht, und als ich ihrem Blick folge, wird mir der Grund für ihr Verhalten klar. Sie starrt auf meinen Bauch, ihr Mund steht weit offen. Beim Ausziehen ist mein Pullover am Mantel hängen geblieben, und ich habe ihn unbemerkt so weit hochgezogen, dass mein rundlicher Bauch zu sehen ist.

„Malgorzata …", setze ich an, weiß aber nicht, wie ich weiterreden soll.

Sie will so überhastet mein Büro verlassen, dass sie auf dem Weg zur Tür über den Teppich stolpert. Dabei bekomme ich sie am Arm zu fassen, sodass sie nicht hinfällt. „Warten Sie bitte …" Sie reißt sich los. „Ich kann es erklären", sage ich, obwohl ich gar nicht wüsste, wie ich meine Schwangerschaft erklären sollte.

Ohne mich anzusehen, murmelt sie: „Ich muss gehen. Ich habe noch viel Arbeit zu erledigen, bis der Kommandant zurückkommt."

„Malgorzata", versuche ich einen weiteren Anlauf, doch sie geht und wirft die Tür hinter sich zu.

O Gott! Langsam lasse ich mich auf meinen Stuhl sinken, während mir übel wird. Sie hat meinen Bauch gesehen, sie weiß, dass ich schwanger bin. Ich überlege, ob ich zu ihr laufen und sie bitten soll, nichts darüber verlauten zu lassen.

Aber das ist sinnlos. Sie hat seit Monaten darauf hingearbei-
tet, meine Gunst zu gewinnen. Sie hoffte, ich würde sie zu
meiner Verbündeten und Vertrauten machen, wo ich eine so
gute Beziehung zum Kommandanten habe. Jetzt muss sie
nicht länger nett zu mir sein, denn sie hat die Information,
die sie benötigt, um mich loszuwerden. Es ist bestimmt nur
eine Frage der Zeit, bis sie es dem Kommandanten erzählt.

„Ich habe Kontakt mit der Bewegung aufgenommen", erfahre ich einige Tage später von Krysia, nachdem wir Łukasz
zu Bett gebracht haben. Wir sitzen im Salon und sortieren
die Kleidungsstücke, die sie den ganzen Tag über gewaschen
hat.

Überrascht sehe ich auf und vergesse das Handtuch, das
ich eben zusammenfalten wollte. „Tatsächlich? Mit wem?"

„Mit Jozef. Er war der junge Mann, der dich aus dem
Ghetto herbrachte."

Ich rufe mir sein Gesicht ins Gedächtnis. Bis heute kannte
ich nicht seinen Namen. „Sagte er etwas über …"

„Ich habe ihn als Erstes nach Jakub gefragt", unterbricht
sie mich sanft. „Er weiß auch nicht mehr als wir. Es tut mir
leid."

„Oh", mache ich entmutigt.

„Aber die guten Neuigkeiten sind die, dass ich ihn dazu
überreden konnte, dich aus Kraków wegzubringen. Er glaubt,
er kann in der letzten Märzwoche etwas für dich arrangieren.
Glaubst du, bis dahin kannst du noch durchhalten?"

Ich zögere und rechne nach. Drei Wochen. Drei weitere
Wochen, in denen ich so tun muss, als sei alles in Ordnung,
und nur beten kann, dass der Kommandant nicht hinter mein
Geheimnis kommt. Meine Gedanken kehren zurück zu Malgorzata. Vielleicht habe ich es mir auch nur eingebildet, überlege ich nun, und sie hat in Wahrheit gar nichts bemerkt. Seit
diesem Morgen haben wir kein Wort mehr miteinander ge-

sprochen, und ich mache immer einen großen Bogen um sie, indem ich vor ihr ins Büro komme und erst Feierabend mache, wenn ich weiß, dass sie gegangen ist. Ich möchte eine weitere Konfrontation lieber vermeiden. Oder aber sie weiß es, wird es jedoch dem Kommandanten nicht sagen. Nein, dieser Gedanke ist nun wirklich so abwegig, dass er mich in die Realität zurückholt. Ich habe ihr erstauntes Gesicht gesehen, gefolgt von einem überheblichen, siegessicheren Lächeln. Sie kennt mein Geheimnis, und nun lauert sie wie eine Katze, die auf den besten Moment zum Zuschlagen wartet. Ich bin mir sicher, sie hätte es dem Kommandanten längst erzählt, würde der nicht schon die ganze Woche von einer Besprechung zur nächsten hetzen.

„Emma ...", höre ich Krysia sagen. „Hörst du mir überhaupt zu?"

Ich antworte nicht sofort. Es wäre besser gewesen, Krysia von meiner unerfreulichen Begegnung mit Malgorzata zu erzählen. Ich habe es aus zwei Gründen nicht getan: Zum einen will ich sie nicht noch weiter beunruhigen, zum anderen schäme ich mich, so nachlässig gewesen zu sein, gleich am ersten Tag aufzufallen. Ich habe keine Ahnung, wie ich es ihr jetzt noch beibringen soll. Es bringt mich in Verlegenheit, etwas vor ihr verheimlicht zu haben, was sie hätte erfahren müssen. „Ich höre dir zu", erwidere ich schließlich.

„Kannst du noch drei Wochen durchhalten?"

Ich muss schlucken, als ich ihre Frage höre. „Ich glaube ja."

„Gut. Das dürfte ohnehin der ideale Zeitpunkt sein. Hoffentlich ist das Wetter bis dahin besser, und dein Bauch noch nicht allzu sichtbar. Jozef kann dann eine Begleitung für dich arrangieren."

Ihre Worte lassen mich aufschrecken. Eine Begleitung bedeutet, dass ich mich nicht mit Jakub auf den Weg machen werde. Ich will Krysia fragen, halte mich dann aber zurück.

Sie sagte bereits, dass es keine Neuigkeiten von ihm gibt, und ich will nicht undankbar erscheinen. „Was wird aus dir und Łukasz?", frage ich stattdessen. Verständnislos legt sie den Kopf schräg. „Ich will damit sagen, wenn ich von hier weggehe, dann wird man dir Fragen stellen. Vor allem der Kommandant wird wissen wollen, wo ich bin."

„Das habe ich mir natürlich schon durch den Kopf gehen lassen. Falls ich hierbleibe, kann ich Ausreden vorbringen. Zum Beispiel, dass du irgendeinen Verwandten besuchst."

Energisch schüttele ich den Kopf. Er wird niemals glauben, dass ich fortgehe, ohne mich von ihm zu verabschieden. „Aber Krysia, wenn ich weg bin, wird es hier nicht mehr sicher sein. Sobald der Kommandant durchschaut, was los ist, wird er Maßnahmen ergreifen", rede ich auf sie ein. „Ich kann euch zwei nicht einem solchen Risiko ausliefern."

„Das Risiko müssen wir eingehen. Wir können nicht alle gleichzeitig spurlos verschwinden. Das wäre zu schwierig, weil du nicht mit einer alten Frau und einem kleinen Kind durch die Wälder fliehen kannst. Und würden wir gemeinsam im Zug reisen, dann wäre das viel zu auffällig."

Verzweifelt suche ich nach einem Gegenargument, doch mir will nichts einfallen, weil Krysia völlig recht hat.

„Außerdem kann ich nicht weg von hier. Ich bin eine alte Frau, hier ist mein Zuhause."

Das lässt mich an all die alten Menschen denken, die von den Deutschen aus ihrem Zuhause verschleppt wurden. Ihnen ließ niemand die Wahl, ob sie fortgehen oder bleiben wollten, was Krysias Bemerkung unglaublich arrogant klingen lässt. Allerdings weiß ich, dass sie vor allem immer das tut, was für uns alle das Beste ist. Wäre es das Beste, wenn auch sie von hier fortginge, dann hätte sie im Handumdrehen ihre Sachen gepackt und die Tür hinter sich zugezogen.

Ich gehe zu dem Sessel, in dem sie sitzt, und will wenigstens noch einen Versuch unternehmen. Ich knie mich hin und nehme ihre Hand. „Krysia, komm mit mir", flehe ich sie an, doch sie schüttelt den Kopf. Jede weitere Diskussion über das Thema erübrigt sich damit. „Was ist mit Łukasz?", will ich wissen. „Er sollte nicht hier sein, wenn die Gestapo her-kommt und auf der Suche nach mir das Haus auf den Kopf stellt."

Diesmal antwortet sie nicht sofort, und ich sehe ihr an, wie sie über meine Worte nachdenkt. Es ist ein wahres Di-lemma. Es ist kaum abzusehen, was riskanter ist: Łukasz hierzulassen und der Willkür der Gestapo auszusetzen oder ihn mitzunehmen und Gefahr zu laufen, dass er mit mir zu-sammen bei unserem Fluchtversuch festgenommen wird.

„Wenn du den Jungen mitnimmst, wirst du langsamer vo-rankommen", entgegnet sie schließlich. „Das wäre riskanter."

„Das bekomme ich schon hin", beteuere ich.

„Du kannst jetzt nicht mehr nur an dich denken. Du hast nun ein eigenes Kind."

„Aber ..." Ich will dagegenhalten, dass Łukasz für mich auch wie ein eigenes Kind ist, doch sie unterbricht mich.

„Lass uns nicht darüber streiten. Heute müssen wir keine Entscheidung treffen."

„Einverstanden", lenke ich ein, setze mich wieder aufs Sofa und greife nach dem Handtuch, das ich zusammenlegen wollte. Als ich einen Moment später den Kopf hebe, bemerke ich, dass Krysia aus dem Fenster hinaus in die Dunkelheit schaut. Den Berg Kleidung auf ihrem Schoß hat sie nicht an-gerührt. „Was ist los?", frage ich.

Sie dreht sich zu mir um, und zum ersten Mal bemerke ich eine tiefe Traurigkeit in ihren Augen. „Nach Marcins Tod war die Einsamkeit für mich unerträglich. Nach einer Weile gewöhnte ich mich daran, trotzdem war sie wie ein dump-fer Schmerz, der nie aufhören wollte. Bis zu dem Abend, an dem du herkamst." Ihre Augen sind nun feucht. „Mir wird jetzt erst bewusst, wie sehr ich diese Zeit mit dir und Łukasz

351

genossen habe. Und wie sehr du mir fehlen wirst, wenn du fort bist."

„Ach, Krysia." Ich gehe wieder zu ihr und lege einen Arm um ihre Schultern. Ich möchte ihr sagen, dass sich die Dinge nicht ändern werden, dass wir uns immer nah sein werden. Doch das kann ich nicht. Dass wir drei unter einem Dach leben, ist eine zufällige Gegebenheit, geboren aus Notwendigkeiten, die dem Ganzen bald wieder ein unvermeidliches Ende setzen werden.

„Er hat bereits zweimal nach Ihnen gefragt", lässt mich Malgorzata in einem süffisanten Tonfall wissen, als ich am nächsten Morgen das Büro betrete. Überrascht sehe ich zur Uhr über ihrem Platz, da ich mich frage, ob ich zu spät bin. Aber die Uhr zeigt viertel vor acht, eine volle Viertelstunde vor meinem eigentlichen Arbeitsbeginn. Der Kommandant ist früh dran, und mir wird sogleich schlecht.

Bewahr die Ruhe, sage ich mir, als ich das Vorzimmer betrete. Vermutlich hat er einfach nur viel Arbeit nachzuholen oder einen frühen Termin. Doch mir ist längst klar, dass irgendetwas nicht stimmen kann. Der Kommandant ist in allen Dingen äußerst präzise, weshalb er auch jeden Morgen genau um acht Uhr das Haus verlässt und knapp eine Viertelstunde später im Büro ankommt. Dass er zu früh eintrifft, ist genauso undenkbar wie eine Verspätung.

Mein Herz rast, während ich meinen Mantel ablege und nach dem Notizblock greife. Die Tür zum Büro des Kommandanten steht einen Spalt offen, ich klopfe leise an. „Herr Kommandant?", rufe ich. Es kommt keine Antwort, also rufe ich noch einmal nach ihm, diesmal etwas lauter.

„Herein."

Ich mache die Tür weiter auf, um eintreten zu können. Der Kommandant steht am anderen Ende seines Büros und sieht aus dem Fenster. „Malgorzata sagte mir, Sie wollen mich sehen?" Ich drücke die Tür hinter mir ins Schloss.

„Ja, setz dich." Ich nehme auf der äußersten Kante des Sofas Platz und halte Stift und Block bereit. Der Kommandant schaut nicht in meine Richtung, sondern hat den Blick weiter auf den Fluss gerichtet.

Ich hole tief Luft und kämpfe gegen den Wunsch an, aus dem Zimmer zu rennen. Eine weitere Minute vergeht, ohne dass er etwas sagt, dann noch eine. Irgendwann ist der Punkt gekommen, an dem ich es nicht länger aushalte. „Stimmt etwas nicht, Herr Kommandant?"

„Ob etwas nicht stimmt?", wiederholt er leise, dreht sich um und kommt auf mich zu. Seine Miene wirkt aufgewühlt, er atmet bemüht aus. „Gar nichts stimmt mehr! Partisanen jagen nach Gutdünken Lokale in die Luft und töten unsere Leute! Und meine politischen Gegner wollen mir die Schuld an dieser Entwicklung zuschieben, weil sie mich loswerden wollen."

Hoffnung keimt in mir auf. Vielleicht sind es nur die politischen Angelegenheiten, die ihm so zu schaffen machen. „Wir leben in schwierigen Zeiten", sage ich und versuche so zu klingen, als hätte er meine Unterstützung.

„Ja." Er setzt sich auf das Sofa neben mich, noch immer sieht er nicht zu mir. „Und dann bist da noch du."

Mein Magen verkrampft sich. „I-ich?", kann ich nur stammeln. Mein Herz schlägt so laut, dass ich meine eigene Stimme kaum hören kann.

„Ja, Anna. Du." Jetzt dreht er sich zu mir um. „Möchtest du mir etwas sagen?"

Ich zögere, meine Wangen beginnen zu glühen. Er weiß etwas, aber *was?* Durch meine Verzweiflung der letzten Wochen habe ich fast vergessen, dass ich noch ein viel größeres Geheimnis mit mir herumtrage als nur meine Schwangerschaft. „Nein, Herr Kommandant", erwidere ich unsicher und halte den Blick gesenkt.

353

„Anna." Er beugt sich vor, legt die Finger unter mein Kinn und hebt meinen Kopf an, sodass ich ihm in die Augen sehen muss. „Sag Georg zu mir."

Zwar hat er mir schon vor langer Zeit gestattet, ihn mit seinem Vornamen anzureden, wenn wir allein in seiner Wohnung sind, doch das ist nun das erste Mal, dass er mich auch in seinem Büro dazu auffordert. In seinen Augen erkenne ich einen sanften Ausdruck, da ist kein gegen mich gerichteter Zorn. So würde er mich nicht ansehen, wenn er herausgefunden hätte, wer ich in Wahrheit bin. In diesem Moment, in dem er sich um eine intime Nähe zu mir bemüht, wird mir klar, hinter welches meiner Geheimnisse er gekommen ist.

Er weiß also, dass du schwanger bist, überlege ich. Er scheint darüber nicht verärgert zu sein. Noch immer weiß ich nicht, was ich sagen soll. „Georg …" Sein Name fühlt sich schwer und fremd an, als er mir über die Lippen kommt. „Wie hast du es erfahren?" Ich kenne längst die Antwort darauf, aber so gewinne ich etwas Zeit, bis mir eine passende Erwiderung einfällt.

„Malgorzata erzählte es mir."

„So?" Ich versuche überrascht zu klingen.

„Ja, sie kam zu mir, um es mich wissen zu lassen. Sie glaubte, ich würde wütend reagieren, weil du ledig bist und ein Kind erwartest. Natürlich hat sie gehofft, ich würde dir daraufhin kündigen." Ich sehe ihn an. „Oh, mach dir deshalb keine Sorgen. Ich weiß, sie hat es schon seit langer Zeit auf deinen Posten abgesehen. Natürlich konnte sie nicht wissen, dass es mein Kind ist." Seine Miene wird ernster. „Allerdings wünschte ich, ich hätte es von dir erfahren."

„Es tut mir leid", entgegne ich und rutsche unbehaglich auf meinem Platz hin und her.

„Nein, Anna, *ich* muss mich entschuldigen." Er fasst meine Hände. „Ich war so sehr mit diesem Krieg beschäftigt, dass ich es nicht bemerkt und dir auch keine Gelegenheit gegeben habe, es mir zu sagen. Aber letztlich ist nicht wichtig, wie ich davon erfuhr. Wichtig ist, dass ich es jetzt weiß." Er legt seine Hände an mein Gesicht und küsst mich auf die Stirn.

„Das heißt, du bist nicht wütend?" Mein Erstaunen ist keineswegs gespielt.

„Wütend?", wiederholt er mit einem breiten Lächeln. „Anna, ich könnte gar nicht glücklicher sein! Du weißt, ich wollte immer Kinder haben." Ich nicke bestätigend. „Und mit Margot ... nun ja, das ist jetzt egal ..." Vor meinem geistigen Auge sehe ich Margot, wie sie auf dem Boden in ihrem Blut liegt, gestorben an einem selbst zugefügten Kopfschuss, einen Arm über ihren rundlichen Bauch gelegt, um das ungeborene Leben zu schützen. Plötzlich wird mir übel. *Reiß dich zusammen*, ermahne ich mich und verdränge das Bild aus meinem Kopf. „Ich hätte es gern gesehen, wenn es in der traditionellen Reihenfolge vonstattengegangen wäre, also erst die Hochzeit, dann Kinder", redet er weiter. „Dennoch stört es mich nicht, dass es anders ist."

„Aber was werden die Leute sagen? Deine Karriere ..."

Ich beobachte sein Gesicht, während er zum ersten Mal darüber nachdenkt, welcher Makel ihm anhängen wird, wenn seine ledige Assistentin von ihm ein Kind erwartet. „Ja", sagt er bedächtig. „Wir müssen dich aus Kraków herausbringen, bevor es sonst noch jemand mitbekommt." Welche Ironie! Genau das Gleiche hatte zuvor Krysia gesagt, als sie von meiner Schwangerschaft erfuhr. Der Kommandant springt auf und geht aufgeregt im Zimmer auf und ab. „Ich würde dich gern zu mir nach Hamburg schicken", überlegt er. „Doch das geht nicht. Wegen der Bombardements in Norddeutschland ist es da für dich viel zu gefährlich." Plötzlich bleibt er stehen und sieht mich an. „Ich weiß die Lösung. Meine Schwester lebt in der Nähe von Salzburg auf dem Land, dorthin werde ich dich schicken."

Ich zucke innerlich zusammen. In Österreich bin ich ja von noch mehr Nazis umgeben als hier in Polen. Wie soll ich von dort aus je Jakub oder meine Eltern wiederfinden? Ich merke, dass er mich beobachtet und auf meine Reaktion wartet. „Herr Kommandant ... ich meine ... Georg, das ist sehr nett von dir, aber ..." Ich suche fieberhaft nach einem geeigneten Einwand. „Aber ich kann meine Familie nicht hier zurücklassen."

„Nein, natürlich nicht", stimmt er mir zu. „Und du kannst auch nicht allein reisen. Krysia und Łukasz werden dich begleiten." Ich bin zu verblüfft, um etwas zu erwidern. „Oberst Diedrichsen wird euch bis nach Wien begleiten, dort holt euch dann der Fahrer meiner Schwester ab. Was hältst du davon?"

Es klingt wie ein Todesurteil. Ich darf nicht zulassen, dass er mich wegschickt. „Georg ...", versuche ich einen erneuten Anlauf.

Er setzt sich wieder und fragt mit unüberhörbarer Ungeduld: „Was ist denn, Anna?"

„Und was ist mit dir?", gebe ich zurück.

Nach kurzem Überlegen versteht er meinen Einwand und beginnt zu lächeln. „Du meinst, was ist mit *uns*?"

„Ja", sage ich schnell. „Ich könnte es nicht ertragen, so weit von dir weg zu sein."

„Mir geht es nicht anders", gesteht er und streicht über meine Wange.

„Vielleicht kann ich mich ja irgendwo in Kraków verstecken ..."

Sofort schüttelt er den Kopf. „Es tut mir leid, aber das ist unmöglich. Die Gefahr ist viel zu groß, dass jemand es herausfindet. Und so, wie der Krieg im Moment läuft ..." Er stockt und sieht weg. „Ich möchte nicht, dass du mit unserem Kind in dieser Stadt bleibst. Und außerdem ist die medizinische Versorgung in Österreich viel besser. Es ist wirklich

356

am besten so für dich. Du wirst morgen abreisen, und sobald der Krieg beendet ist und ich es einrichten kann, werde ich zu dir kommen. Dann heiraten wir, einverstanden?"

Ich will ein anderes Argument anführen, gebe es aber auf. In dieser Hinsicht ist der Kommandant wie Jakub – wenn er einen Entschluss gefasst hat, lässt er sich davon nicht wieder abbringen. „Gut", sagt er, da er mein Schweigen als Zustimmung deutet. „Dann wäre das geklärt. Ich werde alles veranlassen, und morgen früh um neun Uhr wirst du Kraków verlassen."

Mein Blick wandert zur Uhr. Vierundzwanzig Stunden. Ich muss das Büro verlassen und Krysia davon in Kenntnis setzen. „Georg", beginne ich, während ich aufstehe. „Es tut mir leid, aber ich fühle mich sehr erschöpft. Wenn es nichts Dringendes zu erledigen gibt, könnte ich dann nach Hause fahren?"

Er erhebt sich ebenfalls. „Natürlich! Es liegt bestimmt an deiner Schwangerschaft. Fahr nach Hause und ruh dich aus. Du brauchst deine Kräfte für die Reise."

„Danke." Dann gehe ich zur Tür.

„Anna", ruft er mir nach, ich drehe mich zu ihm um. „Da ... wäre noch etwas."

Widerstrebend kehre ich um und gehe zu ihm. „Ja?"

„Werden wir uns heute Abend sehen?" Er weicht meinem Blick aus und fährt sich durchs Haar. „Weißt du, es ist sehr lange her, dass wir beide ein wenig Zeit für uns hatten, und da du nun morgen abreist, könnte es eine ganze Weile dauern ..." Er sieht mich wieder an. „Was denkst du?"

Verwundert mustere ich ihn. Nach allem, was geschehen ist, kann er doch keinen romantischen Abend im Sinn haben. „Ich ... ich weiß nicht", antworte ich.

„Bitte", beharrt er. „Nur für eine Weile."

Ich denke über sein Anliegen nach. Das Letzte, was ich will, ist eine weitere Nacht mit dem Kommandanten. Aber ich kann es mir nicht leisten, ihn misstrauisch zu machen. Da ihm mein Zögern nicht entgeht, sieht er rasch zur Tür, um sich davon zu überzeugen, dass niemand hereingekommen ist. Dann zieht er mich in seine Arme und blickt mir tief in die Augen. Mein Herz schlägt schnell und heftig – so wie jedes Mal, wenn ich ihm nahe bin. Ich frage mich, ob er es wohl auch spüren kann. Er gibt mir einen kurzen, intensiven Kuss, dann lässt er mich gleich wieder los, sodass ich auf Abstand zu ihm gehen kann. „Also? Was sagst du?", fragt er, als sollte mich sein Kuss auf magische Weise zum Einlenken bringen.

„Einverstanden", willige ich umgehend ein, denn im Augenblick gibt es für mich nichts Wichtigeres, als so schnell wie möglich das Büro zu verlassen und mich auf den Weg zu Krysias Haus zu machen.

„Hervorragend. Stanislaw wird dich um acht Uhr abholen. Soll er dich jetzt nach Hause fahren?"

„Nein, vielen Dank", lehne ich ab. „Ich muss unterwegs noch einige Besorgungen machen."

„Gut, dann sehen wir uns heute Abend." Er wendet sich ab und begibt sich zu seinem Schreibtisch. „Wenn du gehst, schick bitte Malgorzata zu mir, ja?", bittet er mich.

„Jawohl, Herr Kommandant", erwidere ich. Seine Bitte ist so routinemäßig, als wäre es ein ganz normaler Arbeitstag und als hätte es unsere Unterhaltung nie gegeben. Doch am Tonfall erkenne ich, dass dies für Malgorzata der letzte Arbeitstag in der Burg ist, weil sie mich anschwärzen wollte und sie zu viel weiß.

Im Vorzimmer ziehe ich schnell meinen Mantel an, dann nehme ich meine Tasche und gehe nach draußen in den Empfangsbereich. „Der Kommandant will Sie sprechen", lasse ich Malgorzata im Vorbeigehen wissen. Sie weicht meinem Blick aus, springt sofort auf und eilt zur Tür. Da sie mich so früh am Morgen das Büro verlassen sieht, wird sie wohl denken, ich sei gefeuert worden und sie dürfe jetzt endlich meine Nachfolge antreten. Ich fühle mich fast zu erschlagen, um sie zu bemitleiden. Auf dem Weg nach draußen muss ich mich zwingen, dass ich nicht renne, damit ich endlich das Hauptquartier der Nazis hinter mir lassen kann.

23. KAPITEL

„Du wirst dich bei Tagesanbruch auf den Weg machen", verkündet Krysia am gleichen Tag um zwei Uhr nachmittags.

Vier Stunden zuvor bin ich nach Hause gekommen – außer Atem, weil ich so gerannt bin – und habe ihr davon berichtet, dass der Kommandant von meiner Schwangerschaft weiß und uns alle nach Österreich schicken will. „Etwas in dieser Art habe ich bereits befürchtet", sagte Krysia daraufhin. „Bleib hier und pass auf Łukasz auf." Mit diesen Worten hatte sie sich schnell angezogen und war aus dem Haus gestürmt. Vor ein paar Minuten ist sie nun zurückgekehrt – genauso außer Atem wie zuvor ich – und hat mich wissen lassen, dass ich fortgehen werde.

In groben Zügen schildert sie mir den Plan. „Jemand wird herkommen und dich nach Myślenice begleiten." Ich kenne diese Kleinstadt gut dreißig Kilometer südlich von Kraków. „Dort wird man dich bis morgen Abend verstecken, und sobald es dunkel ist, schleust man dich über die Grenze in die Tschechoslowakei und dort in ein sicheres Haus in den Bergen. Der Plan ist riskant und nicht annähernd so gut wie das, was in einem Monat möglich gewesen wäre, aber uns bleibt keine andere Wahl."

„Es tut mir leid", erwidere ich, folge ihr in die Küche und setze mich auf einen Stuhl.

Sie winkt ab. „Es führt zu nichts, sich über Dinge Gedanken zu machen, die man nicht ändern kann. Wichtig ist, dass wir dich von hier wegbringen." Sie füllt Wasser in den leeren Teekessel. „Schläft Łukasz?"

„Ja. Was ist mit Jakub? Wird er mit mir gehen?"

Mit einem hilflosen Gesichtsausdruck sieht Krysia zu mir. „Emma, ich will ehrlich sein. Es sieht nicht so aus, als könnte das klappen. Ich habe nichts weiter über seinen Aufenthaltsort und seinen Zustand erfahren. Natürlich hatte ich gehofft, ihr könntet das Land gemeinsam verlassen, aber nachdem du so plötzlich in Sicherheit gebracht werden musst, ist es schlicht unmöglich, noch irgendetwas zu arrangieren. Vielleicht wird er in einigen Monaten in der Lage sein, dir zu folgen", fügt sie leise hinzu.

Dann werde ich also ohne Jakub aufbrechen. Einen Moment lang überlege ich, einfach hierzubleiben. „Du musst fortgehen", sagt Krysia, die meine Gedanken zu lesen scheint. Sie stellt den Kessel auf den Ofen, dann dreht sie sich wieder zu mir um. „Ich kenne meinen Neffen, und ich weiß, das Wichtigste ist für ihn, dass du mit deinem Kind in Sicherheit bist."

Wenn das stimmt, warum ist er dann nicht bei mir? Wohl zum hundertsten Mal frage ich mich, warum er sich für die Bewegung engagiert, anstatt an meiner Seite zu sein. Wenn ich für ihn so wichtig wäre, dann wären wir jetzt zusammen. Dann wäre er nicht verletzt, und ich wüsste, es wäre sein Kind, das ich in mir trage. Doch so einfach ist das alles nicht. Wäre Jakub nicht in den Untergrund gegangen, hätte ich Menschen wie Krysia nie kennengelernt. Und vielleicht wäre ich dann längst in irgendeinem Lager, vielleicht sogar schon tot. Krysia hat natürlich recht: Jakub würde von mir erwarten, alles Notwendige zu tun, um zu überleben.

„Was ist mit dir und Łukasz?", frage ich sie einige Minuten später, als sie die Teegläser auf den Tisch stellt.

Kopfschüttelnd setzt sie sich zu mir. „Wir können nicht alle gemeinsam von hier weggehen. Dass du jetzt aufbrechen musst, obwohl der Schnee in den Bergen noch sehr hoch liegt, macht es für dich schon gefährlich genug. Łukasz könnte diese Strecke nicht bewältigen und würde dich nur aufhalten. Ich habe mit dem Widerstand vereinbart, dass er aufs Land gebracht und dort versteckt wird, sobald du dich auf den Weg machst."

„Warum denn das?" Ich ertrage die Vorstellung nicht,

361

dass Łukasz diese vertraute Umgebung verlassen soll, um bei irgendwelchen Fremden untergebracht zu werden.

„Emma, sobald du fort bist, wird die Gestapo herkommen und nach dir suchen. Ich werde ihnen sagen, dass du Verwandte in Gdańsk besuchen wolltest. Aber es muss so aussehen, als würde Łukasz dich begleiten. Darum müssen wir ihn woanders unterbringen."

Ich erwidere nichts, wortlos trinken wir unseren Tee, nur begleitet vom Ticken der Standuhr im Flur. Nach einer Weile räuspere ich mich. „Krysia, da wäre noch etwas", beginne ich. „Meine Eltern …"

„O ja." Sie streicht ihren Rock glatt und weicht meinem Blick aus. „Ich habe mich nach ihnen erkundigt, als ich mich um deinen Fluchtplan gekümmert habe. Es geht ihnen den Umständen entsprechend gut, aber mehr konnte ich nicht in Erfahrung bringen. Ich hatte gehofft, mehr Informationen zu bekommen, bevor ich dir gegenüber etwas erwähne." In ihrer Stimme schwingt ein Unbehagen mit, das mich erkennen lässt, dass sie mir irgendetwas verschweigt.

„Ich muss sie noch einmal sehen, bevor ich fliehe."

Entschieden schüttelt sie den Kopf. „Tut mir leid, das ist nicht möglich."

„Bitte", flehe ich sie an. „Ich kann nicht weggehen, ohne mich von ihnen zu verabschieden."

„Emma, nun sei doch vernünftig", erwidert sie ungehalten. „Podgorze ist zu gefährlich. Die Sicherheitsmaßnahmen wurden seit dem Attentat noch verschärft, überall gibt es Kontrollpunkte, vor allem rund um das Ghetto. Du würdest dein Leben riskieren, wenn du hingehst. Und selbst wenn du es bis zum Ghetto schaffst, was willst du machen? Etwa hineingehen?"

„I-ich weiß nicht", gestehe ich nach kurzem Zögern. „Nein, natürlich will ich nicht hineingehen. Aber vielleicht entdecke ich ein Loch in der Mauer, so wie das, durch das ich damals fliehen konnte. Ich könnte mich mit ihnen an der Mauer unterhalten oder wenigstens eine Nachricht an sie übermitteln."

„Das ist zu gefährlich", widerspricht sie in einem sanfteren Tonfall. „Ich werde veranlassen, dass jemand von der Bewegung ein Auge auf deine Eltern hat, sobald du gegangen bist."

Das kann mich nicht überzeugen. Ich habe zwar keinen Zweifel an der Ernsthaftigkeit ihrer Worte, doch ich begegne ihnen mit Misstrauen. Immerhin hat mir die Erfahrung mit der Bewegung gezeigt, dass man immer nur dann nach meinen Eltern sehen wollte, wenn es im eigenen Interesse geschah oder es mit keinerlei Mühen verbunden war. Meine Familie ist für den Widerstand nebensächlich gewesen. Einmal mehr verfluche ich, dass ich diesen Leuten vertraut und ich nicht schon vor Monaten versucht habe, meine Eltern auf anderen Wegen aus dem Ghetto zu holen.

Aber ich weiß, diese Diskussion würde Krysia in jedem Fall für sich entscheiden. „Und was ist mit dem Kommandanten?", frage ich stattdessen.

„Was soll mit ihm sein?"

„Er wird dir sicher nicht glauben, dass ich ausgerechnet an dem Tag Verwandte besuche, an dem ich nach Österreich abreisen soll."

„Lass den Kommandanten mal meine Sorge sein", erwidert sie und kneift ein wenig die Augen zusammen.

„Sein Vorschlag schien dich gar nicht zu überraschen", bemerke ich.

„Natürlich nicht. Schließlich liebt er dich."

„Ja, ich weiß", antworte ich und blicke zur Seite.

Überrascht von meinem Tonfall sieht sie hoch. „Was ist? Stimmt etwas nicht?"

„Nein, nein", wehre ich ab. Ich weiß nicht, was ich eigentlich fühle. Vielleicht Mitleid oder Bedauern.

363

Krysia tätschelt meine Hand. „Das kann ich verstehen. Es ist keine leichte Sache, einem anderen Menschen das Herz zu brechen, nicht mal wenn es ein Mensch wie Richwalder ist."

„Vermutlich nicht." Ich räuspere mich. „Er hat mich gebeten, ihn heute Abend zu besuchen."

Sie hält in ihrer Bewegung inne. „So? Und was hast du gesagt?"

„Ich habe mich einverstanden erklärt. Es ging nicht anders." Mir entgeht nicht mein rechtfertigender Tonfall. „Ich konnte keine Ausrede vorbringen."

„Das kann ich verstehen. Allerdings macht das alles noch etwas komplizierter, weil du am Morgen aufbrechen musst."

„Das werde ich hinbekommen. Der Kommandant hat einen sehr tiefen Schlaf." Ich merke, dass ich rot werde, als ich dieses intime Detail enthülle. „Ich bin schon oft aus dem Haus gegangen, als er noch schlief."

„Trotzdem müssen wir absolute Gewissheit haben", erklärt sie und geht aus der Küche, Augenblicke später kehrt sie zurück. „Hier." Sie drückt mir ein Glasröhrchen mit einem weißen Pulver in die Hand. „Schlafpulver. Wenn du ein wenig davon in seinen Weinbrand mischst, wird er sehr fest schlafen, und du kannst garantiert unbemerkt seine Wohnung verlassen."

„Woher …?", frage ich verständnislos.

„Ich bekam es vor einer Weile von Pankiewicz. Normalerweise wird das von Ärzten benutzt, um Patienten bei kleineren Eingriffen ruhigzustellen. Ich bat ihn darum, weil … nun ja, man kann nie wissen."

Ich muss daran denken, wie oft ich darauf gewartet habe, dass der Kommandant endlich einschläft, damit ich seine Unterlagen durchsuchen kann. „Warum hast du mir das nicht früher gegeben?", frage ich sie.

„Mit dem Gedanken habe ich gespielt, aber es ist ein sehr starkes Pulver", antwortet sie. „Selbst wenn du nur eine ganz geringe Menge davon nimmst, würde er sich am nächsten Morgen fühlen, als hätte er sich völlig betrunken. Ich hielt es für zu riskant, es jedes Mal zu benutzen, weil er vielleicht misstrauisch geworden wäre. Doch jetzt …"

„Ja, ich verstehe." Die kommende Nacht ist die letzte, die ich mit ihm verbringen werde. Jetzt habe ich nichts mehr zu verlieren. Ich stehe auf und stecke das Röhrchen in meine Rocktasche. „Krysia, es ist doch unbedenklich, nicht wahr?", frage ich, woraufhin sie mich rätselnd ansieht. „Für mein Kind, meine ich. Wenn ich heute Nacht beim Kommandanten bin …" Es ist mir zu peinlich, meine Frage zu Ende zu führen.

Aber Krysia hat mich auch so verstanden. „Natürlich, du warst nicht mehr bei ihm, seit du weißt, dass du schwanger bist, richtig?" Ich nicke. „Mach dir keine Sorgen. In dieser frühen Phase dürfte nichts passieren."

Von oben höre ich Łukasz leise plappern. Er ist aus dem Mittagsschlaf erwacht. „Ich kümmere mich um ihn", sage ich, heilfroh darüber, diese Unterhaltung beenden zu können.

„Ja, gut." Sie begibt sich zur Treppe in den zweiten Stock. „Ich suche schon mal warme Kleidung für euch heraus."

Den Rest des Tages verbringen Krysia und ich damit, die bevorstehende Abreise vorzubereiten. Wir packen kleine Taschen mit Kleidung und stellen die Lebensmittel zusammen, die sich gut transportieren lassen und stärkend sind. Dabei reden wir nur wenig. Am Abend klammert sich Łukasz fester an mich als sonst, als ich ihn zu Bett bringe. Er scheint zu wissen, dass es das letzte Mal ist.

Um kurz vor acht höre ich den Wagen des Kommandanten vorfahren. „Hast du das Pulver?", fragt Krysia, die mir nach unten in die Diele folgt.

„Ja", antworte ich und ziehe meinen Mantel an. „Ich werde vor Sonnenaufgang zurück sein."

„Gut. Pass heute Nacht auf dich auf. Wir sind so dicht

365

davor, dich in Sicherheit zu bringen, da darf einfach nichts mehr schiefgehen." Sie gibt mir einen Kuss auf die Wange, ich spüre ihre papierenen Lippen auf meiner Haut. „Wir sehen uns morgen, bevor du fortgehst."

Als der Wagen vor dem Haus des Kommandanten hält, stelle ich überrascht fest, dass er selbst unten an der Tür auf mich wartet. „Du strahlst förmlich", sagt er liebevoll und nimmt meinen Arm, dann führt er mich nach oben. Dabei fällt mir auf, dass er sich rasiert hat. Die Wohnung wirkt wie verwandelt, als ich sie betrete. Die Tische sind freigeräumt, die Fenster geputzt.

Überrascht sehe ich ihn an. „Du hast aufgeräumt?"

„Ja", bestätigt er und hilft mir aus dem Mantel. „Oder besser gesagt: Ich habe aufräumen lassen. Unordnung mag man einem Witwer wie mir zugestehen, aber in einer solchen Umgebung kann man kein Kind aufwachsen lassen."

Ich möchte am liebsten erwidern, das Kind werde hier sowieso nicht aufwachsen, doch ich verkneife mir meinen Kommentar. Offenbar will er auf diese Weise zeigen, dass er ein guter Vater sein wird.

Als ich zum Sofa gehe, fällt mir noch eine Veränderung auf: Margots Foto steht nicht mehr auf dem Kaminsims, den Platz hat eine Vase mit frischen Schnittblumen eingenommen. „Georg …" Ich deute auf den Sims.

Er kommt zu mir und umfasst meine Hände. „Du bist jetzt mein Leben", erklärt er. „Es ist Zeit, die Vergangenheit ruhen zu lassen."

Ich suche in seinem Gesicht nach Anzeichen für Trauer oder Gewissensbisse, kann aber nichts finden. Zum ersten Mal macht er auf mich den Eindruck eines rundum glücklichen Mannes. Schuldgefühle überkommen mich. Morgen hat meine Maskerade ein Ende, und mit mir verschwindet auch Anna. Was wird dann aus ihm werden?

„Hast du Hunger?", fragt er.

Ich will bereits den Kopf schütteln, da fällt mir das Schlaf-pulver ein. „Ein wenig schon", lüge ich. „Vielleicht etwas Leichtes. Lass mich die Getränke einschenken, während du dich um das Essen kümmerst."

Er zieht sich in die Küche zurück, ich gehe zur Anrichte, in der er die alkoholischen Getränke aufbewahrt, und nehme zwei Gläser heraus. Nach einem raschen Blick über die Schulter gebe ich etwas von dem Pulver in ein Glas, zögere dann aber, weil ich mir nicht sicher bin, wie viel die richtige Menge ist. Krysia hat mir dazu nichts gesagt, also lege ich si-cherheitshalber noch eine Prise nach, dann schenke ich den Weinbrand ein. „Es ist angerichtet", ruft der Kommandant mir zu, als er mit zwei Tellern aus der Küche kommt.

Schnell verstecke ich das Glasröhrchen in meiner Rock-tasche und drehe mich zu ihm um, wobei ich hoffe, dass mir meine Panik nicht anzumerken ist. „Das sieht ja köstlich aus", bringe ich heraus, während ich die Gläser zu dem nied-rigen Wohnzimmertisch bringe.

Der Kommandant unterhält sich beim Essen so beiläufig mit mir, als wäre dies nicht mein letzter Abend in Kraków und als würde er mich nicht morgen früh nach Österreich schicken. Wachsam verfolge ich, wie er seinen Weinbrand trinkt, und hoffe darauf, dass sich das Pulver restlos aufge-löst hat und er keine verräterischen Spuren im Glas bemerkt. Nach ein paar Minuten betrachte ich seine Augen, doch sie sind völlig klar und lassen keine Spur von Müdigkeit erken-nen. Wie lange das Pulver wohl braucht, bis es wirkt? Als wir gegessen und einen Tee getrunken haben, beugt der Kom-mandant sich zu mir herüber und legt einen Arm um mich.

„Lass uns ins Schlafzimmer gehen", schlage ich vor.

„Einverstanden." Im Schlafzimmer sehe ich, wie das Pul-ver zu wirken beginnt. Seine Pupillen sind geweitet, er küsst mich träge und bewegt unbeholfen seine Hände. Nur we-nige Minuten später dreht er sich mit geschlossenen Augen

367

zur Seite, sein Atem geht schwer. Es ist tatsächlich ein sehr starkes Pulver, und ich kann nur hoffen, dass ich ihm nicht zu viel davon gegeben habe. Mein Blick fällt auf die Uhr auf dem Nachttisch. Es ist nach elf. Mir war gar nicht bewusst, dass wir uns so lange unterhalten haben.

Ich sehe zur Decke und überlege, was ich nun machen soll. Am liebsten würde ich gehen, doch ich weiß nicht, wie lange die Wirkung anhält. Meine Befürchtung ist, er könnte zu früh aufwachen und feststellen, dass ich bereits gegangen bin. Nein, es ist wohl besser, wenn ich noch eine Weile bleibe. Auch wenn ich die meiste Zeit über nur so getan habe, als würde ich aus meinem Glas trinken, machen mich die wenigen Schlucke Weinbrand schläfrig, und ich muss mich wiederholt kneifen, damit ich nicht eindöse.

Während ich neben dem Kommandanten im Bett liege, muss ich an meine Eltern denken. Es ist so lange her, seit ich sie das letzte Mal sah, und jetzt soll ich sie für immer verlassen, ohne mich von ihnen zu verabschieden. Immer wieder geht mir mein Gespräch mit Krysia durch den Kopf. Ich weiß, sie hat recht. Wenn ich mich zum Ghetto begebe, riskiere ich mein Leben und bringe jeden in meiner Nähe in Gefahr. Es wäre verrückt, vor allem jetzt, da ich so kurz davor bin, in Sicherheit gebracht zu werden. Dennoch: ich muss es zumindest versuchen. In wenigen Stunden verlasse ich Kraków und kehre vielleicht nie wieder hierher zurück. Ich habe meine Eltern bereits in jener Nacht ohne Abschied verlassen, als ich aus dem Ghetto entkam, ein zweites Mal kann ich das nicht über mich bringen.

Ich sehe wieder zur Uhr, dann mustere ich den Kommandanten, der tief und fest schläft. Krysia sagte, ich müsse um vier Uhr am Morgen wieder zu Hause sein. Von der Wohnung des Kommandanten ist es nicht weit bis zur Brücke nach Podgorze. Ich habe also noch genug Zeit, zum Ghetto zu gehen, falls ich den Mut dazu finde. Mein Entschluss

steht längst fest. Leise verlasse ich das Bett, der Kommandant schnarcht und dreht sich zur Seite. Erschrocken bleibe
ich stehen, da ich fürchte, dass er aufwacht und ich nicht von
hier wegkomme. Doch er atmet gleichmäßig weiter, seine
Augen sind geschlossen. In aller Eile ziehe ich mich an und
gehe zur Tür.

Dort angekommen, drehe ich mich um und schaue den
Kommandanten an. Es ist das letzte Mal, dass ich ihn sehe.
Auf Zehenspitzen schleiche ich zurück zum Bett und muss
mich davon abhalten, mich wieder zu ihm zu legen und ihn
noch einmal zu umarmen. Traurigkeit erfüllt mich. Es gibt so
vieles, was ich ihm sagen möchte. Ich möchte mich dafür entschuldigen, dass ich ihn getäuscht habe, dass ich für ihn nicht
die Frau sein konnte, die er liebt, und dass ich wünschte, zwischen uns beiden hätte es anders sein können. Aber ich habe
keine Zeit, um etwas zu bedauern. Ich beuge mich vor und
hauche ihm zum Abschied einen Kuss auf die Stirn. Er regt
sich nicht.

Im Wohnzimmer nehme ich meinen Mantel vom Stuhl.
Als ich ihn anziehe, fällt mein Blick auf die Teller, auf denen
noch Wurst und Käse liegen. Es wäre Verschwendung, dieses
Essen einfach wegzuwerfen, also beschließe ich, es meinen
Eltern mitzubringen. Aus der Küche hole ich einen Beutel,
packe das Essen hinein und verlasse die Wohnung.

Die Straßen sind menschenleer, die Luft ist eisig kalt. Ich
gehe zur Brücke, wobei ich mich immer im Schatten der Gebäude halte. Meine Nerven sind auf das Äußerste gespannt.
Ich darf mich auf keinen Fall erwischen lassen. Schon bald
bin ich am Ufer angelangt und überquere die Brücke.

In Podgorze ist kein Mensch unterwegs, doch ich weiß,
dass die Gestapo überall lauern kann, um den festzunehmen, der sich im Dunkeln auf die Straße wagt. An der Ghettomauer angekommen, presse ich mich dagegen, um in der
Finsternis mit ihr zu verschmelzen. Die Mauer scheint sich

369

in beide Richtungen endlos weit zu erstrecken, und mit einem Mal will mich mein Mut verlassen. Vielleicht hatte Krysia doch recht, und es ist zu riskant.

Ich bewege mich langsam Schritt für Schritt an der Mauer entlang, bis ich einen Spalt ertaste, der nicht breiter ist als ein Brotlaib. Ich werfe einen Blick hindurch, doch auf der anderen Seite ist alles in Dunkelheit getaucht, die Straße ist verlassen. Ich erkenne, dass ich den Teil des Ghettos vor mir habe, in dem sich die leer stehenden Fabriken befinden. Hier werde ich mitten in der Nacht niemanden antreffen. Ich atme tief durch, um neuen Mut zu fassen, dann gehe ich weiter.

Nach einer Weile beschreibt die Mauer einen Knick, dort entdecke ich ein größeres Loch. Dahinter kann ich Wohnhäuser ausmachen, und ich erkenne, dass ich mich ganz in der Nähe des Hauses befinde, in dem meine Eltern leben. Doch auch diese Straße ist menschenleer. Das Ganze ist ein hoffnungsloses Unterfangen, überlege ich, während ich mich nervös umsehe, ob mich auch niemand bemerkt hat. Ich sollte besser gehen, bevor man mich erwischt. Aber das kann ich nicht tun, nachdem ich es schon bis hierher geschafft habe.

Einige Minuten später höre ich ein Kratzen von der anderen Seite der Mauer. Ich zwänge meinen Kopf durch das Loch und sehe nach links und rechts, so gut das geht, kann die Quelle für das Geräusch jedoch nicht ausmachen. Vermutlich war es eine Ratte, überlege ich enttäuscht. Doch dann ist es wieder zu hören, diesmal lauter und deutlicher. Ich schaue durch das Loch in der Mauer und entdecke einen alten Mann, der in meine Richtung über die Straße schlurft. Sein Rücken ist so krumm, dass man meint, er müsse bei jedem seiner winzigen Schritte vornüber fallen. Als er sich nähert, rufe ich ihn zu mir, weil ich ihn fragen will, ob er meinen Vater kennt. Dann halte ich mitten in meinen Rufen inne, kann den Mund aber nicht schließen. Der alte Mann … *ist* mein Vater.

„Tata!", flüstere ich. Er hebt den Kopf, und eine schier endlose Zeit vergeht, bis ich ihm ansehen kann, dass er mich wiedererkannt hat. Langsam kommt er auf mich zu.

„*Shana madela*", keucht er auf Jiddisch und streckt eine knochige Hand durch das Loch in der Mauer. „Hübsches Mädchen" hat er mich genannt. In all den Monaten, die ich ihn nicht gesehen habe, ist er um Jahre gealtert. Sein Kopf erinnert eher an einen Totenschädel, so sehr besteht er nur noch aus Haut und Knochen. Von seinem Bart sind ein paar Büschel übrig, und die wenigen Zähne, die ihm geblieben sind, ragen auf eine groteske Weise aus seinem eingefallen Mund hervor.

„Tata, was …?", beginne ich und breche gleich wieder ab. So viele Fragen kommen mir in den Sinn, dass ich nicht weiß, wo ich anfangen soll.

„Ich gehe hier spazieren", sagt er, als würde das alles erklären. Ich erinnere mich an den rasenden Hunger, der mich manchmal im Ghetto in der Nacht überkam und sich wie eine Klinge durch meinen Magen bohrte. Diese Schmerzen sind so entsetzlich, dass man keinen Schlaf finden kann.

„Hier." Ich hole den Beutel aus der Tasche, in dem sich das Essen aus der Wohnung des Kommandanten befindet. „Es ist nicht kosher, aber …" Er nimmt den Beutel an sich und hält ihn, als sei ihm gar nicht bewusst, dass ich ihm etwas gegeben habe. Ich bekomme einen Schreck, etwas stimmt nicht. „Mama …?", frage ich, obwohl ich seine Antwort eigentlich gar nicht hören will. Meine Mutter hätte ihn niemals nachts aus dem Haus gelassen. Und sie hätte auch nicht zugelassen, dass er in einem solchen Zustand auf die Straße geht, schießt es mir durch den Kopf.

„Vor zehn Tagen", sagt er, wobei sich seine Augen in leere, finstere Höhlen zu verwandeln scheinen.

„Was?" Wieder will ich lieber keine Antwort auf meine Frage bekommen. Dann fällt mir auf, dass sein Hemd zerrissen ist, so wie nach dem jüdischen Trauerritual. „Nein ..."

„Sie ist tot", bringt er mit Mühe heraus, Tränen steigen ihm in die Augen.

„Nein!", rufe ich laut aus, ohne daran zu denken, dass mich jemand hören könnte. Plötzlich bin ich wieder fünf Jahre alt und liege mit Grippe in meinem Bett in unserer Wohnung in Kazimierz. Wenn ich krank war, schlief meine Mutter immer bei mir. Sie rieb mir die Brust mit Salbe ein, kochte mir Suppe und sang mir Lieder vor. „Mama ..."

Mein Vater sieht mich hilflos und mit gequälter Miene durch das Loch in der Mauer an. Er ertrug es nie, wenn ich als Kind zu weinen begann. Die Vorstellung, dass mir etwas fehlt und er nichts dagegen unternehmen kann, war für ihn stets unerträglich. Ich weiß, meine Trauer ist für ihn schlimmer auszuhalten als seine eigene. „Letzten Herbst wurde sie krank und hatte schreckliches Fieber."

„Ich weiß", erwidere ich schluchzend. „Ich habe versucht, ihr Hilfe zukommen zu lassen." Ich bringe es nicht übers Herz, ihm zu sagen, dass die Bewegung jede Hilfe verweigert hat. „Krysia wollte etwas unternehmen."

„Sie schickte uns Pankiewicz, den Apotheker. Der gute Mann war ein Geschenk Gottes. Er versuchte alles, was in seiner Macht stand. Doch diese Krankheit hatte er noch nie gesehen. Sie war für uns alle ein Rätsel. Trotzdem ließ das Fieber nach und es ging ihr wieder besser. Aber dann kam der Winter und ... nun, vor ein paar Wochen kehrte das Fieber zurück."

Ich schlucke und bekomme mein Schluchzen ein wenig in den Griff. „Hatte sie ihren Frieden? Am Ende, meine ich."

Mein Vater zögert. „Sie schlief friedlich ein", antwortet er bedächtig, doch seine Miene verrät mir, dass sie sehr gelitten haben muss. „Sie war stark und tapfer. Und ich war die ganze Zeit bei ihr ..."

„Ich hätte bei ihr sein sollen", bringe ich hervor, dann versagt meine Stimme.

Er schüttelt den Kopf. „Sie hat es verstanden. Sie wollte nur die Gewissheit, dass du in Sicherheit bist." Dennoch bin ich untröstlich. Ich muss an meine Mutter denken, wie ich sie in der Nacht zum letzten Mal sah, als ich aus dem Ghetto geholt wurde. Ich habe mich nicht von ihr verabschieden können, nicht mal auf jene beiläufige Art, wie ich es früher machte, wenn ich zur Bäckerei oder in die Bibliothek ging und wusste, dass ich bald wieder zurück bin. Nein, ich war mitten in der Nacht aus ihrem Leben verschwunden, und nun war sie aus meinem Leben gegangen.

„Es tut mir leid, dass ich euch verlassen habe."

„Nein, nein!", protestiert er sofort. „Natürlich waren wir in Sorge um dich, als wir am Morgen erwachten und dein Bett leer war. Aber wir erfuhren schon bald, dass Jakub und deine Freunde dich rausgeholt haben und es dir gut geht. Wir waren froh darüber. Deine Mutter verstand, warum du gehen musstest. Ich habe es auch verstanden."

Wieder muss ich laut schluchzen, ohne mich darum zu kümmern, in welcher Gefahr ich eigentlich schwebe. Mein Vater sieht mich hilflos an und ringt mit seiner eigenen Trauer. *„Yisgadal, v yiskadash shmay rabah …"*, beginnt er das *Kaddish* des Trauernden auf Hebräisch zu singen. Mit den Tränen kämpfend stimme ich ein. Es ist das jüdische Gebet für die Toten, das den Tod nicht erwähnt, sondern Gott lobt. Ich frage mich, wie oft mein Vater dieses Gebet in den letzten Nächten aufgesagt hat.

Ich atme tief durch, um meine Fassung wiederzuerlangen. „Wir müssen dich hier rausholen", sage ich aufgeregt. „Ich komme in einer Stunde mit Papieren wieder und …" Doch er schüttelt den Kopf. Wir wissen beide, dass das unmöglich ist. Niemand kommt in diesen Tagen aus dem Ghetto heraus. Außerdem würde mein Vater den Marsch durch die Wälder gar nicht überleben.

Nein, ich kann ihn nicht herausholen. Aber ich will ihm

etwas geben, was bei ihm bleiben wird, wenn ich längst gegangen bin. „Tata, ich werde ein Kind bekommen." Verwirrt sieht er mich an. „Jakub konnte uns im letzten Herbst einmal besuchen", füge ich schnell hinzu. Natürlich erwähne ich nicht, dass es vielleicht nicht das Kind meines Ehemanns ist. In diesem Moment ist dieser Punkt unwichtig.

Er lächelt schwach. „*Mazel tov*, mein Schatz." Doch sein Gesicht hat einen schmerzlichen Ausdruck, da er an das Enkelkind denkt, das er nie zu sehen bekommen wird. Dennoch weiß er nun, dass seine Familie weiter existieren wird. Meine Worte bereiten ihm Schmerz, zugleich aber sind sie ein wunderbares Geschenk.

„Wenn es ein Mädchen wird, bekommt es Mamas Namen", füge ich hinzu.

„Emmala", flüstert er. Ich bekomme eine Gänsehaut, weil es so lange her ist, dass ich ihn zum letzten Mal meinen Kosenamen sagen hörte. Es fühlt sich so gut an, als hätte mir in dieser eisigen Nacht jemand eine warme Decke um die Schultern gelegt. Dann fällt mir wieder sein hilfloser Blick auf. Es ist der Blick eines Vaters, der erkennt, was er seinem Kind nicht geben kann. Schuldgefühle, weil er mich nicht besser beschützen konnte. Doch plötzlich verändert sich dieser Ausdruck. „Warte hier", sagt er. „Warte genau hier."

Bevor ich etwas erwidern kann, ist er verschwunden. Ich drücke mich gegen die Mauer und warte. In der Dunkelheit sehe ich das Gesicht meiner Mutter vor mir. Hat Krysia es längst gewusst? Hat sie mich belogen und behauptet, meinen Eltern gehe es gut, weil ihr klar war, dass ich andernfalls nicht fortgehen würde? Einige Zeit vergeht, bis ich wieder die schlurfenden Schritte meines Vaters höre.

„Hier." Er steckt die Hand durch die Maueröffnung und gibt mir drei Dinge: meinen Ehe- und meinen Verlobungsring, die ich beide vor langer Zeit unter meiner Matratze versteckt habe, und ein Stück Papier. Als ich es auseinanderfalte, stockt mir der Atem. Es ist meine Heiratsurkunde.

Ich zögere, diese drei Dinge anzunehmen. Früher einmal hätten sie mir alles bedeutet, doch jetzt sehe ich nur die mit ihnen verbundene Gefahr. Wenn man mich zu fassen bekommt, werden sie meine wahre Identität offenlegen. Aber ich schaue meinen Vater an und sehe, welches Leuchten in seinen Augen liegt. Mir bleibt nichts anderes übrig, als die Sachen anzunehmen.

„Danke." Ich wickele die Ringe in das Papier ein und stecke das Päckchen in meine Tasche.

Mein Vater nickt zufrieden, weil er mir wenigstens dies geben konnte. „Und wenn du Jakub siehst, richte dem Jungen aus, dass dein Vater gesagt hat, er soll dich nie wieder allein lassen."

„Das verspreche ich dir."

Er nickt nachdrücklich. „Und sag Jakub, der politische Unsinn hat jetzt ein Ende. Er muss meinen Enkelsohn erziehen." Voller Erstaunen fällt mir auf, dass mein Vater seine spröden Lippen zu einem flüchtigen Lächeln verzieht. Sogar jetzt, in unserer finstersten Stunde, hat er nicht seinen Humor verloren.

„Dein Enkelsohn", wiederhole ich und versuche verzweifelt, ebenfalls zu lächeln. „Ich wusste, du wolltest immer einen Jungen haben."

Als er daraufhin den Kopf schüttelt, ist er wieder ernst. „Ich wollte dich. Du bist mein Ein und Alles."

Ich muss mit den Tränen kämpfen. „Und du meines", erwidere ich. „Aber, Tata, das Ghetto …"

„Ja …" Er weiß, was ich sagen will. Auch er kennt die Gerüchte von der Auflösung des Ghettos. Nachdem er zwei schreckliche *akcjas* miterlebt hat, weiß er, was vor ihm liegt und welcher Schrecken ihn erwartet. Doch seine Augen lassen keine Angst erkennen. „Der Herr ist mein Hirte", murmelt er nur. Von seinem schmalen, ausgemergelten Gesicht geht ein Strahlen aus, und mir wird bewusst, dass ich einen Mann vor mir sehe, der vom absoluten Glauben erfüllt ist. Ich muss an die Tage denken, die er in der winzigen Remuh-Synagoge in der ulica Szeroka verbrachte, um seine Gebete zu singen. Ich denke an die brennenden Kerzen und den gesegneten Wein. Ich weiß, selbst im Ghetto hat er in den langen Nächten immer wieder den dreiundzwanzigsten Psalm rezitiert. Und doch muss ich mich wundern, woher er diese Ruhe nimmt. Vielleicht ist er schon so lange auf Gottes Pfad gewandelt, dass er im Gegensatz zu vielen anderen Menschen keine Angst kennt. Oder aber er hat so viel verloren, dass es nichts mehr gibt, was man ihm noch nehmen könnte. Wahrscheinlich weiß er, dass meine Mutter am Ende dieses Pfads auf ihn wartet.

„Geh jetzt", drängt er.

„Ich kann dich nicht noch einmal verlassen", widerspreche ich. „Das werde ich nicht machen."

Er schüttelt den Kopf. „Das musst du aber."

Darauf kann ich nichts entgegnen. Ich weiß, er hat recht. Ich kann ihn nicht befreien, und je länger ich hierbleibe, umso eher bedeutet es für uns beide den Tod. Dennoch rühre ich mich nicht von der Stelle. Ich will mich an dieser letzten Seite des Buchs meiner Kindheit festhalten, ein Buch, das sich bald für immer schließen wird. Ich drücke meinen Kopf durch das Loch in der Mauer, die schroffen Kanten kratzen über Wangen und Stirn. Mein Vater versucht mich zurückzuhalten, weil er nicht riskieren möchte, dass ich oder mein ungeborenes Kind sich mit den Krankheiten infizieren, die im Ghetto grassieren. Dennoch strecke ich den Arm aus und ziehe meinen Vater zu mir. Nur mit Mühe kann ich mit den Lippen die papierne Haut seiner Wangen berühren.

„Ich habe dich lieb, Tata."

„Möge Gott mit dir sein, mein Schatz."

Für ein paar Sekunden kann ich seine Finger noch festhalten, dann zieht er sich zurück und zwingt sich dazu, sich von mir abzuwenden. Ich sehe ihm nach, wie er sich entfernt, und bin dankbar dafür, dass er als Erster gegangen ist. Ich weiß, ich hätte das nicht gekonnt. Reglos stehe ich da und schaue ihm hinterher, bis er in die Dunkelheit des Ghettos eintaucht und verschwunden ist. Schließlich greife ich ein letztes Mal durch die Öffnung in der Mauer, doch auf der anderen Seite ist nur noch Leere. Dann ertrage ich es nicht länger, wende mich von der Mauer ab und renne davon.

24. KAPITEL

Nachdem ich das Ghetto hinter mir gelassen habe, kann ich mich wieder darauf konzentrieren, wie ich am sichersten zu Krysias Haus gelange. Ich überlege, ob ich den Wald durchqueren soll, um Zeit zu sparen, doch dann erinnere ich mich an Gespräche, die ich in der Burg mitbekommen habe. Demnach wissen die Deutschen schon seit Langem, dass die Wälder rings um Podgorze von Flüchtlingen genutzt werden, die aus der Stadt entkommen wollen. Seit dem Attentat wimmelt es dort von Scharfschützen, die auf alles schießen, was sich bewegt. Nein, ich muss mein Glück versuchen, indem ich den Weg zurück durch die Stadt nehme.

An der Eisenbahnbrücke angekommen, gehe ich so leise wie möglich die Treppe nach oben, doch es kommt mir vor, als würden meine Schritte einen schrecklichen Lärm machen. Am Kopf der Treppe bleibe ich stehen und beobachte kritisch den langen Weg, der neben den Gleisen über die Brücke führt. Zwar ist weit und breit kein Mensch zu sehen, doch der Vollmond taucht alles in ein gleißendes Licht. Das gegenüberliegende Ufer scheint mir Welten entfernt zu sein. Ich lege den Schal um meinen Kopf und will losgehen, doch in diesem Moment weht mir ein kräftiger, eiskalter Wind entgegen, sodass ich mich in extrem gebückter Haltung voranbewege. Dabei presse ich das Kinn gegen meine Brust, damit der Schal nicht weggerissen wird. Mein Blick ist auf den Boden gerichtet, da ich auf glatte Stellen und Unebenheiten zwischen den Metallplatten achten muss.

Plötzlich höre ich aus der Ferne ein Motorengeräusch. Am rettenden Ufer nähert sich ein Fahrzeug der Brücke! Mir stockt der Atem. Jemand ist auf dem Weg hierher! Ich habe fast die Brückenmitte erreicht und bin damit bereits zu weit, um noch umkehren zu können. Schnell bringe ich mich hinter einer der stählernen Säulen in Sicherheit, und nur Sekunden später taucht an der Brückenauffahrt ein deutscher Lastwagen auf. Im Führerhaus kann ich nur einen Mann ausmachen, der in Richtung Ghetto unterwegs ist. Ich bleibe im schützenden Schatten stehen, presse mich gegen die Säule und wage nicht mal zu atmen. Der Lastwagen fährt quälend langsam vorbei, und ich kann nur beten, dass er nicht anhält. Nach einer scheinbaren Ewigkeit verschwindet das Fahrzeug jenseits der Brücke im Dunkel der Nacht.

Ich atme erleichtert aus, da ich wenigstens für den Augenblick in Sicherheit bin. Noch immer stehe ich gegen die Säule gepresst da und vergrabe die Hände in meinen Manteltaschen. Meine Finger berühren die Heiratsurkunde, und ich schließe meine Hand um das zusammengefaltete Stück Papier. Dabei kann ich die darin eingewickelten Ringe ertasten. Ich hätte diese Dinge gar nicht erst an mich nehmen dürfen. Zumindest sollte ich sie aber jetzt noch loswerden, immerhin könnte ich unterwegs von den Deutschen angehalten werden. Ich stelle mir vor, wie ich diese drei Dinge in den Fluss unter mir werfe und die Ringe im Wasser versinken, gefolgt von der Urkunde. Jakub würde mein Handeln verstehen, ja, ihm sogar zustimmen. Immerhin hat er mich in der Nacht vor seinem Verschwinden selber angehalten, diese Sachen verschwinden zu lassen. Aber ich kann mich einfach nicht von ihnen trennen. Sie sind das Letzte, was mich noch mit ihm verbindet. Sie sind das Versprechen, dass wir eines Tages wieder zusammen sein werden.

Ich schaue über das Brückengeländer nach unten und muss erkennen, dass ich meine Absicht nicht in die Tat umsetzen kann, selbst wenn ich es wirklich wollte. Der Fluss ist zugefroren und kann damit meinen Geheimnissen kein sicheres Versteck bieten. Das Papier würde vom Wind erfasst und fortgeweht werden. Nein, ich habe diese Dinge von meinem Vater angenommen, sie sind jetzt ein Teil von mir.

Ich bleibe noch minutenlang im Schutz der Säule stehen,

da ich Angst habe, mich von der Stelle zu rühren und entdeckt zu werden. Aber ich muss weiter. Krysia wird bald aufwachen und sich fragen, wo ich bleibe. Ich lausche aufmerksam, kann jedoch keine verdächtigen Geräusche hören. Mein Blick wandert nach links und rechts, die Brücke ist menschenleer, dennoch verlasse ich nur zögerlich den schützenden Schatten. Bei jedem meiner kleinen, schnellen Schritte zittern meine Knie, und ich habe Angst, dass meine Beine mir den Dienst versagen. Nur noch ein paar Meter. Ich kann schon das Ende der Brücke sehen, die schützenden Schatten am Ufer rufen mich zu sich. Gleich habe ich es geschafft.

Plötzlich höre ich hinter mir ein lautes Motorengeräusch vom anderen Ende der Brücke. *Der Lastwagen*, denke ich und fühle Panik in mir aufsteigen. Der Fahrer hat mich gesehen und gewendet. Ich überlege, ob ich erneut hinter einer der Säulen Schutz suchen soll, aber ich habe bereits zu lange gezögert. Der Motor des Wagens wird abgestellt, eine Tür geht auf. „Halt!", ruft eine Männerstimme. „Halt!"

Mir gefriert das Blut in den Adern. Ich kenne diese Stimme – das ist der Kommandant!

„Hände hoch", befiehlt er. Seine schweren Schritte werden lauter, als er die Brücke überquert. Ich gehorche, während ich fieberhaft überlege, was er hier zu suchen hat. Er sollte doch im Bett liegen und fest schlafen. Die Wirkung des Schlafpulvers muss zu früh nachgelassen haben. Vermutlich habe ich doch nicht genug genommen. Aber woher weiß er, dass ich hier bin? Ist er mir zum Ghetto gefolgt? Ich höre, wie er näher kommt. Keinen Meter von mir entfernt bleibt er stehen und brüllt seinen Befehl: „Umdrehen!"

Da wird mir klar, dass er nicht weiß, dass ich es bin. Er hält mich für eine Polin, die die Ausgangssperre missachtet hat. Ich überlege, ob ich mich ihm zu erkennen geben soll, doch sosehr ich mich auch anstrenge, mir will kein plausibler Grund einfallen, warum ich mitten in der Nacht hier un-

380

terwegs bin. „Umdrehen!", wiederholt er. Aus seiner Stimme höre ich die vertraute Ungeduld heraus. Ich atme tief durch, dann drehe ich mich zu ihm um, halte aber den Kopf gesenkt, sodass der Schal mein Gesicht verdeckt. Ich sehe den Kommandanten dicht vor mir stehen, er hat seine Waffe gezogen.

„Fräulein, was machen Sie hier allein in der Nacht?" Der Kommandant spricht nun ein wenig sanfter, da er sieht, dass er es mit einer Frau zu tun hat. „Ist Ihnen nicht bekannt, dass Sie gegen die Ausgangssperre verstoßen?" Ich schüttele minimal den Kopf, da ich nichts sagen will. Wenn er meine Stimme hört, wird er mich sofort erkennen. Er lässt die Waffe ein Stück weit sinken und streckt seine freie Hand aus. „Ihre Papiere bitte."

O Gott, nein! Was soll ich jetzt machen? „Papiere!", fordert er mich auf und zeigt sich erneut ungeduldig. In der Hoffnung, ein wenig Zeit zu schinden, greife ich langsam in meine Tasche und tue so, als würde ich nach meinen Papieren suchen. Dabei ertasten meine Finger abermals die zerknitterte Heiratsurkunde und die beiden Ringe, die mein Vater mir mitgegeben hat. Wenn ich meine Papiere nicht vorzeige, wird man mich verhaften und durchsuchen – und dabei auf diese Dinge stoßen. Dann bekomme ich meinen Ausweis zu fassen, der mich als Anna Lipowski identifiziert. Ich halte inne und überlege, ob ich mich dem Kommandanten zu erkennen geben soll. Wenn mir eine überzeugende Ausrede einfällt, was ich tief in der Nacht auf dieser Brücke zu suchen habe, und ich es mit dem richtigen Tonfall und Lächeln erzähle, glaubt er mir vielleicht.

Ich hebe den Kopf ein wenig, um seinen Gesichtsausdruck beurteilen zu können. Dabei löst sich der Schal um meinen Hals, und in der Dunkelheit blitzt etwas auf: die Halskette, die der Kommandant mir geschenkt hat.

Er stutzt. „Anna?", fragt er. Er hat das Schmuckstück wiedererkannt.

„Ja, Herr Kommandant", antworte ich leise. Ich bin zu nervös, um ihn mit seinem Vornamen anzusprechen. „Ich bin es."

Er lässt den Revolver sinken und zieht meinen Schal zur Seite. „Warum hast du nicht gesagt, dass du es bist? Wieso bist du um diese Uhrzeit hier unterwegs?"

„Ich kann es erklären." Sein Blick ruht erwartungsvoll auf mir. „Ich ... ich ...", stammele ich.

„Warum bist du fortgegangen?", will er wissen. „Ich war voller Sorge, als ich aufwachte und feststellte, dass du nicht mehr da bist."

„Es tut mir leid, ich ... ich wollte diese letzte Nacht lieber in Krysias Haus verbringen." Ich mustere sein Gesicht, kann ihm aber nicht ansehen, ob er mir diese Erklärung abnimmt. „Mir hat Łukasz gefehlt", füge ich noch hinzu.

„Das hättest du mir sagen können, Anna. Ich hätte dafür Verständnis gehabt und dich von Stanislaw nach Hause fahren lassen. Du solltest nicht nachts allein auf der Straße unterwegs sein. Man hätte dich verhaften oder sogar erschießen können. Anna, das war sehr riskant."

„Ich weiß", erwidere ich. „Es tut mir leid."

Er sieht zum Ende der Brücke und späht in die Dunkelheit. „Aber das ist nicht alles, oder?", fragt er.

Mir wird angst und bange. „I-ich verstehe nicht, was du meinst ..."

„Das ist nicht der einzige Grund, weshalb du hier bist, nicht wahr?"

Er weiß es, schießt es mir durch den Kopf. Ich bin wie gelähmt und bekomme keinen Ton heraus. Er weiß alles. „Du wolltest davonlaufen", sagt er und sieht mich wieder an.

„Nein", entgegne ich hastig. „Ich meine ..."

„Das ist nicht schlimm", meint er beschwichtigend, was mich überrascht aufblicken lässt. „Ich kann das verstehen."

„Wirklich?"

„Ja", fährt er mit sanfter Stimme fort. „Das muss für dich alles sehr beängstigend sein – dass du ein Kind bekommst, dass du Kraków verlässt. Da ist es doch nur natürlich, wenn du in Panik gerätst."

Unendlich erleichtert wird mir klar, dass er die Wahrheit doch nicht kennt. „Es ist beängstigend", bestätige ich seine falsche Annahme. „Ich habe schreckliche Angst."

„Dann wolltest du also wirklich davonlaufen …" Wieder suchen seine Augen die Dunkelheit hinter mir ab. „Wohin wolltest du?"

„Das weiß ich selbst nicht." Wachsam beobachte ich seine Miene, während er sich unsere Unterhaltung durch den Kopf gehen lässt. Ich frage mich, ob er mir glaubt. „Bist du mir böse?", will ich von ihm wissen.

„Nein", entgegnet er prompt und nimmt meine Hand. „Als ich aufwachte und du nicht mehr da warst, bekam ich ein Gefühl dafür, was in dir vorgehen muss. Darum machte ich mich auf die Suche nach dir. Ich wollte dich sehen und dir versichern, dass alles gut ausgehen wird."

„Oh …" Was soll ich ihm darauf antworten? Ich weiß es nicht.

„Anna …" Er beugt sich vor und hebt mein Kinn behutsam an. „Du musst keine Angst mehr haben. Ich werde alles tun, was nötig ist, damit du dich sicher fühlst. Wenn du willst, gebe ich noch heute Nacht meinen Posten auf, dann können wir gemeinsam weglaufen."

„Georg …" Seine Worte machen mich sprachlos.

„Das ist mein Ernst. Dein Glück ist das Einzige, was mir wichtig ist."

Ich antworte nicht darauf. Meine Gedanken überschlagen sich, zu viel habe ich in zu kurzer Zeit erlebt. Eben noch dachte ich, meine Tarnung sei aufgeflogen, und jetzt schwört mir der Kommandant bereits seine Liebe. Aufgewühlt schaue ich ihn an. Dieser Mann, der so viele unschuldige Menschen

383

auf dem Gewissen hat, gesteht mir seine bedingungslosen Gefühle, für die er alles aufzugeben bereit ist. Nein, so ganz bedingungslos sind sie nicht, fällt mir in diesem Moment wieder ein. Meine Identität ist eine Bedingung. Ich weiß, er liebt Anna, eine Frau, die in Wirklichkeit gar nicht existiert. Oder existiert sie vielleicht doch? Mein Gesicht und meine Stimme, meine Worte und meine Berührungen haben seine Gefühle für Anna geweckt, Gefühle, die womöglich ehrlicher sind als alles, was mir je von einem Mann entgegengebracht wurde.

Plötzlich kommen mir die Tränen, und ich muss laut schluchzen. Der Kommandant kommt näher und legt seine Arme um mich. „O Anna, du musst dir keine Sorgen machen."

„Es tut mir leid", flüstere ich mit erstickter Stimme.

„Hör auf", erwidert er leise und streicht mir übers Haar. „Du musst dich für nichts entschuldigen. Und hör auf zu weinen. Lass uns lieber nach vorn schauen, einverstanden?"

Ich nicke, gehe einen Schritt zurück und wische die Tränen fort. „Einverstanden." Ich greife nach einem Taschentuch in die Manteltasche, doch dabei ziehe ich zugleich die Heiratsurkunde mit den Ringen heraus. Hastig versuche ich noch, sie zurück in die Tasche zu schieben, aber es ist zu spät. Die Ringe landen mit einem viel zu lauten Klimpern auf der Stahlplatte zu meinen Füßen, das Papier sinkt langsam hinterher. Unwillkürlich stoße ich einen erschreckten Laut aus.

„Dir ist etwas hingefallen", sagt der Kommandant und will sich bücken.

„Nein!", rufe ich entsetzt, knie mich hin und versuche in Panik, alles an mich zu nehmen.

Doch er kommt mir zuvor. „Was ist das?", fragt er und betrachtet im Mondschein die Urkunde und die Ringe. Ich erwidere nichts. „Eheringe?" Er überfliegt den Text, während ich ein Stoßgebet zum Himmel schicke und hoffe, dass er das in Hebräisch verfasste Dokument nicht entziffern kann. Die

Illustrationen am Blattrand genügen jedoch, um die Bedeutung der Worte auch so zu verstehen. „Eine jüdische Heiratsurkunde? Was soll das?" Sekundenlang ist seine Verwirrung größer als seine Wut, doch das liegt nur daran, dass er den Zusammenhang noch nicht erfasst hat. Er versteht noch immer nicht – oder vielleicht will er nicht verstehen. Das ist meine Chance, zu retten, was noch zu retten ist.

„Ich ... ich ..." Verzweifelt versuche ich, mir eine plausible Erklärung einfallen zu lassen. Krysia könnte mich gebeten haben, die Ringe ins Pfandhaus zu bringen, weil wir das Geld benötigen. Doch das würde das Dokument nicht erklären. „Es ist von einer Freundin", bringe ich schließlich heraus.

Er schnalzt mit der Zunge und hält die Urkunde hoch, um sie im schwachen Licht besser lesen zu können. „Solche Freundinnen hast du, Anna? Ich wusste, Krysia war vor dem Krieg den jüdischen Künstlern zugetan, aber ..." Mitten im Satz verstummt er, da er in diesem Augenblick zu der Erkenntnis kommt, vor der ich mich gefürchtet habe. „Krysia war mit einem Juden verheiratet ..." Er lässt seinen Arm sinken, das Papier hält er weiter fest. „Bist du eine Jüdin?"

„Ich kann ...", setze ich an, doch er fährt mir sofort über den Mund.

„Ob du eine Jüdin bist, habe ich dich gefragt! Ja oder nein?"
Ich atme tief durch, dann antworte ich: „Ja."

Er geht einen Schritt zurück und wirkt, als hätte er einen Schlag ins Gesicht bekommen. „Georg ... lass mich bitte erklären ..."

„Da gibt es nichts zu erklären, du bist eine Jüdin." Er weicht meinem Blick aus. *Sie ist auch eine Jüdin*, kann ich ihn fast denken hören. *So wie Margot.* Ich sehe auf seine Waffe, die er inzwischen auf den Boden gerichtet hält. Ich könnte wegzulaufen versuchen, solange er den Schock noch nicht überwunden hat, aber dann tue ich es doch nicht. Wieder schaut er zu mir. „Ich verstehe nicht, wie …"

Mir ist klar, dass ich besser den Mund halten und ihm nichts weiter erzählen sollte, doch ein Teil von mir glaubt, dass er Mitgefühl zeigen könnte, wenn ich ihm alles erkläre. „Mein wahrer Name ist Emma." Bewusst verschweige ich meinen Mädchennamen ebenso wie Jakubs Nachnamen, um weder ihn noch meinen Vater in Gefahr zu bringen. „Ich lebe unter falschem Namen bei Krysia."

„Dann ist deine Geschichte, dass du eine Lehrerin aus Gdańsk bist und dass deine Eltern bei einem Feuer umkamen … dann ist das alles erfunden?", fragt er, woraufhin ich schwach nicke. „Und was ist mit Łukasz?"

„Er ist nicht mein Bruder, sondern Krysias Neffe … von ihrer katholischen Seite", füge ich noch rasch hinzu, um zumindest einen Teil des Lügengeflechts aufrechtzuerhalten und den Jungen nicht in Gefahr zu bringen. Ich sehe dem Kommandanten an, dass er mir nicht glaubt – und dass er mir vermutlich auch nichts anderes mehr glauben wird, was ich ihm erzähle. „Das ist alles, das ist die ganze Geschichte." Natürlich ist das längst nicht alles, aber Jakub, Alek und die Bewegung werde ich ihm gegenüber nicht erwähnen. Er erwidert nichts. „Und nun?", frage ich nach einigen Minuten eisigen Schweigens und werfe ihm einen flehenden Blick zu, während ich in seinem Gesicht nach einem Hinweis suche, dass er immer noch etwas für mich empfindet.

„Du bist eine Jüdin", sagt er wieder, als würde das alles beantworten.

„Ist das wirklich so wichtig?", frage ich ihn und berühre seinen Arm. „Ich bin noch immer die gleiche Frau wie vor fünf Minuten."

Schroff zieht er seinen Arm zurück. „Nein, vor fünf Minuten warst du noch Anna, aber die existiert nicht mehr. Alles zwischen uns war eine Lüge."

„Nein", widerspreche ich. „Meine Gefühle für dich wa-

386

ren echt ... sind echt", korrigiere ich mich schnell. Als er mich ansieht, erkenne ich, dass ein Teil von ihm daran glauben möchte. Ich lege eine Hand auf meinen Bauch. „Und unser Kind ..."

„Das Kind ist ebenfalls jüdisch", fällt er mir mit eisiger Stimme ins Wort und macht einen Schritt zurück. „Du hast mich belogen, Anna ... Emma." Er spricht meinen wahren Namen fast angewidert aus. „Du hast mich verraten und gegen mehr Gesetze verstoßen, als ich dir aufzählen kann." Wieder hebt er den Revolver hoch. „Ich sollte dich auf der Stelle erschießen, anstatt dich ins Lager zu schicken. Glaub mir, ich würde dir damit noch einen Gefallen tun."

„Dann willst du mich also töten?", frage ich im Flüsterton und füge nach einer kurzen Pause hinzu: „So ... so wie du es mit Margot gemacht hast?"

Er sieht mich an, als hätte ich ihm eine Ohrfeige gegeben. „Ich habe meine Frau nicht getötet." Seine Stimme klingt rau und erstickt. „Sie beging Selbstmord."

„Weil du ihren Vater nicht retten wolltest", spreche ich weiter und schere mich nicht länger darum, ob es ihn wundert, woher ich das weiß. Er schweigt. „Was macht es schon aus, dass nicht dein Finger am Abzug war? Getötet hast du sie so oder so." Meine Stimme klingt fremd, da ich so energisch und forsch rede. „So wie du ihren Vater getötet hast! Und so wie ..." Ich fuchtele mit den Armen und zeige in Richtung des Ghettos. „So wie du all diese Menschen getötet hast!"

„Das ist nicht wahr!"

Er macht einen Satz auf mich zu, doch ich weiche ihm aus. Mit einer Hand bekommt er dann aber doch meine beiden Handgelenke zu fassen und drückt mich gegen eine der stählernen Säulen. Sein Gesicht ist nur wenige Zentimeter von meinem entfernt, seine Augen haben einen unbeherrschten Ausdruck angenommen. Brutal schüttelt er mich. „Wer hat dir von Margot erzählt?"

Alek! Alek Landsberg!, möchte ich ihm entgegenschreien. *Jener Held, den du auch auf dem Gewissen hast.* Doch das sage ich nicht. Lieber sterbe ich, bevor ich den Widerstand verrate. „Das ist nicht wichtig", gebe ich zurück. „Wichtig ist nur, dass es stimmt."

„Nein!", brüllt er hysterisch. „Es stimmt nicht. Ich tat es für uns. Das musst du mir glauben, Margot! Ich tat es nur, um uns zu retten!"

Überrascht sehe ich ihn an. Der Kommandant glaubt offenbar, seine tote Frau vor sich zu haben. Mir wird bewusst, dass ich ihn zu weit getrieben habe. Er hat den Krieg bislang überlebt, weil er sich die Welt so zurechtgelegt hat, wie sie ihm behagt. Eine Welt voller Trugbilder, durch die er sich von den Konsequenzen seines Handelns abschottete. Indem er die Wahrheit über mich herausfand, ist diese Welt in sich zusammengebrochen.

„Es ist schon gut", erwidere ich und spiele mit. Wenn er mich weiter für Margot hält, lässt er mich vielleicht los, und ich kann entkommen. „Ich verstehe das doch, mein Schatz, und ich verzeihe dir."

Er schweigt und rührt sich nicht, sondern starrt nur an mir vorbei in die Finsternis. Eine Ewigkeit scheinen wir so dazustehen, wobei er mich mit seinem Gewicht unverändert gegen die Säule in meinem Rücken presst.

Auf einmal lässt er mich los und weicht vor mir zurück. Ich straffe die Schultern und versuche durchzuatmen. „Ich habe meine Frau nicht getötet", wiederholt er, da ihm wieder klar zu sein scheint, wen er vor sich hat. Seine Stimme klingt seltsam ruhig. Gegen einen Stahlträger gelehnt sagt er: „Ich habe Margot geliebt. Ich hätte ihr nie wehtun können." Jetzt ist er es, der mich anfleht, seine Beweggründe zu verstehen. Aber das ist nicht alles. Er versucht auch, es sich selbst einzureden. „Ich habe meine Frau geliebt. Mir blieb einfach keine Wahl."

Ich muss an Krysias Worte denken, die mir wie aus ei-

nem längst vergessenen Traum in Erinnerung sind. *Man hat
immer eine Wahl*, sagte sie zu mir, nachdem ich mich auf die
Affäre mit dem Kommandanten eingelassen hatte. *Wir müssen für unser Handeln Verantwortung übernehmen. Nur so
können wir verhindern, dass wir zu Opfern werden, und nur
so können wir unsere Würde bewahren.* Ich erwäge, das dem
Kommandanten zu sagen, doch als ich ihm einen Blick zu-
werfe, weiß ich, es ist nutzlos. Er würde nicht verstehen, was
ich ihm klarzumachen versuche.

„Ich war einmal ein guter Mensch, Anna", erklärt er plötzlich. Sein Blick ist auf das Wasser gerichtet. Sein Gesicht hat
wieder diesen verlorenen Ausdruck angenommen, den ich so
oft sah, wenn er in seinem Büro am Fenster stand und auf die
Stadt hinausschaute. Ich weiß, er denkt jetzt an Margot und an
die Zeiten vor dem Krieg. „Ich veränderte mich so allmählich,
so schleichend, dass es mir nicht auffiel." Zum ersten Mal höre
ich ihn eingestehen, dass er Fehler gemacht hat.

„Du bist immer noch ein guter Mensch", sage ich, stelle
mich zu ihm und nehme seine Hand. Jetzt, da er verwundbar
ist, habe ich vielleicht doch noch eine Chance zu entkommen. „Du kannst immer noch ein guter Mensch sein."

Er schüttelt den Kopf und zieht seine Hand zurück. „Dafür ist es jetzt zu spät."

„Es ist nicht zu spät, Georg. Bitte", flehe ich ihn an und
lege meine Hand auf seinen Arm. *Näher*, fordere ich mich
stumm auf. *So nah, dass er den Duft deiner Haare riechen
und sich an die guten Zeiten erinnern kann.* „Wir können
immer noch gemeinsam weggehen – du und ich und unser
Kind."

Wieder weicht er zurück und wiederholt verbittert: „*Unser* Kind? Woher soll ich wissen, dass es überhaupt mein Kind
ist?" Er zeigt auf die Heiratsurkunde und die Ringe, die er immer noch zusammen mit seiner Waffe in der Hand hält. „Du
bist verheiratet, Anna. Es könnte auch sein Kind sein."

Emma ist verheiratet, aber nicht Anna, denke ich insgeheim. „Ich habe meinen Mann seit mehr als drei Jahren nicht mehr gesehen", lüge ich. „Seit Kriegsbeginn nicht mehr. Ich weiß ja nicht einmal, ob er überhaupt noch lebt." Abermals gehe ich dichter an ihn heran. „Es ist dein Kind, Georg." Ich sehe ihm an, dass er meinen Worten glauben möchte.

„Ja, vielleicht …"

„Du hast gesagt, du wünscht dir eine Familie und Kinder", rede ich weiter, damit seine Überlegungen nicht in eine verkehrte Richtung abschweifen. „Das ist unsere Chance. Wir können von hier weggehen und anderswo ganz von vorn anfangen. Bitte." Zwar antwortet er nicht, doch es ist offensichtlich, dass er über meine Worte nachdenkt. Er geht auf der Brücke hin und her, verzieht mal den einen, mal den anderen Mundwinkel, während er mit seinen widerstreitenden Gefühlen ringt. Bis jetzt habe ich nie erlebt, dass er nicht weiß, was zu tun ist. „Niemand muss die Wahrheit erfahren", füge ich noch hinzu.

Dann auf einmal geht eine Wandlung in ihm vor. „Ich kenne die Wahrheit", sagt er kühl. „Ich weiß, du hast mich belogen, Anna." Sein eisiger Blick verrät mir, dass ich sein Herz nicht mehr zurückgewinnen kann. Mein Verrat und meine Lügen wiegen noch schwerer als mein Glaube, sie sind das, womit er nicht leben kann. Es gibt nichts, was ich sagen könnte, um ihn umzustimmen. Seine Hand zittert vor Wut, als er die Waffe hebt.

Einen Moment lang überlege ich ihn anzuflehen, mich am Leben zu lassen, dann aber entscheide ich mich dagegen. Wenn meine Worte vom gemeinsamen Kind und von einem Neubeginn ihn nicht erweichen können, dann wird Bitten und Betteln auch nichts bewirken. Ich sehe zum anderen Ende der Brücke, das endlos weit entfernt ist – zu weit, als dass ich mich in Sicherheit bringen könnte.

Instinktiv lege ich einen Arm beschützend über meinen

Bauch und entschuldige mich bei meinem Kind, dass es niemals die Chance bekommen wird, zu leben. Ich schließe die Augen und denke an all die tapferen Menschen, die ich liebe: meine Eltern, Krysia, Łukasz, selbst Alek. Und dann Jakub. „Hab keine Angst", höre ich ihn flüstern. Fast kann ich fühlen, wie er meine Hand drückt.

Ich höre ein Klicken, als der Kommandant seine Waffe spannt. Jetzt schlage ich die Augen auf, denn ich will den letzten Moment meines Lebens bewusst erfahren. Der Kommandant steht vor mir, die Pistole ist auf mein Herz gerichtet. „Leb wohl, Anna", flüstert er. Tränen strömen ihm über die Wangen. Ich kann es nicht mitansehen und kneife die Augen wieder zu.

Ein Schuss fällt, dann ein zweiter. Ich muss bereits tot sein, da ich nichts fühle. „Emma!" Ich höre, wie in der Dunkelheit eine vertraute Stimme meinen Namen ruft. Als ich die Augen öffne, stelle ich fest, dass ich doch nicht tot bin. Der Kommandant hat sich von mir abgewandt und feuert anscheinend blindlings in die Schwärze der Nacht. Er steht wie erstarrt da, den Arm hoch in die Luft erhoben wie bei einer Marionette, die Augen weit aufgerissen. Die Vorderseite seiner Uniformjacke ist dunkel verfärbt, als wäre der Stoff nass geworden. Plötzlich fällt er zu Boden.

„Georg!", rufe ich erschrocken und laufe zu ihm. Ich knie neben ihm nieder und frage mich, ob er etwa seine Waffe gegen sich selbst gerichtet hat. Er greift nach meiner Hand. „Beweg dich nicht", sage ich zu ihm und sehe mich verzweifelt um. „Ich hole Hilfe." Doch auch wenn mir diese Worte über die Lippen kommen, weiß ich längst, dass das völlig unmöglich ist. Wenn ich die Polizei alarmiere, wird man mich festnehmen. Ich kann nicht mein Leben aufs Spiel setzen, um seines zu retten.

Der Kommandant schüttelt schwach den Kopf und muss husten. „Dafür ist es zu spät. Bleib bei mir, Anna", sagt er und benutzt wieder meinen falschen Namen, als wolle er bis zuletzt daran glauben, dass ich nicht Emma bin. „So ist es besser."

„Sag so etwas nicht!" Ich schiebe eine Hand unter seinen Kopf und hebe ihn leicht an. Sein Gesicht ist kreideweiß. „Es wird alles wieder gut werden. Wir müssen dich nur ins Krankenhaus bringen."

„Nein, ich will nicht, dass es so weitergeht. Wenn wir nicht zusammen sein können …"

„Das können wir doch", beharre ich. Seine Schusswunden bluten jetzt noch stärker, der Schnee unter ihm verfärbt sich tiefrot.

Er drückt meine Hand. „Es tut mir so leid. Ich liebe dich, ich hätte dir nie wehtun können."

„Ich weiß", flüstere ich, obwohl das Gegenteil der Fall ist. Margot hatte er ebenfalls geliebt, und bei ihr war das auch nicht genug gewesen.

„Ich liebe dich", wiederholt er.

„Ich liebe dich", entgegne ich. Als ich diese Worte zum ersten Mal ausspreche, wird mir bewusst, dass sie zumindest zu einem Teil der Wahrheit entsprechen. Ich streiche sein Haar aus der schweißnassen Stirn.

„Anna", wispert er, seine Lider beginnen zu flattern, dann ist sein Blick mit einem Mal leer.

„Nein!", rufe ich und drücke meine Stirn auf seine. Ich verharre in dieser Haltung, weil ich hoffe, seinen warmen Atem auf meiner Haut zu fühlen, doch da ist nichts mehr. Ich lege die Lippen auf seine Augenlider, um sie mit einem sanften Kuss zu schließen. Sein Gesicht wirkt jetzt ganz ruhig. In diesem Moment weiß ich, dass der Kommandant nicht mehr lebt.

25. KAPITEL

Ich knie neben dem leblosen Kommandanten und bin nicht in der Lage, mich zu bewegen. „Emma", höre ich hinter mir jemanden rufen. Es ist die gleiche Stimme wie zuvor, als die Schüsse durch die Nacht peitschten. Dann habe ich sie mir also nicht nur eingebildet. Irgendjemand außer dem toten Kommandanten und mir ist noch hier. Der Kommandant war nicht allein unterwegs, überlege ich, springe auf und schaue in die Richtung, aus der er gekommen ist. Doch da ist niemand. „Emma." Augenblick mal. Wäre es jemand, der den Kommandanten begleitet hat, dann würde er meinen wahren Namen nicht kennen. „Emma." Ich drehe mich um und mache im Schatten eine Gestalt mit einer Waffe in der Hand aus. Es ist Marta.

„Marta?", rufe ich und laufe zu ihr. „Ich ... ich verstehe nicht ... was machst du hier?"

„Ich bin dir gefolgt", erwidert sie. „Ich sollte dich bei Sonnenaufgang abholen und in Sicherheit bringen." Dann ist sie also diejenige, die mir den Weg zeigen soll. „Ich wusste, du würdest nicht weggehen, ohne vorher noch einmal deine Eltern zu sehen. Ich fürchtete, wenn du das mit deiner Mutter erfährst ..." Sie lässt den Satz unvollendet und sieht zur Seite.

Ungläubig sehe ich sie an. „Du wusstest es?"

Sie nickt. „Ich erfuhr es erst vor Kurzem. Ich wollte dich eigentlich einweihen, aber Marek untersagte es mir." *Zum Teufel mit ihm*, denke ich. *Zum Teufel mit ihnen allen.* „Es tut mir leid", fügt sie hinzu, ich erwidere darauf nichts. „Ich bin dir zum Ghetto gefolgt, danach hierher. Und dann sah ich ihn ..." Sie deutet auf den Leichnam des Kommandanten. „Er wollte dich töten, also musste ich ihn zuerst töten."

„Gott sei Dank! Wärst du nicht gekommen ..." Mir schaudert bei dem Gedanken daran. Meine Wut auf die Be-

393

wegung wird schnell durch unendliche Dankbarkeit ersetzt. Wäre Marta nicht gewesen, wäre ich jetzt vielleicht tot. „Oh, Marta, ich danke dir so sehr." Ich will sie umarmen, doch sie schiebt mich weg.

„Dafür haben wir keine Zeit." Sie läuft zum Kommandanten. Dabei wird mir bewusst, dass sie gesehen haben muss, wie ich mich über ihn beugte. Ich erwarte, Vorwürfe zu hören, weil ich ihn gehalten und um ihn geweint habe. Aber sie äußert sich nicht dazu, sondern kniet sich neben ihn, um ihm die Ringe und die Urkunde aus der Hand zu nehmen. „Hier." Sie gibt mir die Sachen, die ich sofort in die Manteltasche stecke. „Die Polizei wird bald hier eintreffen. Wir müssen den Leichnam verschwinden lassen. Komm her, wir werfen ihn ins Wasser."

Ich betrachte den toten Kommandanten und merke, wie sich mein Magen umdreht. Nur mit Mühe kann ich mich davon abhalten, mich zu übergeben. Ich wende den Blick ab und stelle mich ans Brückengeländer. „Das geht nicht, der Fluss ist zugefroren", rufe ich. „Lass ihn dort liegen, Marta. Wir müssen von hier verschwinden. Komm schon!" Ich schaue zu ihr, wie sie reglos neben dem Toten kniet. „Marta?"

Sie schüttelt den Kopf und sinkt zu Boden. „Ich kann nicht." Sofort bin ich bei ihr und bemerke auf ihrem Bauch einen großen roten Fleck.

„Marta, du bist ja verletzt!"

Mit einem traurigen Lächeln erwidert sie: „Ich war zwar schneller als er, aber nicht schnell genug."

Ich knie mich neben sie. „Tut es sehr weh?"

„Ist nicht ganz so schlimm", sagt sie, doch ich weiß, sie versucht nur tapfer zu sein. Ihr Gesicht ist blass, auf ihrer Stirn hat sich ein dünner Film aus Schweißperlen gebildet.

„Ich muss dich zu Krysia bringen, damit sie einen Arzt holen kann …"

„Unmöglich", widerspricht sie mir. „Ich kann nicht gehen."

„Komm, ich helfe dir." Ich lege einen Arm um ihre Taille und versuche, sie hochzuziehen, doch sie stößt mich weg und fällt wieder zu Boden.

„Es hat keinen Sinn", keucht sie. „Du kannst mich nicht tragen. Nein, du musst ohne mich los."

„Ich werde Hilfe holen", erkläre ich und sehe mich suchend um.

„Das wirst du nicht. Geh einfach. Ich werde dir sagen, auf welcher Route deine Flucht verlaufen soll."

Fassungslos sehe ich sie an. „Du kannst doch nicht hierbleiben. Die Polizei wird bald eintreffen und dich hier vorfinden."

„Ganz genau", gibt sie zurück. In ihren Augen bemerke ich ein Leuchten. „Wenn sie mich hier finden, werden sie glauben, dass es nur eine Sache zwischen ihm und mir war. Niemand wird auf die Idee kommen, du könntest etwas damit zu tun haben. Auf die Weise kannst du unbehelligt fliehen."

„Ich lasse dich nicht hier zurück", beharre ich.

„Das musst du aber."

„Nein …" Noch während ich widerspreche, weiß ich, dass meine Bemühungen vergebens sind. Aus ihrer Stimme höre ich den gleichen Mut und den gleichen Starrsinn heraus wie bei Alek und Jakub. Trotzdem bleibe ich beharrlich. „Ich kann dich nicht einfach zurücklassen. Nicht nach allem, was du für mich getan hast."

„Hör mir zu." Marta nimmt all ihre Kraft zusammen, streckt eine Hand nach mir aus und packt mich am Kragen. „Im Widerstand geht es ums Überleben … ums Überleben unseres Volks. So war es immer. Wer weitergehen kann, der geht weiter. Alek wusste das, und Jakub weiß es auch. Da ist kein Platz für sentimentalen Unsinn. Hast du verstanden?"

„Ja", antworte ich, nachdem ich tief Luft geholt habe.

„Gut." Sie lässt mich los, greift nach der Waffe des Kommandanten und hält sie mir hin. „Hier, nimm sie."

Misstrauisch betrachte ich die Waffe, die noch vor wenigen Minuten auf mein Herz gerichtet war. „Ich … ich kann nicht", stammele ich.

„Nimm sie", wiederholt Marta eindringlich. „Vielleicht brauchst du sie auf der Flucht."

Widerstrebend nehme ich die Pistole an mich. In meiner Hand fühlt sie sich schwer und ungewohnt an. Ich stecke die Waffe unter den Rockbund. „Wo ist Jakub?", frage ich, da mir plötzlich der Gedanke kommt, dass sie das als Einzige wissen könnte.

„Er ist in Czernichów."

„Aber …" Wie benommen starre ich Marta an. Czernichów ist ein kleines Dorf auf der anderen Seite der Stadt. Die ganze Zeit über ließ man mich in dem Glauben, mein Mann sei irgendwo in den Bergen versteckt, dabei war er nur einen Fußmarsch von mir entfernt.

„Jeder dachte, er erholt sich in den Bergen, Emma", erklärt sie keuchend. „Wir mussten so tun, als sei das wahr. Seit Aleks Ermordung sind immer mehr interne Dinge verraten worden. Nicht einmal diejenigen, denen wir vertrauten, konnten eingeweiht werden, weil wir fürchteten, dass einer von ihnen in Gefangenschaft geraten und dort gezwungen werden könnte, sein Wissen preiszugeben." Ich nicke verstehend. Es sind einfach zu viele Geheimnisse, die nicht in die falschen Hände geraten dürfen. „Am Rand von Czernichów gibt es eine verlassene Hütte, da ist Jakub untergebracht. Es kann sein, dass er sich im Keller darunter versteckt hält. Das Land gehört einem Bauern namens Kowalczyk, dem du vertrauen kannst. Er wird dir helfen, wenn du Hilfe brauchst. Nimm den Waldweg von Krysias Haus aus", fährt sie fort, immer wieder unterbrochen von angestrengten Atemzügen. „Du erkennst Kowalczyks Haus an einem blauen Dach."

In der Ferne sind Sirenen zu hören. „Verschwinde jetzt von hier! Geh zu Jakub!" Sie liegt zusammengekrümmt auf dem Boden, um den Schmerz irgendwie zu ertragen.

Ich will mich aufrichten, doch sie greift noch einmal nach meiner Hand. „Emma, eine letzte Sache noch … wegen Jakub …" Sie zögert. „Es tut mir leid." Ich weiß, sie meint damit ihre Gefühle für meinen Ehemann, die eine Sache, die zwischen uns gestanden hat.

„Ist schon in Ordnung", erwidere ich und drücke ihre Finger. Es ist von mir ehrlich gemeint. Man sucht sich nicht erst aus, in wen man sich verliebt – man verliebt sich eben. Sie konnte nichts daran ändern, was sie für Jakub empfand, und ich hatte keinen Einfluss auf meine Gefühle für den Kommandanten.

„Jetzt geh", raunt sie, da die Sirenen lauter werden.

„Gott möge dich behüten, Marta", sage ich und küsse sie auf die Wange. Dann lasse ich ihre Hand los und laufe davon. An der gegenüberliegenden Seite der Brücke angekommen, drehe ich mich ein letztes Mal um. Marta sitzt regungslos neben dem toten Kommandanten, die Waffe immer noch in ihrer Hand, den Blick in die Ferne gerichtet.

Ich eile die Stufen hinunter, doch am Fuß der Brücke angekommen, bemerke ich eine große schwarze Limousine, die dort geparkt steht. Es ist der Wagen des Kommandanten. Dann ist er gar nicht im Lastwagen unterwegs gewesen?

Durch die Scheibe kann ich Stanislaw erkennen. Ich überlege, ob ich die Treppe wieder hinauflaufen soll, um ihm zu entkommen, aber ehe ich etwas tun kann, steigt er aus. Wir betrachten uns unschlüssig, keiner von uns spricht ein Wort. „*Dobry wieczór*", sagt er schließlich. Er wünscht mir einen guten Abend, als wäre es ganz normal, dass wir uns hier begegnen.

„*Dobry wieczór*, Stanislaw", antworte ich, während sich meine Gedanken überschlagen. Hat er die Schüsse gehört?

Fragt er sich, was mit dem Kommandanten geschehen ist? Ich halte meine Hände vor mich, damit er nicht die Blutflecke auf meinem Kleid bemerkt. Wieder schweigen wir beide betreten. Die Sirenen sind noch deutlicher zu hören. Nur noch wenige Augenblicke, dann wird ihm klar sein, dass die Polizei auf dem Weg hierher ist. Ich überlege, ob ich weglaufen soll, aber dann erinnere ich mich an den Tag, an dem ich mit den Papieren des Kommandanten dessen Wohnung verließ und Stanislaw begegnete. Obwohl er mich praktisch auf frischer Tat ertappt hat, ließ er mich gehen. Vielleicht ist er der Sache der Bewegung tatsächlich zugetan. Andererseits ist er der Fahrer des Kommandanten und vermutlich genauso loyal wie Malgorzata. Ich kann es nicht riskieren.

„Kann ich Sie ein Stück mitnehmen?", fragt er und holt mich abrupt aus meinen Gedanken. Ich sehe ihn verwundert an. Seine Miene zeigt keine Regung, doch in seinen Augen ist ein Funkeln auszumachen, so als wüsste er, was geschehen ist, und als habe er Verständnis dafür.

Dann ist Stanislaw vielleicht wirklich auf unserer Seite. Oder lockt er mich in eine Falle und liefert mich an die Gestapo aus? Es ändert nichts daran, dass ich zu Krysia zurück muss. Zu Fuß benötige ich Stunden, doch so viel Zeit bleibt mir nicht mehr. Ich muss das Risiko eingehen. „Ja, bitte, Stanislaw. Zu Krysias Haus, und das bitte so schnell wie möglich."

Er nickt und lässt mich einsteigen, dann schließt er die Tür hinter mir und setzt sich ans Steuer. Die Sirenen sind inzwischen unerträglich laut, die Polizeifahrzeuge müssen sich jetzt direkt über uns auf der Brücke befinden. Stanislaw gibt Gas und rast los. Fast wie ein Verrückter durchquert er die Stadt, hält an keiner Kreuzung an und biegt mit so hoher Geschwindigkeit in Seitenstraßen ein, dass ich fürchte, der Wagen könnte umkippen. Während ich mich am Beifahrersitz festklammere, mache ich mir Sorgen, er könnte mit seinem

Fahrstil Aufmerksamkeit erregen. Ich fürchte, die Polizei könnte uns anhalten, doch dann wird mir bewusst, dass ich im Wagen eines hochrangigen Nazi-Offiziers sitze. Niemand würde sich trauen, uns anzuhalten.

Ich lehne mich auf der Sitzbank zurück und fühle mich auf einmal von den jüngsten Ereignissen überwältigt. Vor mir sehe ich das Gesicht des Kommandanten. Denk nicht nach, ermahne ich mich, doch es ist zu spät. Plötzlich stehe ich wieder auf der Brücke, vor mir ist der Kommandant, er hält seine Waffe auf mich gerichtet und schaut mich mit gequälter Miene an. In seinen Augen stand eine solche Verzweiflung geschrieben. Die Wahrheit über mich zu erfahren war für ihn so, als würde er Margot noch einmal verlieren. Er ertrug es nicht, diesen Schmerz ein zweites Mal zu erleiden.

Im Geiste höre ich die Schüsse und zucke zusammen, so als wären sie real. Wäre er wirklich dazu fähig gewesen, mich zu erschießen? Ich möchte gern glauben, dass er es nicht gekonnt hätte. Doch er hat Margot auch geliebt – wie soll ich also Gewissheit haben, was geschehen wäre, hätte Marta nicht eingegriffen?

Marta. Ich hätte sie nicht zurücklassen dürfen, denke ich schuldbewusst. Sie hat mir das Leben gerettet, aber ich habe sie dem Tod überlassen. Andererseits stimmt es, was sie zu mir sagte: Es geht ums Überleben. Ich musste fortgehen, weil ich es konnte.

Meine Gedanken kehren zu meiner aktuellen Situation zurück. Es ist nur eine Frage von Minuten, bis die Gestapo sieht, was dem Kommandanten widerfahren ist. Dann beginnen die Ermittlungen, und man findet zweifellos heraus, dass ich eine Affäre mit ihm hatte. Ich muss Kraków so schnell wie möglich verlassen. Sekundenlang überlege ich, ob ich mich direkt auf den Weg nach Czernichów machen und nach Jakub suchen soll, ohne mich erst noch von Krysia zu verabschieden. Aber ich muss noch einmal zu ihr gehen, ich muss meine Kleidung und den Proviant holen und ihr berichten, was geschehen ist.

Ich sehe aus dem Seitenfenster. Wir haben fast den Kreisverkehr erreicht, von dem man zu Krysias Haus gelangt. Ich beuge mich vor. „Stanislaw, würden Sie bitte hier anhalten?" Er stoppt den Wagen und sieht verwirrt nach hinten. „Das Motorengeräusch würde mitten in der Nacht zu viel Aufmerksamkeit erregen. Lassen Sie mich hier aussteigen." Er nickt und dreht sich um, weil er aussteigen will, um mir aus dem Wagen zu helfen. „Nein, das geht schon", sage ich schnell. „Das schaffe ich auch allein."

Er will mir widersprechen, und mir wird bewusst, dass er sich nach allem, was heute Nacht geschehen ist, lediglich daran stört, nicht seinen gewohnten Aufgaben als Chauffeur nachkommen zu dürfen. Dann jedoch ändert sich sein Gesichtsausdruck, und er erwidert: „Wie Sie wünschen."

„Danke." Ich öffne die Tür, drehe mich aber noch einmal zu ihm um. „Hören Sie, nach heute Nacht wird man Fragen stellen. Es ist für Sie hier vielleicht nicht mehr sicher."

Doch er schüttelt den Kopf und sieht mich entschlossen an. „Keine Sorge, ich werde schon damit fertig."

Er wäre sicher ein guter Widerstandskämpfer gewesen, überlege ich. Doch dann fällt mir Aleks Bemerkung ein, in der Burg seien noch andere Spione für die Bewegung aktiv. Aber Stanislaw ist doch sicher kein ... ich will ihn gerade fragen, da beugt er sich über die Rückenlehne und gibt mir die Hand. „Viel Glück", sagt er.

Ja, er hat recht. Es ist besser, manche Dinge nicht auszusprechen. Ich ergreife seine Hand, dann beuge ich mich etwas ungeschickt nach vorn und gebe ihm einen Kuss auf seine glatte, volle Wange. „Gott beschütze Sie." Ich steige aus und drücke die Tür leise ins Schloss.

Mit zügigen, fast lautlosen Schritten biege ich um die Ecke in die verlassene Straße ein, bleibe aber gleich wieder stehen, als ich zu meiner Überraschung in Krysias Haus alle Lichter brennen sehe. Selbst wenn sie schon wach sein sollte, würde sie nur die Lampen anmachen, die unbedingt nötig sind. Etwas stimmt da nicht, und ich renne los.

Nach einigen Metern muss ich unvermittelt innehalten, da ich ein Militärfahrzeug vor dem Gebäude parken sehe. Jemand ist ins Haus gekommen, wird mir bei diesem Anblick klar. Mir gefriert das Blut in den Adern: Die Gestapo ist zurück.

Was soll ich nur machen? Ich muss Krysia und Łukasz helfen, aber wie? Ich kann nicht einfach mitten in der Nacht mit einem blutverschmierten Kleid ins Haus kommen und fragen, was dort los ist. Das würde mehr Fragen nach sich ziehen, als ich beantworten könnte. Ich überlege, ob ich weglaufen soll. Wer überleben kann, muss auch überleben, hat Marta gesagt. Andererseits kann ich Krysia und Łukasz nicht im Stich lassen. Ich muss irgendetwas unternehmen. Verzweifelt verstecke ich mich hinter einer Hecke.

In geduckter Haltung bewege ich mich um das Grundstück herum bis zum Garten hinter dem Haus, so wie es Jozef in jener Nacht tat, als er mich aus dem Ghetto zu Krysia brachte. Ich werfe einen Blick durch das Fenster in der Diele, doch da ist niemand. Sie müssen oben im ersten Stock sein. Ich mache einen langen Hals, um sehen zu können, was sich dort oben abspielt, kann durch die Vorhänge aber nur die Köpfe von mindestens zwei Männern ausmachen. Was sie tun, entzieht sich meinen Blicken. Ich ziehe mich in den Schutz der Büsche zurück und überlege krampfhaft, was hier los ist. Warum sind diese Männer hier? Sollten sie etwa wissen, was dem Kommandanten zugestoßen ist, und nach mir suchen? Nein, das ist unmöglich. Erstens können sie in der kurzen Zeit diesen Zusammenhang überhaupt nicht hergestellt haben, zweitens können sie nicht vor uns eingetroffen sein. Vielleicht sind es die beiden Gestapo-Leute vom letzten

Mal, die ihre Drohung wahrgemacht haben und mit weiteren Fragen hergekommen sind. Ich sehe zur Laube, die einer der beiden Männer beim vorherigen Besuch unbedingt hatte inspizieren wollen, aber die Tür ist verschlossen. Vielleicht hat jemand aus der Bewegung meinen Fluchtplan verraten, und sie sind hier, um mein Entkommen zu verhindern?

Ich sollte Hilfe holen, geht es mir durch den Kopf, doch dann muss ich stumm auflachen. Da ist niemand mehr, der mir helfen könnte. Ich denke zurück an Marta, die mit der Waffe in der Hand auf der Brücke kauerte und bereit war, im Kampf zu sterben. Sie hätte gewusst, was zu tun ist.

In diesem Moment erinnere ich mich an die Pistole des Kommandanten. Fast hätte ich vergessen, dass sie in meinem Rockbund steckt. Ich ziehe sie, aber ich habe noch nie in meinem Leben eine Waffe abgefeuert, sodass ich keine Ahnung habe, ob ich das überhaupt kann. Der Kommandant hat zwei Schüsse abgegeben, also sollte ich noch Munition für vier Schüsse haben. Nachdenklich drehe ich die Pistole in der Hand hin und her. Plötzlich höre ich einen lauten Knall aus dem ersten Stock und zucke vor Schreck zusammen. Irgendetwas ist passiert, ich muss ins Haus und sehen, was dort los ist. Ich lege einen Finger an den Abzug der Waffe und halte sie vor mich, während ich um die Ecke laufe. Kurz bevor ich an der Tür angelangt bin, höre ich Schritte. Jemand kommt die Treppe herunter. Mit einem hastigen Satz nach hinten bringe ich mich in Sicherheit und warte ab.

Durch das Fenster sehe ich drei Gestapo-Leute in die Diele kommen. Keiner von ihnen war beim letzten Mal hier. Die Haustür wird geöffnet. „Die alte Frau hat gelogen", höre ich einen der Männer sagen, als sie den Garten betreten. O Gott, sie haben Krysia verhört. Ich frage mich, ob sie Łukasz gesehen haben.

„Ich glaube nicht, dass sie noch mehr wusste", meint ein anderer. Seine Stimme klingt leiser, folglich entfernen sie sich von mir und bewegen sich in Richtung Gartentor.

Der erste Mann erwidert: „Das ist jetzt auch nicht mehr wichtig." Panik erfasst mich. Was haben sie getan? Ich muss mich zwingen, so lange zu warten, bis sie endlich abgefahren sind. Als sie eingestiegen sind und das Motorengeräusch sich schnell entfernt, stürme ich ins Haus.

„Krysia!", rufe ich. Es kommt keine Antwort. „Krysia!"

Nun sehe ich, dass im Haus hoffnungsloses Chaos herrscht. In der Küche liegen die Überreste von zahllosen zerschmetterten Gläsern und Tellern auf dem Boden verstreut. Im Salon hat man die Kissen aufgerissen, alles ist mit Federn übersät. Ich gehe zum Kamin und entdecke einen zerschlagenen Bilderrahmen. Als ich ihn aufhebe, sehe ich, dass es sich um mein Hochzeitsfoto handelt, das Krysia noch in der ersten Nacht versteckte. Offenbar haben die Männer es gefunden, sodass mein Geheimnis nicht mit dem Kommandanten gestorben ist, sondern jetzt bei der Gestapo weiterlebt. Über ein Jahr lang habe ich meine Ehe verschweigen können, und dann wird mein Geheimnis an einem einzigen Tag gleich zweimal gelüftet.

Stechender Rauch zieht mir auf einmal in die Nase. Das ist nicht der übliche Brandgeruch, wenn die Nachbarn im Garten Laub verbrennen. Dieser Rauch ist konzentrierter und … er kommt hier aus dem Haus. Ich sehe mich nach dem Feuer um, kann aber nichts entdecken. Es muss im Stockwerk über mir brennen. „Krysia! Łukasz!", brülle ich voller Verzweiflung und stürme nach oben, dabei nehme ich jeweils zwei Stufen auf einmal.

„O nein!", rufe ich. Am Kopf der Treppe liegt Krysia auf dem Boden, ihre Augen sind geschlossen. Die Arme liegen über dem Kopf, die Beine sind unnatürlich verdreht. Sie bewegt sich nicht. „Krysia!", schreie ich, knie mich neben sie und hebe ihren Kopf ein wenig an. Ich schüttele sie behutsam, aber es kommt keine Reaktion. An der Schläfe entdecke ich eine große Schwellung, die von einem Sturz oder einem kräftigen Schlag stammen könnte. Ihre Haut fühlt sich kalt an. Vergeblich versuche ich, ihren Atem festzustellen. Verlass mich bitte nicht, Krysia, flehe ich sie stumm an. Nicht jetzt, wenn du mir sagen musst, was ich tun soll. Ich öffne ihren Mund und versuche vergeblich, sie wiederzubeleben. Dann fühle ich nach ihrem Puls, doch da ist nichts mehr. Mir wird klar, dass es zu spät ist. Sie ist tot. „Oh, Krysia", schluchze ich, drücke sie an mich und wiege sie sanft hin und her, so wie sie es mit mir immer tat, wenn sie mich trösten wollte.

Plötzlich höre ich hinter mir ein lautes Knistern. Das Feuer! Ich lege Krysias Kopf vorsichtig auf den Boden und stehe auf. Der Rauch scheint aus allen Richtungen zu kommen, aber wo die Flammen wüten, kann ich nach wie vor nicht sagen. Ich könnte versuchen, das Feuer zu löschen. Früher oder später jedoch werden die Nachbarn auf den Qualm aufmerksam werden, und dann wird es mir nicht mehr möglich sein, unbeobachtet meine Flucht anzutreten. Ich muss den Jungen finden und dann sofort das Haus verlassen.

Ich laufe in Łukasz' Zimmer, wo der Rauch so dicht ist, dass ich kaum etwas sehen kann. „Łukasz!", rufe ich, halte mir schützend die Hand vor den Mund und gehe geduckt weiter. In seinem Kinderbett ist er nicht, er liegt auch nicht auf dem Boden. „Łukasz!" Ich laufe weiter und suche in Krysias und schließlich in meinem Schlafzimmer nach dem Jungen. Überall sind deutliche Anzeichen zu sehen, dass die Gestapo hier alles auf den Kopf gestellt hat. Jedes Zimmer wurde verwüstet, Kleidung liegt verstreut, Spiegel sind zerschlagen. Aber ich kann keine Spur von Łukasz entdecken. Sollten sie ihn etwa mitgenommen haben?

Vielleicht ist er ja von den Männern unbemerkt nach draußen gelaufen, überlege ich und gehe zur Treppe. In diesem

Moment höre ich von oben ein leises Knarren. Der Dachspeicher! Ich erinnere mich, wie Krysia mir erzählte, dass Verwandte den Jungen nach der Ermordung seiner Mutter auf ihrem Speicher versteckt hielten. Er muss sich beim Eintreffen der Gestapo nach oben geflüchtet haben.

Ich kehre zurück in Krysias Zimmer, öffne die Schranktür und schiebe ihre Kleider zur Seite, dann steige ich die Leiter hinauf. „Łukasz", rufe ich durch die Öffnung. Es kommt keine Antwort, und in der Dunkelheit kann ich nichts erkennen. „Łukasz, ich bin es, Anna. Es ist alles in Ordnung, du kannst zu mir kommen."

Leises Schlurfen ist zu hören, und eine winzige, warme Hand greift nach mir. „Na", höre ich ihn sagen, als er versucht, meinen Namen zu sprechen. Dann nehme ich ihn auf den Arm und drücke den kleinen, zitternden Jungen an mich.

„Schon gut", flüstere ich, während ich mit ihm nach unten klettere, wo der Rauch noch dichter geworden ist. Wir müssen hier schnellstens raus. Ich nehme ein Tuch, das auf Krysias Kommode liegt, und halte es Łukasz vor Mund und Nase. Als wir das Zimmer verlassen wollen, bemerke ich aus dem Augenwinkel etwas Blaues – es ist der Pullover, den Krysia für den Jungen gestrickt hat. Ihn nehme ich ebenfalls mit.

Als wir den Raum durchqueren, in dem Krysia auf dem Boden liegt, halte ich Łukasz die Augen zu, damit ihm dieser Anblick erspart bleibt. Er hat in seinem jungen Leben bereits genug Tod und Elend gesehen. Mit einem großen Schritt steige ich über Krysias Leichnam und gehe weiter zur nächsten Treppe. Dann aber bleibe ich noch einmal stehen und drehe mich zu ihr um. Krysia. Mir wird das Herz schwer. Sie war unser Ein und Alles, sie hat uns gerettet und sich um uns gekümmert, als wären wir ihre leiblichen Kinder. Letzten Endes konnte sie also doch noch Mutter spielen, denke ich traurig. Ich wünschte nur, wir könnten sie aus dem Haus bringen. Sie hat eine angemessene Beerdigung verdient, zu der Hunderte Menschen kommen, die ihr die letzte Ehre erweisen.

Aber dafür bleibt mir keine Zeit.

„Danke", flüstere ich und schaue sie ein letztes Mal an. Ich hauche ihr einen Kuss zu, dann laufe ich mit Łukasz auf dem Arm hinaus in die kalte Morgenluft.

26. KAPITEL

Draußen setzt allmählich die Morgendämmerung ein, und für die Bauern von Chelm beginnt soeben ein neuer Arbeitstag. Sie füttern das Vieh und kehren die Straße vor ihrem Hof wie an jedem anderen Tag auch. Einige sehen in unsere Richtung und nicken uns zu, andere nehmen gar keine Notiz von uns, wie wir die Straße entlang in Richtung Wald gehen. Niemanden scheint es zu stören, dass ich mit einem rußgeschwärzten Jungen auf dem Arm zum Wald laufe. Bislang hat auch noch niemand den Rauch bemerkt, der aus Krysias Haus dringt.

Je weiter wir vorankommen, umso weniger Häuser säumen die gewundene Straße. Vor uns ist der dichte Baumbestand zu sehen, dessen Dunkelheit uns Schutz verspricht. Schließlich geht die Straße in einen schmalen Trampelpfad über. Ich bleibe stehen und drehe mich um, damit ich einen letzten Blick auf meine Nachbarschaft werfen kann, die für mich jetzt der Vergangenheit angehört. Alles sieht so verschlafen und friedlich aus.

Genug, sage ich mir. Es führt zu nichts, über Dinge nachzudenken, die man nicht ändern kann. Mein Blick fällt auf den Boden, der von einer dünnen, mir zuvor nicht aufgefallenen Reifschicht überzogen ist. Auf einmal nehme ich die Umstände bewusst wahr, mit denen ich konfrontiert bin: die Kälte, das Gewicht des Jungen, die Strecke, die vor uns liegt ... und die Tatsache, dass wir nichts haben.

Mich überkommt ein Gefühl, dass uns die Zeit davonläuft. Wir müssen weiter, wir dürfen keine Sekunde verlieren. Ich nehme Łukasz auf den anderen Arm, damit ich ihn auf meiner linken Hüfte abstützen kann, dann gehe ich weiter. Im Schutz der Bäume und damit den Blicken der Nachbarn entzogen, beschleunige ich meine Schritte, bis ich fast renne. Durch meinen Bauch und das Gewicht des Jungen auf dem

Arm bewege ich mich etwas ungelenk. Durch den steiler und unebener werdenden Weg schmerzen mir bald die Beine, und an meinen Schuhen kleben große feuchte Erdklumpen. Plötzlich bleibe ich mit dem Fuß an einem Ast hängen und verliere das Gleichgewicht. Während ich vornüber falle, drücke ich den Jungen fest an mich, damit ihm nichts passiert. Noch im Fallen lasse ich mich zur Seite wegrollen, weil ich ihn sonst unter mir begrabe. Ein stechender Schmerz jagt durch meine Schulter.

Benommen liege ich ein paar Sekunden lang auf dem Boden und ringe nach Luft. „Łukasz …", sage ich, setze mich auf und ziehe den Jungen auf meinen Schoß. Schnell sehe ich nach, ob er sich verletzt hat, doch er scheint unversehrt zu sein. Lediglich etwas Erde klebt an seiner Stirn. „Geht es dir gut?" Er nickt stumm und setzt das Gesicht auf, das er immer dann macht, wenn er Hunger hat. Um diese Zeit bekam er sonst sein Frühstück in Krysias angenehm warmer Küche. Könnte ich ihm doch wenigstens etwas Milch geben. Ich wünschte, ich hätte an den Proviant gedacht, den Krysia für uns bereitgestellt hatte. Vor mir sehe ich das vorwurfsvolle Gesicht des Rabbis. Wie werde ich bloß ohne Krysia zurechtkommen? Werde ich überhaupt in der Lage sein, mich um mein eigenes Kind zu kümmern, wenn es zur Welt gekommen ist? Ich greife in die Manteltasche und finde einen Riegel Schokolade, den mir der Kommandant einmal geschenkt hat.

Ich wickele ihn aus dem Papier und wische ihn ab, bevor ich ihn Łukasz gebe. „Hier." Er nimmt ihn und steckt ihn schnell in den Mund, so als hätte er Angst, die Schokolade könnte sich gleich in Luft auflösen. Mit einem strahlenden Lächeln sieht er mich an. So ein Frühstück hat er auch noch nicht erlebt.

Immer noch ein wenig außer Atem betrachte ich sein Gesicht. Nicht einmal eine Stunde nach dem traumatischen Besuch durch die Gestapo macht er einen ruhigen Eindruck. *Dann begleitest du mich also doch*, denke ich. „Komm, mein Schatz." Ich stehe auf, hole den blauen Pullover unter meinem Mantel hervor und ziehe ihn Łukasz über. Er liegt eng an und wirkt eigentlich schon eine Nummer zu klein. In dem Jahr, das der Junge bei uns verbracht hat, ist er so groß geworden. Allen Tragödien zum Trotz ist er richtiggehend aufgeblüht. Ich kann nicht anders, als in ihm mein Kind zu sehen, doch insgeheim frage ich mich, ob der Rabbi oder ein Verwandter eines Tages zu mir kommen wird, um ihn abzuholen. Aber für den Augenblick ist er erst einmal bei mir. Ich halte seine Finger fest, als bräuchte ich diesen Kontakt, um glauben zu können, dass Łukasz wirklich bei mir ist. Sein Lächeln bestärkt mich in meinem Glauben, dass alles gut wird.

„In Sicherheit", sage ich laut, doch dann wird mir klar, wie wenig das der Wahrheit entspricht. Wir sind noch viele hundert Kilometer, gefahrvolle Kilometer davon entfernt, in Sicherheit zu sein. Nein, in Sicherheit sind wir nicht, aber in Freiheit. Ich weiß nicht, wohin wir gehen und wie wir das schaffen werden, und ich kann nicht einmal sagen, ob wir es überhaupt schaffen werden. Dennoch klingt das Wort sehr schön. „In Freiheit." Ich werde mich nie wieder als jemand anders ausgeben müssen.

„Feiheit", versucht Łukasz mir nachzusprechen. Ich schaue ihn an und bemerke, dass noch Schokolade an seinen Fingern klebt. Als ich aus meiner Manteltasche ein Tuch ziehen will, berühren meine Finger etwas … meine Heiratsurkunde und die Ringe! Marta hat sie mir auf der Brücke zurückgegeben. Einmal mehr überlege ich, ob ich sie hier im Wald vergraben soll, doch dann mache ich mir bewusst, dass das Versteckspiel ein Ende hat. Ich hole die Ringe aus der Tasche und stecke sie zurück an meine Finger.

Während wir weiter durch den Wald laufen, muss ich an diejenigen denken, die wir zurücklassen mussten. Krysia und

Alek sind tot, ebenso meine Mutter. Ich weiß, ich werde um jeden von ihnen auf eine eigene Weise trauern. Und dann ist da noch der Kommandant. Im gleichen Moment sehe ich sein Gesicht vor mir, und mir stockt der Atem. „Nicht", sage ich laut, doch es hilft nichts. Das Gesicht ist aber nicht das des Nazis, der hoch oben auf der Wawelburg thront und der seine Waffe auf mich richtet. Nein, diesen Mann gibt es nicht mehr. Stattdessen sehe ich den Mann, der am Tag der Abendgesellschaft Krysias Haus betritt, der mich in seinen Bann zieht und nicht wieder loslässt, der mich Dinge erleben lässt, die mein Körper bis dahin nicht kannte, und der mich in seinen Armen hält, während ich einschlafe. Der Mann, der um Vergebung bittet, als er im Sterben liegt. Jetzt wird mir klar, dass nicht nur er in diesem Moment gestorben ist. Der Kommandant hat Anna mitgenommen. Anna Lipowski. Die Freundin des Kommandanten. Ich frage mich, ob ich sie wohl vermissen werde.

„Es reicht", rufe ich so laut, dass meine Stimme auf der Lichtung ein Echo wirft, auf der wir eine kurze Rast eingelegt haben. Ich kann später immer noch versuchen, all diesen Dingen einen Sinn zu geben. Im Moment müssen wir weitergehen. Ich ziehe Łukasz hoch, der sich auf der Erde niedergelassen hat, dann machen wir uns wieder auf den Weg.

Ich verdränge den Kommandanten aus meiner Erinnerung und denke an die anderen, die zurückgeblieben sind. Mein Vater. Er lebt, zumindest war das vor wenigen Stunden noch der Fall. Ich sehe das Leuchten in seinen Augen, als er mich durch die Öffnung in der Ghettomauer erkannte. Vielleicht wird er es schaffen, das zu überleben, was vor ihm liegt.

Auch Marta lebt noch, sage ich mir. Sie saß auf der Brücke, die Waffe fest umklammert, schwer verwundet, aber furchtlos. Sie hat mir das Leben gerettet. Ich wünschte nur, unsere letzte Unterhaltung vor dieser Nacht wäre nicht so von Zorn geprägt gewesen, und sie hätte nicht so schlecht von mir gedacht, weil ich mich mit dem Kommandanten eingelassen habe. Vor allem wünschte ich, unsere Freundschaft wäre nicht durch ihre Gefühle für meinen Mann getrübt worden. Ich denke zurück an den Moment, als sie mit der Waffe in der Hand auf die Brücke kam. Sie hätte mich erschießen können, um Jakub für sich allein zu haben. Doch das tat sie nicht, weil ihr unsere Freundschaft letztlich mehr bedeutete als ihre Liebe zu meinem Ehemann.

Vielleicht konnte sich Marta ja wie durch ein Wunder trotz ihrer Verletzungen doch noch in Sicherheit bringen. Vielleicht werden sie und mein Vater den Krieg überleben, und eines Tages sehen wir uns alle wieder: Jakub, mein Vater, Marta, Łukasz und ich.

Ich lege eine Hand auf meinen Bauch und muss an mein ungeborenes Kind denken. Als ich mich für einen Augenblick im Wald umsehe, überkommt mich Verzweiflung. Wie kann ich ein Kind in eine solche Welt setzen? Selbst wenn Jakub und ich fliehen können, werden wir unserem Kind nichts geben können, nicht einmal ein Dach über dem Kopf. Eine kühle Brise weht mir ins Gesicht, und ich schaue durch die Äste und Zweige nach oben zum Morgenhimmel. *Es wird alles gut werden*, flüstert mir eine Stimme zu. *Das Kind wird stark sein.* In diesem Moment weiß ich, es wird ein Junge sein, und wir werden ihm den Namen Alek geben.

Irgendwann haben wir die sanft abfallenden, freien Felder von Czernichów erreicht. Ich bleibe stehen, lockere den Griff um Łukasz' Hand und betrachte das Panorama vor uns. Rechts von mir, nicht ganz einen Kilometer entfernt, entdecke ich das blaue Dach von Kowalczyks Bauernhof. Wenn ich blinzele, kann ich die gleich dahinter liegende Hütte ausmachen. Ich stelle mir vor, wie Jakub vor der Hütte steht und glücklich zu lächeln beginnt, sobald er uns sieht. Dann muss ich laut lachen. Ich habe mir so oft vorgestellt, wie sich un-

411

ser Wiedersehen gestalten wird, dass es mir in Fleisch und Blut übergegangen ist. Jetzt kann mich nichts mehr davon abhalten, meinen Mann in die Arme zu schließen, und doch stehe ich hier und male mir nur aus, wie es wäre. Ich atme tief durch und gehe los.

Nachdem wir den Schutz der Bäume hinter uns gelassen haben, stelle ich fest, dass die Sonne wärmer ist als erwartet und mehr an Frühling als an Winter erinnert. Vögel kreisen über dem Feld und pfeifen sich gegenseitig Melodien zu. „Komm, *kochany*", sage ich zu Łukasz und ziehe an seinem Ärmel. Jakub wartet auf uns.

Vor uns liegt zweifellos noch eine lange und gefährliche Reise, doch zumindest die erste Etappe haben wir bereits hinter uns gebracht. Wir haben Krysias Haus so verlassen, wie wir dort eintrafen – nur mit den Habseligkeiten, die wir am Leib trugen. Aber diesmal gehen wir gemeinsam weiter und finden unseren Weg, ohne dass uns jemand führen muss.

– ENDE –

Diane Chamberlain
Das geheime Leben
der CeeCee Wilkes

Band-Nr. 95003
7,95 € (D)
ISBN: 978-3-89941-365-6
496 Seiten

Diane Chamberlain
Sommerkind

Band-Nr. 25279
7,95 € (D)
ISBN: 978-3-89941-459-2
464 Seiten

Diane Chamberlain
Der Tod meiner Schwester

Band-Nr. 25372
7,95 € (D)
ISBN: 978-3-89941-605-3
464 Seiten

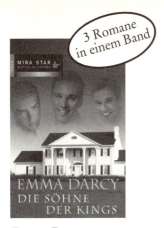

Emma Darcy
Die Söhne der Kings
Band-Nr. 95002
7,95 € (D)
ISBN: 978-3-89941-364-9
512 Seiten

Rona Jaffe
Der Weg der Rose
Band-Nr. 25273
8,95 € (D)
ISBN: 978-3-89941-431-8
560 Seiten

Lucy Gordon
Sizilianische Herzen
Band-Nr. 25360
8,95 € (D)
ISBN: 978-3-89941-582-7
480 Seiten

Margaret Way
Die Herren auf Kimbara
Band-Nr. 25396
8,95 € (D)
ISBN: 978-3-89941-643-5

Diane Lacombe
Die Herrin von Mallaig
Band-Nr. 25358
8,95 € (D)
ISBN: 978-3-89941-577-3
512 Seiten

Deutsche Erstveröffentlichung

Linda Howard
Die Farbe der Lüge
Band-Nr. 25374
8,95 € (D)
ISBN: 978-3-89941-607-7
304 Seiten

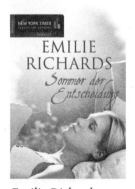

Emilie Richards
Sommer der Entscheidung
Band-Nr. 25375
8,95 € (D)
ISBN: 978-3-89941-608-4
544 Seiten

Deutsche Erstveröffentlichung

Emilie Richards
Das Land unter dem Regenbogen
Band-Nr. 25229
7,95 € (D)
ISBN: 978-3-89941-346-5
608 Seiten